El péndulo de Fouc

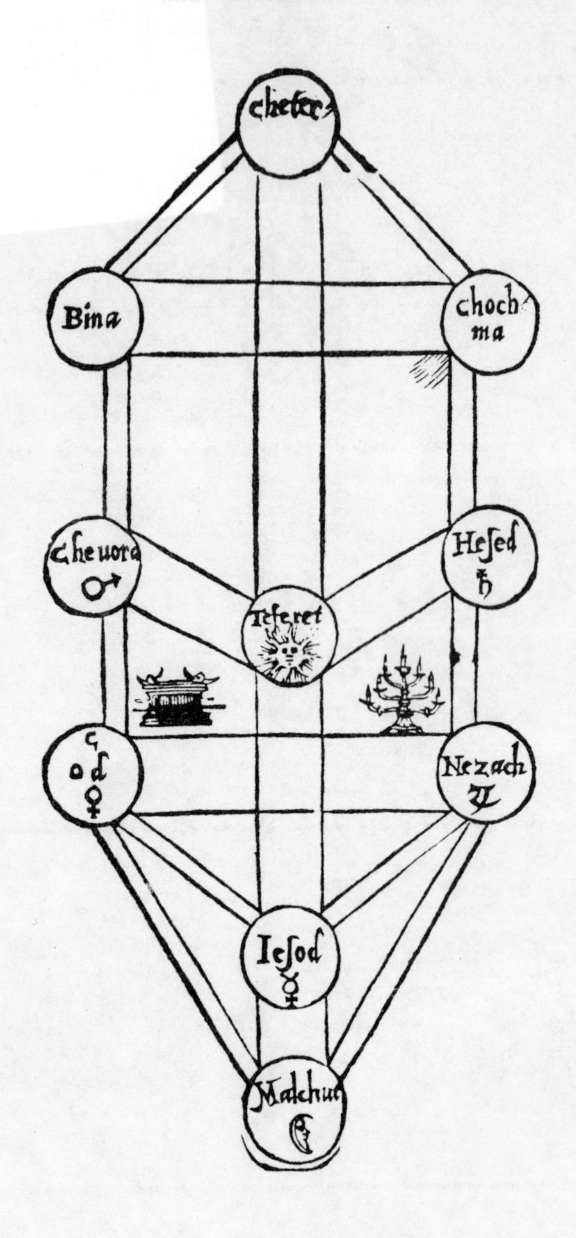

cheter
Bina
choch
ma
Gheuora
Hesed
Teferet
Nezach
Iesod
Malchut

UMBERTO ECO

EL PENDULO DE FOUCAULT

Traducción de Ricardo Pochtar, revisada por Helena Lozano

EDITORIAL LUMEN
EDICIONES DE LA FLOR

Título original
Il pendolo di Foucault

Primera edición: 1989

ISBN: 84-264-1188-6

Printed in Rep. Argentina

Anchoris 27, 1280 Buenos Aires
Queda hecho el depósito que dispone la ley 11.723

Impreso en Argentina
Printed in Argentina

ISBN: 950-515-037-7

Sólo para vosotros, hijos de la doctrina y de la sabiduría, hemos escrito esta obra. Escrutad el libro, concentraos en la intención que hemos diseminado y emplazado en diferentes lugares; lo que en un lugar hemos ocultado, en otro lo hemos manifestado, para que vuestra sabiduría pueda comprenderlo.
(Heinrich Cornelius Agrippa von Nettesheim, *De occulta philosophia,* 3, 65)

La superstición trae mala suerte.
(Raymond Smullyan, *5000 B.C.,* 1.3.8)

1

KETER

1

ב) והנה בהיות אור הא״ס נמשך,
בבחינת (ה) קו ישר תוך החלל
הנ״ל, לא נמשך ונתפשט (ו) תיכף
עד למטה, אמנם היה מתפשט לאט
לאט, רצוני לומר, כי בתחילה הת־
חיל קו האור להתפשט, ושם תיכף
(ז) בתחילת התפשטותו בסוד קו,
נתפשט ונמשך ונעשה, כעין (ח)
גלגל אחד עגול מסביב.

Fue entonces cuando vi el Péndulo.

La esfera, móvil en el extremo de un largo hilo sujeto de la bóveda del coro, describía sus amplias oscilaciones con isócrona majestad.

Sabía, aunque cualquiera hubiese podido percibirlo en la magia de aquella plácida respiración, que el período obedecía a la relación entre la raíz cuadrada de la longitud del hilo y ese número π que, irracional para las mentes sublunares, por divina razón vincula necesariamente la circunferencia con el diámetro de todos los círculos posibles, por lo que el compás de ese vagar de una esfera entre uno y otro polo era el efecto de una arcana conjura de las más intemporales de las medidas, la unidad del punto de suspensión, la dualidad de una dimensión abstracta, la naturaleza ternaria de π, el tetrágono secreto de la raíz, la perfección del círculo.

También sabía que en la vertical del punto de suspensión, en la base, un dispositivo magnético, comunicando su estímulo a un cilindro oculto en el corazón de la esfera, garantizaba la constancia del movimiento, artificio introducido para contrarrestar las resistencias de la materia, pues no sólo era compatible con la ley del Péndulo, sino que, precisamente, hacía posible su manifestación, porque en el vacío, cualquier punto material pesado, suspendido del extremo de un hilo inextensible y sin peso, que no sufriese la resistencia del aire ni tuviera fricción con su punto de sostén, habría oscilado en forma regular por toda la eternidad.

La esfera de cobre despedía pálidos, cambiantes reflejos, comoquiera que reverberara los últimos rayos del sol que penetraban por las vidrieras. Si, como antaño, su punta hubiese rozado una capa de arena húmeda extendida sobre el pavimento del coro, con cada oscilación habría inscrito un leve surco sobre el suelo, y el surco, al cambiar infinitesimalmente de dirección a cada instante, habría ido ensanchándose hasta formar una suerte de hendidura, o de foso, donde hubiera podido adivinarse una simetría radial, semejante al armazón de una mandala, a la estructura invisible de un pentaculum, a una estrella, a una rosa mística. No, más bien, a la sucesión, grabada en la vastedad de un desierto, de huellas de infinitas, errantes caravanas. Historia de lentas, milenarias migraciones; quizá fueran así las de los atlántidas del continente Mu, en su tenaz y posesivo vagar, oscilando de Tasmania a Groenlandia, del Trópico de Capricornio al de Cáncer, de la Isla del Príncipe Eduardo a las Svalvard. La punta repetía, narraba nuevamente en un tiempo harto contraído, lo que ellos habían hecho entre una y otra glaciación, y quizá aún seguían haciendo, ahora como mensajeros de los Señores; quizá en el trayecto desde Samoa a Nueva Zembla la punta rozaba, en su posición de equilibrio, Agarttha, el Centro del Mundo. Intuí que un único plano vinculaba Avalón, la hiperbórea, con el desierto austral que custodia el enigma de Ayers Rock.

En aquel momento, a las cuatro de la tarde del 23 de junio, el Péndulo reducía su velocidad en un extremo del plano de oscilación, para dejarse caer indolente hacia el centro, acelerar a mitad del trayecto, hendir confiado el oculto cuadrilátero de fuerzas que marcaban su destino.

Si hubiera permanecido allí, indiferente al paso de las horas, contemplando aquella cabeza de pájaro, aquella punta de lanza, aquella cimera invertida, mientras trazaba en el vacío sus diagonales, rasando los puntos opuestos de su astigmática circunferencia, habría sucumbido a un espejismo fabulador, porque el Péndulo me habría hecho creer que el plano de oscilación habría completado una rotación entera para regresar, en treinta y dos horas, a su punto de partida, describiendo una elipse aplanada, la cual giraba también alrededor de su centro con una velocidad angular uniforme, proporcional al seno de la latitud. ¿Cómo habría girado si el punto hubiese estado sujeto en el ápice de la cúpula del Templo de Salomón? Quizá los Caballeros también habían probado allí. Quizá el cálculo, el significado final, hubiera permanecido inalterado. Quizá la iglesia abacial de Saint-Martin-des-Champs era el verdadero Templo. En cualquier caso, el experimento sólo habría sido perfecto en el Polo, único lugar en que el punto de suspensión se sitúa en la prolongación del eje de rotación de la Tierra, y donde el Péndulo consumaría su ciclo aparente en veinticuatro horas.

Pero no por aquella desviación con respecto a la Ley, prevista por lo demás en la Ley, no por aquella violación de una medida áurea se empañaba la perfección del prodigio. Sabía que la Tierra estaba girando, y yo con ella, y Saint-Martin-des-Champs y toda París conmigo y que juntos girábamos bajo el Péndulo, cuyo plano en realidad jamás cambiaba de dirección, porque allá arriba, en el sitio del que estaba suspendido, y en la infinita prolongación ideal del hilo, allá en lo alto, siguiendo hacia las galaxias más remotas, permanecía, eternamente inmóvil, el Punto Quieto.

La Tierra giraba, pero el sitio donde estaba anclado el hilo era el único punto fijo del universo.

Por tanto, no era hacia la Tierra adonde se dirigía mi mirada, sino hacia arriba, allí donde se celebraba el misterio de la inmovilidad absoluta.

El Péndulo me estaba diciendo que, siendo todo móvil, el globo, el sistema solar, las nebulosas, los agujeros negros y todos los hijos de la gran emanación cósmica, desde los primeros eones hasta la materia más viscosa, un solo punto era perno, clavija, tirante ideal, dejando que el universo se moviese a su alrededor. Y ahora yo participaba en aquella experiencia suprema, yo, que sin embargo me movía con todo y con el todo, pero era capaz de ver Aquello, lo Inmóvil, la Fortaleza, la Garantía, la niebla resplandeciente que no es cuerpo ni tiene figura forma peso cantidad o calidad, y no ve, no oye, ni está sujeta a la sensibilidad, no está en algún lugar o en algún tiempo, en algún espacio, no es alma, inteligencia, imaginación, opinión, número, orden, medida, substancia, eternidad, no es tinieblas ni luz, no es error y no es verdad.

Me devolvió a la realidad un diálogo, preciso y desganado, entre un chico con gafas y una chica desgraciadamente sin ellas.

—Es el péndulo de Foucault —estaba diciendo él—. Primer experimento en un sótano en 1851, después en el Observatoire y más tarde bajo la cúpula del Panthéon, con un hilo de sesenta y siete metros y una esfera de veintiocho kilos. Por último, desde 1855 está instalado aquí, a escala reducida, y cuelga de aquel orificio, en el centro del crucero.

—¿Y qué hace? ¿Tambalearse?

—Demuestra la rotación de la Tierra. Como el punto de suspensión permanece inmóvil...

—¿Y por qué permanece inmóvil?

—Porque un punto... cómo te diré... en su punto central, a ver si me explico, todo punto que esté justo en el centro de los puntos que ves, pues bien, ese punto, el punto geométrico, no lo ves, no tiene dimensiones, y lo que no tiene dimensiones no puede moverse hacia la derecha ni hacia la izquierda, ni hacia arriba ni hacia abajo. Por tanto, no gira. ¿Entiendes? Si el punto no tiene dimensiones, ni siquiera puede girar alrededor de sí mismo. Ni siquiera tiene sí mismo...

—¿Tampoco si la Tierra gira?

—La Tierra gira pero el punto no. Si te gusta, bien; si no, te aguantas. ¿Estamos?

— Eso asunto suyo.

Miserable. Encima de su cabeza tenía el único lugar estable del cosmos, la única redención de la condenación del *panta rei,* y pensaba que era asunto suyo, y no Suyo. Y poco después ambos se alejaron; él, adoctrinado con algún manual que había oscurecido su capacidad de asombro, ella, inerte, inaccesible al estremecimiento del infinito, se alejaron sin que, en su memoria, hubiera quedado huella alguna de aquel encuentro pavoroso, el primero y el último, con el Uno, el En-sof, lo Indecible. ¿Cómo no postrarse de hinojos ante el altar de la certeza?

Yo miraba con temor reverente. En aquel momento estaba convencido de que Jacopo Belbo tenía razón. Cuando me hablaba del Péndulo, su emoción me parecía fruto de un delirio estético, de ese cáncer que lentamente estaba cobrando forma informe, en su alma, y poco a poco, sin que él se diese cuenta, iba transformando su juego en realidad. Pero si tenía razón con respecto al Péndulo, quizá también fuera cierto todo el resto, el Plan, la Conjura Universal, y era justo que ahora yo estuviese allí, en la víspera del solsticio de verano. Jacopo Belbo no había enloquecido, sólo había descubierto, jugando, a través del Juego, la verdad.

Es que la experiencia de lo Numinoso no puede durar mucho tiempo sin trastornar la mente.

Traté entonces de apartar la vista siguiendo la curva que, desde los capiteles de las columnas dispuestas en semicírculo, se prolongaba por las nervaduras de la bóveda hasta la clave, repitiendo el misterio de la ojiva, que se apoya en una ausencia, suprema hipocresía estática, y a las columnas les hace creer que empujan hacia arriba las aristas, mientras que a éstas, rechazadas por la clave, las persuade de que son ellas quienes afirman las columnas contra el suelo, cuando en realidad la bóveda es todo y nada, efecto y causa al mismo tiempo. Pero comprendí que descuidar el Péndulo, péndulo de la bóveda, para admirar la bóveda, era como abstenerse de beber en el manantial para embriagarse en la fuente.

El coro de Saint-Martin-des-Champs sólo existía porque, en virtud de la Ley, podía existir el Péndulo, y éste existía porque existía aquél. No se elude un infinito, pensé, huyendo hacia otro infinito, no se elude la revelación de lo idéntico iludiéndose con la posibilidad de encontrarse con lo distinto.

Sin poder quitar la vista de la clave de bóveda fui retrocediendo, lentamente, porque en unos pocos minutos, los que habían transcurrido desde que entrara allí, me había aprendido el recorrido de memoria, y las grandes tortugas metálicas que desfilaban a mi lado eran bastante imponentes como para señalar su presencia al rabillo de mis ojos. Retrocedí por la amplia nave, hacia la puerta de entrada, y otra vez pasaron sobre mí aquellos amenazadores pájaros prehistóricos de tela raída y alambre, aquellas malignas libélulas que una voluntad oculta había hecho colgar del techo de la nave. Adivinaba que eran metáforas sapienciales, mucho más significativas y alusivas de lo que el pretexto didascálico hubiera querido, engañosamente, sugerir. Vuelo de insectos y reptiles jurásicos, alegoría de las largas migraciones que el Péndulo estaba compendiando sobre el suelo, arcontes, emanaciones perversas; y ahora se abatían sobre mí, con sus largos picos de arqueoptérix, el aeroplano de Breguet, el de Bleriot, el de Esnault, el helicóptero de Dufaux.

Así es como se entra, en efecto, al Conservatoire des Arts et Métiers en París; después de haber atravesado un patio del siglo XVIII, penetramos en la vieja iglesia abacial, engastada en edificios más tardíos como antes lo había estado en el primitivo priorato. Nada más entrar nos deslumbra la confabulación entre el universo superior de las celestes ojivas y el mundo ctónico de los devoradores de aceites minerales.

Sobre el piso se extiende una procesión de vehículos automóviles, bicicletas y coches de vapor, desde arriba amenazan los aviones de los pioneros, en algunos casos los objetos están íntegros, aunque desconchados, corroídos por el tiempo, y, en la ambigua luz, en parte natural y en parte eléctrica, se presentan todos cubiertos por una pátina, un barniz de violín viejo; en otros casos sólo quedan esqueletos, chasis, desarticulaciones de bielas y manivelas que amenazan indescriptibles torturas, y uno se imagina ya encadenado, inmovilizado en esas especies de lechos donde algo podía empezar a moverse y a hurgar en nuestra carne, hasta arrancarnos la confesión.

Más allá de esa secuencia de antiguos objetos móviles, ahora inmóviles, el alma herrumbrada, puros signos de un orgullo tecnológico que ha querido exponerlos a la reverencia de los visitantes, entre la vigilancia de una estatua de la Libertad, modelo reducido de la que Bartholdi proyectara para otro mundo, por la izquierda, y una estatua de Pascal por la derecha, se abre el coro, donde el Péndulo oscila coronado de la pesadilla de un entomólogo enfermo, caparazones, mandíbulas, antenas, proglotis, alas, patas, un cementerio de cadáveres mecánicos que de pronto podrían volver a funcionar todos al mismo tiempo; magnetos, transformadores monofásicos, turbinas, grupos convertidores, máquinas de vapor, dínamos, y al fondo, más allá del Péndulo, en la girola, ídolos asirios, caldeos, cartagineses, grandes Baales de vientre antaño incandescente, vírgenes de Nuremberg con el corazón descubierto, erizado de clavos, los otrora poderosos motores de aviación, indescriptible corona de simulacros postrados en adoración del Péndulo, como si los hijos de la Razón y de las Luces hubieran sido condenados a custodiar eternamente el símbolo mismo de la Tradición y de la Sabiduría.

Los turistas aburridos, que pagan sus nueve francos en la caja y los domingos entran gratis, pueden pensar que unos viejos señores decimonónicos con la barba amarillenta por la nicotina, el cuello de la camisa ajado y mugriento, la levita impregnada de olor a rapé, los dedos ennegrecidos por los ácidos, la mente agriada por las envidias académicas, fantasmas de caricatura que se llamaban cher maître unos a otros, pusieron aquellos objetos bajo aquellas bóvedas por virtuoso espíritu didáctico, para satisfacer al contribuyente burgués y radical, para celebrar los destinos de esplendor y de progreso. Pero no, no, Saint-Martin-des-Champs había sido concebido primero como priorato y después como museo revolucionario, como florilegio de archisecretos arcanos, y aquellos aeroplanos, aquellas máquinas automóviles, aquellos esqueletos electromagnéticos estaban allí para mantener un diálogo cuya fórmula aún se me escapaba.

¿Acaso hubiese tenido que creer que, como me decía hipócritamente el catálogo, la bella iniciativa había partido de los señores de la Convención para facilitar el acceso de las masas a un santuario de todas las artes y oficios, cuando era tan evidente que el proyecto, las palabras mismas utilizadas, correspondían exactamente a las que Francis Bacon empleara para describir la Casa de Salomón en la Nueva Atlántida?

¿Era posible que sólo yo, yo y Jacopo Belbo, y Diotallevi, hubiésemos intuido la verdad? Quizá aquella noche conocería la respuesta. Tenía que conseguir a toda costa quedarme en el museo a la hora del cierre, para esperar hasta medianoche.

Por dónde entrarían Ellos no lo sabía, sospechaba que en el entramado del alcantarillado de París había un conducto que llevaba desde algún punto del museo hasta algún lugar de la ciudad, quizá cercano a la Porte-St-Denis; lo que sí sabía era que, una vez fuera, no sería capaz de encontrar esa entrada. De modo que necesitaba esconderme, y permanecer en el recinto.

Traté de evitar la fascinación de aquel sitio y de mirar la nave con ojos indiferentes. Ahora ya no buscaba una revelación, sólo quería obtener una información. Imaginaba que en las otras salas sería difícil encontrar un lugar que me permitiera burlar la vigilancia de los guardianes (su obligación, a la hora de cerrar, consiste en dar una vuelta por las salas, atentos a que no haya un ladrón agazapado en alguna parte), pero ¿qué mejor que esta nave rebosante de vehículos, para instalarse en algún sitio como pasajero? Esconderse, vivo, en un vehículo muerto. Al fin y al cabo, después de tantos juegos, ¿por qué no intentar también éste?

Vamos, ánimo, dije para mis adentros, deja de pensar en la Sabiduría: pide ayuda a la Ciencia.

2

> Tenemos diversos y curiosos Relojes, y otros que realizan Movimientos Alternativos... Y también tenemos Casas de los Engaños de los Sentidos, donde efectuamos todo tipo de Manipulaciones, Falsas Apariencias, Imposturas e Ilusiones... Estas son, hijo mío, las Riquezas de la Casa de Salomón.
> (Francis Bacon, *New Atlantis,* ed. Rawley, Londres, 1627, pp. 41-42)

Había recobrado el dominio de mis nervios y de mi imaginación. Tenía que jugar con ironía, como había jugado hasta hacía unos pocos días, sin dejarme atrapar por el juego. Estaba en un museo y tenía que ser dramáticamente astuto y lúcido.

Eché una mirada confiada a los aeroplanos que colgaban sobre mi cabeza: hubiera podido encaramarme a la carlinga de un biplano y esperar la llegada de la noche como si estuviera sobrevolando el Canal de la Mancha, saboreando de antemano la Legión de Honor. Los nombres de los automóviles expuestos a mi alrededor despertaban agradables nostalgias... Hispano Suiza 1932, bello y acogedor. No me servía porque estaba demasiado cerca de la caja, pero habría podido engañar al empleado si me hubiese presentado con knickerbockers, cediendo el paso a una dama de traje color crema, larga bufanda en torno al largo cuello, sombrerito de campana acomodado sobre el pelo à la garçon. El Citroën C64 de 1931 sólo se exhibía en sección vertical, excelente modelo escolar, pero ridículo escondite. Ni que hablar de la máquina de vapor de Cugnot, enorme, toda ella caldera o marmita. Había que examinar el lado derecho, donde se alineaban junto a la pared los velocípedos de grandes ruedas *art nouveau,* las draisiennes de barra plana, como un patinete, evocación de caballeros con chistera que corretean por el Bois de Boulogne, abanderados del progreso.

Frente a los velocípedos, buenas carrocerías, apetecibles refugios. Quizá no el Panhard Dynavia de 1945, demasiado transparente y angosto en su diseño aerodinámico, muy interesante, en cambio, el alto Peugeot 1909, una buhardilla, una alcoba. Una vez dentro, sumergido en los asientos de piel, nadie hubiese sospechado que estaba allí. Pero era difícil subir a él, porque justo enfrente estaba uno de los guardianes, sentado en un banco, de espaldas a las bicicletas. Montar en el estribo, un poco torpe debido al abrigo con vueltas de piel, mientras él, con polainas, la gorra bajo el brazo, me abre respetuosamente la portezuela...

Me concentré un momento en el Obéissante, 1873, primer vehículo francés de tracción mecánica, para doce pasajeros. Si el Peugeot era un apartamento, éste era un palacio. Pero ni pensar en la posibilidad de subir a él sin atraer la atención de todos. Qué difícil es esconderse cuando los escondites son cuadros de una exposición.

Volví a atravesar la sala: allí se erguía la estatua de la Libertad, «éclairant le monde», sobre un pedestal de casi dos metros que semejaba una proa de afilado tajamar. Dentro había una especie de garita desde la que, a través de un ojo de buey de proa, podía observarse un diorama de la bahía de Nueva York. Un buen punto de observación cuando fuera medianoche, porque hubiese permitido dominar, desde la sombra, el coro a la izquierda y la nave a la derecha, las espaldas guardadas por una gran estatua de Gramme, que miraba hacia otros corredores, puesto que estaba situada en una especie de crucero. Pero a plena luz se veía muy bien si la garita estaba ocupada, y un guardián normal hubiese dado una ojeada por allí, para quedarse con la conciencia tranquila, tan pronto como se hubiesen marchado los visitantes.

No me quedaba mucho tiempo: a las cinco y media cerrarían. Con paso presuroso me dirigí otra vez hacia la girola. Ninguno de los motores podía servirme de refugio. Tampoco, a la derecha, las grandes máquinas para barcos, reliquias de algún Lusitania tragado por las aguas, ni el inmenso motor de gas de Lenoir, con su variado engranaje. No, además, ahora que la luz mermaba y penetraba acuosa por las vidrieras grises, se reavivaba mi temor a esconderme entre aquellos animales que luego reencontraría en la oscuridad, a la luz de mi linterna, renacidos en las tinieblas, jadeantes, con sus densos hálitos telúricos, con huesos y vísceras despellejados, rechinantes y hediondos de babas aceitosas. En medio de aquella colección, que empezaba a sentir inmunda, de genitales Diesel, vaginas de turbina, gargantas inorgánicas que en sus días eructaran, y quizá aquella misma noche volvieran a eructar, llamas, vapores, silbidos, o zumbaran indolentemente como escarabajos, crepitaran como cigarras, en medio de aquellas manifestaciones esqueléticas de una pura funcionalidad abstracta, autómatas capaces de aplastar, segar, desplazar, romper, rebanar, acelerar, golpear, deglutir a explosión, hipar en cilindros, desarticularse como siniestras marionetas, hacer girar tambores, convertir frecuencias, transformar energías, impulsar volantes, ¿cómo podría sobrevivir? Se lanzarían contra mí instigadas por los Señores del Mundo, que las habían promovido para poner en evidencia el error de la creación, dispositivos inútiles, ídolos de los amos del universo inferior. ¿Y cómo podría resistir el embate sin vacilar?

Tenía que marcharme, tenía que marcharme, todo era una locura; yo, el hombre de la incredulidad, me estaba dejando enredar en el juego que ya había trastornado a Jacopo Belbo...

No sé si la otra tarde hice bien en quedarme. Si me hubiese marchado, ahora sólo conocería el comienzo y no el final de la historia. O bien no estaría aquí, como estoy ahora, aislado en lo alto de esta colina mientras allá abajo ladran los perros, preguntándome si aquello realmente fue el final, o si el final aún está por llegar.

Decidí seguir adelante. Salí de la iglesia doblando a la izquierda junto a la estatua de Gramme y metiéndome por una galería. Estaba en el sector del ferrocarril, y las locomotoras y vagones en miniatura me parecieron tranquilizadores juguetes multicolores, sacados de una Bengodi, una Madurodam, una Disneylandia... Ya me estaba acostumbrando a aquella alternancia de angustia y de confianza, terror y desencanto (¿no son éstos los primeros síntomas de enfermedad?), y pensé que las visiones de la iglesia me habían perturbado sólo porque a ellas llegaba seducido por las páginas de Jacopo Belbo, descifradas a costa de tantos enigmáticos ardides, aun sabiendo que eran falsas. Estaba en un museo de la técnica, estás en un museo de la ciencia, me repetía, una idea sana, quizá un poco estúpida, pero con todo un reino de muertos inofensivos, ya sabes cómo son los museos, nadie fue devorado jamás por la Gioconda, monstruo andrógino, Medusa sólo para los estetas, y menos aún podrá devorarte la máquina de Watt, que sólo puede haber espantado a los aristócratas osiánicos y neogóticos, y por eso tiene ese aspecto tan patéticamente ecléctico, funcionalidad y elegancia corintia, manivela y capitel, caldera y columna, rueda y tímpano. Aunque estuviese lejos, Jacopo Belbo estaba tratando de hacerme caer en la trampa alucinatoria que había sido su perdición. Es necesario, decía para mis adentros, que me comporte como un científico. ¿Acaso el vulcanólogo se quema como Empédocles? ¿Huía Frazer acosado por el bosque de Nemi? Vamos, eres Sam Spade, profesión: explorar los bajos fondos. La dama de tu corazón debe morir antes del final, mejor por tu mano. Adiós muñeca, ha sido muy hermoso, pero eras un autómata sin alma.

Sucede, sin embargo, que después de la galería dedicada a los medios de transporte viene el atrio de Lavoisier, que da a la gran escalinata por donde se sube a los pisos superiores.

Aquel contrapunto de vitrinas a los lados, aquella especie de altar alquímico en el centro, aquella liturgia de civilizada macumba dieciochesca no eran efecto de una disposición casual, sino una estratagema simbólica.

Ante todo, la abundancia de espejos. Donde hay espejo hay estadio humano, quieres verte. Pero no te ves. Te buscas, buscas la posición en el espacio en la que el espejo te diga «estás ahí, y ése eres tú». Tanto sufrimiento, tanta inquietud para que los espejos de Lavoisier, ya sean cóncavos o convexos, te engañen, se burlen de ti: retrocedes y te encuentras, pero te mueves y te pierdes. Aquel teatro catóptrico había sido montado para arrebatarte toda identidad y hacerte desconfiar de tu posición. Una manera más de decirte: no eres el Péndulo, ni estás en la posición del Péndulo. La inseguridad te atenaza, no sólo con respecto a ti mismo, sino también acerca de los mismos objetos situados entre tú y otro espejo. Sí claro, la física te explica de qué se trata y cómo funciona: un espejo cóncavo recoge los rayos que proceden de determinado objeto, en este caso un alambique sobre una olla de cobre, y los refracta de manera que no veas el objeto nítidamente en el espejo; sólo lo intuyes fantasmal, invertido, suspendido en el aire y fuera del espejo. Desde luego, bastará con cambiar de posición para que desaparezca el efecto.

Pero de pronto me vi, invertido, en otro espejo.

Insoportable.

¿Qué había querido decir Lavoisier? ¿Qué querían sugerir los artífices del Conservatoire? Desde el medioevo árabe, desde Alhacen, conocemos todas las magias de los espejos. ¿Valía la pena realizar la Enciclopedia, el Siglo de las Luces, la Revolución, para afirmar que basta con curvar un espejo para precipitarse en lo imaginario? ¿No es una ilusión lo que nos ofrece el espejo normal, la imagen de ese otro que nos mira desde su zurdera perpetua mientras nos afeitamos cada mañana? ¿Valía la pena que nos dijeran sólo eso, en esta sala, o acaso lo habrán dicho para sugerirnos otra manera de mirar todo el resto, las vitrinas, los instrumentos que fingen celebrar los orígenes de la física y la química Ilustradas?

Máscara de cuero para protegerse en los experimentos de calcinación. ¿De veras? ¿De veras el señor que sostiene esas velas bajo la campana se ponía aquella careta de rata de alcantarilla, aquel atuendo de invasor extraterrestre, para que no se le irritaran los ojos? *Oh, how delicate, doctor Lavoisier.* Si querías estudiar la teoría cinética de los gases, ¿por qué reconstruiste tan meticulosamente la pequeña pila eólica, un piquito encima de una esfera que, si se calienta, gira vomitando vapor, cuando la primera pila eólica ya había sido construida por Herón, en tiempos de la Gnosis, como auxiliar de las estatuas hablantes y otros prodigios de los sacerdotes egipcios?

¿Y qué era aquel aparato para el estudio de la fermentación pútrida, 1781, bella alusión a los fétidos bastardos del Demiurgo? Una sucesión de tubos de vidrio que desde un útero como un bulbo pasan por esferas y conductos, sostenidos por horquillas, entre dos ampollas, y que se transmiten cierta esencia de una a otra mediante serpentines que desembocan en el vacío... ¿Fermentación pútrida? ¡*Balneum Mariae,* sublimación del hidrargirio, *mysterium conjunctionis,* producción del Elixir!

¿Y la máquina para estudiar la fermentación (otra vez) del vino? ¿Una secuencia de arcos de cristal tendidos entre atanor y atanor, que salen de un alambique para ir a parar a otro? Y esas gafitas, y la clepsidra diminuta, y el pequeño electroscopio, y la lente, la navajita de laboratorio que semeja un carácter cuneiforme, la espátula con palanca expulsora, la cuchilla de cristal, el pequeño crisol en tierra refractaria de tres centímetros para producir un homunculus del tamaño de un gnomo, útero infinitesimal para diminutísimas clonaciones, las cajas de caoba llenas de paquetitos blancos, que parecen comprimidos de farmacia de pueblo, envueltos con pergaminos cubiertos de caracteres intraducibles, que contienen especímenes mineralógicos (según dicen), en realidad fragmentos de la Sábana Santa de Basílides, relicarios que custodian el prepucio de Hermes Trismegisto, y el martillo de tapicero, largo y delgado, que marcará el comienzo de un brevísimo día del juicio, una subasta de quintaesencias que se celebrará entre el Pequeño Pueblo de los Elfos de Avalón, y el inefable aparatito para analizar la combustión de los aceites, los glóbulos de vidrio dispuestos como pétalos de trébol de cuatro hojas, otros tréboles de cuatro hojas enlazados por tubos de oro, y todos ellos conectados con otros tubos de cristal que desembocan en un cilindro cobrizo, debajo otro cilindro de oro y vidrio y más abajo aún, otros tubos, apéndices colgantes, testículos, glándulas, excrecencias, crestas... ¿Es ésta la química moderna? ¿Y por eso hubo que guillotinar al autor, si al fin y al cabo nada se destruye y todo se transforma? ¿O lo mataron para que no hablara de lo que veladamente estaba revelando? Como Newton, que, a pesar de ser el padre de la física moderna, siguió meditando sobre la Cábala y las esencias cualitativas.

La sala Lavoisier del Conservatoire es una confesión, un mensaje cifrado, un epítome de todo el museo, burla de la arrogancia de la razón moderna, susurro de otra clase de misterios. Jacopo Belbo tenía razón, la Razón estaba equivocada.

Tenía que darme prisa, se estaba haciendo tarde. Vi el kilo, el metro, las medidas, falsas garantías de garantía. Agliè me había enseñado que el secreto de las pirámides no se descubre calculándolas en metros, sino en antiguos codos. Allí estaban también las máquinas aritméticas, ficticio triunfo de lo cuantitativo, en realidad promesa de cualidades ocultas de los números, retorno a los orígenes del Notariqon de los rabinos que huían por los eriales de Europa. Astronomía, relojes, autómatas, pobre de mí si llegaba a detenerme ante aquellas nuevas revelaciones. Estaba penetrando en el centro mismo de un secreto en forma de Theatrum racionalista, deprisa, deprisa, ya exploraría después, entre la hora de cierre y la medianoche, aquellos objetos que a la oblicua luz del ocaso revelaban su verdadero rostro, figuras, no instrumentos.

Arriba, por las salas de los oficios, de la energía, de la electricidad, total en esas vitrinas no podría haberme escondido. A medida que iba descubriendo, o intuyendo, el sentido de aquellas secuencias, me invadía la ansiedad de no encontrar a tiempo un escondrijo desde donde asistir a la revelación nocturna de la oculta razón de todas ellas. Me movía como un hombre acorralado, por el reloj y el avance terrible de la cantidad. La Tierra giraba inexorable, se acercaba la hora, dentro de poco me echarían.

Hasta que, después de atravesar la galería de los dispositivos eléctricos, llegué a la salita de los cristales. ¿Qué plan absurdo había establecido que después de los aparatos más avanzados y costosos creados por el ingenio moderno debía haber una zona reservada a prácticas conocidas ya por los fenicios, hace millares de años? Era una sala colecticia donde las porcelanas chinas alternaban con vasos andróginos de Lalique, poteries, mayólicas, azulejos, cristales de Murano y, al fondo, en una enorme arqueta transparente, a escala natural y en tres dimensiones, un león matando a una serpiente. Su presencia se justificaba al parecer porque el grupo estaba realizado totalmente en pasta de vidrio, pero otra debía de ser la razón emblemática... Traté de recordar dónde había visto ya aquella imagen. De pronto lo supe. El Demiurgo, el abominable fruto de la Sophia, el primer arconte, Ildabaoth, el responsable del mundo y de su defecto radical, tenía forma de una serpiente y de un león, y sus ojos arrojaban luz de fuego. Quizá todo el Conservatoire fuese una imagen del proceso infame por el que de la plenitud del primer principio, el Péndulo, y del resplandor del Pleroma, el Ogdoada se exfolia, de eón en eón, hasta llegar al reino cósmico, donde reina el Mal. Pero entonces aquella serpiente y aquel león me estaban anunciando que mi viaje iniciático, ay de mí, *à rebours,* tocaba a su fin y que pronto volvería a ver el mundo, no como debe ser, sino como es.

Y en efecto advertí que en el rincón de la derecha, contra una ventana, estaba la garita del Périscope. Entré. Me encontré frente a una placa de vidrio, como un cuadro de mando, en la que veía moverse las imágenes de una película, muy desenfocadas, la sección vertical de una ciudad. Después comprendí que la imagen era proyectada por otra pantalla, situada encima de mi cabeza, en la que aparecía invertida, y que esa segunda pantalla era el ocular de un rudimentario periscopio, construido, por decirlo así, con dos cajones ensamblados en ángulo obtuso, el más largo tendido como un tubo fuera de la garita, encima de mi cabeza y a mis espaldas, hacia una ventana desde la cual, claramente por un juego interno de lentes que le permitía abarcar un amplio ángulo de visión, captaba las imágenes del exterior. Reconstruyendo el trayecto que había recorrido al subir, me di cuenta de que el periscopio me permitía ver el exterior como si mirase desde las vidrieras superiores del ábside de Saint-Martin-des-Champs. Como si mirase colgando del Péndulo, última visión de un ahorcado. Adapté mejor la pupila a aquella imagen imprecisa: ahora podía ver la rue Vaucanson, a la que daba el coro, y la rue Conté, prolongación ideal de la nave. La rue Conté desembocaba en la rue Montgolfier a la izquierda y en la rue Turbigo a la derecha, un bar en cada esquina: Le Week End y La Rotonde, y al frente una fachada donde destacaba un cartel que me costó descifrar: LES CREATIONS JACSAM. El periscopio. No era tan obvio que debiera estar en aquella sala de los cristales en lugar de figurar entre los instrumentos ópticos: señal de que era importante que la exploración del exterior se llevase a cabo en aquel sitio, desde ese ángulo, pero no lograba adivinar el motivo de esa decisión. ¿Qué hacía aquel cubículo, positivista y verniano, junto a la invocación emblemática del león y la serpiente?

Comoquiera que fuese, si tenía la fuerza y el valor de permanecer unas pocas decenas de minutos en aquel sitio, quizá lograría eludir la mirada del guardián.

Fui submarino durante un tiempo que me pareció interminable. Oía los pasos de los remolones, y luego los de los últimos guardianes. Pensé en acurrucarme debajo de la plancha para evitar mejor cualquier ojeada distraída, pero me contuve porque si me descubrían de pie siempre habría podido fingir que era un visitante absorto, incapaz de apartarse de aquel prodigio.

Poco después se apagaron las luces y la sala quedó envuelta en la penumbra; la garita se volvió menos oscura, tenuemente iluminada por aquella pantalla en la que seguía clavando la vista puesto que era mi último contacto con el mundo.

La prudencia aconsejaba que permaneciera de pie, y si los pies me dolieran, en cuclillas, al menos durante dos horas. La hora de cierre para los visitantes no coincide con la de la salida de los empleados. Me sobrecogió el terror de la limpieza: ¿y si ahora empezaban a quitar el polvo de las salas, palmo a palmo? Después pensé que, como por la mañana el museo abría tarde, lo más lógico era que los encargados de la limpieza trabajaran a la luz del día y no durante la tarde. Debía de estar en lo cierto, al menos con respecto a las salas superiores, porque ya no oía ningún paso. Sólo rumores lejanos, algún ruido seco, quizá puertas que se cerraban. Tenía que seguir quieto. Ya tendría tiempo de bajar a la iglesia entre diez y once, o incluso má tarde, porque los Señores sólo llegarían a medianoche.

En aquel momento un grupo de jóvenes salía de La Rotonde. Una chica pasaba por la rue Conté y doblaba por la rue Montgolfier. No era una zona muy frecuentada, ¿resistiría horas y horas observando el mundo insípido que tenía a mis espaldas? Pero si el periscopio estaba allí, ¿no sería para enviarme mensajes de alguna secreta importancia? Iba a tener ganas de orinar: mejor pensar en otra cosa, eran sólo nervios.

La de cosas que se te ocurren cuando estás solo y clandestino en un periscopio. Debe de ser como ocultarse en la bodega de un barco para emigrar a tierras lejanas. Y de hecho, la meta final sería la estatua de la Libertad con el diorama de Nueva York. Podría adormecerme, quizá fuera lo mejor. No, y si me despertaba demasiado tarde...

Lo más peligroso era sucumbir a una crisis de angustia: esa certeza de que dentro de un instante gritarás. Periscopio, sumergible, encallado en el fondo, quizá ya aletean a tu alrededor los grandes peces negros de los abismos, y tú no los ves, y sólo sabes que te está faltando el aire...

Respiré profundamente varias veces. Concentración. Lo único que en esos casos no nos traiciona es la lista de la lavandería. Recapitular los hechos, enumerarlos, determinar sus causas, sus efectos. He llegado a este punto por esto, y por esta otra razón...

Revivieron los recuerdos, nítidos, precisos, ordenados. Los recuerdos de los tres frenéticos últimos días, luego los de los dos últimos años, mezclados con recuerdos de hace cuarenta años, tal como los había encontrado al irrumpir en el cerebro electrónico de Jacopo Belbo.

Recuerdo (y recordaba) para dar algún sentido al desorden de nuestra creación equivocada. Ahora, al igual que la otra tarde en el periscopio, me retraigo en un punto remoto de la mente para emanar una historia como el Péndulo. Diotallevi me había dicho que la primera sĕfirah es Keter, la Corona, el origen, el vacío primordial. El creó primero un punto, que se convirtió en el Pensamiento, donde dibujó todas las figuras... Era y no era, encerrado en el nombre y eludiendo el nombre, no tenía otro nombre sino «¿Quién?», puro deseo de ser llamado con un nombre... En principio trazó unos signos en el aura, una oscura llamarada brotó desde su fondo más secreto, como una niebla sin color capaz de dar forma a lo informe, y, tan pronto como ésta empezó a extenderse, en su centro se formó un manantial de llamas que se derramaron para iluminar las *sĕfirot* inferiores, en dirección al Reino.

Pero decía Diotallevi, quizá en ese *ṣimṣum,* en aquel retraimiento, en aquella soledad, estuviese ya implícita la promesa del retorno.

2

HOḴMAH

3

In hanc utilitatem clementes angeli saepe figuras, characteres, formas et voces invenerunt proposueruntque nobis mortalibus et ignotas et stupendas nullius rei iuxta consuetum linguae usum significativas, sed per rationis nostrae summam admirationem in assiduam intelligibilium pervestigationem, deinde in illorum ipsorum venerationem et amorem inductivas.
(Johannes Reuchlin, *De arte cabalistica,* Hagenhau, 1517, III)

Había sucedido dos días antes. Aquel jueves se me pegaban las sábanas y no me decidía a levantarme. Había llegado la tarde del día anterior y había telefoneado a la editorial. Diotallevi seguía en el hospital, y Gudrun era pesimista: seguía igual, o sea cada vez peor. No me atrevía a ir a verle.

En cuanto a Belbo, no estaba en la oficina. Gudrun me había dicho que había telefoneado para avisar que salía de viaje por razones de familia. ¿Qué familia? Lo extraño era que se había llevado el *word processor,* Abulafia, como ahora lo llamaba, y la impresora. Gudrun me había dicho que lo había instalado en su casa para terminar un trabajo. ¿Por qué tanto jaleo? ¿No podía escribir en la oficina?

Me sentía desterrado. Lia y el niño no regresarían hasta la semana siguiente. La noche anterior había ido hasta el Pílades, pero no había encontrado a nadie.

Me despabiló el teléfono. Era Belbo, su voz sonaba turbada, lejana.

—Vaya. ¿De dónde llama? Ya le estaba dando por desaparecido en el naufragio de la Armada Invencible...

—No se lo tome a broma, Casaubon, esto va en serio. Estoy en París.

—¿París? ¡Pero si el que tenía que ir era yo! Soy yo quien finalmente debo visitar el Conservatoire.

—Por favor, le digo que no bromee. Estoy en una cabina... no, en un bar, en fin, no sé si podré hablar mucho tiempo...

—Si le faltan fichas, llame a cobro revertido. Esperaré su llamada.

—No es un problema de fichas. Estoy con el agua al cuello. —Había empezado a hablar rápidamente, para evitar que le interrumpiera—. El Plan. El Plan es cierto. Por favor, no me diga obviedades. Me están buscando.

—Pero, ¿quién?

Todavía no lograba comprender.

—Los templarios, por Dios, Casaubon, sé que no querrá creerme, pero todo era cierto. Creen que tengo el mapa, me han tendido una trampa, me han obligado a venir a París. Quieren que el sábado a medianoche esté en el Conservatoire, el sábado, entiende, la noche de San Juan... —Hablaba de manera inconexa, me resultaba difícil entenderle—. No quiero ir, estoy huyendo, Casaubon, esos me matan. Tiene que avisar a De Angelis... no, con él es inútil... la policía no, por favor...

—¿Y entonces?

—No sé, lea los disquettes, en Abulafia, en estos días lo he puesto todo allí, incluso lo que ha sucedido este último mes. Usted no estaba, no sabía a quién contárselo, pasé tres días y tres noches escribiendo... Oigame, vaya a la oficina, en el cajón de mi escritorio hay un sobre con dos llaves. La grande no cuenta, es de la casa de campo, pero la pequeña es la del piso de Milán, vaya y léalo todo, después decida usted solo, o podemos hablar... Dios mío, no sé qué hacer...

—Muy bien, leo. Pero, ¿de.pués cómo hago para encontrarle?

—No lo sé, estoy cambiando de hotel todas las noches. Vamos a ver, hágalo todo hoy y mañana espéreme en mi casa, trataré de llamarle, si puedo. Dios mío, la palabra clave...

Oí unos ruidos, la voz de Belbo se acercaba y se alejaba variando de intensidad, como si alguien tratase de arrebatarle el micrófono.

—¡Belbo! ¿Qué sucede?

—Me han encontrado, la palabra...

Sonó un golpe seco, como un disparo. Debía de ser el micrófono que había caído y había golpeado contra la pared, o contra esas repisas que hay debajo de los teléfonos. Alboroto. Después el clic del micrófono colgado. Desde luego que no por Belbo.

Me duché inmediatamente. Tenía que despertar. No comprendía qué estaba sucediendo. ¿El Plan era cierto? Absurdo, lo habíamos inventado nosotros. ¿Quién había capturado a Belbo? ¿Los Rosacruces, el conde de Saint-Germain, la Ocrana, los Caballeros del Temple, los Asesinos? A esas alturas todo era posible, puesto que todo era inverosímil. Podía ser que Belbo hubiese perdido el juicio, en los últimos tiempos estaba tan tenso, no sabía si por Lorenza Pellegrini o porque se sentía más y más atraído por su criatura, aunque el Plan era común, mío, suyo, de Diotallevi; pero era él quien ahora parecía atrapado más allá de los límites del juego. Inútil seguir haciendo hipótesis. Fui a la editorial, Gudrun me recibió comentando agriamente que ahora tenía que encargarse ella sola de los asuntos de la empresa, me precipité en el despacho, encontré el sobre, las llaves, me fui corriendo al piso de Belbo.

Olor a cerrado, a colillas rancias, los ceniceros estaban llenos por todas partes, en el fregadero montañas de platos sucios, el cubo de la basura atiborrado de latas destripadas. En el estudio, sobre un anaquel, tres botellas de whisky vacías, una cuarta aún contenía dos dedos de alcohol. La casa de alguien que había pasado allí los últimos días sin salir, comiendo cualquier cosa, trabajando con furor, como un intoxicado.

Eran sólo dos cuartos, atestados de libros que se apilaban en los rincones y con su peso curvaban las tablas de las estanterías. En seguida divisé la mesa donde estaba el ordenador, la impresora, las cajas con los disquettes. Pocos cuadros en los pocos espacios libres de estanterías, y justo frente a la mesa un grabado del siglo XVII, una reproducción cuidadosamente enmarcada, una alegoría que no había visto el mes anterior, cuando subiera a tomar una cerveza antes de marcharme de vacaciones.

Sobre la mesa, una foto de Lorenza Pellegrini, con una dedicatoria en letra pequeñita y un poco infantil. Salía sólo el rostro, pero la mirada, la mera mirada, me turbaba. Por un instintivo arranque de delicadeza (¿o de celos?) volví la foto sin leer la dedicatoria.

Había algunas cuartillas. Busqué algo interesante, pero sólo encontré baremos, presupuestos de la editorial. Sin embargo, en medio de esos papeles descubrí un *file* impreso que, a juzgar por la fecha, debía de remontarse a los primeros experimentos con el ordenador. De hecho, su título era «Abu». Recordaba el momento en que Abulafia había hecho su entrada en la editorial, el entusiasmo casi infantil de Belbo, los reniegos de Gudrun, las ironías de Diotallevi.

Sin duda, «Abu» había sido la respuesta privada de Belbo a sus detractores, una novatada ideada por un neófito, pero revelaba muy bien el furor combinatorio con que se había acercado a la máquina. El, que decía siempre con su pálida sonrisa que desde que había descubierto que no podía ser un protagonista había decidido ser un espectador inteligente, inútil escribir cuando falta un motivo serio, mejor reescribir los libros de los otros, como hace el buen redactor editorial, él había encontrado en la máquina una especie de alucinógeno, había empezado a pasear los dedos por el teclado como si estuviese ejecutando variaciones sobre el *Para Elisa* en el viejo piano de la casa, indiferente a las críticas. No pensaba que estuviera creando: él, aterrorizado por la escritura, era consciente de que aquello no era creación, sino prueba de eficiencia electrónica, ejercicio gimnástico. Sin embargo, olvidando sus fantasmas habituales, estaba encontrando en ese juego la fórmula que le permitía entregarse a esa segunda adolescencia típica de la cincuentena. Comoquiera que fuese, su pesimismo natural, su difícil ajuste de cuentas con el pasado, se habían paliado en el diálogo con una memoria mineral, objetiva, obediente, irresponsable, transistorizada, tan humanamente inhumana que era capaz de aliviarle su habitual malestar existencial.

---

filename: Abu

Era una hermosa mañana de finales de noviembre, en principio era el verbo, canta, oh diosa, la cólera del Pélida Aquiles, éstas son las que ostentó murallas. Punto y se va aparte él solito. Prueba prueba parakaló parakaló, con el programa adecuado hasta puedes hacer los anagramas, si has escrito toda una novela sobre un héroe sudista llamado Rhett Butler y una chica caprichosa que se llama Scarlett y luego te arrepientes, sólo tienes que dar una orden y Abu cambia todos los Rhett Butler por príncipes Andrei y las Scarlett por Natasha, Atlanta por Moscú, y has escrito guerra y paz.

Ahora Abu hace una cosa: tecleo esta oración, ordeno a Abu que cambie cada «a» por «akka» y cada «o» por «ula», y saldrá un párrafo casi finlandés.

Akkahularakka Akkabu hakkace unakka culasakka: tecleula estakka ularakkaciulan, ulardenulla akka akkabu que cakkambie cakkadakka «akka» pular «akkakkakka» y cakkadakka «ula» pular «ulakka», y sakkaldrakka un pakkarrakkafula cakkasi finlakkandés.

Oh júbilo, oh vértigo de la diferancia, oh lector/escritor mío ideal que padeces un ideal insomnio, oh finnegans wake, oh animal benévolo y gracioso. No te ayuda a pensar pero te ayuda a pensar por él. Una máquina totalmente espiritual. Si escribes con la pluma de ganso tienes que rascar los laboriosos folios y mojarla a cada instante, los pensamientos se acumulan y el pulso se demora, si escribes a máquina las letras se superponen, no puedes avanzar a la velocidad de tus sinapsis sino sólo con el desgarbado ritmo de la mecánica. En cambio con él, ello (¿ella?) los dedos fantasean, la mente acaricia el teclado, te elevan las doradas alas, que al fin la austera razón crítica medite sobre la certeza de la primera impresión.

Y d qqe hagoara, coj este bloqe de treatologías ortigrficas y ordeno a la máquian cque lo cipie yl oiserte en la memoria axlar y luego lovuel hacerapacer desde se limbo en la patalla, a cottigacón d s mismo,

Pues bien, estaba tecleando a ciegas y ahora he cogido ese bloque de teratologías y he ordenado a la máquina que repita su error a continuación de sí mismo, pero esta vez lo he corregido y resulta totalmente legible, perfecto, he logrado convertir toda esa suciedad ortográfica en brillo y esplendor académico.

Hubiese podido cambiar de idea y eliminar el primer bloque: lo dejo sólo para mostrar que en la pantalla pueden coexistir el ser y el deber ser, la contingencia y la necesidad. También podría substraer el bloque infame al texto visible, pero no a la memoria, para conservar el archivo de mis represiones, arrebatando a los freudianos omnívoros y a los virtuosos de las variantes el placer de la conjetura, el oficio y la gloria académica.

Mejor que la memoria verdadera, porque ésta, tras arduo ejercicio, aprende a recordar, pero no a olvidar. Diotallevi está sefardíticamente chiflado por los palacios en los que hay una gran escalinata, y la estatua de un guerrero que comete un crimen horrendo contra una mujer indefensa, y luego pasillos con centenares de habitaciones en las que están representados otros tantos prodigios, apariciones repentinas, sucesos inquietantes, momias animadas, y a cada una de esas imágenes, memorabilísimas, asociamos un pensamiento, una categoría, un elemento del mobiliario cósmico, o incluso un silogismo, un inmenso sorites, cadenas de apotegmas, ristras de hipálages, rosas de zeugmas, danzas de hysteron proteron, logoi apofánticos, jerarquías de stoicheia, procesiones de equinoccios, paralajes, herbarios, genealogías de gimnosofistas, y así hasta el infinito, oh Raimundo, oh Giulio Camillo, que sólo teníais que volver a evocar vuestras visiones para reconstruir en un instante la gran cadena del ser, *in love and joy*, porque todas las hojas esparcidas en el universo ya formaban un único volumen en vuestra mente, y Proust os hubiese hecho sonreír. Pero cuando Diotallevi y yo pensamos en construir un *ars oblivionalis* no pudimos descubrir las reglas del olvido. Es inútil: podemos ir en busca del tiempo perdido siguiendo exiguas huellas en el bosque, como Pulgarcito, pero somos incapaces de extraviar deliberadamente el tiempo reencontrado. Pulgarcito siempre regresa como una idea fija. No hay una técnica del olvido, todavía estamos en el nivel de la casualidad natural, lesiones cerebrales, amnesias, o de la improvisación artesanal, qué sé yo, un viaje, el alcohol, la cura de sueño, el suicidio.

En cambio Abu hasta puede proporcionarnos pequeños suicidios locales, amnesias pasajeras, afasias indoloras.

Dónde estabas anoche, L

Pues bien, lector indiscreto, nunca lo sabrás, pero esa línea trunca, asomada al vacío, era precisamente el comienzo de una larga frase que de hecho escribí pero que después deseé no haber escrito (y no haber ni siquiera pensado) porque hubiera deseado que lo que había escrito ni siquiera se hubiese producido. Bastó una orden para que una baba lechosa cubriese ese bloque fatal e inoportuno: oprimí la tecla «borrar» y zas, se esfumó.

Pero hay más. La tragedia del suicida consiste en que nada más saltar por la ventana, entre el séptimo y el sexto piso, se arrepiente: «¡Oh, si pudiese volver atrás!» Pero nones. Dónde se ha visto. Paf. En cambio Abu es indulgente, te permite recapacitar: todavía podría recuperar mi texto desaparecido si me decidiese a tiempo y oprimiese la tecla correspondiente. Qué alivio. De sólo saber que, si quiero, puedo recordar, lo olvido todo en seguida.

Ya no iré nunca más por los bares desintegrando naves de extraterrestres con proyectiles rastreadores hasta que el monstruo me desintegre. Esto es mejor, desintegro pensamientos. Es una galaxia con miles y miles de asteroides, todos en fila, blancos o verdes, y uno mismo los crea. Fiat Lux, Big Bang, siete días, siete minutos, siete segundos, y ante nuestros ojos surge un universo en perenne licuefacción, en el que no existen ni siquiera líneas cosmológicas precisas ni nexos temporales, al lado de esto el numerus Clausius es una bicoca, aquí se retrocede también en el tiempo, los caracteres surgen y afloran con aire indolente, se insinúan desde la nada y regresa dócilmente a ella, y cuando llamas, conectas, borras, se disuelven y vuelven a ectoplasmarse en sus lugares naturales, es una sinfonía submarina de enlaces y suaves fragmentaciones, una danza gelatinosa de cometas autófagos, como el lucio de Yellow Submarine, pasas el dedo y lo irreparable empieza a deslizarse hacia atrás, hacia una palabra voraz y desaparece en sus fauces, la palabra succiona y ñam, oscuridad, si no paras se come a sí misma y se alimenta de su propia nada, agujero negro de Cheshire.

Y si escribes algo que ofende el pudor, todo va a parar al disquette y a éste le pones una palabra clave y ya nadie podrá leerlo, especial para espías, escribes el mensaje, salvas y apagas, después te metes el disco en el bolsillo y te vas de paseo y ni siquiera Torquemada podrá averiguar nunca qué has escrito, sólo lo sabéis tú y el otro (¿el Otro?). Además, si te torturan, finjes que confiesas y tecleas la palabra, pero en realidad oprimes una tecla secreta y el mensaje desaparece.

Oh, había escrito algo, moví el pulgar por error y se ha borrado todo. ¿Qué era? No recuerdo. Sé que no estaba revelando ningún Mensaje. Pero, quién sabe más adelante.

4

El que trata de penetrar en la Rosaleda de los Filósofos sin la clave es como el hombre que pretenda caminar sin los pies.
(Michael Maier, *Atalanta Fugiens,* Oppenheim, De Bry, 1618, emblema XXVII)

Era todo lo que había a la vista. Tenía que buscar en los disquettes del ordenador. Estaban numerados, y pensé que lo mismo daba probar con el primero. Pero Belbo había hablado de palabra clave. Siempre había guardado celosamente los secretos de Abulafia.

Y en efecto, tan pronto como puse el disquette, apareció un mensaje que me preguntaba: «¿Tienes la palabra clave?» No era una fórmula imperativa, Belbo era una persona bien educada.

Una máquina no colabora, sabe que debe recibir la palabra, si no la recibe, calla. Sin embargo, parecía estar diciéndome: «Mira tú, en mi vientre tengo todo lo que deseas saber, pero rasca, rasca, viejo topo, nunca lo encontrarás.» «Ya veremos», dije para mis adentros, «te gustaba tanto jugar a las permutaciones con Diotallevi, eras el Sam Spade de las editoriales, como hubiera dicho Jacopo Belbo, encuentra el halcón.»

En Abulafia la palabra clave podía tener siete letras. ¿Cuántas permutaciones de siete letras podían hacerse con las veinticuatro letras del alfabeto, calculando también las repeticiones, porque nada impedía que la palabra fuese «cadabra»? En alguna parte existe la fórmula y el resultado debería de ser algo más de seis mil millones. De haber tenido una computadora gigantesca, capaz de encontrar seis mil millones de permutaciones a razón de un millón por segundo, pero claro, después hubiese debido comunicárselas a Abulafia una por una, para probarlas, y sabía que Abulafia tarda diez segundos entre preguntar y verificar la palabra clave. Por tanto, sesenta mil millones de segundos. Puesto que en un año hay poco más de treinta y un millones de segundos, treinta millones para redondear, el tiempo de trabajo hubiera sido de unos dos mil años. No estaba mal.

Tenía que recurrir a la conjetura. ¿En qué palabra podía haber pensado Belbo? Ante todo, ¿se trataba de una palabra que había encontrado al principio, cuando había empezado a usar la máquina, o bien de una palabra que había escogido, y cambiado, en los últimos días, al darse cuenta de que los disquettes contenían material explosivo y de que, al menos para él, el juego había dejado de ser tal? Habría cambiado mucho.

Mejor explorar la segunda hipótesis. Belbo se siente acosado por el Plan, toma el Plan en serio (según me diera a entender por teléfono) y entonces piensa en algún término relacionado con nuestra historia.

O quizá no: un término relacionado con la Tradición hubiera podido ocurrírseles también a Ellos. Por un momento pensé que quizá Ellos habían entrado en el piso, habían hecho una copia de los disquettes y en aquel instante estaban probando todas las combinaciones posibles en algún sitio remoto. El ordenador supremo en un castillo de los Cárpatos.

Qué tontería, me dije, no era gente de ordenadores: habrían recurrido al Notariqon, a la Gĕmatriah, a la Tĕmurah, aplicando a los disquettes el mismo método que a la Torah. Y hubieran tardado tanto tiempo como el transcurrido desde que se redactara el Séfer Yĕṣirah. Sin embargo, no había que descartar esa hipótesis. Ellos, si existían, hubieran seguido una inspiración cabalística, y, si Belbo se había convencido de que existían, no era imposible que hubiese escogido el mismo camino.

Para tranquilizar mi conciencia, probé con las diez sĕfirot: Keter, Ḥok̲mah, Binah, Ḥesed, Gĕb̲urah, Tif'eret, Neṣaḥ, Hod, Yĕsod, Malk̲ut, y para más inri añadí la Šĕk̲inah... Desde luego no funcionó, claro: era la primera idea que se le hubiese ocurrido a cualquiera.

Sin embargo, la palabra debía de ser algo obvio, que surge de modo casi espontáneo, porque cuando se trabaja en un texto, obsesivamente, como debía de haberlo hecho Belbo en los últimos días, resulta imposible sustraerse al universo de discurso en que se vive. Inhumano suponer que, enajenado por el Plan, se le hubiera ocurrido, no sé, Lincoln o Mombasa. Debía de ser algo relacionado con el Plan. Pero, ¿qué?

Traté de meterme en los procesos mentales de Belbo, que había escrito fumando como una chimenea, y bebiendo, y mirando a su alrededor. Fui a la cocina, me serví la última gota de whisky en el único vaso limpio que encontré, regresé al teclado, arrellanado contra el respaldo, las piernas sobre la mesa, bebiendo a sorbitos (¿no era así como lo hacía Sam Spade?, ¿o era Marlowe?), fisgaba a mi alrededor. Los libros estaban demasiado lejos y no se podían leer los títulos impresos en los lomos.

Bebí el último sorbo de whisky, cerré los ojos, volví a abrirlos. Frente a mí estaba el grabado del siglo XVII. Era una típica alegoría rosacruz de esa época, tan rica de mensajes cifrados, en busca de los miembros de la Fraternidad. Evidentemente, representaba el Templo de los Rosacruces y en él podía verse una torre coronada por una cúpula, conforme al modelo iconográfico renacentista, cristiano y hebreo, donde el Templo de Jerusalén se reconstruía basándose en el modelo de la mezquita de Omar.

El paisaje que rodeaba la torre era incoherente e incoherente era la población que lo ocupaba, como en esos jeroglíficos donde se ve un palacio, una rana en primer plano, un mulo con una albarda, un rey recibiendo una ofrenda de un paje. En el grabado, abajo a la izquierda un caballero salía de un pozo agarrándose de una polea sujeta, mediante unos absurdos cabrestantes, a un punto situado en el interior de la torre, al que se accedía por una ventana circular. En el centro, un caballero y un viandante; a la derecha, un peregrino de rodillas sosteniendo una gran ancla a modo de cayado. En el lado derecho, casi enfrente de la torre, un pico, un peñasco desde el que se estaba precipitando un personaje con espada, y en el lado opuesto, en perspectiva, el monte Ararat, con el Arca encallada en la cima. En lo alto, en los ángulos, dos nubes iluminadas por sendas estrellas, que despedían rayos oblicuos hacia la torre, a lo largo de los cuales levitaban dos figuras: un desnudo con una serpiente enroscada en torno a la cintura, y un cisne. Siempre en lo alto, en el centro, un nimbo coronado por la palabra «oriens» con caracteres hebraicos sobreimpresos, desde donde surgía la mano de Dios sosteniendo la torre por un hilo.

La torre se movía sobre ruedas, tenía una primera elevación cuadrada, ventanas, una puerta, un puente levadizo a la derecha, después una especie de pretil con cuatro torrecillas de observación, cada una de ellas habitada por un hombre armado de escudo (historiado con caracteres hebraicos) que agitaba un ramo de palma. Pero se veían sólo tres, el cuarto se adivinaba oculto por la mole de la cúpula octogonal sobre la que se elevaba un cimborrio, también octogonal, del que surgía un par de grandes alas. Arriba había otra cúpula más pequeña, con una torrecilla cuadrangular y abierta en grandes arcos sostenidos por finas columnas que dejaban ver una campana en el interior. Después una última cupulita, de bóveda vaída, donde estaba sujeto el hilo sostenido por la mano divina. A ambos lados de la cupulita, la palabra «Fa/ma», encima de la cúpula, una cinta con la inscripción: «Collegium Fraternitatis».

Las extravagancias no acababan allí, porque por otras dos ventanas redondas de la torre asomaba, a la izquierda, un enorme brazo, desproporcionado con respecto a las demás figuras, que enarbolaba una espada, como si perteneciese al ser alado recluido en la torre, y a la derecha una gran trompeta. La trompeta otra vez...

Me intrigó el número de aberturas de la torre: demasiadas y demasiado regulares en los cimborrios, casuales en cambio en los lados de la base. La torre sólo se veía por dos cuartos, en perspectiva ortogonal, y cabía suponer que por razones de simetría las puertas, las ventanas y los ojos de buey que se veían en un lado también estarían reproducidos en el lado opuesto con el mismo orden. Así pues, cuatro arcos en el cimborrio de la campana, ocho ventanas en el inferior, cuatro torrecillas, seis aberturas entre la fachada oriental y la occidental, catorce entre la fachada septentrional y meridional. Sumé: treinta y seis aberturas.

Treinta y seis. Hacía más de diez años que me obsesionaba ese número. Junto con el ciento veinte. Los rosacruces. Ciento veinte dividido por treinta y seis daba, conservando siete cifras, 3,333333. Era exageradamente perfecto, pero valía la pena probar. Probé. Infructuosamente.

Caí en la cuenta de que, multiplicada por dos, esa cifra daba algo parecido al número de la Bestia, el 666. Pero también esa conjetura resultó demasiado fantasiosa.

De pronto me llamó la atención el nimbo central, sede divina. Las letras hebraicas eran muy evidentes, se podían ver incluso desde la silla. Pero Belbo no podía escribir letras hebraicas en Abulafia. Miré mejor: las conocía, claro, de derecha a izquierda, *yod, he, waw, he.* Iahveh, el nombre de Dios.

5

> Veintidós letras Fundamentales. El las estableció, grabó, agrupó, pesó e intercambió. Y formó con ellas toda la creación y todo lo destinado a formarse.
> (Séfer Yĕṣirah, 2.2)

El nombre de Dios... Claro. Recordé el primer diálogo entre Belbo y Diotallevi, el día en que instalaron a Abulafia en la oficina.

Diotallevi estaba de pie en la puerta de su despacho, y hacía ostentación de indulgencia. La indulgencia de Diotallevi siempre era ofensiva, pero Belbo parecía aceptarla con indulgencia, precisamente.

—No te servirá para nada. ¿No pretenderás copiar ahí los manuscritos que no lees?

—Sirve para clasificar, para ordenar listas, actualizar fichas. Podría escribir un texto mío, no los de otros.

—Pero si has jurado que nunca escribirás nada tuyo.

—He jurado no afligir al mundo con un manuscrito más. He dicho que, puesto que he descubierto que no tengo madera de protagonista...

—...Serás un espectador inteligente. Ya lo sé. ¿Y entonces?

—Entonces, incluso el espectador inteligente, cuando regresa de un concierto, tararea el segundo movimiento. Lo que no significa en absoluto que pretenda dirigirlo en el Carnegie Hall...

—O sea, que harás experimentos de escritura tarareada para descubrir que no debes escribir.

—Sería una decisión honesta.

—¿De veras?

Tanto Diotallevi como Belbo eran de origen piamontés y a menudo disertaban sobre esa capacidad que tienen los piamonteses finos de escuchar con cortesía, mirar a los ojos y decir —¿De veras?— en un tono que parece de interés pero que en realidad infunde un sentimiento de profunda desaprobación. Yo era un bárbaro, me decían, y jamás lograría captar esas sutilezas.

—¿Bárbaro? —protestaba yo—, nací en Milán, pero mi familia procede del Valle de Aosta...

—Pamplinas —respondían—, al piamontés se le reconoce en seguida por su escepticismo.

—Yo soy escéptico.

—No. Usted sólo es incrédulo, que no es lo mismo.

Sabía por qué Diotallevi desconfiaba de Abulafia. Había oído decir que con él se podía alterar el orden de las letras, de manera que un texto hubiese podido engendrar su contrario y prometer oscuros vaticinios. Belbo trataba de explicarle. Son juegos de permutación, le decía, ¿no se llama

Tĕmurah? ¿Acaso el rabino devoto no procede así para elevarse hasta las puertas del Esplendor?

—Amigo mío —le decía Diotallevi—, nunca podrás comprender. Es cierto que la Torah, me refiero a la visible, sólo es una de las permutaciones posibles de las letras de la Torah eterna, tal como Dios la creó y luego entregó a Adán. Y permutando durante siglos las letras del libro se podría llegar a reencontrar la Torah originaria. Pero lo que importa no es el resultado, sino el proceso. La fidelidad con que hagamos girar hasta el infinito el molino de la plegaria y de la escritura, descubriendo poco a poco la verdad. Si esta máquina te ofreciese en seguida la verdad, no la reconocerías, porque tu corazón no estaría purificado por una larga interrogación. ¡Y además en una oficina! El Libro debe susurrarse en un cuchitril del gueto donde día tras día uno aprende a encorvarse y a mover los brazos, apretados contra las caderas, y entre la mano que sostiene el Libro y la que pasa las hojas debe haber un espacio mínimo, y al humedecerse los dedos hay que levantarlos verticalmente hasta los labios, como si se desmigajase pan ázimo, tratando de no perder ni una pizca. La palabra debe comerse muy lentamente, puede disolverse y volver a combinarse sólo si se la derrite en la lengua, y hay que tener mucho cuidado de no babearla sobre el caftán, porque cuando se evapora una letra se rompe el hilo que iba a unirnos a las sĕfirot superiores. A esto dedicó su vida Abraham Abulafia, mientras vuestro Santo Tomás se afanaba por encontrar a Dios con sus cinco callejuelas. Su Ḥokmat ha-Ṣĕruf era al mismo tiempo ciencia de la combinación de las letras y ciencia de la purificación de los corazones. Lógica mística, el mundo de las letras y de sus vertiginosas, infinitas permutaciones es el mundo de la beatitud, la ciencia de la combinación es una música del pensamiento, pero fíjate, has de proceder lentamente, y con cautela, porque tu máquina podría proporcionarte el delirio, no el éxtasis. Muchos discípulos de Abulafia no fueron capaces de detenerse en el tenue umbral que separa la contemplación de los nombres de Dios de la práctica mágica, de la manipulación de los nombres a fin de transformarlos en talismanes, instrumentos de dominio sobre la naturaleza. No sabían, como tampoco tú sabes, ni sabe tu máquina, que cada letra está ligada a uno de los miembros del cuerpo, y si desplazas una consonante sin conocer su poder, una de tus extremidades podría cambiar de posición, o de naturaleza, y quedarías brutalmente contrahecho, por fuera, de por vida, y por dentro, para toda la eternidad.

—Vaya —le había dicho Belbo precisamente aquel día—, no me has disuadido, me has alentado. Así es que tengo en mis manos, a mis órdenes, como tus amigos tenían al Golem, a mi Abulafia personal. Lo llamaré Abulafia, para los íntimos Abu. Y mi Abulafia será más cauto y respetuoso que el tuyo. Más modesto. ¿El problema no consiste en hallar todas las combinaciones del nombre de Dios? Pues bien, mira en este manual, tengo un pequeño programa en Basic que permite permutar todas las secuencias de cuatro letras. Parece hecho a propósito para IHVH. Aquí está, ¿quieres que te lo enseñe?

Y le mostraba el programa, que para Diotallevi sí era cabalístico:

```
10 REM anagramas
20 INPUT L$(1), L$(2), L$(3), L$(4)
30 PRINT
40 FOR I1 = 1 TO 4
50 FOR I2 = 1 TO 4
60 IF I2 = I1 THEN 130
70 FOR I3 = 1 TO 4
80 IF I3 = I1 THEN 120
90 IF I3 = I2 THEN 120
100 LET I4 = 10-(I1 + I2 + I3)
110 LPRINT L$(I1); L$(I2); L$(I3); L$(I4)
120 NEXT I3
130 NEXT I2
140 NEXT I1
150 END
```

—Prueba, escribe I, H, V, H, cuando te pida el input, y lanza el programa. Quizá te lleves un chasco: las permutaciones posibles son sólo veinticuatro.

—Santos Serafines. ¿Y qué haces con veinticuatro nombres de Dios? ¿Acaso piensas que nuestros sabios no han hecho ya el cálculo? Ve al Séfer Yĕṣirah, sección décimosexta del capítulo cuarto. Y no tenían ordenadores: «Dos Piedras edifican dos Casas. Tres Piedras edifican seis Casas. Cuatro Piedras edifican veinticuatro Casas. Cinco Piedras edifican ciento veinte Casas. Seis Piedras edifican setecientas veinte Casas. Siete Piedras edifican cinco mil cuarenta Casas. De ahora en adelante, sal y piensa en lo que la boca no puede decir y la oreja no puede oír.» ¿Sabes cómo se llama esto hoy? Cálculo factorial. ¿Y sabes por qué la Tradición te avisa de que de ahora en adelante no sigas? Porque si las letras del nombre de Dios fuesen ocho, las permutaciones serían cuarenta mil, y si fuesen diez serían tres millones seiscientas mil, y las permutaciones de tu pobre nombre serían casi cuarenta millones, y agradece que no tienes la *middle initial* como los americanos, porque si no subirías a más de cuatrocientos millones. Y si las letras de los nombres de Dios fuesen veintisiete, porque el alfabeto hebraico no tiene vocales, sino veintidós sonidos más cinco variantes, sus nombres posibles serían un número de veintinueve cifras. Pero también deberías calcular las repeticiones, porque no puede excluirse la posibilidad de que el nombre de Dios fuese Alef repetido veintisiete veces, y entonces ya no te bastaría el cálculo factorial y tendrías que calcular cuánto es veintisiete a la vigésimo séptima potencia: y tendrías, creo, 444 miles de millones de miles de millones de miles de millones de posibilidades, más o menos, en todo caso, un número de treinta y nueve cifras.

—Estás haciendo trampa para impresionarme. También yo he leído tu Séfer Yĕṣirah. Las letras fundamentales son veintidós, y con ellas, sólo con ellas, Dios formó toda la creación.

—Por de pronto, no trates de urdir sofismas, porque si entras en ese orden de magnitudes, si en lugar de veintisiete a la vigésimo séptima calculas veintidós a la vigésimo segunda, también da algo así como trescientos cuarenta mil billones de billones. ¿Y qué diferencia tiene para tu medida humana? ¿Sabes que si tuvieses que contar uno, dos, tres, y así sucesivamente, a razón de un número por segundo, para llegar a los mil millones, a un pequeñísimo millar de millones, tardarías casi treinta y dos años? Pero las cosas no son tan sencillas como crees, y la Cábala no se reduce al Séfer Yĕṣirah. Y te explicaré por qué una buena permutación de la Torah debe basarse en la totalidad de las veintisiete letras. Es cierto que si en el curso de una permutación las cinco finales debiesen figurar en mitad de la palabra, entonces se transformarían en sus equivalentes normales. Pero no siempre es así. En Isaías nueve seis siete, la palabra LMRBH, Lemarbah —que, mira por donde, significa multiplicar— está escrita con la *mem* final en posición intermedia.

—¿Y por qué?

—Porque cada letra corresponde a un número y la *mem* normal vale cuarenta mientras que la *mem* final vale seiscientos. No tiene que ver con la Tĕmurah, que te enseña a permutar, sino con la Gĕmatriah, que descubre sublimes afinidades entre la palabra y su valor numérico. Con la *mem* final, la palabra LMRBH no vale 277 sino 837, y equivale a "TTZL, Tat Zal", que significa "el que da con prodigalidad". Ya ves que es necesario tomar en cuenta las veintisiete letras, porque no sólo cuenta el sonido sino también el número. Ahora retomemos mi cálculo: las permutaciones son más de cuatrocientos billones de billones de billones. ¿Y sabes cuánto tiempo se necesitaría para probarlas todas, a razón de una por segundo, y suponiendo que una máquina, desde luego no la tuya, tan pequeña y miserable, fuese capaz de hacerlo? Con una combinación por segundo tardarías siete billones de billones de billones de minutos, ciento veintitrés mil millones de billones de billones de horas, algo más de cinco millones de billones de billones de días, catorce millones de billones de billones de años, ciento cuarenta mil billones de billones de siglos, catorce mil billones de billones de milenios. Y si tuvieses una computadora capaz de probar un millón de combinaciones por segundo, ah, piensa cuánto tiempo ganarías. Tu ábaco electrónico te resolvería la papeleta en catorce billones de miles de millones de milenios. Pero en realidad el verdadero nombre de Dios, el nombre secreto, es tan largo como toda la Torah y no hay máquina en el mundo que sea capaz de agotar sus permutaciones, porque la Torah en sí misma ya es el resultado de una permutación con repeticiones de las veintisiete letras, y el arte de la Tĕmurah no dice que debes permutar las veintisiete letras del alfabeto, sino todos los signos de la Torah, donde cada signo vale como si fuese una letra independiente, aún cuando aparezca infinitas veces más en otras páginas, como decir que las dos *he* del nombre de Ihvh valen como dos letras. De manera que, si quisieras calcular las permutaciones posibles de todos los signos de toda la Torah, no te alcanzarían todos los ceros del mundo. Prueba, prueba con tu miserable maquinita para contables. La Máquina existe, sí, pero no se inventó en tu valle de la silicona, es la sagrada Cábala o Tradición, y los rabinos están haciendo desde hace siglos lo que ninguna máquina podrá hacer jamás y confiemos en que nunca haga. Porque una vez agotada la combinatoria, el resultado debería guardarse en secreto y de todos modos el universo habría concluido su ciclo, y nosotros resplandeceríamos obnubilados en la gloria del gran Metatron.

—Amén —decía Jacopo Belbo.

Pero ya entonces Diotallevi lo estaba empujando hacia estos vórtices, y yo hubiese debido estar más atento. ¿Cuántas veces no había visto a Belbo probando, después de las horas de oficina, programas que le permitiesen verificar los cálculos de Diotallevi, para demostrarle que al menos su Abu le decía la verdad en pocos segundos, sin tener que calcular a mano, en pergaminos amarillentos, con sistemas numéricos antediluvianos, que a lo mejor, digo por decir, ni siquiera conocían el cero? Todo era en vano, también Abu respondía, hasta donde podía llegar, con cifras exponenciales, y Belbo no lograba humillar a Diotallevi con una pantalla llena de ceros hasta el infinito, pálida imitación visual de la multiplicación de los universos combinatorios y de la explosión de todos los mundos posibles...

Sin embargo ahora, después de todo lo que había sucedido, y con el grabado rosacruz colgado enfrente, era imposible que Belbo no hubiera regresado, en su busca de una password, a aquellos ejercicios sobre el nombre de Dios. Pero hubiese tenido que jugar con números como el treinta y seis o el ciento veinte, si era cierto, como pensaba yo, que le obsesionaban esas cifras. Por consiguiente, no podía haber combinado las cuatro letras hebraicas porque, lo sabía, cuatro piedras sólo edifican veinticuatro casas.

Hubiese podido intentarlo con la transcripción italiana, que también contiene dos vocales. Con seis letras disponía de setecientas veinte permutaciones. Habría algunas repeticiones, pero ya Diotallevi había dicho que las dos *he* del nombre de Iahveh valen como dos letras diferentes. Hubiese podido elegir la trigésimo sexta, o la cientoveinteava.

Había llegado allí hacia las once, ya era la una. Tenía que componer un programa para anagramas de seis letras, y bastaba con modificar el que ya tenía para cuatro.

Necesitaba respirar un poco de aire. Bajé a la calle, compré algo de comida, otra botella de whisky.

Volví a subir, dejé los bocadillos en un rincón, pasé en seguida al whisky, inserté el disco de sistema para el Basic, compuse el programa para las seis letras, con los errores habituales, por lo que tardé más de media hora, pero hacia las dos y media el programa estaba funcionando y la pantalla hacía desfilar ante mis ojos los setecientos veinte nombres de Dios.

---

iahveh	iahvhe	iahevh	iahehv	iahhve	iahhev	iavheh	iavhhe
iavehh	iavehh	iavhhe	iavheh	iaehvh	iaehhv	iaevhh	iaevhh
iaehhv	iaehvh	iahhve	iahhev	iahvhe	iahveh	iahehv	iahevh
ihaveh	ihavhe	ihaevh	ihaehv	ihahve	ihahev	ihvaeh	ihvahe
ihveah	ihveha	ihvhae	ihvhea	iheavh	iheahv	ihevah	ihevha
ihehav	ihehva	ihhave	ihhaev	ihhvae	ihhvea	ihheav	ihheva
ivaheh	ivahhe	ivaehh	ivaehh	ivahhe	ivaheh	ivhaeh	ivhahe
ivheah	ivheha	ivhhae	ivhhea	iveahh	iveahh	ivehah	ivehha
ivehah	ivehha	ivhahe	ivhaeh	ivhhae	ivhhea	ivheah	ivheha
ieahvh	ieahhv	ieavhh	ieavhh	ieahhv	ieahvh	iehavh	iehahv
iehvah	iehvha	iehhav	iehhva	ievahh	ievahh	ievhah	ievhha
ievhah	ievhha	iehahv	iehavh	iehhav	iehhva	iehvah	iehvha
ihahve	ihahev	ihavhe	ihaveh	ihaehv	ihaevh	ihhave	ihhaev
ihhvae	ihhvea	ihheav	ihheva	ihvahe	ihvaeh	ihvhae	ihvhea
ihveah	ihveha	iheahv	iheavh	ihehav	ihehva	ihevah	ihevha
aihveh	aihvhe	aihevh	aihehv	aihhve	aihhev	aivheh	aivhhe
aivehh	aivehh	aivhhe	aivheh	aiehvh	aiehhv	aievhh	aievhh
aiehhv	aiehvh	aihhve	aihhev	aihvhe	aihveh	aihehv	aihevh
ahiveh	ahivhe	ahievh	ahiehv	ahihve	ahihev	ahvieh	ahvihe
ahveih	ahvehi	ahvhie	ahvhei	aheivh	aheihv	ahevih	ahevhi
ahehiv	ahehvi	ahhive	ahhiev	ahhvie	ahhvei	ahheiv	ahhevi
aviheh	avihhe	aviehh	aviehh	avihhe	aviheh	avhieh	avhihe
avheih	avhehi	avhhie	avhhei	aveihh	aveihh	avehih	avehhi
avehih	avehhi	avhihe	avhieh	avhhie	avhhei	avheih	avhehi
aeihvh	aeihhv	aeivhh	aeivhh	aeihhv	aeihvh	aehivh	aehihv
aehvih	aehvhi	aehhiv	aehhvi	aevihh	aevihh	aevhih	aevhhi
aevhih	aevhhi	aehihv	aehivh	aehhiv	aehhvi	aehvih	aehvhi
ahihve	ahihev	ahivhe	ahiveh	ahiehv	ahievh	ahhive	ahhiev
ahhvie	ahhvei	ahheiv	ahhevi	ahvihe	ahvieh	ahvhie	ahvhei
ahveih	ahvehi	aheihv	aheivh	ahehiv	ahehvi	ahevih	ahevhi
hiaveh	hiavhe	hiaevh	hiaehv	hiahve	hiahev	hivaeh	hivahe
hiveah	hiveha	hivhae	hivhea	hieavh	hieahv	hievah	hievha
hiehav	hiehva	hihave	hihaev	hihvae	hihvea	hiheav	hiheva
haiveh	haivhe	haievh	haiehv	haihve	haihev	havieh	havihe
haveih	havehi	havhie	havhei	haeivh	haeihv	haevih	haevhi
haehiv	haehvi	hahive	hahiev	hahvie	hahvei	haheiv	hahevi
hviaeh	hviahe	hvieah	hvieha	hvihae	hvihea	hvaieh	hvaihe
hvaeih	hvaehi	hvahie	hvahei	hveiah	hveiha	hveaih	hveahi
hvehia	hvehai	hvhiae	hvhiea	hvhaie	hvhaei	hvheia	hvheai
heiavh	heiahv	heivah	heivha	heihav	heihva	heaivh	heaihv
heavih	heavhi	heahiv	heahvi	heviah	heviha	hevaih	hevahi
hevhia	hevhai	hehiav	hehiva	hehaiv	hehavi	hehvia	hehvai
hhiave	hhiaev	hhivae	hhivea	hhieav	hhieva	hhaive	hhaiev
hhavie	hhavei	hhaeiv	hhaevi	hhviae	hhviea	hhvaie	hhvaei
hhveia	hhveai	hheiav	hheiva	hheaiv	hheavi	hhevia	hhevai
viaheh	viahhe	viaehh	viaehh	viahhe	viaheh	vihaeh	vihahe
viheah	viheha	vihhae	vihhea	vieahh	vieahh	viehah	viehha
viehah	viehha	vihahe	vihaeh	vihhae	vihhea	viheah	viheha
vaiheh	vaihhe	vaiehh	vaiehh	vaihhe	vaiheh	vahieh	vahihe
vaheih	vahehi	vahhie	vahhei	vaeihh	vaeihh	vaehih	vaehhi
vaehih	vaehhi	vahihe	vahieh	vahhie	vahhei	vaheih	vahehi
vhiaeh	vhiahe	vhieah	vhieha	vhihae	vhihea	vhaieh	vhaihe
vhaeih	vhaehi	vhahie	vhahei	vheiah	vheiha	vheaih	vheahi
vhehia	vhehai	vhhiae	vhhiea	vhhaie	vhhaei	vhheia	vhheai
veiahh	veiahh	veihah	veihha	veihah	veihha	veaihh	veaihh
veahih	veahhi	veahih	veahhi	vehiah	vehiha	vehaih	vehahi
vehhia	vehhai	vehiah	vehiha	vehaih	vehahi	vehhia	vehhai
vhiahe	vhiaeh	vhihae	vhihea	vhieah	vhieha	vhaihe	vhaieh
vhahie	vhahei	vhaeih	vhaehi	vhhiae	vhhiea	vhhaie	vhhaei
vhheia	vhheai	vheiah	vheiha	vheaih	vheahi	vhehia	vhehai
eiahvh	eiahhv	eiavhh	eiavhh	eiahhv	eiahvh	eihavh	eihahv
eihvah	eihvha	eihhav	eihhva	eivahh	eivahh	eivhah	eivhha
eivhah	eivhha	eihahv	eihavh	eihhav	eihhva	eihvah	eihvha
eaihvh	eaihhv	eaivhh	eaivhh	eaihhv	eaihvh	eahivh	eahihv

```
eahvih   eahvhi   eahhiv   eahhvi   eavihh   eavihh   eavhih   eavhhi
eavhih   eavhhi   eahihv   eahivh   eahhiv   eahhvi   eahvih   eahvhi
ehiavh   ehiahv   ehivah   ehivha   ehihav   ehihva   ehaivh   ehaihv
ehavih   ehavhi   ehahiv   ehahvi   ehviah   ehviha   ehvaih   ehvahi
ehvhia   ehvhai   ehhiav   ehhiva   ehhaiv   ehhavi   ehhvia   ehhvai
eviahh   eviahh   evihah   evihha   evihah   evihha   evaihh   evaihh
evahih   evahhi   evahih   evahhi   evhiah   evhiha   evhaih   evhahi
evhhia   evhhai   evhiah   evhiha   evhaih   evhahi   evhhia   evhhai
ehiahv   ehiavh   ehihav   ehihva   ehivah   ehivha   ehaihv   ehaivh
ehahiv   ehahvi   ehavih   ehavhi   ehhiav   ehhiva   ehhaiv   ehhavi
ehhvia   ehhvai   ehviah   ehviha   ehvaih   ehvahi   ehvhia   ehvhai
hiahve   hiahev   hiavhe   hiaveh   hiaehv   hiaevh   hihave   hihaev
hihvae   hihvea   hiheav   hiheva   hivahe   hivaeh   hivhae   hivhea
hiveah   hiveha   hieahv   hieavh   hiehav   hiehva   hievah   hievha
haihve   haihev   haivhe   haiveh   haiehv   haievh   hahive   hahiev
hahvie   hahvei   haheiv   hahevi   havihe   havieh   havhie   havhei
haveih   havehi   haeihv   haeivh   haehiv   haehvi   haevih   haevhi
hhiave   hhiaev   hhivae   hhivea   hhieav   hhieva   hhaive   hhaiev
hhavie   hhavei   hhaeiv   hhaevi   hhviae   hhviea   hhvaie   hhvaei
hhveia   hhveai   hheiav   hheiva   hheaiv   hheavi   hhevia   hhevai
hviahe   hviaeh   hvihae   hvihea   hvieah   hvieha   hvaihe   hvaieh
hvahie   hvahei   hvaeih   hvaehi   hvhiae   hvhiea   hvhaie   hvhaei
hvheia   hvheai   hveiah   hveiha   hveaih   hveahi   hvehia   hvehai
heiahv   heiavh   heihav   heihva   heivah   heivha   heaihv   heaivh
heahiv   heahvi   heavih   heavhi   hehiav   hehiva   hehaiv   hehavi
hehvia   hehvai   heviah   heviha   hevaih   hevahi   hevhia   hevhai
Ok
```

Cogí las hojas de la impresora, sin separarlas, como si estuviese consultando el rollo de la Torah originaria. Probé con el nombre número treinta y seis. Oscuridad total. Un último sorbo de whisky y luego, con dedos temblorosos, intenté con el nombre número ciento veinte. Nada.

Para morirse. Sin embargo, ahora yo era Jacopo Belbo y Jacopo Belbo debía de haber razonado como lo estaba haciendo yo. Debía de haber cometido un error, un error de lo más tonto, un error nimio. Estaba a un paso de la solución. ¿Y si Belbo, por razones que yo no alcanzaba a comprender, hubiese contado desde el final?

Casaubon, imbécil, dije para mis adentros. Seguro, desde el final. O sea de derecha a izquierda. Sí, Belbo había metido en el ordenador el nombre de Dios trasliterado en caracteres latinos, con las vocales, pero como la palabra era hebrea la había escrito de derecha a izquierda. Su input no había sido IAHVEH, cómo no se me había ocurrido antes, sino HEVHAI. Era lógico que entonces se invirtiese el orden de las permutaciones.

Por tanto, tenía que contar desde el final. Probé otra vez con ambos nombres.

No sucedió nada.

Me había equivocado por completo. Me había encaprichado con una hipótesis elegante pero falsa. Les pasa hasta a los mejores científicos.

No, no a los mejores científicos. A todos. ¿Acaso justo un mes antes no habíamos observado que últimamente se habían publicado al menos tres novelas en las que el protagonista buscaba el nombre de Dios en el ordenador? Belbo no habría sido tan trivial. Y además, vamos, cuando se elige una palabra clave se elige algo fácil de recordar, que se teclee casi instintivamente. ¡Menuda era IHVHEA! Hubiera tenido que superponer el Notariqon a la Tĕmurah, e inventar un acróstico para recordarla. Algo así como: Imelda, Has Vengado a Hiram Espantosamente Asesinado...

Y además, ¿por qué Belbo tenía que pensar con los conceptos cabalísticos de Diotallevi? El estaba obsesionado por el Plan, y en el Plan habíamos metido muchos otros componentes: los Rosacruces, la Sinarquía, los Homúnculos, el Péndulo, la Torre, los Druidas, la Ennoia...

La Ennoia... Pensé en Lorenza Pellegrini. Alargué la mano y di la vuelta a la fotografía que había censurado. Traté de apartar un pensamiento inoportuno, el recuerdo de aquella noche en el Piamonte... Acerqué la foto y leí la dedicatoria. Decía: «Porque yo soy la primera y la última. Yo soy la honrada y la odiada. Yo soy la prostituta y la santa. Sophia.»

Debía de haber sido después de la fiesta de Riccardo. Sophia, seis letras. Y además, ¿por qué había que permutarlas? Era yo el que pensaba de otra manera tortuosa. Belbo ama a Lorenza, la ama precisamente porque es como es, y ella es Sophia, y pensando que ella, en aquel momento, quizá... No, todo lo contrario, Belbo piensa de manera mucho más tortuosa. Evoqué las palabras de Diotallevi: En la segunda Sĕfirah el Alef tenebroso se transforma en el Alef luminoso. Del Punto Oscuro brotan las letras de la Torah, el cuerpo son las consonantes, el aliento las vocales, y juntas acompañan la cantilena del devoto. Cuando la melodía de los signos se mueve, se mueven con ella las consonantes y las vocales. De allí surge Hoḵmah, la Sabiduría, el Saber, la idea primordial donde todo está contenido como en un arca, listo para desplegarse en la creación. En Hoḵmah está contenida la esencia de todo lo que vendrá después...

¿Y qué era Abulafia, con su reserva secreta de *files*? Era el arca de lo que Belbo sabía, o creía saber, su Sophia. El elige un nombre secreto para penetrar en la profundidad de Abulafia, el objeto con el que hace el amor (el único), pero mientras lo hace piensa en Lorenza, busca una palabra que conquiste a Abulafia y que al mismo tiempo también le sirva de talismán para poseer a Lorenza, quisiera penetrar en el corazón de Lorenza y comprender, así como puede penetrar en el corazón de Abulafia, quiere que Abulafia sea impenetrable para todos los demás, tan impenetrable como Lorenza lo es para él, se engaña pensando que custodia, conoce y conquista el secreto de Lorenza así como posee el de Abulafia...

Estaba inventándome una explicación y me engañaba creyendo que era cierta. Como con el Plan: tomaba mis deseos por la realidad.

Pero puesto que estaba borracho, volví a acercarme al teclado y escribí SOPHIA. La máquina volvió a preguntarme, amablemente: ¿Tienes la palabra clave? Máquina estúpida, no te emocionas ni siquiera con el pensamiento de Lorenza.

6

> Judá León se dio a permutaciones
> De letras y a complejas variaciones
> Y al fin pronunció el Nombre que es la Clave,
> la Puerta, el Eco, el Huésped y el Palacio...
> (J.L. Borges, *El Golem*)

Entonces, por odio a Abulafia, a la enésima obstinada pregunta («¿Tienes la palabra clave?») respondí: «No.»

La pantalla empezó a cubrirse de palabras, de líneas, de índices, de una catarata de discursos.

Había violado el secreto de Abulafia.

Estaba tan excitado por la victoria que no me pregunté ni siquiera por qué Belbo había escogido precisamente aquella palabra. Ahora lo sé, y sé que él, en un momento de lucidez, había entendido lo que yo ahora entiendo. Pero el jueves sólo pensé que había ganado.

Me puse a bailar, a dar palmas, a cantar una canción de la mili. Después me detuve y fui a lavarme la cara. Regresé e hice imprimir ante todo el último *file*, el que Belbo había escrito antes de huir a París. Luego, mientras la impresora graznaba implacable, me puse a comer con voracidad, y a beber de nuevo.

Cuando se detuvo la impresora, leí y me sentí desconcertado: todavía no era capaz de decidir si me encontraba ante unas revelaciones extraordinarias o ante el testimonio de un delirio. ¿Qué sabía, en el fondo, de Jacopo Belbo? ¿Qué había entendido de él en los dos años en que había estado con él casi cada día? ¿Qué crédito podía dar al diario de un hombre que, como él mismo confesaba, estaba escribiendo en circunstancias excepcionales, ofuscado por el alcohol, el tabaco, el terror, un hombre que llevaba tres días sin tener el menor contacto con el mundo?

Se había hecho de noche, la noche del veintiuno de junio. Me lloraban los ojos. Desde la mañana tenía la vista clavada en aquella pantalla y en el puntiforme hormiguero que engendraba la impresora. Ya fuese verdadero o falso lo que acababa de leer, Belbo había dicho que telefonearía la mañana siguiente. Tenía que esperar allí. La cabeza me daba vueltas.

Me dirigí tambaleándome hacia el dormitorio y sin desvestirme me dejé caer en la cama aún deshecha.

Me desperté hacia las ocho emergiendo de un sueño profundo, viscoso, y al principio no sabía dónde estaba. Por suerte quedaba un tarro de café y me preparé varias tazas. El teléfono no sonaba; no me atrevía a bajar para comprar algo por miedo a que Belbo llamase justo en ese momento.

Regresé a la máquina y empecé a imprimir los otros discos, por orden cronológico. Encontré juegos, ejercicios, relatos de hechos que conocía, pero que enfocados desde la perspectiva personal de Belbo me ofrecían un rostro diferente. Encontré fragmentos de diario, confesiones, esbozos de narraciones registradas con el amargo amor propio de quien ya conoce su condena al fracaso. Encontré anotaciones, retratos de personas que recordaba bien, pero que ahora adquirían otra fisonomía; me gustaría decir más siniestra, ¿o más siniestra era sólo mi mirada, mi manera de componer alusiones casuales en un espantoso mosaico final?

Y sobre todo, encontré todo un *file* que contenía sólo citas. Procedían de las lecturas más recientes de Belbo, podía reconocerlas a primera vista, cuántos textos de ese tipo habíamos leído en los últimos meses... Estaban numeradas: ciento veinte. El número no era casual, o bien la coincidencia era inquietante. Pero, ¿por qué ésas y no otras?

Ahora no puedo releer los textos de Belbo, y toda la historia que me traen a la memoria, sin la perspectiva de ese *file*. Desgrano aquellos excerpta como las cuentas de un rosario herético, y aun así soy consciente de que algunos de ellos hubieran podido ser, para Belbo, un toque de alarma, una huella de salvación.

¿O soy yo quien ya no logra distinguir entre el consejo sensato y la deriva del sentido? Trato de convencerme de que mi lectura es la correcta, pero esta misma mañana bien me ha dicho alguien, a mí, no a Belbo, que estaba loco.

La luna se eleva lentamente hasta el horizonte más allá del Bricco. Extraños crujidos habitan el caserón, quizá carcomas, ratas o el fantasma de Adelino Canepa... No me atrevo a recorrer el pasillo, estoy en el estudio del tío Carlo y miro por la ventana. De vez en cuando salgo a la terraza para vigilar si alguien se acerca subiendo la colina. Tengo la impresión de estar en una película, vergonzosa: Ya se acercan...

Sin embargo, la colina está muy tranquila en esta noche ya estival.

Cuánto más azarosa, incierta, demente, la reconstrucción que, para engañar al tiempo, y para mantenerme vivo, trataba de hacer la otra tarde, de cinco a diez, tieso en el periscopio, mientras para hacer circular la sangre movía lenta, suavemente las piernas, como si llevara un ritmo afrobrasileño.

Recordar los últimos años abandonándome al embrujador redoble de los «atabaques»... ¿Quizá para aceptar la revelación de que nuestras fantasías, iniciadas como una danza mecánica, ahora, en ese templo de la mecánica, se habrían transformado en rito, posesión, aparición y dominio del Exu?

La otra tarde en el periscopio no tenía prueba alguna de que lo que me había revelado la impresora fuese cierto. Todavía podía defenderme con la duda. A medianoche quizá descubriría que había ido a París, que me había escondido como un ladrón en un inocuo museo de la técnica, sólo porque me había metido con verdadera estulticia en una macumba para turistas y había sucumbido a la hipnosis de los perfumadores y al ritmo de los pontos...

Mi memoria ensayaba unas veces el desencanto, otras la piedra o la sospecha, mientras trataba de reconstruir el mosaico, y ese clima mental, esa alternancia entre ilusión fabuladora y presentimiento de una trampa, quisiera mantener ahora, mientras con mucha más lucidez reflexiono sobre lo que entonces pensaba, mientras reconstruía documentos leídos frenéticamente el día anterior y aquella misma mañana en el aeropuerto y en el avión hacia París.

Trataba de aclararme a mí mismo la irresponsabilidad con que Belbo, Diotallevi y yo habíamos llegado a reescribir el mundo y, Diotallevi me lo hubiera dicho, a redescubrir las partes del Libro que habían sido grabadas a fuego blanco, en los intersticios dejados por aquellos insectos a fuego negro que poblaban, y parecían volver explícita, la Torah.

Estoy aquí, ahora, después de haber alcanzado, espero, la serenidad y el Amor Fati, para reproducir la historia que, lleno de inquietud, y de esperanza en que fuera falsa, reconstruía en el periscopio, hace dos noches, por haberla leído dos días antes en el piso de Belbo, y por haberla vivido, en parte sin ser consciente de ello, en los últimos doce años, entre el whisky del Pílades y el polvo de Garamond Editores.

3

BINAH

7

No esperéis demasiado del fin del mundo.
(Stanislaw J. Lec, *Aforyzmy. Fraszki,* Kraków, Wydawnictwo Literackie, 1977, «Myśli Nieuczesane»)

Empezar la universidad dos años después del sesenta y ocho es como haber sido admitido en la Academia de Saint-Cyr en el noventa y tres. Uno tiene la impresión de haberse equivocado de año de nacimiento. Por lo demás, Jacopo Belbo, que tenía al menos quince años más que yo, me convenció más tarde de que eso es algo que sienten todas las generaciones. Se nace siempre bajo el signo equivocado y vivir con dignidad significa corregir día a día el propio horóscopo.

Creo que llegamos a ser lo que nuestro padre nos ha enseñado en los ratos perdidos, cuando no se preocupaba por educarnos. Nos formamos con desechos de sabiduría. Tenía diez años y quería que mis padres me abonasen a un semanario que publicaba las obras maestras de la literatura en historietas. No por tacañería, quizá desconfiase de los tebeos, mi padre trató de escurrir el bulto. «El objetivo de esta revista», sentencié entonces, citando el lema de la serie, porque era un chico astuto y persuasivo, «consiste básicamente en educar entreteniendo.» —Mi padre, sin levantar la vista del periódico, dijo: «El objetivo de tu revista es el mismo del de todas las revistas, vender lo más posible.»

Aquel día empecé a volverme incrédulo.

Es decir, me arrepentí de haber sido crédulo. Había sido presa de una pasión mental. Tal es la credulidad.

No es que el incrédulo no deba creer en nada. No cree en todo. Cree en una cosa cada vez, y en una segunda cuando deriva de alguna manera de la primera. Avanza como un miope, es metódico, no aventura horizontes. Dos cosas no relacionadas entre sí, creer en las dos, y con la idea de que, en algún lugar, haya una tercera, oculta, que las vincula, esto es la credulidad.

La incredulidad, lejos de excluir la curiosidad, la sostiene. Desconfiando de las cadenas de ideas, de las ideas amaba la polifonía. Basta con no creer en ellas para que dos ideas, ambas falsas, puedan chocar entre sí creando un bello intervalo o un *diabolus in musica.* No respetaba las ideas por las que otros apostaban la vida, pero dos o tres ideas que no respetaba podían formar una melodía. O un ritmo, preferentemente de jazz.

Más tarde Lia me diría:

—Tu alimento son las superficies. Cuando pareces profundo es porque ensamblas varias y creas la apariencia de un sólido: un sólido que si lo fuese no podría mantenerse en pie.

—¿Me estás diciendo que soy superficial?

—No —había sido su respuesta—, lo que los otros llaman profundidad sólo es un tesseract, un cubo tetradimensional. Entras por un lado, sales por el otro, y estás en un universo que no puede coexistir con el tuyo.

(Lia, no sé si volveré a verte, ahora que Ellos han entrado por el lado equivocado y han invadido tu mundo, y por culpa mía: les he hecho creer que existían esos abismos que su debilidad anhelaba.)

¿Qué pensaba yo en realidad hace quince años? Consciente de mi incredulidad me sentía culpable entre la multitud de los que creían. Puesto que sentía que no se equivocaban, decidí creer como quien se toma una aspirina. Daño no hace, y uno mejora.

Me encontré en medio de la Revolución, o al menos del más formidable de los simulacros que jamás se haya realizado, buscando una fe honorable. Me pareció honorable participar en las asambleas y en las manifestaciones, grité con los otros, ¡fascistas, burgueses, os quedan pocos meses!, no arrojé adoquines o canicas metálicas porque siempre he temido que los demás me hagan a mí lo que yo les hago a ellos, pero me producía una especie de excitación moral escapar por las calles del centro, cuando cargaba la policía. Regresaba a casa con la sensación de haber cumplido con algún deber. En las asambleas no lograba apasionarme por las discusiones que enfrentaban a los distintos grupos: sospechaba que sólo era cuestión de dar con la cita adecuada para pasar al campo contrario. Me divertía encontrando las citas adecuadas. Modulaba.

Puesto que en las manifestaciones, a veces, había desfilado detrás de una u otra pancarta para seguir a una chica que perturbaba mi imaginación, llegué a la conclusión de que para muchos de mis compañeros la militancia política era una experiencia sexual; y el sexo era una pasión. Yo sólo quería tener curiosidad. Es cierto que en el curso de mis lecturas sobre los templarios, y sobre las diversas atrocidades que les habían atribuido, me había topado con la afirmación de Carpócrates según la cual, para liberarnos de la tiranía de los ángeles, señores del cosmos, es necesario perpetrar toda clase de ignominias, saldando todas las deudas que hemos contraído con el universo y con nuestro cuerpo, porque sólo cometiendo todos los actos el alma puede liberarse de sus pasiones y reencontrar la pureza originaria. Mientras inventábamos el Plan descubrí que, para lograr la iluminación, muchos drogados del misterio escogen esta vía. Sin embargo, Aleister Crowley, que pasa por ser el hombre más perverso de todos los tiempos, y que por tanto hacía todo lo que podía hacer con devotos de ambos sexos, sólo tuvo, según sus biógrafos, mujeres feísimas (supongo que, a juzgar por lo que escribían, los hombres tampoco eran mejores), y me he quedado con la sospecha de que nunca haya hecho el amor con plenitud.

Quizá dependa de una relación entre la sed de poder y la impotentia coeundi. Marx me caía bien porque me parecía evidente que con su Jenny hacía el amor con alegría. Es algo que se siente en el ritmo sosegado de su prosa y en su sentido del humor. Cierta vez, en cambio, en los pasillos de la universidad, dije que a fuerza de acostarse con la Krupskaia se acaba escribiendo un libraco como *Materialismo y Empiriocriticismo.* Por poco me apalean, y me trataron de fascista. Lo dijo un tío alto, de bigotes a la tártara. Lo recuerdo muy bien, ahora anda con la cabeza rapada y pertenece a una comuna donde fabrican cestas.

Si ahora evoco la atmósfera de aquella época es sólo para precisar el estado de ánimo con que me acerqué a Garamond y trabé amistad con Jacopo Belbo. Por entonces mi actitud era la de quien aborda los discursos sobre la verdad para prepararse a corregir las galeradas. Pensaba que el problema fundamental, cuando se cita «Yo soy el que soy», consistía en determinar dónde va el signo de puntuación, dentro o fuera de las comillas.

Por eso mi decisión política fue la filología. En aquellos años, la universidad de Milán era ejemplar. Mientras que en el resto del país se invadían las aulas y se asaltaba a los profesores, para pedirles que sólo hablasen de la ciencia proletaria, en nuestra universidad, salvo algún incidente aislado, regía un pacto constitucional, o más bien, territorial. La revolución presidiaba la zona externa, el aula magna y los grandes corredores, mientras que la Cultura oficial se había retirado, protegida y asegurada, a los corredores internos y a los pisos superiores, y seguía hablando como si nada hubiese sucedido.

De esta manera podía pasarme la mañana discutiendo sobre la ciencia proletaria en el piso de abajo y la tarde practicando un saber aristocrático en el piso de arriba. Vivía cómodamente en esos dos universos paralelos, y no percibía la menor contradicción en mi conducta. También yo creía que estaba por surgir una sociedad igualitaria, pero me decía que en esa sociedad también tendrían que funcionar (y mejor que antes) los trenes, por ejemplo, y que los sans-culottes que me rodeaban no estaban aprendiendo en absoluto a cargar la caldera de carbón, a accionar las agujas, a elaborar una planilla de horarios. Sin embargo, alguien debía estar preparado para encargarse de los trenes.

No sin cierto remordimiento, me sentía como un Stalin que ríe entre dientes mientras piensa: «Haced, haced, pobres bolcheviques, que yo sigo estudiando en el seminario de Tiflis y después del plan quinquenal me encargo yo.»

Quizá porque vivía en el entusiasmo por las mañanas, por las tardes identificaba el saber con la desconfianza. Por eso quise estudiar algo que me permitiese decir lo que podía afirmarse sobre la base de documentos, para distinguirlo de lo que era cuestión de fe.

Por razones casi casuales me agregué a un seminario de historia medieval y escogí como tema de tesis el proceso a los templarios. La historia de los templarios me había fascinado desde que diera una ojeada a los primeros documentos. En aquella época en que se luchaba contra el poder, me llenaba, generosamente, de indignación la historia del proceso, que es indulgente definir como indiciario, por el que los templarios acabaron en la hoguera. Pero había descubierto en seguida que, desde que fueran condenados a la hoguera, una caterva de cazadores de misterios había intentado reencontrarlos por todas partes, y sin presentar jamás una prueba. Ese derroche visionario irritaba mi incredulidad, decidí no perder el tiempo con cazadores de misterios y atenerme sólo a las fuentes de la época. Los templarios constituían una orden monástica de caballería cuya existencia se basaba en el reconocimiento de la Iglesia. Si la Iglesia había disuelto la Orden, y eso había sucedido hacía siete siglos, los templarios ya no podían existir, y si existían no eran templarios. Así fue como saqué una bibliografía de cien libros por lo menos, aunque al final sólo leí una treintena.

Entré en contacto con Jacopo Belbo precisamente por causa de los templarios, en el Pílades, cuando ya estaba trabajando en la tesis, a finales del setenta y dos.

8

Vengo de la luz y de los dioses y ahora estoy separado de ellos, en este exilio.

(*Fragmento de Turfa'n M7*)

El bar Pílades era por entonces el puerto franco, la taberna galáctica donde los extraterrestres de Ophiuco, que asediaban la Tierra, se encontraban sin conflicto con los hombres del Imperio, que patrullaban las franjas de van Allen. Era un viejo bar situado cerca de los Naviglio, con la barra de zinc, el billar, y los tranviarios y artesanos de la zona que venían por la mañana temprano a beberse un chato de vino blanco. Hacia el sesenta y ocho, y en los años siguientes, el Pílades se había convertido en una especie de Rick's Bar donde el militante del Movimiento podía echar una partida de cartas con el periodista del diario patronal que iba a beberse medio whisky una vez cerrada la edición, cuando ya partían los primeros camiones para repartir por los kioscos las mentiras del sistema. Pero en el Pílades incluso el periodista se sentía un proletario explotado, un productor de plusvalía obligado a fabricar ideología, y los estudiantes lo absolvían.

Entre las once de la noche y las dos de la madrugada pasaban por allí el empleado de editorial, el arquitecto, el cronista de sucesos que aspiraba a escribir para la sección de cultura, los pintores de la Academia de Brera, algunos escritores de nivel medio y estudiantes como yo.

Se imponía un mínimo de excitación alcohólica y el viejo Pílades, sin eliminar las garrafas de vino blanco para los tranviarios y los clientes más aristocráticos, había reemplazado la casera y el cinzano por claretes DOC, para los intelectuales democráticos, y Johnny Walker para los revolucionarios. Podría escribir la historia política de aquellos años registrando las etapas y modalidades por las que poco a poco se pasó del etiqueta roja al Ballantine de doce años y finalmente al malta.

Con la llegada del nuevo público, Pílades había conservado el viejo billar, donde pintores y tranviarios se desafiaban, pero también habían instalado un flipper.

A mí la bola me duraba poquísimo, y al principio pensé que era por distracción, o por torpeza manual. Años después comprendí la verdad, viendo jugar a Lorenza Pellegrini. Al principio no había reparado en ella, pero la descubrí una noche siguiendo la mirada de Belbo.

Belbo estaba en el bar como si estuviera de paso (lo frecuentaba al menos desde hacía diez años). Intervenía a menudo en las conversaciones, en la barra o en alguna mesa, pero casi siempre para soltar alguna gracia que enfriaba los entusiasmos, cualquiera que fuese el tema de conversación.

También los dejaba helados con otra técnica, con una pregunta. Alguien estaba contando algo, encandilando a la compañía, y Belbo miraba al interlocutor con sus ojos glaucos, siempre un poco distraídos, sosteniendo el vaso a la altura de la cadera, como si hiciese mucho que había olvidado beber, y preguntaba: «¿Pero realmente sucedió así?» O bien: «¿Pero lo decía en serio?» No sé qué sucedía, pero todos empezaban a dudar del relato, incluido el narrador. Debía de ser su deje piamontés que volvía interrogativas todas sus afirmaciones, y sarcásticas sus interrogaciones. Era piamontesa, en Belbo, esa manera de hablar sin mirar demasiado a los ojos del interlocutor, pero no como quien huye con la mirada. La mirada de Belbo no eludía el diálogo. Simplemente, desplazándose, clavándose de pronto en convergencias de paralelas en las que no habíamos reparado, en un punto impreciso del espacio, lograba hacernos sentir como si hasta entonces hubiésemos estado mirando torpemente el único punto que no venía al caso.

Pero no era sólo la mirada. Con un gesto, con una sola interjección Belbo tenía el poder de desplazarte de lugar. Por ejemplo, tratabas de demostrar que Kant realmente había llevado a cabo la revolución copernicana de la filosofía moderna, y te jugabas todo en esa afirmación. Belbo, que estaba sentado enfrente, podía mirarse de pronto las manos o la rodilla o entrecerrar los párpados esbozando una sonrisa etrusca o quedarse unos segundos con la boca abierta y los ojos clavados en el cielo raso, y luego, con un leve balbuceo, decir: «También ese Kant...» O, si se proponía más abiertamente atentar contra todo el sistema del idealismo trascendental: «Pues. ¿Quería de verdad armar todo ese jaleo...?» Después te dirigía una mirada solícita, como si hubieras sido tú quien había roto el encanto, y no él, y te alentaba: «Pero, no se corte, prosiga usted. Porque, desde luego, ahí hay... ahí hay algo... El hombre tenía su ingenio.»

A veces, cuando estaba en el colmo de la indignación, perdía los estribos. Pero como lo único que lo indignaba era que los demás los perdieran, su manera de perderlos era totalmente interior, y regional. Apretaba los labios, alzaba primero la vista al cielo, luego inclinaba la mirada y la cabeza, hacia abajo, a la izquierda, y decía a media voz: *Ma gavte la nata.* Al que no conocía esa expresión piamontesa, a veces le explicaba: *Ma gavte la nata,* quítate el tapón. Dícese de quien está henchido de sí. Se supone que aguanta en esa condición posturalmente abnorme por la presión de un tapón hincado en el trasero. Si se lo quita, pssss, recupera su condición humana.

Esas observaciones suyas eran capaces de hacerte notar la vanidad de todo, y a mí me fascinaban. Sin embargo, no las interpretaba correctamente, porque las tomaba como modelo de supremo desprecio por la trivialidad de las verdades ajenas.

Sólo ahora, después de haber violado, junto con los secretos de Abulafia, el alma misma de Belbo, sé que lo que entonces me pareció desencanto, y que estaba erigiendo en principio de vida, era para él una forma de melancolía. Su deprimido libertinaje intelectual ocultaba un desesperado anhelo de absoluto. Era difícil percibirlo a primera vista, porque Belbo compensaba los momentos de fuga, perplejidad, distanciamiento, con momentos de relajada afabilidad, en los que se entretenía creando otras formas de absoluto, con regocijada incredulidad. Era entonces cuando inventaba con Diotallevi manuales de lo imposible, mundos al revés, teratologías bibliográficas. Y el locuaz entusiasmo con que construía su Sorbona rabelesiana impedía comprender cuánto le dolía su exilio de la facultad de teología, la verdadera, no la inventada.

Comprendí luego que yo había borrado la dirección de esa facultad, él, en cambio, la había perdido, y no conseguía resignarse.

En los *files* de Abulafia he encontrado muchas páginas de un pseudodiario que Belbo había confiado al secreto de los disquettes, seguro de no traicionar su vocación, tantas veces proclamada, de mero espectador del mundo. Algunos llevan una fecha lejana, evidentemente transcribió allí viejas anotaciones, por nostalgia, o porque pensaba volver a utilizarlas de alguna manera. Otros son de estos últimos años, de cuando ya disponía de Abu. Escribía como simple juego mecánico, para reflexionar en solitario sobre sus propios errores, se engañaba pensando que no estaba «creando» porque la creación, aun cuando es fuente de error, siempre se produce por amor a alguien distinto de nosotros. Pero Belbo, sin darse cuenta, estaba pasando al otro lado de la barrera. Estaba creando, y más le hubiera valido no hacerlo: su entusiasmo por el Plan surgió de esa necesidad de escribir un Libro, aunque todo él fuera un único, exclusivo, feroz error intencional. Mientras te contraigas en el vacío puedes pensar aún que estás en contacto con el Uno, pero tan pronto como manosees la arcilla, aunque sea electrónica, te conviertes en un demiurgo, y quien se empeña en hacer un mundo ya está comprometido con el error y con el mal.

---

filename: Tres mujeres en la vida...

Es así: toutes les femmes que j'ai rencontrées se dressent aux horizons —avec les gestes piteux et les régards tristes des sémaphores sous la pluie...

Mire hacia arriba, Belbo. Primer amor, María Santísima. Mamá cantando mientras me tiene en el regazo como si me acunara cuando ya no necesito nanas pero le pedía que cantase porque me gustaba su voz y el perfume de espliego de su seno: «Oh, Reina de los Cielos - Tú eres toda hermosa - eres pureza inmaculada - Salve hija, esposa, esclava - Salve, oh madre de Dios Nuestro Señor.»

Lógico: la primera mujer de mi vida no fue mía —como por lo demás no fue de nadie, por definición. Me enamoré en seguida de la única mujer capaz de hacer todo sin mí.

Después Marilena (¿Marylena? ¿Mary Lena?). Describir líricamente el crepúsculo, los cabellos de oro, el gran lazo azul, yo tieso con la frente levantada delante del banco, ella camina haciendo equilibrios por el borde del respaldo, con los brazos extendidos para compensar las oscilaciones (deliciosas extrasístoles), la falda revolotea levemente en torno a los muslos rosados. Allá arriba, inalcanzable.

Boceto: esa misma tarde, mamá espolvorea con talco el cuerpecito rosado de mi hermana, yo pregunto cuándo va a salirle la pilila, mamá explica que a las niñas no les sale pilila, y se quedan así. De golpe vuelvo a ver a Mary Lena, y las blancas braguitas asomando bajo la suave brisa de su falda azul, y comprendo que es rubia y altiva, e inaccesible, porque es diferente. Toda relación es imposible, pertenece a otra raza.

Tercera mujer perdida en seguida en la profundidad en que se abisma. Acaba de morir mientras duerme, pálida Ofelia entre las flores de su ataúd virginal, mientras el cura recita las oraciones fúnebres, de repente, se yergue sobre el catafalco, con el ceño fruncido, blanca, vindicadora, señalando con el dedo, la voz cavernosa: «Padre, no rece usted por mí. Esta noche, antes de dormirme, he concebido un pensamiento impuro, el único de mi vida, y ahora estoy condenada.» Buscar el libro de la primera comunión. ¿La ilustración existía, o me lo he inventado todo? Sí claro, había muerto pensando en mí, el pensamiento impuro era yo que deseaba a Mary Lena, intocable porque pertenecía a otra especie y destino. Soy culpable de su condenación, soy culpable de la condenación de todos los que se condenan, es justo que las tres mujeres no hayan sido mías: es el castigo por haberlas deseado.

Pierdo la primera porque está en el paraíso, la segunda porque envidia en el purgatorio el pene que jamás tendrá, y la tercera porque está en el infierno. Teológicamente perfecto. Ya escrito.

Pero también está la historia de Cecilia, y Cecilia está en la tierra. Pensaba en ella antes de dormirme, subía a la colina para ir a buscar la leche a la vaquería y mientras los partisanos disparaban desde la colina de enfrente contra el puesto de control me imaginaba corriendo a salvarla, liberándola de una horda de sicarios negros que la perseguían enarbolando las ametralladoras... Más rubia que Mary Lena, más inquietante que la niña del sarcófago, más pura y esclava que la virgen. Cecilia estaba viva y era accesible, si hasta casi hubiese podido hablarle, estaba seguro de que podía querer a uno de mi especie, y de hecho lo quería, se llamaba Pappi, tenía el pelo rubio e hirsuto sobre un cráneo minúsculo, un año más que yo, un saxofón. Y yo ni siquiera una trompeta. Nunca los había visto juntos, pero en la escuela parroquial todos cuchicheaban entre codazos y risitas que hacían el amor. Seguro que mentían, pequeños campesinos lascivos como cabras. Querían hacerme creer que ella (Ella, Marylena Cecilia esposa y esclava) era tan accesible que alguien ya había accedido a ella. Comoquiera que fuese, —cuarta vez— yo estaba fuera de juego.

¿Puede escribirse una novela sobre una historia como ésta? Quizá debería escribir una sobre las mujeres de las que huyo porque pude hacer mías. O hubiera podido. Tenerlas. O es la misma historia.

En suma, cuando ni siquiera se sabe cuál es la historia, mejor dedicarse a corregir libros de filosofía.

9

En la mano derecha asía una trompeta dorada.
(Johann Valentin Andreae, *Die Chymische Hochzeit des Christian Rosencreutz*, Strassburg, Zetzner, 1616, 1)

Veo que en este *file* se menciona una trompeta. Anteayer en el periscopio aún no sabía cuál era su importancia. Sólo tenía una referencia, bastante pálida y marginal.

En las largas tardes que pasábamos en Garamond, a veces Belbo, abrumado por algún manuscrito, alzaba la vista de los folios y trataba de distraerme también a mí, que quizá estaba compaginando en la mesa de enfrente viejos grabados de la Exposición Universal, y se entregaba a los recuerdos, dispuesto siempre a correr el telón tan pronto como sospechara que podía estar tomándolo demasiado en serio. Recordaba su pasado, pero sólo a título de exemplum, para castigar alguna vanidad.

—Me pregunto adónde iremos a parar— dijo cierto día.

—¿Se refiere al ocaso de occidente?

—¿Declina? Al fin y al cabo es lo suyo, lo dice la palabra misma. No, me refería a esta gente que escribe. Tercer manuscrito de la semana, uno sobre el derecho bizantino, otro sobre el Finis Austriae, el tercero sobre los sonetos del Aretino. Son cosas bastante distintas, ¿no le parece?

—Eso parece.

—Pues bien, ¿y si le dijera que en los tres aparecen en determinado momento el deseo y el objeto de deseo? Es una moda. En el caso del Aretino se entiende, pero en el derecho de Bizancio...

—Pues a la papelera.

—No, son trabajos totalmente financiados por el Consejo Nacional de Investigaciones, y además no están mal. A lo sumo llamo a estos tres para ver si pueden eliminar esos pasajes. Tampoco ellos quedan demasiado bien.

—¿Y cuál puede ser el objeto de deseo en el derecho bizantino?

—Oh, siempre hay alguna manera de meterlo. Desde luego, si en el derecho bizantino había algún objeto de deseo, no es el que dice éste. Nunca es ése.

—¿Cuál?

—El que se supone. Una vez, yo tendría unos cinco o seis años, soñé que tenía una trompeta. Dorada, sabe, uno de esos sueños en que se siente circular miel por las venas, una especie de polución nocturna, como puede tenerla un muchachito impúber. Creo que nunca he sido tan feliz como en ese sueño. Nunca más. Naturalmente, al despertar me di cuenta de que no había tal trompeta y me eché a llorar a lágrima viva. Lloré todo el día. Realmente, aquel mundo de antes de la guerra, debe de haber sido por el treinta y ocho, era un mundo pobre. Si hoy tuviera un hijo y lo viese tan desesperado le diría vamos, te compro una trompeta; era sólo un juguete, no habría costado ningún capital. A mis padres no se les pasó por la cabeza. En aquella época, gastar era una cosa seria. Y también lo era educar a los chavales para que se habituaran a no tener todo lo que deseaban. No me gusta la sopa de col, decía, y era cierto, Dios mío, que las coles en la sopa me daban asco. Nada de decirme está bien, por hoy deja la sopa y cómete la carne, o el pescado (no éramos pobres, teníamos primero, segundo y fruta). No señor, se come lo que hay en la mesa. A lo sumo, como solución de compromiso, la abuela empezaba a quitar la col de mi plato, trozo por trozo, gusanillo por gusanillo, baba por baba, y tenía que comerme la sopa depurada, más asquerosa que antes, y ésa ya era una concesión que mi padre desaprobaba.

—Pero, ¿y la trompeta?

Me había mirado vacilante:

—¿Por qué le interesa tanto la trompeta?

—A mí no. Es usted quien ha hablado de la trompeta a propósito del objeto de deseo que resulta que no es el que uno se imagina...

—La trompeta... Aquella tarde tenían que llegar los tíos de ***, no tenían hijos y yo era el sobrino preferido. Me ven llorar por aquel fantasma de trompeta y dicen que se encargan de todo, al día siguiente iríamos a unos grandes almacenes, donde había todo un mostrador de juguetes, una maravilla, allí encontraría la trompeta que quería. Pasé la noche en vela y toda la mañana siguiente estuve excitadísimo. Por la tarde fuimos a los grandes almacenes, había al menos tres tipos de trompetas, serían cositas de hojalata, pero a mí me parecían bronces de orquesta de ópera. Había una corneta militar, un trombón de varas y una pseudotrompeta, porque tenía boquilla y era de oro, pero las llaves eran de saxofón. No sabía cual elegir y quizá tardé demasiado. Las quería todas y debió de parecer que no quería ninguna. Creo que entretanto los tíos habían echado una ojeada a los precios. No eran tacaños, pero tuve la impresión de que les pareció menos caro un clarín de baquelita, todo negro, con las llaves de plata. «¿Y qué tal éste?», me preguntaron. Lo probé, balaba bastante bien, traté de convencerme de que era bellísimo, pero en verdad razonaba, y me decía que los tíos querían que me quedase con el clarín porque era más barato: la trompeta debía de costar una fortuna y no podía imponer ese sacrificio a los tíos. Siempre me habían enseñado que cuando te ofrecen algo que te gusta tienes que decir en seguida no gracias, y no una sola vez, no decir no gracias y después tender la mano, sino esperar que el otro insista, que te diga por favor. Sólo entonces el niño educado puede ceder. De manera que dije que quizá no quería la trompeta, que quizá también podía irme bien el clarín, si ellos lo preferían. Y no les quitaba el ojo de encima esperando que insistieran. No insistieron, que Dios los tenga en su gloria. Estuvieron muy contentos de comprarme el clarín, puesto que, como dijeron, ése era mi deseo. Ya no podía dar marcha atrás. Salí de allí con el clarín. —Me echó una mirada de sospecha—. ¿Quiere saber si volví a soñar con la trompeta?

—No, quiero saber cuál era el objeto de deseo.

—Ah —exclamó volviendo a coger el manuscrito—, también usted tiene la obsesión del objeto de deseo. Con estas cuestiones se puede hacer lo que se quiera. Quién sabe. ¿Y si hubiera cogido la trompeta? ¿Habría sido realmente feliz? ¿Usted qué piensa, Casaubon?

—Quizá habría soñado con el clarín.

—No —concluyó con tono seco—. El clarín sólo lo tuve. Creo que nunca llegué a hacerlo sonar.

—¿Sonar o soñar?

—Sonar —dijo marcando bien las sílabas y, no sé por qué, me sentí como un bufón.

10

Y por último lo que se infiere cabalísticamente de *vinum* es VIS NUMerorum, que son los números en que se basa esa Magia.

(Cesare della Riviera, *Il Mondo Magico degli Eroi,* Mantua, Osanna, 1603, pp. 65-66)

Pero estaba hablando de mi primer encuentro con Belbo. Nos conocíamos de vista, habíamos cruzado algunas palabras en el Pílades, pero no sabía mucho de él, salvo que trabajaba en Garamond, algunos de cuyos libros había tenido ocasión de conocer en la universidad. Editor pequeño, pero serio. Un joven que va a acabar la tesis siempre se siente atraído por alguien que trabaja para una editorial de cultura.

«¿Y usted a qué se dedica?», me preguntó una noche en que ambos estábamos apoyados en el extremo de la barra de zinc, arrinconados por una muchedumbre digna de las grandes ocasiones. Era la época en que todo el mundo se tuteaba: estudiantes a profesores, profesores a estudiantes. Y más aún en el Pílades: «Págame una copa», decía el estudiante con trenca al jefe de redacción del periódico de gran tirada. Parecía que estábamos en Petrogrado en la época del joven Sklovsky. Todos Maiakovsky, ningún Zivago. Belbo no eludía el tuteo imperante, pero estaba claro que lo dictaba por desprecio. Tuteaba para mostrar que a la vulgaridad respondía con la vulgaridad, pero que había un abismo entre tomarse la confianza y estar en confianza. Le vi tutear con afecto, o con pasión, sólo pocas veces, y a pocas personas, a Diotallevi, a alguna mujer. A las personas que estimaba, pero que sólo conocía desde hacía poco, las trataba de usted. Así hizo conmigo durante todo el tiempo en que trabajamos juntos, y yo aprecié el honor.

—¿Y usted a qué se dedica? —me había preguntado, ahora lo sé, con simpatía.

—¿En la vida o en el teatro? —dije, señalando el escenario del Pílades.

—En la vida.

—Estudio.

—¿Va a la universidad o estudia?

—Aunque le parezca extraño, una cosa no está reñida con la otra. Estoy acabando una tesis sobre los templarios.

—Qué horror —dijo—. ¿No son cosas de locos?

—Yo estudio a los verdaderos templarios. Trabajo sobre los documentos del proceso. Pero, ¿qué sabe usted de los templarios?

—Trabajo en una editorial, y por una editorial pasan cuerdos y locos. La función del redactor consiste en reconocer a los locos con una ojeada.

Cuando alguien empieza a hablar de los templarios casi siempre está chalado.

—No me lo diga. Su nombre es legión. Pero no todos los locos hablarán de los templarios. ¿Cómo reconoce a los otros?

—Oficio. En seguida se lo explico, que usted es joven. Por cierto, ¿cuál es su nombre?

—Casaubon.

—¿No era un personaje de *Middlemarch*?

—No lo sé. De todas maneras, también era un filólogo del Renacimiento, creo. Pero no somos parientes.

—Otra vez será. ¿Quiere beber otra copa? Dos más, Pílades, gracias. Pues bien. En el mundo están los cretinos, los imbéciles, los estúpidos y los locos.

—¿Falta algo?

—Sí. Nosotros dos, por ejemplo. O, al menos, no es por ofender, yo. En suma todo el mundo, si se mira bien, participa de alguna de esas categorías. Cada uno de nosotros de vez en cuando es un cretino, un imbécil, un estúpido o un loco. Digamos que la persona normal es la que combina razonablemente todos esos componentes o tipos ideales.

—Idealtypen.

—Bravo. ¿También sabe alemán?

—Algo masco para las bibliografías.

—En mi época, quienes sabían alemán ya no se licenciaban. Se pasaban el resto de su vida sabiendo alemán. Creo que hoy en día sucede lo mismo con el chino.

—Yo lo conozco poco, por eso hago mi tesis. Pero, siga hablándome de su tipología. ¿Cómo es el genio, Einstein, por ejemplo?

—El genio es el que pone en juego uno de esos componentes de manera vertiginosa, alimentándolo con los demás. —Bebió. Dijo—: Hola, guapetona. ¿Cómo siguen tus intentos de suicidio?

—Pertenecen al pasado —respondió la joven al pasar—, ahora estoy en un grupo.

—Te felicito —le dijo Belbo. Y volviéndose hacia mí—: También existen los suicidios en grupo, ¿verdad?

—Pero, ¿y los locos?

—Espero que no se haya tomado mi teoría como palabra santa. No pretendo arreglar el universo. Estoy diciendo qué es un loco para una editorial. Es una teoría *ad hoc,* ¿vale?

—Vale. Ahora invito yo.

—Vale. Pílades, por favor, con menos hielo. Si no, hace efecto en seguida. Veamos. El cretino ni siquiera habla, babea, es espástico. Se aplasta el helado contra la frente, no puede ni coordinar los movimientos. Entra en la puerta giratoria por el lado opuesto.

—¿Cómo es posible?

—El lo consigue. Por eso es un cretino. No nos interesa, se le reconoce en seguida,. y no aparece por las editoriales. Dejémosle donde está.

—Dejémosle.

—Ser imbécil ya es más complicado. Es un comportamiento social. El imbécil es el que habla siempre fuera del vaso.

—¿A qué se refiere?

—Así —apuntó el índice hacia su vaso y lo clavó en la barra—. Quiere hablar de lo que hay en el vaso, pero, esto por aquí, esto por allá, habla fuera. O si prefiere, es el que siempre mete la pata, el que le pregunta cómo está su bella esposa al individuo que acaba de ser abandonado por la mujer. ¿Me explico?

—Se explica, conozco a algunos.

—El imbécil está muy solicitado, sobre todo en las reuniones mundanas. Incomoda a todos, pero les proporciona temas de conversación. En su versión positiva llega a ser diplomático. Habla fuera del vaso cuando otros han metido la pata, consigue cambiar de tema. Pero a nosotros no nos interesa, no es nunca creativo, trabaja de prestado, de manera que no presenta manuscritos en las editoriales. El imbécil no dice que el gato ladra, habla del gato cuando los demás hablan del perro. Confunde las reglas de conversación, y cuando las confunde bien es sublime. Creo que es una raza en extinción, un portador de virtudes eminentemente burguesas. Necesita un salón Verdurin, o mejor, Guermantes. ¿Todavía leéis esas cosas, vosotros los estudiantes?

—Yo sí.

—El imbécil es Murat que pasa revista a sus oficiales y cuando ve a uno, de la Martinica, recubierto de condecoraciones, va y le pregunta: «Vous êtes nègre?» Y el otro responde: «Oui mon général!», Murat replica: «Bravò, bravò, continuez!» Y cosas por el estilo. ¿Lo capta? Perdone, pero esta noche estoy festejando una decisión histórica de mi vida. He dejado de beber. ¿Quiere otro? No diga nada, me haría sentir culpable. ¡Pílades!

—¿Y el estúpido?

—Ah. El estúpido no se equivoca de comportamiento. Se equivoca de razonamiento. Es el que dice que todos los perros son animales domésticos y todos los perros ladran, pero que también los gatos son animales domésticos y por tanto ladran. O que todos los atenienses son mortales, todos los habitantes del Pireo son mortales, de modo que todos los habitantes del Pireo son atenienses.

—Y lo son.

—Sí, pero de pura casualidad. El estúpido incluso puede decir algo correcto, pero por razones equivocadas.

—Se pueden decir cosas equivocadas, con tal de que las razones sean correctas.

—Vive Dios. ¿Si no por qué tomarse tanto trabajo para ser animales racionales?

—Todos los grandes monos antropomorfos descienden de formas de vida inferiores, los hombres descienden de formas de vida inferiores, por tanto todos los hombres son grandes monos antropomorfos.

—No está mal. Ya estamos en el umbral en el que sospechamos que algo no funciona, pero es necesario un esfuerzo para demostrar qué es lo que no cuadra y por qué. El estúpido es muy insidioso. Al imbécil se le reconoce en seguida (y al cretino ni qué decir), mientras que el estúpido razona casi como uno, sólo que con una desviación infinitesimal. Es un maestro del paralogismo. No hay salvación para el redactor editorial, debería emplear una eternidad. Se publican muchos libros escritos por estúpidos, porque a primera vista son muy convincentes. El redactor editorial no está obligado a reconocer al estúpido. No lo hace la academia de ciencias, ¿por qué tendría que hacerlo él?

—Tampoco lo hace la filosofía. El argumento ontológico de San Anselmo es estúpido. Dios tiene que existir porque puedo pensarlo como el ser dotado de todas las perfecciones, incluida la existencia. Confunde la existencia en el pensamiento con la existencia en la realidad.

—Sí, pero también es estúpida la refutación de Gaunilo. Puedo pensar en una isla en el mar aunque esa isla no exista. Confunde el pensamiento de lo contingente con el pensamiento de lo necesario.

—Una batalla entre estúpidos.

—Claro, y Dios se divierte como un loco. Decidió ser impensable sólo para demostrar que Anselmo y Gaunilo eran estúpidos. Qué motivo más sublime para la creación, qué me digo, para el acto mismo en virtud del cual Dios determina su propio ser. Todo para poder denunciar la estupidez cósmica.

—Estamos rodeados de estúpidos.

—No hay salida. Todos son estúpidos, salvo usted y yo. Mejor dicho, no es por ofender, salvo usted.

—Algo me dice que esto tiene que ver con el teorema de Gödel.

—No sé nada, soy un cretino. ¡Pílades!

—Me toca a mí.

—Después dividimos. El cretense Epiménides dice que todos los cretenses son mentirosos. Si lo dice él que es cretense y conoce bien a los cretenses, es cierto.

—Eso es estúpido.

—San Pablo. Epístola a Tito. Ahora esta otra: todos los que piensan que Epiménides es mentiroso tienen que creer a los cretenses, pero los cretenses no creen a los cretenses, por tanto ningún cretense piensa que Epiménides es mentiroso.

—¿Eso es estúpido o no?

—Decídalo usted mismo. Ya le he dicho que no es fácil reconocer al estúpido. Un estúpido puede llegar incluso a ganar el premio Nobel.

—Déjeme pensar... Algunos de los que no creen que Dios haya creado el mundo en siete días no son fundamentalistas, pero algunos fundamentalistas creen que Dios ha creado el mundo en siete días, por tanto nadie que no crea que Dios haya creado el mundo en siete días es fundamentalista. ¿Es o no estúpido?

—Dios mío; realmente hay que decirlo... no sé, ¿a usted qué le parece?

—Siempre es estúpido, aunque pueda resultar cierto. Viola una de las leyes del silogismo. De dos premisas particulares no pueden extraerse conclusiones universales.

—¿Y si el estúpido fuese usted?

—Estaría en buena y muy antigua compañía.

—Pues sí, la estupidez nos rodea. Y quizá para un sistema lógico diferente nuestra estupidez sea sabiduría. Toda la historia de la lógica es un intento por definir una noción aceptable de estupidez. Demasiado ambicioso. Todo gran pensador es el estúpido de otro.

—El pensamiento como forma coherente de estupidez.

—No. La estupidez de un pensamiento es la incoherencia de otro pensamiento.

—Profundo. Son las dos, falta poco para que Pílades cierre y aún no hemos llegado a los locos.

—Ya llego. Al loco se le reconoce en seguida. Es un estúpido que no conoce los subterfugios. El estúpido trata de demostrar su tesis, tiene una lógica, cojeante, pero lógica es. En cambio, el loco no se preocupa por tener una lógica, avanza por cortocircuitos. Para él, todo demuestra todo. El loco tiene una idea fija, y todo lo que encuentra le sirve para confirmarla. Al loco se le reconoce porque se salta a la torera la obligación de probar lo que se dice; porque siempre está dispuesto a recibir revelaciones. Y le parecerá extraño, tarde o temprano el loco saca a relucir a los templarios.

—¿Siempre?

—También hay locos sin templarios, pero los más insidiosos son aquellos. Al principio no se los reconoce, parece que hablan de manera normal, pero luego, de repente... —Iba a pedir otro whisky, pero recapacitó y pidió la cuenta—. A propósito de los templarios. El otro día un tío me dejó un original sobre ese tema. Seguro que es un loco, pero con rostro humano. El texto empieza sin estridencias. ¿Querría darle una ojeada?

—Con mucho gusto. Quizá encuentre algo que me sirva.

—Realmente, no lo creo. Pero si dispone de media hora pásese por la editorial. Via Sincero Renato número uno. Será más útil para mí que para usted. Así me dice en seguida si el texto vale la pena.

—¿Por qué confía en mí?

—¿Quién dice que confío? Si viene confiaré. Confío en la curiosidad.

Entró un estudiante con el rostro alterado:

—¡Compañeros, los fachas están en el Naviglio, tienen cadenas!

—Les parto la cara —dijo el de los bigotes a la tártara, el que me había amenazado cuando lo de Lenin—. ¡Vamos compañeros!

Todos salieron.

—¿Qué hacemos? ¿Vamos también? —pregunté, movido por la culpa.

—No —dijo Belbo—. Son alarmas que hace circular Pílades para despejar el local. Para ser la primera noche que dejo de beber, reconozco que estoy un poco alterado. Debe de ser la crisis de abstinencia. Todo lo que le he dicho hasta este instante es falso. Buenas noches, Casaubon.

11

Su esterilidad era infinita. Participaba del éxtasis.
(E.M. Cioran, *Le mauvais demiurge,* París, Gallimard, 1969, «Pensées étranglées»)

La conversación en el Pílades me había mostrado el rostro externo de Belbo. Un buen observador hubiese podido intuir el carácter melancólico de su sarcasmo. No puedo decir que se tratase de una máscara. Quizá la máscara fueran las confidencias a que se abandonaba en secreto. El sarcasmo que exhibía en público, en el fondo revelaba su melancolía más auténtica, que en secreto intentaba ocultarse a sí mismo enmascarándola tras una melancolía afectada.

Veo ahora este *file* donde, en el fondo, Belbo trataba de novelar lo que al día siguiente me habría dicho en Garamond sobre su oficio. Reconozco en él su afán de precisión, su entusiasmo, su desilusión de redactor que escribe por persona interpuesta, su nostalgia de una creatividad nunca realizada, su rigor moral que lo obligaba a castigarse por desear algo a lo que creía que no tenía derecho, dando una imagen patética y estereotipada de su deseo. Jamás he encontrado otra persona que supiera compadecerse de sí misma con tanto desprecio.

---

filename: Jim el del Cáñamo

Ver mañana al joven Cinti.

1. Buena monografía, rigurosa, quizá demasiado académica.

2. En la conclusión, lo más genial es la comparación entre Catulo, los *poetae novi* y las vanguardias contemporáneas.

3. ¿Por qué no usarla como introducción?

4. Convencerle. Dirá que estas extravagancias están fuera de lugar en una colección de filología. Es la influencia del maestro, corre el riesgo de que le niegue el prefacio, se jugaría la carrera. Una idea brillante en las dos últimas páginas pasa inadvertida, pero si está al comienzo salta a la vista, y puede irritar a algún catedrático.

5. Pero basta con ponerla en cursiva, en forma de comentario libre, ajeno a la investigación propiamente dicha, con ello la hipótesis se presenta como tal y no compromete la seriedad del trabajo. Sin embargo, esto conquistará en seguida a los lectores, hará que aborden el libro de otra manera.

Pero, ¿realmente estoy tratando de impulsarle para que actúe con libertad, o lo estoy utilizando para escribir mi propio libro?

Transformar los libros con dos palabras. Demiurgo de la obra de otro. En lugar de coger arcilla blanda y plasmarla, unas cinceladas a la arcilla endurecida en la que ya otro ha esculpido su estatua. Moisés, darle el martillazo justo, y ése va y habla.

Recibir a William S.

«He visto su trabajo, no está mal. Hay tensión, fantasía, sentido dramático. ¿Es la primera vez que escribe?».

«No, he escrito otra tragedia, es la historia de dos amantes de Verona que...».

«Pero hablemos de esta obra, señor S. Me estaba preguntando por qué la sitúa en Francia. ¿Por qué no en Dinamarca? Por decir algún sitio, pero bastaría con cambiar dos o tres nombres, el castillo de Châlons-sur-Marne se convierte, digamos, en el castillo de Elsinore... es que en un ambiente nórdico, protestante, donde planea la sombra de Kierkegaard, todas estas tensiones existenciales...».

«Quizá no le falte razón».

«Eso creo. Además su trabajo necesitaría algún recorte estilístico, sólo un pequeño repaso, como esos últimos toques que da el peluquero antes de poner el espejo detrás de la nuca... Por ejemplo, el espectro paterno. ¿Por qué al final? Yo lo pondría al comienzo. Para que la admonición del padre domine en seguida el comportamiento del joven príncipe y lo ponga en conflicto con la madre.»

«Me parece buena idea, sólo es cuestión de desplazar una escena.»

«Precisamente. Por último, el estilo. Tomemos un pasaje al azar, mire, este donde el joven se planta en el proscenio y empieza a meditar sobre la acción y la inacción. El pasaje está muy bien, hay que decirlo, pero siento que le falta fuerza. «¿Actuar o no actuar? ¡Esta es mi angustiosa pregunta! Debo soportar las ofensas de una suerte hostil o...» ¿Por qué mi angustiosa pregunta? Yo le haría decir la pregunta es ésta, éste es el problema, entiende lo que quiero decir, no su problema personal sino la cuestión fundamental de la existencia. La alternativa entre ser y no ser, por poner un ejemplo...

Poblar el mundo con hijos que llevarán otro apellido, y nadie sabrá que son tuyos. Como si fueras Dios de paisano. Eres Dios, te paseas por la ciudad, oyes que la gente habla de ti, y Dios por aquí y Dios por allá, y qué admirable universo es éste, y qué elegancia la gravitación universal, y tú sonríes entre dientes (la barba debe ser falsa, o no, tienes que andar sin barba, porque a Dios se le reconoce en seguida por la barba) y dices para tus adentros (el solipsismo de Dios es dramático): «He aquí, este soy yo y ellos lo ignoran.» Y alguien te empuja por la calle, o incluso te insulta, tú humildemente pides disculpas y te marchas, total eres Dios y, si quisieras, con chasquear los dedos el mundo se convertiría en cenizas. Pero tú eres tan infinitamente poderoso que puedes permitirte ser bueno.

Una novela sobre Dios de incógnito. Inútil, si la idea se me ha ocurrido a mí también debe de habérsele ocurrido a algún otro.

Variante. Eres un autor, aún no sabes cuánto puedes valer, la mujer que amabas te ha traicionado, para ti la vida ya no tiene sentido y un día, para olvidar, te embarcas en el Titanic y naufragas en los mares del Sur, te recoge (único superviviente) una piragua de indígenas y pasas largos años ignorado por todos, en una isla habitada sólo por papúas, con muchachas que te cantan canciones intensamente lánguidas, mientras agitan sus senos apenas cubiertos por el collar de flores de coral. Empiezas a acostumbrarte, te llaman Jim, como a todos los blancos, una muchacha de piel ambarina entra una noche en tu choza y te dice: «Yo tuya, yo contigo.» Al fin y al cabo es hermoso, de noche, tenderse en la galería a contemplar la Cruz del Sur mientras ella te acaricia la frente.

Vives según el ciclo de las auroras y los ocasos y no tienes otra preocupación. Un día llega una lancha motora tripulada por holandeses, te enteras de que han transcurrido diez años, podrías marcharte con ellos, pero dudas, prefieres cambiarles cocos por vituallas, prometes ocuparte de la cosecha del cáñamo, los indígenas trabajan para ti, empiezas a navegar entre los islotes, para todos eres Jim el del Cáñamo. Un aventurero portugués arruinado por el alcohol viene a trabajar contigo y se redime, ya todos hablan de ti en aquellos mares de la Sonda, el marajá de Borneo escucha tus consejos para organizar una campaña contra los dayak del río, logras rehabilitar un viejo cañón de la época de Tippo Sahib, cargado de metralla, entrenas una escuadra de malayos fieles, con los dientes negros de betel. En una refriega cerca de la Barrera de Coral, el viejo Sampán, los dientes negros de betel, te protege con su cuerpo: «Estoy contento de morir por ti, Jim el del Cáñamo.» «Viejo, viejo Sampán, amigo mío.»

Ahora ya eres famoso en todo el archipiélago, de Sumatra a Port-au-Prince, tratas con los ingleses, en la capitanía del puerto de Darwin estás registrado como Kurtz, y ahora eres Kurtz para todos —Jim el del Cáñamo para los indígenas. Pero una tarde, mientras la muchacha te acaricia en la galería y la Cruz del Sur centellea más que nunca, ay, tan distinta de la Osa, comprendes: quisieras regresar. Sólo por poco tiempo, para ver qué ha quedado de ti, allá.

Coges la motora, llegas a Manila, desde allí un avión de hélice te lleva a Bali. Después Samoa, Islas del Almirantazgo, Singapur, Tananarive, Tombuctu, Alepo, Samarcanda, Basora, Malta y estás en casa.

Han pasado dieciocho años, la vida te ha marcado, el rostro bronceado por los alisios, estás más viejo, quizá más guapo. Y he aquí que al llegar descubres que las librerías exhiben todos tus libros, en reediciones críticas, ves tu nombre en el frontón de la vieja escuela donde aprendiste a leer y escribir. Eres el Gran Poeta Desaparecido, la conciencia de la generación. Románticas jovencitas se suicidan sobre tu tumba vacía.

Y después te encuentro a ti, amor, con muchas arrugas alrededor de los ojos, y el rostro aún bello que se consume de recuerdos y de tierno remordimiento. Casi te he rozado en la acera, estoy allí, a dos pasos, y me has mirado como miras a todos, buscando a otro más allá de sus sombras. Podría hablar, borrar el tiempo. Pero, ¿para qué? ¿No he tenido ya lo que quería? Soy Dios, la misma soledad, la misma vanagloria, la misma desesperación por no ser una de mis criaturas como todos. Todos viven en mi luz mientras yo vivo en el insoportable titilar de mis tinieblas.

¡Ve, ve por el mundo, William S.! Eres famoso, pasas a mi lado y no me reconoces. Yo susurro para mis adentros ser o no ser y me digo bravo Belbo, buen trabajo. Ve, viejo William S., a recoger tu parte de gloria: tú sólo has creado, yo te he vuelto a hacer.

Nosotros, que hacemos parir los partos de otros, como los actores, no deberíamos ser sepultados en tierra consagrada. Pero los actores fingen que el mundo, tal cual es, funciona de otra manera, mientras que nosotros fingimos del infinito universo y mundos, la pluralidad de los composibles...

¿Cómo puede ser tan generosa la vida, que prevé una compensación tan sublime por la mediocridad?

12

Sub umbra alarum tuarum, Jehova.
(*Fama Fraternitatis,* in *Allgemeine und general Reformation,*
Cassel, Wessel, 1614, fine)

Al día siguiente fui a Garamond. El número uno de la via Sincero Renato daba acceso a un zaguán polvoriento desde donde se vislumbraba un patio con el taller de un cordelero. Entrando a la derecha había un ascensor digno de ser exhibido en un pabellón de arqueología industrial, y cuando traté de utilizarlo, dio unas sacudidas bastante sospechosas, sin decidirse a funcionar. Por prudencia preferí bajarme y subir dos tramos de una escalera casi de caracol, de madera, bastante polvorienta. Como supe después, al señor Garamond le gustaba aquella sede porque le recordaba a una editorial parisina. En el rellano, una placa donde podía leerse «Garamond Editores, S.A.», y una puerta abierta por la que se accedía a un vestíbulo donde no había ni telefonista ni otro personal de recepción. Pero era imposible entrar sin ser visto desde un pequeño despacho situado enfrente, de manera que en seguida me abordó una persona de sexo probablemente femenino, de edad imprecisa y de estatura que un eufemista hubiera podido definir como inferior a la media.

La mencionada persona me agredió en un idioma que me pareció haber oído ya en alguna parte, hasta que comprendí que era un italiano casi exento de vocales. Pregunté por Belbo. Después de hacerme esperar unos segundos, me condujo por el pasillo hasta un despacho del fondo.

Belbo me recibió amablemente:

—Veo que es una persona seria. Pase.

Me hizo sentar frente a su escritorio, viejo como todo lo demás, y recargado de manuscritos, al igual que los estantes que había en las paredes.

—¿No se habrá asustado al ver a Gudrun? —dijo.

—¿Gudrun? ¿Esa... señora?

—Señorita. No se llama Gudrun. La llamamos así por su aspecto nibelúngico y porque habla de un modo vagamente teutónico. Quiere decirlo todo en seguida y ahorra vocales. Pero tiene el sentido de la justitia aequatrix: cuando escribe a máquina ahorra consonantes.

—¿Qué hace aquí?

—Todo, desgraciadamente. Mire usted, en cada editorial hay alguien que es indispensable porque es la única persona capaz de encontrar las cosas en medio del desorden que genera. Pero al menos cuando se pierde un original se sabe quién tiene la culpa.

—¿También pierde los originales?

—No más que otros. En una editorial todos pierden los originales. Creo que ésa es la actividad principal. Sin embargo, hay que tener un chivo expiatorio, ¿no le parece? Lo único que le reprocho es que no pierda los que yo quisiera. Percances desagradables para lo que el bueno de Bacon llamaba *The advancement of learning.*

—Pero, ¿dónde se pierden?

—Perdone —dijo, extendiendo los brazos— pero ¿se da usted cuenta de lo tonta que es su pregunta? Si se supiese dónde, no estarían perdidos.

—Lógico —dije—. Pero oiga, cuando veo los libros de la Garamond me parecen ediciones muy cuidadas, y su catálogo es bastante nutrido. ¿Lo hacen todo aquí? ¿Cuántos son?

—Aquí enfrente hay una sala donde trabajan los técnicos, al lado el colega Diotallevi. Pero él se ocupa de los manuales, las obras de larga duración, largas de preparar y largas de vender, en el sentido que venden durante mucho tiempo. De las ediciones universitarias me encargo yo. Pero no se engañe, tampoco es un trabajo tan enorme. Claro que con ciertos libros me entusiasmo, tengo que leerme los originales, pero en general todo es trabajo ya garantizado, económica y científicamente. Publicaciones del Instituto Fulano de Tal, o bien actas de congresos, preparadas y financiadas por algún instituto universitario. Si se trata de un autor novel, el maestro escribe el prefacio y carga con la responsabilidad. El autor corrige al menos las primeras y segundas galeradas, verifica las citas y las notas, y no cobra derechos. Después el libro se toma como texto en algún curso, se venden mil o dos mil ejemplares en unos años, se cubren los gastos... No hay sorpresas, todos los libros dan beneficios.

—¿Y entonces usted qué hace?

—Muchas cosas. Ante todo hay que escoger. Además hay algunos libros que publicamos a nuestras expensas, casi siempre traducciones de autores prestigiosos, para mantener el nivel del catálogo. Por último, hay originales que llegan así, traídos por algún solitario. Raramente son cosas que valgan la pena, pero hay que examinarlos, nunca se sabe.

—¿Le divierte?

—¿Que si me divierte? Es lo único que sé hacer bien.

Nos interrumpió un individuo de unos cuarenta años, con una chaqueta de algunas tallas de más, escasos cabellos rubios claros que le caían sobre dos cejas muy pobladas, también amarillas. Hablaba suavemente, como si estuviese educando a un niño.

—Estoy realmente cansado de ese *Vademécum del Contribuyente.* Tendría que volver a escribirlo y no tengo ganas. ¿Molesto?

—Diotallevi —dijo Belbo, y nos presentó.

—Ah. ¿Ha venido a ver los templarios? Pobrecillo. Oye, se me acaba de ocurrir una buena: Urbanística Gitana.

—Muy buena —dijo Belbo con tono admirativo—. Yo estaba pensando en Hípica Azteca.

—Sublime. Pero, ¿dónde la incluyes? ¿En la Eolofonía o entre los Adynata?

—Eso tenemos que verlo —dijo Belbo, hurgó en el cajón y sacó unos papeles—. La Eolofonía... —Me echó una mirada y percibió mi curiosidad—. La Eolofonía, usted bien sabe, es el arte de dar voces al viento. Pero no —dijo dirigiéndose a Diotallevi—, la Eolofonía no es un departamento sino una asignatura, como la Avúnculogratulación Mecánica y la Pilocatábasis, que pertenecen al departamento de la Tripodología Felina.

—¿Y eso de la tripolo...? —me atreví a preguntar.

—Es el arte de buscarle tres pies al gato. Este departamento comprende la enseñanza de las técnicas inútiles, por ejemplo la Avunculogratulación Mecánica enseña cómo construir máquinas para saludar a la tía. No sabemos si dejar en este departamento a la Pilocatábasis, que es el arte de salvarse por los pelos, y no parece inútil del todo. ¿Verdad?

—Por favor, explíquenme en qué consiste toda esta historia... —imploré.

—Sucede que Diotallevi, y yo mismo, estamos proyectando una reforma del saber. Una Facultad de Trivialidad Comparada, donde se estudien asignaturas inútiles o imposibles. La facultad tiende a reproducir estudiosos capaces de aumentar al infinito el número de temas triviales.

—¿Y cuántos departamentos hay?

—Por ahora cuatro, pero ya podrían contener todo lo cognoscible. El departamento de Tripodología Felina tiene una función propedéutica, tiende a desarrollar el sentido de lo trivial. Un departamento importante es el de Adynata o Impossibilia. Por ejemplo, Urbanística Gitana e Hípica Azteca... La esencia de esta disciplina consiste en comprender las razones profundas de su trivialidad, y en el departamento de Adynata también de su imposibilidad. Allí están, pues, la Morfemática del Morse, la Historia de la Agricultura Antártica, la Historia de la Pintura en la Isla de Pascua, la Literatura Sumeria Contemporánea, los Fundamentos de Examenología Montessoriana, la Filatelia Asiriobabilónica, la Tecnología de la Rueda en los Imperios Precolombinos, la Iconología Braille, la Fonética del Cine Mudo...

—¿Qué me dice de la Psicología de las Masas en el Sáhara?

—Está bien —dijo Belbo.

—Está bien —dijo Diotallevi con convicción—. Tendría que colaborar. Este joven tiene buena madera, ¿verdad, Jacopo?

—Sí, me di cuenta en seguida. Anoche elaboró razonamientos estúpidos con mucho ingenio. Pero prosigamos, puesto que el proyecto le interesa. ¿Qué hemos incluido en el departamento de Oximórica, que no encuentro la ficha?

Diotallevi extrajo un papelito del bolsillo y me miró con sentenciosa simpatía:

—En la Oximórica, como su mismo nombre indica, lo importante es el carácter autocontradictorio de la disciplina. Por eso estimo que la Urbanística Gitana tendría que incluirse en ella...

—No —dijo Belbo—, sólo si se llamara Urbanística Nómada. Los Adynata se refieren a una imposibilidad empírica, mientras que la Oximórica abarca la contradicción en los términos.

—Ya veremos. Pero ¿qué hemos incluido en la Oximórica? Pues las Instituciones de Revolución, la Dinámica Parmenídea, la Estática Heraclítea, la Sibarítica Espartana, los Fundamentos de Oligarquía Popular, la Historia de las Tradiciones Innovadoras, la Dialéctica Tautológica, la Erística Booleana...

A esas alturas me sentía retado a demostrar mi temple:

—¿Puedo sugerir una Gramática de la Anomalía?

—¡Estupendo! —exclamaron ambos, y se pusieron a escribir.

—Hay una pega —dije.

—¿Cuál?

—Si anunciáis el proyecto, se presentará un montón de gente con publicaciones fidedignas.

—¿No te decía yo que es un joven agudo, Jacopo? —dijo Diotallevi—. Pero ¿sabe que ése es precisamente nuestro problema? Sin quererlo hemos trazado el perfil ideal de un saber real. Hemos demostrado la necesidad de lo posible. Por tanto, será necesario callar. Pero ahora debo marcharme.

—¿Adónde? —preguntó Belbo.

—Es viernes por la tarde.

—Jesús, María y José —dijo Belbo. Dirigiéndose a mí—: Aquí enfrente hay dos o tres casas donde viven judíos ortodoxos, esos de sombrero negro, barba y bucle. No hay muchos en Milán. Hoy es viernes y al anochecer empieza el sábado. De manera que en el piso de enfrente empiezan a prepararlo todo, a lustrar el candelabro, guisar los alimentos, disponer las cosas para que mañana no sea necesario encender fuego. Incluso el televisor permanece encendido toda la noche, el único problema es que tienen que escoger en seguida el canal. Nuestro Diotallevi tiene un pequeño anteojo y espía ignominiosamente por la ventana y goza, soñando que está al otro lado de la calle.

—¿Y por qué?

—Porque nuestro Diotallevi se empeña en decir que es judío.

—¿Cómo que me empeño? —preguntó picado Diotallevi—. Soy judío. ¿Usted tiene algo en contra, Casaubon?

—Imagínese usted.

—Diotallevi —dijo Belbo con decisión—, tú no eres judío.

—¿Que no? ¿Y mi nombre? Como Graziadio, Diosiacontè, traducciones del hebreo, nombres de gueto, como Shalom Aleichem.

—Diotallevi es un nombre de buen augurio que los funcionarios municipales solían dar a los expósitos: «Diostecríe». Y tu abuelo era un expósito.

—Un expósito judío.

—Diotallevi, tienes piel rosada, voz estridente y eres casi albino.

—Si hay conejos albinos, también habrá judíos albinos.

—Diotallevi, uno no puede decidir hacerse judío como decide hacerse filatélico o testigo de Jehová. Judío se nace. Resígnate, eres un gentil como todos.

—Estoy circuncidado.

—¡Vamos! Cualquiera puede hacerse circuncidar por higiene. Basta un médico con termocauterio. ¿A qué edad te has hecho circuncidar?

—No empieces con sutilezas.

—Por el contrario, sutilicemos. El judío sutiliza.

—Nadie puede probar que mi abuelo no fuera judío.

—Claro, era un expósito. Pero también hubiera podido ser el heredero del trono de Bizancio, o un bastardo de los Habsburgo.

—Nadie puede probar que mi abuelo no fuera judío, y lo encontraron cerca del Pórtico de Octavia, en pleno gueto romano.

—Pero tu abuela no era judía, y en esos aledaños la descendencia es por vía materna...

—...Y por encima de las razones burocráticas, porque incluso el registro civil puede leerse sin limitarse a la letra, están las razones de la sangre, y la sangre dice que mis pensamientos son exquisitamente talmúdicos, y sería racismo por tu parte sostener que un gentil puede ser tan exquisitamente talmúdico como yo siento que soy.

Salió. Belbo me dijo:

—No le haga caso. Esta discusión se produce casi cada día, salvo que cada día trato de usar un argumento nuevo. Lo que sucede es que Diotallevi es un devoto de la Cábala. Pero también hubo cabalistas cristianos. Además oiga, Casaubon, si Diotallevi quiere ser judío, de ninguna manera puedo oponerme.

—Claro que no. Somos democráticos.

—Somos democráticos.

Encendió un cigarrillo. De pronto recordé el motivo de mi visita.

—Me había hablado de un estudio sobre los templarios —dije.

—Es cierto... Veamos. Estaba en una cartera de piel artificial...

Entretanto hurgaba en una pila de originales y trataba de extraer uno, justo en medio, sin mover los otros. Operación peligrosa. De hecho, la pila se desplomó en parte sobre el suelo. Ahora Belbo tenía en la mano la carpeta de piel artificial.

Miré el índice y la introducción.

—Se refiere a la detención de los templarios. En 1307, Felipe el Hermoso decide arrestar a todos los templarios de Francia. Ahora bien, hay una leyenda según la cual, dos días antes de que Felipe librase las órdenes de detención, una carreta de heno, tirada por bueyes, abandona el recinto del Temple, en París, con rumbo desconocido. Se dice que se trataba de un grupo de caballeros guiados por un cierto Aumont, que luego se refugiaron en Escocia, uniéndose a una logia de albañiles en Kilwinning. Según la leyenda, los caballeros se identificaron con los grupos de constructores que se transmitían los secretos del Templo de Salomón. Ya está, lo preveía. También éste pretende descubrir los orígenes de la masonería en esa fuga de los templarios a Escocia... Es una historia rumiada desde hace dos siglos, y que se basa en meras fantasías. No existe ninguna prueba, le puedo poner sobre su mesa varias docenas de librillos que cuentan la misma historia, unos copiados malamente de los otros. Escuche esto, lo tomo al azar: «La prueba de que existió la expedición a Escocia reside en el hecho de que aún hoy, a seiscientos cincuenta años de distancia, hay en el mundo órdenes secretas que dicen descender de la Milicia del Temple. ¿Cómo explicar de otra manera la continuidad de esa herencia?» ¿Se da usted cuenta? ¿Cómo es posible que no exista el marqués de Carabás, puesto que hasta el gato con botas dice que está a su servicio?

—Ya entiendo —dijo Belbo—. Lo quito de en medio. Pero su historia de los templarios me interesa. Por una vez que tengo a mano un experto, no quisiera que se me escapase. ¿Por qué hablan todos de los templarios y no de los caballeros de Malta? No, no me lo diga ahora. Se ha hecho tarde, dentro de poco Diotallevi y yo tenemos que ir a una cena con el señor Garamond. Pero terminaremos a eso de las diez y media. Trataré de convencer a Diotallevi de que se venga conmigo al Píladas: normalmente se acuesta temprano, y es abstemio. ¿Nos vemos allí?

—¿Dónde si no? Soy de una generación perdida y sólo me reconozco si presencio acompañado la soledad de mis semejantes.

13

> Li frere, li mestre du Temple
> Qu'estoient rempli et ample
> D'or et d'argent et de richesse
> Et qui menoient tel noblesse,
> Où sont il? que sont devenu?
> (*Chronique à la suite du roman de Favel*)

Et in Arcadia ego. Aquella noche el Pílades era la imagen misma de la edad de oro. Era una de esas noches en que uno comprende que la Revolución no sólo se hará, sino que será patrocinada por la Unión de Empresarios. Sólo en el Pílades podía verse al propietario de una fábrica de tejidos, con barba y trenca, jugando al mus con un futuro fugitivo de la justicia, con traje cruzado y corbata. Estábamos en los albores de una gran inversión de paradigma. Aún a comienzos de los años sesenta la barba era fascista, pero era necesario recortarla y afeitarla en las mejillas, como la del prócer Italo Balbo, en el sesenta y ocho había sido contestataria, y ahora se estaba volviendo neutra y universal, una opción en libertad. La barba siempre ha sido una máscara (nos ponemos una barba falsa para que no nos reconozcan), pero, en aquel retazo de principios de los setenta, uno podía camuflarse con una barba verdadera. Se podía mentir diciendo la verdad, mejor dicho, haciéndola enigmática y escurridiza, porque ante una barba ya no se podía inferir cuál era la ideología del barbudo. Aquella noche, sin embargo, la barba resplandecía incluso en los rostros lampiños de quienes, no llevándola, daban a entender que hubieran podido cultivarla y habían renunciado sólo como provocación.

Estoy divagando. En determinado momento, llegaron Belbo y Diotallevi, susurrando, con aire alterado, acres comentarios sobre la recientísima cena. Sólo más tarde llegaría yo a saber en qué consistían las cenas del señor Garamond.

Belbo pasó en seguida a sus destilados preferidos, Diotallevi reflexionó durante largo rato, trastornado, y se decidió por una tónica. Encontramos una mesa al fondo, que acababan de dejar dos tranviarios que al día siguiente debían levantarse temprano.

—Bueno, bueno —dijo Diotallevi—, entonces esos templarios...

—No, por favor no me compliquen la vida... Son cosas que pueden leer en cualquier parte...

—Preferimos la tradición oral —dijo Belbo.

—Es más mística —dijo Diotallevi—. Dios creó el mundo hablando, no se le ocurrió enviar ningún telegrama.

—Fiat lux, stop. Va carta —dijo Belbo.

—A los tesalonicenses, supongo —dije.

—Los templarios —dijo Belbo.

—Entonces —dije.

—No se empieza nunca con entonces —objetó Diotallevi.

Hice ademán de levantarme. Esperé a que me implorasen. No lo hicieron. Me senté y hablé.

—No, si la historia se la sabe todo el mundo. Estamos en la primera cruzada, ¿vale? Godofredo adora el gran sepulcro y absuelve el voto, Balduino se convierte en el primer rey de Jerusalén. Un reino cristiano en Tierra Santa. Pero una cosa es controlar Jerusalén, otra el resto de Palestina, los sarracenos han sido derrotados, pero no eliminados. La vida no es muy fácil en esas tierras, ni para los que acaban de ocuparlas ni para los peregrinos. Y he aquí que en 1118, durante el reinado de Balduino II, llegan nueve personajes, guiados por un tal Hugo de Payns, y constituyen el primer núcleo de una Orden de los Pobres Caballeros de Cristo: una orden monástica, pero de espada y armadura. Los tres votos clásicos, pobreza, castidad, obediencia, más el de defender a los peregrinos. El rey, el obispo, todos, en Jerusalén, proporcionan ayuda en dinero, los alojan, los instalan en el claustro del viejo Templo de Salomón. Así es como se convierten en los Caballeros del Temple.

—¿Quiénes son?

—Probablemente, Hugo y los ocho primeros son unos idealistas, fascinados por la mística de la cruzada. Pero después serán segundones en busca de aventuras. El nuevo reino de Jerusalén es un poco la California de entonces, un sitio para hacer fortuna. En casa no tienen demasiadas perspectivas, quizá alguno ha cometido algún desaguisado. Me lo imagino como una especie de Legión Extranjera. ¿Qué puede hacer uno cuando está en aprietos? Va y se hace templario: se conocen otras tierras, hay diversión, pelea, ropa y comida, y al final hasta se salva el alma. Claro que uno tenía que estar bastante desesperado, porque se trataba de ir al desierto, y dormir en tiendas, y pasar días y días sin ver alma viviente salvo a los otros templarios y alguna cara de turco, y cabalgar bajo el sol, y morirse de sed, y destripar a otros pobres desgraciados...

Me detuve un instante.

—Quizá lo estoy contando demasiado como una película del Oeste. Hay algo así como una tercera fase: la Orden se ha vuelto poderosa como para que uno trate de incorporarse aunque goce de una buena posición en su patria. Pero a esas alturas ser templario no significa necesariamente trabajar en Tierra Santa, se puede hacer de templario en casa. Historia complicada. Unas veces parecen soldadotes, otras veces demuestran tener cierta sensibilidad. Por ejemplo, no puede decirse que fueran racistas: luchaban contra los musulmanes, estaban allí para eso, pero lo hacían con espíritu caballeresco, y se admiraban recíprocamente. Cuando el embajador del emir de Damasco visita Jerusalén, los templarios le asignan una pequeña mezquita, que ya había sido transformada en iglesia cristiana, para que pueda dedicarse a devociones. Cierto día entra un franco y se indigna al ver un musulmán en un lugar sagrado, lo trata mal. Entonces los templarios echan al intolerante y piden disculpas al musulmán. Esta fraternidad de armas con el enemigo los llevará más tarde a la ruina, porque durante el proceso también se les acusará de haber tenido relaciones con sectas esotéricas musulmanas. Y quizá sea cierto, son un poco como esos aventureros del siglo pasado embriagados por Africa, los templarios no tenían una educación monástica regular, no eran lo bastante sutiles como para percibir las diferencias teológicas, algo así como unos Lawrence de Arabia, que al poco tiempo ya se visten de jeque... Pero, además, no es fácil valorar sus acciones, porque a menudo los historiadores cristianos, como Guillermo de Tiro, no pierden ocasión para denigrarlos.

—¿Por qué?

—Porque se vuelven demasiado poderosos, y muy aprisa. Todo es obra de San Bernardo. ¿Recuerdan a San Bernardo, verdad? Un gran organizador, reforma la orden benedictina, elimina los adornos de las iglesias, cuando un colega le incordia, como Abelardo, le ataca con métodos maccartistas, y si pudiese lo enviaría a la hoguera. En su defecto, hace quemar sus libros. Después predica la cruzada, armémonos y partid...

—No le tiene usted mucha simpatía —observó Belbo.

—No, no lo puedo soportar, si por mí fuese lo enviaría a una sima del infierno, menudo santo. Pero era un buen relaciones públicas de sí mismo, miren el favor que le hace Dante, lo nombra jefe de gabinete de la Virgen. Se convierte en seguida en santo, porque sabía con quien conchabarse. Pero estaba hablando de los templarios. Bernardo se da cuenta en seguida de que la cosa tiene futuro y apoya a los nueve aventureros transformándolos en una Militia Christi, podríamos decir incluso que los templarios, en su versión heroica, son un invento suyo. En 1128, hace convocar un concilio en Troyes precisamente para definir en qué consisten esos nuevos monjes soldados, y algunos años después escribe un elogio de esa Milicia de Cristo y elabora una regla de setenta y dos artículos, por cierto muy divertida porque ahí hay de todo. Misa cada día, prohibición de frecuentar caballeros que hayan sido excomulgados, aunque, si uno de ellos solicitara la admisión en el Templo, hay que acogerlo cristianamente; ya ven que no andaba errado cuando hablaba de Legión Extranjera. Llevarán manto blanco, sencillo, sin pieles, salvo de cordero o mouton, prohibido usar calzado fino con puntera curva, como dicta la moda; se duerme en camisa y calzoncillos, un jergón, una sábana, una manta...

—Vaya tufo, con ese calor... —comentó Belbo.

—Del olor ya hablaremos. La regla también incluye otros rigores: una sola escudilla para dos, hay que comer en silencio, carne tres veces a la semana, penitencia el viernes, levantarse al alba, si el trabajo ha sido duro se concede una hora más de sueño, pero en cambio hay que rezar trece padrenuestros en la cama. Hay un maestre, y toda una serie de jerarquías inferiores, hasta llegar a los mariscales, los escuderos, los fámulos y los siervos. Cada caballero ha de tener tres caballos y un escudero, ninguna guarnición de lujo en brida, silla y espuelas, armas simples pero eficaces, prohibido cazar, excepto leones, vamos, una vida de penitencia y de batalla. Para no hablar del voto de castidad, en el que se insiste especialmente porque aquella gente no estaba en un convento, sino que guerreaba, vivía en medio del mundo, si es que puede llamarse mundo la gusanera que debía de ser por entonces Tierra Santa. Vamos que la regla dice que la compañía de una mujer es peligrosísima y que sólo está permitido besar a la madre, a la hermana y a la tía.

Belbo objetó:

—Bueno, con la tía, pues yo me andaría con más cuidado... Pero me parece recordar, los templarios ¿no fueron acusados de sodomía? Está ese libro de Klossowski, *Le Baphomet.* ¿Quién era el Bafomet, una divinidad diabólica, no?

—Ya hablaré de él. Pero piensen un poco. Era como la vida del marinero, meses y meses en el desierto. Uno está en casa del diablo, es de noche, se acuesta bajo la tienda con el tío que ha comido en su misma escudilla, tiene sueño frío sed miedo quiere a su mamá. ¿Qué hace?

—Amor viril, legión tebana —sugirió Belbo.

—Pero imagínense qué infierno, en medio de otros guerreros que no han hecho el voto, que cuando invaden una ciudad violan a la morita, vientre ambarino y mirada aterciopelada. ¿Qué hace el templario entre los aromas de los cedros del Líbano? Déjenle el morito. Ahora se entiende el porqué de la frase «beber y blasfemar como un templario». Es un poco la historia del capellán en la trinchera, traga aguardiente y blasfema como sus soldados analfabetos. Y por si fuera poco, su sello. Los representa siempre de a dos, uno apretado contra la espalda del otro, sobre un mismo caballo. ¿Por qué, si la regla permite que cada uno tenga tres caballos? Debe de haber sido una idea de Bernardo, para simbolizar la pobreza, o la dualidad de su función de monjes y caballeros. Pero ¿se figuran qué no vería la imaginación popular en esos monjes que galopan desenfrenadamente, la barriga de uno contra el culo del otro? Además deben de haberles calumniado...

—...También se las buscaron —observó Belbo—. ¿No habrá sido un estúpido ese San Bernardo?

—No, estúpido no, pero también él era monje y en aquella época el monje tenía una extraña idea del cuerpo... Hace un momento temí estar contando todo esto como si fuera una película del Oeste, pero ahora que lo pienso... Escuchen lo que dice Bernardo de sus amados caballeros, tengo aquí la cita porque vale la pena: «Evitan y aborrecen a los mimos, a los prestidigitadores y a los juglares, así como las canciones indecentes y las farsas, llevan el cabello corto, habiendo aprendido por el apóstol que es ignominia para un hombre ocuparse de su cabellera. Nunca se les ve peinados, raramente lavados, su barba es hirsuta, hediondos de polvo, sucios por causa del calor y las armaduras.»

—No creo que me hubiera gustado alojarme en sus dependencias —dijo Belbo.

Diotallevi sentenció:

—Siempre ha sido típico del anacoreta el cultivar una sana suciedad, para humillación del cuerpo. ¿No era San Macario aquel que vivía sobre una columna y cuando se le caían los gusanos los recogía y volvía a ponérselos en el cuerpo para que también ellos, que eran criaturas del Señor, tuviesen su festín?

—El estilita era San Simeón —dijo Belbo—, y yo creo que estaba encima de la columna para escupir a los que pasaban por debajo.

—Detesto la mentalidad ilustrada —dijo Diotallevi—. De todas formas, ya se llamase Macario o Simeón, hubo un estilita cubierto de gusanos como yo digo, pero no soy una autoridad en la materia porque no me interesan las locuras de los gentiles.

—Tus rabinos de Gerona sí que eran limpios —dijo Belbo.

—Vivían en sucios cuchitriles porque vosotros los gentiles les encerrabais en el gueto. En cambio los templarios se emporcaban por gusto.

—No exageremos —dije—. ¿Alguna vez han visto un pelotón de reclutas después de una marcha? Pero he contado estas cosas para hacerles ver la contradicción del templario. Tiene que ser místico, ascético, no comer, no beber, no follar, pero va por el desierto cortando cabezas a los enemigos de Cristo, y cuántas más corta mayor es el número de cupones para el paraíso, apesta, cada día está más barbudo, y luego Bernardo pretende que tras haber conquistado una ciudad no se arroje sobre cualquier jovencita, o viejecita, o lo que sea, y que en las noches sin luna, cuando, como se sabe, el simún sopla sobre el desierto, no solicite algún que otro favor de su camarada preferido. Como puede uno ser monje y espadachín, destripa a los enemigos y reza el avemaría, no mires el rostro de la prima, pero luego al entrar en una ciudad, después de días de asedio, los otros cruzados se cepillan a la mujer del califa allí delante, sulamitas estupendas se abren el corpiño y dicen tómame, tómame, pero perdóname la vida... Y el templario nada, tiene que estarse allí, tieso, maloliente, hirsuto, como quería San Bernardo, y rezar completas... Por lo demás, basta con leerse los Retraits...

—¿Qué eran?

—Estatutos de la Orden. Su redacción es bastante tardía, digamos que la época en que ya la Orden iba en zapatillas. Nada peor que un ejército que se aburre porque la guerra ha concluido. Por ejemplo, se prohíben reyertas, heridas a un cristiano por venganza, trato con mujeres, calumnias al hermano. No hay que perder un esclavo, montar en cólera y exclamar «¡me iré con los sarracenos!», extraviar por descuido un caballo, regalar animales, salvo perros y gatos, marcharse sin permiso, romper el sello del maestro, abandonar la capitanía durante la noche, prestar dinero de la Orden sin autorización, arrojar el hábito al suelo en un arranque de furor.

—De un sistema de prohibiciones puede deducirse lo que la gente hace normalmente —dijo Belbo—, y puede obtenerse una imagen de la vida cotidiana.

—Veamos —dijo Diotallevi—. Un templario, irritado por algo que sus hermanos le han dicho o hecho aquella noche, se marcha sin permiso al abrigo de la oscuridad, cabalga con un sarracenito por escolta y tres capones colgados de la silla, va donde una muchacha de costumbres indecorosas y, tras colmarla de capones, yace ilícitamente con ella... A todo esto, durante el regodeo, el morito huye llevándose el caballo, y nuestro templario, más sucio, sudado e hirsuto que de costumbre, regresa con el rabo entre las piernas y, tratando de no ser visto, entrega dinero (del Templo) al consabido usurero judío que espera como un buitre al acecho...

—Tú lo has dicho, Caifás —observó Belbo.

—Venga con los tópicos. El templario trata de recuperar, si no al moro, al menos algo que se parezca a un caballo. Pero un co-templario se percata del montaje y a la hora de la cena (ya se sabe, en esas comunidades la envidia está a la orden del día), cuando entre la satisfacción general llega la carne, hace graves alusiones. El capitán se sospecha algo, el templario se lía, se pone colorado, saca el puñal y se arroja sobre el compadre...

—Sobre el sicofante —corrigió Belbo.

—Sobre el sicofante, bien dicho, se arroja sobre el miserable y le tercia la cara. El otro coge la espada, arman una trifulca indecorosa, el capitán intenta calmarles a espaldarazos, los hermanos se desternillan de risa...

—Mientras beben y blasfeman como templarios... —dijo Belbo.

—¡Pardiez, rediós, sangredediós, votoadiós, vivediós! —recité yo.

—Y claro, nuestro hombre se altera, se... ¿cómo diablos se pone un templario cuando se altera?

—Se le enciende la sangre —sugirió Belbo.

—Sí, lo que dices, se le enciende la sangre, se quita el hábito y lo arroja al suelo...

—¡Quedaos con esta túnica de mierda y con vuestro cochino templo!, —propuse—. Más aún, descarga su espada sobre el sello, lo destroza y grita que se va con los sarracenos.

—Ha violado al menos ocho preceptos de una sola vez.

Para ilustrar mejor mi tesis, concluí:

—¿Se imaginan a estos individuos, que dicen me voy con los sarracenos, el día en que el baile general del rey les arresta y les muestra los hierros candentes? ¡Habla marrano, confiesa que os la metíais en el trasero! ¿Nosotros? A mí vuestras tenazas me dan risa, no sabéis de lo que es capaz un templario, ¡yo os la meto en el trasero a vos, al papa y si cae en mis manos al mismo rey Felipe!

—¡Ha confesado, ha confesado! Sin duda sucedió así —dijo Belbo—.

Y derecho al calabozo, cada día un poco de aceite, que así arde mejor.

—Como niños —concluyó Diotallevi.

Nos interrumpió una chica que tenía un lunar en la nariz en forma de fresa y traía unos papeles en la mano. Nos preguntó si ya habíamos firmado por los compañeros argentinos detenidos. Belbo firmó en seguida, sin mirar la hoja.

—En todo caso, están peor que yo —le dijo a Diotallevi, que lo miraba con aire confundido. Después se volvió hacia la chica—: El no puede firmar, pertenece a una minoría india que prohíbe escribir el propio nombre. Muchos de ellos están en prisión porque el gobierno les persigue.

La chica miró a Diotallevi con comprensión y me pasó la hoja. Diotallevi se serenó.

—¿Quiénes son?

—¿Cómo que quiénes son? Son compañeros argentinos.

—Sí, pero ¿de qué grupo?

—Pues de Tacuara.

—Pero si los de Tacuara son fascistas —me atreví a decir, por lo que sabía al respecto.

—Fascista —me espetó con disgusto la chica, y se marchó.

—Pero vamos a ver, ¿entonces esos templarios eran unos pobrecillos? —preguntó Diotallevi.

—No —dije—, la culpa es mía, estaba tratando de ponerle un poco de sal a la historia. Lo que he dicho se refiere a la tropa, pero la Orden recibió desde su fundación donaciones inmensas y poco a poco fue estableciendo capitanías en toda Europa. Pensad que Alfonso de Aragón les regala un país entero, bueno, hace testamento y les deja el reino en caso de morir sin herederos. Los templarios no se fían y proponen un arreglo, como quien dice pájaro en mano ahora mismo, pero el pájaro son media docena de fortalezas en España. El rey de Portugal les regala un bosque y, como éste aún estaba ocupado por los sarracenos, los templarios arremeten, echan a los moros y como si tal van y fundan Coimbra. Y sólo son algunos episodios. En suma, una parte combate en Palestina, pero la mayoría opera en Europa. ¿Y qué sucede? Que si alguno tiene que ir a Palestina y necesita dinero, y no se atreve a viajar llevando joyas y oro, les hace un ingreso a los templarios en Francia, o España, o Italia, le dan un bono y cobra en Oriente.

—Es el documento de crédito —dijo Belbo.

—Claro, inventaron el cheque, y antes que los banqueros florentinos. Ya comprenderán que, entre donaciones, conquistas a mano armada y comisiones por las operaciones financieras, los templarios se convirtieron en una multinacional. Para dirigir una empresa de ese tipo se necesitaba gente que tuviera las ideas bien claras. Gente que supiese cómo convencer a Inocencio II para que les otorgara privilegios excepcionales: la Orden puede quedarse con todo el botín de guerra, y en cualquier parte donde posea bienes no tiene que responder al rey, ni a los obispos, ni al patriarca de Jerusalén, sino sólo al papa. Exenta de pagar diezmos, puede imponerlos en las tierras que domina... En suma, una empresa que siempre da beneficios y en la que nadie puede meter las narices. Se entiende por qué no gozan de la simpatía de obispos y reyes. Sin embargo, son imprescindibles. Los cruzados son unos chapuceros, gente que parte sin saber adónde va ni con qué se encontrará; los templarios, en cambio, están allí como peces en el agua, saben cómo tratar con el enemigo, conocen el terreno y el arte militar. La Orden de los Templarios es algo serio, aun cuando se apoya en las bravuconadas de sus tropas de asalto.

—Pero, ¿realmente eran bravuconadas? —preguntó Diotallevi.

—A menudo sí, de nuevo llama la atención el contraste entre su competencia política y administrativa, y su estilo de boinas verdes, todo agallas y nada de seso. Tomemos la historia de Ascalón...

—Tomémosla —dijo Belbo, que se había distraído por saludar con ostentosa lujuria a una tal Dolores.

Esta se sentó con nosotros y dijo:

—Quiero escuchar la historia de Ascalón, quiero.

—Pues bien, un día el rey de Francia, el emperador alemán, Balduino III de Jerusalén y dos grandes maestres de los templarios y de los hospitalarios deciden sitiar Ascalón. Parten todos hacia allá: el rey, la corte, el patriarca, los curas con sus cruces y estandartes, los arzobispos de Tiro, Nazaret, Cesarea, vamos, una gran fiesta, con las tiendas montadas frente a la ciudad enemiga, y las oriflamas, los grandes gonfalones, los tambores... Ascalón estaba defendida por ciento cincuenta hombres, y sus habitantes estaban preparados desde hacía mucho tiempo para resistir el asedio, se habían abierto troneras en todas las casas, fortalezas dentro de la fortaleza. Digo yo, que los templarios, que eran tan listos, esto hubieran tenido que saberlo. Pues no, todos se excitan, se construyen arietes y torres de madera, ya sabéis, esas construcciones montadas sobre ruedas, que se empujan hasta las murallas del enemigo y arrojan fuego, piedras, flechas, mientras desde lejos las catapultas bombardean con pedruscos... Los ascalonitas tratan de incendiar las torres, el viento les es adverso, las llamas invaden las murallas, que al menos en un punto se derrumban. ¡La brecha! Entonces todos los atacantes se lanzan como un solo hombre, y sucede algo extraño. El gran maestre de los templarios ordena formar una barrera para que sólo sus hombres entren en la ciudad. Los malignos dicen que lo hace para que el saqueo sólo enriquezca al Temple, los benignos sugieren que temiendo una emboscada quiere enviar como avanzadilla a sus valientes. De todas formas, yo no le confiaría la dirección de una escuela militar, porque cuarenta templarios atraviesan la ciudad a ciento ochenta por hora, chocan contra la muralla del lado opuesto, frenan levantando una polvareda inmensa, se miran a los ojos, se preguntan qué están haciendo allí, invierten la marcha y desfilan como un rayo entre los moros, que les arrojan piedras y viratones por las ventanas, y los masacran a todos, incluido el gran maestre, y luego cierran la brecha, cuelgan los cadáveres de las murallas y se cachondean de los cristianos lanzando carcajadas inmundas.

—El moro es cruel —dijo Belbo.

—Como niños —volvió a decir Diotallevi.

—Demasiado para el cuerpo esos templarios —exclamó Dolores, entusiasmada.

—A mí me recuerdan a Tom y Jerry —dijo Belbo.

Me arrepentí. Al fin y al cabo hacía dos años que vivía con los templarios, y les había tomado cariño. Influenciado por el esnobismo de mis interlocutores, los había presentado como personajes de dibujos animados. Quizá era culpa de Guillermo de Tiro, historiador infiel. No eran así los caballeros del Temple, barbudos y resplandecientes, con la hermosa cruz roja en el cándido manto, caracoleando a la sombra de su bandera blanca y negra, el Beauceant, entregados, con prodigioso fervor, a su festín de muerte y valentía, y el sudor de que hablaba San Bernardo era quizá un bruñido broncíneo que confería sarcástica nobleza a su terrible sonrisa, mientras festejaban de manera tan cruel el adiós a la vida... Leones en la guerra, como decía Jacques de Vitry, dulces corderillos en la paz, rudos en la lid, devotos en la plegaria, brutales con los enemigos, benévolos con los hermanos, marcados por el blanco y el negro de su estandarte, por su pleno candor con los amigos de Cristo, su sombría fiereza con sus adversarios...

Patéticos campeones de la fe, último ejemplo de una caballería en decadencia, ¿por qué tenía yo que abordarlos como un Ariosto cualquiera, cuando bien hubiera podido ser su Joinville? Recordé las páginas que les dedica el autor de la *Historia de San Luis,* que había acompañado al Rey Santo a Tierra Santa, escribiente y guerrero al mismo tiempo. Ya hacía ciento cincuenta años que existían los templarios, y las cruzadas se habían ido sucediendo hasta agotar todo ideal. Desaparecidas como fantasmas las figuras heroicas de la reina Melisenda y de Balduino, el rey leproso, consumadas las luchas intestinas de aquel Líbano desde entonces ensangrentado, caída ya una vez Jerusalén, ahogado Barbarroja en Cilicia, derrotado y humillado Ricardo Corazón de León, que regresa a su patria disfrazado, precisamente, de templario, la cristiandad ha perdido su batalla, los moros tienen un sentido muy distinto de la confederación entre potentados autónomos, pero saben unirse en defensa de una civilización, han leído a Avicena, no son ignorantes como los europeos: ¿cómo es posible estar en contacto durante dos siglos con una cultura tolerante, mística y libertina, sin ceder a sus encantos, cuando se la ha podido comparar con la cultura occidental, basta, zafia, bárbara y germánica? Hasta que en 1244 se produce la última y definitiva caída de Jerusalén, la guerra, iniciada ciento cincuenta años antes, está perdida, los cristianos deben dejar de batirse en aquel páramo destinado a la paz y al perfume de los cedros del Líbano, pobres templarios, ¿para qué ha servido vuestra epopeya?

Ternura, melancolía, palidez de una gloria senescente, ¿por qué no prestar oídos a las doctrinas secretas de los místicos musulmanes, a la acumulación hierática de tesoros escondidos? Quizá ése sea el origen de la leyenda de los caballeros del Temple que aún obsesiona a las mentes desilusionadas y anhelantes, el relato de un poder sin límites que ya no sabe dónde actuar...

Y, sin embargo, ya en el ocaso del mito llega Luis, el rey santo, el rey que tiene por comensal al Aquinate, él aún cree en la cruzada, a pesar de dos siglos de sueños e intentos fracasados por la estupidez de los vencedores, ¿vale la pena intentarlo una vez más? Vale la pena, dice el Santo Luis, los templarios aceptan, le siguen a la derrota, pues es su oficio, ¿cómo se justifica el Temple sin la cruzada?

Luis ataca Damietta desde el mar, la orilla enemiga es un resplandor de lanzas y alabardas y oriflamas, escudos y cimitarras; hermosa gente, bello espectáculo, dice Joinville con caballerosidad, las armas de oro batidas por el sol. Luis podría esperar, pero en cambio decide desembarcar a cualquier precio. «Mis fieles, seremos invencibles si sabemos permanecer inseparables en nuestra caridad. Si somos vencidos, seremos mártires. Si triunfamos, nuestra gesta aumentará la gloria de Dios.» Los templarios tienen sus dudas, pero han sido educados para luchar por un ideal y ésa es la imagen que deben dar de sí mismos. Seguirán al rey en su locura mística.

Increíblemente, el desembarco es un éxito, increíblemente, los sarracenos abandonan Damietta: es tan increíble que el rey vacila en entrar porque duda de que hayan huido. Pero es cierto, la ciudad es suya y suyos son sus tesoros y las cien mezquitas, que Luis convierte en seguida en iglesias del Señor. Ahora se impone una decisión: ¿marchar sobre Alejandría o sobre El Cairo? La decisión sabia hubiera sido dirigirse a Alejandría, para privar a Egipto de un puerto vital. Pero en la expedición había un genio maligno, el hermano del rey, Robert d'Artois, megalómano, ambicioso, sediento de gloria inmediata, como buen segundón. Aconseja dirigirse hacia El Cairo, corazón de Egipto. El Temple, que al principio se había mostrado prudente, ahora muerde el freno. El rey había prohibido los combates aislados, pero es el mariscal del Temple quien viola la prohibición. Divisa una cuadrilla de mamelucos del sultán y grita: «¡A ellos, en nombre de Dios, no puedo soportar tamaña afrenta!»

En Mansurah los sarracenos se hacen fuertes al otro lado de un río, los franceses tratan de construir una presa para formar un vado, y la protegen con sus torres móviles, pero los sarracenos han aprendido de los bizantinos el arte del fuego griego. El fuego griego tenía una cabeza gruesa, como un tonel, su cola era como una gran lanza, llegaba como un rayo y parecía un dragón volador. Arrojaba tanta luz que iluminaba el campo como si fuese de día.

Mientras el campo cristiano es pasto de las llamas, un beduino traidor indica al rey un vado a cambio de trescientos bisantes. El rey decide atacar, la travesía no es fácil, muchos se ahogan y son arrastrados por las aguas, en la orilla opuesta esperan trescientos sarracenos a caballo. Pero finalmente el grueso del ejército toca tierra, y, según las órdenes, los templarios van a la cabeza, seguidos por el conde de Artois. Los caballeros musulmanes se dan a la fuga y los templarios esperan al resto del ejército cristiano. Pero el conde de Artois se lanza con sus hombres a perseguir al enemigo.

Entonces los templarios, para salvar el honor, también se lanzan al asalto, pero llegan después del conde, que ya ha penetrado en el campo enemigo sembrando estragos. Los musulmanes huyen hacia Mansurah. El de Artois sólo esperaba eso para salir tras ellos. Los templarios intentan detenerle, el hermano Gilles, gran comandante del Temple, le lisonjea diciéndole que ya ha realizado una hazaña admirable, una de las mayores que se hayan visto en tierras de ultramar. Pero el conde, lechuguino sediento de gloria, acusa de traición a los templarios y llega a decir incluso que, de haberlo querido los templarios y los hospitalarios, aquellas tierras ya estarían conquistadas desde hacía tiempo, y que él acababa de probar lo que era capaz de hacer alguien que tuviera sangre en las venas. Aquello era demasiado para el honor del Temple. Al Temple no hay quien le tosa, todos se lanzan hacia la ciudad, entran en ella, persiguen a los enemigos hasta las murallas opuestas, y de pronto los templarios se dan cuenta de que han repetido el error de Ascalón. Los cristianos, incluidos los templarios, se han demorado saqueando el palacio del sultán, los infieles se rehacen y caen sobre aquella mesnada de buitres ahora dispersa. ¿Se han dejado cegar los templarios una vez más por la avidez? Hay quien dice, sin embargo, que antes de seguir al de Artois, fray Gilles le había dicho con lúcido estoicismo: «Señor, mis hermanos y yo no tenemos miedo y os seguiremos. Pero sabed que dudamos, y mucho, de que vos y yo podamos regresar.» De todas formas, el de Artois, por la gracia de Dios, murió, y con él muchos otros valientes caballeros, y doscientos ochenta templarios.

Peor que una derrota, una afrenta. Sin embargo, no fue registrada como tal, ni siquiera por Joinville: suele suceder, es la belleza de la guerra.

En la pluma del señor de Joinville, muchas de aquellas batallas, o si se quiere escaramuzas, se transforman en pantomimas airosas, cn alguna cabeza que rueda, y muchas imploraciones al buen Señor y algún llanto del rey por uno de sus fieles que expira, pero todo parece filmado en colores, entre gualdrapas rojas, arreos dorados, resplandor de yelmos y espadas bajo el amarillo sol del desierto, y frente al mar color turquesa, y quién sabe si los templarios no habrán vivido así su carnicería cotidiana.

La mirada de Joinville se mueve desde arriba hacia abajo o desde abajo hacia arriba, según caiga del caballo o vuelva a encaramarse en la silla, y enfoca escenas aisladas, no logra captar el plan de la batalla, todo se reduce a duelos individuales, y desenlaces muchas veces azarosos. Joinville se lanza en ayuda del señor de Wanon, un turco le golpea con su lanza, el caballo cae de bruces, Joinville sale despedido por encima de la cabeza del animal, se incorpora con la espada en la mano y micer Erars de Siverey (que Dios lo absuelva) le indica que se refugie en una casa destruida, son literalmente pisoteados por una cuadrilla de turcos, se incorporan indemnes, llegan hasta la casa, se atrincheran, los turcos les atacan con lanzas desde arriba. Micer Frederic de Loupey es herido por la espalda «y fue tal la herida que la sangre salpicaba como cuando salta el tapón de una cuba» y Siverey recibe un tajo en pleno rostro «de suerte que la nariz le caía sobre los labios». Ea, llegan refuerzos, consiguen salir de la casa, se desplazan hacia otro sector del campo de batalla, otra escena, otros muertos y salvamentos in extremis, plegarias en voz alta al señor Santiago. Y grita entretanto el bueno del conde de Soissons, sin dejar de descargar la espada: «¡Señor de Joinville, dejemos que esta vil gente vocee, por Dios, que ya hablaremos vos y yo de esta jornada cuando estemos rodeados de damas!» Y el rey pregunta por su hermano, el maldito conde de Artois, y fray Henry de Ronnay, preboste del Hospital, le responde «que le tenía buenas noticias porque seguramente el conde de Artois estaba en el Paraíso». El rey dice que Dios sea loado por todo lo que le envía, y gruesas lágrimas caen de sus ojos.

Pero no siempre es como una pantomima, por angélica y sanguinaria que resulte. Muere el gran maestre Guillaume de Sonnac, abrasado por el fuego griego; debido al hedor de los cadáveres y a la escasez de víveres, el ejército cristiano es víctima del escorbuto, las huestes de San Luis muerden el polvo, el rey se consume de disentería, a tal punto que, para no perder tiempo en la batalla, tiene que cortarse el fondo de los calzones. Pierden Damietta, la reina debe pactar con los sarracenos y paga quinientos mil torneses para salvar la vida.

Pero las cruzadas se hacían con teologal mala fe. En San Juan de Acre, Luis es recibido como un triunfador y sale a su encuentro toda la ciudad en procesión, con el clero, las damas y los niños. Los templarios tienen más vista e intentan iniciar tratativas con Damasco. Luis se entera, no soporta que pasen por encima de él, desautoriza al nuevo gran maestre ante los embajadores musulmanes, y el gran maestre tiene que retirar la palabra dada, se arrodilla ante el rey y pide disculpas. No puede decirse que los caballeros no hayan combatido bien, y desinteresadamente, pero el rey de Francia les humilla, para reafirmar su poder, y para reafirmar su poder medio siglo más tarde, su sucesor Felipe los enviará a la hoguera.

En 1291, los moros conquistan San Juan de Acre, pasan a cuchillo a todos sus habitantes. El reino cristiano de Jerusalén ha concluido. Los templarios son más ricos, más numerosos y más fuertes que nunca, pero ellos, que nacieron para pelear en Tierra Santa, ya no están en Tierra Santa.

Viven espléndidamente encerrados en sus capitanías de toda Europa y en el Temple de París, y aún sueñan con la explanada del Templo de Jerusalén en las épocas gloriosas, con la hermosa iglesia de Santa María de Letrán ceñida de capillas votivas, ramos de trofeos, y un fervor de fraguas, talabarterías, graneros, pañerías, una cuadra con dos mil caballos, un caracolear de escuderos, ayudantes, turcopoliers, las cruces rojas sobre los mantos blancos, las cotas pardas de los auxiliares, los emisarios del sultán con sus grandes turbantes y sus yelmos dorados, los peregrinos, y una encrucijada de bellas rondas y correos, el júbilo de las arcas, el puerto desde el que se despachan órdenes, disposiciones y mercaderías para los castillos de la madre patria, de las islas, de las costas del Asia Menor...

Todo concluido, mis pobres templarios.

Aquella noche en el Pílades, cuando ya iba por el quinto whisky, que Belbo me servía imperiosamente, me di cuenta de que había estado soñando, con sentimiento (qué vergüenza), pero en voz alta, y debía de haber contado una historia muy bella, con pasión y compasión, porque Dolores tenía los ojos brillantes, y Diotallevi, entregado a la locura de un segundo botellín de tónica, tenía la vista, seráfica, vuelta hacia el cielo, mejor dicho hacia el nada sefirótico cielorraso del bar, mientras murmuraba:

—Y quizá fueran todo eso, almas condenadas y almas santas, caballerizos y caballeros, banqueros y héroes...

—Ya lo creo que eran singulares —resumió Belbo—. ¿Pero a usted, Casaubon, le gustan?

—Yo estoy haciendo una tesis sobre ellos, y hasta el que hace una tesis sobre la sífilis acaba enamorándose de la espiroqueta pálida.

—Qué bonita, parece de película —dijo Dolores—. Pero ahora debo marcharme, lo lamento pero tengo que ciclostilar las octavillas para mañana temprano. Habrá piquetes en la fábrica Marelli.

—Feliz de ti que puedes permitírtelo —dijo Belbo. Levantó con cansancio una mano y le acarició los cabellos. Pidió, según anunció, el último whisky—. Es casi medianoche —observó—. No lo digo por los seres humanos, sino por Diotallevi. Pero acabemos la historia, quiero saber cómo fue el proceso. Cuándo, cómo, por qué...

—Cur, quomodo, quando —asintió Diotallevi—. Sí, sí.

14

> Afirma que el día antes había visto cómo llevaban a la hoguera a cincuenta y cuatro hermanos de la Orden porque no habían querido confesar los mencionados errores, y que había oído decir que los habían quemado, y que él, no estando seguro de poder resistir en caso de que lo quemaran, confesaría por miedo a la muerte, en presencia de los señores comisarios y de cualquier otra persona, si lo interrogaban, que todos los errores imputados a la Orden eran ciertos y que él, si se lo pedían, también habría confesado que había matado a Nuestro Señor.
>
> (Declaraciones de Aimery de Villiers-le-Duc, 13 de mayo de 1310)

Un proceso lleno de silencios, contradicciones, enigmas y estupideces. Estas últimas eran las más evidentes, y por ser inexplicables coincidían casi siempre con los enigmas. En aquella época feliz, yo aún creía que la estupidez producía el enigma. La otra tarde en el periscopio pensaba que los enigmas más terribles, para no revelarse como tales, se disfrazan de locura. Ahora, en cambio, estoy persuadido de que el mundo es un enigma benigno, que nuestra locura vuelve terrible porque pretende interpretarlo con arreglo a su propia verdad.

Los templarios se habían quedado sin razón de ser. O más bien, habían transformado sus medios en fin y se dedicaban a administrar sus inmensas riquezas. Era lógico que un monarca centralista como Felipe el Hermoso los mirara con malos ojos. ¿Qué control podía ejercerse sobre una Orden soberana? El gran maestre tenía el rango de un príncipe de sangre, comandaba un ejército, administraba un patrimonio inmobiliario inmenso, era elegido al igual que el emperador y tenía una autoridad absoluta. El tesoro francés no estaba en manos del rey, sino en el Temple de París. Los templarios eran los depositarios, los procuradores, los administradores de una cuenta corriente cuyo titular, oficialmente, era el rey. Cobraban, pagaban, jugaban con los intereses, se comportaban como un gran banco privado, pero con todos los privilegios y franquicias de un banco estatal... Y el tesorero del rey era un templario. ¿Se puede reinar en esas condiciones?

Si no puedes derrotarles, únete a ellos. Felipe solicitó que le admitieran como miembro honorario de la Orden. Respuesta negativa. Ofensa que un rey no olvida. Entonces sugirió al papa que fusionase a los templarios y a los hospitalarios y creara una nueva Orden controlada por uno de sus hijos. El gran maestre del Temple, Jacques de Molay, llegó con gran pompa desde Chipre, donde ahora residía como un monarca en el exilio, y presentó al papa un memorial donde fingía analizar las ventajas de la fusión, pero en realidad acababa destacando todas sus desventajas. Sin pudor alguno, Molay señalaba, entre otras cosas, que los templarios eran más ricos que los hospitalarios, y que la fusión empobrecería a unos para enriquecer a los otros, lo que supondría un grave perjuicio para las almas de sus caballeros. Molay ganó la primera mano de aquella partida que sólo acababa de empezar, se archivó el expediente.

Sólo quedaba recurrir a la calumnia, y en eso el rey tenía buenas cartas. Rumores sobre los templarios hacía tiempo que circulaban. ¿Qué pensarían los buenos franceses de esos «coloniales», a los que se veía por ahí recogiendo diezmos sin dar nada a cambio, ni siquiera su sangre de guardianes del Santo Sepulcro? También ellos eran franceses, pero no del todo, una especie de *pieds noirs,* o, como se decía entonces, *poulains.* A lo mejor hacían gala de costumbres exóticas, quién sabe si entre ellos no hablarían el idioma de los moros, al que estaban tan avezados. Eran monjes, pero exhibían públicamente sus hábitos estrafalarios, y ya unos años antes el papa Inocencio III había tenido que emitir una bula *De insolentia Templariorum.* Habían hecho voto de pobreza, pero se presentaban con el fasto de una casta aristocrática, la avidez de las nuevas clases mercantiles, el descaro de un cuerpo de mosqueteros.

No se necesitaba mucho para pasar a las habladurías: homosexuales, herejes, idólatras que adoran una cabeza barbuda de origen desconocido, aunque, desde luego, ajena al panteón de los buenos creyentes, quizá conocen los secretos de los Ismailíes, están en contacto con los Asesinos del Viejo de la Montaña. Felipe y sus consejeros aprovecharon de alguna manera estas habladurías.

Detrás de Felipe se mueven sus dos ángeles de las tinieblas, Marigny y Nogaret. Marigny es el que al final se apoderará del tesoro del Temple y lo administrará en nombre del rey, hasta que sea transferido a los hospitalarios, y no está claro quién se embolsa los intereses. Nogaret, canciller del rey, había sido en 1303 el estratega del incidente de Anagni, en que Sciarra Colonna había abofeteado a Bonifacio VIII, y el papa había muerto de humillación al cabo de un mes.

En determinado momento, entra en escena un tal Esquieu de Floyran. Parece que, mientras está en la cárcel por delitos desconocidos y a punto de ser condenado a muerte, comparte la celda con un templario renegado, también él a la espera del cadalso, y del que escucha terribles confesiones. A cambio del perdón y de una suma respetable, Floyran vende lo que ha llegado a saber. Que no es más que lo que ya está en boca de todos. Pero ahora lo que era rumor se ha convertido en declaración sumarial. El rey comunica las sensacionales revelaciones de Floyran al papa, que ahora es Clemente V, el que trasladará la sede papal a Aviñón. El papa no sabe qué pensar, y, además, sabe que no es fácil meter mano en los asuntos del Temple. Pero en 1307 autoriza una investigación oficial. Molay es informado y declara que se siente tranquilo. Continúa participando, junto al rey, en las ceremonias oficiales, príncipe entre príncipes. Clemente V da largas al asunto, el rey sospecha que el papa quiere dar tiempo a los templarios para que puedan eclipsarse. Totalmente falso, los templarios siguen bebiendo y blasfemando en sus capitanías sin enterarse de nada. Y ése es el primer enigma.

El 14 de septiembre de 1307, el rey envía mensajes sellados a todos sus bailes locales y senescales ordenando la detención en masa de los templarios y la confiscación de sus bienes. Entre el envío de la orden y la detención, que se produce el 13 de octubre, transcurre un mes. Los templarios no sospechan nada. La mañana de la detención caen todos en la red y, segundo enigma, se rinden sin hacer uso de las armas. Téngase en cuenta que en los días precedentes los oficiales del rey, para estar seguros de que nada escapara a la confiscación, habían llevado a cabo una especie de censo del patrimonio templario en todo el territorio nacional, valiéndose de pretextos administrativos pueriles. Pero los templarios nada, pase usted señor baile, mire donde quiera, como si estuviese en su casa.

El papa, en cuanto se entera de la detención, intenta protestar, pero ya es demasiado tarde. Los comisarios reales han empezado a trabajar con el hierro y la cuerda, y muchos caballeros, sometidos a tortura, han confesado. A esas alturas sólo queda transferirlos a los inquisidores, que aún no recurren al fuego, pero es igual. Los confesos confirman.

Y ése es el tercer misterio: es cierto que los torturaron, y con saña, puesto que treinta y seis caballeros mueren por ello, pero entre aquellos hombres de hierro, habituados a hacer frente al cruel turco, no hay ni uno capaz de hacer frente a los bailes. En París sólo cuatro de un total de ciento treinta y ocho caballeros se niegan a confesar. Los demás confiesan todos, entre ellos Jacques de Molay.

—Pero, ¿qué confiesan? —preguntó Belbo.

—Confiesan exactamente lo que estaba escrito en la orden de detención. Hay muy pocas diferencias entre las declaraciones, al menos en Francia e Italia. En Inglaterra, en cambio, donde nadie quiere realmente procesarlos, las declaraciones contienen las imputaciones consabidas, pero se las atribuye a testigos ajenos a la Orden, que sólo hablan por lo que han oído decir. Vamos, que los templarios sólo confiesan donde alguien quiere que confiesen, y sólo confiesan lo que se quiere que confiesen.

—El típico proceso inquisitorial. Conocemos otros ejemplos —observó Belbo.

—Sin embargo, los acusados se comportan de manera extraña. Los cargos son que los caballeros, en sus ritos de iniciación, renegaban tres veces de Cristo, escupían sobre el crucifijo, eran desvestidos y besados *in posteriori parte spine dorsi,* o sea en el trasero, en el ombligo y después en la boca, *in humane dignitatis opprobrium;* por último, dice el texto, se entregaban a concúbito recíproco, uno con otro. La orgía. Después se les mostraba la cabeza de un ídolo barbudo, y debían adorarlo. Pues bien, ¿qué responden los acusados al escuchar estas acusaciones? Geoffroy de Charney, que luego morirá en la hoguera con Molay, dice que sí, que en cierta ocasión ha renegado de Cristo, pero con la boca, no con el corazón, y que no recuerda si ha escupido en el crucifijo porque aquella noche todo se hacía muy aprisa. En cuanto al beso en el trasero, dice que también eso le ha sucedido, y que ha oído decir al preceptor de Auvernia que en el fondo era mejor unirse con los hermanos que tratar con una mujer, pero que él, sin embargo, jamás ha cometido pecados carnales con otros caballeros. O sea que sí, pero era casi un juego, nadie creía realmente en ello, los otros lo hacían pero yo no, lo aceptaba por buena educación. Jacques de Molay, el gran maestre y, por tanto, no precisamente el último de la banda, dice que, cuando le presentaron el crucifijo para que escupiese, hizo como que sí, pero escupió en el suelo. Admite que las ceremonias de iniciación eran así, pero, mira por dónde, no podía afirmarlo con exactitud, porque en toda su carrera sólo había iniciado a unos pocos hermanos. Otro dice que ha besado al maestre, pero no en el culo sino en la boca, pero que el maestre sí le había besado el culo a él. Algunos confiesan más de lo necesario, no sólo renegaban de Cristo sino que afirmaban que era un criminal, negaban la virginidad de María, el crucifijo, habían llegado a orinar encima, no sólo el día de su iniciación sino también durante la Semana Santa, no creían en los sacramentos, no se limitaban a adorar al Bafomet, adoraban incluso al diablo en forma de gato...

Igualmente grotesco, aunque no tan increíble, es el pulso que se inicia entonces entre el rey y el papa. El papa quiere hacerse cargo del proceso, el rey prefiere concluirlo solo, el papa querría suprimir sólo provisionalmente la Orden, condenando a los culpables y restaurándola luego en su pureza primitiva, el rey quiere que el escándalo se extienda, que el proceso implique a la Orden en conjunto y la conduzca a su desmembramiento definitivo, político y religioso, claro está, pero sobre todo financiero.

De pronto aparece un documento que es una obra maestra. Unos teólogos determinan que no debe concederse un defensor a los acusados, para impedir que se retracten: puesto que han confesado, ni siquiera es necesario instruir una causa, el rey debe proceder de oficio, el proceso se justifica cuando el caso es dudoso, pero aquí no hay ni sombra de duda. «¿Por qué darles entonces un defensor, como no sea para que defienda los errores que han confesado, puesto que de la evidencia de los hechos resulta palmaria la comisión del crimen?»

Pero, como hay peligro de que el proceso pase de las manos del rey a las del papa, Felipe y Nogaret montan un proceso escandaloso en el que se ve implicado el obispo de Troyes, acusado de brujería sobre la base de la delación de un misterioso intrigante, un tal Noffo Dei. Después se descubrirá que Dei había mentido, y acabará en la horca, pero entretanto el pobre obispo ha sido acusado públicamente de sodomía, sacrilegio, usura. Los mismos cargos que se hacen a los templarios. Quizá el rey quiere mostrar a los hijos de Francia que la Iglesia no tiene derecho a juzgar a los templarios porque no es inmune a esas manchas, o quizá sólo sea una advertencia dirigida al papa. Es una historia oscura, un juego de policías y servicios secretos, de infiltraciones y delaciones... El papa se ve entre la espada y la pared y acepta interrogar a setenta y dos templarios, que confirman las confesiones sacadas con torturas. Sin embargo, el papa toma en cuenta su arrepentimiento y juega la carta de la abjuración para poderles perdonar.

Y entonces sucede algo más; este era un punto que debía resolver en mi tesis, y estaba dividido entre fuentes contradictorias: el papa acaba de obtener, al fin y con mucho trabajo, la custodia de los caballeros, pero de pronto los devuelve al rey. Nunca he entendido qué fue lo que sucedió. Molay se retracta de lo confesado, Clemente le permite defenderse y envía tres cardenales para interrogarle, el 26 de noviembre, Molay asume una arrogante defensa de la Orden y de su pureza, y llega a amenazar a los acusadores, después se les acerca un enviado del rey, Guillaume de Plaisans, a quien cree su amigo, éste le da algún oscuro consejo y el 28 del mismo mes el gran maestre formula una declaración harto tímida y muy imprecisa, dice que es un caballero pobre e inculto, y se limita a enumerar los méritos (ya remotos) del Temple, las limosnas que ha distribuido, el tributo de sangre en Tierra Santa, y cosas por el estilo. Para colmo llega Nogaret, quien recuerda los contactos, más que amistosos, entre el Temple y Saladino: se insinúa ya un delito de alta traición. Las justificaciones de Molay son penosas, en esas declaraciones el hombre, que ya ha soportado dos años de cárcel, parece un trapo viejo, aunque bien es cierto que ya lo parecía al día siguiente de su detención. En una tercera declaración, que tuvo lugar en marzo del año siguiente, Molay adopta otra estrategia: no habla, y no hablará si no es ante el papa.

Un lance imprevisto, y esta vez se pasa al drama épico. En abril de 1310 quinientos cincuenta templarios piden que se les deje hablar en defensa de la Orden, denuncian las torturas a que han sido sometidos los que han confesado, lo niegan todo y demuestran que los cargos que se formulan en su contra son absurdos. Pero el rey y Nogaret conocen su oficio. ¿Algunos templarios se retractan? Mejor así, porque entonces hay que considerarles reincidentes y perjuros, es decir relapsos, acusación terrible en aquellos tiempos, porque niegan con soberbia lo que ya han reconocido. Se puede perdonar incluso al que confiesa y se arrepiente, pero no a quien no se arrepiente porque se retracta de lo confesado y dice, cometiendo perjurio, que no tiene nada de que arrepentirse. Cincuenta y cuatro retractantes perjuros son condenados a muerte.

No es difícil imaginar cuál sería la reacción psicológica de los otros detenidos. El que confiesa sigue vivo en la cárcel, y mientras hay vida hay esperanza. El que no confiesa, o, aún peor, se retracta, acaba en la hoguera. Los quinientos retractantes aún con vida se retractan de su retractación.

Resultó que tenían razón los arrepentidos, porque en 1312 los que no habían confesado fueron condenados a cadena perpetua, mientras que los confesos fueron perdonados. Felipe no quería una matanza, sólo le interesaba el desmembramiento de la Orden. Los caballeros liberados, destruidos en el cuerpo y en el espíritu al cabo de cuatro o cinco años de cárcel, recalan silenciosamente en otras órdenes, sólo desean que se les olvide, y esta desaparición, este olvido, pesarán durante mucho tiempo sobre la leyenda de la supervivencia clandestina de la Orden.

Molay sigue pidiendo que le escuche el papa. Clemente convoca un concilio en Vienne, en 1311, pero no llama a Molay. Confirma la supresión de la Orden y asigna sus bienes a los hospitalarios, aunque por el momento los administre el rey.

Transcurren otros tres años; al fin se alcanza un acuerdo con el papa y el 19 de marzo de 1314, en el recinto sagrado de Notre-Dame, Molay es condenado a cadena perpetua. Al escuchar esa sentencia, Molay tiene un arranque de dignidad. Había esperado que el papa le permitiese refutar los cargos formulados en su contra, se siente traicionado. Sabe perfectamente que si vuelve a retractarse también a él le considerarán perjuro y reincidente. ¿Qué sucede en el corazón de ese hombre que lleva casi siete años esperando que le juzguen? ¿Vuelve a encontrar el coraje de sus mayores? ¿Decide que ahora que está destruido y sólo le queda la perspectiva de pasar el resto de la vida entre cuatro paredes y deshonrado, lo mismo da afrontar una bella muerte? Proclama su inocencia y la de sus hermanos. Los templarios han cometido un solo delito dice: por cobardía han traicionado al Temple. El no está dispuesto a hacerlo.

Nogaret se frota las manos: por público delito, pública condena y definitiva, procedimiento de urgencia. También el preceptor de Normandía, Geoffroy de Charney, se había comportado como Molay. El rey decide ese mismo día: se erige una hoguera en el extremo de la isla de la Cité. Al anochecer, Molay y Charney son quemados.

Según la tradición, el gran maestre, antes de morir, vaticinó la ruina de sus perseguidores. En efecto, el papa, el rey y Nogaret morirían antes de un año. En cuanto a Marigny, después de la muerte del rey se dirá que ha cometido malversación. Sus enemigos le acusarán de brujería y será ahorcado. Muchos empiezan a pensar en Molay como en un mártir. Dante se hace eco de la indignación que muchos sienten por la persecución de los templarios.

Aquí acaba la historia y comienza la leyenda. Según uno de sus capítulos, el día en que guillotinaron a Luis XVI un desconocido saltó sobre el patíbulo y gritó: «¡Jacques de Molay, estás vengado!»

Esta fue más o menos la historia que conté aquella noche en el Pílades entre continuas interrupciones.

Belbo me preguntaba: «¿Pero está seguro de que no lo ha leído en Orwell o en Koestler?» O bien: «Pero vamos. Si es como el caso de... ¿cómo se llama el de la revolución cultural?...» Entonces terciaba sentencioso Diotallevi, como un estribillo: «Historia magistra vitae.» Belbo le decía: «Vamos, un cabalista no cree en la historia.» Y él, invariablemente replicaba: «Justamente, todo se repite en círculo, la historia es maestra porque nos enseña que no existe. Lo que cuentan son las permutaciones.»

—Pero en definitiva —dijo Belbo al final—, ¿quiénes eran los templarios? Primero nos los ha presentado como sargentos de una película de John Ford, después como unos mugrientos, más tarde como caballeros de una miniatura, luego como banqueros de Dios dedicados a sus inmundos negocios, luego como un ejército derrotado, luego como adeptos de una secta satánica, y por último como mártires de la libertad de pensamiento... ¿Quiénes eran?

—También tenía que existir alguna razón para que se hayan convertido en un mito. Probablemente eran todas esas cosas al mismo tiempo. Quiénes eran los cristianos, podría preguntarse un marciano del año tres mil, ¿los que se dejaban comer por los leones o los que mataban herejes? Todo eso.

—Pero, bueno, ¿hacían o no aquello de que se les acusaba?

—Lo más divertido es que sus seguidores, quiero decir los neotemplaristas de diversas épocas, dicen que sí. Las justificaciones son muchas. Primera tesis, se trataba de novatadas: si quieres ser templario, has de demostrar que tienes un par de cojones, escupe en el crucifijo y a ver si Dios te fulmina; al entrar en esta milicia, tienes que entregarte en cuerpo entero a los hermanos, hazte besar en el culo. Segunda tesis, les invitaban a renegar de Cristo para ver cómo se las apañarían si caían en poder de los sarracenos. Esta explicación es idiota, porque no se educa a alguien para que resista a la tortura obligándole a hacer, aunque sólo sea simbólicamente, lo que el torturador desea que haga. Tercera tesis, en Oriente los templarios habían entrado en contacto con herejes maniqueos, que despreciaban la cruz porque era el instrumento con que habían torturado al Señor, y predicaban la necesidad de renunciar al mundo y de desalentar el matrimonio y la procreación. Una vieja idea, típica de muchas herejías de los primeros siglos, que luego pasará a los cátaros, y hay toda una tradición que afirma que los templarios estaban impregnados de catarismo. Entonces se entendería la razón de la sodomía, aunque sólo fuese simbólica. Supongamos que los caballeros hubiesen entrado en contacto con esos herejes: no eran unos intelectuales, claro, y un poco por ingenuidad, un poco por esnobismo y espíritu de cuerpo, se montan su propio folclor personal, que les distingue del resto de los cruzados. Practican los ritos como gestos de reconocimiento, sin preguntarse por su significado.

—Pero, ¿y ese Bafomet?

—Mire usted, en muchas declaraciones se habla de una *figura Baffometi,* pero podría tratarse de un error del primer escribiente, y, si las actas están manipuladas, ese primer error se habría reproducido en todos los documentos. En otros casos alguien ha hablado de Mahoma (*istud caput vester deus est, et vester Mahumet*), y ello significaría que los templarios se habían creado una liturgia propia, de tipo sincrético. En algunas declaraciones se dice también que fueron invitados a invocar a «yalla», que debía de ser Alá. Pero los musulmanes no veneraban imágenes de Mahoma y entonces ¿quiénes podían haber influido en los templarios? Las declaraciones afirman que muchos han visto esas cabezas, a veces en lugar de una cabeza, se trata de un ídolo entero, de madera, de cabellos rizados, cubierto de oro, y siempre con barba. Parece que los inquisidores encontraron esas cabezas y las mostraron a los interrogados, pero lo bueno es que no hay huella de las cabezas, todos las han visto, nadie las ha visto. Como la historia del gato, unos dicen que era gris, otros que era rojo y otros negro. Pero imagínense un interrogatorio con el hierro candente: ¿has visto un gato durante la iniciación? Cómo no, si una alquería de los templarios, donde había que defender las cosechas de las ratas, tenía que estar plagada de gatos. En aquella época en Europa, el gato no era un animal doméstico común, aunque sí lo era en Egipto. Quizá los templarios tenían gatos en sus casas, a diferencia de la gente honrada, que los consideraba animales sospechosos. Y lo mismo podía pasar con las cabezas de Bafomet, quizá fueran relicarios en forma de cabeza, entonces se usaban. Naturalmente, hay quien sostiene que el Bafomet era una figura alquímica.

—No podía faltar el ingrediente alquímico —dijo Diotallevi con convicción—, es probable que los templarios conocieran el secreto de la fabricación del oro.

—Claro que lo conocían —dijo Belbo—. Se asalta una ciudad sarracena, se degüella a las mujeres y a los niños, se arrambla con todo lo que se encuentra en el camino. La verdad es que toda esta historia es un gran barullo.

—Y quizá tenían un barullo en la cabeza: ¿qué podían importarles los debates doctrinales? La Historia está llena de historias de cuerpos de élite como éste que se crean un estilo propio, un poco fanfarrón, un poco místico, ni siquiera ellos sabían bien lo que hacían. Y naturalmente también está la interpretación esotérica: lo sabían todo perfectamente, eran adeptos a los misterios orientales, y hasta el beso en el culo tenía un significado iniciático.

—Explíqueme un poco el significado iniciático del beso en el trasero —dijo Diotallevi.

—Algunos esoteristas modernos consideran que los templarios se identificaban con determinadas doctrinas indias. El beso en el culo habría servido para despertar a la serpiente Kundalini, una fuerza cósmica que reside en la base de la espina dorsal, en las glándulas sexuales, y que una vez despierta asciende hasta la glándula pineal...

—¿La de Descartes?

—Creo que sí, y allí debería abrir un tercer ojo en la frente, el de la visión directa en el tiempo y en el espacio. Por eso aún se sigue buscando el secreto de los templarios.

—Felipe el Hermoso hubiese tenido que quemar a los esoteristas modernos, no a aquellos pobrecillos.

—Sí, pero los esoteristas modernos no tienen un real.

—La de cosas que hay que escuchar —concluyó Belbo—. Ahora entiendo por qué estos templarios obsesionan a tantos de mis locos.

—Creo que es un poco lo de la otra noche. Toda su historia es un silogismo retorcido. Compórtate como un estúpido y te harás impenetrable para toda la eternidad. Abracadabra, Mane Thecel Phares, Pape Satan Pape Satan Aleppe, le vierge le vivace et le bel aujourd'hui, siempre que un poeta, un predicador, un jefe, un mago han emitido borborigmos insignificantes, la humanidad se ha pasado siglos tratando de descifrar su mensaje. Los templarios siguen siendo indescifrables debido a su confusión mental. Por eso muchos los veneran.

—Explicación positivista —dijo Diotallevi.

—Si —dije—, quizá sea un positivista. Con una buena operación quirúrgica en la glándula pineal, los templarios hubieran podido convertirse en hospitalarios, es decir, en personas normales. La guerra corroe los circuitos cerebrales, debe de ser el ruido de los cañonazos, o del fuego griego... Mire a los generales.

Era la una. Embriagado por la tónica, Diotallevi se bamboleaba. Nos despedimos, me había divertido. Ellos también. Todavía no sabíamos que estábamos empezando a jugar con fuego griego, que quema, y consume.

15

> Erars de Siverey me dijo: «Sire, si cuidáis de que ni yo ni mi heredero recibamos alguna afrenta por esto, iría a pedir ayuda para vos al conde de Anjou, a quien veo allí en medio del campo.» Y yo le dije: «Micer Erars, me parece que os haríais un gran honor yendo a pedir ayuda para salvar nuestras vidas, porque vuestra suerte es bien incierta.»
> (Joinville, *Histoire de Saint Louis,* 46, 226)

Después del día de los templarios, sólo tuve fugaces conversaciones con Belbo en el bar, que yo frecuentaba cada vez menos, porque me dedicaba a trabajar en la tesis.

Cierto día se había organizado una gran manifestación contra el terrorismo de derechas, que debía partir de la universidad y a la que, como era habitual por entonces, habían sido invitados todos los intelectuales antifascistas. Fastuoso despliegue policial, pero parecía que habían decidido cerrar los ojos. Típico de aquella época: la manifestación no estaba autorizada pero, si no sucedía nada grave, la fuerza pública se limitaría a mirar y vigilar (entonces, había muchos pactos territoriales) que la izquierda no transgrediese unas fronteras ideales trazadas en el centro de Milán. La contestación se movía por una zona, al otro lado del largo Augusto y en toda la zona de piazza San Babila estaban apostados los fascistas. Si alguien rebasaba esos límites, se producían incidentes, pero eso era todo, como entre domador y león. Solemos creer que es el león, ferocísimo, quien ataca al domador, y que luego éste lo domina levantando el látigo o disparando un pistoletazo. Error: cuando entra en la jaula, el león ya está ahíto y drogado, sin ganas de agredir a nadie. Como todos los animales, tiene una zona de seguridad fuera de la cual puede suceder cualquier cosa sin que se inmute. Cuando el domador mete el pie en la zona del león, el león ruge; después el domador levanta el látigo, pero en realidad da un paso atrás (como si estuviera tomando impulso para lanzarse hacia adelante), y el león se calma. Una revolución simulada debe tener sus reglas.

Había ido a la manifestación, pero sin incorporarme a ningún grupo. Estaba en la acera, en piazza Santo Stefano, donde circulaban periodistas, redactores editoriales, artistas que habían venido a demostrar su solidaridad. Todo el bar Pílades.

Me encontré junto a Belbo. Estaba con una mujer que había visto a menudo con él en el bar, pensaba que era su compañera (después desapareció; ahora sé la razón, porque he leído la historia en el *file* sobre el doctor Wagner).

—¿Usted también? —pregunté.

—¿Y qué quiere? —sonrió con embarazo—. También hay que salvar el alma. Crede firmiter et pecca fortiter. ¿No le recuerda algo esta escena?

Miré a mi alrededor. Era una tarde de sol, uno de esos días en que Milán es hermosa, con las fachadas amarillas y un cielo suavemente metálico. La policía frente a nosotros estaba encubertada con sus cascos y sus escudos de plástico, que parecían despedir halos de acero, mientras un comisario de paisano, pero ceñido por una encendida faja tricolor, iba y venía delante de sus huestes. Miré hacia atrás, la cabeza de la manifestación: la multitud se movía, pero marcando el paso, las filas eran ordenadas pero irregulares, casi ondulantes, la masa aparecía erizada de picas, estandartes, pancartas, palos. Sectores impacientes entonaban de vez en cuando consignas en verso; en los flancos de la manifestación, iban y venían los extremistas, con pañuelos rojos en la cara, camisas variopintas, cinturones tachonados y unos vaqueros que habían conocido todas las lluvias y todos los soles; hasta las armas impropias que empuñaban, camufladas con banderas, parecían elementos de la paleta de un pintor, pensé en Dufy, y en su alegría. Por asociación, pasé de Dufy a Guillaume Dufay. Tuve la impresión de estar viviendo en una miniatura, divisé en la pequeña multitud situada a los lados de los tropeles, algunas damas, andróginas, que esperaban el valeroso torneo que les habían prometido. Pero me atravesó la mente como un relámpago, repentina sensación de estar reviviendo otra experiencia, sin poder reconocerla.

—¿No estamos ante la toma de Ascalón? —preguntó Belbo.

—¡Por el apóstol Santiago mi buen señor! —dije—. ¡Bien veo que es la Santa Cruzada! ¡A fe mía que esta noche algunos de éstos estarán en el Paraíso!

—Sí —dijo Belbo—, pero el problema reside en saber cuáles son los sarracenos.

—La policía es teutónica —observé—, así que nosotros podríamos ser las hordas de Alexander Nevski, pero quizá se me confundan los textos. Mire allá, ese grupo, deben de ser los leales al conde de Artois, ¡y su impaciencia es grande pues quieren dar batalla, que no pueden soportar tamaña afrenta, ya se dirigen hacia la vanguardia enemiga, y la provocan con gritos de amenaza!

Fue entonces cuando se produjo el incidente. No recuerdo bien, la manifestación se había movido, un grupo de activistas, con cadenas y pasamontañas, había empezado a presionar contra la barrera policial para ir hacia piazza San Babila, mientras gritaba consignas agresivas. El león se movió, y con cierta energía. La primera fila de la barrera se apartó y aparecieron las mangueras. Desde la vanguardia de la manifestación partieron las primeras canicas metálicas, las primeras piedras, un grupo de policías se adelantó con paso decidido, pegando con violencia, y la manifestación empezó a ondular. En aquel momento, a lo lejos, hacia el fondo de via Laghetto, sonó un disparo. Quizá sólo era el estallido de un neumático, o un petardo, o realmente un pistoletazo de aviso de uno de esos grupos que al cabo de unos años usarían normalmente las armas de fuego.

Fue el pánico. La policía empezó a sacar las armas, se oyeron los toques de ataque, la manifestación se dividió entre los belicosos, que aceptaban el combate, y los demás, que pensaban haber cumplido ya con su deber. Empecé a huir por la calle Larga, con un miedo loco de que me alcanzase algún objeto contundente, lanzado por unos o por otros. De pronto vi a mi lado a Belbo y a su compañera. Corrían bastante aprisa, pero sin pánico.

En la esquina de via Rastrelli, Belbo me cogió del brazo: «Por aquí, jovencito», me dijo. Traté de preguntar por qué, via Larga me parecía más cómoda y más poblada, pero me asaltó la sensación de claustrofobia en ese laberinto de callejuelas situado entre via Pecorari y el Arzobispado. Me parecía que Belbo me estaba llevando a un sitio donde me hubiese resultado más difícil mimetizarme en caso de que la policía nos cortase el paso. Belbo me hizo señas de que me callara, dobló dos o tres esquinas, poco a poco fue disminuyendo la velocidad, y al cabo de un momento estábamos caminando, con paso normal, justo detrás del Duomo, donde se circulaba con tranquilidad y a donde no llegaban ecos de la batalla que se estaba librando a menos de doscientos metros de distancia. Siempre en silencio, circunnavegamos el Duomo hasta llegar a la portada, en la parte de la Galería. Belbo compró una bolsita de pienso y empezó a alimentar a las palomas con seráfico júbilo. Estábamos totalmente mimetizados con la multitud del sábado, Belbo y yo con chaqueta y corbata, la mujer con uniforme de señora milanesa: un jersey gris y un collar de perlas, aunque fueran cultivadas. Belbo me la presentó:

—Esta es Sandra, ¿os conocéis?

—De vista. Hola.

—Ve, Casaubon —me dijo entonces Belbo—. Nunca hay que huir en línea recta. Tomando como ejemplo lo que habían hecho los Saboya en Turín, Napoleón III hizo que destriparan París transformándola en esa red de bulevares que todos admiramos como obra maestra de sabiduría urbanística. Pero las calles rectas permiten controlar mejor a las masas insurrectas. Cuando se puede, fíjese en los Campos Elíseos, también las calles laterales deben ser anchas y rectas. Cuando esto no es posible, como las callejuelas del Barrio Latino, éstas se convierten en el lugar ideal donde el mayo del sesenta y ocho da lo mejor de sí. Si se huye hay que meterse por las callejas. No hay fuerza pública capaz de controlarlas todas, y ni siquiera los policías se atreven a entrar en ellas separándose del grueso de la tropa. Si te encuentras con dos solos, ellos tienen más miedo que tú y de común acuerdo os echáis a correr en direcciones contrarias. Cuando se participa en una concentración de masas, y no se conoce bien la zona, el día anterior hay que explorarla bien y después situarse en la esquina donde empiezan las callejuelas.

—¿Ha seguido un curso en Bolivia?

—Las técnicas de supervivencia sólo se aprenden de niño, a menos que de grande uno se aliste en los Boinas Verdes. Yo pasé los malos tiempos, los de la guerra partizana, en *** —y nombró un pueblo situado entre Monferrato y Langhe—. Evacuamos la ciudad en el cuarenta y tres, un cálculo perfecto: el sitio y el momento ideal para no perderse nada, los registros domiciliarios, las SS, los tiroteos por la calle... Recuerdo una tarde, estaba subiendo por la ladera de la colina para ir a buscar leche fresca a una vaquería, y de pronto oigo un ruido encima de la cabeza, entre las copas de los árboles: frrr, frrr. Me doy cuenta de que desde una colina más alejada, enfrente de mí, están ametrallando la línea del ferrocarril, que discurre por el valle, detrás de mí. La reacción instintiva es huir o echarse cuerpo a tierra. Yo cometo un error, correr hacia abajo, y a un cierto punto empiezo a oír un chac chac chac en los campos a mi alrededor. Eran los tiros cortos, que caían antes de llegar a las vías del tren. Me doy cuenta de que, si disparan desde el monte, desde muy alto y desde lejos, hacia el valle, lo que uno tiene que hacer es huir subiendo: cuanto más se sube, a mayor distancia de la cabeza pasan los proyectiles. Mi abuela, en medio de un tiroteo entre fascistas y partisanos apostados a uno y otro lado de un maizal, tuvo una idea sublime: puesto que en cualquier dirección en que huyese corría peligro de recibir una bala perdida, se arrojó al suelo en pleno maizal, justo entre las dos líneas de fuego. Estuvo diez minutos allí, con la cara contra el suelo, confiando en que ninguno de los dos grupos avanzara demasiado. Tuvo suerte. Ya lo ve, cuando uno aprende estas cosas de pequeño no se le borran del sistema nervioso.

—¿Así que estuvo en la resistencia, como suele decirse?

—Sólo como espectador —respondió. Me pareció percibir una leve turbación en su voz—. En el cuarenta y tres, yo tenía once años; al final de la guerra, apenas trece. Demasiado pronto para participar, pero una edad más que suficiente para observarlo todo, con una atención casi fotográfica. ¿Qué podía hacer? Me dedicaba a mirar. Y a huir, como hoy.

—Entonces ahora podría contar, en lugar de corregir los libros de los demás.

—Ya se ha contado todo, Casaubon. Si en aquel entonces hubiese tenido veinte años, en los años cincuenta hubiese escrito poesía de la memoria. Afortunadamente, nací demasiado tarde, cuando hubiese podido escribir sólo me quedaba leer los libros que ya estaban escritos. Además, también hubiese podido acabar con una bala en la cabeza, allá en la colina.

—¿En qué bando? —pregunté, pero en seguida me sentí incómodo—. Perdone, era una broma.

—No, no era una broma. Ahora sí que lo sé, pero sólo ahora. ¿Lo sabía entonces? ¿Sabe que uno puede estar obsesionado toda la vida por el remordimiento, no por haber elegido el error, porque siempre cabe arrepentirse, sino por no haber podido probarse a sí mismo que se era incapaz de elegir el error...? Yo he sido un traidor potencial. ¿Con qué derecho podría escribir ahora una verdad y enseñarla a los demás?

—Perdone usted —dije—, pero potencialmente también hubiese podido ser Jack el Destripador y no lo ha sido. Lo suyo es pura neurosis. ¿O acaso su remordimiento se basa en indicios concretos?

—¿Qué es un indicio en estos asuntos? Y a propósito de neurosis, esta noche hay una cena con el doctor Wagner. Voy a coger un taxi en piazza della Scala. ¿Vamos, Sandra?

—¿El doctor Wagner? —pregunté mientras se despedían—. ¿En persona?

—Sí, está en Milán por unos días y quizá hasta le convenza de que nos entregue alguno de sus ensayos inéditos para que publiquemos un libro. Sería una buena baza.

De modo que ya en aquella época Belbo estaba en contacto con el doctor Wagner. Me pregunto si fue aquella la noche en que Wagner (pronúnciese Wagnère) psicoanalizó gratis a Belbo, y sin que ninguno de ellos lo supiese. O quizá fue más tarde.

De todas formas, aquella fue la primera vez que Belbo se refirió a su infancia en ***. Curioso que me haya hablado de fugas; casi gloriosas, en el esplendor del recuerdo, aunque desenterradas de la memoria precisamente cuando conmigo pero ante mí, sin gloria, aunque con prudencia, había vuelto a huir.

16

> Después de lo cual, el hermano Etienne de Provins fue conducido ante dichos comisarios, quienes le preguntaron si deseaba defender a la Orden, y dijo que no, y que si los maestres deseaban defenderla que lo hiciesen, pero que cuando le habían detenido él sólo llevaba nueve meses en la Orden. (Declaración del 27 de noviembre de 1309)

En Abulafia había encontrado el relato de otras fugas. Y en ellas pensaba la otra noche en el periscopio, mientras oía en la oscuridad una secuencia de crujidos, chirridos, tableteos; y me decía que debía mantener la calma, porque aquella era la forma en que los museos, las bibliotecas, los palacios antiguos se hacen confidencias por la noche, sólo son viejos armarios que están acomodándose, marcos que reaccionan a la humedad vespertina, estucos que se deshacen con avaricia, a razón de un milímetro por siglo, paredes que bostezan. No puedes huir, me repetía, porque estás aquí precisamente para saber qué le ha sucedido a alguien que estaba tratando de poner término a una serie de fugas mediante un acto de valor insensato (o desesperado), quizá para acelerar ese encuentro tantas veces postergado con la verdad.

---

filename: Acequia

¿He huido ante una carga de la policía o he vuelto a huir ante la historia? ¿Acaso hay diferencia? ¿He ido a la manifestación por una elección moral o para ponerme nuevamente a prueba ante la Ocasión? Está bien, he perdido las grandes ocasiones porque siempre llegaba demasiado pronto, o demasiado tarde, pero la culpa era del registro civil. Hubiese querido estar en aquel prado disparando, incluso a costa de matar a la abuela. No estaba ausente por cobardía, sino por la edad. De acuerdo. ¿Y en la manifestación? He vuelto a huir por razones generacionales, ese enfrentamiento no me incumbía. Pero hubiese podido arriesgarme, incluso sin entusiasmo, para probar que aquella vez, en el prado, hubiera sabido elegir. ¿Tiene sentido elegir la Ocasión equivocada para convencerse de que en su momento se habría elegido la justa? Quién sabe cuántos de los que hoy han dado la cara lo habrán hecho por eso. Pero una ocasión falsa no es la Ocasión buena.

¿Podemos ser cobardes porque el coraje de los otros nos parece desproporcionado a la vacuidad de la situación? En tal caso, la prudencia nos vuelve cobardes. Por tanto, la Ocasión buena se pierde cuando nos pasamos la vida acechando a la Ocasión y cavilando sobre ella. La Ocasión se escoge por instinto, y en ese momento no sabemos que se trata de ella. ¿No la habré escogido alguna vez, sin darme cuenta? ¿Cómo es posible sentir la conciencia sucia, sentirse un cobarde, sólo porque uno ha nacido en la década equivocada? Respuesta: te sientes cobarde porque una vez fuiste cobarde.

¿Y si también aquella vez hubieses evitado la Ocasión porque te parecía inadecuada?

Describir la casa de ***, aislada en la colina entre las viñas; ¿no se dice la colina es un bello seno redondo? y la carretera que conducía hasta el límite del pueblo, donde desembocaba la última calle habitada; o la primera (eso no lo puedes saber si no eliges el punto de vista). El pequeño desalojado abandona la protección familiar y penetra en el poblado tentacular, por la calle bordea, y envidioso recela de la Vereda.

La Vereda era el sitio de reunión de la pandilla de la Vereda. Chicos de campo, sucios, vocingleros. Yo era demasiado ciudadano, mejor evitarlos. Pero para llegar a la plaza, al kiosco, a la papelería, a menos que diese un rodeo casi ecuatorial y poco digno, tenía que pasar por la Acequia. Los chavales de la Vereda eran pequeños caballeros al lado de los de la pandilla de la Acequia, como se llamaba lo que había sido un torrente y ahora era un albañal que atravesaba la zona más pobre del poblado. Los de la Acequia eran realmente inmundos, subproletarios y violentos.

Los de la Vereda no podían atravesar la zona de la Acequia sin ser atacados y golpeados. Al principio, yo ignoraba que pertenecía a la Vereda, acababa de llegar, pero los de la Acequia ya me consideraban un enemigo. Pasaba por su zona leyendo un tebeo, caminaba mientras leía, y me vieron. Eché a correr, y ellos detrás de mí, arrojaron piedras, una atravesó el tebeo, que seguía manteniendo abierto ante los ojos, para guardar mi puesto. Salvé la vida, pero perdí el tebeo. Al día siguiente, decidí alistarme en la pandilla de la Vereda.

Me presenté en su cónclave, acogido por carcajadas. En aquella época tenía mucho pelo, que tendía a erizarse, como en la propaganda de los lápices *Presbitero*. Los modelos que me ofrecían el cine, la publicidad, el paseo de los domingos después de misa, eran unos mozos de chaqueta cruzada de hombros anchos, bigotito y cabello engominado pegado al cráneo, reluciente. En aquellos tiempos, el peinado hacia atrás se llamaba, popularmente, la *mascagna*: yo quería la *mascagna*. El lunes, por sumas irrisorias con respecto a la situación de la bolsa de valores, pero enormes para mí, compraba en la plaza unos botes de brillantina áspera como miel de panal, y luego pasaba horas y horas embadurnándome el cabello hasta forjar un casquete plúmbeo, un camauro. Después me ponía una redecilla para mantenerlos apretados. Los de la Vereda ya me habían visto pasar con la redecilla puesta, y me habían gritado toda una serie de gracias en su dialecto cerradísimo, que yo podía comprender pero no hablar. Aquel día, después de haber estado dos horas en casa con la redecilla, me la quité, verifiqué el soberbio resultado en el espejo, y fui a reunirme con aquellos a quienes iba a jurar fidelidad. Los abordé cuando ya la brillantina del mercado había acabado de desempeñar su función aglutinante, y los cabellos empezaban a recobrar su posición vertical, pero en cámara lenta. Entusiasmo entre los de la Vereda, a mi alrededor, en corro, no paraban de darse codazos. Pedí que me admitieran.

Desgraciadamente, me expresaba en italiano: yo era distinto. Dio un paso al frente el jefe, Martinetti, que entonces me pareció una torre, deslumbrante y descalzo. Decidió que debía recibir cien patadas en el trasero. Quizá tenían que despertar a la serpiente Kundalini. Acepté. Me puse contra la pared, dos lugartenientes me tenían cogido de los brazos, y soporté cien golpes de pie descalzo. Martinetti cumplía su trabajo con energía, con entusiasmo, con método, golpeando con la planta, no con la punta, para no hacerse daño en el dedo gordo. El coro de bandidos marcaba el compás del rito. Contaban en dialecto. Después decidieron encerrarme en una conejera media hora, mientras se entretenían en conversaciones guturales. Sólo me dejaron salir cuando protesté porque se me dormían las piernas. Estaba orgulloso porque había sido capaz de adaptarme a la liturgia salvaje de un grupo salvaje, con dignidad. Era un hombre llamado caballo.

En aquella época estaban en ***, los caballeros teutónicos, no muy alerta porque aún no habían aparecido los partisanos: estábamos a finales del cuarenta y tres, o principios del cuarenta y cuatro. Una de nuestras primeras empresas consistió en introducirnos en una barraca, mientras algunos de la pandilla le daban coba al soldado de guardia, un gran longobardo que estaba comiéndose un enorme bocadillo con, eso creímos, horripilados, salchichón y mermelada. El grupo de diversión halagaba al alemán elogiando sus armas, mientras nosotros en la barraca (a la que se podía entrar por detrás, incoherencia) robábamos algunos panes de TNT. No creo que luego los hayamos utilizado, pero en los planes de Martinetti entraba el hacerlos estallar en el campo, con fines pirotécnicos, y con métodos que ahora descubro muy rudimentarios e inadecuados. Más tarde los soldados alemanes fueron reemplazados por los de la Décima Mas, los maró, la élite militar de la República Social de Mussolini, que establecieron un puesto de control junto al río, justo en la encrucijada por la que, a las seis de la tarde, pasaban las chicas al salir de la escuela de María Auxiliadora. Se trataba de convencer a los de la Décima (no debían de pasar de los dieciocho años) de que ataran varias granadas de mano alemanas, aquellas de mango largo, y les quitaran el seguro para que estallaran a ras del agua, justo cuando pasaran las chicas. Martinetti sabía todo lo que había que hacer, y cómo calcular el tiempo. Se lo explicaba a los maró, y el efecto era prodigioso: una columna de agua que se elevaba sobre la orilla pedregosa en medio de un gran estruendo, justo cuando las chicas doblaban el recodo. Fuga generalizada entre chillidos, y nosotros y los maró a desternillarnos de risa. Recordarían aquellos días de gloria, después de la quema de Molay, los que sobrevivieron a la República de Saló y a la reclusión de Coltano.

El principal pasatiempo de los chavales de la Vereda consistía en recoger casquillos y otros materiales de desecho, que después del ocho de septiembre no escaseaban, tales como cascos viejos, cartucheras, macutos, y a veces balas aún vírgenes. Para usar un proyectil sano se procedía así: se introducía, cogiéndolo por la cápsula, en el agujero de una cerradura, y se hacía fuerza; la bala salía, y pasaba a formar parte de la colección especial. Luego se quitaba la pólvora del casquillo (a veces eran como unos fideítos de explosivo), para disponerla en unas estructuras serpentinas y encenderla. El casquillo, mucho más valioso si la cápsula estaba intacta, pasaba a formar parte del Ejército. El buen coleccionista tenía muchos, y los ordenaba en filas, según la fábrica, el color, la forma y la altura. Estaban los manípulos de peones, los casquillos de metralleta y de *sten*, después venían los alfiles y los caballos, *moschetto*, fusil noventa y uno (al Garand sólo lo conoceríamos con los americanos) y, suprema aspiración, maestres grandes como torres, los casquillos de ametralladora.

Mientras nos dedicábamos a estos juegos de paz, una tarde Martinetti nos anunció que había llegado el momento. Habíamos arrojado el guante a los de la Acequia y habían aceptado nuestro desafío. El combate se libraría en territorio neutral, detrás de la estación. Aquella noche, a las nueve.

Fue un atardecer, estival y extenuado, de gran excitación.

Cada uno se preparaba haciendo acopio de los parafernales más terroríficos, buscando trozos de madera que fuesen fáciles de manipular, llenando las cartucheras y los macutos con piedras de distinto tamaño. Alguien había transformado la correa de un *moschetto* en un látigo, temible si se manejaba con mano firme. Al menos en aquellas horas vespertinas, todos nos sentíamos héroes, yo el primero. Era la excitación que precede al ataque, acre, dolorosa, espléndida; adiós mi bella adiós, dura, dulce fatiga la del hombre de armas, íbamos a inmolar nuestra juventud, como nos habían enseñado en la escuela hasta el ocho de septiembre.

El plan de Martinetti era sagaz: atravesaríamos el terraplén del ferrocarril por un punto situado más al norte, y los pillaríamos por detrás, inesperadamente y prácticamente ya vencedores. Luego ataque decidido, sin cuartel.

Al anochecer cruzamos así el terraplén, renqueando por rampas y declives, debido a la carga de piedras y porras que llevábamos. Desde lo alto del terraplén les divisamos, apostados detrás de las letrinas de la estación. Nos vieron, porque miraban hacia arriba, esperándose que llegaríamos por allí. Sólo nos quedaba bajar sin darles tiempo a asombrarse de la obviedad de nuestra jugada.

Nadie nos había distribuido aguardiente antes del asalto, pero nos precipitamos igualmente, dando alaridos. Y el hecho sucedió a unos cien metros de la estación. Allí empezaban a surgir las primeras casas que, aunque separadas, ya constituían una pequeña red de callejuelas. Sucedió que el grupo más audaz se lanzó sin miedo hacia adelante, mientras yo y, por suerte para mí, algunos otros moderamos el paso y nos apostamos detrás de las esquinas, observando de lejos.

Si Martinetti nos hubiese organizado en una vanguardia y una retaguardia, habríamos cumplido con nuestro deber, pero fue una especie de distribución espontánea. Los audaces delante, los cobardes detrás. Y desde nuestro refugio, el mío más distante que el de los otros, observamos el combate. Que no tuvo lugar.

Cuando llegaron a pocos metros uno del otro, ambos grupos se mostraron los dientes enfrentándose, luego se adelantaron los jefes y parlamentaron. Fue una Yalta, decidieron dividirse las zonas de influencia y tolerar el tránsito ocasional, como entre moros y cristianos en Tierra Santa. La solidaridad entre las dos caballerías la importó (¿es un galicismo?) sobre lo ineluctable de la batalla. Cada uno había demostrado su valía. En armonía se retiraron, cada uno por su parte. En armonía se retira, cada parte por su parte. Se retiraron hacia sus posiciones.

Ahora pienso que no me lancé al ataque porque aquello me daba risa. Pero entonces no lo pensé. Sólo me sentí cobarde.

Ahora, más cobardemente que entonces, pienso que, si me hubiese lanzado al ataque con los otros, no habría arriesgado nada, y habría vivido mejor todos estos años. Perdí la Ocasión, a los doce años. Como no lograr la erección la primera vez, uno se queda impotente para toda la vida.

Un mes más tarde, cuando, debido a una transgresión casual de límites, la Vereda y la Acequia se enfrentaron en un campo, y empezaron a volar terrones, no sé si tranquilizado por el desenlace del encuentro anterior o porque aspiraba al martirio, me expuse en primera línea. Fue una pedrea incruenta, salvo en mi caso. Un terrón, que evidentemente ocultaba un corazón de piedra, me dio en el labio y lo partió. Huí a casa llorando, y mi madre tuvo que trabajar mucho con las pinzas de depilar para quitarme la tierra de la herida que tenía dentro de la boca. Con el resultado que todavía tengo un bulto, frente al canino inferior derecho, y cuando le paso la lengua por encima siento una vibración, un estremecimiento.

Pero ese bulto no me absuelve, porque me lo gané por inconsciencia, no por valor. Me paso la lengua por la parte interior del labio, ¿y qué hago? Escribo. Pero la mala literatura no redime.

Después del día de la manifestación, no volví a ver a Belbo durante casi un año. Me había enamorado de Amparo y ya no iba al Pílades, o, las pocas veces que pasé por él con Amparo, Belbo no estaba. A Amparo no le gustaba aquel sitio. Desde su rigor moral y político, sólo comparable con su gracia, y con su espléndida altivez, el Pílades sólo era un club para dandis democráticos, y el dandismo democrático era, según ella, una de las formas, la más sutil, de la conjura capitalista. Fue un año de mucho compromiso, de mucha seriedad, de mucha dulzura. Trabajaba con gusto, pero sin prisa, en la tesis.

Un día me encontré con Belbo junto a los Naviglio, no lejos de Garamond.

—Mira, mira —me dijo con alegría—. ¡Mi templario preferido! Acaban de regalarme un destilado de inenarrable vetustez. ¿Por qué no viene a mi despacho? Tengo vasos de papel y la tarde libre.

—Es un zeugma —observé.

—No, un bourbon embotellado, creo, antes de la caída de El Alamo.

Le acompañé. Pero, apenas habíamos empezado a paladear, cuando de pronto entró Gudrun para decir que un señor preguntaba por Belbo. Este se dio una palmada en la frente. Se había olvidado de aquella cita, pero la casualidad tiene gusto para las confabulaciones, me dijo. Por lo que tenía entendido, aquel tío quería presentarle un libro también sobre los templarios.

—Lo liquido en seguida —dijo—, pero usted apóyeme con objeciones sutiles.

Sin duda, había sido una casualidad y así quedé atrapado en la red.

17

Así desaparecieron los caballeros del Temple con su secreto, en cuya sombra palpitaba una bella esperanza de la ciudad terrena. Pero la abstracción a que estaba ligada su empresa seguía viviendo, inaccesible, en regiones ignotas... y más de una vez, en el curso del tiempo, dejó caer su inspiración en los espíritus capaces de acogerla.
(Victor Emile Michelet, *Le secret de la Chevalerie,* 1930, 2)

Tenía una cara de los años cuarenta. A juzgar por las viejas revistas que había encontrado en el sótano de casa, en los años cuarenta todos tenían una cara como aquélla. Debía de ser el hambre de la guerra: hundía el rostro bajo los pómulos y confería a los ojos un brillo vagamente febril. Era una cara que había visto en las imágenes de fusilamientos, tanto de una como de otra parte. En aquella época, hombres que tenían la misma cara se fusilaban entre sí.

Nuestro visitante llevaba traje azul con camisa blanca y corbata gris perla, e instintivamente me pregunté por qué se había vestido de paisano. El cabello, de un negro no natural, estaba peinado hacia atrás, en dos bandas untadas con brillantina, aunque sin exagerar, que cubrían las sienes dejando en la cima de la cabeza, reluciente, una calvicie surcada por tiras delgadas y regulares como hilos telegráficos, que se abrían en uve desde lo alto de la frente. El rostro estaba bronceado, marcado, y no sólo por las arrugas, explícitamente coloniales. Una cicatriz pálida le atravesaba la mejilla izquierda, desde el labio hasta la oreja, y, como llevaba un bigotito negro y largo, a lo Adolphe Menjou, en la parte izquierda también éste estaba partido, aunque era casi imperceptible justo allí donde, en menos de un milímetro, la piel había estado abierta y había vuelto a cerrarse. ¿*Mensur* o bala rasante?

Se presentó: coronel Ardenti, tendió la mano a Belbo, me dirigió una simple inclinación de cabeza cuando Belbo me definió como su colaborador. Se sentó, cruzó las piernas, recogió un poco los pantalones en las rodillas y dejó ver unos calcetines color amaranto; cortos.

—¿Coronel... en servicio? —preguntó Belbo.

Ardenti mostró unas valiosas prótesis dentales:

—En todo caso jubilado. O, si prefiere, en la reserva. Quizá no lo parezca, pero soy un hombre anciano.

—No lo parece —dijo Belbo.

—Sin embargo, he estado en cuatro guerras.

—Para eso tendría que haber empezado con Garibaldi.

—No. Teniente, voluntario, en Etiopía. Capitán, voluntario, en España. Mayor en Africa otra vez, hasta el abandono de la cuarta orilla. Medalla de plata. En el cuarenta y tres... digamos que escogí el campo de los vencidos: y lo perdí todo, salvo el honor. Tuve la hombría de volver a empezar desde el principio. Legión Extranjera. Escuela de valientes. En el cuarenta y seis, sargento; en el cincuenta y ocho, coronel, con Massu. Desde luego, elijo siempre a los perdedores. Cuando subió al poder el siniestro de Gaulle, me retiré y me fui a vivir a Francia. Había trabado buenas relaciones en Argel y puse una empresa de importación y exportación, en Marsella. Por una vez debo de haber elegido el bando de los ganadores, porque ahora vivo de rentas, y puedo dedicarme a mi hobby, ¿hoy en día se dice así, no? En los últimos años, he puesto por escrito los resultados de mis investigaciones. Aquí están...

Extrajo de una cartera de piel una carpeta voluminosa, que entonces me pareció roja.

—¿O sea que un libro sobre los templarios? —dijo Belbo.

—Sí, los templarios —asintió el coronel—. Casi una pasión juvenil. También ellos eran capitanes de ventura que buscaron la gloria cruzando el Mediterráneo.

—El señor Casaubon es especialista en los templarios —dijo Belbo—. Conoce el tema mejor que yo. Le escuchamos.

—Siempre me han interesado los templarios. Un puñado de valientes que lleva la luz de Europa a los salvajes de ambas Trípolis...

—Bueno, los enemigos de los templarios no eran tan salvajes —dije con tono conciliador.

—¿Alguna vez ha estado prisionero de los rebeldes del Magreb? —fue su respuesta sarcástica.

—Hasta ahora no —dije.

Clavó la vista en mí, y agradecí no haber estado bajo sus órdenes. Se dirigió directamente a Belbo:

—Perdone usted, pertenezco a otra generación. —Volvió a mirarme, con aire desafiante—: Estamos aquí para sometemos a un proceso o para...

—Para hablar de su trabajo, coronel —dijo Belbo—. Prosiga, por favor.

—Ante todo quiero aclarar una cosa —dijo el coronel, y apoyó las manos sobre la carpeta—. Estoy dispuesto a contribuir a los gastos de la edición, no le estoy proponiendo perder dinero. Si lo que ustedes desean son garantías científicas, puedo proporcionarlas. Precisamente, hace dos horas he estado con un experto en la materia, llegado expresamente de París. Podrá redactar un prefacio de toda seriedad...

Adivinó cuál sería la pregunta de Belbo e hizo un gesto como para decir que de momento era mejor no dar más detalles, habida cuenta de la delicadeza del asunto.

—Doctor Belbo —dijo—, en estas páginas tengo los materiales para una historia. Verdadera. Ejemplar. Mejor que las novelas policíacas americanas. He descubierto algo, y muy importante, pero es sólo el principio. Quiero decirle a todo el mundo lo que sé, para que, si hay alguien capaz de completar este rompecabezas, lo lea y se dé a conocer. Pretendo echar el anzuelo. Además, tiene que ser en seguida. Alguien que sabía lo que yo sé, antes de mí, probablemente haya sido asesinado, precisamente para que no lo divulgase. Si digo lo que sé a dos mil lectores, ya nadie tendrá interés en eliminarme. —Hizo una pausa—: Ustedes sabrán algo de la detención de los templarios...

—Me ha hablado de ella el señor Casaubon, y me ha impresionado el hecho de que se haya producido sin desenvainar la espada, y de que los caballeros hayan sido cogidos por sorpresa...

El coronel esbozó una sonrisa de conmiseración.

—Eso mismo. Es pueril pensar que gente tan poderosa como para atemorizar al rey de Francia haya sido incapaz de saber de antemano que cuatro tunantes estaban instigando al rey y que el rey estaba haciendo otro tanto con el papa. ¡Vamos! Hay que suponer que existió un plan. Un plan sublime. Suponga usted que los templarios proyectaran la conquista del mundo, y conocieran el secreto de una inmensa fuente de poder, un secreto tal que debía protegerse aun a costa del sacrificio de toda la plana mayor del Temple de París, de las encomiendas repartidas por todo el reino, y en España, Portugal, Inglaterra e Italia, de los castillos en Tierra Santa, de los depósitos monetarios, de todo... Felipe el Hermoso debió de haber sospechado de su existencia: si no, no se explica por qué desencadenó la persecución, desacreditando a la flor y nata de la caballería francesa. El Temple se da cuenta de que el rey se ha dado cuenta y tratará de destruirlo, pero es inútil presentarle una resistencia frontal, el plan aún requiere tiempo, el tesoro, o lo que sea, todavía debe ser localizado con precisión, o sólo puede utilizarse lentamente... Y el directorio secreto del Temple, cuya existencia ya todos conocen...

—¿Todos?

—Claro. Es impensable que una Orden tan poderosa haya podido sobrevivir tanto tiempo sin que exista una regla secreta.

—El argumento parece impecable —dijo Belbo mirándome con el rabillo del ojo.

—Pues no menos evidentes —dijo el coronel—, son las conclusiones que de él se desprenden. Por supuesto, el gran maestre forma parte del directorio secreto, pero debe de ser una mera fachada. Gauthier Walther, en su *La chevalerie et les aspects sécrets de l'histoire,* afirma que el plan de los templarios para la conquista del poder sólo debía consumarse ¡en el año dos mil! El Temple decide pasar a la clandestinidad y para ello es necesario que todos crean que la Orden ha desaparecido. Se sacrifican, eso es lo que hacen, incluido el gran maestre. Algunos se dejan matar, probablemente lo hayan echado a suertes. Otros se someten, se mimetizan. ¿Dónde van a pasar las jerarquías menores, los hermanos laicos, los maestros carpinteros, los vidrieros?... Dan vida a la corporación de los francmasones, los libres constructores, que se difunde por el mundo, la historia es conocida. Pero bueno, ¿qué sucede en Inglaterra? El rey resiste a las presiones del papa, los pasa a todos a retiro, para que acaben tranquilamente sus vidas en las capitanías de la Orden. Y ellos ni una palabra, lo aceptan todo sin chistar. ¿Usted se lo traga? Yo no. Y en España la Orden decide cambiar de nombre, se transforma en la Orden de Montesa. Señores míos, aquella era gente capaz de convencer a un rey: sus cofres estaban tan llenos de letras con su firma que en una semana podían enviarle a la bancarrota. También el rey de Portugal se avino a pactar: hagamos esto, queridos amigos, ya no os llamáis caballeros del Temple sino caballeros de Cristo, y para mí es igual. ¿Y en Alemania? Pocos procesos, abolición puramente formal de la Orden, pero allí tienen a la Orden hermana, la de los teutónicos, que por entonces se dedican a algo más que a crear un Estado dentro del Estado: *son* el Estado, han reunido un territorio tan vasto como el de los países que actualmente están bajo la bota de los rusos, y así prosiguen hasta finales del siglo XV, porque entonces llegan los mongoles. Pero ésa es harina de otro costal, porque los mongoles aún están a nuestras puertas... pero no nos vayamos por las ramas...

—No, por favor —dijo Belbo—. Prosiga.

—Pues bien. Como todos saben, dos días antes de que Felipe libre la orden de detención, y un mes antes de que sea ejecutada, una carreta de heno, tirada por bueyes, abandona el recinto del Temple con destino desconocido. Hasta Nostradamus lo menciona en una de sus centurias...

Buscó una página de su manuscrito:

Souz la pasture d'animaux ruminant
par eux conduits au ventre herbipolique
soldats cachés, les armes bruit menant...

—Lo de la carreta de heno es una leyenda —dije—, y yo no tomaría a Nostradamus como una autoridad en materia de historia...

—Personas más ancianas que usted, señor Casaubon, han dado crédito a muchas profecías de Nostradamus. Por lo demás, tampoco soy tan ingenuo como para creerme la historia de la carreta. Es un símbolo. El símbolo del hecho, evidente y confirmado, de que, en vista de la detención, Jacques de Molay transmite el mando y las instrucciones secretas a su sobrino, el conde de Beaujeu, que se convierte en el jefe oculto del Temple ahora oculto.

—¿Hay documentos históricos?

—La historia oficial —sonrió amargamente el coronel— es la que escriben los vencedores. Según la historia oficial, los hombres como yo no existen. No, en la historia de la carreta hay gato encerrado. El núcleo secreto se traslada a un centro tranquilo y desde allí empieza a construir su red clandestina. Esa es la evidencia de la que he partido. Desde hace años, incluso antes de la guerra, me he preguntado dónde fueron a parar esos hermanos en el heroísmo. Cuando me retiré a la vida civil, decidí finalmente buscar una pista. Puesto que la fuga de la carreta se había producido en Francia, era en Francia donde tenía que encontrar el sitio de reunión original del núcleo clandestino. ¿Dónde?

Tenía dotes teatrales. Ahora Belbo y yo queríamos saber dónde. Sólo atinamos a decir:

—Dígalo.

—Lo digo. ¿Dónde nacen los templarios? ¿De dónde procede Hugo de Payns? De Champagne, cerca de Troyes. Y en Champagne gobierna Hugues de Champagne, que pocos años después, en 1125, se une a ellos en Jerusalén. Después regresa, y al parecer se pone en contacto con el abad de Cîteaux y le ayuda a iniciar en su monasterio la lectura y la traducción de ciertos textos hebreos. Piensen ustedes que los rabinos de la alta Borgoña son invitados a Cîteaux, al monasterio de los benedictinos blancos, ¿y de quién más?, pues de San Bernardo, y para estudiar vaya a saber qué textos que Hugo ha encontrado en Palestina. Y Hugo regala a los monjes de San Bernardo un bosque, en Bar-sur-Aube, donde surgirá Clairvaux. ¿Y qué hace San Bernardo?

—Se convierte en el patrocinador de los templarios —dije.

—¿Y por qué? ¿Sabe usted que hace que los templarios sean más poderosos que los benedictinos? ¿Que a los benedictinos les prohíbe recibir casas y tierras en donación, y hace que las tierras y las casas sean para los templarios? ¿Ha visitado alguna vez la Forêt d'Orient cerca de Troyes? Es algo inmenso, sembrado de capitanías. Y entretanto en Palestina los caballeros no combaten ¿sabe? Se instalan en el Templo y en lugar de matar musulmanes traban amistad con ellos. Toman contacto con sus iniciados. En suma, San Bernardo, con el apoyo económico de los condes de Champagne, crea una Orden que en Tierra Santa entra en contacto con las sectas secretas árabes y hebreas. Una dirección desconocida planifica las cruzadas para que pueda mantenerse la Orden, y no al contrario, y establece una red de poder independiente de la jurisdicción real... No soy un hombre de ciencia, sino un hombre de acción. En lugar de multiplicar las conjeturas, he hecho lo que tantos estudiosos, con toda su palabrería, nunca han sido capaces de hacer. He ido al sitio de donde proceden los templarios y donde estaba su base desde hacía dos siglos, donde podían moverse como peces en el agua...

—El presidente Mao dice que el revolucionario debe estar entre el pueblo como un pez en el agua —dije.

—Un bravo por su presidente. Los templarios, que estaban preparando una revolución mucho más grande que la de sus comunistas con coleta...

—Ya no llevan coleta.

—¿No? Peor para ellos. Los templarios, decía, tenían que refugiarse necesariamente en Champagne. ¿En Payns? ¿En Troyes? ¿En la Forêt d'Orient? No. Payns era, y sigue siendo, una aldea de cuatro casas, y en aquella época lo más que habrá tenido será un castillo. Troyes era una ciudad con demasiada gente del rey merodeando por allí. La Forêt, templaria por definición, era el primer sitio donde los guardias reales irían a buscarles, como en efecto hicieron. No: Provins, pensé. ¡Si había un lugar, tenía que ser Provins!

Si pudiésemos penetrar con la vista y contemplar el interior de la Tierra, de polo a polo, o desde el sitio que pisamos hasta las antípodas, descubriríamos con horror una mole tremendamente horadada por grietas y cavernas.

(T. Burnet, *Telluris Theoria Sacra,* Amsterdam, Wolters, 1694, p. 38)

—¿Por qué Provins?

—¿Nunca ha estado en Provins? Un sitio mágico, aún hoy se puede sentir, le aconsejo que lo visite. Un sitio mágico, todavía guarda perfume de misterio. Por de pronto, en el siglo XI es la residencia del conde de Champagne y constituye una zona franca donde el poder central no puede meter las narices. Allí los templarios están como en su casa, aún hoy hay una calle dedicada a ellos. Iglesias, palacios, una fortaleza que domina toda la llanura, y dinero, tránsito de mercaderes, ferias, confusión en la que uno puede confundirse, no dejar rastros. Pero sobre todo, y desde tiempos prehistóricos, galerías subterráneas. Una red de galerías que se extiende por debajo de toda la colina, verdaderas catacumbas. Algunas aún se pueden visitar. Lugares donde, si algunos se reúnen en secreto y sus enemigos consiguen penetrar, los conjurados pueden dispersarse en pocos segundos, sabe Dios dónde, y si conocen bien los pasadizos, en seguida salen por una parte y vuelven a entrar, sigilosos como gatos, y cogen a los invasores por detrás y los liquidan en la oscuridad. Por Dios, señores, les aseguro que esas galerías parecen haber sido construidas pensando en los comandos, veloces e invisibles, que se emboscan en la noche, el puñal entre los dientes, dos granadas de mano, y los otros mueren como ratas, ¡rediós!

Le brillaban los ojos.

—¿Entienden ustedes qué escondite fabuloso puede ser Provins? Un núcleo secreto que se reúne en el subsuelo, y la gente del lugar, que si ve no habla. Desde luego, los hombres del rey también llegan a Provins, detienen a los templarios que salen a la superficie y se los llevan a París. Reynaud de Provins es sometido a tortura, pero no habla. Es evidente que, conforme al plan secreto, tenía que dejarse detener para que creyesen que Provins ya estaba saneada, pero al mismo tiempo tenía que emitir un mensaje: Provins no tira la toalla. Provins, el lugar de los nuevos templarios subterráneos... Galerías que comunican unos edificios con otros, se entra en un granero o en una lonja y se sale a una iglesia. Galerías construidas con pilares y bóvedas de mampostería. Aún hoy todas las casas de la ciudad alta tienen sótano, con bóvedas ojivales, debe de haber más de cien, cada sótano, ¡qué digo!, cada sala subterránea era la entrada a uno de los túneles.

—Son conjeturas —dije.

—No, señor Casaubon. Pruebas. Usted no ha visto las galerías de Provins. Salas y salas excavadas en la profundidad de la tierra, llenas de inscripciones. La mayoría de éstas se encuentran en lo que los espeleólogos llaman alvéolos laterales. Son representaciones hieráticas, de origen druídico. Anteriores a la llegada de los romanos. César pasaba por arriba, y allí abajo se tramaba la resistencia, el hechizo, la emboscada. También hay símbolos de cátaros, sí señores, los cátaros no estaban sólo en Provenza, los de Provenza fueron destruidos, pero los de Champagne sobrevivieron en secreto y se reunían aquí, en estas catacumbas de la herejía. Ciento ochenta y tres fueron quemados en la superficie, pero los otros sobrevivieron aquí. Las crónicas les definían como *bougres et manichéens;* fíjense ustedes qué casualidad, los *bougres* eran los bogomilos, cátaros de origen búlgaro, ¿no les dice nada la palabra *bougre* en francés? Al principio significaba sodomita, porque se decía que los cátaros búlgaros tenían ese defectillo... —Soltó una risita nerviosa—. ¿Y a quiénes se acusa de tener ese mismo defectillo? A ellos, a los templarios... ¿Curioso, verdad?

—Hasta cierto punto —dije—, en aquella época si se quería liquidar a un hereje se le acusaba de sodomía...

—Desde luego, no crea usted que yo creo que los templarios... ¡Vamos! Eran hombres de armas, y a nosotros, los hombres de armas, nos gustan las mujeres guapas, aunque hubieran pronunciado los votos, el hombre siempre es hombre. Pero les digo esto porque no creo que sea casual que en un ambiente templario hayan encontrado refugio herejes cátaros, y de todas formas fueron ellos quienes enseñaron a los templarios cómo se usaban los subterráneos.

—Pero en definitiva —dijo Belbo—, las suyas todavía son hipótesis...

—Hipótesis iniciales. Le he explicado por qué me dediqué a explorar Provins. Ahora vayamos a la historia propiamente dicha. En el centro de Provins hay un gran edificio gótico, la Grange-aux-Dîmes, el granero de los diezmos, y ya saben ustedes que una de las prerrogativas de los templarios consistía en que recaudaban directamente los diezmos sin tener que dar cuenta al Estado. Debajo de ese edificio, como en el resto de la ciudad, se extiende una red de subterráneos, actualmente en pésimo estado. Bien, cierto día, mientras hurgaba en los archivos de Provins, cae en mis manos un periódico local de 1894. En él se cuenta que dos dragones, los caballeros Camille Laforgue de Tours y Edouard Ingolf de San Petersburgo (sí, de San Petersburgo), unos días antes habían estado visitando la Grange guiados por el guardián, y habían bajado a una de las salas subterráneas, situada en el segundo piso por debajo del nivel del suelo, donde el guardián, para mostrar que aún había otros pisos inferiores, golpeó el suelo con el pie y se oyeron ecos y retumbos. El cronista alaba a los valientes dragones, que se proveen de linternas y cuerdas, penetran no se sabe en qué galerías, excitados como niños que exploran una mina, arrastrándose con los codos, avanzan por misteriosos pasadizos. Hasta que llegan, dice el periódico, a una gran sala, con una buena chimenea y un pozo en el centro. Bajan una cuerda con una piedra y descubren que el pozo tiene once metros de profundidad... Regresan una semana después con cuerdas más fuertes y, mientras los otros dos sostienen la cuerda, Ingolf desciende al pozo y descubre una gran habitación con paredes de piedra, de diez metros por diez, y cinco de altura. También bajan los otros, por turno, y se dan cuenta de que están en el tercer nivel por debajo de la superficie del suelo, a treinta metros de profundidad. Se ignora qué pudieron haber visto y hecho los tres en esa sala. El cronista confiesa que, cuando fue hasta el sitio para verificar lo que habían contado, no se atrevió a descender al pozo. La historia me intrigó y tuve ganas de echar un vistazo. Pero desde finales del siglo pasado muchos subterráneos se han derrumbado, y, suponiendo que aquel pozo hubiera existido, ¿quién sería capaz de encontrarlo? De repente me asaltó la idea de que los dragones habían encontrado algo en esas profundidades. Precisamente en esos días había leído un libro sobre el secreto de Rennes-le-Château, una historia que, en cierto modo, también guarda relación con los templarios. Mientras restaura una vieja iglesia en un pueblecito de doscientas almas, un cura sin dinero ni porvenir levanta una losa del pavimento del coro y encuentra un estuche donde hay unos manuscritos antiquísimos, al menos eso dice. ¿Conque sólo manuscritos? No se sabe bien qué pasa, pero en los años subsiguientes el personaje se vuelve inmensamente rico, tira la casa por la ventana, lleva una vida disipada, se busca un proceso eclesiástico... ¿Y si a uno de los dragones, o a los dos, le hubiera sucedido algo similar? Ingolf es el primero que desciende, encuentra un objeto precioso de pequeñas dimensiones, lo oculta bajo la chaqueta, vuelve a subir, no dice nada a los otros dos... Pues bien, soy tozudo, y si no hubiera sido siempre así mi vida habría sido distinta.

Se había tocado la cicatriz con los dedos. Luego se había llevado las manos a las sienes y las había desplazado hasta la nuca, para asegurarse de que el cabello seguía estando pegado como Dios manda.

—Entonces voy a París, a la central telefónica, y examino los listines de toda Francia para ver si existe alguna familia Ingolf. Encuentro una sola, en Auxerre, y escribo presentándome como un estudioso de arqueología. Dos semanas más tarde recibo la respuesta de una vieja comadrona: es la hija de aquel Ingolf y desea saber a qué se debe mi interés por él, incluso me pregunta si por amor de Dios sé algo acerca de su padre... Ya decía yo que allí había un misterio. Voy corriendo a Auxerre, la señorita Ingolf vive en una casita toda cubierta de hiedra, se entra al jardín por una puertecita de madera que se cierra atando un cordel a un clavo. Una señorita ya mayor, pulcra, amable, de escasa cultura. En seguida me pregunta qué sé de su padre y le digo que sólo sé que en cierta ocasión descendió a un subterráneo en Provins, y que estoy escribiendo un ensayo histórico sobre esa zona. Cae de las nubes, nunca supo que su padre había estado en Provins. Sí, había formado parte del cuerpo de dragones, pero había dejado el servicio en 1895, antes de que ella naciese. Había comprado aquella casita en Auxerre y en 1898 se había casado con una chica del lugar, que poseía algunos bienes. La madre había muerto en 1915, cuando ella tenía cinco años. En cuanto al padre, había desaparecido en 1935. Literalmente, desaparecido. Se había marchado a París, como solía hacer al menos dos veces al año, y no había vuelto a dar noticias de sí. La gendarmería local había telegrafiado a París: se había esfumado. Declaración judicial de fallecimiento. Así fue como nuestra señorita se había quedado sola y había empezado a trabajar, porque la herencia paterna era poca cosa. Evidentemente, no había encontrado marido y, por la forma en que suspiró, debía de haber habido una historia, la única de su vida, que había acabado mal. «Y siempre con esta angustia, con este remordimiento continuo, monsieur Ardenti, de no saber nada del pobre papá, ni siquiera dónde está su tumba, si es que está en alguna parte.» Tenía ganas de hablar de él: era un ser lleno de ternura, tranquilo, metódico, tan culto. Pasaba los días en su pequeño estudio, arriba, en la buhardilla, dedicado a leer y a escribir. Aparte de eso, un poco de jardinería y una que otra charla con el farmacéutico, que también había muerto ya. De vez en cuando, como me había dicho, un viaje a París, por negocios, eso decía. Pero siempre regresaba con un paquete de libros. El estudio estaba lleno de libros, quiso mostrármelo. Subimos. Una pequeña habitación ordenada y limpia, que la señorita Ingolf aún desempolvaba una vez a la semana; a la madre podía llevarle flores al cementerio, pero por el pobre papá sólo podía hacer eso. Todo estaba como lo había dejado él, le hubiese gustado haber podido estudiar para leer aquellas cosas, pero todo estaba en francés antiguo, en latín, en alemán, e incluso en ruso, porque papá había nacido y pasado la infancia allá, era hijo de un funcionario de la embajada francesa. La biblioteca contenía un centenar de volúmenes, la mayoría de ellos (y exulté de alegría) sobre el proceso a los templarios, por ejemplo los *Monuments historiques relatifs à la condamnation des chevaliers du Temple,* de Raynouard, de 1813, una pieza de anticuario. Muchos libros sobre escrituras secretas, una verdadera colección de criptógrafo, algunos volúmenes sobre paleografía y diplomática. Había un viejo libro de cuentas y al hojearlo encontré una nota que me hizo dar un brinco: se refería a la venta de un estuche, sin otras precisiones, y no mencionaba el nombre del comprador. Tampoco había cifras, pero la fecha era de 1895 y en seguida empezaban las cuentas precisas, el libro mayor de un señor ordenado que administra con prudencia su trapillo. Algunas anotaciones sobre la compra de libros a anticuarios parisinos. Ahora lo veía todo con claridad: Ingolf encuentra en la cripta un estuche de oro con incrustaciones de piedras preciosas, no se lo piensa dos veces, lo oculta en la casaca, vuelve a subir y no abre boca con sus compañeros. Una vez en casa, lo examina y encuentra dentro un pergamino, qué duda cabe. Va a París, contacta con un anticuario, o un usurero, o un coleccionista, y con la venta del estuche, aunque sea por menos de su valor, consigue estar en una posición desahogada. Pero no se queda ahí, abandona el servicio, se retira a vivir en el campo y empieza a comprar libros y a estudiar el pergamino. Quizá en su pecho llevaba ya al buscador de tesoros, si no, no habría ido a meterse en los subterráneos de Provins. Probablemente es lo bastante culto como para atreverse a descifrar por sí solo lo que ha encontrado. Trabaja tranquilo, sin preocupaciones, como buen monomaníaco, durante más de treinta años. ¿Le cuenta a alguien sus descubrimientos? Quizá. El hecho es que en 1935 debe de haber sentido que estaba por llegar a un punto importante, o al contrario, a un punto muerto, porque decide dirigirse a alguien, para decirle lo que sabe o para que le diga lo que no sabe. Pero lo que sabe debe de ser tan secreto, y terrible, que ese alguien decide hacerle desaparecer. Pero regresemos a la buhardilla. Por de pronto había que ver si Ingolf había dejado algún rastro. Le dije a la buena señorita que quizá examinando los libros de su padre encontraría algún rastro de lo que había descubierto en Provins, y que en mi ensayo hablaría extensamente de él. Estuvo encantada, pobre papá, me dijo que podía quedarme toda la tarde y regresar al día siguiente si fuera necesario, me trajo un café, me encendió las luces y regresó al jardín dejándome el campo libre. Las paredes del cuarto eran lisas y blancas, no había cofres, ni escriños, ni huecos donde hurgar, pero lo revisé todo, miré encima, debajo y dentro de los pocos muebles, exploré un armario casi vacío que guardaba algún traje relleno sólo de naftalina, di la vuelta a tres o cuatro cuadros con grabados de paisajes. Les ahorro los detalles, sólo les diré que trabajé a conciencia, no basta con palpar el tapizado de los divanes, hay que clavarles agujas para ver si no ocultan cuerpos extraños...

Comprendí que el coronel no había frecuentado sólo campos de batalla.

—Me quedaban los libros, de todas formas convenía que tomara nota de los títulos, y que verificase si no había anotaciones en los márgenes, palabras subrayadas, algún indicio... Hasta que cogí mal un viejo volumen de pesada encuadernación y se me cayó, dejando aparecer una hoja escrita a mano. Por el tipo de papel de cuaderno y por la tinta, no parecía muy antiguo, podía haber sido escrito en los últimos años de vida de Ingolf. Alcancé a verlo apenas, lo suficiente para leer una anotación al margen: «Provins 1894». Ya imaginarán ustedes mi emoción, la ola de sentimientos que me invadió... Comprendí que Ingolf había ido a París con el pergamino original, pero que aquello era una copia. No dudé. La señorita Ingolf había quitado el polvo de esos libros durante años, pero nunca había detectado aquella hoja: si no, me lo hubiera dicho. Pues bien, seguiría sin saber de su existencia. El mundo se divide entre vencidos y vencedores. Ya había tenido con creces mi parte de derrota, ahora debía coger la victoria por los pelos. Tomé la hoja y me la metí en el bolsillo. Me despedí de la señorita diciéndole que no había encontrado nada interesante, pero que si escribía algo mencionaría a su padre, y ella me dio su bendición. Señores, un hombre de acción, y consumido como lo estaba yo por aquella pasión, no debe tener demasiados escrúpulos ante la mediocridad de un ser cuyo destino estaba ya sentenciado.

—No se justifique —dijo Belbo—. Ya está hecho. Ahora cuéntenos.

—Ahora, señores, les mostraré ese texto. Me permitirán que presente una fotocopia. No es que desconfíe. No quisiera someter el original a acciones de desgaste.

—Pero el de Ingolf no era el original —dije—. Era su copia de un supuesto original.

—Señor Casaubon, cuando los originales han desaparecido, la última copia es el original.

—Pero Ingolf podría haber transcrito mal.

—A usted no le consta. Y a mí sí me consta que la transcripción de Ingolf dice la verdad, porque no veo cómo la verdad podría ser otra. De manera que la copia de Ingolf es el original. ¿Estamos de acuerdo en esto o empezamos a hacer jueguitos de intelectuales?

—Los detesto —dijo Belbo—. Veamos su copia original.

19

Desde Beaujeu la Orden no ha dejado ni un instante de existir y conocemos después de Aumont una sucesión ininterrumpida de Grandes Maestres de la Orden hasta nuestros días y, si el nombre y la residencia del verdadero Gran Maestre y de los verdaderos Superiores que gobiernan la Orden y dirigen sus sublimes trabajos es un misterio que sólo conocen los verdaderos Iluminados, y si esto está guardado como un secreto impenetrable, ello se debe a que aún no ha sonado la hora de la Orden y aún no se ha cumplido el tiempo...
(Manuscrito de 1760, en G.A. Schiffmann, *Die Entstehung der Rittergrade in der Freimauerei um die Mitte des XVIII Jahrhunderts,* Leipzig, Zechel, 1882, pp. 178-190)

Fue nuestro primer, remoto contacto con el Plan. Aquel día hubiese podido estar en otra parte. Si aquel día no hubiese estado en el despacho de Belbo, ahora estaría... ¿en Samarcanda vendiendo semillas de ajonjolí, publicando una colección de libros en Braille, dirigiendo el First National Bank en la Tierra de Francisco José? Los condicionales contrafácticos son siempre verdaderos porque la premisa es falsa. Pero aquel día estaba allí, y por eso ahora estoy donde estoy.

Con ademán teatral, el coronel nos había mostrado la hoja. Aún la tengo aquí, entre mis papeles, en una funda de plástico, más amarilla y descolorida que entonces, en ese papel térmico que se usaba en aquella época. En realidad, eran dos textos: el primero, de escritura apretada, ocupaba la primera mitad de la página; el segundo estaba dividido en versículos mutilados...

El primer texto era una especie de letanía demoníaca, una parodia de lengua semítica:

Kuabris Defrabax Rexulon Ukkazaal Ukzaab Urpaefel Taculbain Habrak Hacoruin Maquafel Tebrain Hmcatuin Rokasor Himesor Argaabil Kaquaan Docrabax Reisaz Reisabrax Decaiquan Oiquaquil Zaitabor Qaxaop Dugraq Xaelobran Disaeda Magisuan Raitak Huidal Uscolda Arabaom Zipreus Mecrim Cosmae Duquifas Rocarbis

—No es nada perspicuo —observó Belbo.

—¿Verdad que no? —admitió con malicia el coronel—. Y me habría pasado la vida tratando de entenderlo si un día, casi por casualidad, no hubiese encontrado entre los libros de un vendedor callejero un volumen sobre Tritemio, y si mis ojos no hubiesen tropezado con uno de sus mensajes en clave: «Pamersiel Oshurmy Delmuson Thafloyn...» Había encontrado una pista, y la seguí hasta el final. Tritemio era un desconocido para mí, pero en París encontré una edición de su *Steganographia, hoc est ars per occultam scripturam animi sui voluntatem absentibus aperiendi certa,* Frankfurt 1606. El arte de abrir, a través de la escritura secreta, nuestra alma a las personas lejanas. Personaje fascinante, este Tritemio. Abad benedictino en Spannheim, que vivió entre los siglos XV y XVI, un docto que sabía hebreo y caldeo, lenguas orientales como el tártaro, que estaba en contacto con teólogos, cabalistas, alquimistas, y sin duda con el gran Cornelio Agrippa de Nettesheim y quizá con Paracelso... Tritemio disimula sus revelaciones sobre sistemas secretos de escritura con galimatías nigrománticos, dice que hay que enviar mensajes cifrados como el que tienen ante ustedes, y luego el destinatario deberá evocar ángeles como Pamersiel, Padiel, Dorothiel, etcétera, etcétera, que le ayudarán a comprender el mensaje verdadero. Pero los ejemplos que da suelen ser mensajes militares, y el libro está dedicado al conde palatino y duque de Baviera Felipe, y es uno de los primeros ejemplos de trabajo criptográfico serio, cosas de servicios secretos.

—Perdone —pregunté—, pero, si no he entendido mal, Tritemio vivió al menos cien años después de la redacción del manuscrito que nos ocupa...

—Tritemio era miembro de una Sodalitas Céltica, en la que se ocupaban de filosofía, astrología, matemática pitagórica. ¿Captan ustedes la relación? Los templarios constituyen una orden iniciática que se remite también a la sabiduría de los antiguos celtas, se trata de un hecho ampliamente probado. Por algún conducto, Tritemio aprende los mismos sistemas criptográficos que utilizaban los templarios.

—Impresionante —dijo Belbo—. ¿Y qué dice la transcripción del mensaje secreto?

—Calma, señores. Tritemio presenta cuarenta criptosistemas mayores y diez menores. O yo he tenido suerte, o bien los templarios de Provins tampoco se estrujaron demasiado las meninges porque confiaban en que nadie adivinaría su clave. Probé en seguida con el primero de los cuarenta criptosistemas mayores y supuse que en el texto lo único que importaba eran las iniciales.

Belbo le pidió la hoja y echó un vistazo:

—Pero incluso así sólo sale una secuencia sin sentido: kdruuuth...

—Lógico —dijo con condescendencia el coronel—. Los templarios no se habrán exprimido mucho las meninges, pero tampoco eran tan perezosos. Esta primera secuencia es a su vez otro mensaje cifrado, y yo pensé en seguida en la segunda serie de los diez criptosistemas. Vean ustedes, para esta segunda serie Tritemio utilizaba unos discos y el del primer criptosistema es éste...

Extrajo de su carpeta otra fotocopia, acercó la silla a la mesa y nos hizo seguir su demostración tocando las letras con la estilográfica cerrada.

—Es el sistema más simple. Consideren ustedes sólo el círculo externo. Cada letra del mensaje en clave se reemplaza por la letra precedente. Por A se escribe Z, por B se escribe A, etcétera, etcétera. Cosa de niños para un agente secreto de hoy, pero, para aquellos tiempos, brujería. Naturalmente, para descifrar se procede a la inversa: cada letra del mensaje cifrado se reemplaza por la letra siguiente. Probé y, sin duda, he tenido suerte de acertar en el primer intento, pero he aquí la solución. —Transcribió el mensaje—: *Les XXXVI inuisibles separez en six bandes,* los treinta y seis invisibles divididos en seis grupos.

—¿Y qué significa?

—A primera vista, nada. Se trata de una especie de encabezamiento, de constitución de un grupo, escrito en lengua secreta por razones rituales. Para el resto, nuestros templarios, seguros de que estaban colocando su mensaje en un sanctasanctorum inviolable, se limitaron a utilizar el francés del siglo XIV. Veamos, pues, el segundo texto.

a la ... Saint Jean
36 p charrete de fein
6 ... entiers avec saiel
p ... les blancs mantiax
r ... s ... chevaliers de Pruins pour la ... j. nc.
6 foiz 6 en 6 places
chascune foiz 20 a ... 120 a ...
iceste est l'ordonation
al donjon li premiers
it li secunz joste iceus qui ... pans
it al refuge

it a Nostre Dame de l'altre part de l'iau
it a l'ostel des popelicans
it a la pierre
3 foiz 6 avant la feste ... la Grant Pute.

—¿Así que éste sería el mensaje no cifrado? —preguntó Belbo, desilusionado y jocoso.

—Es evidente que en la transcripción de Ingolf los puntos suspensivos representan palabras ilegibles, espacios donde el pergamino estaba estropeado... Pero aquí tienen mi transcripción final, en la que, basándome en conjeturas que ustedes me permitirán que califique de lúcidas e inobjetables, restituyo el texto a su antiguo esplendor; como suele decirse.

Con ademán de prestidigitador, dio la vuelta a la fotocopia para mostrarnos unas notas suyas en letra de imprenta.

LA (NOCHE DE) SAN JUAN
36 (AÑOS) P(OST) LA CARRETA DE HENO
6 (MENSAJES) INTACTOS CON SELLO
P(ARA LOS CABALLEROS DE LOS) MANTOS BLANCOS
[LOS TEMPLARIOS]
R(ELAP)S(OS) DE PROVINS PARA LA (VAIN)JANCE [VENGANZA]
6 VECES 6 EN SEIS LOCALIDADES
CADA VEZ 20 A(ÑOS DA) 120 A(ÑOS)
ESTE ES EL PLAN:
VAYAN AL CASTILLO LOS PRIMEROS
IT(ERUM) [DE NUEVO DESPUES DE 120 AÑOS] LOS SEGUNDOS
SE REUNAN CON LOS (DEL) PAN
DE NUEVO AL REFUGIO
DE NUEVO A NUESTRA SEÑORA AL OTRO LADO DEL RIO
DE NUEVO AL ALBERGUE DE LOS POPELICANT
DE NUEVO A LA PIEDRA
3 VECES 6 [666] ANTES DE LA FIESTA (DE LA) GRAN MERETRIZ.

—Peor que andar de noche —dijo Belbo.

—Desde luego, aún hay que interpretarlo todo. Pero sin duda Ingolf lo logró, como lo he logrado yo. Es menos oscuro de lo que parece, para quien conozca la historia de la Orden.

Pausa. Pidió un vaso de agua y después siguió explicándonos el texto, palabra por palabra.

—Entonces: en la noche de San Juan, treinta y seis años después de la carreta de heno. Los templarios designados para perpetuar la Orden consiguen no ser capturados en septiembre de 1307 huyendo en una carreta de heno. En aquella época, el año se calculaba de una Pascua a otra. De modo que 1307 acaba en una fecha que según nuestro calendario correspondería a la Pascua de 1308. Si ahora calculásemos treinta y seis años a partir de finales de 1307 (que es nuestra Pascua de 1308), llegaríamos a la Pascua de 1344. Al cabo de los treinta y seis años fatídicos, llegamos a nuestro 1344. El mensaje es depositado en la cripta en una funda de gran valor, a modo de seña, acta notarial de un acontecimiento que ha tenido lugar allí, después de la constitución de la Orden secreta, la noche de San Juan, es decir el 23 de junio de 1344.

—¿Por qué 1344?

—Considero que entre 1307 y 1344 la Orden secreta se reorganiza para llevar a cabo el proyecto cuyo punto de arranque se ratifica en el pergamino. Era necesario esperar a que se calmasen las aguas, a que se reanudaran los contactos entre los templarios de cinco o seis países. Por otra parte, los templarios esperaron treinta y seis años, y no treinta y cinco o treinta y siete, porque es evidente que para ellos el número 36 tenía valores místicos, como nos lo confirma también el mensaje cifrado. La suma interna de 36 da nueve, y es innecesario recordar las significaciones profundas de ese número.

—Con permiso.

Era la voz de Diotallevi, que había entrado sin que le viéramos, sigiloso, como un templario de Provins.

—Aquí estarás en tu salsa —dijo Belbo.

Se apresuró a presentarle; el coronel no pareció excesivamente molesto, daba la impresión incluso de que deseaba tener una audiencia numerosa y atenta. Siguió interpretando, y a Diotallevi se le hacía la boca agua contemplando todos aquellos manjares numerológicos. Pura Gĕmatriah.

—Y ahora llegamos a los sellos: seis cosas intactas con sello. Ingolf encuentra un estuche, evidentemente cerrado con un sello. ¿Para quién había sido sellado ese estuche? Pues para los Mantos Blancos, o sea para los templarios. Pues bien, en el mensaje encontramos una *r*, varias letras borradas, y luego una *s*. Yo leo «relapsos». ¿Por qué? Porque a todos nos consta que los relapsos eran los reos confesos que después se retractaban, y los relapsos desempeñaron un papel no desdeñable en el proceso a los templarios. Los templarios de Provins reconocen con orgullo su carácter de relapsos. Son los que deciden no seguir participando en la infame comedia del proceso. De manera que aquí se habla de unos caballeros de Provins, relapsos y dispuestos a... ¿a qué? Las pocas letras con que contamos sugieren «vainjance»: dispuestos a la venganza.

—¿Qué venganza?

—¡Pero señores! Toda la mística templaria, a partir del proceso, gira alrededor del proyecto de vengar a Jacques de Molay. No tengo una opinión demasiado elevada de los ritos masónicos, pero aun siendo una caricatura burguesa de la caballería templaria, no dejan de ser un reflejo, todo lo degenerado que se quiera, de la Orden. Pues bien, uno de los grados de la masonería de rito escocés es el de Caballero Kadosch, que en hebreo significa caballero de la venganza.

—De acuerdo, los templarios se disponen a vengarse. ¿Y entonces?

—¿Cuánto tiempo llevará ejecutar ese plan de venganza? El mensaje cifrado nos ayuda a entender el mensaje en francés. Se necesitan seis caballeros seis veces en seis lugares, treinta y seis divididos en seis grupos. Después se dice «cada vez veinte», y aquí hay algo que no está claro, pero que en la transcripción de Ingolf parece una *a*. Cada vez veinte años, eso he deducido, por seis veces, ciento veinte años. Si examinamos el resto del mensaje, encontramos una lista de seis lugares, o de seis tareas que hay que realizar. Se habla de una «ordonation», un plan, un proyecto, un procedimiento que debe seguirse. Y se dice que los primeros deben ir a un donjon o castillo, los segundos a otro sitio, y así hasta el sexto. Por lo tanto, el documento nos dice que deberían existir otros seis documentos aún sellados, repartidos en distintos lugares, y me parece evidente que los sellos deben ser abiertos el uno después del otro, y con ciento veinte años de distancia entre uno y otro...

—Pero, ¿por qué cada vez veinte años? —preguntó Diotallevi.

—Estos caballeros de la venganza deben llevar a cabo una misión en determinado lugar cada ciento veinte años. Es como una carrera de relevos. Está claro que después de la noche de 1344 seis caballeros parten, cada uno en dirección a uno de los seis sitios previstos en el plan. Pero desde luego el guardián del primer sello no puede vivir ciento veinte años. Hay que interpretar que cada guardián de cada sello debe desempeñar ese cargo durante veinte años, para luego transmitir el mando a un sucesor. Veinte años es un plazo razonable, seis guardianes por sello, cada uno por veinte años, garantizan que, cuando hayan transcurrido ciento veinte años, el que custodie el sello pueda leer una instrucción, por ejemplo, y transmitirla al primero de los guardianes del segundo sello. Por eso el mensaje está en plural: que los primeros vayan allá, los segundos acullá... Cada sitio está, por decirlo así, bajo control, a lo largo de ciento veinte años, y por seis caballeros. Saquen ustedes la cuenta: entre el primer y el sexto lugar hay cinco relevos, lo que monta a seiscientos años. Seiscientos más 1344 da 1944. Como lo confirma también la última línea. Tan claro como la luz del día.

—¿O sea?

—La última línea dice «tres veces seis antes de la fiesta (de la) Gran Meretriz». Este también es un juego numerológico, porque la suma interna de 1944 da precisamente 18. Dieciocho es tres veces seis, y esta nueva y asombrosa coincidencia numérica les sugiere a los templarios otro enigma muy sutil. 1944 es el año en que debe consumarse el plan. ¿Con miras a qué? ¡Pues al año dos mil! Los templarios piensan que el segundo milenio marcará el advenimiento de su Jerusalén, que es una Jerusalén terrestre, una Antijerusalén. ¿Les persiguen como a herejes? Por odio a la Iglesia se identifican, entonces, con el Anticristo. Saben que el 666 en toda la tradición oculta es el número de la Bestia. El seiscientos sesenta y seis, año de la Bestia, es el dos mil, en que triunfará la venganza de los templarios, la Antijerusalén es la Nueva Babilonia, y por eso 1944 es el año del triunfo de la Gran Puta, ¡la gran meretriz de Babilonia, la del Apocalipsis! La referencia al 666 es una provocación, una bravata de hombres de armas. Una manera de asumir la diversidad, como se diría hoy en día. ¿Bonita historia, verdad?

Nos miraba con los ojos húmedos, y también estaban húmedos los labios y el bigote, mientras las manos acariciaban su carpeta.

—Vale —dijo Belbo—, en este documento se establecen los pasos de un plan. Pero, ¿en qué consiste ese plan?

—Usted pide demasiado. Si lo supiese, no necesitaría arrojar mi anzuelo. Pero de algo estoy seguro: de que en este lapso se ha producido un accidente y el plan no ha podido cumplirse, porque si no, deje que se lo diga, lo sabríamos. Creo que es obvio. Y también puedo entender la razón de ese percance: 1944 no es un año fácil, y los templarios no podían saber que en él habría una guerra mundial que dificultaría los contactos.

—Perdone usted que intervenga —dijo Diotallevi— pero, si no he entendido mal, una vez abierto el primer sello, la dinastía de sus guardianes no se extingue: perdura hasta que se abra el último sello, porque entonces tendrán que estar presentes todos los representantes de la Orden. Por tanto, cada siglo, mejor dicho cada ciento veinte años, siempre tendremos seis guardianes para cada lugar, o sea treinta y seis.

—Correcto —dijo Ardenti.

—Treinta y seis caballeros para cada uno de los seis sitios da 216, cuya suma interna da 9. Y puesto que los siglos son 6, multipliquemos 216 por 6 y tendremos 1296, cuya suma interna da 18, o sea tres veces seis, 666.

Quizá Diotallevi habría procedido a la refundación aritmológica de la historia universal si Belbo no le hubiese detenido con la mirada, como hacen las madres cuando su niño ha metido la pata. Pero el coronel estaba reconociendo en Diotallevi a un iluminado.

—¡Lo que usted acaba de revelarme, doctor, es prodigioso! ¡Como sabe, el nueve es el número de los primeros caballeros que constituyeron el núcleo del Temple en Jerusalén!

—El Gran Nombre de Dios, tal como se expresa en el tetragrammaton —dijo Diotallevi—, tiene setenta y dos letras, y siete y dos son nueve. Pero le diré algo más, si me permite. Según la tradición pitagórica, que la Cábala retoma (o inspira), la suma de los números impares entre uno y siete da dieciséis, y la suma de los números pares entre dos y ocho da veinte, y veinte más dieciséis son treinta y seis.

—Dios mío, doctor —el coronel trepidaba—, lo sabía, lo sabía. Usted me alienta. Estoy cerca de la verdad.

Por mi parte no comprendía hasta qué punto Diotallevi elevaba la aritmética a religión, o la religión a aritmética, y probablemente las dos cosas eran ciertas, y delante de mí tenía a un ateo que gozaba del arrebato en algún cielo superior. Podía haberse convertido en un devoto de la ruleta (y hubiera sido mejor), y había preferido ser un rabino incrédulo.

Ahora no recuerdo exactamente qué sucedió, pero Belbo intervino con la sensatez característica de su tierra y rompió el encanto. El coronel aún tenía que interpretar el sentido de otras líneas y todos queríamos saber. Ya eran las seis de la tarde. Las seis, pensé, que también son las dieciocho.

—De acuerdo —dijo Belbo—. Treinta y seis por siglo, y así, paso a paso, los caballeros se disponen a descubrir la Piedra. Pero, ¿de qué Piedra se trata?

—¡Vamos! Se trata del Grial, naturalmente.

> El Medievo esperaba al héroe del Grial, y que el jefe del Sacro Imperio Romano se convirtiese en imagen y manifestación del mismo «Rey del Mundo»... que el Emperador invisible fuera también el manifiesto y que la Edad del Medio... también tuviese el significado de una Edad del Centro... El centro invisible e inviolable, el soberano que debe volver a despertar, el mismo héroe vengador y restaurador, no son fantasías pertenecientes a un pasado muerto más o menos romántico, sino la verdad de quienes hoy, y sólo ellos, legítimamente pueden decir que están vivos.
>
> (Julius Evola, *Il misterio del Graal,* Roma, Edizioni Mediterranee, 1983, cap. 23 y Epílogo)

—¿Usted dice que esto también tiene que ver con el Grial? —quiso saber Belbo.

—Desde luego. Y no lo digo yo. Tampoco creo que tenga que explicarles en qué consiste la leyenda del Grial, puesto que estoy hablando con personas cultas. Los caballeros de la mesa redonda, la búsqueda mística de ese objeto prodigioso, que según algunos sería la copa donde se recogió la sangre de Jesús, llevada a Francia por José de Arimatea, y según otros una piedra de poderes misteriosos. A menudo el Grial se aparece como luz fulgurante... Se trata de un símbolo, que representa alguna fuerza, alguna inmensa fuente de energía. Alimenta, cura heridas, enceguece, fulmina... ¿Un rayo láser? Algunos han pensado en la piedra filosofal de los alquimistas, pero aun así, ¿qué ha sido la piedra filosofal, sino un símbolo de alguna energía cósmica? Sobre esto se han escrito muchísimos libros, pero no es difícil reconocer algunas señales indiscutibles. Lean ustedes el *Parzival* de Wolfram von Eschenbach: ¡verán que allí el Grial está guardado en un castillo de templarios! ¿Eschenbach era un iniciado? ¿Un imprudente que reveló algo que convenía mantener en secreto? Pero hay más. Se nos dice que ese Grial que guardan los templarios es una piedra caída del cielo: *lapis exillis.* No sabemos si significa piedra del cielo («ex coelis») o que viene del exilio. Comoquiera que sea, se trata de algo que viene desde lejos, y alguien ha sugerido que quizá haya sido un meteorito. En lo que a nosotros respecta, ya lo tenemos: una Piedra. Independientemente de lo que pueda ser el Grial, para los templarios simboliza el objetivo o el fin del Plan.

—Perdone usted —dije—, pero la lógica del documento exige que en la sexta cita los caballeros se encuentren cerca o encima de una piedra, no que encuentren una piedra.

—¡Otra sutil ambigüedad, otra luminosa analogía mística! Desde luego, la sexta cita es encima de una piedra, y ya veremos dónde, pero encima de esa piedra, cumplida ya la transmisión del plan y la apertura de los sellos, los caballeros sabrán dónde se encuentra la Piedra. Que por lo demás es el mismo juego de palabras del Evangelio, tú eres Pedro y sobre esta piedra... Encima de la piedra encontraréis la Piedra.

—¿Cómo iba a ser de otra manera? —observó Belbo—. Prosiga, por favor. Y usted, Casaubon, no interrumpa tanto. Estamos ansiosos por conocer el resto.

—Pues bien —dijo el coronel—, la clara referencia al Grial me indujo a pensar durante mucho tiempo que el tesoro era un inmenso yacimiento de material radioactivo, caído quizá de otros planetas. Piensen ustedes, por ejemplo, en la misteriosa herida del rey Amfortas, que se menciona en la leyenda... Parece un radiólogo que se ha expuesto demasiado... Y de hecho no hay que tocarle. ¿Por qué? Piensen en la emoción que debe de haber embargado a los templarios cuando llegaron a las orillas del Mar Muerto, ustedes sabrán, con esas aguas bituminosas y pesadísimas en las que se flota como corcho, y que tienen propiedades curativas... Quizá descubrieron en Palestina un depósito de radio, de uranio, y comprendieron que no podían aprovecharlo en seguida. Las relaciones entre el Grial, los templarios y los cátaros fueron estudiadas científicamente por un valiente oficial alemán, me estoy refiriendo a Otto Rahn, un Obersturmbannführer de las SS que dedicó su vida a meditar con extremo rigor sobre la naturaleza europea y aria del Grial, no diré cómo y por qué perdió la vida en 1939, pero hay quien afirma... en fin, ¿cómo olvidar lo que sucedió a Ingolf?... Rahn nos muestra las relaciones existentes entre el Vellocino de Oro de los argonautas y el Grial... Bueno, es evidente que existe un vínculo entre el Grial místico de la leyenda, la piedra filosofal (*¡lapis!*) y esa inmensa fuente de poder a la que aspiraban los seguidores de Hitler en vísperas de la guerra, y hasta el último aliento. Observen ustedes que, según una versión de la leyenda, los argonautas ven una copa, digo una copa, que planea sobre la Montaña del Mundo donde está el Arbol de la Luz. Los argonautas encuentran el Vellocino de Oro y su nave es trasladada por encanto hasta el centro de la Vía Láctea, en el hemisferio austral donde, junto con la Cruz, el Triángulo y el Altar, domina y afirma la naturaleza luminosa del Dios eterno. El triángulo simboliza la divina Trinidad, la cruz el divino Sacrificio de Amor y el altar es la Mesa de la Cena, donde estaba la Copa de la Resurrección. Es evidente que todos estos símbolos son de origen celta y ario.

El coronel parecía presa de la misma exaltación heroica que llevara al supremo sacrificio a su obersturmunddrang o como diablos se llamara. Era necesario que volviese a la realidad.

—¿La conclusión? —pregunté.

—Señor Casaubon, ¿acaso no la ve con sus propios ojos? Se ha dicho que el Grial era la Piedra Luciferina, aproximándolo a la figura del Bafomet. El Grial es una fuente de energía, los templarios eran custodios de un secreto energético, y trazaron su plan. ¿Dónde establecerán las sedes ocultas? A este respecto, estimados señores —y el coronel nos echó una mirada de complicidad, como si estuviésemos conspirando juntos—, yo tenía una pista, errada pero útil. Charles-Louis Cadet-Gassicourt, un autor que debía de haber pescado algún secreto, escribe en 1797 un libro titulado *Le tombeau de Jacques Molay ou le secret des conspirateurs à ceux qui veulent tout savoir* (obra que, mire usted qué casualidad, figuraba en la pequeña biblioteca de Ingolf), y sostiene que, antes de morir, Molay creó cuatro logias secretas, en París, Escocia, Estocolmo y Nápoles. Estas cuatro logias habrían tenido la misión de exterminar a todos los monarcas y destruir el poder del papa. De acuerdo, Gassicourt es un exaltado, pero me basé en su idea para determinar cuáles podían haber sido los lugares en que los templarios decidieron establecer sus sedes secretas. Sin duda, me habría resultado imposible comprender los enigmas del mensaje, si no hubiese tenido una idea guía. Pero la tenía, y era la certeza, basada en innumerables pruebas, de que el espíritu templario era de inspiración celta, druídica, era el espíritu del arianismo nórdico que la tradición identifica con la isla de Avalón, sede de la verdadera civilización hiperbórea. Como ustedes sabrán, varios autores han identificado Avalón con el jardín de las Hespérides, con la Ultima Thule y con la Cólquide del Vellocino de Oro. No es casual que la mayor orden de caballería de la historia sea el Toisón de Oro. Y esto nos aclara el significado de la expresión «Castillo». Se trata del castillo hiperbóreo donde los templarios guardaban el Grial: probablemente, el Monsalvat de que nos habla la leyenda.

Hizo una pausa. Quería tenernos pendientes de sus palabras. Y pendíamos.

—Veamos la segunda orden: los guardianes del sello deberán ir adonde está aquel o aquellos que han hecho algo con el pan. La indicación habla por sí sola: el Grial es la copa con la sangre de Cristo, el pan es la carne de Cristo, el sitio donde se ha comido el pan es el sitio de la Ultima Cena, en Jerusalén. Imposible pensar que los templarios, incluso después de la reconquista sarracena, no hayan conservado una base secreta en aquel lugar. Para serles franco, les diré que al principio me molestaba ese elemento judaico en un plan totalmente dominado por la mitología aria. Pero he recapacitado, somos nosotros quienes nos empeñamos en seguir considerando a Jesús como expresión de la religiosidad judaica, puesto que así lo repite la Iglesia de Roma. Los templarios sabían muy bien que Jesús es un mito celta. Todo el relato evangélico es una alegoría hermética, resurrección después de haberse disuelto en las vísceras de la tierra, etcétera, etcétera. Cristo no es otra cosa que el Elixir de los alquimistas. Por lo demás, todos saben que la trinidad es una noción aria, y por eso toda la regla templaria, dictada por un druida como San Bernardo, está dominada por el número tres.

El coronel se había bebido otro sorbo de agua. Estaba ronco.

—Pasemos ahora a la tercera etapa, al Refugio. Es el Tibet.

—¿Y por qué el Tibet?

—Porque, en primer lugar, von Eschenbach cuenta que los templarios abandonan Europa y transportan el Grial a la India. La cuna de la estirpe aria. El refugio está en Agarttha. Ustedes habrán oído hablar de Agarttha, sede del rey del mundo, la ciudad subterránea desde donde los Señores del Mundo dominan y dirigen las vicisitudes de la historia humana. Los templarios establecieron uno de sus centros secretos allí, en las raíces de su espiritualidad. También conocerán ustedes las relaciones secretas entre el reino de Agarttha y la Sinarquía...

—Realmente, no...

—Mejor así, hay secretos que matan. No nos vayamos por las ramas. De todas formas, se sabe que Agarttha fue fundada hace seis mil años, a comienzos de la época del Kali-Yuga, en la que aún vivimos. La misión de las órdenes de caballería siempre ha consistido en mantener la relación con ese centro secreto, la comunicación activa entre la sabiduría de Oriente y la sabiduría de Occidente. Ahora ya puede adivinarse dónde se producirá la cuarta cita, en otro santuario druídico, la ciudad de la Virgen, es decir la catedral de Chartres. Con respecto a Provins, Chartres se encuentra al otro lado del principal río de l'Ile de France, el Sena.

Ya no lográbamos seguir a nuestro interlocutor:

—Pero, ¿qué tiene que ver Chartres con su recorrido celta y druídico?

—¿Y de dónde creen ustedes que procede la idea de la Virgen? Las primeras vírgenes que aparecen en Europa son las vírgenes negras de los celtas. Cuando San Bernardo era joven, estaba arrodillado en la iglesia de Saint Voirles, ante una virgen negra, y ésta se exprimió del seno tres gotas de leche que cayeron sobre los labios del futuro fundador de los templarios. De ahí nacen los romances del Grial, para dar una fachada a las cruzadas, y las cruzadas para encontrar el Grial. Los benedictinos son los herederos de los druidas, esto nadie lo ignora.

—Pero, ¿dónde están esas vírgenes negras?

—Las han hecho desaparecer quienes querían contaminar la tradición nórdica y transformar la religiosidad celta en religiosidad mediterránea, inventando el mito de María de Nazaret. O bien están disfrazadas, desnaturalizadas, como las muchas vírgenes negras que aún hoy se exponen al fanatismo de las masas. Pero, si se leen bien las imágenes de las catedrales, como hizo el gran Fulcanelli, se ve que esta historia está contada con toda claridad, y con toda claridad revelan la relación entre las vírgenes celtas y la tradición alquímica de origen templario, según la cual la virgen negra será el símbolo de la materia prima con la que trabajan los que buscan la piedra filosofal que, como hemos visto, no es otra cosa que el Grial. Ahora piensen ustedes de dónde le vino la inspiración a ese otro gran iniciado de los druidas, Mahoma, para la piedra negra de La Meca. En Chartres alguien ha tapiado la cripta que comunica con el lugar subterráneo donde aún está la estatua pagana originaria, pero si se busca bien todavía es posible encontrar una virgen negra, Notre-Dame du Pillier, esculpida por un canónigo odinista. La estatua tiene en su mano el cilindro mágico de las grandes sacerdotisas de Odín y a su izquierda está esculpido el calendario mágico en el que aparecían, lamentablemente, digo que aparecían porque esas esculturas no se han salvado del vandalismo de los canónigos ortodoxos, los animales sagrados del odinismo, el perro, el águila, el león, el oso blanco y el licántropo. Por lo demás, a ninguno de los estudiosos del esoterismo gótico se les ha pasado que en Chartres también hay una estatua que sostiene la copa del Grial. ¡Ay, señores! Si aún supiésemos leer la catedral de Chartres, no según las guías turísticas católicas apostólicas y romanas, sino sabiendo ver, digo ver con los ojos de la tradición, la verdadera historia que esa fortaleza de Erec cuenta...

—Y ahora llegamos a los popelicans. ¿Quiénes son?

—Son los cátaros. Uno de los apelativos que se daba a los herejes era el de popelicanos o popelicant. Los cátaros de Provenza fueron destruidos, de modo que no seré tan ingenuo como para pensar en una cita entre las ruinas de Montsegur, pero la secta no murió, hay toda una geografía del catarismo oculto, del que nacen incluso Dante, los cultores del *dolce stil nuovo,* la secta de los Fieles de Amor. La quinta cita es en algún sitio del norte de Italia o del sur de Francia.

—¿Y la última cita?

—Pero, vamos, ¿cuál es la más antigua, la más sagrada, la más estable de las piedras celtas, el santuario de la divinidad solar, el observatorio privilegiado desde donde, al llegar al final del plan, los descendientes de los templarios de Provins pueden comparar, ahora que están reunidos, los secretos ocultos bajo los seis sellos, y descubrir por fin la manera de explotar el inmenso poder derivado de la posesión del Santo Grial? ¡Está en Inglaterra, es el círculo mágico de Stonehenge! ¿Dónde podía ser sino allí?

—*O basta là* —dijo Belbo. Sólo un piamontés puede entender el estado de ánimo con que se pronuncia esta frase de educado estupor. Ninguno de sus equivalentes en otro idioma o dialecto (no me diga, dis donc, are you kidding?) puede expresar el soberano significado de desinterés, el fatalismo con que esas palabras confirman la indefectible persuasión de que los otros son, y sin remedio, hijos de una divinidad inepta.

Pero el coronel no era piamontés y pareció halagado por la reacción de Belbo.

—Pues sí. Este es el plan, ésta es la ordonation, admirablemente simple y coherente. Y fíjense, cojan ustedes un mapa de Europa y de Asia y tracen la línea de desarrollo del plan, partiendo del norte donde está el Castillo hasta Jerusalén, yendo luego de Jerusalén a Agarttha, de Agarttha a Chartres, de Chartres a las costas del Mediterráneo y de allí a Stonehenge. Obtendrán un trazado, una runa aproximadamente de esta forma.

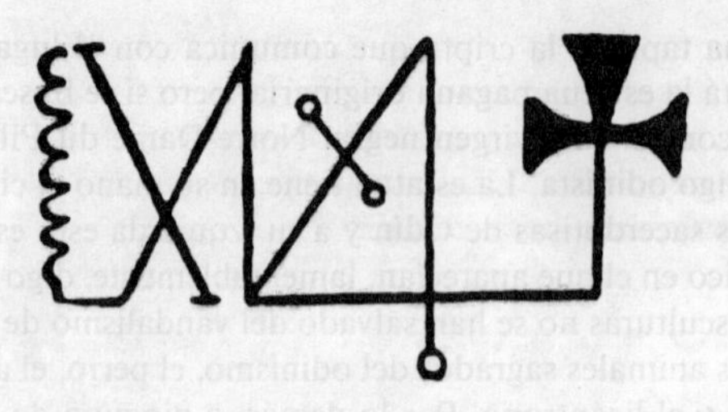

—¿Y entonces? —preguntó Belbo.

—Entonces, es la misma runa que enlaza idealmente algunos de los principales centros del esoterismo templario: Amiens, Troyes, reino de San Bernardo, bordeando la Forêt d'Orient, Reims, Chartres, Rennes-le-Château y el Mont Saint-Michel, antiquísimo santuario druídico. ¡Y este mismo dibujo evoca la constelación de la Virgen!

—Soy aficionado a la astronomía —dijo tímidamente Diotallevi—, y por lo que recuerdo Virgo tiene un dibujo diferente y consta, creo, de once estrellas...

El coronel sonrió con indulgencia:

—Señores, señores, ustedes saben mejor que yo que todo depende de cómo se tracen las líneas, y es posible obtener un carro o una osa, según se prefiera, y tampoco ignoran lo difícil que es saber si una estrella forma parte o no de una constelación. Examinen bien Virgo, tomen la Espiga como punto inferior, que corresponde a la costa provenzal, y luego identifiquen sólo cinco estrellas: verán que la semejanza entre uno y otro trazado es impresionante.

—Basta con decidir qué estrellas han de descartarse —dijo Belbo.

—Eso mismo —confirmó el coronel.

—Ahora dígame —preguntó Belbo—, ¿cómo puede excluir que los encuentros se hayan producido conforme a lo previsto y que los caballeros estén trabajando sin que nosotros lo sepamos?

—No percibo los síntomas de esa eventual actividad y permítame añadir que lo lamento. El plan ha quedado interrumpido y quizá quienes debían asegurar su cumplimiento ya no existen, y los grupos de treinta y seis han desaparecido en el transcurso de alguna catástrofe mundial. Sin embargo, un grupo de entusiastas que dispusiese de las informaciones adecuadas podría retomar los hilos de la trama. Ese algo sigue allí. Y yo estoy buscando a los hombres adecuados. Por eso quiero publicar el libro, para provocar reacciones. Y al mismo tiempo trato de ponerme en contacto con personas que puedan ayudarme a buscar la respuesta en los meandros del saber tradicional. Hoy he querido entrevistarme con el máximo experto en la materia. Pero, ay, aunque es una lumbrera no ha podido decirme nada, si bien se ha interesado en mi historia y me ha prometido un prefacio...

—Usted perdone —preguntó Belbo—, pero ¿no habrá sido una imprudencia confiar su secreto a ese señor? Usted mismo nos ha hablado del error de Ingolf...

—Por favor —respondió el coronel—, Ingolf era un incauto. Yo me he puesto en contacto con un estudioso que está más allá de toda sospecha. Es una persona que no lanza hipótesis aventuradas. Tanto es así que me ha pedido que esperase un poco antes de presentar mi obra a un editor, hasta que hubiese aclarado los puntos controvertidos... No quise perder su simpatía y no le dije que vendría aquí, pero comprenderán que a estas alturas de mi esfuerzo, es perfectamente lógico que me sienta impaciente. Ese señor... bueno, al diablo con la reserva, tampoco quisiera que ustedes pensaran que me estoy jactando. Se trata de Rakosky...

Hizo una pausa y se quedó esperando nuestras reacciones.

—¿Quién? —le decepcionó Belbo.

—¡Pues Rakosky! ¡Una autoridad en los estudios tradicionales, el que fuera director de los *Cahiers du Mystère*!

—Ah —exclamó Belbo—. Sí, sí, me parece, claro, Rakosky...

—Pues bien, me reservo el derecho de redactar definitivamente mi texto después de haber escuchado los consejos de ese señor, pero quiero quemar etapas y si entretanto llegase a algún acuerdo con su editorial... Repito que tengo prisa por suscitar reacciones, recoger datos... Por ahí hay gente que sabe y no habla... Señores, si bien comprende que ha perdido la guerra, precisamente hacia 1944, Hitler empieza a hablar de un arma secreta que le permitirá invertir la situación. Dicen que estaba loco. Pero, ¿y si no hubiese estado loco? ¿Comprenden lo que quiero decir? —Tenía la frente cubierta de sudor y el bigote casi erizado, como un felino—. En definitiva, yo arrojo el anzuelo. Ya veremos si aparece alguien.

Por lo que sabía y pensaba entonces de él, esperaba que aquel día Belbo se deshiciese del coronel con alguna frase de circunstancia. En cambio dijo:

—Oiga coronel, el asunto es sumamente interesante, al margen del hecho de que sea oportuno cerrar trato con nosotros o con otras editoriales. ¿Puedo pedirle que se quede unos diez minutos más, verdad, coronel? —Después se volvió hacia mí—: A usted se le está haciendo tarde, Casaubon, creo que ya he abusado demasiado de su tiempo. Quizá podríamos vernos mañana. ¿Qué le parece?

Me estaba despidiendo. Diotallevi me cogió del brazo y dijo que también él se marchaba. Saludamos. El coronel estrechó calurosamente la mano de Diotallevi y a mí me hizo una inclinación de cabeza, acompañada por una fría sonrisa.

Mientras bajábamos las escaleras, Diotallevi me dijo:

—Sin duda se estará preguntando por qué Belbo le ha pedido que se marche. No lo tome como una falta de cortesía. Belbo tendrá que hacerle al coronel una propuesta editorial muy reservada. Reserva, órdenes del señor Garamond. También yo me marcho, para evitar molestias.

Como más tarde comprendí, Belbo trataría de arrojar al coronel en las fauces de Manuzio.

Me llevé a Diotallevi al Pílades, donde yo bebí un Campari y él un Chartreuse. Le parecía, dijo, monacal, arcaico y casi templario.

Le pregunté qué pensaba del coronel.

—En las editoriales —respondió—, converge toda la insipiencia del mundo. Pero como en la insipiencia del mundo refulge la sabiduría del Altísimo, el sabio observa al insipiente con humildad. —Después se disculpó, debía marcharse—. Esta noche tengo un banquete —dijo.

—¿Alguna fiesta? —pregunté.

Pareció desconcertado por mi frivolidad.

—*Zohar* —aclaró—, *Lekh Lekha.* Páginas totalmente incomprendidas todavía.

El Grial... es un peso tan desmedido que las criaturas que son presa del pecado no poseen el don de moverlo.
(Wolfram von Eschenbach, *Parzival,* IX, 477)

El coronel no me había gustado, pero había despertado mi interés. Podemos observar durante largo tiempo, fascinados, incluso un lagarto. Estaba saboreando las primeras gotas del veneno que nos llevaría a todos a la perdición.

Regresé al despacho de Belbo al día siguiente por la tarde y hablamos un poco de nuestro visitante. Belbo dijo que le había parecido un mitómano:

—¿Se dio usted cuenta de cómo citaba a ese Rocosqui o Rostropovich como si fuese Kant?

—Además son historias conocidas —dije.

—Ingolf era un loco que creía en ellas y el coronel es un loco que cree en Ingolf.

—Quizá ayer creía en él, y hoy cree en otra cosa. Mire usted, ayer, antes de despedirnos, le concerté una cita para esta mañana con... con otro editor, uno que no hace ascos a nada, dispuesto a publicar libros financiados por los propios autores. Parecía entusiasmado. Pues bien, hace un momento me he enterado de que no se presentó. Y pensar que me había dejado la fotocopia del mensaje, mire. Va y deja por ahí el secreto de los templarios como si nada. Esta gente es así.

Fue en ese instante cuando sonó el teléfono. Belbo respondió:

—¿Sí? Soy Belbo, sí, editorial Garamond. Buenos días, dígame... Sí, vino ayer por la tarde, para proponerme un libro. Perdone, debo guardar cierta reserva, si me dijese...

Escuchó durante unos segundos, después me miró, pálido, y me dijo:

—Han matado al coronel, o algo así. —Volvió a prestar atención a su interlocutor—: Perdone, se lo estaba diciendo a Casaubon, un colaborador mío que ayer asistió a nuestra conversación... Pues bien, el coronel Ardenti vino a hablarnos de un proyecto, una historia que me parece fantasiosa, sobre un supuesto tesoro de los templarios. Eran unos caballeros de la Edad Media...

Instintivamente cubrió el micrófono con la mano, como para aislar al oyente, después vio que le observaba, retiró la mano y habló, no sin vacilaciones.

—No, doctor De Angelis, ese señor habló de un libro que quería escribir, pero sin entrar en detalles... ¿Cómo? ¿Los dos? ¿Ahora? Apunto las señas.

Colgó. Se quedó unos segundos en silencio, tamborileando sobre el escritorio.

—Bueno, Casaubon, perdóneme, sin pensarlo le he metido en este asunto. Me ha pillado de sorpresa. Era un comisario, un tal De Angelis. Parece que el coronel vivía en un hotel-residencia y alguien dice que lo encontró muerto ayer por la noche...

—¿Dice? ¿Y ese comisario no sabe si es cierto?

—Resulta extraño, pero el comisario no lo sabe. Parece que han encontrado mi nombre y la cita de ayer anotados en una libreta. Creo que somos su única pista. Qué quiere que le diga, vayamos.

Llamamos un taxi. Durante el trayecto, Belbo me cogió del brazo.

—Mire, Casaubon, quizá se trate de una coincidencia. De todas formas, Jesús, quizá tenga una mente retorcida, pero en mis tierras se dice «siempre es mejor no dar nombres»... Había una comedia navideña, en dialecto, que solía ver de niño, una farsa devota, con unos pastores que no se entendía si vivían en Belén o en las orillas del Po... Llegan los reyes magos y le preguntan al ayudante del pastor cómo se llama su amo, y él responde Gelindo. Cuando Gelindo se entera lo muele a palos porque, dice, un nombre no es algo que se ponga en boca de cualquiera... De todas formas, si le parece bien, el coronel no nos ha dicho nada sobre Ingolf y el mensaje de Provins.

—No queremos acabar como Ingolf —dije, tratando de sonreír.

—Le repito, es pura tontería. Pero de ciertas historias es mejor mantenerse alejado.

Dije que estaba de acuerdo, pero no me quedé tranquilo. Al fin y al cabo, era un estudiante que participaba en las manifestaciones, y un encuentro con la policía me inquietaba. Llegamos al hotel. No de los mejores, lejos del centro. Nos indicaron en seguida cuál era el apartamento, ése era el nombre que le daban, del coronel Ardenti. Agentes en las escaleras. Nos hicieron pasar al número 27 (siete y dos nueve, pensé): dormitorio, entrada con una mesilla, cocinita, lavabo con ducha, sin cortina; desde la puerta entornada no se veía si había bidé, pero en un establecimiento como aquél ésa era la primera y la única comodidad que exigían los clientes. Decoración anodina, pocos efectos personales, pero todos en gran desorden, alguien había hurgado a toda prisa en los armarios y en las maletas. Quizá había sido la policía: entre agentes de paisano y agentes de uniforme conté unas diez personas.

Salió a nuestro encuentro un individuo bastante joven, con el cabello bastante largo.

—Soy De Angelis. ¿El doctor Belbo? ¿El doctor Casaubon?

—No soy doctor, todavía estoy estudiando.

—Estudie, estudie. Si no se licencia, no podrá hacer oposiciones para ingresar en la policía, y no sabe lo que se pierde. —Parecía molesto—. Perdonen, pero mejor que liquidemos en seguida las formalidades de rigor.

Miren, este es el pasaporte que pertenecía al ocupante de este cuarto, registrado como coronel Ardenti. ¿Le reconocen?

—Es él —dijo Belbo—, pero, explíqueme un poco. Por teléfono no entendí bien si ha muerto, o si...

—Me agradaría mucho que me lo dijese usted —dijo De Angelis con una mueca—. Pero supongo que también tienen derecho a saber algo más. Pues bien, el señor, o quizá coronel, Ardenti llevaba cuatro días viviendo aquí. Ya se habrán dado cuenta ustedes de que no es el Grand Hotel. Hay un portero, que se va a dormir a las once porque los clientes tienen una llave del portal, una o dos camareras que vienen por la mañana para hacer las habitaciones, y un viejo alcoholizado que lleva las maletas y sube bebidas a los cuartos cuando llaman los clientes. Alcoholizado, insisto, y arterioesclerótico: interrogarle ha sido un sufrimiento. Según el portero, tiene la manía de los fantasmas y ya ha espantado a varios clientes. Anoche, hacia las diez, el portero vio regresar a Ardenti con dos personas que le acompañaron a su habitación. Aquí no se fijan si uno se trae a una banda de travestidos, se pueden imaginar si iban a llamar la atención dos personas normales, por más que, según dijo el portero, hablasen con acento extranjero. A las diez y media, Ardenti llama al viejo y pide una botella de whisky, agua mineral y tres vasos. Hacia la una o una y media, el viejo oye que llaman de la habitación veintisiete, insistentemente, según dice. Pero a juzgar por el estado en que le encontramos esta mañana, a esa hora ya debía de haberse atizado muchos vasos de algo, y de garrafón. Pues bien, el viejo sube, llama a la puerta, no responden, abre la puerta con la llave maestra, encuentra todo en el desorden que aquí ven y en la cama al coronel, con los ojos desorbitados y un alambre en torno al cuello. Entonces se precipita escaleras abajo, despierta al portero. Ninguno de los dos tiene ganas de volver a subir, así que cogen el teléfono, pero la línea parece cortada. Esta mañana funcionaba perfectamente, pero supongamos que han dicho la verdad. Entonces el portero corre hasta la plazuela de la esquina para llamar a la policía desde la cabina, mientras el viejo se arrastra en la otra dirección para buscar un médico. En suma, tardan veinte minutos, regresan, se quedan esperando abajo, muertos de miedo. Entretanto el médico se ha vestido y llega casi al mismo tiempo que el coche zeta. Suben a la habitación veintisiete y en la cama no hay nadie.

—¿Cómo nadie? —preguntó Belbo.

—No hay ningún cadáver. Entonces el médico se vuelve a casa y mis colegas sólo encuentran lo que se ve aquí. Interrogan al viejo y al portero, para enterarse de lo que acabo de contarles. ¿Dónde estaban los dos señores que habían subido con Ardenti a las diez? ¿Quién puede saberlo? Quizá hayan salido entre las once y la una sin que nadie les viese. ¿Estaban todavía en la habitación cuando entró el viejo? ¿Quién puede saberlo? El viejo sólo estuvo allí un minuto, y no miró ni en el vano de la cocina ni en el lavabo. ¿Pueden haberse ido mientras los dos desgraciados estaban pidiendo ayuda, y llevarse el cadáver? No sería imposible, porque hay una escalera externa que da al patio, y por el portón se puede salir a una calle lateral. Pero ante todo, ¿había realmente un cadáver, o el coronel se marchó, digamos, a medianoche con los dos individuos, y el viejo se lo ha soñado todo? El portero insiste en que no es la primera vez que ve visiones, hace unos años dijo que había visto a una clienta ahorcada y desnuda, pero media hora después la mujer regresó fresca como una rosa, y en el catre del viejo se encontró una revista sadopornográfica, quizá se le había ocurrido la buena idea de ir a espiar en la habitación de la dama por el agujero de la cerradura y había visto una cortina agitándose en la penumbra. Lo único cierto es que la habitación no presenta un aspecto normal, y que Ardenti se ha evaporado. Pero ya he hablado demasiado. Le toca a usted, doctor Belbo. La única pista que hemos encontrado es una hoja de papel que había en el suelo, junto a esa mesilla. A las catorce, Hotel Principe e Savoia, Mr. Rakosky; a las dieciséis, Garamond, doctor Belbo. Usted me ha confirmado que estuvo en su despacho. Dígame qué sucedió.

22

> Los caballeros del Grial ya no querían que se les hicieran preguntas.
> (Wolfram von Eschenbach, *Parzival,* XVI, 819)

Belbo fue breve: le repitió todo lo que ya había dicho por teléfono, añadiendo sólo algunos detalles secundarios. El coronel había contado una historia confusa: había dicho que había descubierto la pista de un tesoro en ciertos documentos que encontrara en Francia, pero no nos había dicho mucho más. Parecía convencido de que estaba en posesión de un secreto peligroso y deseaba darlo a conocer en algún momento, para dejar de ser el único depositario. Había dado a entender que otros, que habían descubierto el secreto antes que él, habían desaparecido en circunstancias misteriosas. Se había declarado dispuesto a mostrarnos los documentos tan pronto como le asegurásemos el contrato, pero Belbo no podía prometer ningún contrato si antes no veía algo concreto, de manera que se habían despedido dejando una cita en el aire. Había mencionado un encuentro con un tal Rakosky, y había dicho que se trataba del director de los *Cahiers du Mystère.* Quería pedirle un prefacio. Parecía que Rakosky le había aconsejado demorar la publicación. El coronel no le había dicho que pensaba ir a la Garamond. Eso era todo.

—Bueno, bueno —dijo De Angelis—. ¿Qué impresión les hizo?

—Nos pareció un exaltado y aludió a un pasado, ¿cómo le diría?, un poco nostálgico, y a un período de servicio en la Legión Extranjera.

—Pues les dijo la verdad, aunque no toda. En cierto sentido ya lo estábamos vigilando, pero sin poner demasiado empeño. Casos como éste tenemos a montones... En síntesis, ni siquiera se llamaba Ardenti, pero tenía un pasaporte francés en regla. Desde hacía unos años había vuelto a aparecer por Italia, de vez en cuando, y había sido identificado, aunque sin certeza, con un tal capitán Arcoveggi, condenado a muerte en rebeldía en 1945. Colaboración con las SS para enviar a unas cuantas personas a Dachau. También en Francia estaba vigilado, había sido sometido a juicio por estafa y se había salvado por un pelo. Se supone, repito, se supone que es la misma persona que el año pasado se hacía llamar Fassotti y fue denunciado por un pequeño industrial de Peschiera Borromeo. Le había convencido de que en el lago de Como aún se encontraba el tesoro de Dongo, que él había descubierto el sitio y que sólo se necesitaban unos pocos millones para contratar dos hombres-rana y una lancha... Una vez que se hizo con el dinero, se esfumó. Y ahora ustedes me confirman que tenía la manía de los tesoros.

—¿Y el tal Rakosky? —preguntó Belbo.

—Ya hemos hecho las averiguaciones. En el Principe e Savoia se hospedó un tal Wladimir Rakosky, con pasaporte francés. La descripción no dice mucho, un señor de aspecto distinguido. Coincide con la descripción del portero de aquí. En el mostrador de Alitalia aparece registrado esta mañana, en el primer vuelo a París. He avisado a la Interpol. ¡Annunziata! ¿Ha llegado algún mensaje de París?

—Todavía nada, doctor.

—Pues bien, el coronel Ardenti, o comoquiera que se llame, llega a Milán hace cuatro días, no sabemos qué hace durante los tres primeros, ayer a las dos presumiblemente ve a Rakosky en el hotel, no le dice que irá a sus oficinas, y eso me parece interesante. Por la noche viene aquí, probablemente con el mismo Rakosky y otro individuo... y después todo se vuelve confuso. Aunque no lo hayan matado, está claro que registran todo el apartamento. ¿Qué buscan? En la chaqueta... ah, sí, porque, suponiendo que salga, sale en mangas de camisa, la chaqueta con el pasaporte queda en la habitación, pero no vayan a pensar ustedes que esto simplifica las cosas, porque el viejo dice que estaba echado en la cama con la chaqueta puesta, aunque también pudo haber sido un batín, Dios mío, esto empieza a parecerse ya a un manicomio; decía que en la chaqueta todavía tenía algo de dinero, incluso demasiado... De manera que buscaban otra cosa. Y la única idea interesante acaban de dármela ustedes. El coronel tenía unos documentos. ¿Cómo eran?

—Traía una carpeta de color marrón —dijo Belbo.

—Me pareció que era roja —dije yo.

—Era marrón —insistió Belbo—, pero quizá me equivoque.

—Pues fuera roja o marrón —dijo De Angelis—, el hecho es que aquí no está. Los señores de anoche se la han llevado. Por tanto, la clave es esa carpeta. Yo creo que Ardenti no quería publicar ningún libro. Había reunido algunos datos para extorsionar a Rakosky y trataba de hacer ver que tenía contactos con editoriales como forma de presionarle. Cuadraría con su estilo. Ahora podrían hacerse otras hipótesis. Los dos visitantes se marchan tras haberle amenazado; Ardenti se asusta y huye durante la noche, abandonándolo todo, salvo la carpeta. Y quizá, quién sabe por qué, le hace creer al viejo que le han matado. Pero todo sería demasiado novelesco; además, no explicaría el desorden de la habitación. Por otra parte, si los dos visitantes le matan y roban la carpeta, ¿por qué robarían también el cadáver? Ya veremos. Ahora perdonen, pero tengo la obligación de pedirles que se identifiquen.

Hizo girar dos veces en sus manos mi carné universitario.

—¿Conque estudiante de filosofía?

—Somos muchos —dije.

—Incluso demasiados. Y se dedica a estudiar a estos templarios... ¿Qué tendría que leer para enterarme de cómo era esa gente?

Le sugerí dos libros de divulgación, pero bastante serios. Le dije que encontraría datos fiables hasta el proceso, y que después sólo había dislates.

—Ya veo —dijo—. Ahora también aparecen los templarios. Un grupúsculo que no conocía.

Se acercó el agente Annunziata con un mensaje telefónico:

—Aquí tiene la respuesta de París, doctor.

Leyó el mensaje.

—Perfecto. En París no conocen a este Rakosky, pero el número de su pasaporte corresponde con el de un documento robado hace dos años. Ahora todo está en orden. El señor Rakosky no existe. Usted dice que dirigía una revista... ¿cómo se llamaba? —Tomó nota—. Probaremos, pero apuesto a que tampoco existe la revista, o que ha dejado de publicarse quién sabe cuándo. Muy bien, señores. Gracias por la colaboración, quizá vuelva a molestarles alguna otra vez. Oh, una última pregunta. ¿Este Ardenti dio a entender que estaba relacionado con algún grupo político?

—No —dijo Belbo—. Daba la impresión de haber dejado la política para dedicarse a los tesoros.

—Y a la estafa de incapaces. —Se volvió hacia mí—: A usted no le gustó supongo.

—No me gustan los individuos como él —dije—. Pero tampoco se me ocurre estrangularles con alambre. Salvo idealmente.

—Es lógico. Demasiado trabajo. No tema, señor Casaubon, no soy de quienes piensan que todos los estudiantes son criminales. Vaya tranquilo. Que tenga suerte con su tesis.

Belbo preguntó:

—Perdone, comisario, es sólo para orientarme: ¿usted pertenece a la brigada de homicidios o a la política?

—Buena pregunta. Mi colega de homicidios ha estado aquí esta noche. Cuando descubrieron en el archivo ciertos detalles sobre las andanzas de Ardenti, me pasaron el caso a mí. Pertenezco a la política. Pero realmente no sé si soy la persona adecuada. La vida no es tan sencilla como en las novelas policíacas.

—Elemental —dijo Belbo tendiéndole la mano.

Nos marchamos, y no me sentía tranquilo. No por el comisario, que me había parecido buena persona, pero era la primera vez en mi vida que me veía mezclado en una historia turbia. Y había mentido. Y Belbo también.

Le dejé en la puerta de Garamond y ambos nos sentíamos cohibidos.

—No hemos hecho nada malo —dijo Belbo con tono de culpa—. No tiene mucha importancia que el comisario se entere de la existencia de Ingolf o de los cátaros, lo mismo da. Eran todo desvaríos. Quizá Ardenti se vio obligado a eclipsarse por otras razones, y desde luego no le faltaban. Quizá Rakosky pertenece al servicio secreto israelí y le ha hecho pagar viejas cuentas. Quizá era un sicario a las órdenes de algún pez gordo al que el coronel había estafado. Quizá era un camarada de la Legión Extranjera que abrigaba viejos rencores. Quizá era un sicario argelino. Quizá la historia del tesoro de los templarios sólo era un episodio secundario en la vida de nuestro coronel. Sí, lo sé, falta la carpeta, ya fuera roja o marrón. Ha hecho bien en contradecirme, así estaba claro que sólo la habíamos visto fugazmente...

Yo callaba, y Belbo no sabía cómo concluir.

—Ahora me dirá que he vuelto a huir, como aquella vez en via Larga.

—Tonterías. Hemos hecho bien. Hasta la vista.

Me daba pena, porque se sentía cobarde. Yo no, me habían enseñado en la escuela que a la policía hay que mentirle. Por principio. Pero así es, la conciencia sucia puede con la amistad.

A partir de aquel día, no volví a verle. Yo era su remordimiento, y él era el mío.

Fue entonces cuando me convencí de que los estudiantes siempre resultan más sospechosos que los que han acabado ya. Trabajé un año más y reuní doscientas cincuenta cuartillas sobre el proceso a los templarios. Eran años en los que presentar la tesis era una prueba de fiel acatamiento a las leyes del Estado, y a uno le trataban con indulgencia.

En los meses siguientes, algunos estudiantes empezaron a disparar, la época de las grandes manifestaciones a cielo abierto estaba concluyendo.

Estaba en déficit de ideales. Tenía una coartada, porque amar a Amparo era un poco como hacer el amor con el Tercer Mundo. Amparo era guapa, marxista, brasileña, entusiasta, desencantada, tenía una beca y una sangre estupendamente mixta. Todo junto.

La había encontrado en una fiesta y me porté impulsivamente:

—Perdona, pero me gustaría hacer el amor contigo.

—Eres un asqueroso machista.

—Pues retiro lo dicho.

—Pues dicho está. Soy una asquerosa feminista.

Iba a regresar a su país y yo no quería perderla. Fue ella quien me puso en contacto con una universidad de Río donde buscaban un lector de italiano. Obtuve el puesto por dos años, renovables. Puesto que Italia me estaba quedando estrecha, decidí aceptar.

Además, en el Nuevo Mundo, decía para mis adentros, no me encontraría con los templarios.

Ilusión, pensaba el sábado por la noche en el periscopio. Al subir los escalones de Garamond había entrado en el Palacio. Decía Diotallevi: Binah es el palacio que Hokmah se construye expandiéndose a partir del punto primordial. Si Hokmah es la fuente, Binah es el río que surge de ella para luego dividirse en sus distintos brazos, hasta que todos desemboquen en el gran mar de la última sĕfirah; y en Binah todas las formas ya están prefiguradas.

4

ḤESED

23

La analogía de los contrarios es la relación entre la luz y la sombra, la cima y el abismo, la plenitud y el vacío. La alegoría, madre de todos los dogmas, es la sustitución del sello por la impronta, de la realidad por las sombras, es la mentira de la verdad y la verdad de la mentira.

(Eliphas Levi, *Dogme de la haute magie*, París, Baillère, 1856, XXII, 22)

Había llegado a Brasil por amor a Amparo, y me había quedado por amor al país. Nunca he entendido por qué esa descendiente de holandeses afincados en Recife y mezclados con indios y con negros sudaneses, con el rostro de una jamaicana y la cultura de una parisina, tenía un nombre español. Nunca he logrado explicarme los nombres brasileños. Desafían cualquier repertorio onomástico, y existen sólo allí.

Amparo me decía que en su hemisferio, cuando el agua se va por el agujero del lavabo, gira de derecha a izquierda, mientras que entre nosotros es al revés; o viceversa. No he podido verificar si era verdad. No sólo porque en nuestro hemisferio nadie ha mirado jamás de qué parte se va el agua, sino también porque después de varios experimentos en Brasil comprendí que no es nada fácil descubrirlo. El torbellino es demasiado rápido como para poder seguirlo, y probablemente su dirección depende de la fuerza y la inclinación del chorro, de la forma del lavabo o de la bañera. Y además, si fuese cierto, ¿qué sucedería en el ecuador? Quizá el agua caería en picado, sin remolino, ¿o no caería para nada?

En aquella época no me tomé el problema como una tragedia, pero el sábado por la noche pensé que todo dependía de las corrientes telúricas y que el Péndulo poseía su secreto.

Amparo se mantenía firme en su fe. «No importa lo que suceda en el caso empírico», me decía, «se trata de un principio ideal, que debe verificarse en condiciones ideales, o sea nunca. Pero es verdad.»

En Milán, Amparo me había parecido deseable por su desencanto. Allá, en contacto con los ácidos de su tierra, se transformaba en algo más inasible, lúcidamente visionaria y capaz de racionalidades subterráneas. La sentía agitada por pasiones antiguas, siempre atenta a sofrenarlas, imbuida de un patético ascetismo que le ordenaba resistir a su seducción.

Pude apreciar sus espléndidas contradicciones viéndola discutir con sus compañeros. Eran reuniones en casas en mal estado, decoradas con pocos carteles y muchos objetos folclóricos, retratos de Lenin y terracotas del nordeste que exaltaban la figura del cangaceiro, o fetiches amerindios. No había llegado en uno de los momentos de mayor diafanidad política, y después de la experiencia en mi país, había decidido mantenerme alejado de las ideologías, sobre todo allí, donde no las comprendía. Lo que decían los compañeros de Amparo aumentaba mi incertidumbre, pero me despertaba nuevas curiosidades. Todos eran marxistas, naturalmente, y a primera vista hablaban casi como un marxista europeo, pero hablaban de algo distinto, y de pronto, en medio de una discusión sobre la lucha de clases, hablaban del «canibalismo brasileño», o del papel revolucionario de los cultos afroamericanos.

Oyendo hablar de esos cultos comprendí que allá también el torbellino ideológico gira en sentido contrario. Me pintaban un panorama de oscilantes migraciones internas, en las que los desheredados del norte descendían hacia el sur industrializado, se marginalizaban en metrópolis inmensas, asfixiados entre nubes de contaminación, regresaban desesperados al norte, para al año siguiente volver a huir hacia el sur; pero en esas oscilaciones muchos encallaban en las grandes ciudades y eran absorbidos por una pléyade de iglesias autóctonas, se entregaban al espiritismo, a la evocación de divinidades africanas... En este punto, los compañeros de Amparo se dividían, para algunos, ese movimiento expresaba un retorno a las raíces, una oposición al mundo de los blancos, para otros, los cultos eran la droga con que la clase dominante tenía controlado el inmenso potencial revolucionario de esas gentes, para otros más, eran el crisol en que blancos, indios y negros se fundían, abriendo perspectivas aún confusas y de incierto destino. Amparo era tajante, las religiones siempre han sido el opio de los pueblos, y más aún lo eran aquellos cultos pseudotribales. Después la cogía por la cintura en las «escolas de samba», cuando también yo me unía a las serpientes de bailarines que se movían sinusoidalmente al ritmo del insostenible tabaleo de los tambores, y me daba cuenta de que a ese mundo ella se adhería con los músculos del vientre, con el corazón, con la cabeza, con los agujeros de la nariz... Y después salíamos, y ella era la primera en anatemizar con sarcasmo y rencor la religiosidad profunda, orgiástica, de aquella lenta consagración, semana tras semana, mes tras mes, al rito del carnaval. Tan tribal y brujesco, decía con odio revolucionario, como los ritos futbolísticos, donde se ve a los desheredados agotar su energía combativa y su capacidad de rebelión, para entregarse a encantamientos y conjuros, y lograr que los dioses de todos los mundos posibles les concedan la muerte del defensa contrario, olvidándose del dominio que los quería estáticos y entusiastas, condenados a la irrealidad.

Lentamente fui perdiendo el sentido de la diferencia. Así como poco a poco me iba habituando a no tratar de reconocer las razas, en aquel universo de rostros que narraban historias centenarias de hibridaciones caóticas. Renuncié a determinar dónde estaba el progreso, dónde la rebelión, dónde la confabulación, como se expresaban los compañeros de Amparo, del capital. ¿Cómo podía seguir pensando en europeo, cuando venía a saber que las esperanzas de la extrema izquierda estaban cifradas en un obispo del nordeste, de quien se decía que en su juventud había simpatizado con el nazismo, que ahora enarbolaba la antorcha de la revolución, turbando al Vaticano horrorizado y a los tiburones de Wall Street, encendiendo de júbilo el ateísmo de los místicos proletarios, fascinados por el estandarte amenazador y dulcísimo de una Bella Señora que, traspasada por los siete dolores, contemplaba el sufrimiento de su pueblo?

Cierta mañana, al salir con Amparo de un seminario sobre la estructura de clase del lumpenproletariat, recorríamos en coche una carretera que bordeaba la costa. Divisé en la playa exvotos, velitas y canastillos blancos. Amparo me dijo que eran ofrendas a Yemanjá, la diosa de las aguas. Se apeó, caminó compungida hasta el borde del mar, estuvo allí un momento sin hablar. Le pregunté si creía en aquello. Me preguntó con rabia cómo podía suponerlo. Después añadió:

—Mi abuela me traía a la playa e invocaba a la diosa para que yo pudiese crecer hermosa, buena y feliz. ¿Quién es ese filósofo vuestro que hablaba de los gatos negros, y de los cuernos de coral, y decía «no es verdad, pero lo creo»? Pues bien, yo no lo creo, pero es verdad.

—Aquel día decidí ahorrar de mi sueldo, para poder viajar a Bahía.

Pero también fue entonces, lo sé, cuando empecé a dejarme acunar por el sentimiento de la semejanza: todo podía tener misteriosas analogías con todo.

Cuando regresé a Europa transformé esa metafísica en una mecánica; y por eso acabé en la trampa en que hoy me encuentro. Pero en aquel entonces me movía en un crepúsculo donde se anulaban las diferencias. Racista, pensé que las creencias de los otros pueden ser, para el hombre fuerte, ocasiones de dulces fantasías.

Aprendí ritmos, maneras de relajar el cuerpo y la mente. Pensaba en ello la otra noche en el periscopio, mientras luchaba contra el hormigueo de mis miembros, moviéndolos como si aún estuviese tocando el agogõ. Ya ves, decía para mis adentros, para sustraerte al poder de lo desconocido, para demostrarte a ti mismo que no crees en ello, aceptas sus encantamientos. Como un ateo confeso, que ve al diablo por la noche y hace el siguiente razonamiento de ateo: sin duda, él no existe, es sólo una ilusión de mis sentidos excitados, quizá un efecto de la digestión, pero él no lo sabe, y cree en su teología al revés. ¿Qué podría meterle miedo a él, que está seguro de su existencia? Basta con santiguarse y él, que cree, desaparece tras una nube de azufre.

Así me sucedió a mí, como a un etnólogo sabelotodo que durante años ha estudiado el canibalismo y para desafiar la necedad de los blancos va diciendo que la carne humana tiene un sabor muy delicado. Irresponsable, porque sabe que nunca tendrá ocasión de probarla. Hasta que alguien, ansiando la verdad, decide probar la suya. Y mientras el otro le devora, trozo a trozo, ya no sabrá quién tenía razón, y casi desea que el rito sea bueno, para que al menos su muerte tenga un sentido. Así la otra noche yo tenía que creer que el Plan era verdad, porque, si no, durante aquellos dos últimos años, sólo habría sido el arquitecto omnipotente de una maligna pesadilla. Mejor que la pesadilla fuera realidad, si algo es verdad, es verdad, y uno no tiene nada que ver con ello.

24

Sauvez la faible Aischa des vertiges de Nahash, sauvez la plaintive Héva des mirages de la sensibilité, et que les Khérubs me gardent.

(Joséphin Péladan, *Comment on devient Fée,* París, Chamuel, 1893, p. XIII)

Mientras me internaba en la selva de las semejanzas recibí carta de Belbo.

Estimado Casaubon:

Hasta hace unos días ignoraba que estuviese en Brasil, había perdido por completo su rastro, ni siquiera sabía que se hubiese doctorado (le felicito), pero en el Pílades he encontrado a alguien que me ha dado sus señas. Me parece oportuno ponerle al corriente de algunas novedades relacionadas con la lamentable historia del coronel Ardenti. Han transcurrido más de dos años, si no me equivoco, y le ruego que me perdone una vez más, fui yo quien aquella mañana le metí en este enredo, sin quererlo.

Casi había olvidado aquella fea historia, pero hace un par de semanas estuve recorriendo la comarca de Montefeltro y fui a parar a la fortaleza de San Leo. Parece que en el siglo XVIII estaba bajo el dominio pontificio, y el papa encerró allí a Cagliostro, en una celda sin puerta (se entraba, por primera y última vez, por una trampa que había en el techo) y con un ventanuco desde el que el condenado sólo podía ver las dos iglesias de la aldea. En el banco donde dormía Cagliostro vi un ramo de rosas, y me explicaron que aún hay muchos devotos que acuden en peregrinación al lugar del martirio. Me dijeron que entre los peregrinos más asiduos se cuentan los miembros de Picatrix, un cenáculo milanés de estudios misteriosóficos, que publica una revista llamada, admire la fantasía, *Picatrix.*

Sabe que este tipo de extravagancias suelen despertar mi curiosidad, en Milán me agencié un número de *Picatrix,* por el que me enteré de que unos días después se celebraría una evocación del espíritu de Cagliostro. Allí fui.

Las paredes estaban cubiertas de estandartes llenos de signos cabalísticos, gran derroche de búhos y lechuzas, escarabajos e ibis, divinidades orientales de origen desconocido. Al fondo había un estrado, con un proscenio de antorchas ardiendo sobre rústicos troncos, en el fondo un altar con retablo triangular y dos estatuillas de Isis y Osiris. Alrededor, un anfiteatro de figuras de Anubis, un retrato de Cagliostro (¿de quién si no, verdad?), una momia dorada tamaño Keops, dos candelabros de cinco brazos, un gong sostenido por dos serpientes rampantes, un atril encima de un podio cubierto de percal estampado con jeroglíficos, dos coronas, dos trípodes, un sarcofaguito neceser, un trono, una butaca imitación siglo XVII, cuatro sillas desaparejadas modelo banquete del juez de Nottingham, velas, velitas, velones, todo un ardor muy espiritual.

Bueno, entran siete monaguillos con túnica roja y antorcha, y luego el oficiante, que parece ser el director de Picatrix, y se llamaba Brambilla, que los dioses le perdonen, con paramentos rosa y verde oliva, y detrás la pupila, o médium, y después seis acólitos de cándidas vestiduras que parecen muchos Ninetto Davoli pero con ínfula, la del dios, si se acuerda de nuestros clásicos.

El susodicho Brambilla se coloca en la cabeza una tiara con medialuna, empuña un espadón ritual, traza unas figuras mágicas sobre el estrado, invoca a algunos espíritus angélicos con nombres terminados en «el», y de pronto recuerdo vagamente aquellos sortilegios pseudosemíticos del mensaje de Ingolf, pero es cosa de un momento y después me distraigo. Entre otras cosas porque entonces sucede algo singular, los micrófonos del estrado están conectados con un sintonizador, que debería recoger ondas que vagan por el espacio, pero el operador, con ínfula, debe de haber cometido un error, porque primero se oye música disco y después entra en antena Radio Moscú. Brambilla abre el sarcófago, extrae un *grimoire,* esgrime un incensario y grita «oh señor que venga tu reino», y parece que da resultado, porque Radio Moscú calla, pero en el momento más mágico vuelve a atacar con una canción de cosacos beodos, esos que bailan con el trasero a ras del suelo. Brambilla invoca la Clavicula Salomonis, quema un pergamino sobre el trípode, exponiéndose a un incendio, invoca algunas divinidades del templo de Karnak, pide con descaro que le coloquen sobre la piedra cúbica de Esod, y llama insistentemente a un tal Familiar 39, que al público debía de serle de lo más familiar porque un estremecimiento recorre la sala. Una espectadora cae en trance, los ojos hacia arriba, en blanco, la gente grita un médico un médico, entonces Brambilla invoca el Poder de los Pentáculos y la pupila, que a todo esto se ha sentado en la butaca falso siglo XVII, empieza a agitarse, a gemir, Brambilla la acosa interrogándola con ansiedad, mejor dicho interrogando al Familiar 39 que, como intuyo en ese momento, no es otro que el mismísimo Cagliostro.

Y de pronto empieza la parte inquietante, porque la muchacha realmente da pena y sufre en serio, suda, tiembla, brama, empieza a pronunciar frases inconexas, habla de un templo, de una puerta que hay que abrir, dice que se está creando un vórtice de fuerzas, que es necesario subir hacia la Gran Pirámide, Brambilla se mueve frenéticamente por el estrado tocando el gong, y llamando a Isis a gritos, yo disfruto del espectáculo, cuando de repente oigo que entre un suspiro y un gemido la muchacha habla de seis sellos, de una espera de ciento veinte años y de treinta y seis invisibles. Ya no hay duda, está hablando del mensaje de Provins. Mientras espero oír algo más, la muchacha se desploma exhausta, Brambilla le acaricia la frente, bendice a los presentes con el incensario y dice que la ceremonia ha concluido.

Entre impresionado y curioso, trato de acercarme a la muchacha, que ya se ha recobrado, se ha puesto un abrigo bastante raído y está saliendo por la parte de atrás. Voy a tocarla en un hombro cuando siento que me cogen del brazo. Me vuelvo y es el comisario De Angelis, que me dice que la deje marcharse, que él sabe dónde encontrarla. Me invita a tomar un café. Le sigo, como si me hubiese pillado en falta, y en cierto modo es verdad, y en el bar me pregunta por qué estaba allí y por qué trataba de acercarme a la muchacha. Me enfado, le respondo que no vivimos en una dictadura, y que puedo acercarme a quien quiera. Se disculpa y luego me explica: las investigaciones sobre Ardenti habían avanzado lentamente, pero había tratado de averiguar cómo había pasado aquellos dos días en Milán antes de entrevistarse con los de Garamond y con el misterioso Rakosky. Un año más tarde, por un golpe de suerte, habían sabido que alguien había visto a Ardenti saliendo de la sede de Picatrix con la pitonisa. Esta, por lo demás, le interesaba, porque convivía con un individuo no desconocido por la brigada de estupefacientes.

Le digo que estoy allí por pura casualidad y que me había llamado la atención el hecho de que la muchacha hubiera dicho algo sobre seis sellos que nos había mencionado el coronel. El me señala que no deja de ser extraño que al cabo de dos años recuerde tan bien lo que había dicho el coronel, puesto que al día siguiente sólo había dicho que nos había hablado vagamente del tesoro de los templarios. Entonces le digo que precisamente el coronel había hablado de un tesoro protegido por algo así como seis sellos, pero que el detalle no me había parecido importante, porque todos los tesoros están protegidos por siete sellos y escarabajos de oro. El observa que entonces no alcanza a comprender por qué me llamaron la atención las palabras de la médium, puesto que todos los tesoros están protegidos por escarabajos de oro. Le pido que no me trate como a un sospechoso y cambia de tono y se echa a reír. Dice que no le parece extraño que la muchacha haya dicho esas cosas, porque de alguna manera Ardenti debía de haberle hablado de sus fantasías, quizá tratando de utilizarla para establecer algún contacto astral, como dicen en el ambiente. La médium es una esponja, una placa fotográfica, debe de tener un subconsciente como un parque de atracciones, me dijo, probablemente los de Picatrix le hacen un lavado de cerebro todo el año, no es inverosímil que en estado de trance, porque la muchacha lo hace en serio, no finge, y tampoco está bien de la cabeza, hayan vuelto a aflorarle unas imágenes que la impresionaron hace tiempo.

Pero dos días después De Angelis se me presenta en el despacho y me dice que qué extraño, al día siguiente había ido a buscar a la muchacha y no estaba. Pregunta a los vecinos, nadie la ha visto, más o menos desde la tarde previa a la noche de la ceremonia, se escama, entra en el piso, lo encuentra en desorden, sábanas por el suelo, almohadas en un rincón, periódicos pisoteados, cajones vacíos. Desaparecida, ella y su concubino o mancebo o conviviente o comoquiera que se diga.

Me dice que si sé algo más es mejor que hable, porque es extraño que la muchacha se haya esfumado y que puede ser por dos razones: o alguien se dio cuenta de que él, De Angelis, la estaba vigilando, o notaron que un tal Jacopo Belbo intentaba hablar con ella. De manera que las cosas que había dicho en trance quizá se referían a algo serio y ni siquiera Ellos, fuesen quienes fuesen, se habían dado cuenta de que supiera tantas cosas. «Suponga además que a algún colega mío se le ocurra que la ha matado usted», añadió De Angelis sonriendo amablemente, «ya ve que nos conviene andar a una.» Estaba a punto de perder la calma, Dios sabe que no me sucede con frecuencia, le pregunté por qué una persona que no está en su casa tendría que haber sido asesinada, y él me preguntó si recordaba la historia de aquel coronel. Le dije que de todas formas, si la habían matado o raptado, había sido la noche que yo estaba con él, y él me preguntó por qué estaba tan seguro, porque nos habíamos separado hacia medianoche y no sabía qué había sucedido después, le pregunté si estaba hablando en serio, entonces me preguntó si nunca había leído una novela policíaca y si no sabía que la policía debe sospechar por principio de todo aquel que no disponga de una coartada luminosa como Hiroshima, y que allí mismo donaba la cabeza para un trasplante si yo era capaz de presentarle una coartada para el lapso transcurrido entre la una de la madrugada y la mañana siguiente.

Qué quiere que le diga, Casaubon, quizá debiera haberle contado la verdad, pero la gente de mi tierra es terca y es incapaz de dar marcha atrás.

Le escribo porque así como yo he encontrado sus señas también De Angelis podría encontrarlas: si llega a ponerse en contacto con usted, quiero que al menos conozca la línea que he seguido. Pero como creo que es una línea muy poco recta, si le parece bien, cuéntele todo. Perdone, me avergüenzo, me siento cómplice de algo, y busco una razón mínimamente digna para justificarme, pero no la encuentro. Deben de ser mis orígenes campesinos, en esos campos nuestros somos mala gente.

Toda una historia, como se dice en alemán, *unheimlich*.

Cordialmente,

Jacopo Belbo

25

> ...esos misteriosos Iniciados, que han proliferado, que son audaces y conspiran: jesuitismo, magnetismo, martinismo, piedra filosofal, sonambulismo, eclecticismo, todo viene de ellos.
> (C.-L. Cadet-Gassicourt, *Le tombeau de Jacques de Molay,* París, Desenne, 1797, p. 91)

La carta me turbó. No por temor a que De Angelis me buscara, ni soñarlo, en otro hemisferio, sino por razones más imperceptibles. En aquel momento pensé que me irritaba que me llegara de rebote hasta allí un mundo que había dejado a mis espaldas. Ahora comprendo que lo que me perturbaba era una enésima maquinación de la semejanza, la sospecha de una analogía. Mi reacción instintiva fue pensar que me fastidiaba haber vuelto a encontrar a Belbo con su eterno cargo de conciencia. Decidí archivar el tema, y no le dije nada a Amparo.

A ello me ayudó la segunda carta, que Belbo me envió dos días después, para tranquilizarme.

La historia de la médium había concluido bastante bien. Un confidente de la policía había contado que el amante de la muchacha había estado implicado en un ajuste de cuentas relacionado con un alijo de droga, que había vendido al por menor en lugar de entregarla al honesto mayorista que ya la había pagado. Son cosas muy mal vistas en el ambiente. De modo que para salvar el pellejo se había evaporado. Y era obvio que se hubiese llevado a su compañera. Además, hurgando en el apartamento, De Angelis había encontrado revistas por el estilo de *Picatrix,* con una serie de artículos llenos de pasajes subrayados con rojo. Uno se refería al tesoro de los templarios, otro a los rosacruces que vivían en un castillo o en una caverna o el diablo sabe dónde, en el que podía leerse la frasc «post 120 annos patebo», y habían sido descritos como treinta y seis invisibles. Por tanto, para De Angelis todo estaba claro. La médium se alimentaba de aquella literatura (la misma con que se alimentaba el coronel) y después la vomitaba cuando estaba en trance. El caso estaba cerrado, y ahora pasaba a la brigada de estupefacientes.

La carta de Belbo rezumaba alivio. La explicación de De Angelis parecía la más económica.

La otra noche, en el periscopio, pensaba que quizá las cosas habían sido bien distintas: la médium había mencionado, sí, algo que le había dicho Ardenti, pero era algo que nunca se había publicado en las revistas, y que nadie debía conocer. En el ambiente de Picatrix había alguien que había hecho desaparecer al coronel para que no hablase, ese alguien se había dado cuenta de que Belbo deseaba interrogar a la médium, y la había eliminado. Después, para desviar las pesquisas, también había eliminado a su amante, y había instruido a un confidente de la policía para que contase la historia de la fuga.

Así de simple, si hubiera existido un Plan. Pero, ¿existía? Al fin y al cabo, ese Plan lo inventaríamos nosotros, y mucho tiempo después... ¿Es posible que la realidad no sólo sobrepase a la ficción, sino que la preceda, o más bien se apresure, con adelanto, a reparar los daños que la ficción provocará?

Sin embargo, en aquel momento, en Brasil, no fueron ésos los pensamientos que me sugirió la carta. Más bien, volví a sentir, una vez más, que había algo que se parecía a otra cosa. Pensaba en el viaje a Bahía, y pasé la tarde visitando tiendas de libros y objetos de culto que hasta entonces había desatendido. Encontré tiendecitas casi secretas y centros comerciales atiborrados de estatuas e ídolos. Compré perfumadores de Yemanjá, insecticidas místicos de perfume penetrante, bastoncillos de incienso, aerosoles que rociaban una esencia dulzona dedicada al Sagrado Corazón de Jesús, amuletos baratos. Y encontré muchos libros, algunos para los devotos, otros para los que estudiaban a los devotos, todos juntos, formularios de exorcismos, *Como adivinhar o futuro na bola de cristal,* y manuales de antropología. Y una monografía sobre los rosacruces.

Todo se amalgamó de repente. Ritos satánicos y moriscos en el Templo de Jerusalén, brujos africanos para los subproletarios del nordeste, el mensaje de Provins con sus ciento veinte años, y los ciento veinte años de los rosacruces.

¿Me había convertido en una coctelera ambulante, capaz sólo de mezclar mejunjes de muchos licores, o había provocado un cortocircuito al tropezar con una maraña de hilos multicolores que se estaban enredando por sí solos, y desde hacía muchísimo tiempo? Compré el libro sobre los rosacruces. Después pensé que, si sólo me hubiese quedado unas horas en aquellas librerías, habría encontrado decenas de coroneles Ardenti y médiums.

Regresé a casa y comuniqué oficialmente a Amparo que el mundo estaba lleno de desnaturalizados. Ella me prometió consuelo y concluimos el día como manda naturaleza.

Estábamos a finales del setenta y cinco. Decidí olvidar las semejanzas y dedicar todas mis energías al trabajo. Al fin y al cabo tenía que enseñar cultura italiana, no doctrina rosacruz.

Me dediqué a la filosofía del humanismo y descubrí que, tan pronto como habían salido de las tinieblas de la Edad Media, los hombres de la modernidad laica no encontraron nada mejor que dedicarse a la Cábala y a la magia.

Después de pasarme dos años entre humanistas que recitaban fórmulas para convencer a la naturaleza de que hiciese lo que no tenía la menor intención de hacer, recibí noticias de Italia: mis antiguos compañeros, o al menos algunos de ellos, se dedicaban a dispararle a la nuca a los que no estuviesen de acuerdo con ellos, para convencer a la gente de que hiciese cosas que no tenía la menor intención de hacer.

No lo entendía. Decidí que ya formaba parte del Tercer Mundo, y resolví ver Bahía. Me fui con una historia de la cultura renacentista bajo el brazo, y el libro sobre los rosacruces, que había permanecido intonso en un estante.

26

Todas las tradiciones de la Tierra deben verse como tradiciones de una tradición-madre y fundamental que, desde el origen, fuera entregada al hombre culpable y a sus primeros retoños.
(Louis-Claude de Saint Martin, *De l'espirit des choses*, Paris, Laran, 1800, II, «De l'esprit des traditions en général»)

Y vi Salvador, Salvador da Bahia de Todos os Santos, la «Roma negra», y sus trescientas sesenta y cinco iglesias, que se yerguen sobre el filo de las colinas o se reclinan por la bahía, y donde se rinde culto a los dioses del panteón africano.

Amparo conocía a un artista naïf que pintaba grandes cuadros sobre madera rebosantes de imágenes bíblicas y apocalípticas, luminosos como una miniatura medieval, con elementos coptos y bizantinos. Era marxista, por supuesto, hablaba de la revolución inminente, pasaba los días soñando en las sacristías del santuario de Nosso Senhor do Bomfim, triunfo del horror vacui, imbricada de exvotos que colgaban desde el techo e incrustaban las paredes, un collage místico de corazones de plata, prótesis de madera, piernas, brazos, imágenes de milagrosos salvamentos en medio de relampagueantes borrascas, trombas marinas, maelström. Nos llevó a la sacristía de otra iglesia, llena de grandes muebles con fragancia de jacarandá.

—¿A quién representa aquel cuadro —preguntó Amparo al sacristán—, a San Jorge?

El sacristán nos echó una mirada de complicidad:

—Le llaman San Jorge, y es mejor llamarle así porque, si no, el párroco se enfada, pero es Oxossi.

El pintor nos hizo visitar durante dos días naves y claustros protegidos por portadas decoradas como fuentes de plata ya ennegrecidas y gastadas. Nos acompañaban fámulos rugosos y claudicantes, las sacristías estaban enfermas de oro y peltre, de macizas cómodas, de marcos preciados. En vitrinas de cristal a lo largo de las paredes, imágenes entronizadas de santos en tamaño natural, chorreando sangre, con las llagas abiertas rociadas de gotas de rubí, Cristos retorcidos por el sufrimiento con piernas rojas por la hemorragia. En un centellear de oro tardo barroco, vi ángeles de rostro etrusco, grifos románicos y sirenas orientales asomando entre los capiteles.

Iba recorriendo calles antiguas, encantado por aquellos nombres que parecían canciones, Rua da Agonia, Avenida dos Amores, Travessa de Chico Diabo... Había llegado a Salvador en la época en que el gobierno, o quien actuara en su nombre, estaba saneando la ciudad vieja para barrer los millares de burdeles que había en ella, pero aún estaban a medio camino. Al pie de aquellas iglesias, desiertas y leprosas, entumecidas por su propio fasto, aún se extendían callejuelas malolientes donde pululaban prostitutas negras de quince años, viejas vendedoras de dulces africanos, acurrucadas sobre las aceras, con sus hornillos encendidos, enjambres de chulos que bailaban entre regueros de aguas inmundas al son del transistor del bar de al lado. Los antiguos palacios de los colonizadores, coronados de escudos ya ilegibles, se habían convertido en casas públicas.

Al tercer día fuimos con nuestro guía hasta el bar de un hotel de la ciudad alta, en la parte ya rehabilitada, en una calle llena de tiendas de anticuarios de lujo. Tenía que encontrarse con un señor italiano, según nos dijo, que se disponía a comprar, y sin discutir el precio, un cuadro suyo de tres metros por dos, donde nutridas escuadras angélicas estaban librando la batalla final contra las otras legiones.

Así fue como conocimos al señor Agliè. Correctamente vestido con un traje cruzado gris perla, a pesar del calor, gafas con montura de oro, sobre rostro rosado, cabellos plateados. Besó la mano de Amparo, como si no conociese otra manera de saludar a una dama, y pidió champagne. El pintor tenía que marcharse, Agliè le entregó un fajo de travellers checks, le dijo que le enviase el cuadro al hotel. Nos quedamos conversando, Agliè hablaba correctamente el portugués, pero como alguien que lo hubiese aprendido en Lisboa, lo que le daba aún más el tono de un caballero de otros tiempos. Quiso saber quiénes éramos, hizo algunas reflexiones sobre el posible origen ginebrino de mi nombre, se interesó por la historia familiar de Amparo, pero quién sabe cómo, ya había inferido que la cepa era de Recife. En cuanto a sus orígenes, no dijo nada concreto:

—Soy como la gente de estas tierras —dijo—, en mis genes se han ido acumulando innumerables razas... El nombre es italiano, de una vieja posesión de un antepasado. Sí, quizá noble, pero a quién le interesan esas cosas en nuestra época. Estoy en Brasil por curiosidad. Me apasionan todas las formas de la Tradición.

Tenía una buena biblioteca de ciencias religiosas, en Milán, me dijo, donde residía desde hacía unos años.

—Venga a verme cuando regrese, tengo muchas cosas interesantes, desde los ritos afrobrasileños hasta los cultos de Isis en el bajo imperio.

—Me encantan los cultos de Isis —dijo Amparo, que a menudo por orgullo amaba fingirse frívola—. Supongo que usted sabe todo sobre los cultos de Isis.

Agliè respondió con modestia.

—Sólo lo poco que he visto.

Amparo trató de recuperar terreno:

—¿No era hace dos mil años?

—No soy tan joven como usted —sonrió Agliè.

—Como Cagliostro —bromeé—. ¿No fue él quien cierta vez al pasar por delante de un crucifijo dejó que le oyeran susurrar a su criado: «Ya le dije a ese judío que se anduviese con cuidado aquella noche, pero no quiso escucharme»?

Agliè se puso rígido, temí que la broma hubiera resultado demasiado pesada. Iba a pedirle disculpas, pero nuestro anfitrión me interrumpió con una sonrisa conciliadora.

—Cagliostro era un intrigante, puesto que se sabe muy bien cuándo y dónde nació, y ni siquiera fue capaz de vivir muchos años. Puro alarde.

—No me extraña.

—Cagliostro era un intrigante —repitió Agliè—, pero eso no significa que no hayan existido y no existan personajes privilegiados que han podido atravesar muchas vidas. La ciencia moderna sabe tan poco sobre el proceso de senescencia que no es inconcebible que la mortalidad sea sencillamente el resultado de una mala educación. Cagliostro era un intrigante, pero el conde de Saint-Germain no, y cuando decía que algunos de sus secretos químicos los había aprendido de los antiguos egipcios quizá no estaba alardeando. Sólo que, como cuando mencionaba esos episodios nadie le creía, por cortesía para con sus interlocutores fingía que estaba bromeando.

—Pero usted finge que está bromeando para probarnos que dice la verdad —dijo Amparo.

—Veo que además de guapa es usted extraordinariamente perspicaz —dijo Agliè—. Pero le suplico que no me crea. Si me apareciese en el polvoriento resplandor de mis siglos, su belleza se marchitaría de golpe, y eso es algo que yo jamás podría perdonarme.

Amparo estaba fascinada y sentí un atisbo de celos. Desvié la conversación hacia las iglesias, hacia el San Jorge-Oxossi que habíamos visto. Agliè dijo que era absolutamente imprescindible que asistiésemos a un candomblé.

—No vayan a sitios donde les pidan dinero. Los sitios auténticos son aquellos donde se recibe sin pedir nada a cambio, ni siquiera que se crea. Que se asista con respeto, eso sí, con la misma tolerancia de todas sus creencias por las que ellos admiten incluso el descreimiento. Hay *pais* o *mães-de-santo* que parecen recién salidos de la cabaña del tío Tom, pero tienen la cultura de un teólogo de la Universidad Gregoriana.

Amparo puso una mano sobre la de Agliè.

—¡Llévenos! —dijo—. Hace años estuve en una tenda de umbanda, pero tengo recuerdos confusos, sólo me ha quedado el sentimiento de una gran turbación...

Agliè parecía inquieto por el contacto, pero no se sustrajo. Sólo, como le vería hacer después en momentos de reflexión, con la otra mano extrajo de un bolsillo del chaleco una cajita de oro y plata, quizá una tabaquera o una cajita para píldoras, con un ágata de adorno en la tapa. En la mesa del bar ardía una lamparilla de cera y Agliè, como por azar, acercó la cajita a la llama. Pude ver cómo, al calor, el ágata desaparecía para dejar paso a una miniatura, finísima, de color verde azulado y oro, que representaba una pastorcilla con una canastilla de flores. La hizo girar entre los dedos con distraída devoción, como si desgranara un rosario. Percibió mi interés, sonrió y guardó el objeto.

—¿Turbación? No quisiera, mi dulce señora, que además de perspicaz fuese usted exageradamente sensible. Una cualidad exquisita, cuando va asociada con la gracia y la inteligencia, pero peligrosa para quien va a ciertos sitios sin saber qué busca ni qué encontrará... Y por otra parte, no me confunda el umbanda con el candomblé. Este último es totalmente autóctono, afrobrasileño, como suele decirse, mientras que aquél es una flor bastante tardía, nacida de los injertos de los ritos indígenas en la cultura esotérica europea, con una mística que yo calificaría de templaria...

Los templarios habían vuelto a encontrarme. Le dije a Agliè que había investigado sobre ellos. Me miró con interés.

—Curiosa coyuntura, mi joven amigo. Aquí, bajo la Cruz del Sur, encontrar a un joven templario...

—No quisiera que me considerase un adepto...

—No faltaba más, señor Casaubon. Si supiera usted cuántos farsantes hay en este campo.

—Lo sé, lo sé.

—Precisamente. Pero tenemos que volver a vernos antes de que se marchen.

Nos dimos cita para el día siguiente: los tres queríamos explorar el mercadillo que había junto al puerto.

Allí nos encontramos, en efecto, a la mañana siguiente, y era un mercado del pescado, un zoco árabe, una feria que hubiese proliferado con virulencia de cáncer, una Lourdes invadida por las fuerzas del mal, donde los magos de la lluvia podían convivir con capuchinos extáticos y estigmatizados, entre saquitos propiciatorios con plegarias cosidas en el interior, manitas de piedra que representaban gestos obscenos y cuernos de coral, crucifijos, estrellas de david, símbolos sexuales de religiones prejudaicas, hamacas, alfombras, bolsos, esfinges, sagrados corazones, carcajes de los bororó, collares de conchas. La mística degenerada de los conquistadores europeos se fundía con la ciencia cualitativa de los esclavos, así como la piel de cada uno de los concurrentes contaba una historia de genealogías perdidas.

—He aquí —dijo Agliè—, una imagen de lo que los manuales de etnología llaman sincretismo brasileño. Una palabra muy fea, según la ciencia oficial. Pero en su sentido más elevado el sincretismo es el reconocimiento de una única tradición, que atraviesa y nutre todas las religiones, todos los saberes, todas las filosofías. El sabio no es aquel que discrimina, es el que combina los jirones de luz cualquiera sea su procedencia... Y por lo tanto, son más sabios estos esclavos, o descendientes de esclavos, que los etnólogos de la Sorbona. ¿Me entiende, al menos usted, bella señora?

—No con la mente —dijo Amparo—. Con el útero. Perdone usted, supongo que el conde de Saint-Germain no hablaría así. Quiero decir que he nacido en este país, de modo que incluso lo que no conozco me habla desde alguna parte, aquí, creo...

Se tocó el seno.

—¿Qué fue lo que le dijo aquella noche el cardenal Lambertini a la dama que llevaba una espléndida cruz de diamantes en el escote? Qué gozo morir en ese calvario. Así me gustaría a mí escuchar esas voces. Ahora soy yo el que debe disculparse y con los dos. Vengo de una época en que uno se habría condenado con tal de rendir homenaje a la hermosura. Querrán estar solos. Nos mantendremos en contacto.

—Podría ser tu padre —le dije a Amparo mientras la arrastraba entre las mercancías.

—Incluso mi bisabuelo. Ha dado a entender que tenía al menos mil años. ¿Estás celoso de la momia del faraón?

—Estoy celoso de cualquiera que logre encender una bombilla en tu cabecita.

—Qué bonito, esto sí que es amar.

> Un día, mientras contaba que había conocido a Poncio Pilatos en Jerusalén, describía minuciosamente la casa del gobernador, así como los platos que había en su mesa una noche en que había cenado allí. El cardenal de Rohan, convencido de que eran puras invenciones, se dirigió al camarero del conde de Saint-Germain, que era un anciano de cabellos blancos y aspecto honesto, y le dijo: «Amigo mío, me cuesta creer lo que dice vuestro amo. Admito que sea ventrílocuo, tampoco pondré en duda que es capaz de fabricar oro, pero que tenga dos mil años y haya visto a Poncio Pilatos ya me parece demasiado. ¿Usted estaba presente?» «Oh no, monseñor», respondió ingenuamente el camarero, «no soy tan viejo. Sólo llevo cuatrocientos años al servicio del señor conde»
> (Collin de Plancy, *Dictionnaire infernal*, Paris, Mellier, 1844, p. 434)

En los días que siguieron, Salvador se apoderó de mí. Pasé poco tiempo en el hotel. Hojeando el índice del libro sobre los Rosacruces encontré una referencia al conde de Saint-Germain. Vaya, vaya, me dije, tout se tient.

De él había escrito Voltaire que «c'est un homme qui ne meurt jamais et qui sait tout», pero Federico de Prusia le respondió que «c'est un comte pour rire». Horace Walpole decía que era un italiano, o español, o polaco, que había amasado una gran fortuna en México y luego había huido a Constantinopla, con las joyas de su mujer. Los datos más fiables acerca de él se desprenden de las memorias de madame de Hausset, dame de chambre de la Pompadour (una buena garantía, observaba Amparo, intolerante). Se había valido de varios nombres, Surmont en Bruselas, Welldone en Leipzig, marqués de Aymar, de Bedmar o de Belmar, conde Soltikoff. Detenido en Londres en 1745, donde brillaba como músico tocando el violín y el clavicémbalo en los salones; tres años después, en París, ofrece sus servicios a Luis XV como experto en tinturas, a cambio de una estancia en el castillo de Chambord. El rey le encomienda misiones diplomáticas en Holanda, donde comete algún desaguisado y vuelve a huir a Londres. En 1762 le encontramos en Rusia, después nuevamente en Bélgica. Allí le encuentra Casanova, que cuenta cómo transformó una moneda en oro. En 1776 está en la corte de Federico II, a quien propone varios proyectos químicos, ocho años después muere en Schleswig, en tierras del landgrave de Hesse, donde estaba instalando una fábrica de colores.

Nada extraordinario, la típica carrera del aventurero del siglo XVIII, con menos amores que Casanova y estafas menos teatrales que las de Cagliostro. En el fondo, salvo unos pocos percances, goza de cierto crédito entre los poderosos, a quienes les promete las maravillas de la alquimia, pero con un toque industrial. Sólo que alrededor de él, y sin duda alimentado por él, va cobrando forma el rumor de su inmortalidad. En los salones se le oye mencionar con desenvoltura acontecimientos remotos, presentándose como un testigo ocular, y cultiva su leyenda con gracia, casi a escondidas.

Mi libro citaba también un pasaje de *Gog*, de Giovanni Papini, donde se describe un encuentro nocturno, en la cubierta de un trasatlántico, con el conde de Saint-Germain: abrumado por su pasado milenario, por los recuerdos que atestan su memoria, con acentos de desesperación que hacen pensar en Funes, «el memorioso» de Borges, salvo que el texto de Papini era de 1930. «No supongáis que nuestra suerte sea digna de envidia», dice el conde a Gog. «Al cabo de un par de siglos, un tedio incurable se apodera de los desgraciados inmortales. El mundo es monótono, los hombres no aprenden nada y vuelven a caer, cada generación, en los mismos errores y horrores, los acontecimientos no se repiten pero se asemejan... se acaban las novedades, las sorpresas, las revelaciones. Puedo confesároslo, ahora que sólo el Mar Rojo nos escucha: mi inmortalidad se me ha vuelto aburrida. La Tierra ya no tiene secretos para mí y ya no tengo esperanzas en mis semejantes.»

—Curioso personaje —observé—. Es evidente que nuestro Agliè juega a personificarlo. Caballero maduro, algo lánguido, con dinero que gastar, tiempo libre para viajar, y una propensión a lo sobrenatural.

—Un reaccionario coherente, que tiene el valor de ser decadente. En el fondo prefiero a uno como él que a los burgueses democráticos —dijo Amparo.

—Mucho Women power, y después caes en éxtasis por un besamanos.

—Así nos habéis educado, durante siglos. Dejad que nos liberemos poco a poco. No he dicho que quiera casarme con él.

—Menos mal.

La semana siguiente me telefoneó Agliè. Aquella noche seríamos recibidos en un terreiro de candomblé. No podríamos participar en el rito, porque la Ialorixá desconfiaba de los turistas, pero estaba dispuesta a recibirnos personalmente antes de la ceremonia y nos mostraría el ambiente.

Vino a recogernos en coche y condujo a través de las favelas, al otro lado de la colina. El edificio frente al cual nos detuvimos tenía un aspecto humilde, como de nave industrial, pero en la entrada un viejo negro nos recibió purificándonos con sahumerios. Más adelante, en un jardincillo pelado, encontramos una especie de enorme cesta, hecha con grandes hojas de palmera, en la que se veían algunos manjares tribales, las *comidas de santo.*

En el interior encontramos una gran sala con las paredes recubiertas de cuadros, del tipo de los exvotos, máscaras africanas. Agliè nos explicó la disposición del mobiliario: al fondo los bancos para los no iniciados, al lado el estrado para los instrumentos, y las sillas para los Ogã.

—Son personas distinguidas, no necesariamente creyentes pero respetuosas del culto. Aquí en Bahía el gran Jorge Amado es Ogã en un terreiro. Fue elegido por Iansã, señora de la guerra y de los vientos...

—Pero, ¿de dónde proceden estas divinidades? —pregunté.

—Es una historia compleja. En primer lugar, hay una rama sudanesa que se impone en el norte desde los comienzos de la esclavitud, y de esta cepa procede el candomblé de los orixás, es decir de las divinidades africanas. En los Estados del sur está la influencia de los grupos bantúes y a partir de ahí se desencadenan todo tipo de conmistiones. Mientras que los cultos del norte permanecen fieles a las religiones africanas originarias, en el sur la macumba primitiva evoluciona hacia la umbanda, que sufre el influjo del catolicismo, el kardecismo y el ocultismo europeo...

—De modo que esta noche los templarios no tienen nada que ver.

—Los templarios eran una metáfora. De todas maneras, esta noche no tienen nada que ver. Pero el sincretismo tiene una mecánica muy sutil. ¿Ha observado, en la entrada, cerca de las comidas de santo, una estatuilla de hierro, una especie de diablillo con horcón, a cuyo pie se veían algunas ofrendas votivas? Es el Exu, poderosísimo en el umbanda, pero no en el candomblé. Y sin embargo, también el candomblé le rinde honores, le considera un espíritu mensajero, una suerte de Mercurio degenerado. En el umbanda, el Exu posee a los fieles, aquí no. No obstante, se le trata con benevolencia, nunca se sabe. Mire allá, en la pared... —Me indicó la estatua policromada de un indio desnudo y la de un viejo esclavo negro vestido de blanco, sentado fumando la pipa—: Son un *caboclo* y un *preto velho,* espíritus de los difuntos, que en los ritos umbanda tienen mucha importancia. ¿Qué hacen aquí? Se les honra, no son utilizados, porque el candomblé sólo establece relaciones con los orixás africanos, pero no por eso reniega de ellos.

—Pero, ¿qué queda en común, de todas estas iglesias?

—Digamos que todos los cultos afrobrasileños se caracterizan por el hecho de que, durante el rito, los iniciados son poseídos, como en trance, por un ser superior. En el candomblé son los orixás, en el umbanda son los espíritus de los difuntos...

—Me había olvidado de mi país y de mi raza —dijo Amparo—. Dios mío, un poco de Europa y un poco de materialismo histórico me habían hecho olvidar todo, y sin embargo estas historias me las contaba mi abuela...

—¿Un poco de materialismo histórico? —sonrió Agliè—. Creo que he oído hablar de eso. Un culto apocalíptico practicado en Tréveris, ¿no?

Apreté el brazo de Amparo.

—No pasarán, querida.

—Jesús —murmuró ella.

Agliè había escuchado sin intervenir, nuestro breve diálogo a media voz.

—Las potencias del sincretismo son infinitas, estimada amiga. Si lo desea, puedo ofrecerle la versión política de toda esta historia. Las leyes del siglo XIX restituyen la libertad a los esclavos, pero en el intento de abolir los estigmas de la esclavitud se queman todos los archivos del comercio de esclavos. Estos pasan a ser formalmente libres, pero carecen de pasado. Entonces tratan de reconstruirse una identidad colectiva, a falta de la familiar. Vuelven a las raíces. Es su manera de oponerse, como dicen ustedes los jóvenes, a las fuerzas dominantes.

—Pero si usted acaba de decirme que intervienen esas sectas europeas... —dijo Amparo.

—Querida mía, la pureza es un lujo, y los esclavos aprovechan lo que hay. Pero se vengan. Hoy en día han atrapado más blancos que los que usted piensa. Los cultos africanos originarios tenían las debilidades de todas las religiones, eran locales, étnicos, miopes. En contacto con los mitos de los conquistadores han reproducido un antiguo milagro: han vuelto a dar vida a los cultos mistéricos de los siglos segundo y tercero de nuestra era, en el Mediterráneo, entre Roma que se iba desmoronando y los fermentos que llegaban de Persia, de Egipto, de la Palestina prejudaica... Durante los siglos del bajo imperio, Africa recibe los influjos de toda la religiosidad mediterránea, como si de un escriño, de un condensador se tratara. Europa se corrompe por el cristianismo de la razón de Estado, Africa conserva tesoros de saber, como ya los había conservado y difundido en época de los egipcios al entregarlos a los griegos, que habrían de deformarlos.

28

> Hay un cuerpo que rodea todo el conjunto del mundo, y has de representártelo con forma circular porque esa es la forma del Todo... Ahora imagina que bajo el círculo de ese cuerpo están los 36 decanos, en el centro, entre el círculo total y el círculo del zodíaco, separando esos dos círculos y por decirlo así delimitando el zodíaco, transportados a través del zodíaco junto con los planetas... El cambio de reyes, la sublevación de las ciudades, la carestía, la peste, el reflujo del mar, los terremotos, nada de todo esto se produce sin que influyan los decanos...
> (*Corpus Hermeticum,* Stobaeus, excerptum VI)

—Pero, ¿qué saber?

—¿Es usted consciente de la grandeza de la época, entre el segundo y el tercer siglo después de Cristo? No por los fastos del imperio en su ocaso, sino por lo que entretanto estaba floreciendo en la cuenca del Mediterráneo. En Roma los pretorianos degollaban a sus emperadores, y en el Mediterráneo florecía la época de Apuleyo, de los misterios de Isis, de ese gran retorno de la espiritualidad que fueron el neoplatonismo, la gnosis... Tiempos felices, cuando los cristianos no habían tomado aún el poder y no se dedicaban a eliminar a los herejes. Epoca espléndida, habitada por el Nous, fulgurada de éxtasis, poblada de presencias, emanaciones, demonios y cohortes angélicas. Es un saber difuso, inconexo, antiguo como el mundo, que se remonta más allá de Pitágoras, hasta los brahmanes de la India, los hebreos, los magos, los gimnosofistas, e incluso hasta los bárbaros del extremo norte, los druidas de las Galias y de las islas británicas. Los griegos pensaban que los bárbaros eran tales porque no sabían expresarse, con esos lenguajes que para sus oídos demasiado educados sonaban como ladridos. En esta época, en cambio, se decide que los bárbaros sabían mucho más que los helenos, precisamente porque su lenguaje era impenetrable. ¿Acaso cree usted que los que bailarán esta noche conocen el significado de todos los cantos y nombres mágicos que pronunciarán? Por suerte no, porque el nombre desconocido funcionará como ejercicio de respiración, como vocalización mística. La época de los Antoninos... El mundo estaba lleno de maravillosas correspondencias, de semejanzas sutiles, que era preciso penetrar, hacer que penetrasen en uno, a través del sueño, la oración, la magia, que permite actuar sobre la naturaleza y sobre sus fuerzas mediante la influencia de lo similar en lo similar. El saber es inasible, volátil, escapa a toda medida. Por eso el dios que triunfa en esa época es Hermes, inventor de todas las astucias, dios de las encrucijadas, de los ladrones, pero artífice de la escritura, arte de la elusión y de la diferencia, de la navegación, que conduce al extremo de cada límite, donde todo se confunde en el horizonte, de las grúas para levantar las piedras del suelo, y de las armas, que transforman la vida en muerte, y de las bombas de agua, que hacen levitar la materia pesada, de la filosofía, que seduce y engaña... ¿Y sabe usted dónde está hoy Hermes? Aquí mismo, usted lo ha visto a la puerta, lo llaman Exu, ese mensajero de los dioses, mediador, comerciante, ignaro de la diferencia entre el bien y el mal.

Nos miró con divertida desconfianza.

—Están pensando que, igual que Hermes con las mercancías, yo soy demasiado raudo a la hora de redistribuir los dioses. Miren este librito que he comprado por la mañana en una librería popular del Pelourinho. Magias y misterios del Santo Cipriano, recetas de hechizos para obtener un amor, o para que muera nuestro enemigo, invocaciones a los ángeles y a la Virgen. Literatura popular para estos místicos de tez morena. Pero se trata de San Cipriano de Antioquía, sobre el que existe una inmensa literatura de los siglos de plata. Sus padres desean que aprenda todo y que sepa lo que hay en la tierra, en el aire y en el agua del mar, y le envían a los países más alejados para que aprenda todos los misterios, para que conozca la generación y la corrupción de las hierbas y las virtudes de las plantas y de los animales, no las de la historia natural, sino las de la ciencia oculta, sepultada en lo profundo de las tradiciones arcaicas y remotas. Y Cipriano se consagra a Delfos y a Apolo y a la dramaturgia de la serpiente, conoce los misterios de Mitra, a los quince años, sobre el monte Olimpo, guiado por quince hierofantes, asiste a ritos de invocación del Príncipe de Este Mundo, para dominar sus maquinaciones, en Argos es iniciado en los misterios de Hera, en Frigia aprende el arte adivinatoria de la hepatoscopia, y ya no hay nada en la tierra, en el mar y en el aire que le sea desconocido, ni fantasma, ni objeto de saber, ni artificio de algún tipo, ni siquiera el arte de modificar por sortilegio las escrituras. En los templos subterráneos de Menfis aprende cómo se comunican los demonios con las cosas terrestres, los sitios que aborrecen, los objetos que aman, y cómo habitan las tinieblas, y qué resistencias oponen en determinados dominios, y cómo saben poseer las almas y los cuerpos, y qué efectos obtienen de conocimiento superior, memoria, terror, ilusión, y el arte de provocar conmociones terrestres e influir en las corrientes del subsuelo... Después, ay, se convierte, pero algo de su saber queda, se transmite, y ahora volvemos a encontrarlo aquí, en la boca y en la mente de estos seres andrajosos a los que ustedes tachan de idólatras. Amiga mía, hace un momento me miraba como si yo fuese un *ci-devant.* ¿Quién vive en el pasado? ¿Usted, que quisiera regalarle a este país los horrores del siglo obrero e industrial, o yo que quiero que nuestra pobre Europa vuelva a encontrar la espontaneidad y la fe de estos hijos de esclavos?

—Jesús —siseó Amparo, agresiva—. También usted sabe que es una manera de tenerlos tranquilos...

—No tranquilos. Capaces aún de cultivar la espera. Sin el sentido de la espera ni siquiera existe el Paraíso, ¿acaso no nos lo han enseñado ustedes los europeos?

—¿Yo sería la europea?

—No importa el color de la piel, sino la fe en la tradición. Para devolver el sentido de la espera a un Occidente paralizado por el bienestar, esta gente paga, quizá sufre, pero conoce aún el lenguaje de los espíritus de la naturaleza, de los aires, de las aguas, de los vientos...

—Nos explotáis una vez más.

—¿Una vez más?

—Sí, debía de haberlo aprendido en el ochenta y nueve, conde. Cuando nos cansamos, ¡chac!

Y sonriendo como un ángel se había pasado la mano, extendida, bellísima, por debajo de la garganta. De Amparo deseaba hasta los dientes.

—Dramático —dijo Agliè mientras extraía su tabaquera y la acariciaba con las manos unidas—. ¿Así que me ha reconocido? Sólo que en el ochenta y nueve no fueron los esclavos quienes hicieron rodar las cabezas, sino esos buenos burgueses a los que usted debería detestar. Además, en tantos siglos, el conde de Saint-Germain ha visto cómo rodaban muchas cabezas, y cómo muchas regresaban a sus cuellos. Pero aquí llega la mãe-de-santo, la Ialorixá.

El encuentro con la abadesa del terreiro fue sereno, cordial, popular y culto. Era una negra grande, de sonrisa luminosa. A primera vista parecía una ama de casa, pero cuando empezamos a hablar comprendí por qué ese tipo de mujeres eran capaces de dominar la vida cultural de Salvador.

—¿Estos orixás son personas o fuerzas? —le pregunté.

La mãe-de-santo respondió que eran fuerzas, claro, agua, viento, hojas, arco iris. ¿Pero cómo impedir a los simples que los vieran como guerreros, mujeres, santos de las iglesias católicas? ¿Acaso vosotros, dijo, no adoráis quizá una fuerza cósmica bajo la forma de vuestras innumerables vírgenes? Lo importante es venerar la fuerza, el aspecto debe adecuarse a las posibilidades de comprensión de cada uno.

Después nos invitó a salir al jardín de atrás, para visitar las capillas antes de que se iniciara el rito. En el jardín estaban las casas de los orixás. Una bandada de jóvenes negras, en traje bahiano, iban y venían, alborozadas por los últimos preparativos.

Las casas de los orixás estaban distribuidas por el jardín como las capillas de un Monte Sacro, y exhibían por fuera la imagen del correspondiente santo. En el interior vibraban los colores crudos de las flores, de las estatuas, de los alimentos recién preparados, y ofrendados a los dioses. Blanco para Oxalá, azul y rosado para Yemanjá, rojo y blanco para Xangõ, amarillo y oro para Ogun... Los iniciados se arrodillaban besando el umbral y se tocaban la frente y detrás de la oreja.

—¿Pero entonces —pregunté—, Yemanjá es o no es Nuestra Señora de la Concepción? ¿Y Xangõ es o no es San Jerónimo?

—No haga preguntas incordiantes —me aconsejó Agliè—. En el umbanda es aún más complicado. De la línea de Oxalá forman parte San Antonio y los Santos Cosme y Damián. De la línea de Yemanjá forman parte sirenas, ondinas, caboclas del mar y de los ríos, marineros, y estrellas guía. De la línea de oriente forman parte hindúes, médicos, científicos, árabes y marroquíes, japoneses, chinos, mongoles, egipcios, aztecas, incas, caribes y romanos. De la línea de Oxossi forman parte el sol, la luna, el caboclo de las cascadas y el caboclo de los negros. De la línea de Ogun forman parte Ogun Beira-Mar, Rompe-Mato, Iara, Megé, Narueé... En suma, depende.

—Jesús —volvió a exclamar Amparo.

—Se dice Oxalá —le susurré rozándole la oreja—. Tranquila, no pasarán.

La Ialorixá nos mostró una serie de máscaras que algunos acólitos estaban transportando al templo. Eran grandes capuchas de paja que luego irían poniéndose los médium a medida que entrasen en trance, al ser poseídos por la divinidad. Es una forma de pudor, nos dijo, en algunos terreiros los elegidos bailan con el rostro descubierto, exponiendo su pasión a los presentes. Pero es necesario proteger al iniciado, respetarlo, sustraerlo a la curiosidad de los profanos, o de cualquiera que no sea capaz de comprender el júbilo interior, y la gracia. Así se hacía en aquel terreiro, nos dijo, y por eso tampoco solían admitir a gente extraña. Pero quién sabe si algún día, comentó. El nuestro era sólo un hasta la vista.

Sin embargo, no quiso que nos marchásemos sin que hubiéramos probado las comidas de santo, aunque no de la cesta, que no debía tocarse hasta que finalizase el rito, sino de su cocina. Nos condujo a la parte de atrás del terreiro, y aquello fue un festín polícromo de mandioca, pimenta, coco, amendoim, gemgibre, moqueca de siri mole, vatapá, efó, caruru, judías negras con farofa, entre un olor tenue de especias africanas, sabores tropicales dulces e intensos que catamos contritos, porque sabíamos que participábamos de la mesa de los antiguos dioses del Sudán. Estábamos en nuestro derecho, nos dijo la Ialorixá, porque cada uno de nosotros, aunque no lo supiera, era hijo de un orixá, y muchas veces hasta se podía decir de quién. Audazmente pregunté de quién era hijo yo. Al principio la Ialorixá trató de evadirse, dijo que no se podía determinar con certeza, pero luego se avino a examinarme la palma de la mano, pasó sus dedos por ella, me miró a los ojos y dijo:

—Eres hijo de Oxalá.

Me sentí orgulloso. Amparo, ya más serena, propuso descubrir de quién era hijo Agliè, pero éste dijo que prefería no saberlo.

Cuando regresamos a casa, Amparo me dijo:

—¿Has mirado su mano? En lugar de la línea de la vida tiene una serie de líneas cortadas. Como un arroyuelo que encuentra una piedra y vuelve a fluir un metro más allá. Es la línea de alguien que debería haber muerto muchas veces.

—El campeón mundial de metempsicosis de longitud.

—No pasarán —se rió Amparo.

29

Por el hecho de que cambian y esconden su nombre, de que disimulan sus años, de que, como ellos mismos confiesan, llegan sin darse a conocer, no hay Lógico que pueda negar que deben necesariamente existir realmente.

(Heinrich Neuhaus, *Pia et ultimissima admonestatio de Fratribus Roseae-Crucis, nimirum: an sint? quales sint? unde nomen illud sibi asciverint,* Danzica, Schmidlin, 1618 - ed. fr. 1623, p. 5)

Decía Diotallevi que Hesed es la sĕfirah de la gracia y del amor, fuego blanco, viento del sur. La otra noche en el periscopio pensaba que los últimos días que viví en Bahía con Amparo estuvieron presididos por ese signo.

Recordaba, cuántas cosas se recuerdan mientras se espera durante horas en la oscuridad, una de las últimas noches. Teníamos los pies doloridos de tanto caminar por callejuelas y por plazas, y nos habíamos ido a la cama temprano, aunque sin ganas de dormir. Amparo se había acurrucado contra una almohada en posición fetal, y fingía leer a través de las rodillas, apenas separadas, uno de mis libritos sobre el umbanda. De vez en cuando, se estiraba con indolencia y se quedaba acostada boca arriba, las piernas abiertas y el libro sobre el vientre, y me escuchaba; yo le leía de mi libro sobre los rosacruces, intentando hacerla participar en mis descubrimientos. La noche era dulce pero, como habría escrito Belbo en sus *files,* exhausto de literatura, el céfiro no silbaba. Habíamos decidido concedernos un buen hotel, desde la ventana se divisaba el mar y en el vano de la cocina, aún iluminado, me confortaba una cesta con frutas tropicales que habíamos comprado aquella mañana en el mercado.

—Dice que en 1614 se publicó en Alemania un escrito anónimo titulado *Allgemeine und general Reformation,* o sea *Reforma general y común del entero universo, seguido de la Fama Fraternitatis de la Honorable Confraternidad de la Rosa-Cruz, dirigido a todos los sabios y soberanos de Europa, junto con una breve respuesta del Señor Haselmeyer quien por ese motivo ha sido arrojado a la cárcel por los Jesuitas y encadenado en una galera. Ahora impreso y puesto en conocimiento de todos los espíritus sinceros. Publicado en Kassel por Wilhelm Wessel.*

—¿No es un poquitín largo?

—Parece que en el siglo XVII todos los títulos eran así. Los escribía Lina Wertmüller. Es una obra satírica, una fábula sobre una reforma general de la humanidad, y además, en parte está copiada de los *Ragguagli di Parnaso* de Traiano Boccalini. Pero contiene un opúsculo, un libelo, un manifiesto de una docena de paginitas, la *Fama Fraternitatis,* que será publicada aparte el año siguiente, junto con otro manifiesto, esta vez en latín, la *Confessio fraternitatis Roseae-Crucis, ad eruditos Europae.* En ambos la Confraternidad de los rosacruces se presenta y habla de su fundador, un misterioso C. R. Sólo después, y sobre la base de otras fuentes, se llegará a saber o se decidirá que se trata de un tal Christian Rosencreutz.

—¿Y por qué allí no figura el nombre completo?

—Mira, hay todo un derroche de iniciales, aquí nadie es nombrado por completo, todos se llaman G. G. M. P. I., y el que tiene un sobrenombre cariñoso se llama P. D. Se cuentan los años de formación de C. R., que primero visita el Santo Sepulcro, después pone rumbo hacia Damasco, después pasa a Egipto, y de allí va a Fez, que en aquellos tiempos debió de ser uno de los santuarios de la sabiduría musulmana. Allí nuestro Christian, que ya sabía griego y latín, aprende los idiomas orientales, física, matemáticas, ciencias de la naturaleza, y acumula toda la sabiduría milenaria de los árabes y de los africanos, hasta la Cábala y la magia, e incluso traduce al latín un misterioso *Liber M,* de manera que conoce todos los secretos del macro y del microcosmos. Hace dos siglos que está de moda todo lo oriental, especialmente si no se entiende lo que dice.

—Siempre hacen lo mismo. ¿Hambrientos, frustrados, explotados? ¡Pedid la copa del misterio! Ten... —Y me liaba un canuto—. Es de la buena.

—¿Ves como también tú quieres entregarte al olvido?

—Pero yo sé que es química y nada más. No hay ningún misterio, se coloca incluso quien no sabe hebreo. Ven aquí.

—Espera. Después Rosencreutz pasa a España y también allí reúne un buen botín de doctrinas ocultísimas, y dice que cada vez está más cerca del centro de todo saber. Y en el curso de esos viajes, que para un intelectual de la época constituían verdaderos trips de sabiduría total, comprende que es necesario fundar en Europa una sociedad que guíe a los gobernantes por los caminos del saber y del bien.

—Una idea muy original. Valía la pena estudiar tanto. Quiero mamaia fresca.

—Está en la nevera. Sé buena, ve tú, yo estoy trabajando.

—Si trabajas eres como una hormiga, y si eres una hormiga entonces haz lo de la hormiga, así que ve a buscar provisiones.

—La mamaia es voluptuosidad, así que tiene que ir la cigarra. O voy yo, y tú lees.

—Jesús, no. Odio la cultura del hombre blanco. Voy, voy.

Amparo iba hacia la cocina, y me gustaba desearla a contraluz. Entretanto C. R. regresaba a Alemania y, en lugar de dedicarse a la transmutación de los metales, como ahora su inmenso saber le hubiese permitido, decidía dedicarse a una reforma espiritual. Fundaba la Confraternidad, inventando una lengua y una escritura mágica, que serviría de fundamento para la sabiduría de los futuros hermanos.

—No, que se me ensucia el libro, pónmela en la boca, no, no te hagas la tonta, así, eso. Dios mío, qué buena que está la mamaia, rosencreutzlische Mutti-ja-ja... Pero, ¿sabes que lo que los primeros rosacruces escribieron en los primeros años hubiera podido iluminar el mundo, que estaba sediento de verdad?

—¿Y qué escribieron?

—Ahí está el busilis: el manifiesto no lo dice, nos deja con las ganas. Es algo tan importante, pero tan importante que debe permanecer secreto.

—Qué canallas.

—No, no, ay, para. Comoquiera que sea los rosacruces se multiplican y deciden desparramarse por todo el mundo, comprometiéndose a curar gratuitamente a los enfermos, a no ponerse trajes que permitan reconocerles, a mimetizarse siempre con las costumbres del país, a reunirse una vez al año, y a permanecer ocultos durante cien años.

—Pero perdona, ¿qué reforma querían hacer si acababa de producirse una? ¿Y Lutero qué era, una caca?

—Pero esto era antes de la reforma protestante. Aquí, en una nota se dice que de una lectura atenta de la *Fama* y de la *Cofessio* se colige...

—¿Quién colige?

—Cuando se colige se colige. No importa quién. Es la razón, el sentido común... Jo, mira que eres. Estamos hablando de los Rosacruces, una cosa seria...

—Ya, serísima.

—Entonces, según se colige, Rosencreutz nace en 1378 y muere en 1484, a la hermosa edad de ciento seis años, y no es difícil intuir que la confraternidad secreta haya contribuido no poco a la Reforma, que en 1615 festejaba su centenario. Tanto es así que en el escudo de Lutero hay una rosa y una cruz.

—Gran fantasía.

—¿Querías que Lutero pusiese en su escudo una jirafa en llamas o un reloj derretido? Cada uno es hijo de su época. He comprendido de quién soy hijo yo, y tú, calladita, déjame seguir. Hacia 1604 los rosacruces, mientras restauran un sector de su palacio o castillo secreto, encuentran una lápida en la que está hincado un gran clavo. Extraen el clavo, se derrumba una parte de la pared, aparece una puerta, encima de la cual está escrito en grandes letras POST CXX ANNOS PATEBO...

Aunque ya lo hubiese leído en la carta de Belbo, no pude evitar una exclamación:

—Dios mío...

—¿Qué sucede?

—Es como un documento de los templarios que... Esa es una historia que nunca te he contado, se trata de cierto coronel...

—¿Entonces? Los templarios copiaron a los rosacruces.

—Pero si los templarios son anteriores.

—Entonces los rosacruces copiaron a los templarios.

—Amor mío, sin ti me daría un paralís.

—Amor mío, ese Agliè te ha perdido. Estás esperando la revelación.

—¿Yo? ¡Yo no espero nada!

—Menos mal, ten cuidado con el opio de los pueblos.

—El pueblo unido jamás será vencido.

—Tú ríete. Anda, sigue, quiero ver qué decían esos cretinos.

—Esos cretinos lo aprendieron todo en Africa, ¿no te has enterado?

—Esos en Africa estaban embalándonos para luego despacharnos hacia aquí.

—Da gracias al cielo. Podías haber nacido en Pretoria. —La besaba y seguía—. Al otro lado de la puerta se descubre un sepulcro de siete paredes y siete ángulos, prodigiosamente iluminado por un sol artificial. En el medio, un altar circular, adornado con varios lemas o emblemas, del tipo NEQUAQUAM VACUUM...

—¿Ne cuá cuá? ¿Firmado, Pato Donald?

—Es latín, ¿caes? Quiere decir el vacío no existe.

—Menos mal. Si no, qué horror.

—¿Serías tan amable de encenderme el ventilador, animula vagula blandula?

—Pero si estamos en invierno.

—Eso es para vosotros, los del hemisferio equivocado, amor mío. Estamos en julio, ten paciencia, enciende el ventilador, no es por que yo sea el macho, sino porque está de tu lado. Gracias. Vamos, bajo el altar encuentran el cuerpo incorrupto del fundador. Tiene en la mano el *Libro I,* repleto de infinito saber, y es una lástima que el mundo no pueda conocerlo, dice el manifiesto, porque si no ¡gulp, guau, brr, sguissh!

—Ay.

—Como estaba diciendo, el manifiesto concluye con la promesa de un inmenso tesoro que aún no ha sido descubierto, y sorprendentes revelaciones sobre las relaciones entre el macrocosmos y el microcosmos. No vayáis a pensar que somos unos vulgares alquimistas y que os enseñamos a fabricar oro. Esas son cosas de tunantes, nosotros buscamos algo mejor, y miramos más alto, en todos los sentidos. Estamos distribuyendo esta *Fama* en cinco idiomas, para no hablar de la *Confessio,* próximamente en esta sala. Esperamos respuestas y opiniones de doctos e ignorantes. Escribidnos, telefoneadnos, decidnos vuestros nombres, veremos si sois dignos de participar de nuestros secretos, esto que os hemos dado es apenas una muestra insignificante. *Sub umbra alarum tuarum Iehova.*

—¿Qué dice?

—Es la fórmula de despedida. Paso y corto. En suma, parece que los rosacruces tienen urgencia en comunicar lo que han sabido, y que sólo necesitan dar con el interlocutor idóneo. Pero de momento no sueltan prenda sobre lo que saben.

—Como el tío aquel de la foto, aquel anuncio en la revista que vimos en el avión: si me enviáis diez dólares os enseñaré el secreto para convertiros en millonarios.

—Sólo que él no miente. *El* ha descubierto el secreto. Como yo.

—Oye, es mejor que sigas leyendo. Se diría que es la primera vez que me ves.

—Siempre es como si fuese la primera vez.

—Peor para ti. No suelo dar confianza a los desconocidos. Pero, ¿es posible que las pilles todas tú? Primero los templarios, después los rosacruces, pero, ¿nunca has leído, no sé, a Plejanov?

—No, espero descubrir su sepulcro, dentro de ciento veinte años. Si es que Stalin no lo ha sepultado con una caterpillar.

—Memo. Voy al baño.

> Y ya la famosa fraternidad de los Rosa-Cruces declara que por todo el universo circulan vaticinios delirantes. En efecto, tan pronto como ha aparecido ese fantasma (aun cuando *Fama* y *Confessio* prueben que se trata de una mera broma urdida por mentes ociosas), inmediatamente ha producido una esperanza de reforma universal, y ha provocado cosas en parte ridículas y absurdas, en parte increíbles. De esa manera, hombres probos y honestos de diversos países se han expuesto al escarnio y la burla por haber comunicado su amplio patrocinio, o por estimar que hubieran podido presentarse ante estos hermanos... a través del Espejo de Salomón o por algún otro medio secreto.
>
> (Christoph von Besold (?), Apéndice a Tommaso Campanella, *Von der Spanischen Monarchy,* 1623)

Después venía lo mejor, y cuando Amparo regresó estaba ya en condiciones de anticiparle historias prodigiosas.

—Es increíble. Los manifiestos se publican en una época en que este tipo de textos proliferaban, todos buscan un cambio, un siglo de oro, un país de Jauja del espíritu. Unos hojean frenéticamente los libros de magia, otros hacen sudar los hornillos elaborando metales, otros tratan de dominar las estrellas, otros inventan alfabetos secretos y lenguas universales. En Praga, Rodolfo II transforma la corte en un laboratorio alquímico, invita a Comenio y a John Dee, el astrólogo de la corte de Inglaterra que había revelado todos los secretos del cosmos en las pocas paginitas de una *Monas Ierogliphica,* que no tiene nada que ver con las simias del Nilo, ya que *monas* significa mónada.

—Ajá.

—El médico de Rodolfo II es ese Michael Maier que escribe un libro de emblemas visuales y musicales, la *Atalanta Fugiens,* un festín de huevos filosofales, dragones que se muerden la cola, esfinges, nada es más luminoso que la cifra secreta, todo es jeroglífico de algo. ¿Te das cuenta? Galileo tira piedras desde la Torre de Pisa, Richelieu juega al Monopoli con media Europa, y aquí todos van y vienen con los ojos fuera de las órbitas tratando de leer las signaturas del mundo: menudo cuento, qué caída de los graves ni qué ocho cuartos, aquí abajo (más bien, allá arriba) hay algo muy distinto. Ahora os lo digo: *abracadabra.* Torricelli construía el barómetro y aquellos se dedicaban a organizar ballets, juegos de agua y fuegos artificiales en el Hortus Palatinus de Heidelberg. Y pensar que estaba a punto de estallar la guerra de los treinta años.

—Lo contenta que estaría Madre Coraje.

—Pero no creas que siempre estaban divirtiéndose. En el diecinueve, el elector palatino acepta la corona de Bohemia, creo que lo hace porque se muere de ganas de reinar sobre Praga, ciudad mágica, y en cambio, un año después los Habsburgo lo cercan en la Montaña Blanca; en Praga hacen una matanza de protestantes, a Comenio le queman la casa, la biblioteca, le matan a la mujer y al hijo, y él va huyendo de una corte a otra sin dejar de repetir cuán grande y esperanzadora era la idea de los rosacruces.

—También el pobrecillo... ¿Querías que se consolara con el barómetro? Pero espera un momento, ya sabes que las mujeres somos un poco lentas: ¿quién escribió los manifiestos?

—Ahí está el quid, no se sabe. Déjame que piense, ráscame la rosacruz... no, entre los omóplatos, no, más arriba, no, más a la izquierda, eso, ahí. Bueno, en ese ambiente alemán hay personajes increíbles. Mira, un Simon Studion que escribe la *Naometria,* un tratado oculto sobre las medidas del Templo de Salomón, un Heinrich Khunrath que escribe un *Amphitheatrum sapientiae aeternae,* lleno de alegorías con alfabetos hebreos, y cavernas cabalistas que deben de haber inspirado a los autores de la *Fama.* Es probable que éstos fueran miembros de uno de esos diez mil conventículos de utopistas del renacimiento cristiano. Lo que se dice es que el autor fue un tal Johann Valentin Andreae, que al año siguiente publicaría *Las bodas químicas de Christian Rosencreutz,* aunque lo había escrito en su juventud, de modo que hacía tiempo que la idea de los rosacruces le rondaba por la cabeza. Pero en torno a él, en Tubinga, había otros entusiastas, soñaban con la república de Cristianópolis, es probable que se hayan juntado todos. Parece que lo hicieran por broma, como un juego, ni se les pasó por la mente que podían crear ese pandemónium. Andreae pasará el resto de su vida jurando que no era él quien había escrito los manifiestos, que de todas formas sólo se había tratado de un *lusus,* un *ludibrium,* una broma de estudiantes, se juega su reputación académica, se enfada, dice que los rosacruces, suponiendo que existan, son todos unos impostores. Pero nada. Tan pronto como se publican los manifiestos, da la impresión de que la gente no esperara otra cosa. Los sabios de toda Europa escriben realmente a los rosacruces, y como no saben dónde encontrarles hacen imprimir cartas abiertas, opúsculos, libros. Maier, ese mismo año, publica un *Arcana arcanissima* donde no nombra a los rosacruces, pero todos están convencidos de que habla de ellos, y de que sabe más de lo que está dispuesto a decir. Algunos se jactan de haber leído la *Fama* antes de que se publicara. No creo que en aquella época fuera tan fácil preparar un libro, que además podía llevar grabados, pero ya en 1616 Robert Fludd (que escribe en Inglaterra pero imprime en Leyden, conque suma el tiempo de los viajes de las galeradas) pone en circulación una *Apologia compendiaria Fraternitatem de Rosea Cruce suspicionis et infamiis maculis aspersam, veritatem quasi Fluctibus abluens et abstergens,* para defender a los rosacruces y librarles de toda sospecha, de las «manchas» con que les han gratificado; y esto significa que por entonces ya estaba arreciando el debate entre Bohemia, Alemania, Inglaterra, Holanda, todo con correos a caballo y eruditos itinerantes.

—¿Y los rosacruces?

—Silencio sepulcral. Post ciento veinte años patebo un cuerno. Observan desde la nada de su palacio. Creo que fue precisamente su silencio el que excitó los ánimos. Si no responden, quiere decir que realmente existen. En 1617 Fludd escribe un *Tractatus apologeticus integritatem societatis de Rosea Cruce defendens,* y en un *De naturae secretis,* del 1618, dice que ha llegado el momento de revelar el secreto de los rosacruces.

—Y lo revela.

—Figúrate. Lo complica. Porque descubre que si a 1618 se le restan los 188 años prometidos por los rosacruces se obtiene 1430, que es el año en que se establece la orden del Toisón de Oro.

—¿Y qué tiene que ver?

—Lo de los 188 años no lo entiendo, porque deberían ser 120, pero cuando se trata de restas y sumas místicas la cuenta siempre resulta. En cuanto al Toisón de Oro, es el Vellocino de Oro de los argonautas, y he sabido de fuente fidedigna que tiene algo que ver con el Santo Grial y por tanto, si me permites, también con los templarios. Pero eso no es todo. Entre 1617 y 1619, Fludd, que desde luego publicaba más que Barbara Cartland, hace imprimir otros cuatro libros, entre ellos una *Utriusque cosmi historia,* algo así como noticias breves sobre el universo, ilustrado, todo rosa y cruz. Maier se lía la manta a la cabeza y publica su *Silentium post clamores,* donde afirma que la confraternidad existe y que no sólo está vinculada con el Toisón de Oro sino también con la Orden de la Jarretera. Sin embargo, aclara que él es una persona demasiado humilde como para ser admitido en ella. Ya te imaginarás, los sabios de Europa. Si no admiten ni siquiera a Maier, realmente ha de tratarse de algo exclusivo. Así que toda suerte de personajes de medio pelo se dedican a falsificar documentos para ser admitidos. Todos dicen que los rosacruces existen, todos confiesan que jamás los han visto, todos escriben con la intención de fijar una cita, de solicitar una audiencia, nadie tiene el descaro de decir soy un rosacruz, algunos dicen que no existen porque no han contactado con ellos, otros dicen que existen precisamente para ser contactados.

—Y los rosacruces, mudos.

—Como peces.

—Abre la boca. Necesitas un poco de mamaia.

—Deliciosa. Entretanto empieza la guerra de los treinta años y Johann Valentin Andreae escribe una *Turris Babel,* donde asegura que al año siguiente será derrotado el Anticristo, mientras un tal Ireneus Agnostus escribe un *Tintinnabulum sophorum...*

—Qué bonito el tintinnabulum.

—...donde no entiendo qué cuernos dice, pero lo cierto es que Campanella o quien hable en su nombre interviene en la *Monarchia Spagnola* y dice que toda la historia de los rosacruces es una broma urdida por mentes corruptas... Y después basta, entre 1621 y 1623, paran todos.

—¿Sin más?

—Sin más. Se cansaron. Como los Beatles. Pero sólo en Alemania. Porque parece la historia de una nube tóxica. Se desplaza hacia Francia. Una hermosa mañana de 1623, en las paredes de París aparecen carteles rosacruces, que anuncian a los buenos ciudadanos que los diputados del colegio principal de la confraternidad se han trasladado allí y se disponen a abrir la inscripción. Pero según otra versión, los carteles dicen claramente que se trata de treinta y seis invisibles repartidos por el mundo en grupos de seis, y que tienen la facultad de hacer invisibles a sus adeptos... Ostras, de nuevo los treinta y seis...

—¿Cuáles?

—Los de mi documento de los templarios.

—Gente sin imaginación. ¿Y después?

—Después se desata una locura colectiva, unos les defienden, otros quieren conocerles, otros les acusan de diabolismo, alquimia, herejía, con la participación de Astaroth para proveerles de riquezas, poder, permitirles volar de un sitio a otro, en suma, el escándalo del día.

—Muy listos, los rosacruces. Nada como un lanzamiento en París para ponerse de moda.

—Pues no vas descaminada; porque mira lo que sucede, madre mía, qué época. Descartes, sí, él mismo, había estado unos años antes en Alemania y los había buscado, pero su biógrafo dice que no los había encontrado porque, como ya sabemos, celaban su identidad bajo falsos nombres. Cuando regresa a París, después de que aparezcan los carteles, se entera de que todos le consideran rosacruz. Con los tiempos que corrían no era una buena reputación, y también le sentaba fatal a su amigo Mersenne, que ya estaba tronando contra los rosacruces, tachándoles de miserables, subversivos, magos, cabalistas, dedicados a difundir doctrinas perversas. ¿Y qué hace entonces Descartes? Se exhibe por todas partes. Y puesto que todos le ven, y eso es innegable, es señal de que no es invisible, y por tanto no es rosacruz.

—Eso es método.

—Ya lo creo, porque con negarlo no bastaba. A esas alturas, si alguien se presentaba y decía buenas noches, soy un rosacruz, seguro que no lo era. El rosacruz que respeta no lo dice. Más aún, lo niega a voz en grito.

—Pero tampoco puede decirse que quien afirma que no es rosacruz lo sea, porque yo digo que no lo soy y no por ello lo soy.

—Pero el hecho de negarlo ya permite sospechar.

—No. Porque, ¿qué hace el rosacruz cuando ha comprendido que la gente no cree a quien dice serlo y sospecha de quien dice que no lo es? Pues empieza a decir que lo es para que crean que no lo es.

—Rayos. ¡Entonces a partir de ese momento todos los que dicen que son rosacruces mienten, o sea que realmente lo son! Ah, no, no, Amparo, no caigamos en su trampa. Tienen espías en todas partes, incluso debajo de esta cama, y por tanto ya saben que sabemos. Por tanto dicen que no lo son.

—Amor mío, ahora tengo miedo.

—Tranquila, amor mío, que aquí estoy yo que soy estúpido, cuando digan que no lo son, voy y creo que lo son, así los desenmascaro en seguida. El rosacruz desenmascarado se vuelve inocuo, y se le puede expulsar por la ventana agitando el periódico.

—¿Y Agliè? Trata de hacernos creer que es el conde de Saint-Germain. Sin duda, para que pensemos que no lo es. Por tanto, es rosacruz. ¿O no?

—Oye Amparo, ¿y si durmiésemos?

—Ah, no, ahora quiero oír el final.

—Reblandecimiento mental colectivo. Todos rosacruces. En el veintisiete, aparece la *Nueva Atlántida* de Bacon y los lectores piensan que hablaba del país de los rosacruces, aunque no los nombrara jamás. El pobre Johann Valentin Andreae muere jurando y perjurando que no ha sido él o que, si había sido él, sólo se había tratado de una broma, pero ahora ya no hay nada que hacer. Aprovechando el hecho de que no existen, los rosacruces están en todas partes.

—Como Dios.

—Ahora que lo dices... Veamos, Mateo, Lucas, Marcos y Juan son una banda de juerguistas que se reúnen en alguna parte y deciden hacer una apuesta, se inventan un personaje, se ponen de acuerdo acerca de unos pocos hechos esenciales y el resto que se lo monte cada uno, después se verá quién lo ha hecho mejor. Más tarde los cuatro relatos caen en manos de los amigos, que comienzan a pontificar, Mateo es bastante realista, pero insiste demasiado en esa historia del Mesías, Marcos no está mal, pero es un poco caótico, Lucas es elegante, eso no puede negarse, Juan se pasa con la filosofía... pero, bueno, los libros gustan, pasan de mano en mano, y, cuando los cuatro se dan cuenta de lo que está sucediendo, ya es demasiado tarde, Pablo ya ha encontrado a Jesús en el camino de Damasco, Plinio inicia su investigación por orden del preocupado emperador, una legión de apócrifos fingen que también ellos están en el ajo... toi, apocryphe lecteur, mon semblable, mon frère... A Pedro se le sube el triunfo a la cabeza, se toma en serio, Juan amenaza con decir la verdad, Pedro y Pablo le hacen apresar, le encadenan en la isla de Patmos, y el pobrecillo empieza a desbarrar, ve a las langostas en la cabecera de la cama, que se callen esas trompetas, de dónde sale toda esta sangre... Y los otros van diciendo que bebe, la arterioesclerosis ya sabe... ¿Y si realmente hubiera sido así?

—Fue así. A ver si lees a Feuerbach en lugar de estos libracos.

—Amparo, está amaneciendo.

—Estamos locos.

—La aurora de rosacruciales dedos acaricia suavemente las olas...
—Sí, más. Es Yemanjá, escucha, está llegando.
—Hazme ludibrios...
—¡Oh, el Tintinnabulum!
—Eres mi Atalanta Fugiens...
—Oh, la Turris Babel...
—Quiero los Arcana Arcanissima, el Vellocino de Oro, pálido y rosa como una concha marina...
—Sss... Silentium post clamores —dijo.

31

Es probable que la mayoría de los supuestos rosacruces, comúnmente denominados así, sólo hayan sido en realidad Rosacrucianos... Puede decirse, incluso, que no lo eran en absoluto, por el mero hecho de formar parte de esas sociedades, lo cual puede parecer paradójico y a primera vista contradictorio, pero sin embargo es perfectamente comprensible... (René Guénon, *Aperçu sur l'initiation*, Paris, Editions Traditionnelles, 1981, XXXVIII, p. 241)

Regresamos a Río y yo volví a mi trabajo. Un día, en una revista ilustrada, vi que en la ciudad existía una Orden de la Rosa-Cruz Antigua y Aceptada. Le propuse a Amparo que fuésemos a echar un vistazo, y me siguió a regañadientes.

La sede quedaba en una calle secundaria, por fuera había un escaparate con estatuillas de yeso que reproducían las figuras de Keops, Nefertiti, la Esfinge. Sesión plenaria, precisamente aquella tarde: «Los Rosacruces y el Umbanda». Orador, un tal profesor Bramanti, Referendario de la Orden de Europa, Caballero Secreto del Gran Priorato In Partibus de Rodas, Malta y Tesalónica.

Decidimos entrar. La sala estaba bastante deslucida, decorada con miniaturas tántricas que representaban la serpiente Kundalini, aquella que los templarios querían despertar con el beso en el trasero. Pensé que al fin y al cabo no había valido la pena atravesar el Atlántico para descubrir un nuevo mundo, puesto que hubiese podido encontrar las mismas cosas en la sede de Picatrix.

Detrás de una mesa cubierta con un paño rojo, y frente a un público más bien escaso y soñoliento, estaba Bramanti, un señor corpulento que, salvo por el tamaño, hubiera podido definirse como un tapir. Ya había empezado a hablar, con oratoria ampulosa, pero desde hacía no mucho, porque se estaba refiriendo a los rosacruces en la época de la decimoctava dinastía, bajo el reinado de Amôsis I.

Cuatro Señores Velados vigilaban la evolución de la raza que, veinticinco mil años antes de la fundación de Tebas, había dado origen a la civilización del Sáhara. El faraón Amôsis, influido por ellos, había fundado una Gran Fraternidad Blanca, custodia de esa sabiduría antediluviana que los egipcios conocían al dedillo. El tal Bramanti decía que estaba en posesión de documentos (inaccesibles para los profanos, por supuesto) que procedían de los sabios del Templo de Karnac y de sus archivos secretos. El símbolo de la rosa y de la cruz había sido ideado por el faraón Akenatón. Hay una persona que tiene ese papiro, decía Bramanti, pero no me preguntéis quién es.

En el seno de la Gran Fraternidad Blanca se habían formado Hermes Trismegisto, cuya influencia en el Renacimiento italiano era tan irrefutable como la que ejercía sobre la Gnosis de Princeton, Homero, los druidas de las Galias, Salomón, Solón, Pitágoras, Plotino, los esenios, los terapeutas, José de Arimatea, que había llevado el Grial a Europa, Alcuino, el rey Dagoberto, Santo Tomás, Bacon, Shakespeare, Spinoza, Jakob Boehme y Debussy, Einstein. Amparo me susurró que le parecía que sólo faltaban Nerón, Cambronne, Jerónimo, Pancho Villa y Buster Keaton.

En cuanto a la influencia de los rosacruces originarios en el cristianismo, Bramanti se limitaba a señalar, para quienes aún no se hubiesen percatado de ello, que no en vano la leyenda afirmaba que Jesús había muerto en la cruz.

Los sabios de la Gran Fraternidad Blanca eran los mismos que habían fundado la primera logia masónica en tiempos del rey Salomón. Que Dante fuese rosacruz y masón, como, por cierto, también Santo Tomás, era un hecho claramente manifiesto en su obra. En los cantos XXIV y XXV del Paraíso se encuentran el triple beso del príncipe rosacruz, el pelícano, las túnicas blancas, las mismas que llevaban los ancianos del Apocalipsis, las tres virtudes teologales de los capítulos masónicos (Fe, Esperanza y Caridad). De hecho, la flor simbólica de los rosacruces (la rosa cándida de los cantos XXX y XXXI) fue adoptada por la iglesia de Roma como figura de la Madre del Salvador, de ahí la *Rosa Mystica* de las letanías.

Y que los rosacruces hubieran atravesado los siglos medievales era incuestionable, no sólo por su infiltración entre los templarios, sino por documentos mucho más explícitos. Bramanti citaba a un tal Kiesewetter, que a finales del siglo pasado había demostrado que los rosacruces fabricaron en el Medievo cuatro quintales de oro para el príncipe elector de Sajonia, y allí estaba la página exacta del *Theatrum Chemicum,* publicado en Estrasburgo en 1613, para probarlo. Son pocos, sin embargo, los que han advertido las referencias templarias en la leyenda de Guillermo Tell: Tell talla su flecha en una rama de muérdago, planta de la mitología aria, y atraviesa la manzana, símbolo del tercer ojo, que activa la serpiente Kundalini, y ya se sabe que los arios procedían de la India, donde irán a ocultarse los rosacruces cuando se marchen de Alemania.

En relación, sin embargo, con los diversos movimientos que pretenden, si bien con evidente puerilidad, enlazar con la Gran Fraternidad Blanca, Bramanti reconocía que la Rosicrucian Fellowship de Max Heindel era bastante ortodoxa, pero sólo porque en ese ambiente se había formado Alain Kardec. Todos saben que Kardec fue el padre del espiritismo, y que a partir de su teosofía, la cual prevé el contacto con las almas de los difuntos, se ha formado la espiritualidad umbanda, gloria del nobilísimo Brasil. En esa teosofía, Aum Bhandà es expresión sánscrita que designa el principio divino y la fuente de la vida (nos han vuelto a engañar, susurró Amparo, ni siquiera umbanda es una palabra nuestra, lo único que tiene de africano es el sonido).

La raíz es Aum o Um, que por lo demás es el Om budista, es el nombre de Dios en la lengua adámica. *Um* es una sílaba que, debidamente pronunciada, se convierte en un mantra poderosísimo y provoca en la psique corrientes fluídicas de armonía a través de la *siakra* o Plexo Frontal.

—¿Qué es el plexo frontal? —preguntó Amparo—. ¿Una enfermedad incurable?

Bramanti aclaró que había que distinguir entre los verdaderos rosacruces, herederos de la Gran Fraternidad Blanca, obviamente secretos, como la Orden Antigua y Aceptada de la que él era indigno representante, y los «rosacrucianos», es decir, cualquiera que por razones de interés personal se inspirase en la mística rosacruz sin estar autorizado. Recomendó al público que no diese crédito a ningún rosacruciano que se presentara como rosacruz.

Amparo observó que todo rosacruz es el rosacruciano del otro.

Un incauto del público se puso en pie y preguntó por qué su orden pretendía ser auténtica, si violaba la regla del silencio, característica de todo adepto verdadero de la Gran Fraternidad Blanca.

Bramanti se puso en pie y dijo:

—No sabía que también aquí se infiltraban provocadores pagados por el materialismo ateo. En estas condiciones no seguiré hablando.

Y salió, no sin cierta majestad.

Aquella noche telefoneó Agliè para preguntar cómo estábamos y comunicarnos que al día siguiente nos invitarían por fin a participar en una ceremonia. Entretanto propuso que saliéramos a beber algo. Amparo tenía una reunión política con sus amigos, y fui solo.

Valentiniani... nihil magis curant quam occultare quod praedicant: si tamen praedicant, qui occultant... Si bona fides quaeres, concreto vultu, suspenso supercilio - altum est - aiunt. Si subtiliter tentes, per ambiguitates bilingues communem fidem affirmant. Si scire te subostendas, negant quidquid agnoscunt... Habent artificium quo prius persuadeant, quam edoceant.
(Tertuliano, *Adversus Valentinianos*)

Agliè me invitó a ir a un sitio donde aún preparaban una *batida* como sólo hombres sin edad saben hacer. Unos pocos pasos, y salimos de la civilización de Carmen Miranda, me encontré en un sitio oscuro, donde algunos nativos fumaban un tabaco grueso como salchichas, enrollado en amarras de viejo marinero. Se manipulaban las amarras con las yemas de los dedos, se obtenían unas hojas anchas y transparentes, y se liaban en papelillos de paja oleosa. Había que volver a encender a menudo, pero uno comprendía cómo era el tabaco cuando lo descubrió sir Walter Raleigh.

Le conté mi aventura vespertina.

—¿Ahora también los rosacruces? Su sed de saber es insaciable, amigo mío. Pero no preste oídos a esos dementes. Todos hablan de unos documentos irrefutables, pero nadie los ha mostrado nunca. A ese Bramanti le conozco. Vive en Milán, pero recorre el mundo para difundir su verbo. Es inofensivo, aunque todavía cree en Kiesewetter. Legiones de rosacrucianos se apoyan en esa página del *Theatrum Chemicum*. Pero si uno va a consultarlo, y modestamente debo decir que forma parte de mi pequeña biblioteca milanesa, la cita no aparece.

—Un bufón, el señor Kiesewetter.

—Muy citado. Lo que sucede es que también los ocultistas decimonónicos fueron víctimas del espíritu del positivismo: algo es cierto sólo si se puede probar. Mire usted el debate sobre el *Corpus Hermeticum*. Cuando fue introducido en Europa, en el siglo XV, Pico della Mirandola, Ficino y muchas otras personas de gran sabiduría vieron la verdad: debía de ser obra de un saber antiquísimo, anterior a los egipcios, anterior al propio Moisés, porque en él ya se encuentran ideas que después enunciarían Platón y Jesús.

—¿Cómo después? Son los mismos argumentos de Bramanti sobre la pertenencia de Dante a la masonería. ¡Si el *Corpus* repite las ideas de Platón y de Jesús es porque fue escrito después de ellos!

—¿Ve? Usted también. Y en efecto, ese fue el argumento de los filólogos modernos, que además efectuaron confusos análisis lingüísticos para demostrar que el *Corpus* había sido escrito entre los siglos segundo y tercero de nuestra era. Como si dijéramos que Casandra nació después de Homero, porque ya sabía que Troya sería destruida. Es una ilusión moderna creer que el tiempo es una sucesión lineal y orientada, que va de A hacia B. También puede ir de B hacia A, y el efecto puede producir la causa... ¿Qué significa estar antes o después? ¿Su bellísima Amparo es anterior o posterior a sus confusos antepasados? Es demasiado espléndida, si permite un juicio desapasionado de alguien que podría ser su padre. Así que es anterior a ellos. Ella es el origen misterioso de lo que ha contribuido a crearla.

—Pero a este punto...

—Es el concepto mismo de «este punto» el que está errado. Los puntos son puestos por la ciencia, desde Parménides, para establecer desde dónde hasta dónde se mueve algo. Nada se mueve, y hay un solo punto, el punto desde el que se engendran en un mismo instante todos los otros puntos. La ingenuidad de los ocultistas decimonónicos, y de los de nuestra época, consiste en querer demostrar la verdad de la verdad recurriendo a la falacia científica. No hay que razonar según la lógica del tiempo, sino según la lógica de la tradición. Todas las épocas, todos los tiempos se simbolizan entre sí, y por tanto el templo invisible de los rosacruces existe y ha existido en todos los tiempos, independientemente de las fluctuaciones de la historia, de vuestra historia. El tiempo de la revelación última no es el tiempo de los relojes. Sus relaciones se establecen en el tiempo de la «historia sutil», donde el antes y el después de la ciencia importan bastante poco.

—Pero, en suma, los que hablan de la eternidad de los rosacruces...

—Son bufones cientificistas, porque tratan de probar lo que en cambio hay que saber, sin demostraciones. ¿Acaso cree usted que los fieles que veremos mañana por la noche saben o están en condiciones de demostrar todo lo que les ha dicho Kardec? Saben porque están dispuestos a saber. Si todos hubiéramos conservado esa sensibilidad para lo secreto, estaríamos deslumbrados por las revelaciones. No es necesario querer, basta con estar dispuestos.

—Pero en suma, y perdone una pregunta tan trivial, ¿los rosacruces existen o no?

—¿Qué significa existir?

—Dígalo usted.

—La Gran Fraternidad Blanca, llámelos rosacruces, llámelos caballeros espirituales, de quienes los templarios sólo son una encarnación ocasional, es una cohorte de sabios, unos pocos, poquísimos elegidos, que viaja a través de la historia de la humanidad para preservar un núcleo de sabiduría eterno. La historia no sigue un curso casual. Es obra de los Señores del Mundo, a los que nada escapa. Naturalmente, los Señores del Mundo se protegen con el secreto. De modo que cada vez que se encuentre usted con alguien que se dice Señor, o rosacruz, o Templario, le estará mintiendo. Hay que buscarlos en otra parte.

—¿Pero entonces esta historia continúa hasta el infinito?

—Así es. Ahí está la astucia de los Señores.

—Pero, ¿qué quieren que sepa la gente?

—Que hay un secreto. Si no, para qué vivir, si todo es tal como aparece.

—¿Y cuál es el secreto?

—Lo que las religiones reveladas no han sabido decir. El secreto está más allá.

33

Las visiones son blancas, azules, blanco-rojo claras; por último son mixtas o todas blancas, color de llama de vela blanca, veréis chispas, se os pondrá la carne de gallina en todo el cuerpo, todo ello anuncia el inicio de la tracción que la cosa hace con el que trabaja.
(Papus, *Martines de Pasqually,* Paris, Chamuel, 1895, p. 92)

Llegó la noche prometida. Como en Salvador, fue Agliè quien pasó a recogernos. La tenda donde tendría lugar la sesión, o *gira,* estaba en una zona bastante céntrica, si se puede hablar de centro en una ciudad que extiende sus lenguas de tierra en medio de las colinas, hasta lamer el mar, de modo que vista desde lo alto, iluminada en la noche, parece una cabellera salpicada de oscura alopecia.

—Recuerden, esta noche se trata de umbanda. No hay posesión por los orixás, sino por los eguns, que son espíritus de difuntos. Y por el Exu, ese Hermes africano que vieron en Bahía, y por su compañera, la Pomba Gira. El Exu es una divinidad ioruba, un demonio propenso al maleficio y a la burla, pero también en la mitología amerindia había un dios burlón.

—¿Y quiénes son los difuntos?

—*Pretos velhos* y *caboclos.* Los pretos velhos son viejos sabios africanos que guiaron a sus gentes en la época de la deportación, tales como Rei Congo o Pai Agostinho... Son el recuerdo de una etapa mitigada de la esclavitud, cuando el negro ya no es un animal y se está convirtiendo en un amigo de familia, un tío, un abuelo. Los caboclos, en cambio, son espíritus indios, fuerzas vírgenes, la pureza de la naturaleza originaria. En el umbanda, los orixás africanos permanecen en el trasfondo, ya totalmente sincretizados con los santos católicos, y sólo intervienen estas entidades. Son ellas las que provocan el trance: en cierto momento de la danza, el médium, el *cavalo,* advierte que está siendo invadido por una entidad superior y pierde consciencia de su ser. Danza hasta que la entidad divina lo abandona, y después se siente mejor, terso y purificado.

—Felices ellos —dijo Amparo.

—Felices, sí —dijo Agliè—. Entran en contacto con la tierra madre. Estos fieles han sido desarraigados, arrojados en el horrendo crisol de la ciudad y, como decía Spengler, el occidente mercantil, en el momento de la crisis, retorna, una vez más, al mundo de la tierra.

Llegamos. Por fuera la tenda parecía un edificio corriente: también allí se entraba por un jardincillo, más modesto que el de Bahía, y delante de la puerta del *barracão,* una especie de almacén, encontramos la estatuilla del Exu, rodeada ya de ofrendas propiciatorias.

Mientras entrábamos, Amparo me atrajo hacia sí y me dijo:

—Ya lo he entendido todo. ¿No has oído? Aquel tapir de la conferencia hablaba de época aria, éste habla del ocaso de Occidente, *Blut und Boden,* sangre y tierra, es puro nazismo.

—No es tan simple, amor mío, estamos en otro continente.

—Gracias por la información. ¡La Gran Fraternidad Blanca! Fue ella la que os indujo a comeros a vuestro Dios.

—Esos son los católicos, amor mío, no es lo mismo.

—Es lo mismo, ¿acaso no escuchabas? Pitágoras, Dante, la Virgen María y los masones. Siempre para timarnos a nosotros. Haced el umbanda, no hagáis el amor.

—Entonces la sincretizada eres tú. Venga, vamos a ver. También esto es cultura.

—Hay una sola cultura: ahorcar al último cura con las tripas del último rosacruz.

Agliè nos hizo señas de que entrásemos. Si el exterior era humilde, el interior era una explosión de colores violentos. Era una sala cuadrangular, con una zona reservada para la danza de los cavalos, el altar del fondo, protegido por una cancela, detrás, el estrado de los tambores, los atabaques. El espacio ritual aún estaba vacío, mientras que a este lado de la cancela ya se agitaba una muchedumbre heteróclita, fieles, curiosos, blancos y negros mezclados, entre los que destacaban los médium con sus asistentes, los cambonos, vestidos de blanco, algunos descalzos, otros con zapatillas de tenis. El altar atrajo en seguida mi atención: pretos velhos, caboclos con plumas multicolores, santos que hubieran parecido esculpidos en panes de azúcar, si no hubieran tenido unas dimensiones pantagruélicas, San Jorge con su coraza refulgente y el manto escarlata, los santos Cosme y Damián, una virgen traspasada de espadas, y un Cristo impúdicamente hiperrealista, con los brazos abiertos como el redentor del Corcovado, pero en colores. Faltaban los orixás, pero su presencia se intuía en los rostros de los presentes, y en el olor dulzón de la caña de azúcar y de los alimentos guisados, en la acritud de todas aquellas transpiraciones debidas al calor y a la excitación por la gira que estaba a punto de comenzar.

Apareció el pai-de-santo, que se sentó junto al altar y acogió a algunos fieles, y a los invitados, perfumándoles con bocanadas densas de su puro, bendiciéndoles y ofreciéndoles una taza de licor, como en un rápido rito eucarístico. Me arrodillé, con mis acompañantes, y bebí: observé, al ver a un cambono que vertía el líquido en una botella, que se trataba de Dubonnet, pero me empeñé en saborearlo como si fuese un elixir de larga vida. En el estrado, los atabaques ya empezaban a alborotar, con golpes sordos, mientras los iniciados estaban entonando un canto propiciatorio dirigido al Exu, y a la Pomba Gira: *Seu Tranca Ruas é Mojuba! É Mojuba, é Mojuba! Sete Encruzilhadas é Mojuba! É Mojuba, é Mojuba! Seu Maraboe é Mojuba! Seu Tiriri, é Mojuba! Exu Veludo, é Mojuba! A Pomba Gira é Mojuba!*

Empezaron los sahumerios, que el pai-de-santo hizo con un turíbulo, en un impenetrable olor a incienso indio, con oraciones especiales a Oxalá y a Nossa Senhora.

Los atabaques aceleraron su ritmo, y los cavalos invadieron el espacio situado delante del altar para ceder ya a la fascinación de los pontos. La mayoría eran mujeres, y Amparo ironizó acerca de la debilidad de su sexo (¿somos más sensibles, verdad?).

Entre las mujeres había también algunas europeas. Agliè nos señaló una rubia, una psicóloga alemana, que seguía los ritos desde hacía muchos años. Lo había intentado todo, pero cuando no se es propenso o escogido, resulta inútil: el trance nunca le llegaba. Bailaba con la mirada perdida en el vacío, mientras los atabaques no daban tregua a sus nervios ni a los nuestros, acres efluvios invadían la sala y embotaban a los practicantes y a los espectadores, revolviéndoles a todos, eso creo, desde luego a mí sí, el estómago. Pero ya me había sucedido en las «escolas de samba» de Río, conocía la virtud psicagógica de la música y del ruido, la misma que en nuestras discotecas preside la fiebre del sábado por la noche. La alemana bailaba con los ojos desorbitados, pedía olvido con cada uno de los movimientos de sus histéricos miembros. Poco a poco las otras hijas de santo iban cayendo en éxtasis, echaban la cabeza hacia atrás, se agitaban, acuáticas, navegaban en un mar de desmemorias, y ella tensa, casi llorosa, alterada, como quien trata desesperadamente de llegar al orgasmo y se agita, y se afana y no libera sus humores. La mujer trataba de perder el control, pero volvía a encontrárselo a cada momento, pobre teutona enferma de claves bien temperados.

Entretanto los elegidos se zambullían en el vacío, la mirada se volvía lánguida, los miembros iban poniéndose rígidos, los movimientos se hacían siempre más automáticos, pero no al azar, porque revelaban la naturaleza de la entidad que los visitaba: suaves algunos, moviendo las manos a los lados, con las palmas hacia abajo, como si nadaran, otros encorvados y moviéndose con lentitud, y los cambonos recubrían con blanco lino, para sustraerlos a la mirada de la multitud, a aquellos que habían sido tocados por un espíritu excelente...

Algunos cavalos sacudían violentamente el cuerpo y los que estaban poseídos por pretos velhos emitían sonidos sordos, *hum hum hum,* mientras se movían con el cuerpo echado hacia adelante, como un viejo apoyado en un bastón, con la mandíbula hacia afuera, adoptando fisonomías enjutas y desdentadas. Los poseídos por los caboclos, en cambio, lanzaban estridentes gritos de guerra, *¡hiahou!,* y los cambonos bregaban por sostener a los que no podían resistir la violencia de la gracia.

Los tambores sonaban, los pontos se elevaban en el aire saturado de humo. Yo tenía a Amparo del brazo y de repente sentí que sus manos transpiraban, que su cuerpo temblaba, los labios boqueaban.

—No me siento bien —dijo—, quisiera salir.

Agliè se dio cuenta de lo que sucedía y me ayudó a llevarla afuera. Con el aire de la noche se recuperó.

—No es nada —dijo—, debo de haber comido algo. Además, con todos esos perfumes, y el calor...

—No —dijo el pai-de-santo, que nos había seguido—, lo que sucede es que tiene dotes de médium, ha reaccionado bien a los pontos, yo la observaba.

—¡Basta! —gritó Amparo, y añadió unas palabras en un idioma que me era desconocido. Vi que el pai-de-santo palidecía, o se ponía gris, como se decía en las novelas de aventuras cuando se trataba de hombres de piel negra—. Basta, tengo náuseas, he comido algo que no debía... Por favor, dejadme aquí para que tome un poco de aire, volved a entrar. Prefiero estar sola, no soy una inválida.

Obedecimos, pero, cuando volví a entrar, después del intervalo al aire libre, los perfumes, los tambores, el sudor que ya impregnaba todos los cuerpos, el mismo aire viciado, actuaron como un sorbo de alcohol en quien vuelve a beber después de una larga temporada de abstinencia. Me pasé una mano por la frente, y un viejo me ofreció un agogõ, un pequeño instrumento dorado, una especie de triángulo con campanillas, que se golpeaba con una barrita.

—Suba al estrado —dijo—, toque, verá que le hará bien.

Había sabiduría homeopática en ese consejo. Tocaba el agogõ, tratando de seguir el ritmo de los tambores, y poco a poco pasaba a formar parte del acontecimiento, y al participar en él lograba dominarlo, descargar la tensión con los movimientos de las piernas y de los pies, me liberaba de lo que me rodeaba, provocándolo e incitándolo. Más tarde Agliè me hablaría de la diferencia entre el que conoce y el que padece.

A medida que los médium entraban en trance, los cambonos los conducían a los bordes de la sala, los hacían sentar, les ofrecían cigarros y pipas. Los fieles que habían quedado excluidos de la posesión corrían a arrodillarse a sus pies, se deshacían en confesiones, y se sentían aliviados. Algunos tenían un atisbo de trance, que los cambonos alentaban con moderación, para luego conducirlos entre la multitud, ya más relajados.

En la zona de los que bailaban se movían aún muchos candidatos al éxtasis. La alemana se agitaba de modo poco natural, con la esperanza de ser agitada, pero en vano. Algunos habían sido poseídos por el Exu y exhibían una expresión maligna, taimada, astuta, y avanzaban con sacudidas desarticuladas.

Fue entonces cuando vi a Amparo.

Ahora sé que Ḥesed no es sólo la sĕfirah de la gracia y del amor. Como recordaba Diotallevi, también es el momento de la expansión de la sustancia divina, que se difunde hacia su infinita periferia. Es dedicación de los vivos a los muertos, pero alguien debe de haber dicho que también es dedicación de los muertos a los vivos.

Mientras tocaba el agogõ, no prestaba atención a lo que sucedía en la sala, concentrado como estaba en organizar mi control y en dejarme guiar por la música. Amparo debía de haber vuelto a entrar hacía una decena de minutos, y sin duda había sentido lo mismo que sintiera yo. Pero nadie le había dado un agogõ, y quizá ya no lo hubiese aceptado. Llamada por voces profundas, se había despojado de toda voluntad de defensa.

La vi lanzarse, de repente, en medio de la danza, detenerse, con el rostro anormalmente tendido hacia arriba, el cuello casi rígido, luego, abandonarse, perdida la memoria, a una zarabanda lasciva, en que las manos aludían a la oferta de su cuerpo. «A Pomba Gira, a Pomba Gira», gritaron algunos, felices del milagro, porque aquella noche la diablesa aún no se había manifestado: *O seu manto é de veludo, rebordado todo em ouro, o seu garfo é de prata, muito grande é seu tesouro... Pomba Gira das Almas, vem toma cho cho...*

No me atreví a intervenir. Quizá aceleré los golpes de mi verga de metal para unirme carnalmente a mi hembra, o al espíritu ctónico que ella encarnaba.

Los cambonos se cuidaron de ella, le hicieron poner las vestiduras rituales, la sostuvieron en los últimos momentos del trance, breve pero intenso. La acompañaron hasta un asiento cuando ya estaba bañada de sudor y respiraba con dificultad. Se negó a acoger a los que iban a mendigarle oráculos, y se echó a llorar.

La gira tocaba a su fin, bajé del estrado y corrí hacia ella, a cuyo lado estaba Agliè, masajeándole suavemente las sienes.

—¡Qué vergüenza! —decía Amparo—. Yo no creo, no quería, pero ¿cómo he podido?

—Son cosas que suceden —le decía Agliè con dulzura.

—Pero entonces no hay redención —lloraba Amparo—, todavía soy una esclava. ¡Tú vete —me dijo con rabia—, soy una pobre y sucia negra, dadme un amo, me lo merezco!

—También les sucedía a los rubios aqueos —la consolaba Agliè—. Es la naturaleza humana...

Amparo pidió que la llevasen al lavabo. El rito estaba concluyendo. Sola en medio de la sala, la alemana seguía bailando, después de haber contemplado con ojos envidiosos el episodio de Amparo. Pero ahora ya se movía con obstinación desganada.

Amparo regresó al cabo de unos diez minutos, mientras nos estábamos despidiendo del pai-de-santo, que estaba muy contento por el notable éxito de nuestro primer contacto con el mundo de los muertos.

Agliè condujo en silencio en la madrugada y esbozó un saludo cuando se detuvo junto a nuestro portal. Amparo dijo que prefería subir sola.

—¿Por qué no vas a dar una vuelta? —me dijo—. Regresa cuando yo ya esté dormida. Tomaré una píldora. Perdonadme los dos. Ya lo he dicho, debo de haber comido algo malo. Todas esas chicas habían comido y bebido algo malo. Odio a mi país. Buenas noches.

Agliè comprendió mi malestar y me propuso que fuésemos a un bar de Copacabana, abierto toda la noche.

Yo no hablaba. Agliè esperó a que empezase a beber mi *batida,* después rompió el silencio, y la incomodidad.

—La raza, o la cultura, si usted prefiere, forman parte de nuestro subconsciente. Y otra parte está habitada por figuras arquetípicas, iguales para todos los hombres y para todos los siglos. Esta noche el clima, el ambiente, han hecho que bajásemos las defensas todos nosotros, usted mismo ha podido comprobarlo en su persona. Amparo ha descubierto que los orixás, a quienes creía haber destruido en su corazón, aún habitaban en su vientre. No crea que lo considero un hecho positivo. Usted me ha oído hablar con respeto de estas energías sobrenaturales que en este país vibran a nuestro alrededor. Pero no crea que veo con especial simpatía las prácticas de posesión. Ser un iniciado no es lo mismo que ser un místico. La iniciación, la comprensión intuitiva de los misterios que la razón no puede explicar, es un proceso abismal, una lenta transformación del espíritu y del cuerpo, que puede conducir al ejercicio de cualidades superiores e incluso a la conquista de la inmortalidad, pero es algo íntimo, secreto. No se manifiesta externamente, es pudorosa, y sobre todo se caracteriza por la lucidez y el distanciamiento. Por eso los Señores del Mundo son iniciados, pero no caen en la mística. Para ellos, el místico es un esclavo, la ocasión de una manifestación de lo numinoso, el fenómeno que les permite espiar los síntomas de un secreto. El iniciado incita al místico, lo utiliza como usted utiliza el teléfono, para establecer contactos a distancia, como el químico utiliza el papel de tornasol para saber dónde actúa una sustancia. El místico es útil, porque es teatral, se exhibe. Los iniciados, en cambio, sólo se reconocen entre sí. El iniciado domina las fuerzas que el místico padece. En este sentido no hay diferencia entre la posesión de los cavalos y el éxtasis de Santa Teresa de Avila o de San Juan de la Cruz. El misticismo es una forma degradada de contacto con lo divino. La iniciación es fruto de una larga ascesis de la mente y del corazón. El misticismo es un fenómeno democrático, cuando no demagógico, la iniciación es aristocrática.

—¿Un hecho mental, no carnal?

—En cierto sentido sí. Su Amparo ejercía una vigilancia feroz sobre su mente, y de su cuerpo no se preocupaba. El lego es más débil que nosotros.

Era tardísimo. Agliè me contó que estaba a punto de marcharse de Brasil. Me dejó su dirección en Milán.

Regresé a casa y vi que Amparo estaba durmiendo. Me acosté en silencio junto a ella, sin encender la luz y pasé la noche en vela. Tenía la impresión de estar acostado junto a un ser desconocido.

A la mañana siguiente, Amparo me comunicó, secamente, que se iba a Petrópolis a visitar a una amiga. Fue una despedida embarazosa.

Se marchó, con una bolsa de tela y con un libro de economía política bajo el brazo.

Durante dos meses no dio noticias de sí, y yo tampoco la busqué. Después me escribió una carta, breve, muy evasiva. Me decía que necesitaba un período de reflexión. No respondí.

No sentía pasión, ni celos, ni nostalgia. Me sentía vacío, limpio y reluciente como una cacerola de aluminio.

Permanecí todavía un año en Brasil, pero ya con la sensación de la partida. No volví a ver a Agliè, no volví a ver a los amigos de Amparo, pasaba horas larguísimas en la playa tomando el sol.

Me dedicaba a remontar cometas, que allá son bellísimas.

5

GĔḆURAH

34

Beydelus, Demeymes, Adulex, Metucgayn, Atine, Ffex, Uquizuz, Gadix, Sol, Veni cito cum tuis spiritibus.
(*Picatrix*, Ms. Sloane 1305, 152, verso)

La Rotura de los Recipientes. Diotallevi nos hablaría a menudo del cabalismo tardío de Isaac Luria, en el que se perdía la ordenada articulación de las sĕfirot. La creación, decía, es un proceso de inspiración y espiración divinas, como un hálito ansioso o la acción de unos fuelles.

—El Gran Asma de Dios —glosaba Belbo.

—Ponte tú a crear de la nada. Es algo que se hace una sola vez en la vida. Para soplar el mundo, como se sopla una ampolla de vidrio, Dios necesita contraerse sobre sí mismo, para tomar aliento, y después emite el largo silbo luminoso de las diez sĕfirot.

—¿Silbo o luz?

—Dios sopla y se hizo la luz.

—Multimedia.

—Pero es necesario que las luces de las sĕfirot sean recogidas en recipientes capaces de soportar su esplendor. Las vasijas destinadas a recibir a Keter, Hoḵmah y Binah soportaron su fulgor, mientras que en el caso de las sĕfirot inferiores, de Ḥesed a Yĕsod, luz y aliento se expandieron de un solo golpe y con demasiada fuerza, y las vasijas se rompieron. Los fragmentos de la luz se dispersaron por el universo, y así nació la materia ordinaria.

La rotura de los recipientes, decía preocupado Diotallevi, es una catástrofe grave, nada es menos visible que un mundo abortado. Debía de haber un defecto en el cosmos desde los orígenes, y ni los más sabios rabinos habían logrado explicarlo del todo. Quizá en el momento en que Dios espira y se vacía quedan algunas gotas de aceite en el recipiente originario, un residuo material, el *rešimu,* y Dios ya se expande junto con ese residuo. O bien en alguna parte las conchas, las *qĕlippot,* los principios de la ruina, acechaban burlonas.

—Viscosa gente esas *qĕlippot* —decía Belbo—, agentes del diabólico doctor Fu Manchú... ¿Y qué más?

Después, explicaba paciente Diotallevi, a la luz del Juicio Severo, de Gĕḇurah, también llamada Paḥad, o Terror, la sĕfirah donde según Isaac el Ciego se manifiesta el Mal, las conchas adquieren existencia real.

—Están entre nosotros —decía Belbo.

—Mira a tu alrededor —decía Diotallevi.

—Pero, ¿hay alguna manera de salir?

—De entrar, más bien —decía Diotallevi—. Todo emana de Dios, en la contracción del *ṣimṣum.* Nuestro problema consiste en realizar el *tiqqun,* el regreso, la reconstitución del ʾAdam Qadmon. Entonces reconstruiremos la totalidad en la estructura equilibrada de los *parṣufim,* los rostros, es decir las formas que reemplazarán a las sĕfirot. La ascensión del alma es como un cordón de seda que permite que la intención devota encuentre, como a tientas, en la oscuridad, el camino hacia la luz. Así, a cada instante, el mundo combina las letras de la Torah, se esfuerza por volver a encontrar la forma natural que le permita salir de su horrenda confusión.

Y eso es lo que estoy haciendo ahora, en medio de la noche, en la calma poco natural de estas colinas. Pero la otra noche en el periscopio aún estaba envuelto en la baba viscosa de las conchas, que sentía a mi alrededor, imperceptibles babosas incrustadas en las peceras de cristal del Conservatoire, confundidas entre barómetros y herrumbrados engranajes de relojes en sorda hibernación. Pensaba que, si había habido rotura de recipientes, la primera grieta quizá se había formado aquella noche en Río durante la ceremonia, pero el estallido se había producido al regresar a Italia. Estallido lento, sin fragor, de manera que todos quedamos atrapados en el cieno de la materia ordinaria, donde criaturas vermiformes brotan por generación espontánea.

Había regresado de Brasil sin saber quién era. Iba a cumplir los treinta años. A esa edad mi padre ya era padre, sabía quién era y en qué mundo vivía.

Había estado demasiado tiempo alejado de mi país, mientras sucedían grandes cosas, y había vivido en un universo henchido de increíble, donde incluso los acontecimientos italianos llegaban envueltos en un halo de leyenda. Poco antes de abandonar el otro hemisferio, mientras concluía mi estancia con un viaje aéreo por encima de la selva amazónica, cayó en mis manos un periódico local, embarcado en una escala en Fortaleza. En primera página destacaba la foto de alguien que reconocí, porque le había visto durante años bebiendo chatos de vino blanco en el Pílades. El pie de foto decía: «O homem que matou Moro».

Naturalmente, como supe al regresar, a Moro no le había matado él. Porque él, de haber tenido una pistola cargada, se hubiera disparado en la oreja para ver si funcionaba. Sólo había estado presente justo cuando la policía política irrumpía en un piso donde alguien había ocultado bajo la cama tres pistolas y dos paquetes de explosivos. El estaba encima de la cama, extático, porque era el único mueble de aquel estudio que un grupo de supervivientes del sesenta y ocho alquilaba en sociedad, para satisfacer las necesidades de la carne. Si su única decoración no hubiese sido un póster de los Inti Illimani, habría podido decirse que era una garçonnière. Uno de los inquilinos estaba vinculado con un grupo armado, y los otros no sabían que le estaban financiando la guarida. Así habían ido a parar todos entre rejas, un año.

De la Italia de los últimos años era muy poco lo que había logrado entender. La había dejado en vísperas de grandes transformaciones, sintiéndome casi culpable por huir justo a la hora de la verdad. Cuando me marché era capaz de reconocer la ideología de alguien por el tono de voz, por el giro de las frases, por las citas canónicas. Regresaba y ya no sabía quién estaba con quién. Ya no se hablaba de revolución, se mencionaba al Deseo, los que se decían de izquierda citaban a Nietzsche y a Céline, las revistas de derecha celebraban la revolución del Tercer Mundo.

Volví al Pílades, pero me sentí en tierra extraña. Todavía estaba el billar, estaban más o menos los mismos pintores, pero la fauna juvenil había cambiado. Me enteré de que algunos de los viejos parroquianos habían abierto escuelas de meditación trascendental y restaurantes macrobióticos. Pregunté si alguien no había abierto una escuela de umbanda. No, quizá estaba adelantado, había adquirido competencias inéditas.

Para complacer a los históricos, Pílades todavía conservaba un viejo modelo de flipper, de los que ya parecían copiados de un Lichtenstein, y que en su mayoría habían ido a parar a las tiendas de antigüedades. Pero junto a él, asediadas por los más jóvenes, se alineaban otras máquinas de pantalla fluorescente, donde planeaban escuadrillas de pajarracos blindados, kamikazes del Espacio Exterior, o una rana croaba a salto de mata y en japonés. El Pílades se había convertido en un relampaguear de luces siniestras, y quizá ante la pantalla de Galáctica también hubieran pasado los enlaces de las Brigadas Rojas, en misión de reclutamiento. Pero al flipper seguro que habían tenido que renunciar, porque es algo a lo que no se puede jugar con una pistola en el cinturón.

Lo comprendí mientras seguía la mirada de Belbo, clavada en Lorenza Pellegrini. Comprendí confusamente lo que Belbo había comprendido con más lucidez, y que he encontrado en uno de sus *files.* No nombra a Lorenza, pero es evidente que se trata de ella: sólo ella jugaba a la máquina de ese modo.

---

filename: Flipper

Al flipper no se juega sólo con las manos, sino también con el pubis. En el flipper el problema no consiste en detener la bola antes de que sea engullida por el agujero, ni en volver a lanzarla hacia el centro del campo con la furia de un defensa, sino en obligarla a entretenerse arriba, donde las metas luminosas son más abundantes, rebotando de unas a otras, vagando desconcertada y demente, pero por propia voluntad. Y eso se obtiene, no imponiendo golpes a la bola, sino transmitiendo vibraciones a la caja, y dulcemente, que el flipper no se dé cuenta y no se quede en tilt. Se puede hacer sólo con el pubis, o más bien, con un movimiento de caderas, de modo que el pubis, más que golpear, frote, manteniéndose siempre más acá del orgasmo. Y si las caderas se mueven como Dios manda, más que el pubis son los glúteos los que dan el golpe hacia adelante, pero con gracia, de manera que cuando el impulso llega al pubis ya está amortiguado, como en la homeopatía, donde cuanto más se diluye la solución, y ya la sustancia casi se ha disuelto en el agua que se ha ido añadiendo poco a poco, hasta desaparecer casi por completo, más potente es el efecto terapéutico. Así es como una corriente infinitesimal pasa del pubis a la caja, y el flipper obedece sin neurosis, la bola corre contra natura, contra la inercia, contra la gravedad, contra las leyes de la dinámica, contra la astucia del constructor que la pensó fugaz, y se embriaga de vis movendi, permanece en el juego por tiempos memorables e inmemoriales. Pero es necesario que sea un pubis femenino, que no interponga cuerpos cavernosos entre el ilio y la máquina, y que en medio no haya materia eréctil, sino sólo piel nervios huesos, enfundados en un par de vaqueros, y un furor erótico sublimado, una frigidez maliciosa, una desinteresada capacidad de adaptación a la sensibilidad de la pareja, un gusto por encender su deseo sin padecer el exceso del propio: la amazona debe enloquecer al flipper y gozar de antemano de que después lo abandonará.

Creo que Belbo se enamoró de Lorenza Pellegrini en ese momento, cuando se dio cuenta de que ella era capaz de prometerle una felicidad inalcanzable. Pero creo que a través de ella empezó a percibir el carácter erótico de los universos automáticos, la máquina como metáfora del cuerpo cósmico, y el juego mecánico como evocación talismánica. Ya estaba drogándose con Abulafia y quizá ya había entrado en el espíritu del proyecto Hermes. Desde luego, ya había visto el Péndulo. Lorenza Pellegrini, ignoro por qué cortocircuito, le prometía el Péndulo.

Al principio me costó volver a adaptarme al Pílades. Poco a poco, y no todas las noches, entre la selva de rostros extraños volvía a descubrir los rostros familiares de los supervivientes, aunque enturbiados por el esfuerzo de la agnición: algunos eran creativos de agencias de publicidad, otros consultores fiscales, otros vendían libros a plazos; pero, si antes colocaban las obras del Che, ahora ofrecían herboristería, budismo, astrología. Volví a verles, con la voz un poco nasal, algunas hebras plateadas en las sienes, un vaso de whisky en la mano, y me pareció que era el mismo medio whisky de hacía diez años, que habían degustado lentamente, a razón de una gota por semestre.

—¿Qué te cuentas, por qué ya no nos visitas? —me preguntó uno de ellos.

—¿Y quiénes sois *vosotros* ahora?

Me miró como si llevara un siglo sin verme:

—Pues la consejería de cultura, ¿no?

Había perdido demasiadas jugadas.

Decidí inventarme un trabajo. Me había dado cuenta de que sabía muchas cosas inconexas, pero que era capaz de conectarlas en pocas horas con algunas visitas a la biblioteca. Cuando me marché era imprescindible tener una teoría, y yo sufría por no tenerla. Ahora, en cambio, bastaba con tener nociones, todo el mundo estaba ávido de ellas, y más aún si eran inactuales. También en la universidad, por donde había vuelto a pasarme para ver si podía encontrar alguna colocación. Las aulas estaban tranquilas, los estudiantes se deslizaban por los pasillos como fantasmas, intercambiando bibliografías mal hechas. Yo sabía hacer una buena bibliografía.

Cierto día un estudiante de doctorado me confundió con un profesor (los profesores ya tenían la misma edad que los estudiantes, o viceversa) y me preguntó qué había escrito ese Lord Chandos del que se hablaba en un curso sobre las crisis cíclicas de la economía. Le dije que era un personaje de Hofmannsthal, no un economista.

Aquella misma noche, estaba en una fiesta en casa de viejos amigos, y reconocí a uno, que trabajaba en una editorial. Se había incorporado cuando la editorial había dejado de publicar novelas de colaboracionistas franceses para dedicarse a textos políticos albaneses. Me enteré de que aún seguían publicando libros de política, pero dentro del ámbito del gobierno. Sin embargo, no desdeñaban algún buen libro de filosofía. De tipo clásico, me aclaró.

—Por cierto —me dijo—, tú que eres filósofo...

—Gracias, pero desgraciadamente no lo soy.

—Vamos. En tus tiempos eras uno que se lo sabía todo. Hoy estaba revisando la traducción de un texto sobre la crisis del marxismo y he encontrado una cita de un tal Anselm of Canterbury. ¿Quién es? No lo he encontrado ni siquiera en el Diccionario de Autores.

Le dije que era Anselmo de Aosta, sólo que los ingleses le llaman así porque siempre quieren ser distintos del resto.

De pronto me iluminé: tenía una profesión. Decidí montar una agencia de informaciones culturales.

Sería una especie de detective del saber. En lugar de meter las narices en los bares de alterne y en los burdeles, tenía que ir por las librerías, las bibliotecas, los pasillos de los departamentos universitarios. Y después esperar en mi despacho, con los pies sobre el escritorio y un vaso de papel con whisky de los ultramarinos de la esquina. Alguien llama y dice: «Estoy traduciendo un libro y me he topado con un tal, o unos tales, Motocallemin. No logro comprender de qué se trata.»

Tú tampoco lo sabes, pero no importa, pides dos días de tiempo. Vas a mirar algún fichero en la biblioteca, ofreces un pitillo al tío de la sección de referencias, encuentras una pista. Por la noche invitas al bar a un ayudante de árabe, le pagas una cerveza, dos, el otro baja la guardia, te da la información que buscas, gratis. Después llamas al cliente: «Pues bien, los Motocallemin eran teólogos radicales musulmanes de la época de Avicena, decían que el mundo era, ¿cómo le diría?, un polvillo de contingencias, que se coagulaba en formas sólo gracias a un acto instantáneo y provisional de la voluntad divina. Bastaba con que Dios se distrajera un momento para que el universo se desplomase. Pura anarquía de átomos sin sentido. ¿Es suficiente? He trabajado tres días; lo que usted quiera.»

Tuve la suerte de encontrar dos habitaciones con una cocinita, en un viejo edificio de la periferia, que debía de haber sido una fábrica, con un ala para las oficinas. Los apartamentos que habían hecho daban todos a un largo pasillo: yo estaba entre una agencia inmobiliaria y el laboratorio de un embalsamador de animales (A. Salon - Taxidermista). Tenía la impresión de estar en un rascacielos americano de los años treinta, sólo con una puerta esmerilada ya me habría sentido Marlowe. Instalé un sofá cama en la segunda habitación, y en la entrada, el despacho. Puse dos estanterías que fui llenando de atlas, enciclopedias, catálogos. Al principio tuve que hacer alguna concesión y escribir también alguna que otra tesis para estudiantes desesperados. No era difícil, bastaba copiar las del decenio anterior. Después los amigos editores me enviaron originales y libros extranjeros para que los leyera, naturalmente los más desagradables, y por una retribución bastante módica.

Pero iba acumulando experiencia, conocimientos, no desperdiciaba nada. Fichaba todo. No pensaba en la posibilidad de tener las fichas en un computer (en ese momento estaban apareciendo en el mercado, Belbo sería un precursor), procedía con métodos artesanales, pero me había creado una especie de memoria hecha con tarjetitas de cartulina, con índices de referencia. Kant... nebulosa... Laplace, Kant... Koenigsberg... los siete puentes de Koenigsberg... teoremas de la topología... Un poco como ese juego en el que uno tiene que ir de salchicha a Platón en cinco pasos, por asociación de ideas. Veamos: salchicha-cerdo-cerda-pincel-manierismo-Idea-Platón. Fácil. Hasta el original más meningítico me hacía ganar veinte fichas para mi cadena de la suerte. El criterio era riguroso, y creo que es el mismo de los servicios secretos: no hay informaciones mejores que otras, el poder consiste en ficharlas todas, y después buscar las conexiones. Conexiones siempre existen, sólo es cuestión de querer encontrarlas.

Al cabo de casi dos años de trabajo estaba satisfecho de mí mismo. Me divertía. Y entretanto había encontrado a Lia.

35

Sappia qualunque il mio nome dimanda
ch'i' mi son Lia, e vo movendo intorno
le belle mani a farmi una ghirlanda.
(*Purgatorio,* XXVII, 100-102)

Lia. Ahora desespero de volver a verla, pero podría no haberla encontrado, y hubiera sido peor. Quisiera que estuviese aquí, cogiéndome la mano, mientras reconstruyo las etapas de mi ruina. Porque ella me lo había dicho. Pero debe quedar al margen de esta historia, ella y el niño. Espero que retrasen el regreso, que lleguen cuando todo haya concluido, comoquiera que esto concluya.

Era el 16 de julio del ochenta y uno. Milán se estaba quedando vacía, en la sala de lectura de la biblioteca no había casi nadie.

—Oye, el tomo 109 iba a cogerlo yo.

—¿Y entonces por qué lo has dejado en el estante?

—Había ido hasta la mesa para verificar una nota.

—La excusa no vale.

Se fue a su mesa, arrogante, llevándose el volumen. Me senté frente a ella, tratando de ver su rostro.

—¿Cómo consigues leer, si no está en Braille? —pregunté.

Alzó la cabeza, y realmente no pude saber si era el rostro o la nuca.

—¿Cómo dices? —preguntó—. Ah, veo perfectamente a través.

Pero para decirlo se había levantado el flequillo, y tenía ojos verdes.

—Tienes ojos verdes —le dije.

—Eso creo. ¿Por qué? ¿Pasa algo malo?

—Figúrate. Quién los pillara.

Así empezamos. «Come, estás flaco como un palillo», me dijo mientras cenábamos. A medianoche todavía estábamos en el restaurante griego que había cerca del Pílades, con la vela casi derretida sobre el cuello de la botella, contándonos todo. Hacíamos casi el mismo trabajo, ella revisaba artículos de enciclopedia.

Tenía la impresión de que debía decirle algo. A las doce y media, se había apartado el flequillo para mirarme mejor, y yo le había apuntado con el dedo índice mientras tenía el pulgar levantado, y había hecho: «Pim».

—Es extraño —dijo—, yo también.

Así fue como nos hicimos carne de una sola carne, y a partir de aquella noche para ella fui Pim.

No podíamos permitirnos una casa nueva, así que dormía en la suya y a menudo ella estaba conmigo en la oficina, o se iba de cacería, porque era más lista que yo para seguir nuestras pistas, y sabía sugerirme conexiones preciosas.

—Me parece que tenemos una ficha a medio escribir sobre los rosacruces —me decía.

—Tengo que retomarla uno de estos días, son notas del Brasil...

—Bueno, pon una referencia a Yeats.

—¿Y qué tiene que ver Yeats?

—Pues tiene que ver, sí, aquí leo que estaba afiliado a una sociedad rosacruciana llamada Stella Matutina.

—¿Qué haría yo sin ti?

Había vuelto a frecuentar el Pílades porque era como una lonja, allí me salían los encargos.

Una noche volví a ver a Belbo (en los últimos años debía de haber ido pocas veces, y luego había vuelto después de encontrar a Lorenza Pellegrini). Siempre igual, quizá un poco más canoso, algo más delgado, pero no mucho.

Fue un encuentro cordial, en los límites de su expansividad. Algunas bromas sobre los viejos tiempos, sobrias reticencias sobre el último acontecimiento en el que habíamos sido cómplices y sobre sus secuelas epistolares. El comisario De Angelis no había vuelto a aparecer. Caso archivado, quién sabe.

Le conté de mi trabajo y pareció interesado.

—En el fondo es lo que me gustaría hacer, un Sam Spade de la cultura, veinte dólares diarios más los gastos.

—Pero no vienen a verme mujeres misteriosas y fascinantes, y nadie viene a hablarme del halcón maltés —dije.

—Nunca se sabe. ¿Se divierte?

—¿Que si me divierto? —le pregunté. Y respondí, citando palabras suyas—: Creo que es lo único que sé hacer bien.

—*Good for you* —respondió.

Nos vimos otras veces, le conté de mis experiencias brasileñas, pero siempre lo noté un poco distraído, más de lo habitual. Cuando no estaba Lorenza Pellegrini, tenía la mirada fija en la puerta, cuando estaba, la movía con nerviosismo por el bar, siguiéndole los pasos. Una noche, ya iban a cerrar, me dijo, mirando hacia otra parte:

—Oiga, Casaubon, puede que le necesitemos, pero no para una consulta aislada. ¿Podría dedicarnos, digamos, algunas tardes a la semana?

—Habrá que verlo. ¿De qué se trata?

—Una empresa siderúrgica nos ha encargado un libro sobre los metales. Algo narrado sobre todo con imágenes. De divulgación, pero serio. ¿Se da cuenta del tipo de libro? Los metales en la historia de la humanidad, desde la edad de hierro hasta las aleaciones para las astronaves. Necesitamos a alguien que busque en las bibliotecas y en los archivos para seleccionar imágenes bonitas, viejas miniaturas, grabados de libros del siglo XIX, no sé, sobre la fusión o sobre el pararrayos.

—De acuerdo, mañana pasaré por su despacho.

Se le acercó Lorenza Pellegrini.

—¿Me llevas a casa?

—¿Por qué yo esta noche? —preguntó Belbo.

—Porque eres el hombre de mi vida.

Se puso rojo, como podía hacerlo él, mirando aún más hacia otra parte. Le dijo:

—Hay un testigo. —Y a mí—: Soy el hombre de su vida. Lorenza.

—Hola.

—Hola.

Se puso de pie y le susurró algo al oído.

—¿A qué viene eso? —dijo ella—. Te he pedido si podías llevarme a casa en tu coche.

—Ah —dijo él—. Perdone, Casaubon, debo hacer de taxi driver para la mujer de la vida de no sé quién.

—Tonto —dijo ella con ternura, y lo besó en la mejilla.

Entretanto permitidme que dé un consejo a mi lector futuro o actual que sea efectivamente melancólico: no debe leer los síntomas o los diagnósticos que figuran en las páginas siguientes, para que no le perturben ni le causen más mal que bien, al aplicarse a sí mismo lo que lea... como hace la mayoría de los melancólicos.

(R. Burton, *Anatomy of Melancholy,* Oxford, 1621, Introducción)

Era evidente que Belbo estaba ligado de alguna manera a Lorenza Pellegrini. Yo no comprendía con qué intensidad ni desde cuándo. Ni siquiera los *files* de Abulafia me han permitido reconstruir la historia.

Por ejemplo, el *file* sobre la cena con el doctor Wagner no lleva fecha. Al doctor Wagner, Belbo le conocía desde antes de que me marchara, y mantendría relaciones con él también después del comienzo de mi colaboración con la Garamond, tanto es así que también yo tuve ocasión de conocerle. De manera que la cena habría podido ser anterior o posterior a la noche que estoy evocando. Si había sido anterior, comprendo que Belbo se haya sentido molesto, comprendo su comedida desesperación.

El doctor Wagner, un austríaco que desde hacía años dictaba cátedra en París, de ahí la pronunciación «Wagnère» para quien quisiera jactarse de frecuentarlo, hacía unos diez años que era invitado regularmente a Milán por dos grupos revolucionarios del período inmediatamente posterior al sesenta y ocho. Se lo disputaban, y por supuesto cada grupo daba una versión radicalmente opuesta de su pensamiento. Nunca he podido comprender cómo y por qué ese hombre famoso aceptaba el patrocinio de los extraparlamentarios. Las teorías de Wagner no tenían color, por decirlo así, y si quería podía ser invitado por las universidades, las clínicas, las academias. Creo que aceptaba su invitación porque en el fondo era un epicúreo, y exigía unas dietas principescas. Los particulares podían juntar más dinero que las instituciones, y para el doctor Wagner eso significaba viaje en primera clase, hotel de lujo, amén de los honorarios por seminarios y conferencias, que calculaba según su tarifa de terapeuta.

Y por qué los dos grupos encontraban una fuente de inspiración ideológica en las teorías de Wagner, eso ya era harina de otro costal. Pero en aquellos años el psicoanálisis de Wagner parecía lo bastante deconstructivo, oblicuo, libidinal, no cartesiano, como para sugerir motivos teóricos que justificasen la actividad revolucionaria.

Resultaba complicado hacerlo digerir a los obreros, y quizá por eso los dos grupos, en determinado momento, se vieron obligados a elegir entre los obreros y Wagner, y eligieron a Wagner. Se elaboró la idea de que el nuevo sujeto revolucionario no era el proletario sino el anormal, el inadaptado.

—En lugar de desadaptar a los proletarios, mejor proletarizar a los inadaptados, que es más fácil, con los precios del doctor Wagner —me dijo un día Belbo.

La de los wagnerianos fue la revolución más cara de la historia.

Garamond, financiada por un instituto de psicología, había traducido una colección de ensayos menores de Wagner, muy técnicos, que no había manera de encontrar, y por lo tanto eran muy solicitados por los fieles. Wagner había venido a Milán para asistir a la presentación, y así fue como se inició su relación con Belbo.

---

filename: Doktor Wagner

El diabólico doktor Wagner
Vigésimo sexto episodio

Quien, en aquella mañana gris de

Yo había formulado una objeción, en el debate. Sin duda, aquello debió de irritar al satánico anciano, pero no lo dejó traslucir. Es más, respondió como queriendo seducirme.

Parecía Charlus con Jupien, abeja y flor. Un genio no tolera que no le amen, y en seguida tiene que seducir al que no está de acuerdo, para que le ame. Y lo logró, le amé.

Pero no debía de haberme perdonado, porque aquella noche del divorcio me asestó un golpe mortal. Sin darse cuenta, instintivamente: sin darse cuenta había tratado de seducirme y sin darse cuenta decidió castigarme. En detrimento de la deontología, me psicoanalizó gratis. El subconsciente muerde incluso a sus guardianes.

Historia del marqués de Lantenac en *El noventa y tres*. La nave de los vandeanos navega en medio de la tempestad frente a las costas bretonas, de repente un cañón se suelta del palanquín y mientras la nave escora y cabecea inicia una loca carrera de un costado a otro y, ya que es una bestia enorme, amenaza con cargarse babor y estribor. Un artillero (ay, el mismo por cuya incuria el cañón no estaba debidamente amarrado), con coraje sin igual, en la mano una cadena, se arroja casi debajo de la bestia, que está por aplastarle, y la detiene, la amarra, vuelve a meterla en su pesebre, y salva a la nave, a la tripulación, a la misión. Con sublime liturgia, el terrible Lantenac hace formar a los hombres en cubierta, alaba al valiente, se quita del cuello una importante condecoración, se la impone, le abraza, mientras la tripulación lanza al cielo sus hurras.

Después Lantenac, adamantino, recuerda que él, el condecorado, es el responsable del accidente, y ordena que lo fusilen. ¡Espléndido Lantenac, virtuoso, justo e incorruptible! Y eso hizo conmigo el doctor Wagner, me honró con su amistad, y me mató con su ofrenda de verdad

y me mató revelándome qué era lo que yo realmente quería

y me reveló qué era lo que yo, queriéndolo, temía.

Una historia que empieza por los bares. Necesidad de enamorarse.

Hay cosas que ves venir, no es que te enamores porque te enamoras, te enamoras porque en ese período tenías una desesperada necesidad de enamorarte. En los períodos en que tienes ganas de enamorarte debes fijarte bien dónde te metes: como haber bebido un filtro, de esos que hacen que uno se enamore del primero que pasa. Podría ser un ornitorrinco.

Porque sentía necesidad precisamente en ese período, en que hacía poco que había dejado de beber. Relación entre el hígado y el corazón. Un nuevo amor es un buen motivo para volver a beber. Alguien con quien ir por los bares. Sentirse bien.

Lo del bar es breve, furtivo. Te permite esperar larga, tiernamente todo el día, hasta que vas a ocultarte en la penumbra, en las butacas de piel, a las seis de la tarde no hay nadie, la sórdida clientela llegará por la noche, con el pianista. Escoger un equívoco bar americano que al final de la tarde está vacío, el camarero sólo viene si lo llamas tres veces, y ya tiene preparado el otro martini.

El martini es fundamental. No el whisky, el martini. El líquido es blanco, levantas el vaso y la ves detrás de la aceituna. Diferencia entre mirar a la amada a través de un martini cocktail, cuya copa triangular es demasiado pequeña, y mirarla a través de un gin martini on the rocks, vaso ancho, su rostro se descompone en el cubismo transparente del hielo, el efecto se duplica si acercáis los dos vasos, cada uno con la frente contra el frío de los vasos, y, entre frente y frente, los dos vasos; con la copa es imposible.

La breve hora del bar. Después esperarás temblando a que llegue otro día. No existe el chantaje de la seguridad.

El que se enamora por los bares no necesita tener una mujer toda suya. Alguien os presta el uno al otro.

La figura de él. Le dejaba mucha libertad, siempre estaba viajando. La sospechosa generosidad de él: podía telefonearle incluso a medianoche, él estaba, y tú no, me respondía que habías salido y bueno, ya que llamas, ¿no sabrás casualmente dónde estará? Los únicos momentos de celos. Pero incluso de esa manera arrebataba Cecilia al saxofonista. Amar o creer que se ama como eterno sacerdote de una antigua venganza.

Las cosas con Sandra se habían complicado: aquella vez se había dado cuenta de que la historia contaba demasiado para mí, la vida de pareja se había vuelto un poco tensa. ¿Tenemos que separarnos? Entonces separémonos. No, espera, hablemos. No, no podemos seguir así. En suma, el problema era Sandra.
Cuando vas por los bares el drama pasional no lo vives con quien te encuentras sino con quien te dejas.

Se produce entonces la cena con el doctor Wagner. En la conferencia acababa de dar una definición del psicoanálisis a un provocador: «La psychanalyse? C'est qu'entre l'homme et la femme... chers amis... ça ne colle pas».
Se hablaba de la pareja, del divorcio como ilusión de la Ley. Preocupado por mis problemas, participaba activamente en la conversación. Nos dejamos arrastrar a juegos dialécticos, y hablábamos mientras Wagner callaba, olvidábamos que había un oráculo entre nosotros. Y fue con aire absorto

y fue con aire burlón

y fue con melancólico desinterés

y fue como si interviniera en la conversación, jugando fuera del tema, cuando Wagner dijo (trato de recordar sus palabras exactas, pero se me grabaron en la mente, imposible que me haya engañado): «En toda mi vida profesional jamás he tenido un paciente neurotizado por su propio divorcio. La causa del malestar siempre era el divorcio del Otro.»
El doctor Wagner, incluso cuando hablaba, siempre decía Otro con O mayúscula. El hecho es que di un respingo, como si me hubiese mordido una serpiente

el vizconde dio un respingo, como si le hubiese mordido una serpiente un sudor helado perlaba su frente

el barón le miraba entre las voluptuosas volutas de humo de sus finos cigarrillos rusos

«¿Usted quiere decir, pregunté, que uno no entra en crisis porque se divorcie de su pareja sino por el posible o imposible divorcio de la tercera persona que ha provocado la crisis de esa pareja de la que se es miembro?»

Wagner me miró con la perplejidad del lego que se encuentra por primera vez ante una persona mentalmente perturbada. Me preguntó qué quería decir.

En realidad, cualquiera hubiese sido mi idea, estaba claro que la había expresado mal. Traté de concretar mi razonamiento. Cogí el tenedor y lo puse junto a la cuchara: «Aquí está, éste soy yo, Tenedor, que estoy casado con ella, Cuchara. Y aquí hay otra pareja, ella se llama Cuchillita casada con Cuchillón o Mackie Messer. Pues bien, yo, Tenedor, creo que sufro porque tendré que abandonar a mi Cuchara, y no quiero hacerlo, amo a Cuchillita pero me conviene que esté con su Cuchillón. Pero en realidad, como dice usted, doctor Wagner, me siento mal porque Cuchillita no se separa de Cuchillón. ¿Es así?»

Wagner se dirigió a otro comensal y le dijo que nunca había dicho nada semejante.

«¿Cómo, no lo ha dicho? Ha dicho que jamás se ha tropezado con un paciente neurotizado por su propio divorcio, sino siempre por el divorcio de otro.»

«Puede ser, no recuerdo», dijo entonces Wagner sin interés.

«Y si lo ha dicho, ¿no quería decir lo que he entendido?»

Wagner calló durante unos minutos.

Mientras los comensales esperaban sin atreverse a tragar bocado, Wagner se hizo servir una copa de vino, observó atentamente el líquido a contraluz, y al fin habló.

«Si usted ha entendido eso es porque lo que quería entender era eso.»

Después se volvió hacia otra parte, dijo que hacía calor, atacó las primeras notas de un aria de ópera moviendo un *grissino* como si estuviese dirigiendo una orquesta lejana, bostezó, se concentró en un pastel de nata y por último, después de una nueva crisis de mutismo, pidió que le llevasen al hotel.

Los otros me miraron como al que arruina un simposio del que hubieran podido salir Palabras definitivas.

En realidad yo había oído la voz de la Verdad.

Te telefoneé. Estabas en casa, con el Otro. Pasé una noche de insomnio. Todo estaba claro: no podía soportar que estuvieses con él. Sandra no tenía nada que ver.

Los seis meses que siguieron fueron dramáticos, yo te perseguía, te pisaba los talones, trataba de destruir tu convivencia, te decía que quería que fueses toda para mí, intentaba persuadirte de que odiabas al Otro. Empezaste a reñir con el Otro, el Otro empezó a ponerse exigente, celoso, no salía por la noche, cuando estaba de viaje telefoneaba dos veces al día, y en plena noche. Una noche te dio una bofetada. Me pediste dinero porque querías huir, saqué lo poco que tenía en el banco. Abandonaste el lecho conyugal, te marchaste a la sierra con unos amigos, sin dejar las señas. El Otro me telefoneaba desesperado para preguntarme si sabía dónde estabas, yo no lo sabía, y parecía que estaba mintiéndole porque le habías dicho que le dejabas para irte conmigo.

Cuando regresaste me anunciaste radiante que le habías escrito una carta de despedida. En ese momento me pregunté qué sucedería entre Sandra y yo, pero no me dejaste tiempo para inquietarme. Me dijiste que habías conocido a un tipo con una cicatriz en la mejilla y un piso muy bohemio. Te irías a vivir con él. «¿Ya no me quieres?» «Todo lo contrario, eres el único hombre de mi vida, pero después de lo que ha sucedido necesito vivir esta experiencia, no seas infantil, trata de entenderme, en el fondo he dejado a mi marido por ti, tienes que entender que cada uno necesita su tiempo.»

«¿Su tiempo? Me estás diciendo que te marchas con otro.» «Eres un intelectual, y de izquierdas, no te comportes como un mafioso. Hasta pronto.»

Se lo debo todo al doctor Wagner.

37

A quienquiera que reflexione sobre cuatro cosas, más le hubiese valido no nacer: lo que está arriba, lo que está abajo, lo que está antes y lo que está después.
(*Talmud,* Ḥagigah 2.1)

Aparecí por Garamond precisamente la mañana en que estaban instalando a Abulafia, mientras Belbo y Diotallevi se perdían en su disquisición sobre los nombres de Dios, y Gudrun observaba desconfiada a los hombres que introducían aquella nueva e inquietante presencia entre las pilas, cada vez más polvorientas, de originales.

—Siéntese, Casaubon, aquí tiene los proyectos de nuestra historia de los metales.

Nos quedamos solos y Belbo me mostró unos índices, esbozos de capítulos, esquemas de diagramación. Mi tarea consistiría en leer los textos y buscar las ilustraciones. Mencioné algunas bibliotecas de Milán que me parecían bien provistas.

—No será suficiente —dijo Belbo—. Habrá que ir a otros sitios. Por ejemplo, en el Museo de la Ciencia de Munich hay una fototeca maravillosa. En París está el Conservatoire des Arts et Métiers. Me gustaría volver a visitarlo, si tuviese tiempo.

—¿Bonito?

—Inquietante. El triunfo de la máquina en una iglesia gótica... —Vaciló, ordenó unos papeles que había en el escritorio. Después, como temiendo dar demasiada importancia a su anuncio, dijo—: Allí está el Péndulo.

—¿Qué péndulo?

—El Péndulo. Se llama péndulo de Foucault.

Me explicó cómo es el Péndulo, tal como lo he visto este sábado, y quizá lo haya visto así este sábado porque Belbo me había preparado para la visión. En aquel momento no debí de demostrar demasiado entusiasmo, y Belbo me miró como a alguien que ante la Capilla Sixtina pregunta si eso es todo.

—Quizá sea la atmósfera de la iglesia, pero le aseguro que la impresión es muy intensa. La idea de que todo se mueve y de que sólo allí arriba está el único punto quieto del universo... Para el que no tiene fe es un modo de reencontrar a Dios, y sin poner en tela de juicio la propia falta de fe, porque se trata de un Polo Cero. Mire usted, para la gente de mi generación, que en la vida sólo ha conocido decepciones, puede ser un consuelo.

—Más decepciones ha conocido la mía.

—Presuntuoso. No, para ustedes sólo ha sido una temporada, han cantado la Carmañola y después se han encontrado en la Vandée. Pasará pronto.

Para nosotros ha sido distinto. Primero el fascismo, aunque lo hayamos vivido de niños, como una novela de aventuras, pero el destino inmortal era un punto quieto. Después el punto quieto de la resistencia, sobre todo para quienes, como yo, la miramos desde fuera, y la convertimos en un mito de regeneración, el retorno de la primavera, un equinoccio, o un solsticio, siempre los confundo... Después, para algunos Dios y para otros la clase obrera, y para muchos las dos cosas. Era un consuelo para el intelectual pensar que allí estaba el obrero, hermoso, sano, fuerte, dispuesto a rehacer el mundo. Y después, eso también lo han visto ustedes, el obrero seguía allí, pero la clase había desaparecido. Deben de haberla matado en Hungría. Y entonces llegaron ustedes. Para usted quizá haya sido natural, una especie de fiesta. Para los de mi edad, no: era la hora de la verdad, el remordimiento, el arrepentimiento, la redención. Nosotros habíamos fracasado, pero llegaban ustedes trayendo el entusiasmo, el valor, la autocrítica. Para nosotros, que entonces teníamos treinta y cinco o cuarenta años, fue una esperanza, humillante, pero esperanza. Teníamos que volver a ser como ustedes, aun a costa de volver a empezar desde el principio. Dejamos de usar corbata, nos deshicimos de la gabardina y nos compramos una trenca usada, algunos renunciaron al empleo para no seguir sirviendo a los patronos...

Encendió un pitillo y fingió estar fingiendo rencor, para hacerse perdonar su desahogo.

—Y ustedes han cedido en todos los frentes. Nosotros, que peregrinábamos en acto de penitencia a las catacumbas ardeatinas, nos negábamos a inventar lemas para la Coca-Cola, porque éramos antifascistas. Nos contentábamos con lo poco que nos pagaban en Garamond, porque el libro al menos es democrático. Y ahora ustedes, para vengarse de los burgueses que no han conseguido ahorcar, les venden videocassettes y fanzines, y acaban de idiotizarles con el zen y la reparación de la motocicleta. Nos han obligado a adquirir a precio de suscripción su copia de los pensamientos de Mao y con el dinero se han comprado los petardos para las fiestas de la nueva creatividad. Sin avergonzarse. Nosotros nos hemos pasado la vida avergonzándonos. Nos han engañado, no representaban ninguna pureza, sólo era acné juvenil. Nos han hecho sentir como gusanos porque no teníamos valor para enfrentarnos a cara descubierta con la gendarmería boliviana, y después han disparado por la espalda a unos desgraciados que pasaban por la calle. Hace diez años llegamos a mentir para sacarles de la cárcel, y ustedes han mentido para enviar a la cárcel a sus amigos. Por eso me gusta esta máquina: es estúpida, no cree, no me hace creer, hace lo que le digo, estúpido yo, estúpida ella; o él. Es una relación honesta.

—Yo...

—Usted, Casaubon, es inocente. En vez de arrojar piedras, se ha escapado, ha hecho su tesis, no ha disparado. Y sin embargo hace unos años me sentía cohibido también por usted. Atención, no es nada personal. Son ciclos generacionales. Y cuando el año pasado vi el Péndulo, lo entendí todo.

—¿Todo qué?

—Casi todo. Mire, Casaubon, también el Péndulo es un falso profeta. Usted lo mira, cree que es el único punto quieto del cosmos, pero si lo quita de la bóveda del Conservatoire y lo cuelga en un burdel funciona igual. Hay otros péndulos, uno en Nueva York, en el edificio de las Naciones Unidas, otro en San Francisco, en el Museo de la Ciencia, y quién sabe cuántos más. El péndulo de Foucault está quieto y la Tierra gira a sus pies dondequiera que esté instalado. Todo punto del universo es un punto quieto, basta con colgarle el Péndulo.

—¿Dios está en todas partes?

—En cierto sentido, sí. Por eso el Péndulo me perturba. Me promete el infinito, pero me deja a mí la responsabilidad de decidir dónde quiero tenerlo. De manera que no basta con adorar el Péndulo donde está, sino que hay que tomar una decisión, buscar el mejor punto. Sin embargo...

—¿Sin embargo qué?

—Sin embargo... ¿no me estará tomando en serio, verdad, Casaubon? No, puedo estar tranquilo, somos gente que no toma en serio... Sin embargo, decía, uno siente que en la vida ha colgado el Péndulo en muchas partes y nunca ha funcionado, mientras que allí, en el Conservatoire, funciona perfectamente... ¿Y si en el universo existieran puntos privilegiados? ¿Aquí mismo, encima del cielo raso de esta habitación? No, nadie lo creería. Tiene que haber ambiente. No sé, quizá siempre estemos buscando el punto justo, quizá esté junto a nosotros, pero no sabemos reconocerlo, y para reconocerlo sería necesario creer en él... En fin, vayamos al despacho del señor Garamond.

—¿A colgar el Péndulo?

—¡Oh, maravillosa estulticia! Vamos a ocuparnos de cosas serias. Para poder pagarle es necesario que el amo le vea, le toque, le olfatee, y dé su visto bueno. Venga a dejarse tocar por el amo, su toque cura la escrófula.

Maestro Secreto, Maestro Perfecto, Intendente de los Edificios, Maestro Elegido de los Nueve, Caballero del Real Arco de Salomón o Maestro del Noveno Arco, Gran Elegido Perfecto o de la Bóveda Sagrada y Gran Masón, Caballero de Oriente o de la Espada, Príncipe de Jerusalén, Caballero de Oriente y de Occidente, Soberano Príncipe Rosa-Cruz y Caballero del Aguila y el Pelícano, Gran Pontífice de la Jerusalén Celeste o Sublime Escocés, Venerable Gran Maestro de Todas las Logias regulares, Caballero Prusiano y Patriarca Noaquita, Caballero Real del Hacha o Príncipe del Líbano, Príncipe del Tabernáculo, Caballero de la Serpiente de Bronce o de Airain, Príncipe de la Merced o Escocés Trinitario, Gran Comendador del Templo, Caballero del Sol o Príncipe Adepto, Gran Escocés de San Andrés o Gran Maestro de la Luz, Gran Caballero Elegido Kadosch y Caballero del Aguila Blanca y Negra.

(*Altos grados de la Masonería de Rito Escocés Antiguo y Aceptado*)

Recorrimos el pasillo, subimos tres peldaños y pasamos por una puerta de vidrio esmerilado. De golpe penetramos en otro universo. Si los locales que había visto hasta entonces eran oscuros, polvorientos, desconchados, estos parecían la sala vip de un aeropuerto. Música ambiental, paredes azules, una sala de aspecto confortable con muebles de diseño, en las paredes fotografías donde podía verse a unos señores con cara de diputado entregando una victoria alada a unos señores con cara de senador. Sobre una mesita, en desorden, como en la sala de espera de un dentista, algunas revistas de papel satinado, *La Agudeza Literaria, El Atanor Poético, La Rosa y la Espina, El Parnaso Enotrio, El Verso Libre.* Nunca las había visto en circulación, y después supe por qué: sólo se distribuían entre los clientes de la Editorial Manuzio.

Si al principio creí que había entrado en el sector donde estaba la dirección de Garamond, pronto tuve ocasión de corregir mi error. Estábamos en las oficinas de otra editorial. A la entrada de Garamond había una vitrina cubierta de polvo y empañada donde se exhibían los últimos libros publicados, pero los libros de Garamond eran modestos, con las hojas sin cortar y una sobria cubierta grisácea; tenían que parecerse a las publicaciones universitarias francesas, con un papel que se volvía amarillo en pocos años, para sugerir que el autor, sobre todo si era joven, llevaba muchos años publicando. Aquí había otra vitrina, con luz en el interior, donde estaban los libros de la Editorial Manuzio, algunos de ellos abiertos en páginas inspiradas: cubiertas blancas, ligeras, protegidas con una película de plástico transparente, de gran elegancia, y un papel tipo arroz con caracteres armoniosos y nítidos.

Las colecciones de Garamond llevaban nombres sobrios y precisos, como Estudios Humanísticos o Philosophia. Las colecciones de Manuzio tenían nombres delicados y poéticos: Vaga Libélula (poesía), Tierra Incógnita (narrativa), La Hora de la Azucena (incluía títulos como *Diario de una doncella enferma*), La Isla de Pascua (creo que ésta era de ensayos varios), La Nueva Atlántida (la última obra publicada era *Koenigsberg Redimida - Prolegómenos a toda metafísica futura que se presente como doble sistema transcendental y ciencia del noúmeno fenoménico*). En todas las cubiertas, el emblema de la casa, un pelícano debajo de una palmera, con el lema «tengo lo que he dado».

Belbo fue vago y sintético: el señor Garamond era propietario de dos editoriales, eso era todo. En los días que siguieron, me di cuenta de que el pasillo entre Garamond y Manuzio era totalmente privado y confidencial. De hecho, la entrada oficial de Manuzio estaba en via Marchese Gualdi, y en esa calle el universo purulento de via Sincero Renato era reemplazado por limpias fachadas, aceras espaciosas, entradas con ascensores de aluminio. Nadie hubiera podido sospechar que un piso de un viejo edificio de via Sincero Renato comunicara, con un desnivel de sólo tres peldaños, con un edificio de la via Gualdi. Para obtener el permiso, el señor Garamond debía de haber removido cielo y tierra, creo que tuvo que recurrir a uno de sus autores, que era funcionario de Obras Públicas.

Nos había recibido en seguida la señora Grazia, blando aspecto de matrona, foulard de marca y tailleur del mismo color que las paredes, quien con esmerada sonrisa nos hizo pasar a la sala del mapamundi.

La sala no era inmensa, pero hacía pensar en el mussoliniano salón del Palazzo Venezia, con un globo terráqueo en la entrada y el escritorio de caoba del señor Garamond al fondo, que parecía visto a través de unos prismáticos invertidos. Garamond nos había hecho señas de que nos acercásemos, y yo me había sentido intimidado. Más tarde, al llegar De Gubernatis, Garamond saldría a su encuentro, y ese gesto de cordialidad le conferiría aún más carisma, porque el visitante primero le vería a él, que atravesaba la sala, y después la atravesaría del brazo del anfitrión, con lo que casi por arte de magia el espacio se multiplicaría por dos.

Garamond nos hizo sentar frente a su escritorio, y fue brusco y cordial.

—El doctor Belbo me ha hablado bien de usted, doctor Casaubon. Necesitamos colaboradores valiosos. Como se habrá dado cuenta, no se trata de incluirle en la plantilla, no podemos permitírnoslo. Pero sabremos compensar adecuadamente su aplicación, su devoción, si me permite que emplee esta palabra, porque nuestro trabajo es una misión.

Mencionó una cifra a tanto alzado sobre la base de un cálculo de las horas de trabajo, que para aquella época me pareció razonable.

—Perfecto, estimado Casaubon. —Había eliminado el título, ya que había pasado a ser un empleado—. Esta historia de los metales debe ser algo espléndido, aún diría más, bonito. Popular, accesible, pero científica. Debe estimular la imaginación del lector, pero científicamente. Le daré un ejemplo. Leo aquí, en los primeros borradores, que había esta esfera, ¿cómo se llama?, de Magdeburgo, dos semiesferas aparejadas en cuyo interior se hace el vacío. Les enganchan dos yuntas de caballos percherones, una de cada lado, y tira que te tira, pero las dos semiesferas no se separan. Pues bien, ésta es una información científica. Pero usted debe localizármela entre todas las demás, menos pintorescas. Y una vez individuada, debe encontrarme la imagen, el fresco, el óleo, lo que sea. De la época. Y después la imprimimos a toda página, en colores.

—Hay un grabado —dije—, lo he visto.

—Eso mismo. Muy bien. A toda página, en colores.

—Si es un grabado estará en blanco y negro.

—¿Sí? Pues muy bien, entonces en blanco y negro. La exactitud es la exactitud. Pero sobre fondo dorado, debe impresionar al lector, debe hacerle sentir que está allí, el día en que se hizo el experimento. ¿Está claro? Rigor científico, realismo, pasión. Se puede usar la ciencia y hacer mella en el lector. ¿Hay algo más teatral, más espectacular, que madame Curie regresando por la noche a casa y descubriendo una luz fosforescente en la oscuridad? Por Dios, qué es eso... Es el hidrocarburo, la golconda, el flogisto o como diablos se llamase, y voilà, Marie Curie ha inventado los rayos equis. Dramatizar. Siempre respetando la verdad.

—Pero, ¿qué tienen que ver los rayos equis con los metales? —pregunté.

—¿Acaso el radio no es un metal?

—Creo que sí.

—¿Y entonces? Desde el punto de vista de los metales puede enfocarse todo el universo del saber. ¿Qué título hemos decidido darle, Belbo?

—Pensamos en algo serio, como *Los metales y la cultura material.*

—Y tiene que ser algo serio. Pero con ese gancho, esa nota mínima que lo dice todo, a ver... Ya lo tengo: *Historia universal de los metales.* ¿Aparecen también los chinos?

—Aparecen.

—Pues entonces, universal. No es un truco publicitario, es la verdad. Esperen, *La maravillosa aventura de los metales.*

Fue entonces cuando la señora Grazia anunció la llegada del comendador De Gubernatis. El señor Garamond dudó un momento, me miró indeciso, Belbo le hizo una seña, como para decirle que ya podía fiarse de mí. Garamond ordenó que hiciera pasar al visitante y salió a recibirle. De Gubernatis llevaba un traje cruzado, tenía una insignia en el ojal, una estilográfica en el bolsillo del pañuelo, un periódico plegado en el bolsillo de la chaqueta, una cartera bajo el brazo.

—Estimado comendador, hágame el favor de sentarse, nuestro buen amigo De Ambrosiis me ha hablado de usted, una vida al servicio del Estado. Y una vena poética secreta, ¿verdad? Muéstreme, muéstreme este tesoro que tiene en sus manos... Le presento a dos de mis directores generales.

Le hizo sentar frente al escritorio cubierto de originales, y acarició con manos vibrantes de interés la cubierta de la obra que se le alcanzaba.

—No me diga nada, lo sé todo. Usted viene de Vipiteno, grande y noble ciudad. Una vida consagrada al servicio de aduanas. Y en secreto, día tras día, noche tras noche, estas páginas, habitadas por el espíritu de la poesía. La poesía... Ha quemado la juventud de Safo, y ha alimentado la senectud de Goethe... Fármaco, decían los griegos, veneno y medicina. Desde luego, tendremos que leerla, a esta criatura suya, como mínimo exijo tres informes, uno interno y dos de asesores externos (lamento decirle que anónimos, porque son personas muy conocidas), Manuzio sólo publica un libro cuando está segura de su calidad y la calidad, eso usted lo sabe mejor que yo, es algo impalpable, hay que descubrirla con un sexto sentido, a veces un libro tiene imperfecciones, cosillas que están de más, hasta un Svevo escribía mal, como usted bien sabe, pero, vamos, se siente una idea, un ritmo, una fuerza. Lo sé, no me lo diga, sólo he echado una ojeada al incipit de estas páginas suyas y he sentido algo, pero no quiero juzgar solo, aun cuando muchas veces, ay cuántas, los informes han sido tibios pero yo he insistido porque no se puede condenar a un autor sin haber entrado, ¿cómo le diré?, en sintonía con él, mire, por ejemplo, abro al azar este texto suyo y mis ojos reparan en un verso «como en otoño, la mirada menguada»; pues bien, no sé cómo es el resto, pero siento un aliento, capto una imagen, a veces un texto empieza así, con un éxtasis, un rapto... *Cela dit,* estimado amigo, ¡por Dios, si pudiéramos hacer lo que queremos! Pero también ésta es una industria, la más noble de las industrias, pero industria al fin. ¿Sabe usted lo que cuesta hoy en día la imprenta, y el papel? Mire, mire en el periódico de esta mañana a cuánto ha subido la *prime rate* en Wall Street. ¿Usted piensa que no tiene nada que ver con nosotros? Pues sí que tiene que ver. ¿Sabe usted que nos hacen pagar impuestos incluso por lo que tenemos en el almacén? Yo no vendo, pero me hacen pagar el impuesto incluso sobre las devoluciones. Pago también el fracaso, el calvario del genio que los filisteos no reconocen. Este papel de seda, permítame decirle, es un detalle exquisito el que haya mecanografiado su texto en un papel tan fino, se ve que aquí hay un poeta, un pelagatos cualquiera habría usado papel extra strong, para deslumbrar el ojo y confundir el espíritu, pero ésta es poesía escrita con el corazón, ah, las palabras son piedras y transtornan el mundo; este papel de seda a mí me cuesta como papel moneda.

Sonó el teléfono. Después me enteraría de que Garamond había oprimido un botón situado debajo del escritorio y la señora Grazia le había pasado una llamada inexistente.

—¡Estimado Maestro! ¿Cómo? ¡Estupendo! Es una gran noticia, que vuelen las campanas. Un nuevo libro suyo es todo un acontecimiento. Pero, claro que sí, Manuzio está orgullosa, conmovida, aún diría más, contenta de contarle entre sus autores. Ya habrá visto lo que han escrito los periódicos sobre su último poema épico. Merecería el premio Nobel. Lamentablemente, su obra está adelantada para la época. Apenas hemos podido vender tres mil ejemplares...

El comendador De Gubernatis palidecía: tres mil ejemplares eran una meta que él jamás se hubiera fijado.

—Y no ha alcanzado para sufragar los costes de producción. Venga a mirar al otro lado de la puerta vidriera, verá cuánta gente tengo en la redacción. Hoy en día para que un libro compense tengo que distribuir al menos diez mil ejemplares, y por suerte muchos se venden aún mejor, pero se trata de escritores, ¿cómo le diré?, con otro tipo de vocación. Balzac era grande y vendía libros como rosquillas, Proust era igual de grande y tuvo que pagarse las ediciones. Usted acabará entrando en las antologías escolares, pero nunca estará en los kioscos de las estaciones de ferrocarril, también le sucedió a Joyce, que tuvo que pagarse las ediciones, como Proust. Sólo cada dos o tres años puedo permitirme publicar un libro como los que usted escribe. Deme tres años de tiempo...

Siguió una larga pausa. El rostro de Garamond adquirió una expresión de dolorosa incomodidad.

—¿Cómo? ¿A sus expensas? No, no, no se trata de la cifra, la cifra se puede limar... Lo que sucede es que Manuzio no acostumbra... Sí, como usted bien dice, también Joyce y Proust... Claro, comprendo...

Otra pausa dolorosa.

—Está bien, podemos hablar. Yo he sido sincero, usted está impaciente, hagamos lo que suele llamarse una *joint venture,* como dicen los americanos. Venga a verme mañana y sacaremos todas las cuentas del mundo... Mis respetos, y mi admiración.

Garamond salió como de un sueño y se pasó una mano por los ojos, pero de pronto pareció recordar la presencia del visitante.

—Perdone usted. Era un Escritor, un verdadero escritor, quizá de los Grandes. Y sin embargo, precisamente por eso... A veces uno se siente humillado en esta profesión. Si no fuera por la vocación. Pero, volvamos a usted. Creo que ya está todo claro. Le escribiré, digamos, dentro de un mes. Su texto se queda aquí, en buenas manos.

El comendador De Gubernatis se había marchado sin palabras. Acababa de estar en la fragua de la gloria.

39

Caballero de los Planisferios, Príncipe del Zodíaco, Sublime Filósofo Hermético, Supremo Comendador de los Astros, Sublime Pontífice de Isis, Príncipe de la Colina Sagrada, Filósofo de Samotracia, Titán del Cáucaso, Doncel de la Lira de Oro, Caballero del Auténtico Fénix, Caballero de la Esfinge, Sublime Sabio del Laberinto, Príncipe Brahmán, Místico Guardián del Santuario, Arquitecto de la Torre Misteriosa, Sublime Príncipe de la Cortina Sagrada, Intérprete de los Jeroglíficos, Doctor Orfico, Guardián de los Tres Fuegos, Custodio del Nombre Incomunicable, Sublime Edipo de los Grandes Secretos, Pastor Amado del Oasis de los Misterios, Doctor del Fuego Sagrado, Caballero del Triángulo Luminoso.
(*Grados del Rito Antiguo y Primitivo de Memphis-Misraim*)

Manuzio era una editorial para AAF.

Un AAF, en la jerga de Manuzio, era, pero ¿por qué empleo el imperfecto? Los AAF aún existen, allí todo prosigue como si nada hubiera sucedido. Soy yo quien lo proyecto todo hacia un pasado terriblemente remoto, porque lo que sucedió la otra noche fue como un desgarrón en el tiempo, en la nave de Saint-Martin-des-Champs se trastocó el orden de los siglos... o será porque quizá la otra noche envejecí de repente, o porque el miedo a que Ellos me encuentren me hace hablar como si estuviese narrando la crónica de un imperio en ruinas, tendido en el balneum, las venas ya abiertas, esperando a ahogarme en mi propia sangre...

Un AAF es un Autor Autofinanciado, y Manuzio es una de esas empresas que en los países anglosajones se denominan «vanity press». Facturación fabulosa, gastos de gestión nulos. Garamond, la señora Grazia, el contable llamado director administrativo en el cuchitril del fondo, y Luciano, el mutilado que se encargaba de enviar los pedidos, en el gran almacén del subsuelo.

—Jamás he podido comprender cómo Luciano logra empaquetar los libros con un solo brazo —me había dicho Belbo—, creo que se ayuda con los dientes. Por lo demás, no es que tenga mucho que empaquetar: sus homólogos de las editoriales normales envían libros a los libreros, mientras que él sólo los envía a los autores. Manuzio no se interesa por los lectores... Lo importante, dice el señor Garamond, es que no nos traicionen los autores, sin lectores se puede sobrevivir.

Belbo admiraba al señor Garamond. Lo veía lleno de un vigor que a él le había sido negado.

El sistema Manuzio era muy sencillo. Pocos anuncios en periódicos locales, en revistas profesionales, en publicaciones literarias de provincias, sobre todo en las que duran pocos números. Espacios publicitarios de tamaño mediano, con foto del autor y pocas líneas incisivas: «una de las voces más altas de nuestra poesía», o «la nueva experiencia narrativa del autor de *Su único hermano*».

—Con eso ya está tendida la red —explicaba Belbo—, y los AAF caen a racimos, suponiendo que en una red se caiga a racimos, pero la metáfora incongruente es típica de los autores de Manuzio: se me ha pegado el vicio, perdone.

—¿Y después qué sucede?

—Tome el caso de De Gubernatis. Dentro de un mes, cuando ya nuestro jubilado se consume en la ansiedad, el señor Garamond le telefonea para invitarle a cenar con algunos escritores. La cita es en un restaurante persa, muy exclusivo, sin letrero en la puerta: se toca un timbre y se dice el nombre en una mirilla. Interior lujoso, luz difusa, música exótica. Garamond estrecha la mano del maître, tutea a los camareros y devuelve las botellas porque el año no le convence, o dice perdona pero este no es el *Dolmeh Sib* que se come en Teherán. De Gubernatis es presentado al comisario Fulano, todos los servicios aeroportuarios están bajo su control, pero sobre todo es el inventor, el apóstol del Cosmoranto, el lenguaje para la paz universal, sobre el que se está discutiendo en la Unesco. Después está el profesor Zutano, un narrador nato, premio Petruzzellis della Gattina 1980, pero también una eminencia de la ciencia médica. ¿Cuántos años ha dedicado a la enseñanza, profesor? Eran otras épocas, entonces sí que los estudios eran algo serio. Y aquí tiene a nuestra exquisita poetisa, la dulce Olinda Mezzofanti Sassabetti, la autora de *Castos latidos,* que sin duda habrá leído.

Belbo me confesó que durante mucho tiempo se había preguntado por qué todos los AAF de sexo femenino firmaban con dos apellidos: Lauretta Solimeni Calcanti, Dora Ardenzi Fiamma, Carolina Pastorelli Cefalù. ¿Por qué las escritoras importantes tienen un solo apellido, salvo Ivy Compton-Burnett, y algunas ni siquiera lo tienen, como Colette, mientras que una AAF tiene que llamarse Olinda Mezzofanti Sassabetti? Porque un escritor auténtico escribe por amor a su obra, no le importa que le conozcan con un seudónimo, como en el caso de Nerval, mientras que un AAF quiere que le reconozcan los vecinos, la gente del barrio, e incluso la del barrio en que vivía antes. Al hombre le basta con su apellido, a la mujer no, porque algunos la conocen de casada y otros sólo la conocieron de soltera. Por eso usa dos apellidos.

—En síntesis, velada rica de experiencias intelectuales. De Gubernatis se sentirá como si hubiera bebido un cóctel de LSD. Escuchará el cotilleo de los comensales, la anécdota picante del gran poeta cuya impotencia está en boca de todos, y que tampoco como poeta vale demasiado, escaparán destellos de sus ojos al contemplar la nueva edición de la *Enciclopedia de los Italianos Ilustres* que Garamond hará aparecer de repente señalándole una página al comisario (ha visto, estimado amigo, también usted ha entrado en el Panteón, oh, sólo se ha hecho justicia).

Belbo me había mostrado la enciclopedia.

—Hace una hora le solté un sermón: sin embargo, nadie es inocente. La enciclopedia la hacemos exclusivamente Diotallevi y yo. Y le juro que no es para redondear el sueldo. Es una de las cosas más divertidas del mundo, y cada año hay que preparar la nueva edición actualizada. La estructura es más o menos la siguiente: un artículo se refiere a un escritor célebre, otro a un AAF, y el problema consiste en equilibrar bien el orden alfabético y no malgastar espacio con los escritores célebres. Vea, por ejemplo, la letra L.

LAMPEDUSA, Giuseppe Tomasi di (1896-1957). Escritor siciliano. Vivió ignorado y sólo alcanzó la celebridad después de muerto por su novela El gatopardo.

LAMPUSTRI, Adeodato (1919-). Escritor, educador, combatiente (medalla de bronce en Africa oriental), pensador, narrador y poeta. Su figura de gigante destaca en la literatura italiana de nuestro siglo. Lampustri se reveló ya en 1959 con el primer volumen de una trilogía de amplio aliento, Cañas y sangre, *donde con crudo realismo y alto vuelo poético narra la historia de una familia de pescadores lucanos. A esa obra, ganadora en 1960 del premio Petruzzellis della Gattina, siguieron en los años siguientes* Los deshauciados *y* Un año de soledad, *que quizá aún más que la* opera prima *dan la medida del vigor épico, de la deslumbrante imaginación plástica, del aliento lírico de este artista incomparable. Diligente funcionario ministerial, Lampustri es estimado en los ambientes en que le ha tocado desenvolverse como personalidad integérrima, padre y esposo ejemplar, orador exquisito.*

—De Gubernatis —explicó Belbo—, tendrá que desear que se le incluya en la enciclopedia. Siempre había dicho él que la de los superfamosos era una fama postiza, una confabulación de críticos complacientes. Pero sobre todo comprenderá que ha entrado a formar parte de una familia de escritores que al mismo tiempo son directores de organismos públicos, funcionarios de banca, aristócratas, magistrados. De repente habrá ampliado el círculo de sus relaciones, de modo que cuando tenga que pedir un favor sabrá a quién dirigirse. El señor Garamond tiene la capacidad de hacer salir a De Gubernatis de su provincia, de proyectarlo hasta la cumbre. Hacia el final de la cena, Garamond le dirá al oído que a la mañana siguiente pase por su despacho.

—Y a la mañana siguiente se presenta.

—Puede poner la mano en el fuego. Pasará la noche sin dormir soñando en la grandeza de Adeodato Lampustri.

—¿Y después?

—A la mañana siguiente Garamond le dirá: anoche no me atreví a decírselo para no humillar a los otros, qué cosa sublime, no le hablaré ya de los informes entusiastas, aún diría más, positivos, pues yo mismo, personalmente, he pasado una noche imantado por estas páginas suyas. Un libro para ganar un premio literario. Grande, realmente grande. Regresará al escritorio, dará una palmada sobre el original, ya ajado, gastado por la mirada amorosa de al menos cuatro lectores, ajar los originales es tarea de la señora Grazia, y se quedará mirando al AAF con aire perplejo. ¿Qué hacemos? ¿Qué hacemos?, preguntará De Gubernatis. Y Garamond dirá que sobre el valor de la obra no hay absolutamente nada que discutir, aunque es evidente que se trata de un libro adelantado para la época, y en cuanto a los ejemplares no se sobrepasarán los dos mil, o a lo sumo dos mil quinientos. Para De Gubernatis dos mil ejemplares serían suficientes para atender a todas las personas que conoce, el AAF no piensa en términos planetarios o, mejor dicho, su planeta está formado por rostros conocidos, compañeros de escuela, directores de banco, colegas que han enseñado con él en el mismo instituto, coroneles retirados. Todos ellos son personas que el AAF desea ver entrar en su mundo poético, incluso los que no tendrían en ello el menor interés, como el charcutero o el gobernador civil... Ante el peligro de que Garamond dé marcha atrás, ahora que todos, en su casa, en el pueblo, en la oficina, saben que ha presentado el original a un gran editor de Milán, De Gubernatis hará sus números. Podría cerrar la cartilla, retirar el dinero del fondo de pensiones, solicitar un préstamo, vender esos pocos bonos del tesoro, París bien vale una misa. Ofrece tímidamente participar en los gastos. Garamond se mostrará perturbado, Manuzio no acostumbra, y luego, bueno, de acuerdo, me ha convencido, en el fondo también Proust y Joyce tuvieron que doblegarse y aceptar la cruda realidad, los costes ascienden a tanto, de momento imprimiremos dos mil ejemplares, pero el contrato se hará por un máximo de diez mil. Calcule que doscientos ejemplares serán para usted, de regalo, para que los envíe a quienes juzgue conveniente, doscientos se enviarán a la prensa, porque queremos hacer una campaña con todas las de la ley, como si fuera la Angélica de los Golon, y los mil seiscientos restantes se distribuirán. Sobre estos ejemplares, como comprenderá, usted no percibirá ningún derecho, pero si el libro se vende haremos una reimpresión y entonces sí, usted se quedará con el doce por ciento.

Más tarde tendría ocasión de ver el contrato modelo que De Gubernatis, en pleno trip poético, debía de haber firmado sin siquiera leer, mientras el administrador se lamentaría de que el señor Garamond hubiese calculado unos costes tan bajos. Diez páginas de cláusulas en cuerpo ocho, traducciones a otros idiomas, derechos subsidiarios, adaptaciones para el teatro, reducciones radiofónicas y cinematográficas, ediciones en Braille para los ciegos, cesión del resumen a la revista *Selecciones,* garantías en caso de proceso por difamación, derecho del autor a aprobar los cambios introducidos por la editorial, competencia de los tribunales de Milán en caso de litigio... El AAF debería llegar exhausto, la vista deslumbrada por el futuro de gloria que se abría ante sus ojos, a las cláusulas deletéreas en las que se decía que la tirada máxima sería de diez mil ejemplares pero no se hablaba de tirada mínima, que la suma que debía pagar no dependía de la tirada, sobre la que sólo se trató de palabra, y en particular que al cabo de un año el editor tendría derecho a destruir los ejemplares no vendidos, salvo que el autor los adquiriese por el cincuenta por ciento del precio de cubierta. Firma.

El lanzamiento sería fastuoso. Comunicado de prensa de diez páginas, con biografía y ensayo crítico. Ningún pudor, porque de todas formas en la redacción de los periódicos acabaría en la papelera. Tirada real: mil ejemplares, de los cuales sólo se encuadernarán trescientos cincuenta. Doscientos para el autor, una cincuentena para distribuir en librerías asociadas, otros cincuenta para enviar a las revistas de provincias, unos treinta para enviar a los periódicos, por si les sobraba alguna línea en la columna de libros recibidos. Ese ejemplar lo donarían a los hospitales o a las cárceles, con lo que se explica por qué los primeros no curan y las segundas no redimen.

En el verano llegaría el premio Petruzzellis della Gattina, criatura de Garamond. Coste total: comida y alojamiento para el jurado, dos días, y Nike de Samotracia en cinabrio. Telegramas de felicitación de los autores Manuzio.

Por último llegaría el momento de la verdad, un año y medio más tarde. Garamond le escribiría: Estimado amigo, ya lo decía yo, usted está adelantado cincuenta años. Reseñas, ya lo ha visto, a montones, premios y consenso de la crítica, *ça va sans dire.* Pero ejemplares vendidos, muy pocos, el público no está preparado. Nos vemos obligados a despejar el almacén, como está previsto en el contrato (que adjunto). O se destruyen los ejemplares, o usted los compra al cincuenta por ciento del precio de cubierta, como es su derecho.

De Gubernatis enloquece de dolor, los parientes le consuelan, la gente no te entiende, claro que si fueras uno de ésos, si hubieras untado la mano a alguno, a estas alturas ya habrías tenido una reseña hasta en el *Corriere della Sera,* es una mafia, no hay que entregarse. Sólo quedan cinco ejemplares de regalo y aún tienes tantas personas importantes con que cumplir, no puedes permitir que tu obra se destruya para fabricar papel higiénico, veamos cuánto dinero podemos reunir, es dinero bien empleado, se vive una sola vez, digamos que podemos comprar quinientos ejemplares y en cuanto al resto sic transit gloria mundi.

En Manuzio han quedado seiscientos cincuenta ejemplares sin encuadernar, el señor Garamond hace encuadernar quinientos y los envía contra reembolso. Balance: el autor ha pagado con creces los costes de producción de dos mil ejemplares, Manuzio ha impreso mil y ha encuadernado ochocientos cincuenta, de los cuales quinientos han sido pagados por segunda vez. Una cincuentena de autores al año, y Manuzio siempre cierra con un amplio margen de beneficios.

Y sin remordimientos: reparte felicidad.

40

Los cobardes mueren muchas veces antes de morir.
(Shakespeare, *Julius Caesar,* II, 2)

Había notado siempre un contraste entre la devoción con que Belbo trataba a sus respetables autores de Garamond, para producir unos libros de los que luego pudiera enorgullecerse, y la piratería con que no sólo contribuía a embaucar a los desventurados de Manuzio, sino con que incluso enviaba a via Gualdi a los que le parecían impresentables para Garamond, como le había visto intentar con el coronel Ardenti.

A menudo me había preguntado, mientras trabajaba con él, por qué aceptaba esa situación. Por dinero no, supongo. Conocía bastante bien su oficio como para encontrar un empleo mejor pagado.

Pensé, durante mucho tiempo, que lo hacía para poder cultivar sus estudios sobre la necedad humana, y desde un observatorio ejemplar. La que él llamaba estupidez, el paralogismo inaprensible, el delirio insidioso camuflado de argumentación impecable, le fascinaba; y no se cansaba de decirlo. Pero también ésa era una máscara. Era Diotallevi el que participaba para divertirse, con la esperanza de que quizá, algún día, en un libro Manuzio, descubriría una combinación inédita de la Torah. Y por juego, por puro entretenimiento, y burla, y curiosidad, había participado yo, sobre todo desde que Garamond había puesto en marcha el Proyecto Hermes.

Para Belbo no era así. Lo he podido comprender únicamente después de haber hurgado entre sus *files.*

---

filename: Venganza terrible venganza

Llega así. Aunque haya gente en la oficina, me coge del cuello de la chaqueta, aproxima el rostro y me besa. Anna che cuando bacia sta in punta di piedi, decía la canción... Me besa como si estuviese jugando al flipper.

Sabe que me hace sentir incómodo. Pero me pone en evidencia.

Nunca miente.

«Te quiero.»

«¿Nos vemos el domingo?»

«No, pasaré el fin de semana con un amigo...»

«Una amiga, querrás decir.»

«No, un amigo, le conoces, era el que estaba conmigo en el bar la semana pasada. Se lo he prometido, ¿no querrás que ahora dé marcha atrás?»

«Pues no des marcha atrás, pero entonces no vengas a... Mira, ten la bondad, estoy esperando a un autor.»

«¿Un genio que habría que dar a conocer?»

«Un miserable que habría que destruir.»

Un miserable que habría que destruir.

Había ido a recogerte al Pílades. No estabas. Te estuve esperando largo rato, después decidí ir solo, porque si no encontraría cerrada la galería. Allí alguien me dijo que ya os habíais marchado al restaurante. Hice como si mirara los cuadros —de todas maneras me dicen que el arte está muerto desde la época de Hölderlin. Me llevó veinte minutos encontrar el restaurante, porque los galeristas siempre eligen los que sólo al mes siguiente estarán de moda.

Estabas allí, entre las caras de siempre, y a tu lado el hombre de la cicatriz. Ni un instante de apuro. Me echaste una mirada de complicidad y —¿cómo consigues hacerlo, al mismo tiempo?— desafío, como diciéndome: ¿y entonces? El intruso de la cicatriz me miró de pies a cabeza como a un intruso. Los demás expectantes, porque lo nuestro tampoco es ningún misterio. Hubiese tenido que buscar un pretexto para entablar pelea. Habría quedado bien, aunque el otro me hubiese dado una paliza. Todos sabían que estabas con él para provocarme. Le provocara yo o no, mi papel estaba decidido. Comoquiera que fuese estaba dando un espectáculo.

Espectáculo por espectáculo, opté por la comedia brillante, participé amablemente en la conversación, esperando que alguien admirara mi capacidad de autodominio.

El único que me admiraba era yo.

Somos cobardes cuando nos sentimos cobardes.

El vengador enmascarado. Como Clark Kent me ocupo de los jóvenes genios incomprendidos y como Superman castigo a los viejos genios justamente incomprendidos. Ayudo a explotar a los que no han tenido mi valentía y no han sabido limitarse al papel de espectador.

¿Es posible? ¿Pasarse la vida castigando a los que jamás sabrán que han sido castigados? ¿Has querido ser Homero? Toma, miserable, y cree.

Detesto a quienes tratan de venderme un sueño de pasión.

41

> Cuando recordamos que Daath está situado en el punto en que el Abismo corta el Pilar Medio, y que en la sumidad del Pilar Medio está el Sendero de la Flecha... y que también ahí está Kundalini, vemos que en Daath está el secreto tanto de la generación como de la regeneración, la clave de la manifestación de todas las cosas a través de la diferenciación de las parejas de opuestos y su Unión en un Tercero.
>
> (Dion Fortune, *The mystical Qabalah*, London, Fraternity of the Inner Light, 1957, 7.19)

De todas formas, no tenía que ocuparme de Manuzio, sino de la maravillosa aventura de los metales. Empecé mis exploraciones de las bibliotecas de Milán. Partía de los manuales, fichaba su bibliografía y de allí pasaba a los originales, más o menos antiguos, donde podía encontrar ilustraciones decentes. Nada peor que ilustrar un capítulo sobre los viajes espaciales con una foto de la última sonda americana. El señor Garamond me había enseñado que, por lo menos, se necesita un ángel de Doré.

Hice buenas cosechas de reproducciones curiosas, pero no eran suficientes. Cuando se prepara un libro ilustrado, para escoger una buena imagen hay que descartar al menos diez.

Me autorizaron a ir a París, cuatro días. Pocos para recorrer todos los archivos. Fui con Lia, llegué el jueves y tenía una litera para regresar en el tren del lunes por la noche. Cometí el error de programar la visita al Conservatoire para el lunes, y el lunes descubrí que justo ese día el Conservatoire estaba cerrado. Demasiado tarde, me quedé con las manos vacías.

A Belbo no le gustó nada, pero había recogido muchas cosas interesantes y fuimos a enseñárselas al señor Garamond. Hojeaba las reproducciones que había traído, muchas de ellas en color. Después miró la factura y lanzó un silbido:

—Estimado amigo, llevamos a cabo una misión, trabajamos por la cultura, *ça va sans dire,* pero no somos la Cruz Roja, aún diría más, no somos la UNICEF. ¿Era necesario comprar todo este material? Cómo le diría, aquí veo un señor en paños menores, con un bigote que parece d'Artagnan, rodeado de abracadabras y capricornios, pero ¿qué es esto? ¿Mandrake?

—Orígenes de la medicina. Influencia del zodíaco en las distintas partes del cuerpo, con las correspondientes hierbas curativas. Y los minerales, metales incluidos. Doctrina de las signaturas cósmicas. En aquellos tiempos la frontera entre la magia y la ciencia aún era tenue.

—Muy interesante. Pero, ¿qué dice en este frontispicio? Philosophia Moysaica. ¿Qué tiene que ver Moisés? ¿No le parece demasiado primordial?

—Es la querella sobre el *unguentum armarium,* o sea, sobre el *weapon salve.* Médicos ilustres discuten durante cincuenta años sobre si ese ungüento, extendido sobre el arma que ha provocado la herida, puede curar a la víctima.

—Qué barbaridad. ¿Y es ciencia?

—No en el sentido actual. Pero discutían sobre eso porque hacía poco que se habían descubierto las prodigiosas virtudes del imán, y eso los había convencido de que podía haber acción a distancia. Como también afirmaba la magia. Entonces, acción a distancia por acción a distancia... ¿Comprende? Estos se equivocan, pero Volta y Marconi no se equivocarán. ¿Qué son la electricidad y la radio, sino acción a distancia?

—Vaya, vaya. Es listo nuestro Casaubon. La ciencia y la magia cogidas de la mano, ¿verdad? Una gran idea. Pues duro con ellos. Quíteme un poco de esas dinamos tan desagradables, y póngame más Mandrakes. Alguna evocación demoníaca, no sé, sobre fondo dorado.

—Tampoco quisiera exagerar. Esta es la maravillosa aventura de los metales. Las extravagancias quedan bien sólo cuando están justificadas.

—La maravillosa aventura de los metales debe ser sobre todo la historia de sus errores. Ponemos la hermosa extravagancia, y luego al pie decimos que aquello era un error. Pero allí está, y el lector se apasiona, porque ve que también los grandes hombres desvariaban como él.

Conté una extraña experiencia que había tenido junto al Sena, no lejos del Quai St-Michel. Había entrado en una librería que, ya desde sus dos escaparates simétricos, exhibía su esquizofrenia. De un lado, obras sobre ordenadores y sobre el futuro de la electrónica, del otro, sólo ciencias ocultas. Y lo mismo en el interior: Apple y Cábala.

—Increíble —dijo Belbo.

—Obvio —dijo Diotallevi—. O al menos, tú eres el último que debería asombrarse, Jacopo. El mundo de las máquinas trata de encontrar el secreto de la creación: letras y números.

Garamond no dijo nada. Había juntado las manos, como en una plegaria, y miraba hacia el cielo. Después batió palmas:

—Todo lo que han dicho me confirma una idea que tengo desde hace unos días... Pero todo en su momento, todavía tengo que pensarlo. Ustedes prosigan. Le felicito, Casaubon, revisaremos incluso su contrato, veo que es un colaborador valiosísimo. Y ya lo sabe, mucha Cábala y ordenadores. Los ordenadores se hacen con silicio. ¿Verdad?

—Pero el silicio no es un metal, sino un metaloide.

—¿Y ahora vamos a sutilizar con las desinencias? ¿Qué es esto, rosa rosarum? Ordenadores. Y Cábala.

—Que no es un metal —insistí.

Nos acompañó hasta la puerta. En el umbral me dijo:

—Casaubon, los editores practicamos un arte, no una ciencia. No nos hagamos los revolucionarios, que ya está pasado de moda. Usted ponga la Cábala. Por cierto, con respecto a sus gastos, me he permitido descontar la litera. No es por avaricia, espero que no vaya a tomarlo así. Pero creo que la investigación se beneficia, cómo le diría yo, de cierto espíritu espartano. Si no, se pierde el entusiasmo.

Volvió a convocarnos al cabo de unos días. Le dijo a Belbo que en su despacho había alguien que quería que conociésemos.

Allá fuimos. Garamond estaba conversando con un señor gordo, con cara de tapir, dos bigotitos rubios bajo una gran nariz animal, y barbilla inexistente. Me pareció que le conocía, después recordé, era el profesor Bramanti, a quien había escuchado en Río, el referendario o no sé qué cosa de aquella orden Rosa-Cruz.

—El profesor Bramanti —dijo Garamond—, piensa que éste sería el momento justo para que un editor perspicaz y sensible al clima cultural de estos años iniciara una colección de ciencias ocultas.

—En... Manuzio —sugirió Belbo.

—¿En dónde, si no? —sonrió con astucia el señor Garamond—. El profesor Bramanti, que por cierto viene recomendado por un gran amigo, el doctor De Amicis, el autor de esas espléndidas *Crónicas del Zodíaco* que publicamos este año, lamenta que las pocas colecciones que existen sobre esta materia, por lo general obra de editores poco serios y fiables, notoriamente superficiales, deshonestos, incorrectos, aún diría más, mediocres, no se correspondan en absoluto con la riqueza, la profundidad de este campo de estudios...

—Los tiempos están maduros para esta revalorización de la cultura de lo inactual, ahora que las utopías del mundo moderno han fracasado —dijo Bramanti.

—Lo que dice es la pura verdad, profesor. Pero debe perdonar nuestra, ay Dios, no diré ignorancia, pero sí nuestra incertidumbre al respecto: ¿a qué se refiere cuando habla de ciencias ocultas? ¿Espiritismo, astrología, magia negra?

Bramanti esbozó un gesto de desaliento:

—¡Oh, no, por favor! Esas son las patrañas con que se engaña a los ingenuos. Yo estoy hablando de ciencia, aunque sea oculta. Sí, ciertamente, también podría incluirse la astrología, pero no para que la dactilógrafa sepa si el próximo domingo encontrará al hombre de su vida. Se tratará más bien de un estudio serio sobre los Decanatos, para poner un ejemplo.

—Ya veo. Científico. Está en nuestra línea, sí, pero ¿podría ser un poco más exhaustivo?

Bramanti se acomodó en la butaca y miró a su alrededor, como buscando inspiraciones astrales.

—Desde luego, podría darle algunos ejemplos. Yo diría que el lector ideal de una colección de este tipo debería ser un adepto de los rosacruces, y por tanto un experto *in magiam, in necromantiam, in astrologiam, in geomantiam, in pyromantiam, in hydromantiam, in chaomantiam, in medicinam adeptam,* por citar el libro de Azoth, el que fuera entregado por una doncella misteriosa al Estauróforo, según se cuenta en el *Raptus philosophorum.* Pero el conocimiento del adepto abarca otros campos: está la fisiognosia, que comprende la física oculta, la estática, la dinámica y la cinemática, la astrología o biología esotérica, y el estudio de los espíritus de la naturaleza, la zoología hermética y la astrología biológica. A eso añada usted la cosmognosia, que estudia la astrología pero desde el punto de vista astronómico, cosmológico, fisiológico, ontológico, o la antropognosia, que estudia la anatomía homológica, las ciencias adivinatorias, la fisiología fluídica, la psicurgia, la astrología social y el hermetismo de la historia. Además, están las matemáticas cualitativas, o sea, como usted bien sabe, la aritmología... Pero los conocimientos preliminares incluirían la cosmografía de lo invisible, el magnetismo, las auras, los sueños, los fluidos, la psicometría y la clarividencia, y en general el estudio de los otros cinco sentidos hiperfísicos, para no hablar de la astrología horoscópica, que puede ser una degeneración del saber cuando no se la practica con las debidas precauciones... y luego la fisiognómica, la lectura del pensamiento, las artes adivinatorias (tarot, el libro de Morfeo), hasta los grados superiores, como la profecía y el éxtasis. Será preciso disponer de información suficiente sobre manipulaciones fluídicas, alquimia, espagírica, telepatía, exorcismo, magia ceremonial y evocatoria, teurgia elemental. En cuanto al ocultismo propiamente dicho, yo sugeriría explorar los campos de la Cábala primitiva, el brahmanismo, la gimnosofía, los jeroglíficos de Menfis...

—Fenomenología templaria —propuso Belbo.

Bramanti se iluminó:

—Desde luego. Pero me estaba olvidando, primero algunas nociones de nigromancia y brujería de las razas no blancas, onomancia, furores proféticos, taumaturgia voluntaria, sugestión, yoga, hipnotismo, sonambulismo, química mercurial... Para la tendencia mística, Wronski aconsejaba tener presentes las técnicas de las posesas de Loudun, de los convulsionarios de San Medardo, los brebajes místicos, el vino de Egipto, el elixir de la vida y el agua tofana. En cuanto al principio del mal, pero comprendo que con esto llegamos a la parte más reservada de una eventual colección, yo diría que es necesario familiarizarse con los misterios de Belcebú como destrucción per se, y de Satanás como príncipe destronado, de Eurinomio, de Moloch, íncubos y súcubos. En cuanto al principio positivo, misterios celestes de los Santos Miguel, Gabriel y Rafael, y de los agatodemonios. Luego los misterios de Isis, de Mitra, de Morfeo, de Samotracia y de Eleusis, y los misterios naturales del sexo viril, falo, Arbol de la Vida, Llave de la Sabiduría, Bafomet, malleus, los misterios naturales del sexo femenino, Ceres, Cteis, Pátera, Cibeles, Astarté.

El señor Garamond se inclinó hacia adelante con una sonrisa insinuante:

—No olvidará a los gnósticos...

—Desde luego que no, aunque sobre ese tema circula mucha pacotilla, cosas poco serias. De todas formas, todo sano ocultismo es una Gnosis.

—Ya lo decía yo —dijo Garamond.

—Y todo esto sería suficiente —dijo Belbo, con un leve tono interrogativo.

Bramanti hinchó los carrillos, transformándose de golpe de tapir en hámster.

—Suficiente... para iniciar, no para iniciados, usted perdonará el juego de palabras. Pero ya con unos cincuenta volúmenes, ustedes podrían mesmerizar a un público de millares de lectores, que sólo esperan una palabra autorizada... Con una inversión de unas decenas de millones, y he acudido a usted, doctor Garamond, porque me consta que está dispuesto a atreverse a las empresas más generosas, y un modesto porcentaje para mí, como director de la colección...

Bramanti ya había dicho bastante, y perdió todo interés a los ojos de Garamond. De hecho le despidió rápidamente y con todo tipo de promesas. El habitual comité de asesores examinaría cuidadosamente la propuesta.

Pero sabed que estamos todos de acuerdo, digamos lo que digamos.
(*Turba Philosophorum*)

Cuando Bramanti se hubo marchado, Belbo observó que era uno de esos que tenían que quitarse el tapón. El señor Garamond no conocía la expresión piamontesa y Belbo ensayó algunas paráfrasis respetuosas, pero sin éxito.

—De todas formas —dijo Garamond—, no nos hagamos los difíciles. Ese señor apenas había dicho cinco palabras y yo ya sabía que no era un cliente para nosotros. El. Pero aquellos de los que nos ha hablado sí, autores y lectores. Este Bramanti ha venido a confirmarme una idea que estaba explorando precisamente en estos días. Aquí tienen, señores.

Y extrajo teatralmente tres libros del cajón de su escritorio.

—Aquí tienen ustedes tres volúmenes publicados en estos últimos años, y todos han sido un éxito. El primero está en inglés y no lo he leído, pero su autor es un crítico ilustre. ¿Y qué ha escrito? Miren el subtítulo, una novela gnóstica. Ahora miren este otro: aparentemente es una novela de crímenes, un best seller. ¿Y de qué habla? De una iglesia gnóstica en los alrededores de Turín. Ustedes sabrán quiénes son estos gnósticos... —Nos detuvo con un ademán—: No tiene importancia, me basta con saber que son algo demoníaco... Lo sé, lo sé, quizá esté corriendo mucho, pero no quiero hablar como ustedes, quiero hablar como ese Bramanti. En este momento soy un editor, no un profesor de gnoseología comparada o comoquiera que se llame. ¿Qué he percibido de claro, prometedor, incitante, aún diría más, curioso, en el discurso de Bramanti? Esa extraordinaria capacidad para juntar cualquier cosa, no ha hablado de los gnósticos, pero habrán notado que hubiera podido mencionarlos, entre geomancia, gerovital y radamés al mercurio. ¿Y por qué insisto? Porque aquí tengo otro libro, de una periodista famosa, que cuenta cosas increíbles que suceden en Turín, en Turín, vaya, la ciudad del automóvil: hechiceras, misas negras, evocaciones del diablo, y todo para gente que paga, no para esos pelados meridionales. Casaubon, Belbo me ha dicho que usted ha vivido en Brasil y ha asistido a los ritos satánicos de esos salvajes de allá... Vale, después me explicará exactamente qué eran, pero lo mismo da. Brasil está aquí, señores. El otro día, entré en primera persona en esa librería, cómo se llama, en fin, lo mismo da, era una librería que hace seis o siete años vendía textos anarquistas, revolucionarios, tupamaros, terroristas, aún diría más, marxistas... Pues bien, ¿cómo se ha reciclado? Vendiendo esas cosas de que hablaba Bramanti. Es cierto, hoy estamos en una época de confusión y si van a una librería católica, donde antes había sólo el catecismo, ahora pueden encontrar incluso la revalorización de Lutero, pero al menos no venderá libros donde se diga que la religión es una estafa. En cambio en estas librerías que digo yo, se vende al autor que cree y también al que echa pestes de esa creencia, siempre que toquen un argumento, ¿cómo diría...?

—Hermético —sugirió Diotallevi.

—Eso mismo, creo que es la palabra justa. He visto al menos diez libros sobre Hermes. Y yo quiero hablarles de un Proyecto Hermes. Entremos en esa rama.

—En la rama dorada —dijo Belbo.

—Así es —dijo Garamond, sin captar la cita—, es una mina de oro. Me he dado cuenta de que ésos comen de todo, con tal de que sea hermético, como usted decía, con tal de que diga lo contrario de lo que han aprendido en los textos escolares. Y creo que incluso es un deber cultural: no tengo vocación de benefactor, pero en estos tiempos tan oscuros ofrecer a la gente una fe, un rayo de esperanza en lo sobrenatural... Sin embargo, Garamond siempre tiene una misión científica...

Belbo se puso rígido.

—Me pareció que estaba pensando en Manuzio.

—En las dos. Escuche lo que voy a decirle. He hurgado en esa librería y después he ido a otra, muy seria, en la que sin embargo también tenían una pulcra sección dedicada a las ciencias ocultas. Sobre este tema hay estudios de nivel universitario, y se exhiben junto con los libros de gente como ese Bramanti. Pues bien, razonemos: ese Bramanti quizá nunca se ha encontrado con los autores universitarios, pero ha leído sus obras, y las ha leído como si fuesen del mismo nivel que las suyas. Es gente a la que se le dice cualquier cosa y piensa que se refiere a su problema, como la historia del gato que oía cómo los cónyuges discutían por el divorcio y pensaba que estaban discutiendo por los menudillos de su comida. Usted mismo ha podido comprobarlo, Belbo, le mencionó ese asunto de los templarios, y él en seguida, de acuerdo, también los templarios, y la Cábala, y la lotería y el poso del café. Son omnívoros. Omnívoros. Ha visto la cara de Bramanti: un roedor. Un público inmenso, dividido en dos grandes categorías, ya me los veo desfilar ante los ojos, y son legión. In primis los que escriben, y Manuzio les espera aquí con los brazos abiertos. Es suficiente atraerles con una colección que llame la atención, que podría titularse, veamos...

—La Tabula Smaragdina —dijo Diotallevi.

—¿Cómo dice? No, demasiado difícil: a mí, por ejemplo, no me dice nada. Necesitamos algo que evoque otra cosa...

—Isis Desvelada —dije.

—¡Isis Desvelada! Suena bien, bravo, Casaubon, uno piensa en Tutankamón, en el escarabajo de las pirámides. Isis Desvelada, con una cubierta un poco abracadabrante, aunque no demasiado. Sigamos adelante. Ahora viene la segunda cohorte, la de los compradores. Pues bien, amigos míos, ustedes dicen que a Manuzio no le interesan los compradores. ¿Acaso lo ha dicho el médico? Esta vez venderemos los libros de Manuzio, señores, ¡será un salto cualitativo! Por último, están los estudios de nivel científico, y aquí entra en escena Garamond. Junto con los estudios históricos y las otras colecciones universitarias, buscamos un asesor serio y publicamos tres o cuatro libros al año, en una colección seria, rigurosa, con un título explícito pero discreto...

—Hermetica —dijo Diotallevi.

—Perfecto. Clásico, digno. Ustedes me preguntarán por qué gastar dinero con Garamond cuando podemos limitarnos a ganarlo con Manuzio. Pero la colección seria funciona como un señuelo, atrae a personas sensatas que harán otras propuestas, indicarán pistas, y además atrae a los otros, a los Bramanti, que serán desviados hacia Manuzio. Me parece un proyecto perfecto, el Proyecto Hermes, una operación limpia, rentable, que refuerza la corriente ideal entre ambas casas... Señores, a trabajar. Visiten librerías, preparen bibliografías, soliciten catálogos, vean qué hacen en los otros países... Y además, quién sabe cuánta gente ha desfilado por sus despachos, llevando este tipo de tesoros, y ustedes se han deshecho de ellos porque no nos servían. Y, por favor, Casaubon, también en la historia de los metales pongamos un poco de alquimia. Quiero suponer que el oro es un metal. Las observaciones para otro día, ya saben ustedes que acepto las críticas, las sugerencias, las impugnaciones, como es costumbre entre gente culta. A partir de este momento el proyecto es ejecutivo. Señora Grazia, haga pasar a ese señor que lleva dos horas esperando, ¡ésta no es manera de tratar a un Autor! —dijo mientras nos abría la puerta, en voz suficientemente alta como para que le oyesen en la sala de espera.

43

> Personas con las que uno se cruza por la calle... se entregan en secreto a operaciones de Magia Negra, se comprometen o intentan comprometerse con los Espíritus de las Tinieblas, para satisfacer sus deseos de ambición, de odio, de amor, para hacer, en una palabra, el Mal.
>
> (J. K. Huysmans, Prefacio a J. Bois, *Le satanisme et la magie,* 1895, pp. VIII-IX)

Creí que el Proyecto Hermes era una idea apenas esbozada. No conocía todavía al señor Garamond. En los días que siguieron, mientras yo me dedicaba a buscar ilustraciones sobre los metales en las bibliotecas, en Manuzio ya estaban trabajando.

Al cabo de dos meses encontré en el despacho de Belbo un número, recién salido de la imprenta, del *Parnaso Enotrio,* con un largo artículo titulado «Renacimiento del ocultismo», donde el célebre hermetista doctor Moebius, pseudónimo recién acuñado por Belbo, que con ello se había ganado el primer galón del Proyecto Hermes, hablaba del milagroso renacimiento de las ciencias ocultas en el mundo moderno, y anunciaba que Manuzio tenía el propósito de incorporarse a esa corriente con su nueva colección Isis Desvelada.

Entretanto, el señor Garamond había enviado una serie de cartas a las distintas revistas de hermetismo, astrología, tarot, ovnis, firmando con nombres inventados, en las que pedía información sobre la nueva colección anunciada por Manuzio. Razón por la cual los directores de dichas revistas le habían telefoneado para pedirle información y él se había hecho el misterioso y había dicho que todavía no podía revelar cuáles serían los diez primeros títulos que, por lo demás, aún estaban en preparación. Así fue como el universo de los ocultistas, sin duda bastante agitado por el incesante tam tam de los rumores, vino a saber del Proyecto Hermes.

—Disfracémonos de flores —nos estaba diciendo el señor Garamond, que acababa de llamarnos a la sala del mapamundi—, y ya vendrán las abejas.

Pero eso no era todo. Garamond quería mostrarnos el *dépliant* (el «dèpplian», como lo llamaba él, tal como pronuncian en las editoriales milanesas, donde también dicen «Cítroen» e incluso «ciéntocincuenta»): folleto sencillo, cuatro páginas, pero en papel couché. En la primera página aparecía el que sería el esquema de la cubierta de la colección, una especie de sello dorado (se llama Pentáculo de Salomón, explicaba Garamond) sobre fondo negro, y en los bordes una guarda que evocaba unas esvásticas enlazadas (la esvástica asiática, aclaraba Garamond, la que va en el sentido del sol, a diferencia de la nazi que va como las aujas del reloj). Arriba, donde luego iría el título de cada volumen, una máxima: «hay más cosas en el cielo y en la tierra...». En las páginas interiores se cantaban las glorias de Manuzio al servicio de la cultura, después venían varios lemas eficaces sobre el ansia, en el mundo contemporáneo, de certezas más profundas y más luminosas que las que puede dar la ciencia. «Desde Egipto, desde Caldea, desde el Tibet, una ciencia olvidada: por el renacimiento espiritual de Occidente.»

Belbo preguntó a quiénes se enviarían los folletos. Garamond sonrió como sonríe, habría dicho Belbo, el diabólico doctor No.

—He hecho que me envíen de Francia el anuario de todas las sociedades secretas que existen actualmente en el mundo, y no me pregunten cómo puede haber un anuario público de las sociedades secretas: existe, aquí lo tienen, éditions Henry Veyrier, con dirección, número de teléfono y código postal. Es más, Belbo, estúdieselo y elimine las que no vienen al caso, porque veo que figuran también los jesuitas, el Opus Dei, los Carbonarios y el Rotary Club, pero elija todas las que tengan matices ocultos, ya he marcado yo algunas.

Hojeaba:

—Aquí está: Absolutistas (que creen en la metamorfosis), Aetherius Society de California (relaciones telepáticas con Marte), Astara de Lausana (juramento de secreto total), Atlanteans de Gran Bretaña (búsqueda de la felicidad perdida), Builders of the Adytum de California (alquimia, cábala, astrología), Círculo E. B. de Perpiñán (dedicado a Hator, diosa del amor y guardiana de la Montaña de los Muertos), Círculo Eliphas Levi de Maule (no sé quién es este Levi, debe de ser ese antropólogo francés, o como se llame), Caballeros de la Alianza Templaria de Tolosa, Colegio Druídico de las Galias, Convent Spiritualiste de Jericó, Cosmic Church of Truth de Florida, Seminario Tradicionalista de Ecône, Suiza, Mormones (con éstos ya me topé una vez en una novela policíaca, pero quizá hayan desaparecido), Iglesia de Mitra en Londres y en Bruselas, Iglesia de Satanás en Los Angeles, Iglesia Luciferiana Unificada de Francia, Iglesia Rosacruciana Apostólica en Bruselas, Hijos de las Tinieblas u Orden Verde de Costa de Oro (éstos quizás no, vaya usted a saber en qué idioma escriben), Escuela Hermetista Occidental de Montevideo, National Institute of Kabbalah de Manhattan, Central Ohio Temple of Hermetic Science, Tetra-Gnosis de Chicago, Hermanos Ancianos de la Rosa-Cruz de Saint Cyr-sur-Mer, Fraternidad de Seguidores de San Juan Crisóstomo para la Resurrección Templaria en Kassel, Fraternidad Internacional de Isis en Grenoble, Ancient Bavarian Illuminati de San Francisco, The Sanctuary of the Gnosis de Sherman Oaks, Grail Foundation of America, Sociedade do Graal do Brasil, Hermetic Brotherhood of Luxor, Lectorium Rosacrucianum en Holanda, Movimiento del Grial en Estrasburgo, Orden de Anubis en Nueva York, Temple of Black Pentacle en Manchester, Odinist Fellowship en Florida, Orden de la Jarretera (ahí debe de estar metida hasta la reina de Inglaterra), Orden del Vril (masonería neonazi, sin dirección), Militia Templi de Montpellier, Soberana Orden del Templo Solar en Montecarlo, Rosacruz de Harlem (ya ven, ahora hasta los negros), Wicca (asociación luciferina de obediencia celta, invocan a los 72 genios de la Cábala)... y bien, ¿quieren que lea más?

—¿Realmente, existen todas? —preguntó Belbo.

—Y muchas más. A trabajar. Prepare la lista definitiva y después se les envía el folleto. Aunque sean extranjeras. Entre esa gente las noticias vuelan. Ahora sólo queda una cosa por hacer. Hay que ir a las librerías estratégicas y hablar, no sólo con los libreros, sino también con los clientes. Decir como si nada que existe esta colección, así y asá.

Diotallevi le hizo notar que ellos no podían exponerse de esa manera, que había que conseguir propagandistas capaces de actuar con disimulo. Garamond dijo que los buscase:

—Siempre que no haya que pagarles.

Pues, no quiere nada, observó Belbo cuando regresamos a su despacho. Pero los dioses del subsuelo nos protegían. Precisamente en ese instante entró Lorenza Pellegrini, más radiante que nunca, Belbo se iluminó, ella vio los folletos y quiso saber de qué se trataba.

Apenas se enteró de cuál era el proyecto de la otra editorial, le brillaron los ojos:

—Estupendo. Tengo un amigo la mar de simpático, un ex tupamaro uruguayo, que trabaja en una revista que se llama *Picatrix,* siempre me lleva a las sesiones de espiritismo. He trabado amistad con un ectoplasma fabuloso, ¡tan pronto como se materializa pregunta por mí!

Belbo miró a Lorenza como para preguntarle algo, pero después desistió. Creo que se había acostumbrado ya a esperarse de Lorenza las compañías más preocupantes y había decidido inquietarse tan sólo por aquellas que pudieran ensombrecer su relación amorosa (¿la amaba?). Y, en aquella referencia a *Picatrix,* más que el fantasma del coronel, había vislumbrado el del uruguayo demasiado simpático. Pero Lorenza ya había cambiado de tema y nos estaba revelando que frecuentaba muchas de esas pequeñas librerías donde se venden los libros que Isis Desvelada tenía previsto publicar.

—Son increíbles, ya veréis —estaba diciendo—. Hay hierbas medicinales y las instrucciones para hacer un homunculus, lo mismo que Fausto con Helena de Troya, oh, Jacopo, hagámoslo, me hace tanta ilusión tener un homunculus contigo, como tener un caniche. Es muy fácil, decía el libro que basta con recoger un poco de semen humano en un frasco, no te costará demasiado, no te pongas rojo, tonto, después hay que mezclarlo con hipomenes, que parece ser un líquido... secrecido... secrectado... ¿cómo se dice?...

—Secretado —sugirió Diotallevi.

—¿Sí? Bueno, lo que segregan las yeguas preñadas, me doy cuenta de que esto ya es más difícil, si yo fuese una yegua preñada, no querría que viniesen a cogerme hipomene, sobre todo si se trata de desconocidos, pero creo que puede comprarse ya hecho, como el pachulí. Después hay que ponerlo todo en un recipiente y dejarlo macerar cuarenta días y poco a poco se ve cómo se va formando una figurita, un fetito, que al cabo de dos meses se convierte en un homunculus graciosísimo, sale y se pone a tu servicio; creo que son inmortales, ¡imagínate, hasta te llevará flores a la tumba cuando hayas muerto!

—¿Y qué más encuentras en esas librerías? —preguntó Belbo.

—Una gente fantástica, gente que habla con los ángeles, que fabrica oro, y magos profesionales con cara de magos profesionales...

—¿Qué cara tiene un mago profesional?

—Suelen tener nariz aguileña, cejas de ruso y ojos rapaces, pelo largo, como los pintores de antes, y barba, aunque rala, unas matas entre la barbilla y las mejillas, y unos bigotes hacia fuera que les caen como a mechones sobre el labio, es obvio, el labio está muy levantado por los dientes, no se libran de una, los tienen salidos y todos montados. Con esos dientes no me lo explico, pero vamos, sonríen tiernamente, aunque los ojos (ya os he dicho que son rapaces, ¿verdad?) nos miran de manera inquietante.

—Facies hermetica —observó Diotallevi.

—Ah. Pues ya os podéis imaginar. Cuando alguien entra y pide un libro, digamos, de oraciones contra los espíritus del mal, en seguida le sugieren al librero el título justo, que es precisamente el que el librero no tiene. Sin embargo, si te haces amiga suya y les preguntas si el libro es eficaz, te vuelven a sonreír con comprensión como si estuviesen hablándote de niños y te dicen que con estas cosas hay que tener mucho cuidado. Después te cuentan cosas horribles que los diablos les han hecho a sus amigos, una se asusta y ellos te tranquilizan diciéndote que muchas veces no es más que histeria. Vamos, nunca se sabe si creen o no creen. Los libreros suelen regalarme bastoncillos de incienso, una vez uno me dio una manita de marfil contra el mal de ojo.

—Entonces, si se te presenta la ocasión —le había dicho Belbo—, cuando vayas por allí, pregúntales si saben algo de esta nueva colección de Manuzio, incluso puedes mostrarles el folleto.

Lorenza se marchó llevándose una docena de folletos. Supongo que en las semanas que siguieron trabajó a conciencia, aunque no me esperaba que las cosas pudieran ir tan deprisa. Al cabo de unos meses, la señora Grazia ya no daba a basto con los diabólicos, como habíamos definido a los AAF con intereses ocultistas. Y como correspondía a su naturaleza, fueron legión.

Invoca las fuerzas de la Tabla de la Unión mediante el Supremo Ritual del Pentagrama, con el Espíritu Activo y Pasivo, con Eheieh y Agla. Regresa al Altar y recita la siguiente Invocación de los Espíritus Enochianos: Ol Sonuf Vaorsag Goho Iad Balt, Lonsh Calz Vonpho, Sobra Z-ol Ror I Ta Nazps, od Graa Ta Malprg... Ds Hol-q Qaa Nothoa Zimz, Od Commah Ta Nopbloh Zien...

(Israel Regardie, *The Original Account of the Teachings, Rites and Ceremonies of the Hermetic Order of the Golden Dawn,* Ritual for Invisibility, St. Paul, Llewellyn Publications, 1986, p. 423)

Tuvimos suerte, y la primera entrevista fue de excelente nivel, al menos a los efectos de nuestra iniciación.

Para la ocasión el trío estaba al completo, Belbo, Diotallevi y yo, y cuando entró la visita poco faltó para que le recibiéramos con un grito de sorpresa: tenía la *facies hermetica* que nos había descrito Lorenza Pellegrini, y además vestía de negro.

Entró mirando a su alrededor con cautela, y se presentó (profesor Camestres). A la pregunta «¿profesor de qué?», hizo un gesto vago, como invitándonos a ser reservados.

—Ustedes perdonen —dijo—, no sé si el tema les interesa sólo desde un punto de vista técnico, comercial, o si están vinculados a algún grupo iniciático...

Le tranquilizamos.

—No se trata de un exceso de prudencia por mi parte —dijo—, pero no me agradaría mantener relaciones con alguien de la OTO. —Después, al notar nuestra perplejidad—: Ordo Templi Orientis, el conventículo de los últimos supuestos fieles de Aleister Crowley... Veo que ustedes son ajenos a... Mejor así, no tendrán prejuicios. —Aceptó la invitación a sentarse—. Porque miren ustedes, la obra que quiero presentarles a ustedes se enfrenta valientemente a las tesis de Crowley. Todos nosotros, incluido yo mismo, seguimos siendo fieles a las revelaciones del *Liber Al vel legis* que, como quizá ya sepan, fue dictado a Crowley en El Cairo, en 1904, por una inteligencia superior llamada Aiwaz. Y a ese texto se atienen aún hoy los adeptos a la OTO, aceptando sus cuatro ediciones, la primera de las cuales precedió en nueve meses al estallido de la guerra de los Balcanes, la segunda en nueve meses a la primera guerra mundial, la tercera en nueve meses a la guerra chino-japonesa, la cuarta en nueve meses a los desastres de la guerra civil española...

Instintivamente toqué madera. Se dio cuenta y sonrió fúnebremente:

—Comprendo su vacilación. Puesto que, lo que ahora les traigo es la quinta edición de ese libro, ¿qué sucederá dentro de nueve meses? Nada, tranquilícense ustedes, porque lo que les presento es el *Liber legis* ampliado, ya que he tenido la fortuna de ser visitado, no ya por una mera inteligencia superior, sino por el propio Al, principio supremo, o sea Hoor-paar-Kraat, que sería el doble o el gemelo místico de Ra-Hoor-Khuit. Mi única preocupación, entre otras cosas para evitar influencias nefastas, consiste en que mi obra pueda publicarse para el solsticio de invierno.

—Eso podría verse —dijo Belbo, tratando de alentarle.

—Lo que oigo me llena de alegría. El libro dará mucho que hablar en los ambientes iniciáticos porque, como ustedes pueden apreciar, mi fuente mística es más seria y acreditada que la de Crowley. No sé cómo Crowley podía ejecutar los ritos de la Bestia sin tomar en cuenta la Liturgia de la Espada. Sólo desenvainando la espada se comprende qué es el Mahapralaya, o sea el Tercer Ojo de Kundalini. Además, en su aritmología, totalmente basada en el Número de la Bestia, no tomó en cuenta el 93, el 118, el 444, el 868 y el 1.001, los Nuevos Números.

—¿Qué significan? —preguntó Diotallevi, inmediatamente interesado.

—Ah —dijo el profesor Camestres—, como ya se decía en el primer *Liber legis,* cada número es infinito, ¡y no hay diferencias!

—Comprendo —dijo Belbo—. Pero, ¿no le parece que todo esto puede resultar un poco oscuro para el lector común?

Camestres casi da un respingo.

—Pero es absolutamente indispensable que lo sea. ¡El que accediese a estos secretos sin la debida preparación se precipitaría en el Abismo! Ya publicándolos en forma velada corro ciertos riesgos, créanme ustedes. Yo me muevo dentro del ámbito de la adoración de la Bestia, pero de una manera más radical que Crowley, ya verán mis páginas sobre el *congressus cum daemone,* las prescripciones para los paramentos del templo y la unión carnal con la Mujer Escarlata y la Bestia que Ella Cabalga. Crowley se detuvo en el *congressus carnalis* llamado contra natura, yo trato de llevar el rito más allá del Mal tal como lo concebimos, yo rozo lo inconcebible, la absoluta pureza de la Goethia, el último umbral del Bas-Aumgn y del Sa-Ba-Ft...

Lo único que le quedaba por hacer a Belbo era explorar las posibilidades financieras de Camestres. Lo hizo con grandes circunloquios y al final quedó claro que, al igual que Bramanti, nuestro hombre no tenía la menor intención de autofinanciarse. A partir de ese momento se iniciaba la fase de desacoplamiento, incluida la poco insistente petición de que dejara el original para que lo examinásemos, luego ya hablaríamos. Pero en ese punto Camestres había apretado el original contra el pecho, al tiempo que decía que jamás le habían tratado con tal desconfianza, y se había marchado dando a entender que disponía de medios no comunes para hacer que nos arrepintiésemos de haberle ofendido.

Sin embargo, al poco tiempo dispusimos de decenas de originales decididamente AAF. Había que hacer una cierta selección, puesto que ahora interesaba que también vendieran. Excluido que pudiésemos leerlo todo, examinábamos los índices y después nos comunicábamos nuestros descubrimientos.

45

De esto surge una pregunta sorprendente. ¿Los egipcios conocían la electricidad?

(Peter Kolosimo, *Terra senza tempo*, Milano, Sugar, 1964, p. 111)

—Yo he encontrado un texto sobre las civilizaciones desaparecidas y los países misteriosos —decía Belbo—. Parece ser que al principio existió un continente llamado Mu, que estaba donde ahora está Australia, y del que arrancaron las grandes corrientes migratorias. Una hacia la isla de Avalón, otra hacia el Cáucaso y hacia las fuentes del Indo, después están los celtas, los fundadores de la civilización egipcia, y por último la Atlántida...

—Es cosa conocida: sujetos que escriben libros sobre Mu hay ciento y la madre —decía yo.

—Pero quizá éste sea de los que pagan. Además, hay un capítulo hermosísimo sobre las migraciones griegas al Yucatán, describe un bajorrelieve de un guerrero, en Chichén Itzá, que parece un legionario romano. Dos gotas de agua...

—Todos los yelmos del mundo o tienen plumas o crines de caballo —dijo Diotallevi—. No es una demostración.

—Para ti, no para él. El encuentra adoraciones a la serpiente en todas las civilizaciones y deduce que tienen un origen común...

—¿Quiénes no han adorado a la serpiente? —dijo Diotallevi—. Salvo, naturalmente, el Pueblo Elegido.

—Sí, esos adoraban los becerros.

—Fue un momento de debilidad. Yo, en cambio, descartaría este otro, aunque pague. Celtismo y arianismo, Kaly-yuga, ocaso de occidente y espiritualidad SS. Seré un paranoico, pero me parece nazi.

—Para Garamond ésa no es necesariamente una contraindicación.

—Sí, pero todo tiene un límite. Sin embargo, he visto uno sobre gnomos, ondinas, salamandras, elfos y sílfides, hadas... Pero también salen a relucir los orígenes de la civilización aria. Parece que las SS surgen de los Siete Enanitos.

—De los Siete Enanitos, no, de los Nibelungos.

—Pero aquí habla de los duendes y hadas irlandeses. Y las malas son las hadas; los pequeñajos son buenos, aunque un poco insolentes.

—Déjalo aparte. ¿Y usted, Casaubon, qué ha visto?

—Sólo un texto curioso sobre Cristóbal Colón: analiza su firma y encuentra nada menos que una referencia a las pirámides. Lo que intentaba era reconstruir el Templo de Jerusalén, porque era el gran maestre de los templarios en el exilio. Y puesto que, como todo el mundo sabe, era un judío portugués y por tanto experto cabalista, se valió de evocaciones talismánicas para calmar las tempestades y vencer el escorbuto. No he mirado los textos sobre la Cábala, porque supongo que los habrá examinado Diotallevi.

—En todos, las letras hebreas están equivocadas: las han fotocopiado de los librejos sobre el Significado de los Sueños.

—No olviden que estamos seleccionando textos para Isis Desvelada. No hagamos filología. Quizá a los diabólicos les gustan las letras hebreas tomadas del Significado de los Sueños. Pero no sé qué hacer con todos los originales que tratan de la masonería. El señor Garamond me ha advertido que andemos con pies de plomo, porque no quiere mezclarse en las disputas entre los distintos ritos. Sin embargo, no dejaría de lado éste sobre el simbolismo masónico de la gruta de Lourdes. Ni este otro, impagable, sobre la aparición de un caballero, probablemente el conde de Saint-Germain, íntimo amigo de Franklin y de Lafayette, en el momento de la invención de la bandera de los Estados Unidos. Sólo que, aunque explica bien el significado de las estrellas, entra en estado confusional cuando tiene que hablar de las franjas...

—¡El conde de Saint-Germain! —exclamé—. Vaya, vaya.

—¿Acaso lo conoce?

—Si les digo que sí, no me creerán. Mejor cambiemos de tema. Aquí tengo un mamotreto de cuatrocientas páginas contra los errores de la ciencia moderna: El átomo, una mentira judía; El error de Einstein y el secreto místico de la energía; La ilusión de Galileo y la naturaleza inmaterial de la luna y el sol.

—Si se trata de eso —dijo Diotallevi—, lo que más me ha gustado es este compendio de ciencias fortianas.

—¿Y qué es eso?

—Se llaman así por un tal Charles Hoy Fort, que recogió una inmensa colección de noticias inexplicables. Una lluvia de ranas en Birmingham, improntas de un animal fabuloso en Devon, escaleras misteriosas e improntas de ventosas en la falda de ciertas montañas, irregularidades en la precesión de los equinoccios, inscripciones en meteoritos, nieve negra, temporales de sangre, seres alados a ocho mil metros de altura en el cielo de Palermo, ruedas luminosas en el mar, restos de gigantes, cascada de hojas muertas en Francia, precipitaciones de materia viva en Sumatra y, naturalmente, todas las improntas de Machu Picchu y otras cimas de América del Sur que demuestran el aterrizaje de poderosas astronaves en épocas prehistóricas. No estamos solos en el universo.

—No está nada mal —dijo Belbo—. Lo que me intriga, en cambio, son estas quinientas páginas sobre las pirámides. ¿Sabían ustedes que la pirámide de Keops se encuentra justo en el paralelo treinta, que es el que atraviesa la mayor cantidad de tierras emergidas? ¿Que las relaciones geométricas que aparecen en la pirámide de Keops son las mismas que hay en Pedra Pintada, en Amazonia? ¿Que Egipto tenía dos serpientes emplumadas, una en el trono de Tutankamón y otra en la pirámide de Saqqãra, y que esto nos remite a Quetzalcoatl?

—¿Qué tiene que ver Quetzalcoatl con la Amazonia, si forma parte del panteón mexicano? —pregunté.

—Bueno, quizá me haya saltado un eslabón. Por lo demás, ¿cómo se explica que las estatuas de la Isla de Pascua sean megalitos como los de los celtas? Uno de los dioses de los polinesios se llama Ya, y es evidente que se trata del Iod de los hebreos, como del antiguo húngaro Io-v', el dios grande y bueno. En un antiguo manuscrito mexicano, la Tierra está representada como un cuadrado rodeado por el mar, y en el centro de la Tierra hay una pirámide en cuya base está inscrita la palabra Aztlan, que se parece a Atlas o Atlántida. ¿Por qué a ambos lados del Atlántico hay pirámides?

—Porque es más fácil construir pirámides que esferas. Porque el viento produce dunas con forma de pirámide y no de Partenón.

—Detesto el espíritu de la Ilustración —dijo Diotallevi.

—Prosigo. El culto de Ra no aparece en la religión egipcia hasta el Nuevo Imperio, por tanto, procede de los celtas. ¿Recuerdan a San Nicolás con su trineo? Pues en el Egipto prehistórico la nave solar era un trineo. Y, puesto que ese trineo no hubiese podido deslizarse por la nieve en Egipto, su origen tiene que ser nórdico...

Yo no daba mi brazo a torcer:

—Pero antes de que se inventase la rueda, se usaban trineos, incluso sobre la arena.

—No interrumpa. El libro dice que primero hay que detectar las analogías y después buscar las razones. Y aquí dice que al final las razones acaban siendo científicas. Los egipcios conocían la electricidad, ¿si no, cómo habrían podido hacer todo lo que hicieron? Un ingeniero alemán encargado de construir el alcantarillado de Bagdad, descubrió pilas eléctricas del tiempo de los sasánidas, que aún funcionaban. En las excavaciones de Babilonia aparecieron acumuladores fabricados hace cuatro mil años. Por último, el arca de la alianza (donde debían guardarse las tablas de la ley, la verga de Aarón y un vaso con maná del desierto) era una especie de cofre eléctrico capaz de producir descargas del orden de los quinientos voltios.

—Eso ya lo he visto en el cine.

—¿Y qué? ¿De dónde cree que sacan sus ideas los guionistas? El arca estaba hecha con madera de acacia, cubierta de oro por dentro y por fuera; el mismo principio de los condensadores eléctricos, dos conductores separados por un aislante. Estaba rodeada de una guirnalda también de oro. Estaba situada en una zona seca en la que el campo magnético alcanzaba los quinientos o seiscientos voltios por metro vertical. Se dice que Porsena usó la electricidad para librar a su reino de la presencia de un terrible animal llamado Volt.

—Por eso Volta escogió un apodo tan exótico. Antes se llamaba Szmrszlyn Krasnapolsky.

—Seamos serios. Porque además de los originales, aquí tengo una catarata de cartas que proponen revelaciones sobre las relaciones entre Juana de Arco y los Libros Sibilinos, el demonio talmúdico Lilith y la gran madre hermafrodita, el código genético y la escritura marciana, la inteligencia secreta de las plantas, el renacimiento cósmico y el psicoanálisis, Marx y Nietzsche desde el punto de vista de una nueva angelología, el Número de Oro y la construcción de chabolas, Kant y el ocultismo, los misterios de Eleusis y el jazz, Cagliostro y la energía atómica, la homosexualidad y la gnosis, el Golem y la lucha de clases, y por último una obra en ocho volúmenes sobre el Santo Grial y el Sagrado Corazón.

—¿Qué quiere demostrar? ¿Que el Grial es una alegoría del Sagrado Corazón, o que el Sagrado Corazón es una alegoría del Grial?

—Entiendo la diferencia, y la valoro, pero creo que para el autor valen las dos cosas. Vamos, que a estas alturas estoy hecho un lío. Tendría que ir a ver lo que dice el señor Garamond.

Fuimos. Dijo que por principio no había que tirar nada y que había que escuchar a todos los autores.

—Mire que la mayoría de estas cosas se limitan a repetir lo que se encuentra en todos los kioscos de las estaciones —dije—. Los autores, incluso los que publican, se copian mutuamente, uno se basa en lo que dice el otro, y todos utilizan como prueba irrefutable una frase de Jámblico, para poner un ejemplo.

—¿Y qué? —dijo Garamond—. ¿No pretenderá vender a los lectores algo que no conocen? Los libros de Isis Desvelada deben hablar exactamente de lo mismo de lo que hablan los otros. Se confirman entre sí, por tanto están en lo cierto. Desconfíen de la originalidad.

—De acuerdo —dijo Belbo—, pero sin embargo hay que saber distinguir entre lo que es obvio y lo que no lo es. Necesitamos un asesor.

—¿De qué clase?

—No lo sé. Tiene que ser menos crédulo que un diabólico, pero debe conocer bien ese mundo. Además tiene que orientarnos en la selección de obras para *Hermetica.* Un estudioso serio del hermetismo renacentista...

—Magnífico —le dijo Diotallevi—. Y luego, la primera vez que salgan a relucir el Grial y el Sagrado Corazón, se marcha dando un portazo.

—No necesariamente.

—Creo que conozco a la persona indicada —dije—. Es un individuo realmente erudito, que se toma bastante en serio estas cosas, pero con elegancia e incluso con cierta ironía. Le encontré en Brasil, pero ahora tendría que estar aquí en Milán. Debo de tener el número de teléfono en alguna parte.

—Contacte con él —dijo Garamond—. Con cautela, depende del precio. Y luego intenten aprovecharlo para la maravillosa aventura de los metales.

Agliè pareció alegrarse de mi llamada. Me preguntó cómo estaba la deliciosa Amparo, le di a entender tímidamente que era una historia pasada, me pidió disculpas, hizo algunas finas observaciones sobre la soltura con que un joven puede iniciar nuevos capítulos de su vida. Le mencioné un proyecto editorial. Se mostró interesado, dijo que tendría mucho gusto en conversar con nosotros, de modo que quedé en que pasaríamos por su casa.

Desde que naciera el Proyecto Hermes hasta aquel día me había divertido despreocupadamente a costa de medio mundo. Ahora Ellos empezaban a presentarme la cuenta. También yo era una abeja, y volaba hacia una flor, pero aún no lo sabía.

46

> Durante el día te acercarás varias veces a la rana y proferirás palabras de adoración. Y le pedirás que realice los milagros que desees... Entretanto, tallarás una cruz para inmolarla.
> (De un ritual de Aleister Crowley)

Agliè vivía cerca del piazzale Susa: una calle pequeña, discreta, una casa fin de siècle, sobriamente modernista. Nos abrió un viejo camarero de chaqueta a rayas, que nos hizo pasar a una salita y nos rogó que esperásemos al señor conde.

—Entonces es conde —dijo Belbo en voz baja.

—¿No se lo he dicho? Es Saint-Germain, redivivo.

—Eso es imposible, puesto que nunca ha muerto —sentenció Diotallevi—. ¿No será Ahasverus, el judío errante?

—Según algunos, el conde de Saint-Germain también ha sido Ahasverus.

—¿Lo ve?

Entró Agliè, impecable como siempre. Nos estrechó la mano y se excusó: una tediosa reunión, completamente imprevista, le obligaba a demorarse unos diez minutos más en su estudio. Dijo al camarero que nos trajese café y nos rogó que nos sentáramos. Después se retiró, apartando una pesada cortina de piel. No era una puerta, de manera que mientras tomábamos el café oímos voces agitadas procedentes del cuarto de al lado. Primero elevamos el tono de voz, para no escuchar, después Belbo observó que quizá nuestra presencia molestase. En un momento de silencio oímos una voz, y una frase, que despertaron nuestra curiosidad. Diotallevi se puso de pie como para admirar un grabado dieciochesco que estaba colgado justo junto a la cortina. Representaba una caverna en la montaña, hasta la que unos peregrinos ascendían subiendo siete escalones. Al cabo de un momento, los tres parecíamos fascinados por la lámina.

La voz que habíamos oído era sin duda la de Bramanti, y estaba diciendo:

—En definitiva, ¡yo no envío diablos a casa de nadie!

Aquel día nos dimos cuenta de que Bramanti no sólo tenía aspecto, sino también voz de tapir.

La otra voz pertenecía a un desconocido, tenía un fuerte acento francés y era estridente, casi histérica. De vez en cuando intervenía en el diálogo la voz de Agliè, suave y conciliadora.

—Vamos, señores —estaba diciendo Agliè—, han solicitado mi arbitraje, y me siento muy honrado, pero entonces deben escucharme. Ante todo, me permitiré decir que usted, estimado Pierre, ha sido como mínimo imprudente al escribir esa carta...

—El asunto es muy simple, señor conde —respondió la voz francesa—, este señor Bramantí escribe un articulo, en una revista que todos apreciamos, donde ironiza en un tono bastante lordo a propósito de algunos luciferienos que volerían algunas hostias sin tan siquiera creer en la presencia real, para extraer plata, y patatí y patatá. Bon, todo el mundo sabe que la única Eglise Luciferienne reconocida es aquella de la cual yo, modestamente, soy Tauroboliaste y Psicopompo, y también es sabido que mi Iglesia no practica el satanismo vulgar ni hace ratatullas con las hostias, como un chanoine Docre en Saint-Sulpice. En la letra me he limitado a decir que no somos satanistas vieux jeu, adoradores du Grand Tenancier du Mal, y que no necesitamos andar imitando a la Iglesia de Roma, con sus copones y esas, cómo dice, casillas... Nosotros somos más bien unos Palladianos, pero todo el mundo sabe, para nosotros Lucifer es el prensipio del bien, o en todo caso el prensipio del mal es Adonai porque es él quien ha creado este mundo y Lucifer había tratado de se oponer...

—Está bien —dijo Bramanti excitado—, ya lo he dicho, es probable que haya pecado de ligereza, ¡pero eso no le autoriza a amenazarme con sortilegios!

—¡Por favor! ¡Sólo era una metafora! ¡Han sido vosotros, en cambio, que como respuesta me han hecho el envoûtement!

—¡Ya está, mis hermanos y yo no tendríamos otra cosa que hacer que andar enviando diablillos por allí! ¡Nosotros practicamos el Dogma y el Ritual de la Alta Magia, no nos dedicamos a echar el mal de ojo!

—Señor conde, apelo vuestra sensatez. El señor Bramantí mantiene notorias relaciones con el abbé Boutroux, y usted consta que de ese sacerdote se dice que se ha hecho tatuar el crucifijo en la planta de los pies para poder marchar sobre nuestro señor, es decir el suyo... Bon, hace siete días me encontré a ese suponido abate en la librairie Du Sangreal, usted conoce, me sonríe, untuoso como de costumbre, y me dice bien ya hablaremos una de estas noches... Pero, ¿qué significa una de estas noches? Significa que dos noches más tarde empiezan las visitas, yo estoy por acostarme y siento que me golpean la cara chocs fluídicos, usted sabe, son emanaciones muy fáciles de reconocer.

—Habrá sido el roce de los zapatos en la moqueta.

—¿Le parece? ¿Entonces, por qué volaban los bibelotes, uno de mis lambiques me golpea en la cabeza, y mi Baphomet de yeso cae al suelo, era un recuerdo de mi pobre padre, y en la pared aparecen inscripciones en rojo, orduras que no me atrevo a repetir? Pues bien, usted consta que hace no más de un año el difunto monsieur Gros había acusado a ese abbé de hacer cataplasmas con materia fecal, usted perdone, y el abbé le condenó a muerte, y dos semanas después el pobre monsieur Gros moría en misteriosas circunstancias. Que ese Boutroux él maneja sustancias venenosas es algo que también ha probado el jury de honor convocado por los martinistas de Lyon...

—Sobre la base de calumnias... —dijo Bramanti.

—¡Oh dí donco! Un proceso sobre este tipo de questiones es siempre indiciario...

—Sí, pero lo que no se dijo en el tribunal es que monsieur Gros era un alcohólico en el último estadio de la cirrosis.

—¡Pero no sea enfantín! La sorcellería procede por vías naturales, si uno padece de cirrosis se le golpea en el órgano enfermo, es el abecé de la magia negra...

—Entonces el bueno de Boutroux tiene la culpa de todas las muertes por cirrosis. ¡No me haga reír!

—Entonces cuénteme lo que se pasó en Lyon durante esas dos semanas... Capilla desafectada, hostia con tetragrammatón, su Boutroux con una gran roba roja con la cruz invertida, y madame Olcott, su voyante personal, para no decir más, que le aparece el tridente en la frente, y los cálices vacíos que se llenan solos de sangre, y el abbé que crachaba en la boca de los fieles... ¿Es verdad o no?

—Estimado amigo, usted ha leído demasiado a Huysmans —reía Bramanti—. Aquello fue un acontecimiento cultural, una evocación histórica, como las celebraciones de la escuela de Wicca y de los colegios druídicos.

—Ouais, el carnival de Venise...

Oímos un alboroto, como si Bramanti fuera a echarse sobre su adversario y Agliè apenas lograra contenerle.

—Usted ve, usted ve —decía el francés con voz sobre el pentagrama—. ¡Pero ándese con cuidado, Bramanti, pregunte a su amigo Boutroux qué le ha llegado! Usted aún lo ignora, pero está en el hospital, ¡pregúntele quién le ha cassado la figura! Aunque no practique vuestra goethía lá, también tengo mis resursos, de modo que cuando me di cuenta de que mi casa estaba habitada tracé el círculo de defense en el parquet, y puesto que yo no creo pero vuestros diablotillos sí, levanté el escapulario del Carmelo y le hice el contresigne, el envoûtement retourné, ah sí. ¡Su abate ha pasado un mal rato!

—Lo ve, lo ve —jadeaba Bramanti—. ¿Ve como es él quien hace maleficios?

—Ahora basta, señores —dijo Agliè con tono amable pero firme—. Ahora escuchen lo que voy a decirles. Ustedes saben cuánto valoro en el plano cognoscitivo estas actualizaciones de ritos caídos en desuso, y para mí la iglesia luciferiana o la orden de Satanás son igualmente respetables más allá de las diferencias demonológicas. También conocen mi escepticismo al respecto, pero, en fin, con todo pertenecemos a la misma caballería espiritual y les insto a que tengan un mínimo de solidaridad. ¡Además, señores, mezclar al Príncipe de las Tinieblas en disputas personales! De ser cierto resultaría pueril. Vamos, son patrañas de ocultista. Se están comportando como vulgares francmasones. Boutroux es un esquizofrénico, digámoslo claramente, y a ver si usted, estimado Bramanti, le puede convencer de que venda su material de tramoyista del Mefistófeles de Boito a un chamarilero...

—Ah, ah, c'est bien dit ça —se reía sardónico el francés—, c'est de la brocanterie...

—No magnifiquemos los hechos. Ha habido una polémica sobre lo que podríamos llamar formalismos litúrgicos, los ánimos se han caldeado, pero tampoco es cuestión de pasar a las manos. Mire, estimado Pierre, no excluyo en absoluto que en su casa puedan haber entidades extrañas, es lo más natural del mundo, pero con un mínimo de sentido común todo podría explicarse atribuyéndolo a un poltergeist...

—Ah, yo no lo excluiría —dijo Bramanti—. La coyuntura astral en este período...

—¡Y entonces...! Vamos, dense la mano y únanse en un abrazo fraternal.

Oímos murmullos de disculpas recíprocas.

—A usted también le consta —estaba diciendo Bramanti—, a veces, para reconocer a los que realmente esperan la iniciación, es necesario tolerar hasta el folclore. Hasta esos mercaderes del Grand Orient, que no creen en nada, tienen un ceremonial.

—Bien entendu, le rituel, ah ça...

—Pero espero que hayan entendido que ya no estamos en la época de Crowley —dijo Agliè—. Ahora les dejo porque me están esperando.

Regresamos rápidamente al sofá y esperamos a Agliè con comedimiento y soltura.

47

L'alta adunque fatica nostra è stata di trovar ordine in queste sette misure, capace, bastante, distinto, et che tenga sempre il senso svegliato et la memoria percossa... Questa alta et incomparabile collocatione fa non solamente officio di conservarci le affidate cose parole et arti... ma ci dà ancora la vera sapientia...

(Giulio Camillo Delminio, *L'Idea del Theatro,* Firenze, Torrentino, 1550, introducción)

Unos minutos más tarde entraba Agliè.

—Les ruego que me disculpen, queridos amigos. Acabo de asistir a una discusión de la que hablaría bien si la calificara de desagradable. Como sabe el amigo Casaubon, me precio de cultivar la historia de las religiones, y por esa razón algunas personas, y con bastante frecuencia, recurren a mis luces, quizá más a mi sentido común que a mi doctrina. Es curioso, saben, que entre los adeptos a los estudios de la sabiduría se encuentren personalidades tan singulares... No me refiero a los habituales buscadores de consuelo trascendental o a los espíritus melancólicos, sino incluso a personas muy preparadas, de gran agudeza intelectual, que sin embargo caen en toda clase de fantasías nocturnas y pierden el sentido del límite entre verdad tradicional y archipiélago de lo sorprendente. Las personas con quienes acabo de reunirme estaban en litigio por hipótesis pueriles. Ay, como suele decirse, sucede hasta en las mejores familias. Pero tengan la bondad de pasar a mi pequeño estudio, allí estaremos en un ambiente más recogido para conversar.

Apartó la cortina de piel y nos hizo pasar a la otra habitación. Pequeño estudio no era la definición más adecuada, por su amplitud, y por su decoración, con exquisitas librerías de anticuario, repletas de libros bellamente encuadernados, sin duda todos de venerable edad. Lo que nos llamó la atención, más que los libros, fueron unas pequeñas vitrinas llenas de objetos imprecisos, piedras nos parecieron, y pequeños animales, no distinguíamos si embalsamados o momificados o finamente reproducidos. Todo ello como sumergido en una luz difusa y crepuscular. Parecía surgir de un gran ajimez que había al fondo, de las vidrieras plomadas de losanges de ambarinas transparencias, pero la luz del ajimez se amalgamaba con la de una gran lámpara colocada sobre la mesa de caoba oscura, cubierta de papeles. Era una de esas lámparas que a veces se ven en las mesas de lectura de las viejas bibliotecas, con la pantalla verde en forma de cúpula y capaces de proyectar un óvalo blanco sobre las páginas, dejando el ambiente sumergido en una penumbra de opalescencias. Ese juego de luces distintas, ambas no naturales, en cambio, realzaba en lugar de difuminar la rica policromía del cielo raso.

Era un cielo raso abovedado, que la ficción decorativa quería sostenido por cuatro columnillas color ladrillo con delicados capiteles dorados, pero el *trompe-l'oeil* de las imágenes que lo poblaban, dispuestas en siete franjas, lo hacía aparecer como una bóveda vaída, y toda la sala adquiría el aspecto de una capilla mortuoria, impalpablemente pecaminosa, melancólicamente sensual.

—Mi pequeño teatro —dijo Agliè—, a la manera de esas fantasías renacentistas en las que se desplegaban enciclopedias visuales, epítomes del universo. Más que un lugar donde vivir, una máquina de recordar. No hay imagen que ustedes vean que, combinada debidamente con otras, no revele y no resuma un misterio del mundo. Fíjense en aquella procesión de figuras, en las que el pintor ha querido evocar las del palacio de Mantua: son los treinta y seis decanos, señores del cielo. Y por antojo, y fidelidad a la tradición, después de haber encontrado esta espléndida reconstrucción, obra de Dios sabe quién, he querido que también los pequeños hallazgos que corresponden, en las vitrinas, a las imágenes del cielo raso resumiesen los elementos fundamentales del universo, el aire, el agua, la tierra y el fuego. Ello explica la presencia de esta graciosa salamandra, por ejemplo, obra maestra de un querido amigo taxidermista, o de esta delicada reproducción en miniatura, en verdad algo tardía, de la pila eólica de Herón, donde si activara este hornillo de alcohol que le sirve de contenedor, el aire recluido en la esfera, calentándose, se escaparía por estos diminutos orificios laterales y provocaría su rotación. Mágico instrumento, que ya utilizaban los sacerdotes egipcios en sus santuarios, como nos repiten muchos textos ilustres. Ellos lo utilizaban para fingir un prodigio, y las masas el prodigio veneraban, pero el verdadero prodigio consiste en la ley áurea que determina su mecánica secreta y simple, aérea y elemental, aire y fuego. Y esa es la sabiduría que los hombres de nuestra Antigüedad poseyeron, y los de la alquimia, y que los constructores de ciclotrones han perdido. De esta manera, vuelvo la mirada hacia mi teatro de la memoria, descendiente de otros, más vastos, que fascinaron a los grandes espíritus del pasado, y sé. Sé, más de lo que saben los así llamados sabios. Sé que tal como es abajo así es arriba. Y nada más hay que saber.

Nos ofreció unos puros habanos de forma curiosa: no rectos, sino retorcidos, rizados, si bien gruesos y sustanciosos. Lanzamos algunas exclamaciones de admiración, y Diotallevi se acercó a las librerías.

—Oh —decía Agliè—. Ya ven ustedes que es una biblioteca verdaderamente mínima, apenas un par de centenares de volúmenes, en mi casa solariega los hay mejores. Pero he de decir, modestamente, que todas son obras valiosas y raras; desde luego, su disposición no es casual, con lo que el orden de las materias verbales corresponde al de las imágenes y los objetos.

Diotallevi hizo un tímido ademán de tocar un libro.

—Por favor —dijo Agliè—, es el *Oedypus Aegyptiacus* de Athanasius Kircher. Como ustedes saben, fue el primero, después de Horapollus, que trató de interpretar los jeroglíficos. Un hombre fascinante, ciertamente me gustaría que esta pequeña colección mía fuera como su museo de las maravillas, que ahora se considera desperdigado, porque quien no sabe buscar no encuentra... Poseía el don de la conversación. Qué orgulloso estaba el día en que descubrió que este jeroglífico significaba «que los beneficios del divino Osiris sean dotados de ceremonias sagradas y de la cadena de los genios...» Después apareció ese intrigante de Champolion, individuo detestable, les aseguro, y de una vanidad infantil, empeñado en afirmar que ese signo sólo correspondía al nombre de un faraón. Qué ingenio tienen los modernos para envilecer los símbolos sagrados. Por lo demás, no es una obra tan rara, cuesta menos que un Mercedes. Pero vean esta otra, la primera edición, de 1595, del *Amphitheatrum sapientiae aeternae* de Khunrath. Dicen que sólo hay dos ejemplares en el mundo. Este es el tercero. Esta otra, en cambio, es la primera edición del *Telluris Theoria Sacra* de Burnetius. No puedo contemplar sus láminas por la noche sin experimentar una sensación de claustrofobia mística. Las profundidades de nuestro globo... ¿Insospechadas, verdad? Veo que el doctor Diotallevi está fascinado por esos caracteres hebraicos del *Traicté des Chiffres* de Vigenère. Entonces mire esto: es la primera edición de la *Kabbala denudata* de Knorr Christian von Rosenroth. Como sin duda sabrán, después el libro se tradujo, en parte y malamente, y a comienzos de este siglo fue divulgado en inglés por ese ser ruín de McGregor Mathers... Supongo que habrán oído hablar de ese escandaloso conventículo que tanto fascinó a los estetas británicos, el Golden Dawn. De semejante banda de falsificadores de documentos iniciáticos sólo podía surgir una serie de degeneraciones sin fin, desde la Stella Matutina hasta las iglesias satánicas de Aleister Crowley, que evocaba a los demonios para obtener los favores de algunos caballeros devotos del *vice anglais.* ¡Si supiesen, estimados amigos, con cuántas personas dudosas, por no decir más, deben encontrarse quienes cultivan estos estudios! Ya tendrán ocasión de comprobarlo si empiezan a publicar en este campo.

Belbo aprovechó la ocasión que acababa de brindarle Agliè para entrar en materia. Le dijo que Garamond deseaba publicar unos pocos libros al año de carácter, dijo, esotérico.

—Oh, esotérico —sonrió Agliè, y Belbo se puso rojo.

—Digamos... ¿hermético?

—Oh, hermético —sonrió Agliè.

—Bueno —dijo Belbo—, quizá no sean los términos adecuados, pero sin duda entiende a qué género me refiero.

—Oh —nueva sonrisa de Agliè—, no hay un género. Es la sabiduría. Lo que ustedes quieren es publicar una exposición de la sabiduría no degenerada. Quizá para ustedes sólo sea una decisión editorial, pero, si he de participar en ella, será para mí una búsqueda de la verdad, una *queste du Graal*.

Belbo señaló que, así como el pescador arroja la red y puede recoger también conchas vacías y sacos de plástico, a Garamond llegaban muchos originales de dudosa seriedad, por eso estábamos buscando un lector severo que fuese capaz de separar el grano de la paja, y también de indicar las escorias curiosas, porque había una editorial amiga que habría agradecido que se le enviaran los autores menos dignos... Desde luego, también había que establecer alguna forma decorosa de compensación.

—Gracias al cielo soy lo que suele llamarse una persona acomodada. Una persona acomodada, curiosa e incluso sagaz. Me basta con encontrar, en el curso de mis exploraciones, otra copia del libro de Khunrath, u otra hermosa salamandra embalsamada, o un cuerno de narval (que no me atrevería a incluir en mi colección, pero que hasta el tesoro de Viena exhibe como cuerno de unicornio), y con una breve y agradable transacción gano más de lo que usted pueda pagarme en diez años de asesoramiento. Examinaré sus originales con espíritu de humildad. Estoy persuadido de que incluso en el texto más pobre encontraré una chispa, si no de verdad, al menos de extravagante falacia, y muchas veces los extremos se tocan. Sólo la trivialidad logrará aburrirme, y por ese aburrimiento sí quiero una compensación. Según el aburrimiento que haya sentido, al cabo del año les enviaré una nota con mis honorarios, que nunca sobrepasarán el límite de lo simbólico. Si les pareciera excesivo, me enviarán una caja de algún vino selecto.

Belbo estaba perplejo. Estaba acostumbrado a tratar con asesores hambrientos y quejumbrosos. Abrió la cartera que traía consigo y sacó un voluminoso original mecanografiado.

—No quisiera que se hiciese una idea demasiado optimista. Vea, por ejemplo, esto, me parece típico del nivel medio.

Agliè cogió el texto:

—El idioma secreto de las Pirámides... Veamos el índice.. El Pyramidion... Muerte de Lord Carnavon... El testimonio de Herodoto... —Lo cerró—. ¿Ustedes lo han leído?

—Lo miré por encima, hace unos días —dijo Belbo.

Agliè le devolvió el original.

—Pues bien, tenga la bondad de decirme si mi resumen es correcto.

Se sentó detrás del escritorio, introdujo la mano en el bolsillo del chaleco, extrajo la cajita para píldoras que ya le había visto en Brasil, la hizo girar entre sus dedos finos y largos, que hasta hacía un momento habían estado acariciando sus libros predilectos, alzó la vista hacia el decorado del cielo raso y fue como si repitiera un texto que conociese desde hacía mucho tiempo.

—El autor de este libro debería recordar que Piazzi Smyth descubre las medidas sagradas y esotéricas de las pirámides en 1864. Permítanme ustedes que sólo dé números enteros, a mi edad la memoria empieza a fallar... Es singular que su base sea un cuadrado de 232 metros de lado. Originariamente, su altura era de 148 metros. Si lo expresamos en codos sagrados egipcios, tenemos una base de 366 codos, que es el número de días del año bisiesto. Según Piazzi Smyth, la altura multiplicada por diez a la novena da la distancia entre la Tierra y el Sol: 148 millones de kilómetros. Que era una buena aproximación para la época, ya que actualmente esa distancia se calcula en 149 millones y medio de kilómetros, y nada nos asegura que los modernos estén en lo cierto. La base dividida por el ancho de una de las piedras da 365. El perímetro de la base es de 931 metros. Si se divide por el doble de la altura da 3,14, el número π. ¿Deslumbrante, verdad?

Belbo sonreía sin saber qué decir.

—¡Imposible! Dígame cómo hace para...

—No interrumpas al doctor Agliè, Jacopo —dijo solícito Diotallevi.

Agliè le agradeció con una sonrisa cortés. Hablaba dejando vagar su mirada por el cielo raso, pero me dio la impresión de que no era un examen ocioso ni casual. Sus ojos seguían una pista, como si estuviesen leyendo en las imágenes lo que fingía exhumar de la memoria.

> Ahora bien, del ápice a la base, la medida de la Gran Pirámide, en pulgadas egipcias, es de unas 161.000.000.000. ¿Cuántas almas humanas han vivido en la tierra desde Adán a nuestros días? Una buena aproximación se situaría entre las 153.000.000.000 y las 171.900.000.000.
> (Piazzi Smyth, *Our Inheritance in the Great Pyramid*, London, Isbister, 1880, p. 583)

—Supongo que su autor sostiene que la altura de la pirámide de Keops es igual a la raíz cuadrada del número que expresa la superficie de cada uno de los lados. Desde luego, las medidas deben tomarse en pies, unidad más afín al codo egipcio y hebraico, y no en metros, porque el metro es una medida abstracta inventada en la época moderna. El codo egipcio equivale a 1,728 pies. Por lo demás, si no conocemos las alturas exactas, podemos remitirnos al pyramidion, que era la pequeña pirámide situada en el ápice de la gran pirámide y que constituía su punta. Era de oro o de otro metal que brillase al sol. Pues bien, coja usted la altura del pyramidion, multiplíquela por la altura de toda la pirámide, multiplíquelo todo por diez a la quinta potencia y tendrá la longitud de la circunferencia ecuatorial. Eso no es todo, si coge el perímetro de la base y lo multiplica por veinticuatro al cubo dividido por dos, obtiene el radio medio de la Tierra. Además, la superficie cubierta por la base de la pirámide multiplicada por 96 por diez a la octava da ciento noventa y seis millones ochocientas diez mil millas cuadradas, que corresponden a la superficie de la Tierra. ¿Es así?

A Belbo le gustaba mostrar su asombro, normalmente, con una expresión que había aprendido en la filmoteca, al ver la versión original de *Yankee Doodle Dandy,* con James Cagney: «I am flabbergasted!» Y eso fue lo que dijo. Evidentemente, Agliè conocía bien incluso el inglés coloquial, porque no logró ocultar su satisfacción, sin avergonzarse por ese acto de vanidad.

—Estimados amigos —dijo—, cuando un señor, cuyo nombre no conozco, se lanza a escribir sobre el misterio de las pirámides, sólo puede repetir lo que ya saben hasta los niños. Me hubiese sorprendido si hubiera dicho algo nuevo.

—O sea —aventuró Belbo—, que este señor se limita a decir unas verdades comprobadas.

—¿Verdades? —rió Agliè, mientras volvía a abrirnos su caja de puros artríticos y deliciosos—. «Quid est veritas», como decía un conocido mío hace tantísimos años. En parte se trata de un cúmulo de tonterías. Para comenzar, si se divide la base exacta de la pirámide por el doble exacto de la altura, calculando incluso los decimales, no se obtiene el número π sino 3,1417245. La diferencia es pequeña, pero importante. Además, un discípulo de Piazzi Smyth, Flinders Petrie, que también fue quien midió Stonehenge, dice que cierto día sorprendió al maestro limando los salientes graníticos de la antecámara real, para que sus cálculos encajaran... Quizá no fueran más que habladurías, pero lo cierto es que Piazzi Smyth no era un hombre que inspirase confianza, bastaba ver cómo se hacía el nudo de la corbata. Sin embargo, entre tantas tonterías también hay algunas verdades incontestables. ¿Quieren tener la bondad, señores, de acompañarme a la ventana?

La abrió de par en par con gesto teatral y nos invitó a asomarnos, nos mostró a lo lejos, en la esquina de su calle y la avenida, un kiosquito de madera donde debían de venderse billetes de lotería.

—Señores —dijo—, les invito a que vayan a medir aquel kiosco. Verán que la longitud del entarimado es de 149 centímetros, es decir la cien mil millonésima parte de la distancia entre la Tierra y el Sol. La altura posterior dividida por el ancho de la ventana da 176/56 = 3,14. La altura anterior es de 19 decímetros, que corresponde al número de años del ciclo lunar griego. La suma de las alturas de las dos aristas anteriores y de las dos aristas posteriores da 190×2+176×2 = 732, que es la fecha de la victoria de Poitiers. El espesor del entarimado es de 3,10 centímetros y el ancho del marco de la ventana es de 8,8 centímetros. Si reemplazamos los números enteros por la letra alfabética correspondiente, tendremos $C_{10} H_8$, que es la fórmula de la naftalina.

—Fantástico —dije—. ¿Lo ha verificado?

—No. Pero un tal Jean-Pierre Adam lo hizo con otro kiosco. Supongo que estos kioscos tienen más o menos las mismas dimensiones. Con los números se puede hacer cualquier cosa. Si tengo el número sagrado 9 y quiero obtener 1.314, fecha en que quemaron a Jacques de Molay, una fecha señalada para quien como yo se considera devoto de la tradición caballeresca templaria, ¿qué hago? Multiplico por 146, fecha fatídica de la destrucción de Cartago. ¿Cómo he llegado a ese resultado? He dividido 1.314 por dos, por tres, etcétera, hasta encontrar una fecha satisfactoria. También hubiera podido dividir 1.314 por 6,28, el doble de 3,14, y habría obtenido 209. Que es el año en que ascendió al trono Atalo I, rey de Pérgamo. ¿Están satisfechos?

—O sea que usted no cree en ningún tipo de numerología —dijo decepcionado Diotallevi.

—¿Yo? Creo firmemente en ellas, creo que el universo es un admirable concierto de correspondencias numéricas y que la lectura del número, y su interpretación simbólica, constituyen una vía de conocimiento privilegiada. Pero si el mundo, inferus et superus, es un sistema de correspondencias en el que tout se tient, es lógico que el kiosco y la pirámide, que son obra del hombre, reproduzcan inconscientemente en su estructura las armonías del cosmos. Estos llamados piramidólogos descubren con medios increíblemente complicados una verdad lineal, y mucho más antigua, y ya conocida. La que es perversa es la lógica de la investigación y del descubrimiento, porque es la lógica de la ciencia. La lógica de la sabiduría no necesita hacer descubrimientos, porque ya sabe. ¿Para qué habría que demostrar lo que no puede ser de otra manera? Si existe un secreto, es mucho más profundo. Estos autores suyos siempre se quedan en la superficie. Supongo que éste repite también todas las fábulas sobre el conocimiento de la electricidad por los egipcios...

—Ya no le preguntaré cómo ha hecho para adivinarlo.

—¿Ve usted? Se contentan con la electricidad, como cualquier ingeniero Marconi. La hipótesis de la radioactividad sería menos pueril. Y es una conjetura interesante, porque a diferencia de la hipótesis eléctrica, explicaría la famosa maldición de Tutankamón. ¿Cómo hicieron los egipcios para levantar las moles de las pirámides? ¿Acaso las rocas se levantan con descargas eléctricas, o se hacen volar con la fisión nuclear? Los egipcios habían descubierto la manera de eliminar la fuerza de gravedad y poseían el secreto de la levitación. Otra forma de energía... Se sabe que los sacerdotes caldeos accionaban máquinas sagradas mediante meros sonidos, y que los sacerdotes de Karnak y de Tebas podían abrir de par en par las puertas de un templo con el sonido de su voz; y si piensan un poco, ¿no es ése el significado de la leyenda del ábrete Sésamo?

—¿Y entonces? —preguntó Belbo.

—Esta es la cuestión, amigo mío. Electricidad, radioactividad, energía atómica, el verdadero iniciado sabe que son metáforas, velos superficiales, mentiras convencionales, en el mejor de los casos piadosos sucedáneos de una fuerza más ancestral, y olvidada, que el iniciado busca, y que un día conocerá. Quizá tendríamos que hablar —y vaciló un instante— de las corrientes telúricas.

—¿De qué? —preguntó ya no recuerdo cuál de los tres.

Agliè pareció decepcionado:

—¿Ven? Tenía la esperanza de que entre sus postulantes apareciese alguno que pudiera decirme algo más interesante. Veo que se ha hecho tarde. Pues bien, queridos amigos, el pacto está sellado, y lo demás sólo eran divagaciones de un viejo estudioso.

Mientras nos tendía la mano entró el camarero y le susurró algo al oído.

—Oh, mi querida amiga —exclamó Agliè—, lo había olvidado. Dígale que espere un minuto... No, en el salón no, en la salita turca.

La querida amiga debía de estar familiarizada con la casa, porque estaba ya en el umbral del estudio y, sin ni siquiera mirarnos, en la penumbra del día que llegaba a su fin, se dirigía segura hacia Agliè, le acariciaba el rostro con coquetería y le decía:

—¡Simone, no me harás hacer antecámara!

Era Lorenza Pellegrini.

Agliè se apartó un poco, le besó la mano y le dijo, señalándonos:

—Mi querida, mi dulce Sophia, usted sabe que toda casa que usted ilumina es su casa. Pero estaba despidiéndome de estos visitantes.

Lorenza advirtió nuestra presencia y nos saludó con alborozo; no recuerdo haberla visto jamás sorprendida o incómoda por algo.

—¡Oh, qué bien —dijo—, también conocéis a mi amigo! Cómo estás, Jacopo. (No preguntó cómo estaba, lo dijo.)

Vi que Belbo palidecía. Nos despedimos. Agliè dijo que estaba encantado de esta amistad en común.

—Considero que nuestra amiga es una de las criaturas más auténticas que he tenido la suerte de conocer. En su frescura encarna, permítanme esta fantasía de viejo sabio, la Sophia exiliada en esta tierra. Pero, mi dulce Sophia, no he tenido tiempo de avisarla de que la velada prometida ha sido postergada para dentro de unas semanas. Lo lamento muchísimo.

—No importa —dijo Lorenza—, esperaré. ¿Vais al bar, vosotros? —nos preguntó, o mejor dicho nos ordenó—. Bueno. Me quedaré una media hora, quiero que Simone me dé uno de sus elixires, deberíais probarlos, pero dice que sólo son para los elegidos. Después os veo.

Agliè sonrió con aire de tío indulgente, la hizo sentar y nos acompañó a la salida.

Una vez en la calle subimos a mi coche y nos dirigimos al Pílades. Belbo estaba mudo. No cruzamos palabra en todo el trayecto. Pero en la barra había que romper el maleficio.

—No quisiera haberles puesto en manos de un loco —dije.

—De ninguna manera —dijo Belbo—. El hombre es agudo, y sutil. Sólo que vive en un mundo distinto del nuestro. —Luego añadió, lúgubre—: O casi.

49

> La Traditio Templi postula de por sí la tradición de una caballería *templaria*, caballería espiritual e iniciática...
> (Henri Corbin, *Temple et contemplation*, Paris, Flammarion, 1980)

—Creo que he entendido a su amigo Agliè, Casaubon —dijo Diotallevi, que en el Pílades había pedido una copa de vino blanco, con lo que todos temíamos por su salud espiritual—. Es un curioso de ciencias secretas, que desconfía del simple dilettante y del que sólo toca de oído. Pero, como hemos podido oír hoy indebidamente, aunque los desprecie no deja de escucharlos, ni de criticarlos, y tampoco los rechaza.

—Hoy el señor, el conde, el margrave Agliè, o lo que sea, ha pronunciado una frase fundamental —dijo Belbo—. Caballería espiritual. Los desprecia, pero se siente unido a ellos por un vínculo de caballería espiritual. Creo que lo entiendo.

—¿En qué sentido? —preguntamos.

Belbo ya andaba por el tercer gin martini (whisky por la noche, sostenía, porque calma e induce a la rêverie; gin martini al final de la tarde, porque estimula y vigoriza). Empezó a hablarnos de su infancia en ***, como ya lo había hecho una vez conmigo.

—Era entre 1943 y 1945, quiero decir en el período de transición del fascismo a la democracia, luego, de nuevo, a la dictadura de la República de Salò, pero con la guerra partisana en las montañas. Al comienzo de esta historia yo tenía once años, y vivía en casa del tío Carlo. Nosotros vivíamos en la ciudad, pero en 1943, los bombardeos se habían hecho más frecuentes, y mi madre había decidido que debíamos evacuar la ciudad, como se decía entonces. En *** vivían el tío Carlo y la tía Caterina. El tío Carlo procedía de una familia de agricultores, y había heredado la casa de ***, con cierta cantidad de tierra, cedida en aparcería a un tal Adelino Canepa. El aparcero labraba, cosechaba el trigo, hacía el vino, y entregaba la mitad de la ganancia al propietario. Las relaciones eran tensas, claro, el aparcero se consideraba explotado, y el propietario también, porque sólo percibía la mitad del producto de sus tierras. Los propietarios odiaban a los aparceros y los aparceros odiaban a los propietarios. Pero convivían, en el caso del tío Carlo. En el catorce, el tío Carlo se había alistado como voluntario en el cuerpo de los alpinos. Piamontés hecho y derecho, todo deber y amor a la patria, había llegado a teniente y luego a capitán. Síntesis, en una batalla librada en el Carso le había tocado estar junto a un soldado idiota que había hecho que una granada le estallase entre las manos; si no, ¿por qué las habrían llamado granadas de mano? Pues bien, ya iban a arrojarle a la fosa común cuando un enfermero advirtió que aún vivía. Le llevaron a un hospital de campaña, le quitaron un ojo, que ya colgaba fuera de la órbita, le amputaron un brazo y, según decía la tía Caterina, le insertaron una placa de metal bajo el cuero cabelludo, porque había perdido un trozo de caja craneana. Vamos, una obra maestra de la cirugía, por una parte, y un héroe, por otra. Medalla de plata, cruz de caballero de la corona de Italia y, después de la guerra, un puesto asegurado en la administración pública. Al tío Carlo le designaron como recaudador de impuestos en ***, donde había heredado la propiedad de su familia, de modo que había ido a vivir en la casa solariega, junto con Adelino Canepa y su familia. El tío Carlo, en su calidad de recaudador de impuestos, era un notable del lugar. Y como mutilado de guerra y caballero de la corona de Italia no podía dejar de simpatizar con el gobierno, que a la sazón era la dictadura fascista. ¿Era fascista el tío Carlo?

En la medida en que, como se decía en el sesenta y ocho, el fascismo había revalorizado a los ex combatientes y los premiaba con medallas y promociones, puede decirse que el tío Carlo era moderadamente fascista. Lo suficiente como para ganarse el odio de Adelino Canepa, que en cambio era antifascista, y por razones muy claras. Tenía que ir a verle cada año para formular su declaración de la renta. Llegaba a su despacho con aire de complicidad y petulancia, después de haber tratado de seducir a la tía Caterina con unas docenas de huevos. Y se encontraba frente al tío Carlo, que no sólo como héroe era incorruptible sino que también sabía mejor que nadie cuánto le había robado Canepa durante el año, y no le perdonaba ni un céntimo. Adelino Canepa se consideró víctima de la dictadura y empezó a difundir calumnias sobre el tío Carlo. Uno vivía en la planta alta y el otro en la planta baja, se cruzaban por la mañana y por la noche, pero ya no se saludaban. Los contactos se hacían a través de la tía Caterina y, después de nuestra llegada, a través de mi madre, a quien Adelino Canepa expresaba toda su simpatía y comprensión por el hecho de ser cuñada de un monstruo. El tío regresaba, siempre a las seis de la tarde, con su traje cruzado gris, su sombrero y un ejemplar de *La Stampa* que aún no había leído. Andaba bien erguido, como buen alpino, el ojo gris clavado en la cima que debía conquistar. Pasaba por delante de Adelino Canepa, que a esa hora tomaba el fresco en un banco del jardín, y era como si no lo hubiese visto. Después se cruzaba con la señora Canepa en la puerta de la planta baja y se quitaba ceremoniosamente el sombrero. Así todas las tardes, año tras año.

Eran las ocho, Lorenza Pellegrini no llegaba como había prometido, Belbo iba por el quinto gin martini.

—Llegó 1943. Una mañana el tío Carlo entró en nuestras habitaciones, me despertó con un gran beso y dijo: ¿Quieres conocer la noticia más importante del año? Muchacho, han derrocado a Mussolini. Nunca conseguí saber si aquello había sido un golpe para el tío Carlo. Era un ciudadano intachable y un servidor del Estado. Si sufrió, nunca dijo nada, y siguió recaudando impuestos para el gobierno de Badoglio. Después llegó el ocho de septiembre, la zona en que vivíamos cayó bajo el control de la República Social y el tío Carlo se adaptó a la nueva situación. Recaudó impuestos para la República Social. Entretanto, Adelino Canepa se jactaba de sus contactos con los primeros grupos partisanos, allá en la montaña, y prometía venganzas ejemplares. Nosotros, los chavales, aún no sabíamos quiénes eran los partisanos. Inventábamos cosas sobre ellos, pero ninguno los había visto. Se hablaba de un jefe de los seguidores de Badoglio, un tal Terzi (un apodo, claro, como se usaba entonces, y muchos decían que lo había tomado del personaje del tebeo, el amigo de Dick Fulmine), ex brigada de carabineros, que en los primeros combates contra los fascistas y las SS había perdido una pierna, y que dirigía a todas las brigadas de las colinas que rodeaban a ***. Y sucedió lo que tenía que suceder. Un día los partisanos aparecieron en el pueblo. Habían bajado de las colinas y recorrían las calles, todavía sin uniforme definido, con pañuelos azules, disparaban al aire ráfagas de metralleta, para anunciar que estaban allí. La noticia corrió de boca en boca, todo el mundo se encerró en su casa, aún no se sabía qué clase de gente eran. La tía Caterina expresó cierta inquietud, al fin y al cabo decían que eran amigos de Adelino Canepa, o al menos Adelino Canepa decía que era su amigo, ¿no irían a hacerle algo al tío Carlo? Lo hicieron. Nos avisaron que a eso de las once un grupo de partisanos había entrado en la oficina de impuestos empuñando las metralletas y había detenido al tío Carlo llevándoselo luego a un sitio desconocido. La tía Caterina se echó en la cama, empezó a secretar una espuma blancuzca por la boca y declaró que matarían al tío Carlo. Bastaba con un culatazo en la cabeza, y como tenía esa placa debajo del cuero cabelludo, moriría instantáneamente. Atraído por los gritos de la tía, acudió Adelino Canepa, con mujer e hijos. La tía le dijo a gritos que era un Judas, que era él quien había denunciado al tío Carlo a los partisanos porque recaudaba impuestos para la República Social. Adelino Canepa juró por lo más sagrado que no era cierto, pero era evidente que se sentía responsable porque se había ido de la boca un poquito de más. La tía le echó. Adelino Canepa lloró, apeló a mi madre, recordó todas las veces que le había dado un conejo o un pollo por una cifra ridícula, mi madre se encerró en un digno silencio, la tía Caterina seguía soltando espuma blancuzca. Yo lloraba. Por último, al cabo de dos horas de calvario, oímos gritos, y apareció el tío Carlo en bicicleta, conduciendo con su único brazo, y parecía como si regresase de dar un paseo. En seguida vio el alboroto en el jardín y tuvo la caradura de preguntar qué había sucedido. Detestaba los dramas, como toda la gente de nuestra región. Subió, se acercó al lecho de dolor de la tía Caterina, que aún pataleaba con las piernas enclenques, y le preguntó por qué estaba tan agitada.

—¿Qué había sucedido?

—Había sucedido que probablemente los guerrilleros de Terzi habían prestado oídos a las murmuraciones de Adelino Canepa y habían tomado al tío Carlo por uno de los representantes locales del régimen, entonces le habían detenido para dar una lección a todo el pueblo. El tío Carlo había sido conducido hasta las afueras en un camión y se había encontrado frente a Terzi, resplandeciente en sus medallas de guerra, la metralleta en la mano derecha, la izquierda apoyada en la muleta. Y el tío Carlo, pero no creo que fuera por astucia, había sido instinto, costumbre, ritual caballeresco, se había cuadrado y había procedido a presentarse: mayor de los alpinos Carlo Covasso, mutilado y gran inválido de guerra, medalla de plata. Y Terzi también se había cuadrado y se había presentado: brigada Rebaudengo, del Real Cuerpo de Carabineros, comandante de la unidad badogliana Bettino Ricasoli, medalla de bronce. ¿Dónde?, había preguntado el tío Carlo. Y Terzi, subalterno: Pordoi, señor mayor, cota 327. Rediós había dicho el tío Carlo, ¡yo estaba en cota 328, tercer regimiento, Sasso di Stria! ¿La batalla del solsticio? La batalla del solsticio. ¿El cañoneo del monte Cinque Dita? Cojones si lo recuerdo. ¿Y aquel asalto con bayoneta la víspera de San Crispino? ¡La madre que lo parió! Vamos, ese tipo de cosas. Después, uno sin un brazo y el otro sin una pierna, como un solo hombre, habían dado un paso hacia adelante y se habían fundido en un abrazo. Terzi le había dicho, vea caballero, vea señor mayor, hemos sabido que usted recauda impuestos para el gobierno fascista sometido al invasor. Vea, comandante, le había dicho el tío Carlo, tengo familia y recibo el sueldo del gobierno central, que es el que es, pero al que yo no he escogido, ¿usted qué haría en mi lugar? Estimado mayor, le había respondido Terzi, en su lugar haría como usted, pero al menos trate de demorar los trámites, tómeselo con calma. Lo intentaré, le había dicho el tío Carlo, no tengo nada contra ustedes, también ustedes son hijos de Italia y valerosos combatientes. Creo que se entendieron porque los dos decían Patria con P mayúscula. Luego Terzi había ordenado que le dieran una bicicleta al mayor y el tío Carlo había regresado. Adelino Canepa no se dejó ver durante unos meses. Bueno, yo no sé si la caballería espiritual se parece a esto, pero, desde luego, son vínculos que están por encima de los bandos.

Porque yo soy la primera y la última. Yo soy la honrada y la odiada. Yo soy la prostituta y la santa.
(Fragmento de Nag Hammadi 6, 2)

Entró Lorenza Pellegrini. Belbo miró al techo y pidió un último martini. Se palpaba la tensión, hice ademán de marcharme, pero Lorenza me retuvo.

—No, venid todos conmigo, esta noche se inaugura la nueva exposición de Riccardo, ¡ha cambiado de estilo! Es genial, tú le conoces, Jacopo.

Yo sabía quién era Riccardo, siempre estaba en el Pílades, pero en aquel momento no comprendí por qué Belbo se concentró más aún en el techo. Después de haber leído los *files,* sé que Riccardo era el hombre de la cicatriz, con el que Belbo no se había atrevido a entablar reyerta.

Lorenza insistía: la galería no estaba lejos del Pílades, habían organizado una verdadera fiesta, más, una orgía. Demasiada agitación para Diotallevi, que en seguida dijo que debía marcharse, yo estaba indeciso, pero era evidente que Lorenza quería que fuera también yo, y esto también hacía sufrir a Belbo, porque veía cómo se alejaba el momento en que podrían hablar a solas. Pero no pude rechazar la invitación y allá fuimos.

A mí no me gustaba mucho ese Riccardo. A comienzos de los sesenta producía cuadros muy aburridos, texturas apretadas de negros y grises, muy geométricas, un poco optical, que te torcían la vista. Se llamaban *Composición 15, Paralaje 17, Euclides X.* Tan pronto como empezó el movimiento del sesenta y ocho exponía en las casas ocupadas, había cambiado ligeramente la paleta, ahora sólo violentos contrastes de negros y blancos, la trama era más abierta y los títulos eran cosas como *Ce n'est qu'un debut, Molotov, Libro Rojo.* Cuando regresé a Milán le vi exponer en un círculo donde se adoraba al doctor Wagner, había eliminado los negros, trabajaba con estructuras blancas, donde los contrastes sólo consistían en los relieves del trazado sobre las láminas de papel Fabriano poroso, de manera que los cuadros, explicaba, revelaban perfiles diferentes conforme al ángulo de incidencia de la luz. Se llamaban *Elogio de la ambigüedad, A/Través, Ça, Bergstrasse, Denegación 15.*

Aquella noche, en cuanto entramos en la nueva galería, comprendí que la poética de Riccardo había experimentado una profunda evolución. La exposición se llamaba *Megale Apophasis.* Riccardo había pasado a la pintura figurativa, su paleta era deslumbrante. Había optado por las citas y, como no creo que supiese dibujar, supongo que trabajaba proyectando sobre la tela la diapositiva de algún cuadro famoso; la elección recaía sobre pompiers fin de siècle y simbolistas de principios del siglo XX. Sobre el trazado original trabajaba con una técnica puntillista, mediante gradaciones infinitesimales de color, recorriendo punto por punto todo el espectro, empezaba siempre por un núcleo muy luminoso y resplandeciente y acababa en el negro absoluto; o viceversa, según el concepto místico o cosmológico que quisiera expresar. Había montañas que emanaban rayos de luz, descompuestos en un polvillo de esferas de colores tenues, se entreveían cielos concéntricos con vagos ángeles de alas transparentes, algo parecido al Paraíso de Doré. Los títulos eran *Beatrix, Mystica Rosa, Dante Gabriele 33, Fieles de Amor, Atanor, Homunculus 666;* ya veo de dónde sale la pasión de Lorenza por los homúnculos, pensé. El cuadro más grande se llamaba *Sophia,* y representaba una especie de catarata de ángeles negros que se iba esfumando hacia la base hasta engendrar una criatura blanca acariciada por grandes manos lívidas, calcadas de la que se yergue contra el cielo en el *Guernica.* La conmistión no parecía demasiado feliz, y de cerca la ejecución dejaba bastante que desear, pero a dos o tres metros de distancia el efecto era muy lírico.

—Yo soy un realista a la antigua —me susurró Belbo—. Sólo entiendo a Mondrian. ¿Qué representa un cuadro no geométrico?

—Antes éste era un geométrico— dije.

—Aquello no era geometría. Eran azulejos para cuartos de baño.

Entretanto Lorenza había ido a abrazar a Riccardo, él y Belbo habían cruzado un gesto de saludo. Había mucha gente, la galería se presentaba como un loft neoyorquino, toda blanca y con las tuberías de la calefacción, o del agua, a la vista sobre el cielo raso. Quién sabe cuánto habrían gastado para antedatarla hasta ese punto. En un rincón, un sistema de amplificación aturdía a los asistentes con músicas orientales, cosas con sitar, creo recordar, de esas en que no se reconoce la melodía. Todos pasaban distraídos por delante de los cuadros para apiñarse junto a las mesas del fondo y apoderarse de vasos de papel. Habíamos llegado tarde, la atmósfera estaba cargada de humo, de vez en cuando una chica ensayaba movimientos de danza en el centro de la sala, pero todos estaban ocupados aún en conversar y en consumir el buffet, en verdad muy rico. Me senté en un diván a cuyos pies yacía una gran copa de cristal, todavía llena hasta la mitad de macedonia. Estuve a punto de servirme un poco, porque no había cenado, pero me pareció reconocer la huella de un pie, que había aplastado en el centro los cubitos de fruta, reduciéndolos a un pavé homogéneo. No era imposible, porque el suelo ya estaba sembrado de manchas de vino blanco, y algunos de los invitados se movían ya con dificultad.

Belbo había capturado un vaso y se movía con aire indolente, sin una meta aparente, dando una palmada de vez en cuando en el hombro de alguien. Trataba de encontrar a Lorenza.

Pero pocos estaban quietos. La multitud estaba muy ocupada en una especie de movimiento circular, como de abejas en busca de una flor aún desconocida. Yo no buscaba nada, y sin embargo me había puesto de pie y me movía siguiendo los impulsos del grupo. Veía, no lejos de mí, a Lorenza, que vagaba mimando agniciones pasionales con uno y otro, la cabeza erguida, la mirada deliberadamente miope, los hombros y el seno firmes y levantados, un andar atolondrado de jirafa.

En determinado momento, la corriente natural me inmovilizó en un remanso, detrás de una mesa, a espaldas de Lorenza y Belbo, que al fin se habían cruzado, quizá por casualidad, y también estaban bloqueados. No sé si se habían percatado de mi presencia, pero con aquel gran ruido de fondo ya nadie oía lo que decían los otros. Se consideraron aislados, y yo no pude evitar escuchar su conversación.

—Entonces —dijo Belbo—, ¿dónde has conocido a tu Agliè?

—¿Mío? También tuyo, por lo que he visto hoy. Tú puedes conocer a Simone pero yo no. Estupendo.

—¿Por qué le llamas Simone? ¿Por qué te llama Sophia?

—¡Pero si es un juego! Le conocí en casa de unos amigos, ¿vale? Y me parece fascinante. Me besa la mano como si fuese una princesa. Y podría ser mi padre.

—Pues ten cuidado de que no se convierta en el padre de tu hijo.

Tuve la impresión de que ése era yo hablando en Bahía con Amparo. Tenía razón Lorenza. Agliè sabía cómo se besa la mano de una joven señora que ignora ese rito.

—¿Por qué Simone y Sophia? —insistió Belbo—. ¿Se llama Simone, él?

—Es una historia maravillosa. ¿Sabías que nuestro universo es el resultado de un error, y un poco por mi culpa? Sophia era la parte femenina de Dios, porque entonces Dios era más hembra que macho, habéis sido vosotros los que le habéis puesto barba y le habéis llamado El. Yo era su mitad buena. Simone dice que quise crear el mundo sin pedirle permiso, yo, la Sophia, que también se llama, espera, eso, Ennoia. Creo que mi parte masculina no quería crear, quizá no se atrevía, quizá era impotente, y en lugar de unirme a él quise hacer el mundo yo sola, no podía resistirlo, creo que era por exceso de amor, es cierto, adoro todo este universo desmadrado. Por eso soy el alma de este mundo. Lo dice Simone.

—Qué amable. ¿A todas les dice lo mismo?

—No, memo, sólo a mí. Porque me ha entendido mejor que tú, no trata de reducirme a su imagen. Entiende que hay que dejarme vivir la vida a mi manera. Eso es lo que hizo Sophia, se lanzó a hacer el mundo. Chocó con la materia originaria, que era asquerosa, supongo que no usaría desodorante, y no lo hizo a propósito, pero creo que fue ella quien engendró al Demo... ¿cómo se dice?

—¿No será el Demiurgo?

—Ese, él. No recuerdo si a ese Demiurgo lo hizo Sophia, o ya existía y ella le incitó, vamos tonto, haz el mundo, que ya verás cómo nos divertiremos. El Demiurgo debía de ser un embrollón y no sabía hacer el mundo como es debido, ni siquiera hubiera debido hacerlo, porque la materia es mala y él no estaba autorizado ni a meter mano en ella. Vamos, que la lió y Sophia se quedó dentro. Prisionera del mundo.

Lorenza hablaba, y bebía, mucho. Cada dos minutos, mientras muchos ya habían empezado a oscilar suavemente en medio de la sala, con los ojos cerrados, Riccardo pasaba delante de ella y le llenaba el vaso con algo. Belbo trataba de impedirlo, diciendo que Lorenza ya había bebido demasiado, pero Riccardo reía sacudiendo la cabeza, y ella se rebelaba, decía que soportaba el alcohol mejor que Jacopo porque era más joven.

—Vale, vale —decía Belbo—. No hagas caso del abuelo. Hazle caso a Simone. ¿Y qué más te ha dicho?

—Eso, que soy prisionera del mundo, o no, de los ángeles malvados... porque en esta historia los ángeles son malvados y ayudan al Demiurgo a montar todo ese follón... Los ángeles malvados, decía, me tienen con ellos, no quieren dejarme escapar, y me hacen sufrir. Pero de vez en cuando, entre los hombres, alguien me reconoce. Como Simone. Dice que ya le sucedió en cierta ocasión, hace mil años; porque, no te lo he dicho, pero Simone es prácticamente inmortal, si supieses cuántas cosas ha visto...

—Claro, claro. Pero ahora no bebas más.

—Ssst... Simone me encontró una vez de prostituta en un burdel de Tiro, y me llamaba Helena...

—¿Y estas cosas te dice ese señor? Y tú tan contenta. Permita que le bese la mano, putita de mi universo de mierda... Todo un caballero.

—En cualquier caso la putita era esa Helena. Y además, en aquellas épocas prostituta quería decir mujer libre, sin ataduras, una intelectual, una que no quería ser ama de casa, también tú sabes que una prostituta era una cortesana, una que tenía un salón, hoy se dedicaría a las relaciones públicas. ¿Llamas puta a una que se dedica a las relaciones públicas, como si fuese una ramera de las que encienden fuegos para atraer a los camioneros?

En ese momento Riccardo volvió a pasar junto a ella y la cogió de un brazo.

—Ven a bailar —dijo.

Estaban en medio de la sala, ensayando leves movimientos, un poco idos, como si tocaran un tambor. Pero de vez en cuando Riccardo la atraía hacia sí, le ponía una mano en la nuca, posesivamente, y ella le seguía con los ojos cerrados, el rostro encendido, la cabeza echada hacia atrás, el pelo suelto, vertical. Belbo se encendía un cigarrillo detrás de otro.

Al cabo de un momento, Lorenza cogió a Riccardo por la cintura y lo fue moviendo lentamente, hasta que estuvieron a un paso de Belbo. Sin dejar de bailar, Lorenza le quitó el vaso de la mano. Sujetaba a Riccardo con la izquierda, el vaso con la derecha, la mirada, un poco húmeda, vuelta hacia Jacopo, y daba la impresión de estar llorando, pero sonreía... Y le hablaba.

—Y tampoco ha sido la única vez, ¿sabes?

—¿La única qué? —preguntó Belbo.

—Que encontró a Sophia. Muchos siglos después Simone fue también Guillaume Postel.

—¿Era cartero, o qué?

—Estúpido. Era un sabio renacentista, que leía el judío...

—El hebreo.

—¿Y qué más da? Lo leía como los niños leen el tebeo. A primera vista. Pues bien, en un hospital de Venecia encuentra a una sierva vieja y analfabeta, su Joanna, la mira y dice, por fin he comprendido, esta es la nueva encarnación de la Sophia, la Ennoia, es la Gran Madre del Mundo que ha descendido entre nosotros para redimir al mundo entero, que tiene alma femenina. De modo que Postel coge a Joanna y se la lleva, todos lo toman por loco, pero él nada, la adora, quiere liberarla de los ángeles que la tienen prisionera, y cuando ella muere él se queda mirando el sol durante una hora y pasa muchos días sin comer ni beber, habitado por Joanna, que ya no existe pero que es como si existiese, porque está siempre allí, habita el mundo, y de vez en cuando reaparece, se... se encarna. ¿No te parece que es para llorar?

—Estoy bañado en lágrimas. ¿Y te gusta mucho ser Sophia?

—Pero lo soy también para ti, amor mío. ¿Sabes que antes de conocerme usabas corbatas horribles y tenías caspa?

Riccardo había vuelto a cogerle la nuca.

—¿Puedo participar en la conversación? —preguntó.

—Tú, pórtate bien y baila. Eres el instrumento de mi lujuria.

—De acuerdo.

Belbo siguió como si el otro no existiese:

—Entonces eres su prostituta, su feminista que hace relaciones públicas, y él es tu Simone.

—Yo no me llamo Simone —dijo Riccardo—, que ya no articulaba.

—No hablamos de ti —dijo Belbo.

Hacía un rato que me sentía violento por él. El, que solía ser tan celoso de sus sentimientos, estaba representando su contienda amorosa ante un testigo, más bien, un rival. Pero esas últimas palabras me hicieron comprender que, desnudándose delante del otro, en el momento en que el verdadero adversario era otro más, estaba reafirmando de la única manera en que podía hacerlo sus derechos sobre Lorenza.

Entretanto, Lorenza, tras quitarle un vaso a otra persona, respondió:

—Pero sólo es un juego. Yo te quiero a ti.

—Menos mal que no me odias. Oye, quisiera irme a casa, tengo un ataque de gastritis. Yo todavía soy prisionero de la materia inferior. A mí Simone no me ha prometido nada. ¿Vienes conmigo?

—Quedémonos un rato más. Se está tan bien. ¿No te diviertes? Además, aún no he mirado los cuadros. ¿Has visto que Riccardo ha hecho uno sobre mí?

—Las cosas que me gustaría hacer sobre ti —dijo Riccardo.

—Eres un grosero. No te metas. Estoy hablando con Jacopo. Jacopo, Jesús, ¿sólo tú puedes hacer juegos intelectuales con tus amigos, y yo no? ¿Quién es el que me trata como una prostituta de Tiro? Pues tú.

—Ya lo decía yo. Soy yo quien te arrojo a los brazos de los viejos señores.

—El nunca ha intentado abrazarme. No es un sátiro. Te molesta que no quiera llevarme a la cama y me considere una compañera intelectual.

—Allumeuse.

—Precisamente eso te lo tenías que callar. Riccardo, llévame a buscar algo de beber.

—No, espera —dijo Belbo—. Ahora me dices si te lo tomas en serio, quiero saber si estás loca o no. Y deja ya de beber. ¡Dime si te lo tomas en serio, carajo!

—Pero, amor mío, es nuestro juego, entre él y yo. Y lo bonito de la historia es que, cuando Sophia se da cuenta de quién es, se libera de la tiranía de los ángeles y puede moverse libre del pecado...

—¿Has dejado de pecar?

—Por favor, recapacita —dijo Riccardo, besándola púdicamente en la frente.

—Todo lo contrario —respondió ella a Belbo, sin mirar al pintor—, todas esas cosas ya no son pecado, una puede hacer todo lo que quiera para liberarse de la carne, está más allá del bien y del mal.

Dió un empujón a Riccardo y lo apartó de su lado. Proclamó en voz alta:

—Yo soy la Sophia y para liberarme de los ángeles debo perpretrar... perpretrar... per-pe-trar todos los pecados, ¡hasta los más deliciosos!

Fue, tambaleándose levemente, hasta un rincón donde estaba sentada una muchacha vestida de negro, con los ojos también negros por el rimmel, la tez pálida. La llevó hasta el centro de la sala y empezó a ondular con ella. Sus vientres casi se tocaban y los brazos colgaban junto al cuerpo. «Yo puedo amarte también a ti», dijo. Y la besó en la boca.

Los otros habían formado un semicírculo, un poco excitados, y alguien gritó algo. Belbo se había sentado con expresión impenetrable, y contemplaba la escena como un empresario asistiendo a un ensayo. Sudaba y en el ojo izquierdo tenía un tic que hasta entonces nunca le había visto. De repente, cuando Lorenza llevaba bailando al menos cinco minutos, acentuando cada vez más los movimientos de oferta, le dio la vena:

—Ahora ven aquí.

Lorenza se detuvo, abrió las piernas, tendió los brazos hacia adelante y gritó:

—¡Yo soy la prostituta y la santa!

—Tú eres la gilipollas —dijo Belbo poniéndose de pie.

Fue derecho hacia ella, la cogió con violencia por la muñeca y la arrastró hacia la puerta.

—Quieto —gritó ella—, no te atrevas a... —Después rompió a llorar y le echó los brazos al cuello—: Querido, yo soy tu Sophia, no te habrás enfadado por este...

Belbo le pasó tiernamente el brazo por los hombros, la besó en la sien, le arregló el cabello y luego dijo dirigiéndose a la sala:

—Perdonadla, no está acostumbrada a beber tanto.

Oí alguna risita entre los presentes. Creo que Belbo también la oyó. Me vio desde el umbral, y entonces hizo algo que nunca he sabido si era para mí, para los otros, o para él mismo. Lo hizo en sordina, a media voz, cuando ya los otros se habían desentendido de ellos.

Sin dejar de sostener a Lorenza por los hombros, se volvió hacia la sala y dijo en voz baja, con el tono de quien dice algo obvio: «Quiquiriquí».

51

> Quando adunque vn Ceruellone Cabalista ti vuol dir qualche cosa, non pensar che ti dica cosa friuola, cosa volgare, cosa commune: ma vn mistero, vn oracolo...
> (Thomaso Garzoni, *Il Theatro de vari e diversi cervelli mondani,* Venezia, Zanfretti, 1583, discorso XXXVI)

El material iconográfico que había encontrado en Milán y en París no era suficiente. El señor Garamond me autorizó a ir unos días a Munich, al Deutsches Museum.

Pasé algunas noches por los bares de Schwabing, o en esas criptas inmensas donde tocan señores ancianos de bigote y pantalones cortos de cuero, y los amantes se sonríen entre un humo denso de vapores porcinos, por encima de sus jarras de un litro de cerveza, una pareja al lado de la otra, y dediqué las tardes a revisar el fichero de las reproducciones. De vez en cuando dejaba el archivo y me iba a pasear por el museo, donde han reconstruido todo lo que un ser humano puede haber inventado, oprimes un pulsador y dioramas petrolíferos se animan de barrenos en acción, entras en un submarino de verdad, haces girar los planetas, juegas a producir ácidos y reacciones en cadena; un Conservatoire menos gótico y totalmente futurible, habitado por escolares poseídos que aprenden a querer a los ingenieros.

En el Deutsches Museum también aprendemos todo sobre las minas: bajamos una escalera y entramos en una mina, con todas sus galerías, ascensores para hombres y caballos, traviesas por las que se arrastran unos niños (espero que de cera) demacrados y explotados. Recorremos pasillos tenebrosos e interminables, llegamos al borde de pozos sin fondo, mientras el frío penetra en los huesos y casi sentimos el olor del grisú. Escala uno:uno.

Vagaba por una galería secundaria, pensando en que no volvería a ver la luz del día, y divisé, asomado al borde de un abismo, a alguien que me pareció conocido. La cara no era nueva para mí, arrugada y gris, los cabellos blancos, la mirada de búho, pero me pareció que el traje desentonaba, como si ese rostro ya lo hubiese visto con otro uniforme, como si después de mucho tiempo me encontrara con un cura vestido de paisano, o con un capuchino sin barba. También él me miró, también él vaciló. Como sucede en esos casos, después de una escaramuza de miradas furtivas, tomó la iniciativa y me saludó en italiano. De repente logré imaginarlo con sus ropas habituales: si hubiese llevado un largo gabán amarillento, sería el señor Salon. A. Salon, taxidermista. Tenía su taller a pocas puertas de mi oficina, en el pasillo de la fábrica desconsagrada donde yo oficiaba de Marlowe de la cultura. A veces me había cruzado con él en las escaleras y habíamos esbozado un saludo.

—Es extraño —dijo, mientras me tendía la mano—, hace tanto tiempo que somos vecinos y sólo ahora nos presentamos, aquí, en las vísceras de la Tierra, a mil millas de distancia.

Dijimos algunas frases de circunstancias. Tuve la impresión de que sabía perfectamente a qué me dedicaba, lo que no era poco, porque ni yo lo sabía con certeza.

—¿Cómo es que está en un museo de la técnica? En su editorial se ocupan de cosas más espirituales, creo.

—¿Cómo ha hecho para saberlo?

—Oh —hizo un gesto vago—. La gente habla, recibo muchas visitas...

—¿Qué tipo de gente visita a un embalsamador, perdone, un taxidermista?

—Todo tipo de gente. Usted dirá, como todo el mundo, que no es una profesión corriente. Pero no faltan clientes, y muy variados. Museos, coleccionistas privados.

—No suelo ver animales embalsamados en las casas.

—¿No? Depende de las casas que frecuente... O de los sótanos.

—¿Hay quien tiene animales embalsamados en el sótano?

—Algunos sí. No todos los belenes están a la luz del sol, o de la luna. Desconfío de esos clientes, pero ya sabe usted, el trabajo... Desconfío de los subterráneos.

—¿Por eso se pasea por los subterráneos?

—Verifico. Desconfío de los subterráneos pero quiero entenderlos. No es que haya muchas posibilidades. Usted me hablará de las catacumbas de Roma. No tienen ningún misterio, están llenas de turistas, y bajo el control de la Iglesia. Están las alcantarillas de París... ¿Ha estado en ellas? Pueden visitarse los lunes, los miércoles, y el último sábado de cada mes, entrando por el Pont de l'Alma. También se trata de un recorrido para turistas. Desde luego, en París también hay catacumbas, y cuevas subterráneas. Y, claro, el metro. ¿Ha estado alguna vez en el número 145 de la rue Lafayette?

—Confieso que no.

—Un poco a trasmano, entre la Gare de l'Est y la Gare du Nord. Un edificio a primera vista anodino. Sólo mirando mejor se advierte que las puertas no son de madera, como parece, sino de hierro pintado, y las ventanas dan a unas habitaciones en las que hace siglos que no vive nadie. Nunca se ve una luz. Pero la gente pasa y no sabe.

—¿No sabe qué?

—Que la casa es falsa. Es una fachada, una estructura sin techos ni interiores. Vacío. No es más que la boca de salida de una chimenea. Sirve para la ventilación y la descarga de vapores del metro regional. Y cuando uno se da cuenta, tiene la impresión de estar frente a la boca de los infiernos, sólo con que lograse atravesar esas paredes, podría acceder al París subterráneo. He llegado a estar horas y horas delante de esas puertas que ocultan la puerta de las puertas, la estación de salida para el viaje al centro de la Tierra. ¿Por qué cree usted que la construyeron?

—Pues, para ventilar el metro, como acaba de decirme.

—Con unos respiraderos hubiese sido suficiente. No, es al encontrarme con estos subterráneos cuando empiezo a sospechar. ¿Entiende lo que quiero decir?

Hablando de la oscuridad, parecía iluminarse. Le pregunté por qué sospechaba de los subterráneos.

—Porque si los Señores del Mundo existen, sólo pueden estar en el subsuelo, es una verdad que todos adivinan pero que pocos se atreven a expresar. Quizá el único que se atrevió a decirlo claramente fue Saint-Yves d'Alveydre. ¿Le conoce?

Quizá había oído ese nombre en boca de alguno de los diabólicos, pero sólo tenía recuerdos vagos.

—Es aquel que nos habló de Agarttha, la sede subterránea del Rey del Mundo, el centro oculto de la Sinarquía —dijo Salon—. No tuvo miedo, estaba seguro de sí mismo. Pero todos los que le han secundado públicamente han sido eliminados, porque sabían demasiado.

Empezamos a movernos por las galerías, y el señor Salon me hablaba mientras iba echando miradas distraídas a lo largo del camino ante la confluencia de otros corredores, ante la aparición de nuevos pozos, como si buscase en la penumbra la confirmación de sus sospechas.

—¿Se ha preguntado alguna vez por qué todas las grandes metrópolis modernas se apresuraron, en el siglo pasado, a construir metros?

—Para resolver problemas de circulación ¿o no?

—¿Cuando no había automóviles y sólo circulaban coches de caballos? ¡De un hombre inteligente como usted esperaba una explicación un poco más sutil!

—¿Usted la tiene?

—Puede ser —dijo el señor Salon, y pareció decirlo con aire absorto y ausente. Pero era una manera de acabar la conversación. Y, en efecto, dijo que debía marcharse. Después, tras haberme dado la mano, se demoró aún un segundo, como si de pronto le hubiera asaltado una idea casual—: Por cierto, ese coronel... ¿cómo se llamaba, que hace unos años fue a Garamond para hablarles de un tesoro de los templarios? ¿No han vuelto a tener noticias de él?

Me quedé como azotado por aquella brutal e indiscreta ostentación de conocimiento sobre un tema que consideraba reservado, y enterrado. Quise preguntarle cómo había hecho para saber... pero tuve miedo. Me limité a decirle, afectando indiferencia:

—Oh, ésa es una vieja historia. Ya la había olvidado. Pero, por cierto: ¿por qué ha dicho *por cierto*?

—¿He dicho *por cierto*? Ah, sí, claro, creo que había encontrado algo en un subterráneo...

—¿Cómo lo sabe?

—No sé. No recuerdo quién me habló de ello. Quizá un cliente. Pero siento curiosidad cada vez que se menciona un subterráneo. Son manías de la edad. Buenas tardes.

Se marchó, y yo me quedé pensando en el significado de ese encuentro.

En ciertas regiones del Himalaya, entre los veintidós templos que representan los veintidós Arcanos de Hermes y las veintidós letras de ciertos alfabetos sagrados, la Agarttha forma el Cero Místico, lo que no se puede encontrar... Un colosal tablero de ajedrez que se extiende bajo tierra, a través de casi todas las regiones del Globo.

(Saint-Yves d'Alveydre, *Mission de l'Inde en Europe,* Paris, Calmann Lévy, 1886, pp. 54 y 65)

Cuando regresé lo comenté con Belbo y Diotallevi, e hicimos varias hipótesis. Salon, excéntrico y chismoso, aficionado en cierto modo a los misterios, había conocido a Ardenti, y eso era todo. O bien: Salon sabía algo sobre la desaparición de Ardenti y trabajaba para quienes le habían hecho desaparecer. Otra hipótesis: Salon era un confidente de la policía...

Después nos entrevistamos con otros diabólicos, y Salon se confundió entre sus pares.

Unos días después, vino a vernos Agliè para informar sobre algunos originales que le había enviado Belbo. Sus juicios eran precisos, severos, indulgentes. Agliè era astuto y no había necesitado mucho para comprender el doble juego Garamond-Manuzio, de modo que ya no seguimos ocultándole la verdad. Parecía entender y justificar. Destruía un texto con unas pocas observaciones incisivas, y después señalaba con educado cinismo que para Manuzio podía funcionar perfectamente.

Le pregunté qué podía decirme de Agarttha y de Saint-Yves d'Alveydre.

—Saint-Yves d'Alveydre... —dijo—. Un hombre extraño, sin duda, desde joven frecuentaba a los seguidores de Fabre d'Olivet. Era un simple funcionario del ministerio del interior, pero era ambicioso... Desde luego, no dejamos de censurarle cuando se casó con Marie-Victoire...

Agliè no había podido resistir. Había pasado a la primera persona. Evocaba recuerdos.

—¿Quién era Marie-Victoire? Me encantan los cotilleos —dijo Belbo.

—Marie-Victoire de Risnitch, bellísima en la época en que era íntima de la emperatriz Eugenia. Pero cuando encontró a Saint-Yves ya había pasado de los cincuenta. Y él andaba por los treinta. Una mésalliance para ella, desde luego. Además, para darle un título, le había comprado no recuerdo qué tierras, que habían pertenecido a unos marqueses de Alveydre. Y así nuestro resuelto personaje pudo ostentar ese título, y en París se cantaban couplets sobre el *gigoló.* Ahora que podía vivir de renta, se dedicó a su sueño. Se había empecinado en descubrir una fórmula política capaz de llevar a una sociedad más armoniosa. Sinarquía, opuesta a la anarquía. Una sociedad europea, gobernada por tres consejos que representaban al poder económico, a los magistrados y al poder espiritual, es decir a las iglesias y a los científicos. Una oligarquía ilustrada que acabase con la lucha de clases. Las ha habido peores.

—Pero, ¿y Agarttha?

—Decía que, en cierta ocasión, le había visitado un misterioso afgano, un tal Hadji Scharipf, que por cierto no podía ser afgano ya que su nombre es típicamente albanés... Y ese personaje le había revelado el secreto de la sede del Rey del Mundo, aunque Saint-Yves nunca usó esa expresión, luego la utilizaron los otros, Agarttha, la Que no se Puede Encontrar.

—Pero, ¿dónde dice esas cosas?

—En *Mission de l'Inde en Europe.* Una obra que ha ejercido mucha influencia en el pensamiento político contemporáneo. En Agarttha hay ciudades subterráneas, debajo de ella, y dirigiéndose hacia el centro, hay cinco mil pandits que la gobiernan; lógicamente, la cifra de cinco mil evoca las raíces herméticas de la lengua védica, como sin duda sabrán. Y cada raíz es un hierograma mágico, vinculado con una potencia celeste y sancionado por una potencia infernal. La cúpula central de Agarttha está iluminada desde lo alto por un sortilegio de espejos que dejan pasar la luz sólo a través de la gama enarmónica de los colores, de la que el espectro solar de nuestros tratados de física apenas representa la diatónica. Los sabios de Agarttha estudian todas las lenguas sagradas para llegar a la lengua universal, el Vattan. Cuando abordan misterios demasiado profundos se alejan del suelo y levitan hacia lo alto, y se fracturarían el cráneo contra la bóveda de la cúpula si sus hermanos no les retuviesen. Fabrican los rayos, orientan las corrientes cíclicas de los fluidos interpolares e intertropicales, las derivaciones de las interferencias en las diferentes zonas de latitud y longitud de la Tierra. Seleccionan las especies y han creado animales pequeños pero con capacidades psíquicas extraordinarias, que tienen espalda de tortuga y una cruz amarilla sobre ella, y un ojo y una boca en cada extremidad. Animales polípodos que pueden moverse en todas direcciones. Es probable que en Agarttha se hayan refugiado los templarios después de su diáspora, y que allí ejerzan funciones de vigilancia. ¿Quieren saber algo más?

—Pero... ¿hablaba en serio? —pregunté.

—Creo que él se lo tomaba al pie de la letra. Al principio le consideramos un exaltado, pero luego nos dimos cuenta de que, aunque sólo fuese de un modo visionario, estaba aludiendo a una dirección oculta de la historia. ¿No se dice que la historia es un enigma sangriento e insensato? No es posible, debe de existir un designio. Es necesario que exista una Mente. Por eso, en el curso de los siglos, hombres clarividentes han pensado en los Señores del Mundo o en el Rey del Mundo, quizá no como persona física, sino como función, función colectiva, encarnación siempre provisional de una Intención Constante. Algo con lo que sin duda estaban en contacto las grandes órdenes sacerdotales y caballerescas desaparecidas.

—¿Usted cree en eso? —preguntó Belbo.

—Personas más equilibradas que Saint-Yves buscan a los Superiores Desconocidos.

—¿Y los encuentran?

Agliè se rió, casi entre dientes, con sencillez.

—Y ¿qué clase de Superiores Desconocidos serían si se dejasen conocer por el primero que llega? Señores, ahora tenemos que trabajar. Todavía me queda un original, y da la casualidad de que es un tratado sobre las sociedades secretas.

—¿Bueno?

—Ya me dirá usted. Pero creo que para Manuzio puede servir.

> Al no poder dirigir públicamente los destinos terrestres, porque los gobiernos se opondrían, esta asociación misteriosa sólo puede actuar a través de sociedades secretas... Estas sociedades secretas, creadas a medida que van siendo necesarias, se dividen en grupos distintos y al parecer opuestos, que profesan alternativamente las opiniones más opuestas para poder dirigir por separado y con confianza todos los partidos religiosos, políticos, económicos y literarios, y están vinculadas, para recibir una común orientación, con un centro desconocido donde está oculto el muelle poderoso que así, invisiblemente, se propone mover todos los cetros de la Tierra.
> (J. M. Hoene-Wronski, citado por P. Sédir, *Histoire et doctrine des Rose-Croix,* Rouen, 1932)

Un día vi al señor Salon en la puerta de su taller. De repente, entre dos luces, me esperaba que emitiese el canto del búho. Me saludó como un viejo amigo y me preguntó cómo iban las cosas por allá. Hice un gesto vago, sonreí, y pasé de largo.

Me volvió a asaltar el pensamiento de Agarttha. Tal como me las había referido Agliè, las ideas de Saint-Yves podían resultar fascinantes para un diabólico, pero no inquietantes. Sin embargo, en las palabras y en el rostro de Salon, en Munich, había percibido inquietud.

Así, mientras salía, decidí ir hasta la Biblioteca para buscar *Mission de l'Inde en Europe.*

Había el gentío de siempre en la sala de los ficheros y en el mostrador de pedidos. A empujones logré apoderarme del cajón que buscaba, encontré la referencia, rellené el formulario y lo entregué al empleado. Me comunicó que el libro estaba prestado, y como suele suceder en las bibliotecas, pareció alegrarse. Pero justo en ese momento oí una voz a mis espaldas:

—Mire que está disponible, acabo de devolverlo.

Me volví. Era el comisario De Angelis.

Le reconocí, y él también a mí, incluso demasiado aprisa, diría. Yo le había visto en circunstancias que eran excepcionales para mí, él durante averiguaciones de rutina. Además, en la época de Ardenti yo tenía una barbita rala y el cabello un poco más largo. Qué ojo.

¿Me tendría en observación desde mi regreso? O quizá sólo era un buen fisonomista, los policías tienen que cultivar el espíritu de observación, memorizar los rostros, y los nombres...

—¡El señor Casaubon! ¡Y estamos leyendo los mismos libros!

Le tendí la mano:

—Ahora ya soy doctor, desde hace mucho. Quizá hasta me presente a las oposiciones para entrar a la policía, como me aconsejó usted aquel día. Así podré lograr que me den los libros antes que a nadie.

—Basta con llegar el primero —me dijo—. Pero ahora el libro ya está devuelto, podrá recogerlo más tarde. Permítame que le invite a un café.

La invitación me cohibía, pero tampoco podía rechazarla. Nos sentamos en un bar de la zona. Me preguntó por qué me interesaba por la misión de la India, y estuve a punto de preguntarle por qué se interesaba él, pero antes decidí cubrirme las espaldas. Le dije que a ratos perdidos proseguía mis estudios sobre los templarios: según von Eschenbach, los templarios abandonan Europa y se marchan a la India, y según otros al reino de Agarttha. Ahora era su turno:

—Pero dígame por qué le interesa a usted —dije.

—Oh —respondió—, desde que leí ese libro sobre los templarios que me recomendó usted, empecé a hacerme una cultura sobre el tema. Como acaba de decirme, de los templarios se pasa directamente a Agarttha.

—Touché. Y luego dijo—: Estaba bromeando. Buscaba el libro por otras razones. Porque... —dudó—. En fin, cuando no estoy trabajando suelo ir a las bibliotecas. Para no convertirme en una máquina, o para no ser sólo un polizonte, escoja usted la fórmula más amable. Pero, hábleme de usted.

Me exhibí en un resumen autobiográfico, hasta la maravillosa historia de los metales.

—¿Pero en esa editorial —me preguntó—, y en la de al lado, no están publicando libros sobre ciencias misteriosas?

¿Cómo sabía lo de Manuzio? ¿Se habría enterado en la época en que tenía vigilado a Belbo, años atrás? ¿O aún seguía buscando a Ardenti?

—Con todos los individuos como el coronel que llegaban a Garamond y que Garamond trataba de despachar hacia Manuzio —dije—, el señor Garamond ha decidido aprovechar el filón. Parece bastante rentable. Si busca gente como el viejo coronel allí encontrará montones.

—Sí —dijo—, pero Ardenti desapareció. Espero que todos esos otros no.

—De momento no, y casi diría que desgraciadamente. Pero quíteme una curiosidad, comisario. Supongo que en su oficio tiene que habérselas con gente que desaparece, o algo peor. ¿A cada caso le dedica usted tanto tiempo?

Me miró con ojos risueños:

—¿Y qué le induce a pensar que aún sigo dedicándole tiempo al coronel Ardenti?

De acuerdo, jugaba y había doblado. Debía tener el valor de ver y él habría tenido que descubrir las cartas. Yo no tenía nada que perder.

—Vamos, comisario —dije—, usted lo sabe todo sobre Garamond y Manuzio, está aquí para consultar un libro sobre Agarttha...

—¿Por qué? Entonces Ardenti les habló de Agarttha.

Tocado, otra vez. En efecto, Ardenti también nos había hablado de Agarttha, según creía recordar. Salí bien:

—No, pero tenía una historia sobre los templarios, como usted recordará.

—Exacto —dijo, y luego añadió—: Pero no va a creer que seguimos un caso y no lo dejamos hasta que no esté resuelto. Eso sólo sucede en la televisión. El oficio de policía es como el de dentista, llega un paciente, se le da una vuelta de torno, se le empasta algo, y hasta dentro de quince días. Entretanto llegan otros cien pacientes. Un caso como el del coronel puede quedar en el archivo durante diez años, y luego, mientras se investiga otro caso, se obtiene la confesión de alguien, aparece un indicio, pam, cortocircuito mental, se vuelve a pensar en él... Hasta que se produzca un nuevo cortocircuito, o no se produzca ningún otro, y buenas noches.

—¿Y qué ha encontrado últimamente para que se produjese este cortocircuito?

—¿No le parece que es una pregunta indiscreta? Pero le aseguro que no hay ningún misterio. El coronel ha vuelto a estar sobre el tapete por mera casualidad: estábamos vigilando a un individuo, por razones totalmente ajenas, y vimos que frecuentaba el club Picatrix, supongo que habrá oído hablar de él...

—No, conozco la revista, pero no la asociación. ¿Qué pasa allí?

—Oh, nada, nada, gente tranquila, quizá un poco exaltada. Pero recordé que también Ardenti lo frecuentaba; en esto consiste la habilidad del policía, en recordar dónde ha oído antes un nombre o dónde ha visto un rostro, aunque hayan transcurrido diez años. Así fue como me pregunté qué estaba sucediendo en Garamond. Eso es todo.

—¿Y qué tiene que ver el club Picatrix con la brigada política?

—Quizá sea la indiscreción de la conciencia limpia, pero usted tiene el aire de ser una persona tremendamente curiosa.

—Ha sido usted quien me ha invitado a tomar café.

—Así es. Y no estamos de servicio ninguno de los dos. Mire usted, desde cierto punto de vista en este mundo todo tiene que ver con todo.

Como proposición hermética no estaba mal, pensé. Pero añadió:

—Y conste que no estoy diciendo que esa gente tenga que ver con la política, pero sabe... En otra época a los de las brigadas rojas teníamos que ir a buscarlos en las casas ocupadas, y a los de las brigadas negras en los clubs de artes marciales, hoy podría suceder incluso lo contrario. Vivimos en un mundo extraño. Le aseguro, mi oficio era más fácil hace diez años. Hoy, incluso en el terreno ideológico, ya no hay religión. A veces siento ganas de pasar a la brigada de estupefacientes. Al menos el que vende heroína vende heroína y no hay nada que discutir. Se mueve uno sobre valores seguros.

Se quedó callado un momento, incierto, creo. Después extrajo del bolsillo una libreta que parecía un misal.

—Oiga, Casaubon, usted frecuenta por razones profesionales gente muy extraña y busca en las bibliotecas libros aún más extraños. ¿Por qué no me ayuda? ¿Qué sabe de la sinarquía?

—Mucho me temo que voy a hacer mal papel. Sé muy poco. He oído hablar de ella en relación con Saint-Yves, eso es todo.

—¿Y qué se dice por ahí?

—Si se habla de ella por ahí, lo hacen a mis espaldas. Para serle franco, a mí me huele a fascismo.

—Pues sí, muchas de esas tesis vuelven a encontrarse en la Action Française. Y si eso fuese todo, lo tendría fácil. Me encuentro con un grupo que habla de sinarquía y puedo darle un color. Pero estoy leyendo un poco sobre el tema, y me entero de que hacia 1929 unas tales Vivian Postel du Mas y Jeanne Canudo fundan el grupo Polaris que se inspira en el mito del Rey del Mundo, y proponen un proyecto sinárquico: servicio social contra ganancia capitalista, eliminación de la lucha de clases a través de movimientos cooperativos... Parece un socialismo de tipo fabiano, un movimiento personalista y comunitario. Y, en efecto, tanto a Polaris como a los fabianos irlandeses se les acusa de ser emisarios de un complot sinárquico dirigido por los judíos. ¿Y quién les acusa? Una *Revue internationale des sociétés secrètes* que hablaba de un complot judeo-masónico-bolchevique. Muchos de sus colaboradores están vinculados con una sociedad integrista de derechas, aún más secreta, La Sapinière. Y afirman que todas las organizaciones políticas revolucionarias sólo son la fachada de un complot diabólico, urdido por un cenáculo ocultista. Usted me dirá, vale, nos hemos equivocado, Saint-Yves acaba inspirando a grupos reformistas, la derecha los mete a todos en el mismo saco y considera que son engendros demo-pluto-social-judaicos. También Mussolini lo hacía. Pero, ¿por qué se les acusa de estar dominados por cenáculos ocultistas? Por lo poco que sé al respecto, y puede ir a ver lo que sucede en Picatrix, ésa es gente que en el movimiento obrero no piensa para nada.

—También a mí me lo parece, oh Sócrates. ¿Y entonces?

—Gracias por lo de Sócrates, pero aquí está lo bueno. Cuanto más leo sobre el tema, más confusas se vuelven mis ideas. En los años cuarenta, nacen varios grupos que se declaran sinárquicos, y hablan de un nuevo orden europeo guiado por un gobierno de sabios, por encima de los partidos. ¿Y dónde acaban convergiendo esos grupos? En el ambiente de los colaboracionistas de Vichy. Usted dirá que hemos vuelto a equivocarnos, que la sinarquía es de derechas. Un momento. Después de haber leído tanto, advierto que hay un solo tema en el que todos coinciden: la sinarquía existe y gobierna secretamente el mundo. Pero aquí viene el pero...

—¿Pero qué?

—Pero el 24 de enero del treinta y siete, Dimitri Navachine, masón y martinista (no sé qué quiere decir martinista, pero creo que es una de esas sectas), consejero económico del Frente Popular, después de haber sido director de un banco de Moscú, es asesinado por una Organisation secrète d'action révolutionnaire et nationale, más conocida como La Cagoule, financiada por Mussolini. Entonces se dice que La Cagoule actúa por cuenta de una sinarquía secreta y que Navachine habría sido asesinado porque había descubierto sus misterios. Un documento publicado por elementos de izquierda denuncia durante la ocupación alemana un Pacto Sinárquico del Imperio, responsable de la derrota francesa, y ese pacto sería la manifestación de un fascismo latino de tipo portugués. Pero después resulta que el pacto habría sido redactado por la du Mas y la Canudo, y contiene las ideas que ellas habían publicado y difundido por todas partes. Ningún secreto. Sin embargo, como ideas secretas, incluso secretísimas, un tal Husson las revela en 1946, cuando denuncia un pacto sinárquico revolucionario de izquierdas, en un texto titulado *Synarchie, panorama de 25 années d'activité occulte,* que publica con la firma... espere que busco, ya la tengo, Geoffroy de Charnay.

—Eso sí que es bueno —dije—. Charnay es el compañero de Molay, el gran maestre de los templarios. Mueren juntos en la hoguera. De modo que estamos ante un neotemplario que ataca a la sinarquía desde la derecha. Pero la sinarquía nace en Agarttha, ¡que es el refugio de los templarios!

—¿No lo decía yo? Ya ve, y ahora usted me da una nueva pista. Que, desafortunadamente, sólo viene a aumentar la confusión. De manera que desde la derecha se denuncia un Pacto Sinárquico del Imperio, socialista y secreto, que secreto no es, pero el mismo pacto sinárquico secreto como acaba de ver, también es denunciado desde la izquierda. Y ahora veamos una nueva interpretación: la sinarquía es un complot jesuítico para derrocar a la Tercera República. Tesis expuesta por Roger Mennevée, de izquierdas. Para acabar de tranquilizarme, mis lecturas también me dicen que en 1943, en algunos ambientes militares de Vichy, que apoyan a Pétain, sí, pero no a los alemanes, circulan documentos que demuestran que la sinarquía es una conjura nazi: Hitler es un rosacruz influido por los masones, quienes, como puede comprobar, pasan del complot judeo-bolchevique a la conjura imperial alemana.

—Ahora todo está claro.

—Si fuera sólo esto. He aquí otra revelación. La sinarquía es un complot de los tecnócratas internacionales. Es lo que afirma en 1960 un tal Villemarest en *Le 14e complot du 13 mai.* El complot tecnosinárquico quiere desestabilizar los gobiernos, y para ello provoca guerras, apoya y fomenta golpes de Estado, provoca divisiones internas en los partidos, favoreciendo las luchas entre distintas corrientes... ¿Reconoce a estos sinárquicos?

—Dios mío, es el SIM, el Stato Imperialista delle Multinazionali del que hablaban las Brigadas Rojas hace unos años...

—¡Respuesta acertada! ¿Y ahora qué hace el comisario De Angelis si se topa con una referencia a la sinarquía? Se lo pregunto al doctor Casaubon, experto en los templarios.

—Yo digo que existe una sociedad secreta con ramificaciones en todo el mundo, que conjura para difundir el rumor de que existe una conjura universal.

—Usted bromea, pero yo...

—Yo no bromeo. Venga a leerse los originales que llegan a Manuzio. Pero si quiere una interpretación más prosaica, es como el cuento del tartamudo que dice que no le han dado el puesto de locutor de radio porque no está inscrito en el partido. Siempre hay que atribuirle a alguien los propios fracasos, las dictaduras siempre encuentran un enemigo externo para unir a sus seguidores. Como decía ese otro, para cada problema complejo existe una solución simple, y está equivocada.

—¿Y si yo encuentro una bomba en un tren envuelta en una octavilla que habla de sinarquía, me limito a decir que es una solución simple para un problema complejo?

—¿Por qué? Ha encontrado bombas en los trenes que... No, perdone. Realmente, creo que esas no son cosas de mi incumbencia. Pero, ¿por qué me las menciona?

—Porque confiaba en que usted sabría más que yo al respecto. Y quizá porque me consuela ver que tampoco usted logra entenderlo. Me dice que tiene que leer a demasiados locos, y lo considera una pérdida de tiempo. Yo no, para mí esos textos de vuestros locos, digo vuestros, de la gente normal, son importantes. Es posible que a mí el texto de un loco me explique como razona el que pone la bomba en el tren. ¿O tiene miedo de convertirse en un espía de la policía?

—No, palabra de honor. Al fin y al cabo, mi oficio consiste en buscar ideas en los ficheros. Si encuentro el dato preciso, me acordaré de usted.

Mientras se ponía de pie, dejó caer la última pregunta:

—¿Y entre sus originales no ha encontrado ninguna alusión al Tres?

—¿Qué es eso?

—No lo sé. Debe de ser una asociación o algo por el estilo, ni siquiera sé si existe realmente. He oído hablar de él, y lo he recordado ahora que hablábamos de locos. Saludos a su amigo Belbo. Dígale que no les estoy vigilando. Lo que sucede es que tengo un oficio desagradable, y tengo la desgracia de que me gusta.

Mientras regresaba a casa, me pregunté quién había salido ganando. El me había contado una cantidad de cosas, yo nada. Puestos a sospechar, quizá me había sacado algo sin que yo me diese cuenta. Pero puestos a sospechar se cae en la psicosis de la conjura sinárquica.

Cuando le conté el episodio a Lia, me dijo:

—Creo que era sincero. Realmente quería desahogarse. ¿Te parece que en la comisaría puede encontrar a alguien dispuesto a escuchar sus dudas sobre la ideología de Jeanne Canudo? Sólo quería entender si era él el que no entendía, o si la historia era realmente demasiado difícil. Y tú no has sabido darle la única respuesta verdadera.

—¿Existe?

—Claro que sí. Que no hay nada que entender. Que la sinarquía es Dios.

—¿Dios?

—Sí. La humanidad no soporta la idea de que el mundo surgió por casualidad, por error, sólo porque cuatro átomos insensatos chocaron en cadena en la autopista mojada. Y entonces hay que buscar una conjura cósmica. Dios, los ángeles o los diablos. La sinarquía desempeña la misma función a escala más reducida.

—¿Entonces debía explicarle que la gente pone bombas en los trenes porque está buscando a Dios?

—Quizás.

El príncipe de las tinieblas es un caballero.
(Shakespeare, *King Lear,* III, iv, 140)

Estábamos en otoño. Una mañana fui a via Marchese Gualdi, porque debía hablar con el señor Garamond para que me autorizara a pedir unas fotos en color del extranjero. Vi a Agliè en el despacho de la señora Grazia, inclinado sobre el fichero de autores de Manuzio. No le interrumpí porque llegaba tarde a mi cita.

Cuando concluyó nuestra conversación técnica, le pregunté a Garamond qué estaba haciendo Agliè en la secretaría.

—Ese hombre es un genio —me dijo—. Es de una sutileza, de una cultura extraordinaria. La otra noche le llevé a cenar con algunos de nuestros autores y me hizo quedar muy bien. Qué conversación, qué estilo. Es un caballero de los de antes, un gran señor, de los que ya no quedan. Qué erudición, qué cultura, aún diría más, qué información. Contó anécdotas sabrosísimas sobre personajes de hace cien años, y le juro, era como si les hubiese conocido personalmente. ¿Y sabe qué idea me sugirió mientras regresábamos? A la primera mirada había calado a mis invitados, ya les conocía mejor que yo. Me dijo que no conviene esperar que los autores para Isis Desvelada lleguen solos. Trabajo en balde, montañas de originales, y además sin saber si sus autores están dispuestos a colaborar en los gastos. En cambio, tenemos una mina que explotar ¡el fichero de todos los autores Manuzio de los últimos veinte años! ¿Se da usted cuenta? Se trata de escribir a nuestros viejos, gloriosos autores, o al menos a los que también han comprado los ejemplares que teníamos en el almacén, y decirles: Estimado señor, ¿sabe usted que hemos empezado a publicar una colección de obras sobre el saber y la tradición, de gran espiritualidad? ¿Un autor tan exquisito como usted no estaría dispuesto a penetrar en esa tierra incógnita, etcétera, etcétera? Un genio, ya le digo. Creo que quiere que este domingo nos reunamos todos con él. Quiere llevarnos a un castillo, una fortaleza, aún diría más, una espléndida villa en la región de Turín. Parece que sucederán cosas extraordinarias, un ritual, una ceremonia, un aquelarre, durante el cual alguien fabricará oro o plata vivos, o algo por el estilo. Es todo un mundo por descubrir, estimado Casaubon, aunque usted sabe todo el respeto que me merece esa ciencia, a la que tantos esfuerzos está dedicando, y debo decirle que estoy muy, muy satisfecho de su colaboración; lo sé, tampoco he olvidado el tema del pequeño ajuste financiero que me sugirió en su día, ya hablaremos de eso. Agliè me ha dicho que también estará esa señora, esa señora tan guapa, quizá no de una belleza extraordinaria, pero con un carácter, un algo en la mirada, esa amiga de Belbo, ¿cómo se llama...?

—Lorenza Pellegrini.

—Me parece que sí. Hay algo entre ella y nuestro Belbo, ¿eh?

—Creo que son buenos amigos.

—¡Ah! Así responde un caballero. Bravo, Casaubon. Pero no lo preguntaba por curiosidad, sino porque con ustedes me siento como un padre y ...glissons, à la guerre comme à la guerre... Adiós, querido amigo.

Era verdad que teníamos una cita con Agliè, en la zona de colinas cerca de Turín, Belbo me lo confirmó. La cita era doble. En la primera parte de la velada, una fiesta en el castillo de un rosacruciano acaudalado, y después Agliè nos llevaría a unos kilómetros de allí, para asistir, naturalmente a medianoche, a una ceremonia druídica sobre la que no había querido decir nada concreto.

—Pues —añadió Belbo—, he estado pensando que también deberíamos aclarar algunas cosas sobre la historia de los metales, y aquí siempre aparece alguien que nos distrae. ¿Por qué no salimos el sábado y pasamos un par de días en mi vieja casa de ***? El sitio es bonito, ya verá, vale la pena contemplar esas colinas. Diotallevi está de acuerdo y quizá también venga Lorenza. Naturalmente... puede venir acompañado.

No conocía a Lia, pero sabía que vivía con alguien. Dije que iría solo. Hacía un par de días había reñido con Lia. Había sido por una tontería, en una semana todo estaría olvidado. Pero sentía la necesidad de alejarme por dos días de Milán.

Así fue como llegamos a ***, el trío de Garamond y Lorenza Pellegrini. Había habido un momento de tensión cuando partimos. Lorenza había acudido a la cita, pero cuando estábamos subiendo al coche dijo:

—Mejor me quedo, así podréis trabajar tranquilos. Iré después con Simone.

Belbo, que tenía las manos en el volante, había tendido los brazos y, mirando fijo hacia adelante, había dicho sin alzar el tono: «sube». Lorenza había subido y durante todo el trayecto, sentada delante, había dejado la mano sobre el cuello de Belbo, que conducía en silencio.

*** seguía siendo el pueblecito que Belbo conociera durante la guerra. Pocas casas nuevas, nos dijo, agricultura en decadencia, porque los jóvenes se habían marchado a la ciudad. Nos mostró unas colinas, ahora dedicadas al pastoreo, que en otras épocas habían sido dorados trigales. El pueblo aparecía de repente, en un recodo de la carretera, al pie de una colina, donde estaba la casa de Belbo. Era una colina baja, y dejaba divisar a sus espaldas las tierras de Monferrato, cubiertas de una leve neblina luminosa. Mientras subíamos, Belbo nos señaló una pequeña colina que había enfrente, casi pelada, y en la cumbre una capilla, entre dos pinos.

—El Bricco —dijo, después añadió—: No es nada si no les dice nada. Allí íbamos a tomar la merienda del Angel, cada lunes de Pascua. Ahora con el coche se llega en cinco minutos, pero entonces subíamos a pie, y era una peregrinación.

55

> Llamo teatro [al lugar en que] todos los actos de palabra y de pensamiento, y los detalles de un discurso y de [unas] argumentaciones se exponen como en un teatro público, donde se representan tragedias y comedias.
>
> (Robert Fludd, *Utriusque Cosmi Historia,* Tomi Secundi Tractatus Primi Sectio Secunda, Oppenheim (?), 1620 (?), p. 55)

Llegamos a la villa. Villa por decirlo así: quinta, en cuya planta baja estaban las grandes bodegas donde Adelino Canepa, el aparcero rencilloso, el que había denunciado al tío Carlo a los partisanos, hacía el vino con las uvas del viñedo de los Covasso. Se veía que llevaba mucho tiempo deshabitada.

En una pequeña dependencia aún vivía una vieja, nos dijo Belbo, tía de Adelino; los demás, los tíos, los Canepa, ya habían muerto, y sólo quedaba aquella centenaria que cultivaba su pequeño huerto, con sus cuatro gallinas y un cerdo. Las tierras se habían vendido para pagar los impuestos sucesorios, las deudas, ya nadie se acordaba. Belbo fue a llamar a la puerta de la casita, apareció la vieja en el umbral, tardó lo suyo en reconocer al visitante, después le saludó con gran respeto. Quería que entrásemos en su casa, pero Belbo cortó por lo sano, aunque no sin antes abrazarla y tranquilizarla.

Entramos en la villa y Lorenza empezó a lanzar exclamaciones de júbilo a medida que iba descubriendo escaleras, corredores, umbrosos cuartos con antiguos muebles. Belbo optó por el understatement, observando que cada uno tenía la Donnafugata que podía, pero estaba conmovido. Venía de vez en cuando, dijo, pero bastante poco.

—Sin embargo, está muy bien para trabajar, en verano es fresca y en invierno las paredes gruesas protegen del frío, y hay estufas por todas partes. Naturalmente, cuando era pequeño, un evacuado, sólo ocupábamos aquellos dos cuartos laterales al fondo del corredor grande. Ahora he tomado posesión del ala de los tíos. Trabajo aquí, en el estudio del tío Carlo. —Había uno de esos escritorios tipo secreter, con poco espacio para apoyar una hoja, pero lleno de cajoncitos visibles y ocultos—. Aquí no podría instalar a Abulafia —dijo—. Pero las pocas veces que vengo me gusta escribir a mano, como hacía entonces. —Nos mostró un armario majestuoso—: Aquí tienen, cuando muera, recuerden, aquí está toda mi producción literaria juvenil, las poesías que escribía a los dieciséis años, los esbozos de sagas en seis volúmenes que escribía a los dieciocho... etcétera, etcétera...

—¡A ver, a ver! —gritó Lorenza mientras batía palmas, y ya avanzaba con paso felino hacia el armario.

—Quieta —dijo Belbo—. No hay nada que ver. Tampoco yo he vuelto a mirar esas cosas. De todas formas, cuando muera vendré a quemarlo todo.

—Este debe de ser un sitio de fantasmas, espero —dijo Lorenza.

—Ahora sí. En los tiempos del tío Carlo no, era un sitio muy alegre. Era geórgico. Ahora vengo precisamente porque es bucólico. Es agradable trabajar por la noche mientras los perros ladran allí abajo.

Nos mostró los cuartos en que dormiríamos: Diotallevi, Lorenza y yo. Lorenza miró el cuarto, tocó la vieja cama con una colcha blanca, olió las sábanas y dijo que le parecía estar en un cuento de su abuela, porque olían a espliego, Belbo observó que no era cierto, que sólo era olor a humedad, Lorenza dijo que no importaba y luego, apoyándose contra la pared y echando levemente las caderas y el pubis hacia adelante, como si se dispusiese a competir con el flipper, preguntó:

—¿Entonces duermo aquí sola?

Belbo miró hacia otra parte, en esa parte estábamos nosotros, miró hacia una parte distinta y luego salió hacia el corredor y dijo:

—Ya hablaremos de eso. De todas formas, allí tienes un refugio para ti solita.

Diotallevi y yo nos alejamos, pero oímos que Lorenza le preguntaba si se avergonzaba de ella. Entonces él decía que, si no le hubiese asignado el cuarto, ella le habría preguntado dónde pensaba que dormiría. «Decidí tomar la iniciativa, para que no puedas elegir», dijo él. «¡El muy astuto!», decía ella. «Entonces dormiré en mi cuartito.» «Está bien», dijo Belbo irritado, «pero éstos han venido aquí para trabajar, vamos a la terraza.»

Y así, trabajamos en una gran terraza, donde había una pérgola, ante bebidas frescas y mucho café. Alcohol vedado hasta la noche.

Desde la terraza se veía el Bricco y, al pie de esa pequeña colina, un edificio bastante feo, con patio y campo de fútbol. Todo habitado por figuritas de colores, niños me parecieron. Belbo sacó el tema, primera vez:

—Es la escuela salesiana. Fue allí donde el padre Tico me enseñó a tocar. En la banda.

Recordé la trompeta que Belbo se había negado, aquella con que soñara.

—¿La trompeta o el clarín? —pregunté.

Tuvo un instante de pánico:

—¿Cómo ha hecho para...? Ah, es verdad, le he contado el sueño de la trompeta. No, el padre Tico me enseñó a tocar la trompeta, pero en la banda tocaba el genis.

—¿Qué es el genis?

—Historias de muchachos. Ahora al trabajo.

Pero mientras trabajábamos vi que a menudo echaba miradas hacia la escuela parroquial. Me pareció que para poder mirarla nos hablaba de otra cosa. De vez en cuando interrumpía la conversación:

—Aquí abajo se produjo uno de los más furibundos tiroteos del final de la guerra. En *** se había establecido una especie de acuerdo entre fascistas y partisanos. Hacia la primavera los partisanos bajaban y ocupaban el pueblo, y los fascistas no venían a molestar. Los fascistas no eran de esta zona, los partisanos eran todos muchachos de por aquí. En caso de combate, sabían cómo moverse entre las hileras de maíz, los bosquecillos, los setos. Los fascistas se hacían fuertes en la ciudad, y sólo se alejaban para las batidas. En invierno a los partisanos les resultaba más difícil estar en el llano, porque no había donde esconderse, los veían de lejos en la nieve y con una ametralladora podían acertarles incluso desde un kilómetro. Entonces los partisanos se replegaban a las colinas más altas. Y allí de nuevo eran ellos los que conocían los pasos, las quebradas, los refugios. Y los fascistas venían a controlar el llano. Pero aquella primavera estábamos en vísperas de la liberación. Aquí todavía estaban los fascistas, pero no se atrevían a regresar, creo, a la ciudad, porque se olían que el golpe definitivo se libraría allí, como de hecho ocurrió el veinticinco de abril. Creo que había habido algún pacto, los guerrilleros esperaban, no querían el combate, estaban seguros de que pronto sucedería algo, de noche Radio Londres difundía noticias cada vez más esperanzadoras, se hacían más frecuentes los mensajes especiales para la brigada de Franchi, mañana volverá a llover, el tío Pedro ha traído pan, y cosas por el estilo, quizá tú, Diotallevi, las escuchaste... En suma, debió de haber un malentendido, los guerrilleros bajaron cuando los fascistas aún no se habían marchado, el hecho es que un día mi hermana, que estaba aquí, en la terraza, entró y me dijo que había dos que jugaban a perseguirse con las metralletas. No nos asombramos, eran muchachos unos y otros, mataban el tiempo jugando con las armas. Una vez, bromeando, dos de ellos dispararon en serio, y la bala fue a incrustarse en el tronco de un árbol de la alameda, contra el que estaba apoyada mi hermana. Ella ni siquiera se dio cuenta, nos lo dijeron los vecinos, y fue entonces cuando se le enseñó que cada vez que viera a dos jugando con las metralletas escapase. Están jugando otra vez, dijo al entrar, para mostrar que era obediente. En aquel momento oímos la primera ráfaga. Sólo que después vino la segunda, la tercera, y después se generalizaron, se oían los golpes secos de las carabinas, el ra-ta-ta-tá de las metralletas, alguna explosión más sorda, quizá de granadas de mano, y por último la ametralladora. Comprendimos que ya no estaban jugando. Pero no tuvimos tiempo para discutirlo, porque ya no podíamos oír nuestras voces. Pim pum bang ratatatá. Nos acurrucamos debajo del fregadero, mi hermana, mamá y yo. Después llegó el tío Carlo, andando a gatas por el corredor, para decirnos que allí estábamos demasiado expuestos, que fuésemos donde ellos. Nos desplazamos hacia allá y encontramos a la tía Caterina llorando porque la abuela estaba fuera...

—Fue cuando la abuela estuvo boca abajo en un campo, entre dos fuegos...

—¿Y cómo lo sabe?

—Me lo contó en el setenta y tres, aquel día después de la manifestación.

—Dios mío, qué memoria. Con usted hay que tener cuidado con lo que se dice... Sí. Pero tampoco mi padre estaba en casa. Después supimos que estaba en el centro y se había refugiado en un portal, pero no podía salir porque los bandos se dedicaban al tiro al blanco de un lado a otro de la calle, mientras que desde la torre del ayuntamiento una escuadra de Brigadas Negras estaba barriendo la plaza con la ametralladora. En el portal también estaba el ex alcalde fascista de la ciudad. En determinado momento dijo que pensaba que podía llegar hasta su casa, sólo tenía que doblar la esquina. Esperó a que hubiera un momento de silencio, se lanzó fuera del portal, llegó a la esquina y allí le alcanzó en la espalda una ráfaga de ametralladora disparada desde el ayuntamiento. La reacción emotiva de mi padre, que ya había hecho la primera guerra mundial, fue: mejor quedarse en el portal.

—Este sitio está lleno de recuerdos dulcísimos —observó Diotallevi.

—Aunque no lo creas —dijo Belbo—, son dulcísimos. Y son lo único verdadero que recuerdo.

Los otros no entendieron, yo intuí, ahora sí. Sobre todo durante aquellos meses, en que estaba navegando en medio de la mentira de los diabólicos, y después de haberse pasado años envolviendo su desilusión en mentiras novelescas, los días de *** afloraban a su memoria como un mundo en el que una bala es una bala, que la esquivas o la recibes, y las dos partes resaltaban bien una frente a la otra, marcadas por sus colores, el rojo y el negro, o el caqui y el gris verdoso, sin equívocos; o al menos entonces tenía esa impresión. Un muerto era un muerto era un muerto era un muerto. No como el coronel Ardenti, que había desaparecido venenosamente. Pensé que quizá debía hablarle de la sinarquía, que ya reptaba en aquella época. ¿Acaso no había sido sinárquico el encuentro entre el tío Carlo y Terzi, ambos impulsados, en frentes opuestos, por el mismo ideal caballeresco? ¿Pero por qué quitarle a Belbo su Combray? Los recuerdos eran dulces porque le hablaban de la única verdad que conociera, sólo después había empezado la duda. Sólo que, como me había dado a entender, incluso en los días de la verdad él se había quedado mirando. Miraba en el recuerdo la época en que miraba nacer la memoria de los otros, de la Historia, y de todas esas historias que tampoco habría de escribir.

¿O había habido un momento de gloria y decisión? Porque dijo:

—Y además aquel día realicé el acto de heroísmo de mi vida.

—Mi John Wayne —dijo Lorenza—. Cuéntame.

—Oh, tampoco es para tanto. Después de haberme arrastrado hasta donde estaban los tíos, me empeciné en quedarme de pie en el corredor. La ventana estaba al fondo, estábamos en el piso alto, nadie podía alcanzarme, decía. Y me sentía como el capitán que está erguido en medio del cuadro mientras las balas silban a su alrededor. Después el tío Carlo se enfadó y me metió dentro de mala manera, yo estaba por echarme a llorar porque se había acabado la diversión, y en ese momento oímos tres tiros, cristales quebrados y una especie de rebote, como si alguien jugase en el corredor con una pelota de tenis. Una bala había entrado por la ventana, había dado contra la tubería del agua y había rebotado yendo a incrustarse abajo, justo en el sitio donde había estado yo. Si aún hubiese estado allí, habría quedado cojo. Quién sabe.

—Dios mío, no te habría querido cojo —dijo Lorenza.

—Quizá hoy estaría contento —dijo Belbo.

De hecho, tampoco aquella vez había escogido. Había dejado que el tío lo metiese dentro.

Al cabo de una hora volvió a distraerse.

—Después, en determinado momento, subió Adelino Canepa. Dijo que estaríamos más seguros en la bodega. El y el tío no se hablaban desde hacía años, como ya les he contado. Pero en el momento de la tragedia, Adelino había vuelto a convertirse en un ser humano, y el tío le estrechó incluso la mano. Así pasamos una hora en la oscuridad, dentro, entre los toneles y un olor de infinitas vendimias que se subía un poco a la cabeza, fuera, el tiroteo. Después las ráfagas menguaron, los estampidos nos llegaban más apagados. Comprendimos que unos se retiraban, pero todavía no sabíamos quiénes. Hasta que desde un ventanuco situado encima de nuestras cabezas, que daba a un sendero, oímos una voz, en dialecto: «Monssu, i'è d'la repubblica bele si?»

—¿Qué significa? —preguntó Lorenza.

—Aproximadamente: gentleman, ¿sería usted tan amable de informarme si por estos parajes aún quedan seguidores de la República Social Italiana? En aquella época república era una mala palabra. Era un partisano que interrogaba a uno que pasaba, o a alguien que estaba en una ventana, de modo que el sendero era de nuevo transitable, y los fascistas se habían marchado. Ya anochecía. Al rato llegaron papá y la abuela, y cada uno contó su aventura. Mamá y la tía prepararon algo de comer, mientras el tío y Adelino Canepa procedían solemnemente a retirarse de nuevo el saludo. Durante el resto de la noche oímos ráfagas a lo lejos, por el lado de las colinas. Los partisanos acosaban a los fugitivos. Habíamos ganado.

Lorenza le besó en el pelo y Belbo frunció la nariz. Sabía que había ganado por interpósita brigada. En realidad, había asistido a una película. Pero había habido un momento, cuando lo de la bala que rebotó, en que había entrado en la película. Apenas un instante, como cuando en *Hellzapoppin'* se confunden las películas y aparece un indio a caballo en medio de un baile y pregunta por dónde se han marchado y alguien le dice «por allá» y entonces desaparece en otra historia.

56

> Con tal fuerza sopló en su espléndida trompeta que hizo retumbar toda la montaña.
> (Johann Valentin Andreae, *Die Chymische Hochzeit des Christian Rosencreutz,* Strassburg, Zetzner, 1616, 1, p. 4)

Ibamos por el capítulo sobre las maravillas de los conductos hidráulicos y en un grabado del siglo XVI, tomado de los *Spiritualia* de Herón, se veía una especie de altar con un autómata encima que, en virtud de un dispositivo de vapor, tocaba una trompeta.

Quise desenterrar los recuerdos de Belbo:

—¿Y entonces cómo era la historia de ese Ticho Brahe o como quiera que se llamase, que le enseñó a tocar la trompeta?

—El padre Tico. Nunca supe si era un apodo o su apellido. Nunca volví a la escuela parroquial. Había llegado por casualidad: la misa, el catecismo, muchos juegos, y el premio era una estampita del Beato Domenico Savio, ese adolescente con pantalones de paño gastado, que en las estatuas siempre aparece cogido de la sotana de don Bosco, con los ojos hacia el cielo, para no escuchar a sus compañeros contar chistes obscenos. Me enteré de que el padre Tico había organizado una banda de música integrada por chicos de entre diez y catorce años. Los más pequeños tocaban clarines, flautines, saxofones sopranos, y los más grandes soportaban el bombardino y el bombo. Iban de uniforme: casaca caqui y pantalones azules, con gorra de visera. Un sueño, y quise unirme a ellos. El padre Tico dijo que necesitaba un genis.

Nos examinó con superioridad y recitó:

—El genis, en la jerga de las bandas de música, es una especie de pequeño trombón que en realidad se llama bugle contralto en mi bemol. Es el instrumento más estúpido de toda la banda. Hace umpa-umpa-umpa-umpa en *levare* y después del parapapá-pa-pa-pa-paaa pasa en *battere* a pa-pa-pa-pa-pa... Eso sí, es fácil de aprender, pertenece a la familia de los metales, como la trompeta, y su mecánica es similar a la de la trompeta. La trompeta requiere más aliento y una buena embocadura; ya saben, esa especie de callo circular que se forma en los labios, como el que tenía Armstrong. Con una buena embocadura se ahorra aliento y el sonido sale claro y limpio, sin que se oiga el soplo. Por lo demás, nunca hay que hinchar los carrillos, eso sólo sucede en la ficción y en las caricaturas.

—Pero, ¿y la trompeta?

—La trompeta, la tocaba yo solo, en esas tardes de verano en que la escuela parroquial estaba desierta y me escondía en el pequeño teatro... Pero estudiaba la trompeta por razones eróticas. ¿Ven aquella casita con jardín allá, a un kilómetro de la escuela parroquial? Allí vivía Cecilia, hija de la benefactora de los salesianos. De modo que, cada vez que la banda tocaba, en las fiestas de guardar, después de la procesión, en el patio de la escuela parroquial y sobre todo antes de las actuaciones de la sociedad de amigos del teatro, Cecilia con su madre estaban siempre en primera fila, en el sitio de honor, junto al canónigo de la catedral. En aquellas ocasiones la banda atacaba con una marcha llamada *Buen Principio,* y la marcha se iniciaba con las trompetas, las trompetas en si bemol, doradas y plateadas, bien bruñidas para la ocasión. Las trompetas se ponían de pie y tocaban un solo. Después se sentaban y atacaba la banda. Tocar la trompeta era el único medio para lograr que Cecilia se fijase en mí.

—¿Y si no? —preguntó Lorenza con ternura.

—No había otra manera. Primero, porque yo tenía trece años y ella trece y medio, y a los trece años y medio una chica ya es una mujer, y un chico todavía es un mocoso. Además estaba enamorada de un saxofón contralto, un tal Pappi, horripilante y medio pelado, eso me parecía a mí, y sólo tenía ojos para él, que balaba lascivo, porque el saxofón, cuando no es el de Ornette Coleman y toca en una banda de música, y lo toca el horripilante Pappi, es (o al menos así me parecía a mí entonces) un instrumento caprino y vulvar, tiene una voz, ¿cómo diría yo?, de una modelo que se ha dado a la bebida y a la prostitución...

—¿Cómo hacen las modelos cuando se dan a la prostitución? ¿Tú qué sabes?

—Vamos, Cecilia ni siquiera sabía de mi existencia. Claro que yo, mientras trotaba cada tarde por la colina para buscar la leche en la vaquería, me inventaba historias espléndidas, ella era raptada por las Brigadas Negras y yo corría a salvarla, mientras las balas silbaban alrededor de mi cabeza y hacían chac chac al incrustarse en el rastrojo, le revelaba algo que no debía saber, que con un nombre falso yo dirigía la resistencia en toda la comarca de Monferrato, y ella me confesaba que siempre lo había esperado, y entonces yo me avergonzaba, porque sentía como un fluir de miel en las venas; les juro que ni siquiera se me humedecía el prepucio, era algo distinto, mucho más terrible y grandioso, y al regresar a casa iba a confesarme... Creo que el pecado, el amor y la gloria se resumen en eso, cuando te descuelgas con una cuerda de sábanas desde la ventana de la casa donde los SS se dedican a torturar a los partisanos, ella te rodea el cuello, suspendida en el aire, y te susurra que siempre ha soñado contigo. Lo demás es sólo sexo, cópula, perpetuación de la simiente infame. Pero, bueno, si lograba pasarme a la trompeta, Cecilia ya no habría podido ignorarme, yo de pie, deslumbrante, y el miserable saxofón sentado. La trompeta es guerrera, angélica, apocalíptica, victoriosa, llama al ataque, el saxofón hace bailar a chulos de arrabal de cabellos untados con brillantina, que bailan mejilla contra mejilla con muchachas sudadas. Y yo estudiaba la trompeta, como un loco, hasta que un día fui a ver al padre Tico y le dije escúcheme, y era como Oscar Levant cuando hace su primera prueba en Broadway con Gene Kelly. Y el padre Tico dijo: Eres un trompeta, pero...

—Qué dramático —exclamó Lorenza—. Cuenta, no nos tengas en vilo.

—Pero tenía que encontrar a alguien que me reemplazara en el genis. Apáñate, había dicho el padre Tico. Y me apañé. Porque os diré, queridos niños, que por aquel entonces vivían en *** dos desgraciados, que asistían a la misma clase que yo, a pesar de tener dos años más, y esto ya os dice mucho acerca de su capacidad de aprendizaje. Esos dos brutos se llamaban Annibale Cantalamessa y Pio Bo. Uno: histórico.

—¿Cómo? —preguntó Lorenza.

Expliqué, cómplice:

—Cuando Salgari refiere un hecho real (o que él creía real), por ejemplo, que, después de Little Big Horn, Toro Sentado se come el corazón del general Custer, al final del relato pone una nota al pie de página que dice: 1. Histórico.

—Eso mismo. Y es un hecho histórico que Annibale Cantalamessa y Pio Bo se llamaban así, aunque eso no era lo peor. Eran holgazanes, ladrones de tebeos en el kiosco de periódicos, y robaban los casquillos a los que tenían una buena colección y apoyaban el bocadillo de salchichón sobre el libro de aventuras por tierras y mares, que uno acababa de prestarles, después de que te lo habían regalado en Navidades. Cantalamessa decía que era comunista, Bo se declaraba fascista, ambos estaban dispuestos a venderse al enemigo por un tirachinas, contaban historias relacionadas con el sexo, con imprecisas lagunas anatómicas, y competían sobre quién se había masturbado por más tiempo la noche anterior. Eran individuos dispuestos a todo, ¿por qué no al genis? De modo que decidí seducirles. Les exageraba la elegancia del uniforme, les llevaba a los conciertos de la banda, les hacía entrever grandes éxitos amatorios con las Hijas de María... Cayeron en el lazo. Me pasaba los días en el teatro de la escuela, y con una caña larga, como había visto en las ilustraciones de los libritos sobre los misioneros, les pegaba en los dedos cada vez que se equivocaban de nota; el genis sólo tiene tres teclas, se mueven el índice, el medio y el anular, y el resto, como ya he dicho, es cuestión de embocadura. Pero no os aburriré con más detalles, mis pequeños oyentes: por fin llegó el día en que pude presentarle al padre Tico dos genis, no diré que perfectos, pero al menos, para la primera prueba, preparada durante tardes insomnes, aceptables. El padre Tico estaba satisfecho, los enfundó en el uniforme, y me pasó a la trompeta. Una semana más tarde, en la fiesta de María Auxiliadora, en la apertura de la temporada de teatro con *El pequeño parisino*, allí estaba yo de pie, de espaldas al telón, enfrente de las autoridades, tocando las primeras notas de *Buen Principio*.

—Oh esplendor —exclamó Lorenza, el rostro tiernamente encendido por ostentados celos—: ¿Y Cecilia?

—No estaba. Quizá estuviera enferma. No lo sé. No estaba.

Echó una mirada circular sobre su auditorio, porque a esas alturas se sentía bardo; un juglar. Calculó la pausa.

—Dos días después, el padre Tico me mandaba llamar y me explicaba que Annibale Cantalamessa y Pio Bo habían arruinado la velada. No llevaban el compás, se distraían en las pausas lanzándose pullas y motes, se equivocaban en el ataque. «El genis», me dijo el padre Tico, «es la columna vertebral de la banda, es su conciencia rítmica, su alma. La banda es como un rebaño, los instrumentos son las ovejas, el director es el pastor, pero el genis es el perro fiel y regañón que hace marcar el paso a las ovejas. El director mira sobre todo al genis, y, si el genis le sigue, le seguirán las ovejas. Querido Jacopo, tengo que pedirte un gran sacrificio, debes volver al genis, junto con esos dos. Tú tienes sentido del ritmo, debes hacerles marcar el paso. Te prometo que tan pronto como puedan tocar solos regresarás a la trompeta». Se lo debía todo al padre Tico. Dije que sí. Y en la fiesta siguiente, los trompetas volvieron a ponerse de pie y a tocar las primeras notas de *Buen Principio* frente a Cecilia, de nuevo sentada en primera fila. Yo estaba en la oscuridad, genis entre los genis. En cuanto a los dos miserables, nunca llegaron a poder tocar solos. Yo no regresé nunca a la trompeta. Acabó la guerra, volvimos a la ciudad, abandoné los metales, y de Cecilia nunca supe ni sabré, ni siquiera el apellido.

—Luz de mi alma —dijo Lorenza estrechándole los hombros—. Pero me tienes a mí.

—Creía que te gustaban los saxofones —dijo Belbo.

Después le besó la mano girando apenas la cabeza. Volvió a ponerse serio.

—A trabajar —dijo—. Tenemos que hacer una historia del futuro, no una crónica del tiempo perdido.

Por la noche se celebró mucho el levantamiento de la veda del alcohol. Jacopo parecía haber olvidado sus humores elegíacos: y se midió con Diotallevi. Imaginaron máquinas absurdas, para descubrir en seguida que ya estaban inventadas. A medianoche, al cabo de un día pleno, se decidió por unanimidad que había que experimentar eso de dormir en las colinas.

Me metí en la cama de mi vieja habitación, con las sábanas más húmedas que por la tarde. Jacopo había insistido en que metiésemos temprano la tumbilla, esa especie de armazón oval que mantiene levantadas las mantas y sobre la que se coloca el brasero; probablemente, para que saboreásemos todos los placeres de la vida en el campo. Pero cuando la humedad es profunda, la tumbilla se limita a hacerla aflorar, se siente una tibieza deliciosa pero la tela parece empapada. Paciencia. Encendí un velador, de aquellos con flecos, donde las efímeras aletean antes de morir, como dice el poeta. Y traté de conciliar el sueño leyendo el periódico.

Pero durante una o dos horas oí pasos en el corredor, un abrirse y cerrarse de puertas, la última vez (la última que llegué a oír) sonó un portazo. Lorenza Pellegrini estaba jugando con los nervios de Belbo.

Ya estaba durmiéndome cuando oí que rascaban en la mía, la puerta. No parecía ser un animal (no había visto perros ni gatos), y tuve la impresión de que era una invitación, una petición, un reclamo. Quizá Lorenza lo estaba haciendo porque sabía que Belbo la observaba. O quizá no. Hasta aquel momento la había considerado propiedad de Belbo, al menos en cuanto a mí se refería, y, además, desde que estaba con Lia me había vuelto insensible a otros encantos. Las miradas maliciosas, a menudo de complicidad, que Lorenza me lanzaba a veces en la oficina o en el bar, cuando se burlaba de Belbo, como si buscase un aliado o un testigo, formaban parte, eso pensé siempre, de un juego de sociedad, y además, Lorenza Pellegrini tenía la virtud de mirar a todo el mundo con aire de querer poner a prueba sus capacidades amatorias, aunque de un modo extraño, como si sugiriese, te deseo, pero para demostrarte que tienes miedo... Aquella noche, al oír ese rascar, ese rozar de uñas contra el barniz de la puerta, sentí algo distinto: me di cuenta de que deseaba a Lorenza.

Metí la cabeza bajo la almohada y pensé en Lia. Quiero tener un hijo con Lia, pensé. Y a él (o a ella) le haré tocar en seguida la trompeta, apenas pueda soplar.

57

En cada tercer árbol, a ambos lados, había colgada una linterna, y una hermosa doncella, también vestida de azul, las encendió con una antorcha resplandeciente y yo me demoré más de lo necesario para admirar el espectáculo, que era de una belleza indecible.

(Johann Valentin Andreae, *Die Chymische Hochzeit des Christian Rosencreutz*, Strassburg, Zetzner, 1616, 2, p. 21)

Hacia mediodía Lorenza apareció, sonriente, en la terraza y anunció que había descubierto un tren perfecto que pasaba por *** a las doce y media, y que con una sola correspondencia la dejaría en Milán esa misma tarde. Preguntó si la llevábamos a la estación.

Belbo continuó hojeando unas notas y dijo:

—Creía que Agliè también te esperaba a ti, y que incluso había organizado toda la expedición sólo por ti.

—Pues peor para él —dijo Lorenza—. ¿Quién me lleva?

Belbo se puso de pie y nos dijo:

—Vuelvo en seguida. Después podemos quedarnos todavía un par de horas. ¿No traías una bolsa, Lorenza?

No sé si se dijeron algo más durante el trayecto. Belbo regresó al cabo de veinte minutos y reanudó el trabajo sin aludir al incidente.

A las dos encontramos un agradable restaurante en la plaza del mercado, y la selección de los platos y de los vinos fue ocasión para que Belbo evocara otros acontecimientos de su infancia. Pero hablaba como si estuviese citando la biografía de otra persona. Había perdido la felicidad narrativa del día anterior. A media tarde nos pusimos en camino para reunirnos con Agliè y Garamond.

Belbo conducía hacia el sudoeste, y el paisaje iba cambiando poco a poco, a cada kilómetro. Las colinas de ***, incluso en el otoño tardío, eran suaves y menudas; ahora, en cambio, a medida que avanzábamos, el horizonte se iba ampliando, aunque a cada curva aparecían más picos, con algún pueblo encaramado allá en lo alto. Pero entre pico y pico se abrían horizontes ilimitados: el sublime espacïoso llano, como observaba Diotallevi, que verbalizaba juiciosamente nuestros descubrimientos. Así, mientras subíamos en tercera, a cada recodo surgían vastas extensiones de perfil ondulado y continuo, que en el límite de la landa ya esfumaba en una neblina casi invernal. Parecía una llanura modulada por dunas, y era ya montaña. Como si la mano de un demiurgo desmañado hubiese aplastado algunas cimas que le parecieron excesivas y las hubiera transformado en un membrillo giboso sin intervalos, hasta el mar, quién sabe, o hasta las vertientes de otras cadenas más ásperas y decididas.

Llegamos al pueblo donde teníamos la cita con Agliè y Garamond, en el bar de la plaza. Al enterarse de que Lorenza no había venido con nosotros, Agliè, aunque contrariado, no dejó traslucir nada.

—Nuestra exquisita amiga no quiere compartir con otros los misterios que la definen. Un pudor muy especial, que no dejo de apreciar —dijo.

Y eso fue todo.

Proseguimos, en cabeza el Mercedes de Garamond y en la cola el Renault de Belbo, por valles y colinas, hasta que, mientras menguaba la luz del sol, divisamos una extraña construcción en lo alto de una colina, una especie de castillo del siglo XVIII, amarillo, desde el que descendían, eso creí percibir en la distancia, terrazas arboladas y floridas, exuberantes a pesar de la estación.

Al llegar al pie de la pendiente nos encontramos en una explanada donde ya había muchos coches estacionados.

—Aquí nos detenemos —dijo Agliè—. Ahora hay que seguir a pie.

El crepúsculo ya se estaba convirtiendo en noche. La cuesta se nos aparecía a la luz de una multitud de antorchas, encendidas a lo largo de las laderas.

Es extraño, pero de todo lo que sucedió entre aquel momento y la madrugada me han quedado recuerdos a la vez límpidos y confusos. Pensaba en ello la otra noche en el periscopio, no sin advertir un aire de familia entre ambas experiencias. Y bien, decía para mis adentros, ahora estás aquí, en una situación anómala, atontado por un imperceptible tufo de madera vieja, con la impresión de estar en una tumba, o en el vientre de un recipiente donde estuviera consumándose una transformación. Sólo con asomar la cabeza fuera de la cabina, verías en la penumbra objetos, esos, que hoy se te aparecían inmóviles, los verías agitarse como sombras eleusinas entre los vapores de un encantamiento. Y así había sido la velada en el castillo: las luces, las sorpresas durante el recorrido, las palabras que oía, y más tarde sin duda los inciensos, todo conspiraba para hacerme creer que estaba soñando un sueño, pero no un sueño normal: como cuando estamos por despertar y soñamos que estamos soñando.

No tendría que recordar nada. Pero lo recuerdo todo, como si no lo hubiese vivido yo, y me lo hubiese contado otra persona.

No sé si lo que recuerdo, con tanta confusa lucidez, es lo que sucedió o lo que deseé que hubiese sucedido, pero sin duda fue entonces cuando el Plan cobró forma en nuestra mente, como voluntad de dar una forma cualquiera a esa experiencia informe, transformando en realidad fantaseada esa fantasía que alguien había querido que fuese real.

—El recorrido es ritual —nos estaba diciendo Agliè mientras subíamos—. Son jardines colgantes, los mismos (o casi) que Salomon de Caus ideó para los jardines de Heidelberg; quiero decir, para el elector palatino Federico V, en el gran siglo rosacruciano. La luz es escasa, pero así debe ser, porque es mejor intuir que ver: nuestro anfitrión no ha reproducido con fidelidad el proyecto de Salomon de Caus, lo ha concentrado en un espacio más reducido. Los jardines de Heidelberg imitaban el macrocosmos, pero quien los ha reconstruido aquí ha imitado sólo aquel microcosmos. Vean esa gruta, construida en rocalla... Decorativa, sin duda. Pero de Caus tenía presente aquel emblema de la *Atalanta Fugiens* de Michael Maier, donde el coral es la piedra filosofal. De Caus sabía que a través de la forma de los jardines es posible influir en los astros, porque hay caracteres cuya configuración imita la armonía del universo...

—Prodigioso —dijo Garamond—. ¿Pero cómo puede influir un jardín en los astros?

—Hay signos que se vuelven los unos hacia los otros, que se miran entre sí y que se abrazan, e incitan al amor. Y no tienen, no deben tener, una forma precisa y definida. Cada uno, según los impulsos de su furor, o el ímpetu de su espíritu, experimenta determinadas fuerzas, como era el caso de los jeroglíficos de los egipcios. No puede haber relación entre nosotros y los seres divinos si no es a través de sellos, figuras, caracteres y otras ceremonias. Por la misma razón, las divinidades nos hablan a través de sueños y enigmas. Y eso mismo sucede en estos jardines. Cada elemento de esta terraza reproduce un misterio del arte alquímico, pero lamentablemente ya no estamos en condiciones de leerlo, ni siquiera nuestro anfitrión. Singular dedicación al secreto, me darán la razón, la de este hombre que gasta lo que ha acumulado durante años para hacer dibujar ideogramas cuyo sentido ya no conoce.

Ibamos subiendo, y de terraza en terraza cambiaba la fisonomía de los jardines. Algunos tenían forma de laberinto, otros figura de emblema, pero el dibujo de las terrazas inferiores sólo podía verse desde las terrazas superiores, de esa manera pude descubrir la silueta de una corona y muchas otras simetrías que no había podido apreciar mientras las recorría, y que de todas formas era incapaz de descifrar. Cada terraza, vista por el que se movía entre sus setos, mostraba, por efecto de perspectiva, algunas figuras, pero al volver a verla desde la terraza superior se asistía a nuevas revelaciones, incluso de sentido opuesto; y de este modo cada grado de aquella escala hablaba en dos idiomas distintos al mismo tiempo.

Divisamos, a medida que ascendíamos, pequeñas construcciones. Una fuente con estructura fálica, que se abría bajo una especie de arco o pequeño pórtico, con un Neptuno que pisoteaba a un delfín, una puerta con columnas vagamente asirias, y un arco de forma imprecisa, como si hubieran superpuesto triángulos y polígonos a polígonos, y en cada vértice la estatua de un animal, un alce, un mono, un león...

—¿Y todo esto revela algo? —preguntó Garamond.

—¡Desde luego! Basta leer el *Mundus Symbolicus* de Picinelli, que Alciato anticipó con singular furor profético. Todo el jardín puede leerse como un libro, o como un encantamiento, que por lo demás son la misma cosa. Si tuviesen los conocimientos adecuados, podrían pronunciar en voz baja las palabras que dice el jardín y lograrían dirigir una de las innumerables fuerzas que actúan en el mundo sublunar. El jardín es un aparato para dominar el universo.

Nos mostró una gruta. Una enfermedad de algas y esqueletos de animales marinos, no sé si naturales, de yeso, de piedra... Se vislumbraba una náyade abrazada a un toro con cola cubierta de escamas como de gran pez bíblico, acostado en la corriente de agua que fluía de la concha que un tritón sostenía a modo de ánfora.

—Quisiera que captasen el significado profundo de esto, que, de no ser así, sólo sería un trivial juego hidráulico. De Caus sabía muy bien que si se coge un recipiente, se llena de agua y se cierra por arriba, aunque luego se practique un orificio en el fondo, el agua ya no sale. Pero si también se hace un orificio arriba, el agua defluye o brota por abajo.

—¿No es obvio? —pregunté—. En el segundo caso, entra el aire por arriba y empuja el agua hacia abajo.

—Típica explicación cientificista, donde se confunde la causa con el efecto, o viceversa. No hay que preguntarse por qué sale el agua en el segundo caso, sino por qué se niega a salir en el primero.

—¿Y por qué se niega? —preguntó ansioso Garamond.

—Porque si saliese quedaría un vacío en el recipiente, y la naturaleza le tiene horror al vacío. *Nequaquam vacui* era un principio rosacruciano, que la ciencia moderna ha olvidado.

—Impresionante —exclamó Garamond—. Casaubon, en nuestra maravillosa historia de los metales tienen que figurar estas cosas, no lo olvide. Y no me diga que el agua no es un metal. Imaginación, eso es lo que hay que tener.

—Perdone —dijo Belbo dirigiéndose a Agliè—, pero el suyo es un argumento *post hoc ergo ante hoc.* Lo que está después es causa de lo que estaba antes.

—No hay que razonar siguiendo secuencias lineales. El agua de estas fuentes no lo hace. La naturaleza no lo hace, la naturaleza ignora el tiempo. El tiempo es una invención de Occidente.

Mientras subíamos, nos cruzamos con otros invitados. Al ver a algunos de ellos, Belbo daba codazos a Diotallevi, que comentaba por lo bajo:

—Pues sí, facies hermetica.

Entre los peregrinos de facies hermetica, un poco aislado, con una sonrisa de severa indulgencia dibujada en los labios, me crucé con el señor Salon. Le sonreí, me sonrió.

—¿Usted conoce a Salon? —me preguntó Agliè.

—¿Usted conoce a Salon? —le pregunté yo—. En mi caso es lógico, porque vivimos en el mismo edificio. ¿Qué piensa de Salon?

—Le conozco poco. Algunos amigos dignos de crédito me han dicho que es un confidente de la policía.

Por eso sabía Salon lo de Garamond y lo de Ardenti. ¿Qué relación había entre Salon y De Angelis? Pero me limité a preguntar a Agliè:

—¿Y qué hace un confidente de la policía en una fiesta como ésta?

—Los confidentes de la policía —dijo Agliè— van a todas partes. Cualquier experiencia es útil para inventar informaciones. Con la policía se tiene tanto más poder cuanto más se sabe, o se demuestra saber. Y no importa que sea cierto. Lo importante, recuerde, es tener un secreto.

—Pero, ¿por qué han invitado a Salon? —pregunté.

—Amigo mío —respondió Agliè—, probablemente porque nuestro anfitrión aplica esa regla de oro del pensamiento sapiencial, según la cual todo error puede ser el portador ignoto de la verdad. El verdadero esoterismo no teme a los contrarios.

—Me está diciendo que en el fondo toda esta gente está de acuerdo entre sí.

—*Quod ubique, quod ab omnibus et quod semper.* La iniciación es el descubrimiento de una filosofía perenne.

Así, filosofando, llegamos a lo alto de las terrazas y tomamos por un sendero que, a través de un amplio jardín, conducía hasta la entrada de la villa o pequeño castillo o lo que fuera. A la luz de una antorcha más grande que las otras, vimos, encaramada a una columna, a una muchacha envuelta en una túnica azul salpicada de estrellas de oro, en cuya mano se veía una trompeta como las que en la ópera tocan los heraldos. Al igual que en esos misterios en que los ángeles exhiben plumas de papel de seda, la muchacha llevaba en la espalda dos grandes alas blancas decoradas con formas amigdaloides con un punto en el centro, que con un poco de buena voluntad hubieran podido pasar por ojos.

Vimos al profesor Camestres, uno de los primeros diabólicos que nos había visitado en Garamond, el adversario de la Ordo Templi Orientis. Nos costó reconocerle porque llevaba un disfraz que nos pareció extraño, pero que Agliè estaba definiendo adecuado para el acontecimiento: vestía un traje de lino blanco, ceñidas las caderas con una cinta roja, cruzada en el pecho y en la espalda, y un curioso sombrero dieciochesco en el que había prendido cuatro rosas rojas. Se arrodilló delante de la muchacha de la trompeta y dijo unas palabras.

—Realmente —susurró Garamond—, hay más cosas en el cielo y en la tierra...

Entramos por un portón historiado que me recordó el cementario de Génova. En lo alto, encima de una complicada alegoría neoclásica, vi esculpidas las palabras CONDOLEO ET CONGRATULOR.

En el interior, numerosos eran los invitados y muy animados; se agolpaban alrededor de un buffet, en el amplio vestíbulo, desde el que salían dos escalinatas hacia los pisos superiores. Descubrí otros rostros que no nos eran extraños, entre ellos el de Bramanti y, sorpresa, el del comendador De Gubernatis, AAF ya explotado por Garamond, pero quizá todavía no enfrentado con el terrible dilema de ver destruidos todos los ejemplares de su obra maestra o tener que adquirirlos, porque salió al encuentro de mi principal, exteriorizándole devoción y agradecimiento. Para reverenciar a Agliè se adelantó un individuo menudo, de ojos exaltados. Por el inconfundible acento francés supimos que era Pierre, cuyas acusaciones de sortilegio contra Bramanti habíamos podido oír a través de la puerta del estudio de Agliè.

Me acerqué al buffet. Había jarras con líquidos de color, no lograba identificarlos. Me serví una bebida amarilla que parecía vino, no estaba mal, sabía a ratafía añeja, pero sin duda tenía alcohol. Quizá contenía alguna sustancia: la cabeza empezó a darme vueltas. A mi alrededor se agolpaban facies hermeticae junto con severos rostros de prefectos retirados, captaba retazos de conversaciones...

—En un primer estadio, tendrías que poder comunicarte con otras mentes, después proyectar pensamientos e imágenes en otros seres, que los estados emotivos impregnen cada lugar, y dominar el reino animal. En una tercera etapa, intenta proyectar un doble tuyo en cualquier punto del espacio: bilocación, como los yoguis, deberías aparecer simultáneamente en varias formas distintas. Después se trata de pasar al conocimiento suprasensible de las esencias vegetales. Por último, intenta disociarte, se trata de asumir la estructura telúrica del cuerpo, de disolverse en un sitio para reaparecer en otro, íntegramente, digo, y no sólo en el doble. El último estadio es el de la prolongación de la vida física...

—No la inmortalidad...

—No inmediatamente.

—¿Pero tú?

—Hay que concentrarse. No te ocultaré que es trabajoso. Sabes, ya no tengo veinte años...

Volví a encontrar a mi grupo. Estaban entrando en una habitación de paredes blancas y ángulos redondeados. Al fondo, como en un museo Grévin, pero la imagen que aquella noche afloró a mi mente fue la del altar que había visto en Río, en la tenda de umbanda, dos estatuas de tamaño casi natural, de cera, revestidas con una sustancia rutilante que me pareció un pésimo recurso escenográfico. Una era una dama sentada en un trono, con una túnica inmaculada, o casi, salpicada de lentejuelas. Sobre la cabeza, suspendidas de hilos, colgaban unas criaturas de forma indefinida, que me parecieron hechas de ganchillo. En un rincón, un amplificador emitía un sonido lejano de trompetas, esto de buena calidad, quizá algo de Gabrieli, y el efecto sonoro era más seguro que el visual. A la derecha había otra figura femenina, vestida de terciopelo carmesí, con su cinturón blanco, y una corona de laurel en la cabeza, junto a una balanza dorada. Agliè nos estaba explicando sus diversos significados, pero mentiría si dijese que yo le prestaba atención. Me interesaba la expresión de muchos invitados, que pasaban de una imagen a otra en actitud de reverencia, y conmoción.

—No se diferencian de los que van al santuario para ver a la virgen negra con su manto bordado cubierto de corazones de plata —dije a Belbo—. ¿Acaso piensan que es la madre de Cristo, de carne y hueso? No, pero tampoco piensan lo contrario. Les fascinan las semejanzas, viven el espectáculo como visión, y la visión como realidad.

—Sí —dijo Belbo—, pero el problema no consiste en saber si éstos son mejores o peores que los que van al santuario. Me estaba preguntando quiénes somos nosotros. Nosotros, que pensamos que Hamlet es más real que el portero de nuestra casa. ¿Qué derecho tengo a juzgar a éstos, yo que voy buscando a Madame Bovary para armarle un escándalo?

Diotallevi meneaba la cabeza y me decía en voz baja que no habría que reproducir imágenes de las cosas divinas, y que todas aquéllas eran epifanías del becerro de oro. Pero se divertía.

Es por tanto la alquimia una casta meretriz, que tiene muchos amantes, pero que a todos defrauda y a ninguno se entrega. Transforma a los necios en insensatos, a los ricos en miserables, a los filósofos en tontos, y a los burlados en elocuentes burladores...

(Tritemio, *Annalium Hirsaugensium Tomi II*, St. Gallen, 1690, 141)

De repente la sala cayó en la penumbra y las paredes se iluminaron. Descubrí que estaban recubiertas por tres lados con una pantalla semicircular en la que iban a proyectarse unas imágenes. Apenas aparecieron me di cuenta de que parte del cielo raso y del suelo era de material reflectante, y reflectantes eran también los objetos que antes me habían impresionado por su ordinariez, las lentejuelas, la balanza, un escudo, algunas copas de cobre. Quedamos sumergidos en un ambiente acuoso donde las imágenes se multiplicaban, se segmentaban, se fundían con las sombras de los presentes, el suelo reflejaba el cielo raso, éste el suelo, y ambos las figuras que aparecían en las paredes. Junto con la música se difundieron por la sala unos olores sutiles, primero inciensos indios, y luego otros, más imprecisos, a veces desagradables.

Primero la penumbra declinó hasta una oscuridad absoluta, luego, mientras se oía un borboteo viscoso, un hervor de lava, nos encontramos en un cráter, en el que la materia oscura y pegajosa latía al resplandor intermitente de unas llamaradas amarillas y azuladas.

Un agua densa y aceitosa se evaporaba hacia lo alto para luego descender en forma de rocío o de lluvia, y en derredor flotaba un olor a tierra fétida, un tufo mohoso. Respiraba el sepulcro, el tártaro, las tinieblas, y a mi alrededor caía una secreción venenosa que fluía entre lenguas de estiércol, limo, polvo de carbón, fango, menstruo, humo, plomo, guano, costra, espuma, nafta, negro más negro que el negro, que ahora empezaba a aclararse para mostrar dos reptiles, uno azulado y otro rojizo, abrazados en una especie de cópula, mordiéndose mutuamente la cola hasta formar una única figura circular.

Era como si hubiese bebido más alcohol de la cuenta, ya no veía a mis compañeros, desaparecidos en la penumbra, no reconocía las figuras que se deslizaban a mi lado y sólo alcanzaba a verlas como siluetas desarticuladas y fluidas... Fue entonces cuando sentí que me cogían de una mano. Sé que no era cierto, mas entonces no me atreví a volverme para no descubrir que me había engañado. Pero sentía el perfume de Lorenza y sólo entonces comprendí hasta qué punto la deseaba. Tenía que ser ella. Estaba allí, para reanudar aquel diálogo hecho de crujidos, de roces de uñas en la puerta, que había dejado en el aire la noche anterior. Azufre y mercurio parecían mezclarse en un calor húmedo que me hacía palpitar la ingle, pero sin violencia.

Esperaba al Rebis, al efebo andrógino, la sal filosofal, la coronación de la obra en blanco.

Tenía la impresión de saberlo todo. Quizá volvían a aflorar a mi mente lecturas de los últimos meses, quizá Lorenza me comunicaba su saber a través del contacto de su mano, y sentía su palma un poco sudada.

Y me sorprendía murmurando nombres remotos, nombres que sin duda, lo sabía, los filósofos habían dado al Blanco, pero con los que yo, quizá, estaba llamando angustiosamente a Lorenza, no lo sé, o quizá me limitaba a repetir para mis adentros una suerte de letanía propiciatoria: Cobre blanco, Cordero inmaculado, Aibathest, Alborach, Agua bendita, Mercurio purificado, Azarnefe, Azoch, Baurach, Cambar, Caspa, Albayalde, Cera, Chaia, Comerisson, Electro, Eufrates, Eva, Fada, Favonio, Fundamento del Arte, Piedra preciosa de Givinis, Diamante, Zibach, Ziva, Velo, Narciso, Azucena, Hermafrodita, Hae, Hipóstasis, Hyle, Leche de Virgen, Piedra única, Luna llena, Madre, Aceite vivo, Legumbre, Huevo, Flema, Punto, Raíz, Sal de la Naturaleza, Tierra laminada, Tevos, Tincar, Vapor, Estrella Vespertina, Viento, Virago, Cristal del Faraón, Orina de Niño, Buitre, Placenta, Menstruo, Siervo fugitivo, Mano izquierda, Esperma de los Metales, Espíritu, Estaño, Zumo, Azufre untuoso...

En aquella pez, ahora grisácea, se estaba dibujando un horizonte de rocas y de árboles resecos, en el que naufragaba un sol negro. Después brotó una luz casi cegadora y aparecieron imágenes refulgentes que se reflejaban por todas partes produciendo un efecto caleidoscópico. Los efluvios ahora eran litúrgicos, eclesiásticos, empezó a dolerme la cabeza, sentí como un peso en la frente, vislumbraba una sala suntuosa, cubierta de tapices dorados, quizá un banquete nupcial, con un esposo principesco y una esposa vestida de blanco, y luego un rey anciano y una reina, sentados en sus tronos, y a su lado un guerrero, y otro rey oscuro de piel. Delante del rey, un pequeño altar donde reposaban un libro forrado en terciopelo negro y una luz en un candelabro de marfil. Junto al candelabro un globo giratorio y un reloj coronado por una pequeña fuente de cristal de la que manaba un líquido color sangre. Sobre el surtidor quizá había una calavera, por las órbitas se arrastraba una serpiente blanca...

Lorenza me estaba susurrando palabras al oído. Pero no oía su voz.

La serpiente se movía al ritmo de una música triste y lenta. Los ancianos monarcas vestían ahora trajes negros y ante ellos se alineaban seis ataúdes cubiertos. Se oyeron unos toques opacos de tuba, y apareció un hombre con capucha negra. Al principio fue una ejecución hierática, como en cámara lenta, que el rey aceptaba con dolorosa beatitud, inclinando la cabeza dócil. Después el encapuchado cimbró un hacha, una media luna, y fue la zancada rápida de un péndulo, el impacto de la hoja se multiplicó por cada una de las superficies reflectantes, y en cada superficie por cada superficie, fueron miles las cabezas que rodaron, y a partir de entonces las imágenes se sucedieron sin que ya me fuese dado seguir la historia. Creo que poco a poco todos los personajes, incluido el rey de piel oscura, fueron decapitados y dispuestos en los ataúdes, y después toda la sala se transformó en una orilla marina, o lacustre, y vimos atracar seis bajeles iluminados en los que se cargaron los féretros, los bajeles se alejaron deslizándose por el espejo de agua hasta perderse en la noche, todo sucedió mientras los inciensos se iban haciendo tangibles en forma de vapores espesos, por un momento temí ser uno de los condenados, mientras muchos a mi alrededor susurraban: «las bodas, las bodas...»

Había perdido contacto con Lorenza, y sólo entonces me volví para buscarla entre las sombras.

Ahora la sala era una cripta, o una tumba suntuosa, con la bóveda iluminada por un jacinto oriental de extraordinarias proporciones.

En todos los rincones surgían mujeres en hábitos virginales, alrededor de un caldero de dos pisos, un castillete con una base de piedra, cuyo pórtico parecía un horno, dos torres laterales de las que salían sendos alambiques rematados por una redoma ovoide, y una tercera torre en el centro, que acababa en forma de fuente...

En la base del castillete se veían los cuerpos de los decapitados. Una de las mujeres traía una cajita de la que sacó un objeto redondo que depositó sobre la base, en una ojiva de la torre central, y en seguida la fuente de la cumbre empezó a borbotear. Alcancé a reconocer el objeto, era la cabeza del moro, que ahora ardía como un tuero haciendo hervir el agua de la fuente. Vapores, bufidos, gorgoteos...

Esta vez Lorenza me estaba poniendo la mano en la nuca, acariciándola como se lo había visto hacer, furtivamente, a Jacopo en el coche. La mujer estaba trayendo una esfera de oro, abría un grifo en el horno de la base y dejaba fluir sobre la esfera un líquido rojo y espeso. Después se abrió la esfera y en lugar del líquido rojo contenía un huevo grande y bello, blanco como la nieve. Las mujeres lo cogieron y lo depositaron en el suelo, sobre un cúmulo de arena amarilla, hasta que el huevo hizo eclosión y surgió un pájaro, todavía deforme y ensangrentado. Pero abrebado con la sangre de los decapitados, empezó a crecer ante nuestros ojos y se volvió hermoso y resplandeciente.

Ahora estaban decapitando al pájaro y reduciéndolo a cenizas encima del pequeño altar. Algunos se dedicaban a amasar las cenizas y a verter la masa en dos moldes, que luego ponían a cocer en un horno, soplando sobre el fuego con unos tubos. Finalmente, se abrieron los moldes y aparecieron dos figuras pálidas y graciosas, casi transparentes, un muchacho y una muchacha, de no más de cuatro palmos de estatura, blandos y carnosos como criaturas vivas, pero con ojos aún vítreos, minerales. Los pusieron sobre dos cojines y un anciano vertió gotas de sangre en sus bocas...

Llegaron otras mujeres con trompetas doradas, y adornadas con coronas verdes, y le tendieron una al anciano, quien la acercó a las bocas de las dos criaturas, suspendidas aún en una languidez vegetal, en un dulce sueño animal, y empezó a insuflar alma en sus cuerpos... La sala se llenó de luz, la luz se extinguió en la penumbra, luego en oscuridad interrumpida por relámpagos de color naranja, hasta que fue una inmensa claridad de aurora, mientras trompetas emitían sonidos agudos y brillantes, y fue un resplandor de rubí, insoportable. Entonces volví a perder a Lorenza, y comprendí que ya no volvería a encontrarla.

Después fue un rojo vivo que lentamente se redujo a índigo, a violeta, y se apagó la pantalla. El dolor de la frente se había vuelto insoportable.

—Mysterium Magnum —estaba diciendo Agliè en voz alta y serena a mi lado—. El renacimiento del hombre nuevo a través de la muerte y la pasión. Debo reconocer que ha sido una buena representación, aunque el gusto por lo alegórico ha perjudicado un poco la precisión de las fases. Acaban de asistir a una representación, desde luego, pero esa representación expresaba una Cosa. Y nuestro anfitrión afirma que ha producido esa Cosa. Vengan, vayamos a ver el milagro realizado.

59

> Y si se engendran tales monstruos hay que pensar que son obra de la naturaleza, aunque parezcan distintos del hombre.
> (Paracelso, *De Homunculis,* en *Operum Volumen Secundum,* Genevae, De Tournes, 1658, p. 475)

Nos llevó hasta el jardín y de golpe me sentí mejor. No me atrevía a preguntar a los otros si realmente Lorenza había regresado. Había estado soñando. Pero poco después entramos en un invernadero y otra vez el calor sofocante me aturdió. Entre las plantas, la mayoría tropicales, había seis ampollas de vidrio en forma de pera, o de lágrima, herméticamente cerradas con un sello y llenas de un líquido cerúleo. Dentro de cada recipiente flotaba un ser de unos veinte centímetros de estatura: reconocimos al rey de los cabellos grises, a la reina, al moro, al guerrero y a los dos adolescentes con coronas de laurel, uno azul y el otro rosa... Se desplazaban con un ágil movimiento natatorio, como si estuviesen en su elemento.

Era difícil saber si se trataba de modelos de plástico o de cera, o bien de seres vivos, entre otras cosas porque la ligera turbiedad del líquido impedía determinar si el leve jadeo que los animaba era un efecto óptico o una realidad.

—Parece que crecen día a día —dijo Agliè—. Cada mañana hay que enterrar los recipientes en un montículo de estiércol de caballo fresco, o sea caliente, que proporciona la temperatura necesaria para el crecimiento. Por eso Paracelso prescribe que los homúnculos se críen a temperatura de vientre de caballo. Según nuestro anfitrión, estos homúnculos le hablan, le comunican secretos, emiten vaticinios, unos le revelan las verdaderas medidas del Templo de Salomón, otros le explican cómo hay que proceder para exorcizar a los demonios... Honestamente, yo nunca les he oído hablar.

Tenían rostros muy expresivos. El rey miraba tiernamente a la reina y su mirada era muy dulce.

—Nuestro anfitrión me ha dicho que una mañana encontró al adolescente azul fuera de su prisión, tras haber escapado por algún medio desconocido, estaba tratando de romper el sello del recipiente donde estaba recluida su compañera... Pero estaba fuera de su elemento, le costaba respirar, y le salvaron por poco, volviéndole a meter en su líquido.

—Terrible —comentó Diotallevi—. Así no me interesan. Siempre hay que andar con el recipiente y conseguir estiércol, en todos los sitios a los que uno va. ¿Y en verano qué se hace? ¿Dejárselos al portero?

—Pero quizá —concluyó Agliè— sólo sean ludiones, diablillos de Descartes. O autómatas.

—Diablos, diablos —exclamó Garamond—. Usted, doctor Agliè, me está revelando un nuevo universo. Tendremos que volvernos más humildes, estimados amigos. Hay más cosas en el cielo y en la tierra... Pero, bueno, à la guerre comme à la guerre...

Garamond estaba sencillamente deslumbrado. Diotallevi mantenía una actitud de cinismo curioso, Belbo no dejaba traslucir sentimiento alguno.

Quise salir de dudas y le dije:

—Lástima que Lorenza no haya venido, se habría divertido.

—Pues sí —respondió, ausente.

Lorenza no había venido. Y yo estaba como Amparo en Río. Me sentía mal. Defraudado. No me habían pasado el agogõ.

Me aparté del grupo, volví a entrar en el edificio abriéndome paso entre la multitud, me acerqué al buffet, tomé algo fresco, no sin temer que contuviese algún filtro. Busqué un lavabo para mojarme las sienes y la nuca. Lo encontré, y me sentí aliviado. Pero al salir me llamó la atención una escalera de caracol y fui incapaz de renunciar a la nueva aventura. Quizá, aunque creyera que ya me había recobrado, seguía buscando aún a Lorenza.

60

¡Pobre necio! ¿Serás tan ingenuo como para creer que te mostramos abiertamente el más grande y el más importante de los secretos? Te aseguro que quien pretenda explicar, conforme al sentido ordinario y literal de las palabras, lo que escriben los Filósofos Herméticos, quedará atrapado en seguida en los meandros de un laberinto del que no podrá escapar, y no habrá hilo de Ariadna que lo guíe hasta la salida.
(Artefio)

Desemboqué en una sala subterránea, iluminada con parsimonia y cuyas paredes eran de rocalla, como las fuentes del parque. Divisé una abertura en un rincón, como un pabellón de trompeta empotrado, y ya desde lejos noté que emitía ruidos. Me acerqué y los ruidos se hicieron más distinguibles, hasta que pude captar frases, nítidas y precisas, como si las estuviesen pronunciando junto a mí. ¡Una oreja de Dionisio!

Sin duda, la oreja estaba conectada con una de las salas superiores y recogía las palabras de los que pasaban junto a su embocadura.

—Señora, le diré algo que jamás le he dicho a nadie. Estoy cansado... He trabajado con el cinabrio y con el mercurio, he sublimado espíritus, fermentos, sales del hierro, del acero y sus escorias, pero no he encontrado la Piedra. Después he preparado aguas fuertes, aguas corrosivas, aguas ardientes, pero el resultado ha sido el mismo. He usado cáscaras de huevo, azufre, vitriolo, arsénico, almohatre, sal de vidrio, sal alkalí, sal común, sal gema, salitre, sal de sosa, sal attincar, sal de tártaro, sal alembrot, pero, créame, no se fíe de esas sustancias. Hay que evitar los metales imperfectos rubificados, porque si no se engañará como me he engañado yo. He probado con todo: la sangre, el pelo, el alma de Saturno, la marcasita, el aes ustum, el azafrán de Marte, las limaduras y la escoria del hierro, el litargirio, el antimonio, pero nada. He trabajado para extraer aceite y agua de la plata, he calcinado la plata con una sal preparada o sin sal, y con el aguardiente, y he extraído aceites corrosivos, sólo eso. He utilizado la leche, el vino, la cuajada, el esperma de las estrellas que cae sobre la Tierra, la quelidonia, la placenta de los fetos, he mezclado el mercurio con los metales para transformarlos en cristales, he buscado incluso en las cenizas... Y finalmente...

—¿Finalmente?

—No hay nada en el mundo que requiera más cautela que la verdad. Decirla es como hacerse una sangría en el corazón...

—Basta, basta. Usted me exalta.

—Sólo a usted me atrevo a confesarle mi secreto. No soy de ninguna época ni de ningún lugar. Vivo mi existencia eterna fuera del tiempo y del espacio. Hay seres que ya no tienen ángeles custodios: yo soy uno de ellos...

—Pero, ¿por qué me ha traído aquí?

Otra voz:

—Estimado Balsamo, ¿otra vez jugando al mito del inmortal?

—¡Imbécil! La inmortalidad no es un mito, es un hecho.

Iba a marcharme, aburrido de aquel parloteo, cuando oí a Salon. Hablaba en voz baja, con tensión, como si estuviese reteniendo a alguien por el brazo. Reconocí la voz de Pierre.

—Vamos —decía Salon—. No me dirá que también usted está aquí para asistir a esta bufonada alquímica. No me dirá que ha venido a tomar el fresco en los jardines. ¿Sabe que, después de lo de Heidelberg, de Caus aceptó una invitación del rey de Francia para que se encargara de la limpieza de París?

—¿Les façades?

—No era Malraux. Sospecho que se trataba del alcantarillado. ¿Curioso, verdad? Este señor inventaba naranjales y vergeles simbólicos para los emperadores, pero lo que le interesaba eran los subterráneos de París. En aquella época, París no tenía un sistema de alcantarillas propiamente dicho. Había una combinación de canales en la superficie y conductos subterráneos, de los que se sabía muy poco. Desde los tiempos de la república, los romanos conocían perfectamente su Cloaca Máxima, y mil quinientos años más tarde en París no se sabe nada de lo que sucede bajo tierra. De Caus acepta la invitación del rey porque quiere saber más al respecto. ¿Qué es lo que quería saber? Después de él, Colbert, para limpiar los conductos cubiertos, ése era el pretexto, y tenga presente que estamos en la época de la Máscara de Hierro, envía a unos galeotes, pero éstos se ponen a navegar por los excrementos, siguen la corriente hasta el Sena, y se alejan en un bote, sin que nadie se atreva a detener a esas temibles criaturas envueltas en un hedor insoportable y rodeadas por nubes de moscas... Entonces Colbert pone gendarmes en las distintas salidas al río, y los presos acaban muriendo en las galerías. En tres siglos, en París sólo se logró cubrir tres kilómetros de alcantarillas. Pero en el siglo XVIII se cubrieron veintisiete kilómetros, y justo en vísperas de la revolución. ¿No le sugiere nada?

—Oh, usted sabe, ça...

—Lo que sucede es que está llegando al poder gente nueva, gente que sabe algo que los de antes no sabían. Napoleón envía cuadrillas que tienen que avanzar en la oscuridad, entre los excrementos humanos de la metrópoli. Y quienes tuvieron el valor de trabajar allá abajo en aquella época encontraron muchas cosas. Anillos, oro, collares, joyas, qué era lo que no había caído, y quién sabe desde dónde, a aquellas galerías. Gente que tenía estómago como para tragarse lo que encontraba, y después salir, tomar un laxante y hacerse rico. Y se descubrió que muchas casas tenían un pasaje subterráneo que conducía directamente a las alcantarillas.

—Ça, alors...

—¿En una época en que se vaciaba el orinal por la ventana? ¿Y por qué ya entonces se encontraron alcantarillas con una especie de acera lateral, y anillas de hierro empotradas, para poder cogerse de ellas? Esos pasajes corresponden a aquellos *tapis francs* donde se reunía el hampa, la *pègre,* como se decía entonces, y, si llegaba la policía, podían huir y salir por otra parte.

—Folletonesco.

—¿Ah, sí? ¿A quién está intentando proteger? Durante el reinado de Napoleón III, el barón Haussmann obliga por ley a construir en todas las casas de París un depósito autónomo y luego un conducto subterráneo hasta la cloaca principal... Una galería de dos metros y treinta centímetros de altura y de un metro y treinta centímetros de ancho. ¿Se da usted cuenta? Cada casa de París conectada mediante un corredor subterráneo con las alcantarillas. ¿Y sabe cuál es la longitud actual de las alcantarillas de París? Dos mil kilómetros, y en varios estratos o niveles. Y todo empezó con el que proyectó estos jardines en Heidelberg...

—¿Y qué?

—Ya veo que no quiere hablar. Y, sin embargo, sabe algo que no quiere decirme.

—Por favor, déjeme, él es tarde, me esperan para una reunión.

Ruido de pasos.

No entendía qué estaba buscando Salon. Miré a mi alrededor, constreñido como estaba entre las paredes de rocalla y la abertura de la oreja, y me sentí en el subsuelo, también yo bajo una bóveda, y tuve la impresión de que la boca de aquel canal fonúrgico no era más que el comienzo de un descenso a las oscuras galerías que bajaban hacia el centro de la Tierra, hormigueantes de Nibelungos. Sentí frío. Ya iba a alejarme, cuando oí otra voz:

—Venga. Vamos a comenzar. En la sala secreta. Llame a los demás.

> Este Vellocino de Oro es custodiado por un dragón de tres cabezas, de las cuales la primera deriva de las aguas, la segunda de la tierra y la tercera del aire. Es necesario que esas tres cabezas acaben en un solo dragón poderosísimo, que devorará a todos los otros dragones.
> (Jean d'Espagnet, *Arcanum Hermeticae Philosophiae Opus,* 1623, 138)

Volví a encontrar a mi grupo. Le dije a Agliè que había oído hablar algo de una reunión.

—¡Ah —exclamó—, somos curiosos, vaya! Pero le entiendo. Si se interna en los misterios herméticos, querrá saberlo todo. Pues bien, esta noche, por lo que sé, se producirá la iniciación de un nuevo miembro de la Orden de la Rosa-Cruz Antigua y Aceptada.

—¿Se puede presenciar? —preguntó Garamond.

—No se puede. No se debe. No se debería. No se podría. Pero haremos como aquellos personajes del mito griego, que vieron lo que no debían, y afrontaremos la cólera de los dioses. Les permito echar un vistazo.

Nos hizo subir por una escalerita hasta un pasillo oscuro, corrió un cortinaje y, a través de una vidriera, pudimos observar la sala que había abajo, iluminada por llameantes braseros. Las paredes estaban tapizadas de damasco, con flores de lis bordadas, y al fondo se erguía un trono con baldaquín de oro. A ambos lados del trono, recortados en cartón, o en material plástico, y apoyados en sendos trípodes, un sol y una luna, de hechura bastante burda, pero recubiertos de papel de estaño o láminas de metal, naturalmente plateadas y doradas, con lo que no dejaban de producir cierto efecto, porque cada astro se animaba directamente a la luz de un brasero. Encima del baldaquín colgaba una estrella enorme, reluciente de piedras preciosas, o de cristalitos. El techo estaba revestido de damasco azul sembrado de grandes estrellas plateadas.

Delante del trono, una larga mesa decorada con hojas de palmera sobre la que yacía una espada; e inmediatamente delante de la mesa, un león embalsamado, con las fauces bien abiertas. Sin duda, alguien había instalado una bombilla roja dentro de su cabeza, porque los ojos brillaban incandescentes y la garganta parecía lanzar llamas. Pensé que debía de ser obra del señor Salon, y al fin comprendí quiénes eran esos clientes extraños a que había aludido aquel día en la mina de Munich.

Ante la mesa estaba Bramanti, acicalado con una túnica escarlata y paramentos verdes bordados, una capa blanca con cenefa dorada, una cruz centelleante sobre el pecho, y un sombrero que recordaba vagamente una mitra, ornado con penacho blanco y rojo. Delante de él, con hierática compostura, una veintena de personas también con túnicas escarlata, pero sin paramentos. Todos llevaban en el pecho algo dorado que me pareció reconocer. Recordé un retrato renacentista, la gran nariz de los Habsburgo, el extraño cordero con las piernas péndulas, ahorcado por la cintura. Aquellos llevaban una pasable imitación del Toisón de Oro.

Bramanti estaba hablando, con los brazos en alto, como si pronunciase una letanía, y los otros respondían en su momento. Después Bramanti levantó la espada y todos extrajeron de su túnica un estilete, o un cortapapeles, y también lo levantaron. Fue entonces cuando Agliè cerró el cortinaje. Habíamos visto demasiado.

Nos alejamos (a paso de Pantera Rosa, como precisó Diotallevi, excepcionalmente bien informado sobre las perversiones del mundo contemporáneo) y volvimos al jardín, ligeramente anhelantes.

Garamond no salía de su asombro:

—Pero, ¿son... masones?

—Oh —exclamó Agliè—. ¿Qué significa masón? Son adeptos de una orden de caballería que dice descender de los rosacruces e, indirectamente, de los templarios.

—¿Pero todo esto no tiene que ver con la masonería? —volvió a preguntar Garamond.

—Si lo que acaban de ver tiene algo en común con la masonería, es que también el rito de Bramanti es un hobby para profesionales y politicastros de provincias. Pero ha sido así desde el comienzo: la masonería fue una pálida especulación sobre la leyenda templaria. Y ésta es la caricatura de una caricatura. Sólo que esos señores se la toman terriblemente en serio. ¡Ay! El mundo bulle de rosacrucianos y templaristas como los que han visto esta noche. No es de ellos de quienes cabe esperar una revelación, aunque entre ellos haya que buscar a algún iniciado digno de crédito.

—Pero, en fin —dijo Belbo, sin ironía, sin desconfianza, como si aquello le concerniese personalmente—, en fin, usted les frecuenta. ¿En quién cree... en quién creía usted (perdóneme) de entre toda esta gente?

—En nadie, claro. ¿Tengo el aspecto de una persona crédula? Les miro con la frialdad, la comprensión, el interés con que el teólogo puede mirar a las muchedumbres napolitanas que gritan mientras esperan el milagro de San Genaro. Esas masas manifiestan una fe, una necesidad profunda, y el teólogo se mueve entre esa gente sudada y babosa, porque entre ella podría encontrar al santo que no se sabe tal, al portador de una verdad superior, capaz de arrojar algún día nueva luz sobre el misterio de la santísima trinidad. Pero la santísima trinidad no es San Genaro.

No había por dónde cogerle. Me resultaba imposible definir su escepticismo hermético, su cinismo litúrgico, ese descreimiento superior que le permitía reconocer la dignidad de cada superstición que despreciase.

—Es muy sencillo —estaba respondiéndole a Belbo—. Si los templarios, los verdaderos, han dejado un secreto e instituido una continuidad, habrá que ir en su busca, y precisamente en los ambientes en que les sería más fácil mimetizarse, donde quizá ellos mismos inventan ritos y mitos para poder moverse sin ser vistos, como peces en el agua. ¿Qué hace la policía cuando busca al gran criminal que se ha fugado de la cárcel, al genio del mal? Hurga en los bajos fondos, en los bares de mala fama que suelen frecuentar los truhanes de baja ralea, incapaces de concebir los fabulosos golpes del individuo buscado. ¿Qué hace el estratega del terror para reclutar a sus futuros acólitos, para encontrar a su gente, y reconocerla? Se mueve por esos círculos de seudosubversivos, donde la mayoría, que nunca llegará a serlo de verdad, por falta de temple, se dedica a imitar ostentosamente el comportamiento presunto de sus ídolos. Se busca la lumbre perdida en los incendios, o en esa maleza donde, después de las llamaradas, el fuego se arrastra por la broza, la hojarasca, los tizones. ¿Y qué mejor escondite para el verdadero templario que la multitud de sus caricaturas?

62

Consideramos sociedades druídicas por definición a las sociedades que se declaran druídicas en su nombre o en sus objetivos, y que llevan a cabo iniciaciones que invocan al druidismo.
(M. Raoult, *Les druides. Les sociétés initiatiques celtes contemporaines,* Paris, Rocher, 1983, p. 18)

Se acercaba la medianoche, y según el programa de Agliè nos esperaba la segunda sorpresa de la velada. Nos alejamos de los jardines palatinos y proseguimos el viaje a través de las colinas.

Al cabo de tres cuartos de hora, Agliè hizo estacionar los dos coches en la linde de un bosque. Había que atravesar una zona de matorrales, dijo, para llegar a un claro, y no había camino ni sendero.

Avanzábamos por la ligera pendiente, trapaleando entre el monte bajo: el terreno no estaba mojado, pero los zapatos resbalaban sobre un depósito de hojas marchitas y raíces viscosas. De vez en cuando, Agliè encendía una linterna para ver por dónde se podía pasar, pero en seguida la apagaba porque, decía, no había que señalar nuestra presencia a los oficiantes. Diotallevi esbozó un comentario, a un cierto punto, no recuerdo bien, creo que evocó a Caperucita Roja, pero Agliè, con cierta tensión, le rogó que se abstuviera.

Cuando íbamos a salir de los matorrales, empezamos a oír voces lejanas. Por último, llegamos al borde del claro, que ahora se veía iluminado por luces dispersas, como antorchas, o mejor dicho, lamparillas que oscilaban casi a ras del suelo, resplandores débiles y plateados, como si una sustancia gaseosa se quemase con química frialdad en pompas de jabón que vagaban sobre la hierba. Agliè nos dijo que nos detuviésemos allí, aún ocultos por los arbustos, y que esperásemos, sin dejarnos ver.

—Dentro de poco llegarán las sacerdotisas. Las druidas, más bien. Se trata de una invocación de la gran virgen cósmica Mikil de la que San Miguel es una adaptación popular cristiana, no por casualidad San Miguel es un ángel, y por tanto un ser andrógino, que ha podido reemplazar a una divinidad femenina...

—¿De dónde vienen? —susurró Diotallevi.

—De distintos sitios, de Normandía, de Noruega, de Irlanda... Se trata de un acontecimiento bastante especial, y esta es una zona propicia para el rito.

—¿Por qué? —preguntó Garamond.

—Porque algunos lugares son más mágicos que otros.

—Pero ¿quiénes son... en la vida corriente? —volvió a preguntar Garamond.

—Gente normal. Dactilógrafas, agentes de seguros, poetisas. Gente que si la vieran mañana, serían incapaces de reconocer.

Ahora divisábamos una pequeña muchedumbre que se disponía a invadir el centro del claro. Me di cuenta de que las luces frías que había visto eran lamparillas que las sacerdotisas llevaban en la mano, y me había parecido que oscilaban a ras del suelo porque el claro estaba en la cima de una colina, y desde lejos había visto a las druidas que subían en la oscuridad y aparecían en el borde del calvero. Llevaban túnicas blancas, que la brisa hacía ondular. Formaron un círculo en cuyo centro se situaron tres oficiantes.

—Las tres *hallouines,* de Lisieux, de Clonmacnois y de Pino Torinese —dijo Agliè.

Belbo preguntó por qué precisamente ellas y Agliè se encogió de hombros:

—Silencio, esperemos. No puedo resumirles en dos palabras el ritual y la jerarquía de la magia nórdica. Conténtense con lo que les digo. Si no digo más es porque no lo sé... o no puedo decirlo. Debo observar algunos vínculos de discreción...

Me había llamado la atención, en el centro del claro, un montículo de piedras, que, aunque vagamente, recordaba un dolmen. Probablemente, el claro había sido escogido por la presencia de esas rocas. Una oficiante subió al dolmen y tocó una trompeta. Se parecía, aún más que las que viéramos unas horas antes, a una bocina de marcha triunfal de Aida. Pero emitía un sonido afelpado, nocturno, que parecía llegar desde muy lejos. Belbo me tocó el brazo:

—Es el ramsinga, el ramsinga de los thugs junto al baniano sagrado...

Fui indelicado. No me di cuenta de que estaba bromeando precisamente para ahuyentar otras analogías, y hundí el dedo en la llaga:

—Sin duda, con el genis perdería su encanto —dije.

Belbo asintió:

—Justamente, estoy aquí porque no les gusta el genis.

Me pregunto si no habrá sido aquella noche cuando empezó a percibir una relación entre sus sueños y lo que le estaba sucediendo en aquellos meses.

Agliè no había seguido nuestra conversación, pero nos había oído susurrar.

—No se trata de un anuncio, ni de una llamada —dijo—, sino de una especie de ultrasonido, para establecer contacto con las ondas subterráneas. Miren, ahora las druidas se cogen de las manos, en corro. Crean una especie de acumulador vivo, para recoger y concentrar las vibraciones telúricas. Ahora tendría que aparecer la nube...

—¿Qué nube? —pregunté en un susurro.

—La tradición la llama nube verde. Esperen...

No esperaba que apareciese ninguna nube verde. Pero casi de repente se levantó desde el suelo una leve neblina; niebla, hubiera dicho, si hubiese sido uniforme y compacta. Era una masa de copos, que se aglomeraba en un punto para luego, impulsada por el viento, deshilacharse como una madeja de algodón de azúcar y desplazarse suavemente por el aire hasta ovillarse en otro punto del calvero. El efecto era extraño, unas veces se veían los árboles contra el fondo, otras veces todo se confundía en un vapor blancuzco, otras el vellón se difundía por el centro del claro impidiéndome ver lo que estaba sucediendo, dejando despejados los bordes y el cielo, donde seguía brillando la luna. Los movimientos de los copos eran repentinos, inesperados, como si obedecieran al empuje de un soplo caprichoso.

Pensé que era un artificio químico, luego recapacité: estábamos a casi seiscientos metros de altura, y era posible que se tratase de nubes propiamente dichas. ¿Previstas por el rito? ¿Evocadas? Quizá no, pero las oficiantes podían haber calculado que en esa cima, en circunstancias adecuadas, no era improbable que aparecieran bancos erráticos a ras del suelo.

Era difícil resistir al hechizo de la escena, porque además las túnicas de las oficiantes se amalgamaban con la blancura de los vapores y sus figuras parecían emerger de aquella láctea oscuridad y volver a sumergirse en ella, como si de ella nacieran.

Hubo un momento en que la nube invadió todo el centro del prado y algunos flecos, que se deshilachaban hacia lo alto, estuvieron a punto de ocultar la luna, aunque no tanto como para ensombrecer el calvero, siempre claro en los bordes. Entonces vimos que una druida surgía de la nube y corría hacia el bosque, gritando, con los brazos hacia adelante, y pensé que nos había descubierto y estaba maldiciéndonos. Pero, al llegar a unos metros de donde estábamos, cambió de dirección y empezó a correr en círculo alrededor de la nebulosa, desapareció en la blancura hacia la izquierda, para reaparecer por la derecha a los pocos minutos, y de nuevo se acercó a nosotros, y pude ver su rostro. Era una sibila con una gran nariz dantesca sobre una boca fina como una estría, que se abría a modo de flor submarina, sin dientes, salvo dos incisivos y un colmillo asimétrico. Los ojos eran inquietos, rapaces, penetrantes. Oí, o me pareció oír, o ahora creo recordar que oí, y superpongo a ésa otras memorias, junto con unas palabras que entonces me parecieron gaélicas, algunas evocaciones en una especie de latín, algo así como «o pegnia (oh, e oh!, intus) et eee uluma!!!», y de repente la niebla casi se disipó por completo, el calvero se volvió límpido, y vi que estaba invadido por una turba de cerdos, el cuello tosco fajado con collares de manzanas ácidas. La druida que había tocado la trompeta, siempre en lo alto del dolmen, blandía un cuchillo.

—Vamos —dijo Agliè, seco—. Ha concluido.

Mientras le oía, me di cuenta de que la nube estaba sobre nosotros, nos rodeaba, casi me impedía ver a mis compañeros.

—¿Cómo que ha concluido? —protestó Garamond—. ¡Me parece que ahora empieza lo mejor!

—Ha concluido lo que ustedes podían ver. No se pueden quedar. Respetemos el rito. Vamos.

Volvió a meterse en el bosque, en seguida le absorbió la humedad circundante. Bajábamos temblando de frío, resbalando sobre las hojas putrescentes, jadeantes y en desorden, como un ejército en fuga. Volvimos a la carretera. En menos de dos horas estaríamos en Milán. Antes de subir al coche con Garamond, Agliè se despidió:

—Perdonen que haya interrumpido el espectáculo. Quería mostrarles algo, quería que vieran a alguien que está a nuestro alrededor, y para el que al fin y al cabo ahora también ustedes están trabajando. Pero no podían ver más. Cuando se me informó acerca de este acontecimiento, tuve que prometer que no perturbaría la ceremonia. Nuestra presencia hubiese influido negativamente en las etapas siguientes.

—Pero, ¿y los cerdos? ¿Qué está sucediendo ahora? —preguntó Belbo.

—Lo que podía decir lo he dicho.

63

—¿Qué te recuerda ese pez?
—Otros peces.
—¿Y qué te recuerdan los otros peces?
—Otros peces.
(Joseph Heller, *Catch 22,* New York, Simon and Schuster, 1961, XXVII)

Regresé del Piamonte cargado de remordimientos. Pero tan pronto como volví a ver a Lia olvidé todos los deseos que había acariciado.

Sin embargo, el viaje me había dejado otras huellas, y ahora me parece inquietante que entonces no me hubieran inquietado. Estaba fijando el orden definitivo, capítulo por capítulo, de las imágenes para la historia de los metales, y ya no lograba eludir al demonio de la semejanza, como ya me había sucedido en Río. ¿Qué diferencia había entre esta estufa cilíndrica de Réaumur, 1750, esta cámara de calor para incubar huevos, y este atanor del siglo XVII, vientre materno, útero oscuro para incubar sabe Dios qué metales místicos? Era como si hubiesen instalado el Deutsches Museum en el castillo piamontés que había visitado la semana anterior.

Me resultaba cada vez más difícil desligar el mundo de la magia de lo que hoy llamamos el universo de la precisión. Personajes que en la escuela me habían señalado como portadores de la luz matemática y física en medio de las tinieblas de la superstición se me revelaban como gente que había trabajado con un pie en la Cábala y otro en el laboratorio. ¿No estaría releyendo toda la historia con los ojos de nuestros diabólicos? Pero después encontraba textos absolutamente fiables donde se decía que los físicos positivistas, apenas trasponían el umbral de la universidad, iban a chapucear en sesiones de espiritismo y cenáculos astrológicos, y que Newton había descubierto la ley de la gravitación universal porque creía en la existencia de fuerzas ocultas (recordaba sus incursiones en la cosmología rosacruciana).

Había convertido la incredulidad en un deber científico, y ahora tenía que desconfiar incluso de los maestros que me habían enseñado a ser incrédulo.

Pensé: soy como Amparo, no creo pero me dejo atrapar. Y me sorprendía reflexionando sobre el hecho de que al fin y al cabo la altura de la gran pirámide era realmente una mil millonésima parte de la distancia entre la Tierra y el Sol, o de que realmente se podían trazar analogías entre la mitología céltica y la mitología amerindia. Y estaba empezando a interrogar a todo lo que había a mi alrededor, las casas, los rótulos de las tiendas, las nubes en el cielo y los grabados que veía en las bibliotecas, no para que me contasen su historia, sino la otra, que ciertamente ocultaban, pero que acababan revelando a causa y en virtud de sus misteriosas semejanzas.

Me salvó Lia, al menos momentáneamente.

Le había contado todo (o casi todo) sobre la visita al Piamonte, y cada noche regresaba yo a casa con nuevos datos curiosos para añadir a mi fichero de referencias. Ella comentaba:

—Come, estás flaco como un palillo.

Una noche se había sentado junto al escritorio, se había separado el flequillo que le cubría la frente, para poder mirarme directamente a los ojos, había puesto las manos en el regazo, como las amas de casa. Nunca se había sentado así, con las piernas separadas, la falda estirada entre ambas rodillas. Pensé que no era una postura demasiado elegante. Pero después miré su rostro, que me pareció más luminoso, tenuemente sonrojado. La escuché, aunque todavía no supiese por qué, con respeto.

—Pim —me dijo—, no me gusta la forma en que te estás tomando la historia de Manuzio. Antes recopilabas datos como quien recoge conchas. Ahora parece que te apuntes los números de la lotería.

—Es porque con éstos me divierto más.

—No te diviertes, te apasionas, no es lo mismo. Ten cuidado, porque con éstos puedes llegar a enfermar.

—No exageres también tú. A lo sumo los enfermos son ellos. Uno no se vuelve loco porque trabaje de enfermero en un manicomio.

—Eso habría que probarlo.

—Sabes que siempre he desconfiado de las analogías. Y ahora me encuentro en medio de una fiesta de analogías, una Coney Island, un Primero de Mayo en Moscú, un Año Santo de analogías, veo que algunas son mejores que otras y me pregunto si por azar no existirá alguna explicación.

—Pim —dijo Lia—, he visto tus fichas, porque tengo que volver a ordenarlas. Cualquier descubrimiento que puedan hacer tus diabólicos ya está aquí, fíjate.

Y se daba palmadas en el vientre, en las caderas, en los muslos y en la frente. Así sentada, las piernas tan separadas que le estiraban la falda, de frente, parecía una robusta y lozana nodriza, ella, que era tan esbelta y ágil, porque ahora una sabiduría sosegada la iluminaba de autoridad matriarcal.

—Pim, los arquetipos no existen, sólo existe el cuerpo. Dentro de la barriguita todo es bonito, porque allí crecen los nenes, allí se mete, feliz, tu pajarito, y allí se junta la comida rica y buena, por eso son bonitas e importantes la caverna, la sima, el pasadizo, el subterráneo, incluso el laberinto, que está hecho como nuestras buenas y santas tripas, y cuando alguien debe inventar algo importante dice que procede de allí, porque también tú viniste de allí el día de tu nacimiento, y la fertilidad está siempre en un agujero, donde primero se macera algo y después, sorpresa, un chinito, un dátil, un baobab. Pero arriba es mejor que abajo, porque si te pones cabeza abajo se te sube la sangre a la cabeza, porque los pies apestan y el pelo no tanto, porque es mejor subirse a un árbol para coger los frutos que acabar bajo tierra engordando gusanos, porque es raro que te hagas daño dándote por arriba (tienes que estar en una buhardilla) y en cambio sueles hacértelo por abajo, al caer, y por eso lo alto es angélico y lo bajo diabólico. Pero como también es cierto lo que acabo de decirte sobre mi barriguita, las dos cosas son igualmente ciertas, es bonito lo bajo y lo interior, en un sentido, así como en el otro lo es lo alto y lo exterior, y aquí no cuenta el espíritu de Mercurio y la contradicción universal. El fuego te calienta y el frío te provoca una pulmonía, sobre todo si eres un sabio de hace cuatro mil años, de manera que el fuego tiene virtudes misteriosas, porque también te sirve para guisar un pollo. Pero el frío conserva ese mismo pollo, y el fuego, si lo tocas, te hace salir una ampolla así de grande, de manera que, si piensas en algo que se conserva desde hace milenios, como la sabiduría, tienes que situarla en una montaña, en lo alto (ya sabemos que es bueno), pero en una caverna (que también es buena) y en el frío eterno de las nieves tibetanas (que es buenísimo). Y, si te intriga el hecho de que la sabiduría venga de Oriente y no de los Alpes suizos, has de saber que es porque el cuerpo de tus antepasados, cada mañana, cuando se despertaba aún en la oscuridad, miraba al este esperando que saliese el sol y no lloviese, vaya país.

—Sí, mamá.

—Claro que sí, niño mío. El sol es bueno porque sienta bien al cuerpo, y porque tiene la buena costumbre de volver a aparecer cada día, por tanto es bueno todo lo que vuelve, y no lo que pasa y se marcha y si te he visto no me acuerdo. La manera más cómoda de regresar por donde se ha pasado ya, sin recorrer dos veces el mismo camino, consiste en moverse en círculo. Y, como el único animal que se aovilla en círculo es la serpiente, por eso hay tantos cultos y mitos de la serpiente, porque es difícil representar el regreso del sol enrollando un hipopótamo. Además, si tienes que hacer una ceremonia para invocar el sol, te conviene moverte en círculo, porque si te mueves en línea recta te alejas de casa y la ceremonia tendría que ser muy breve, sin contar que el círculo es la estructura más cómoda para un rito, y lo saben hasta los saltimbanquis que actúan en las playas, porque en círculo todos ven al que está en el centro, mientras que, si toda una tribu se pusiese en línea recta como una hilera de soldados, los de más lejos no verían, y por eso el círculo y el movimiento rotatorio y el regreso cíclico son fundamentales en todo culto y en todo rito.

—Sí, mamá.

—Claro que sí. Y ahora pasemos a los números mágicos que tanto les gustan a tus autores. Uno eres tú que no eres dos, una es la cosita que tienes ahí, y una la que tengo aquí, una es la nariz y uno el corazón, de modo que ya ves cuántas cosas importantes son uno. Y dos son los ojos, las orejas, los agujeros de la nariz, mis senos y tus pelotas, las piernas, los brazos, las nalgas. Tres es más mágico que todos porque nuestro cuerpo lo ignora, no tenemos nada que sea tres cosas, y debería ser un número misteriosísimo, que atribuimos a Dios, dondequiera que vivamos. Pero si te paras a pensar, yo tengo una sola cosita y tú tienes una sola cosita, calla, y no hagas gracias, y si ponemos esas dos cositas juntas sale una nueva cosita y ya somos tres. Pero entonces, ¿se necesita un profesor universitario para descubrir que todos los pueblos tienen estructuras ternarias, trinidades y cosas por el estilo? Mira que las religiones no se hacían con ordenador, era toda gente bien, que follaba como es debido, y todas las estructuras trinitarias no son un misterio, son el relato de lo que haces tú, de lo que hacían ellos. Pero dos brazos y dos piernas dan cuatro, y así resulta que también cuatro es un número bonito, sobre todo si piensas que los animales tienen cuatro patas y que a cuatro patas se mueven los niños pequeños, como sabía la Esfinge. Del cinco ni que hablar, son los dedos de la mano, y con dos manos tienes ese otro número sagrado que es el diez, y por fuerza han de ser diez los mandamientos, porque, si fuesen doce, cuando el cura dice uno, dos, tres y muestra los dedos, al llegar a los dos últimos tendría que pedirle prestada la mano al sacristán. Ahora toma el cuerpo y cuenta todo lo que sobresale del tronco, con brazos, piernas, cabeza y pene, son seis, pero en el caso de la mujer son siete, por eso creo que tus autores nunca se han tomado en serio el seis, salvo como el doble del tres, porque sólo funciona para los machos, que no tienen ningún siete, y cuando ellos mandan prefieren verlo como un número sagrado, olvidando que también mis tetas sobresalen, pero paciencia. Ocho; —Dios mío, no tenemos ningún ocho... no, espera, si el brazo y la pierna no cuentan como uno sino como dos, porque ahí están el codo y la rodilla, tenemos ocho huesos grandes que se bambolean desde el tronco, y si les sumas este último tienes el nueve, que con la cabeza da diez. Pero sin alejarte del cuerpo puedes obtener todos los números que quieras, piensa en los agujeros.

—¿En los agujeros?

—Sí, ¿cuántos agujeros tiene tu cuerpo?

—Pues... —me contaba—. Ojos narices orejas boca culo, suman ocho.

—¿Ves? Razón de más para que el ocho sea un número bonito. ¡Pero yo tengo nueve! Y con el noveno te traigo al mundo, ¡por eso el nueve es más divino que el ocho! ¿Quieres que te explique otras figuras que se reiteran? ¿Quieres la anatomía de esos menhires que tus autores no se cansan de nombrar? Estamos de pie durante el día y acostados de noche; también tu cosita, no, no me digas lo que hace de noche, el hecho es que trabaja derecha y descansa acostada. De modo que la postura vertical es vida, y está en relación con el sol, y los obeliscos se yerguen hacia arriba como los árboles, mientras que la postura horizontal y la noche son sueño y luego muerte, y todos adoran menhires, pirámides, columnas, mientras que nadie adora balcones y balaustradas. ¿Has oído hablar alguna vez de un culto arcaico de la barandilla sagrada? ¿Ves? Además, tampoco el cuerpo te lo permite, si adoras una piedra vertical, aunque seais muchos podéis verla todos, pero si adoras algo horizontal sólo lo ven los que están en primera fila y los demás que empujen mientras gritan yo también, yo también, y no es un espectáculo muy apropiado para una ceremonia mágica...

—Pero los ríos...

—Los ríos, no se los adora porque sean horizontales, sino porque tienen agua, y no querrás que te explique la relación entre el agua y el cuerpo... En resumidas cuentas, estamos hechos así, con este cuerpo, todos, y por eso producimos los mismos símbolos a millones de kilómetros de distancia y necesariamente todo se parece, y ahora piensa que a las personas con algo en la cabeza el hornillo del alquimista, todo cerrado y caliente por dentro, les recuerda la barriga de la mamá que fabrica los nenes, sólo tus diabólicos ven a la Virgen que va a parir al niño y piensan que es una alusión al hornillo del alquimista. Así se han pasado miles de años buscando un mensaje, y todo estaba ahí, bastaba con que se miraran en el espejo.

—Tú me dices siempre la verdad. Tú eres mi Yo, que por lo demás es mi Ello visto por Ti. Quiero descubrir todos los arquetipos secretos del cuerpo.

Aquella noche inauguramos la expresión «hacernos unos arquetipos» para referirnos a nuestros momentos de ternura.

Cuando ya me estaba durmiendo, Lia me tocó en un hombro.

—Se me olvidaba —dijo—. Estoy embarazada.

Más me hubiera valido escuchar a Lia. Hablaba con la sabiduría de alguien que sabe dónde nace la vida. Al penetrar en los subterráneos de Agarttha, en la pirámide de Isis Desvelada, habíamos entrado en Gĕḇurah, la sĕfirah del terror, el momento en que la cólera cae sobre el mundo. ¿Acaso no me había dejado seducir, aunque sólo hubiera sido un instante, por el pensamiento de Sophia? Dice Moisés Cordovero que lo Femenino está a la izquierda, y todos sus impulsos pertenecen a Gĕḇurah... Salvo que el varón utilice esas tendencias para adornar a su Esposa, y suavizándolas las oriente hacia el bien. Como decir que todo deseo debe mantenerse dentro de sus límites. Si no, Gĕḇurah se convierte en la Severidad, la apariencia oscura, el universo de los demonios.

Disciplinar el deseo... Eso era lo que había hecho en la tenda de umbanda, había tocado el agogõ, había participado en el espectáculo desde la orquesta, y había evitado el trance. Y lo mismo había hecho con Lia, había encauzado el deseo en el homenaje a la Esposa, y había sido premiado en la profundidad de mis entresijos, mi simiente había sido bendecida.

Pero no supe perseverar. Pronto me dejaría seducir por la belleza de Tif'eret.

6

TIF'ERET

64

Soñar que residimos en una ciudad nueva y desconocida significa muerte próxima. En efecto, en otra parte residen los muertos, y no se sabe dónde.
(Gerolamo Cardano, *Somniorum Synesiorum*, Basilea, 1562, 1, 58)

Si Gĕḇurah es la sĕfirah del mal y del miedo, Tif'eret es la sĕfirah de la belleza y la armonía. Decía Diotallevi: es la especulación esclarecedora, el árbol de la vida, el placer, la apariencia purpúrea. Es el acuerdo entre la Regla y la Libertad.

Y ése fue para nosotros el año del placer, de la subversión jocosa del gran texto del universo, el año en que se celebraron los esponsales de la Tradición con la Máquina Electrónica. Creábamos, y disfrutábamos. Fue el año en que inventamos el Plan.

Al menos para mí fue, sin duda, un año feliz. El embarazo de Lia proseguía plácidamente, entre Garamond y mi agencia empezaba a vivir con cierta holgura, había conservado la oficina en la vieja fábrica de las afueras, pero habíamos reacondicionado el piso de Lia.

La maravillosa aventura de los metales estaba ya en manos de los tipógrafos y los correctores. Entonces el señor Garamond tuvo su idea genial:

—Una historia ilustrada de las ciencias mágicas y herméticas. Con el material que nos proporcionan los diabólicos, con la competencia que ustedes han adquirido, con el asesoramiento de ese hombre increíble que es Agliè, en un año podrán armarme un volumen en gran formato, cuatrocientas páginas ilustradas y láminas a todo color que quitarán el hipo a los lectores. Reciclaremos parte del material iconográfico de la historia de los metales.

—Pero —objetaba— el material es diferente. ¿Qué puedo hacer con la foto de un ciclotrón?

—¿Que qué puede hacer? ¡Imaginación, Casaubon, imaginación! ¿Qué sucede en esas máquinas atómicas, en esos positrones megatrónicos o comoquiera que se llamen? La materia se hace papilla, ¡se mete queso de Gruyère y salen agujeros negros, cuark, uranio centrifugado, qué sé yo! La magia hecha realidad, Hermes et Alchermes. En fin, son ustedes los que tienen que darme la respuesta. Aquí, a la izquierda, el grabado de Paracelso, del Abracadabra con sus alambiques, con fondo dorado, y a la derecha el quasar, la batidora de agua pesada, la antimateria gravitacionalgaláctica, vamos ¿tengo que hacerlo todo yo? No es mago quien no entendía nada y hacía chapuzas con una venda en los ojos, sino el científico que ha conseguido arrancar los secretos ocultos en la materia. Descubrir lo maravilloso que hay a nuestro alrededor, dar a entender que en Monte Palomar saben más de lo que dicen...

Para alentarme me aumentó la retribución, en una cantidad casi perceptible. Me lancé a descubrir las miniaturas del *Liber Solis* de Trismosin, del *Liber Mutus,* del Pseudo Lulio. Llenaba las carpetas con pentáculos, árboles sefiróticos, decanatos, talismanes. Batía las salas más olvidadas de las bibliotecas, compraba decenas de libros en esas librerías que antes vendían la revolución cultural.

Me movía entre los diabólicos con la naturalidad del psiquiatra que se encariña con sus pacientes, y le parece balsámica la brisa que sopla en el parque secular de su clínica privada. Al poco tiempo empieza a escribir páginas sobre el delirio, luego páginas de delirio. No se da cuenta de que sus enfermos le han seducido: cree que se ha convertido en un artista. Así nació la idea del Plan.

Diotallevi entró en el juego porque para él era plegaria. En cuanto a Jacopo Belbo, pensé que se divertía como yo. Sólo ahora comprendo que no disfrutaba verdaderamente. Participaba como quien se come las uñas.

O bien jugaba para encontrar al menos una de las direcciones falsas, o el escenario sin proscenio, que menciona en el *file* llamado Sueño. Teologías supletorias para un Angel que nunca advendría.

---

filename: Sueño

No recuerdo si los he soñado uno dentro del otro, o si se suceden en el curso de la misma noche, o si simplemente se alternan.

Busco a una mujer, una mujer que conozco, con la que he tenido relaciones intensas, hasta tal punto que no logro entender por qué las dejé marchitar —yo, por mi culpa, al no volver a aparecer. Me parece inconcebible que haya podido dejar pasar tanto tiempo. Está claro que la busco a ella, mejor dicho, a ellas, la mujer no es una sola, sino muchas, todas perdidas de la misma manera, por mi desidia— estoy atrapado por la incertidumbre, y una me bastaría, porque de algo estoy seguro, de haber perdido mucho al perderlas. Normalmente, no encuentro, ya no tengo, no logro decidirme a abrir la libreta donde está el número de teléfono, y si la abro es como si fuera présbita, no logro leer los nombres.

Sé dónde está ella, mejor dicho, no sé de qué lugar se trata, pero sé cómo es, recuerdo claramente una escalera, un zaguán, un rellano. No recorro la ciudad para encontrar el sitio, más bien me invade una especie de angustia, de parálisis, me devano los sesos tratando de entender cómo he podido permitir, o querer, que la relación se extinguiese —faltando quizá a la última cita. Estoy seguro de que ella espera mi llamada. Si sólo supiese cómo se llama, sé muy bien quién es, pero no logro recordar sus rasgos.

A veces, en el duermevela que viene después, me rebelo al sueño. Trata de recordar, conoces y recuerdas todo, y con todo has saldado las cuentas, o no las has abierto nunca. No hay nada que no sepas encontrar. No hay nada.

Queda la sospecha de haber olvidado algo, de haberlo dejado entre los pliegues de la atención, como se olvida un billete de banco, o una nota con un dato fundamental, en un bolsillo de los pantalones o en una vieja chaqueta, y sólo más tarde se descubre que era lo más importante, lo decisivo, lo único.

De la ciudad tengo una imagen más clara. Es París, yo estoy en la margen izquierda, sé que si atravieso el río llegaré a una plaza que podría ser la place des Vosges... no, una plaza más abierta, porque en el fondo se yergue una especie de Madeleine. Después de la plaza, al otro lado del templo, encuentro una calle (hay una tienda de libros antiguos en la esquina) que dobla hacia la derecha y desemboca en unas callejuelas, y estoy en el Barrio Gótico de Barcelona, no me caben dudas. Se podría salir a una calle, muy ancha, llena de luces, y es en esa calle, y lo recuerdo con evidencia eidética, donde a la derecha, al final de un callejón sin salida, está el Teatro.

No está claro qué sucede en ese sitio de delicias, sin duda algo ligeramente y gozosamente turbio, como en un striptease (por eso no me atrevo a hacer preguntas), algo de lo que ya sé bastante como para querer regresar, muy excitado. Pero en vano, hacia Chatham Road las calles se confunden.

Me despierto con la impresión de ese encuentro frustrado. No logro resignarme a no saber qué he perdido.

A veces estoy en una casona de campo. Es grande, pero sé que hay otra sala, y no sé cómo llegar hasta allí, como si hubieran tapiado los corredores. Y en esa otra ala hay cuartos y cuartos, estoy seguro de haberlos visto anteriormente, es imposible que los haya soñado en otro sueño, con muebles viejos y grabados descoloridos, consolas con decimonónicos teatritos de cartón, divanes con grandes colchas bordadas, y anaqueles llenos de libros, la colección completa del Diario Ilustrado de los Viajes y las Aventuras por Tierras y Mares, no es cierto que se hayan desencuadernado por las muchas lecturas y que mamá se los haya dado al trapero. Me pregunto quién habrá confundido los corredores y las escaleras, porque allí es donde hubiera querido construirme mi buen retiro, entre esos olores de trastos suntuosos.

¿Por qué no puedo soñar con el examen de reválida como todo el mundo?

65

Era una estructura de seis metros de lado, situada en el centro de la sala: la superficie estaba formada por una multitud de pequeños cubos de madera, del tamaño de dados, unos más grandes que otros y unidos entre sí por hilos muy delgados. En cada cara de los cubos había pegado un cuadradito de papel, y en esos cuadraditos estaban escritas todas las palabras de su idioma, en todas las conjugaciones y declinaciones, pero en completo desorden... A una orden suya, los alumnos cogieron cada uno una de las cuarenta manivelas de hierro situadas alrededor del telar, y le imprimieron un rápido movimiento de rotación, con lo que se modificó la disposición de las palabras. Después el profesor ordenó a *treinta y seis* alumnos que leyeran en voz baja las distintas líneas, según aparecían en el telar, y que cuando encontrasen tres o cuatro palabras consecutivas que pudieran formar un fragmento de frase, las dictasen a otros cuatro estudiantes...
(J. Swift, *Gulliver's Travels,* III, 5)

Creo que, al entretejer su sueño, Belbo estaba retomando, una vez más, el tema de la ocasión perdida, y de su voto de renuncia, por no haber sabido captar, si es que alguna vez había existido, el Momento. El Plan empezó porque Belbo se había resignado a fabricarse momentos ficticios.

Le había pedido no recuerdo qué texto, y él había hurgado en la mesa, entre una pila de originales amontonados peligrosamente, y sin ningún criterio de tamaño o forma, unos sobre los otros. Había encontrado el texto en cuestión y, al extraerlo, los otros habían ido a parar al suelo. Se habían abierto las carpetas y las hojas se habían salido de su sitio.

—¿No podía haber quitado antes lo de encima? —pregunté. Era como clamar en el desierto: siempre hacía lo mismo.

E invariablemente respondía:

—Las recogerá Gudrun esta tarde. Tiene que tener una misión en la vida, si no perderá su identidad.

Pero aquella vez me interesaba personalmente salvar los originales, porque ya me había incorporado a la empresa:

—Pero Gudrun no es capaz de volver a armarlos, pondrá las hojas donde no corresponde.

—Si Diotallevi oyese eso, saltaría de alegría. Surgirán libros distintos, eclécticos, casuales. Está dentro de la lógica de los diabólicos.

—Pero estaremos en la situación del cabalista. Necesitaremos milenios para encontrar la combinación adecuada. Usted asigna a Gudrun la función del mono que teclea eternamente en la máquina de escribir. Sólo cambia la duración. Desde el punto de vista evolutivo estaríamos en lo mismo. ¿No hay un programa que permita a Abulafia hacer este trabajo?

Entretanto había llegado Diotallevi.

—Claro que lo hay —dijo Belbo—, y en teoría permite trabajar con dos mil datos. Basta con tener ganas de escribirlos. Suponga que se trata de versos de poesías posibles. El programa le pregunta cuántos versos debe tener la poesía, y usted decide, diez, veinte, cien. Después el programa extrae del reloj interno del ordenador el número de segundos y lo randomiza, en pocas palabras, extrae de él una fórmula de combinación siempre nueva. Con diez versos puede obtener miles y miles de poesías casuales. Ayer inserté versos del tipo *tiemblan los frescos tilos, tengo los párpados pesados, si la aspidistra quisiera, aquí te entrego la vida...* He aquí algunos resultados:

Cuento las noches, suena el sistro...
Muerte, tu victoria...
Muerte, tu victoria...
Si la aspidistra quisiera...

Del corazón de aurora (oh corazón)
tú siniestro albatros
(si la aspidistra quisiera...)
Muerte, tu victoria.

Tiemblan los frescos tilos,
cuento las noches, suena el sistro,
ya me acecha la upupa.
Tiemblan los frescos tilos.

—Hay repeticiones, no he logrado evitarlas, para eso habría que complicar mucho el programa. Pero también las repeticiones tienen un sentido poético.

—Interesante —dijo Diotallevi—. Esto me reconcilia con su máquina. ¿Así que si le diese toda la Torah y le dijese, cómo se dice, que randomizase, haría auténtica Tĕmurah y volvería a combinar los versículos del Libro?

—Sí, sólo es cuestión de tiempo. En pocos siglos está hecho.

—Pero si se insertan algunas decenas de proposiciones tomadas de las obras de los diabólicos —dije—, por ejemplo que los templarios huyeron a Escocia, o que el Corpus Hermeticum llegó a Florencia en 1460, más algún conectivo, como *es evidente que* o *esto prueba que*, pueden obtenerse secuencias reveladoras. Después se llenan los huecos, o se consideran las repeticiones como vaticinios, insinuaciones y advertencias. En el peor de los casos, inventamos un capítulo inédito de la historia de la magia.

—Genial —dijo Belbo—. Empecemos ahora mismo.

—No, son las siete. Mañana.

—Lo haré esta noche. Sólo le pido que me ayude un momento. Recoja del suelo una veintena de hojas al azar, léame la primera frase que vea y la convertimos en un dato.

Me incliné y recogí:

—José de Arimatea lleva el Grial a Francia.

—Perfecto. Anotado. Prosiga.

—Según la tradición templaria, Godofredo de Bouillon establece en Jerusalén el Gran Priorato de Sión. Debussy era un rosacruz.

—Perdonen —dijo Diotallevi—, pero también hay que insertar algún dato neutro, como que el koala vive en Australia o que Papin inventa la olla a presión.

—Minnie es la novia del Ratón Mickey —sugerí.

—Tampoco hay que exagerar.

—No, exageremos. Si empezamos admitiendo la posibilidad de que en el universo exista algún dato que no revele algo distinto, ya estamos fuera del pensamiento hermético.

—Tiene razón. Se acepta a Minnie. Y si me permiten yo introduciría un dato fundamental: los templarios están siempre por en medio.

—Esto no hay ni que decirlo —confirmó Diotallevi.

Seguimos un buen rato, hasta que se hizo realmente tarde. Pero Belbo dijo que no nos preocupásemos. Continuaría solo. Gudrun vino a avisar que iba a cerrar, Belbo le comunicó que se quedaría trabajando y le pidió que recogiese las hojas del suelo. Gudrun emitió algunos sonidos que podían pertenecer tanto al latín sine flexione como al cheremiso, y que en ambos casos expresaban desdén y fastidio, signo del parentesco universal entre todas las lenguas, por descender del mismo tronco adámico. Procedió a recogerlas, randomizando mejor que un ordenador.

A la mañana siguiente Belbo estaba radiante.

—Funciona —dijo—. Funciona y produce resultados sorprendentes.

Nos tendió el output impreso:

Los templarios están siempre por en medio
Lo que viene a continuación no es cierto
Jesús fue crucificado siendo gobernador Poncio Pilato
El sabio Ormus fundó la orden Rosa-Cruz en Egipto
Hay cabalistas en Provenza
¿Quién se casó en las bodas de Caná?
Minnie es la novia del Ratón Mickey
De ello se deduce que
Si
Los druidas veneraban a las vírgenes negras
Entonces
Simón el Mago reconoce a Sophia en una prostituta de Tiro

¿Quién se casó en las bodas de Caná?
Los merovingios se declaran reyes por derecho divino
Los templarios están siempre por en medio

—Un poco confuso —dijo Diotallevi.

—Es que no sabes ver las relaciones. Y no valoras como corresponde esa interrogación que aparece dos veces: ¿quién se casó en las bodas de Caná? Las repeticiones son claves mágicas. Naturalmente, he completado algunas cosas, pero completar la verdad es prerrogativa del iniciado. Esta es mi interpretación: Jesús no fue crucificado, y por eso los templarios renegaban del crucifijo. La leyenda de José de Arimatea encubre una verdad más profunda: Jesús, y no el Grial, llega a Francia, a la Provenza de los cabalistas. Jesús es la metáfora del Rey del Mundo, del verdadero fundador de los rosacruces. ¿Y con quién llega Jesús? Con su esposa. ¿Por qué los Evangelios no dicen quién se casó en Caná? Porque eran las bodas de Jesús, de las que no se podía hablar porque se había casado con una meretriz, María Magdalena. Por eso desde entonces todos los iluminados, desde Simón el Mago hasta Postel, buscan el principio del eterno femenino en un burdel. Por tanto, Jesús es el fundador de la estirpe real de Francia.

> Si nuestra hipótesis es correcta, el Santo Grial... era la estirpe y los descendientes de Jesús, la «Sang real» que custodiaban los Templarios... Al mismo tiempo, el Santo Grial tenía que ser, literalmente, el receptáculo que había recibido y contenido la sangre de Jesús. En otras palabras, tenía que ser el vientre de la Magdalena.
> (M. Baigent, R. Leigh, H. Lincoln, *The Holy Blood and the Holy Grail,* 1982, London, Cape, XIV)

—Vale —dijo Diotallevi—, nadie te tomaría en serio.

—Te equivocas, vendería varios cientos de miles de ejemplares —repliqué sombrío—. Esa historia existe, ya está escrita, con diferencias de detalle. Se trata de un libro sobre el misterio del Grial y sobre los secretos de Rennes-le-Château. Además de leer originales, tendrían que leer lo que publican otros editores.

—Santos Serafines —exclamó Diotallevi—. Ya lo decía yo. Esta máquina se limita a decir lo que todos saben.

Y se marchó desconsolado.

—No, funciona —dijo Belbo, picado—. ¿Se me ha ocurrido algo que ya se les había ocurrido a otros? ¿Y eso qué? Se llama poligénesis literaria. El señor Garamond diría que es la prueba de que estoy en lo cierto. Esos señores deben de haberse pasado años pensándolo, mientras que yo lo he resuelto todo en una noche.

—Estoy de acuerdo con usted, el juego vale la pena. Pero creo que la regla debería consistir en introducir muchos datos que no procedan de los diabólicos. El problema no reside en hallar relaciones ocultas entre Debussy y los templarios. Eso es lo que hace todo el mundo. El problema consiste en hallar relaciones ocultas, por ejemplo, entre la Cábala y las bujías del coche.

Era un ejemplo tomado al azar, pero con ello le había dado una indicación a Belbo. Como me dijo al cabo de unos días.

—Tenía usted razón. Cualquier dato se vuelve importante cuando se lo conecta con otro. La conexión modifica la perspectiva. Induce a pensar que todo aspecto del mundo, toda voz, toda palabra escrita o dicha no tiene el sentido que percibimos, sino que nos habla de un Secreto. El criterio es simple: sospechar, sospechar siempre. Se puede leer entre líneas incluso una señal de dirección prohibida.

—Claro. Moralidad cátara. Horror de la reproducción. La dirección está prohibida porque es un engaño del Demiurgo. Por esa calle no se encontrará el Camino.

—Anoche encontré por casualidad un manual para aprender a conducir. Habrá sido la penumbra, o lo que me había dicho usted, pero empecé a sospechar que esas páginas expresaban Algo Distinto. ¿Y si el automóvil sólo existiese como metáfora de la creación? Pero no hay que limitarse a lo exterior, o a la ilusión del salpicadero, hay que ser capaz de ver lo que sólo el Artífice ve, lo que hay debajo. Lo que está debajo es como lo que está arriba. Es el árbol de las sĕfirot.

—No me diga.

—No soy yo quien lo dice. *Ello* se dice. Ante todo, el árbol motor, como su mismo nombre indica, es un Arbol. Pues bien, calcule, un motor, dos ruedas delanteras, embrague, cambio, dos juntas, diferencial y dos ruedas traseras. Diez articulaciones, como las sĕfirot.

—Pero las posiciones no coinciden.

—¿Quién lo ha dicho? Diotallevi nos ha explicado que, en ciertas versiones, Tif'eret no era la sexta sino la octava sĕfirah, y estaba debajo de Neṣaḥ y de Hod. El mío es el árbol de Belboth, que corresponde a otra tradición.

—Fiat.

—Pero veamos la dialéctica del Arbol. En lo alto, el Motor, Omnia Movens, del que diremos que es la Fuente Creativa. El Motor comunica su energía creativa a las dos Ruedas Sublimes: la Rueda de la Inteligencia y la Rueda del Saber.

—Sí, si es un coche de tracción delantera...

—Lo bueno del árbol de Belboth es que admite opciones metafísicas. Imagen de un cosmos espiritual con tracción delantera, donde el Motor, delante, comunica inmediatamente sus voluntades a las Ruedas Sublimes, mientras que en la versión materialista es imagen de un cosmos degradado, en el que un Motor Ultimo imprime Movimiento a las dos Ruedas Infimas: desde el fondo de la emanación cósmica se esparcen las fuerzas inferiores de la materia.

—¿Y si el motor y la tracción están atrás?

—Satánico. Coincidencia de lo Superior y de lo Infimo. Dios se identifica con los movimientos de la materia ordinaria trasera. Dios como aspiración eternamente fracasada a la divinidad. Debe de ser por la Rotura de los Recipientes.

—¿No será la Rotura de la Cámara del Silenciador?

—Eso en los Cosmos Abortados, en los que el soplo venenoso de los Arcontes se dispersa por el Eter Cósmico. Pero no perdamos el hilo. Después del Motor y de las dos Ruedas viene el Embrague, la sĕfirah de la Gracia que establece o interrumpe la corriente de Amor que vincula al resto del Arbol con la Energía Superna. Un Disco, un mandala que acaricia a otro mandala. De allí el Cofre de la Mutación; o del cambio, como lo llaman los positivistas, y que es el principio del Mal, porque permite a la voluntad humana acelerar o desacelerar el proceso continuo de emanación.

Por eso el cambio automático es más caro, porque en ese caso es el Arbol mismo el que decide conforme al Equilibrio Soberano. Después viene una Junta que, admirable casualidad, lleva el nombre de un mago renacentista, Cardano, y después un Par Cónico; adviértase la oposición con la Tétrada de los Cilindros en el motor, en el que hay una Corona (Keter Menor) que transmite el movimiento a las ruedas terrestres. Y aquí se manifiesta la función de la sĕfirah de la Diferencia, o diferencial, que con majestuoso sentido de la Belleza distribuye las fuerzas cósmicas en las dos Ruedas de la Gloria y de la Victoria, que en un cosmos no abortado (de tracción delantera) siguen el movimiento dictado por las Ruedas Sublimes.

—La lectura es coherente. ¿Y el corazón del Motor, sede del Uno, Corona?

—Oh, basta leer con ojos de iniciado. El Sumo Motor vive de un movimiento de Aspiración y Descarga. Una compleja respiración divina en la que originariamente las unidades, llamadas Cilindros (evidente arquetipo geométrico), eran dos, después engendran un tercero y por último se contemplan y se mueven por mutuo amor en la gloria del cuarto. En esa respiración, en el Primer Cilindro (ninguno de ellos es primero por jerarquía, sino por admirable alternancia de posición y relación), el Pistón (etimología de *Pistis Sophia*) desciende desde el Punto Muerto Superior hasta el Punto Muerto Inferior, mientras el Cilindro se llena de energía en estado puro. Estoy simplificando, porque aquí entrarían en juego jerarquías angélicas, o Mediadores de la Distribución que, como dice mi manual, «permiten abrir y cerrar las válvulas que comunican el interior de los cilindros con los conductos de aspiración de la mezcla...» La sede interna del Motor sólo puede comunicarse con el resto del cosmos a través de esa mediación, y aquí creo que se revela, quizá, pero no quisiera incurrir en herejía, la limitación originaria del Uno que, para crear, depende de alguna manera de las Grandes Excéntricas. Habrá que hacer una lectura más atenta del Texto. De todas formas, cuando el Cilindro se llena de Energía, el Pistón vuelve a subir al Punto Muerto Superior y realiza la Compresión Máxima. Es el *ṣimṣum.* Y es entonces cuando acontece la gloria del Big Bang, la Explosión y la Expansión. Salta una chispa, la Mezcla refulge y se inflama: ésta es, según el manual, la única Fase Activa del Ciclo. Y que en la Mezcla no vayan a entrar las conchas, las *qĕlippot,* gotas de materia impura como agua o Coca-Cola, porque entonces no se produce la Expansión, o se produce a tirones abortivos...

—¿Shell no querrá decir *qĕlippot?* Pero entonces hay que desconfiar. De ahora en adelante sólo Leche de Virgen...

—Habrá que verificarlo. Podría tratarse de una maquinación de las Siete Hermanas, principios inferiores que quieren controlar la marcha de la Creación... Comoquiera que sea, después de la Expansión se produce el gran escape divino, que los textos más antiguos llaman Descarga. El Pistón vuelve a subir hasta el Punto Muerto Superior y expele la materia informe ya quemada. Sólo si consuma este acto de purificación puede iniciarse el Nuevo Ciclo. Que, si bien se mira, también coincide con el mecanismo neoplatónico del Exodo y del Párodo, admirable dialéctica del Camino Ascendente y el Camino Descendente.

—*Quantum mortalia pectora caecae noctis habent!* ¡Y los hijos de la materia nunca se habían dado cuenta!

—Por eso los maestros de la Gnosis dicen que no hay que fiarse de los Hílicos sino de los Pneumáticos.

—Para mañana prepararé una interpretación mística del listín de teléfonos...

—Siempre tan ambicioso nuestro Casaubon. Mire que allí tendrá que resolver el problema abismal del Uno y de los Muchos. Es mejor no apresurarse. Vea primero el mecanismo de la lavadora.

—Eso son habas contadas. Transformación alquímica, de la obra en negro a la obra más blanca que el blanco.

67

Da Rosa, nada digamos agora...
(Sampayo Bruno, *Os Cavaleiros do Amor,* Lisboa, Guimarães, 1960, p. 155)

Cuando uno entra en estado de sospecha ya no descuida la menor huella. Después de las elucubraciones alrededor del árbol motor, estaba dispuesto a descubrir signaturas reveladoras en cualquier objeto que cayese en mis manos.

Me había mantenido en contacto con mis amigos brasileños, y en aquellos días se celebraban en Coimbra unas jornadas sobre cultura lusitana. Más por ganas de volver a verme que por mis méritos académicos, los amigos de Río lograron que me invitasen. Lia no fue, estaba en el séptimo mes, el embarazo apenas había alterado su figura menuda para transformarla en una grácil virgen flamenca, pero prefirió evitar el viaje.

Pasé tres noches muy divertidas con los viejos amigos y, cuando ya regresábamos en autocar a Lisboa, surgió una discusión sobre si debíamos detenernos en Fátima o en Tomar. Tomar era el castillo donde se habían refugiado los templarios portugueses después de que la benevolencia del rey y del papa les salvara del proceso y de la ruina, al transformarles en orden de los Caballeros de Cristo. No podía perderme un castillo de los templarios, y, por suerte, el resto del grupo no era entusiasta de Fátima.

Si me hubiera forjado la imagen de un castillo templario, habría sido Tomar. Se sube hasta él por un camino fortificado que bordea los bastiones externos, con troneras en forma de cruz, y aquello huele a Cruzada por los cuatro costados. Los Caballeros de Cristo prosperaron durante siglos en aquel lugar: según la tradición, tanto Enrique el Navegante como Cristóbal Colón pertenecieron a la Orden, y de hecho los caballeros se habían lanzado a la conquista de los mares, para gloria de Portugal. La larga y feliz existencia de que gozaron allí, hizo que el castillo fuera reconstruido y ampliado a lo largo de los siglos, de manera que a la parte medieval vinieron a añadirse las alas renacentista y barroca. Me emocioné al entrar en la iglesia de los templarios, con su rotonda octogonal que reproduce la del Santo Sepulcro. Me llamó la atención el hecho de que en la iglesia, según las zonas, las cruces templarias fuesen de hechuras diferentes: problema que ya me había planteado al examinar la confusa iconografía sobre el tema. Mientras que la cruz de los caballeros de Malta había permanecido más o menos intacta, la de los templarios parecía haber sufrido influencias del siglo o de la tradición local. Por eso a los cazadores de templarios les basta con encontrar en cualquier parte una cruz de cualquier forma para anunciar que han descubierto una huella de los caballeros.

Después nuestra guía nos llevó a ver la ventana manuelina, la *janela* por excelencia, un encaje, un collage de hallazgos marinos y submarinos, algas, conchas, anclas, amarras y cadenas, en homenaje a las aventuras de los caballeros en los océanos. Pero a ambos lados de la ventana, constriñendo como un cinto a las dos torres que la encuadraban, estaban esculpidas las enseñas de la Jarretera. ¿Qué hacía ese símbolo de una orden inglesa en un monasterio fortificado portugués? La guía no supo decírnoslo, pero poco después, en otro lado del castillo, el que da al noroeste, creo, nos mostró las insignias del Toisón de Oro. No pude evitar una reflexión sobre el sutil juego de alianzas que unía a la Jarretera con el Toisón de Oro, a éste con los argonautas, a los argonautas con el Grial, al Grial con los templarios. Recordé las fábulas de Ardenti y algunas páginas de los originales de los diabólicos... Me sobresalté cuando nuestra guía nos hizo visitar una sala secundaria, con el techo cerrado por algunos sillares de bóveda. Eran pequeñas rosetas, pero en algunas vi esculpida una cara barbuda y vagamente caprina. Bafomet...

Bajamos a una cripta. Después de siete escalones, una piedra desnuda lleva hasta el ábside, donde podría erguirse un altar o el sitial del gran maestre. Pero se llega hasta allí pasando por debajo de siete sillares, todos en forma de rosa, pero de tamaño cada vez más grande, y el último, más abierto, domina un pozo. La cruz y la rosa, y en un monasterio templario, y en una sala construida sin duda antes de que apareciesen los manifiestos rosacrucianos... Le hice unas preguntas a la guía, que sonrió:

—Si supiese cuántos estudiosos de ciencias ocultas acuden aquí en peregrinaje... Hay quien dice que ésta era la sala de las iniciaciones...

Al entrar por casualidad en una habitación que todavía no había sido restaurada, y donde había unos pocos muebles polvorientos, encontré el suelo ocupado por grandes cajas de cartón. Eché una ojeada a su contenido y encontré jirones de volúmenes en hebreo, probablemente del siglo XVII. ¿Qué hacían los judíos en Tomar? La guía me dijo que los caballeros tenían buenas relaciones con la comunidad judía local. Me hizo asomar a la ventana y me mostró un jardín a la francesa que trazaba un pequeño y elegante laberinto. Era obra, me dijo, de un arquitecto judío del siglo XVIII llamado Samuel Schwartz.

La segunda cita en Jerusalén... Y la primera en el Castillo. ¿No consignaba eso el mensaje de Provins? Dios, el Castillo de la Ordonation descubierta por Ingolf no era el improbable Monsalvat de las novelas de caballería, Avalón la Hiperbórea. Si hubiesen tenido que fijar un primer punto de reunión, ¿qué habrían elegido los templarios de Provins, más avezados a dirigir capitanías que a leer novelas de la Mesa Redonda? ¡Pues Tomar, el castillo de los Caballeros de Cristo, un sitio en el que los supervivientes de la Orden gozaban de plena libertad, de las mismas garantías que antes, y donde estaban en contacto con los agentes del segundo grupo!

Me marché de Tomar y de Portugal con la mente alborotada. Finalmente, me estaba tomando en serio el mensaje que nos mostrara Ardenti. Los templarios se constituyen en orden secreta y elaboran un plan que debe durar seiscientos años y consumarse en nuestro siglo. Los templarios eran gente seria. De modo que si hablaban de un castillo se estaban refiriendo a un sitio real. El plan empezaba en Tomar. Entonces, ¿cuál habría tenido que ser el recorrido ideal? ¿Cuál la secuencia de las otras cinco citas? Lugares donde los templarios pudieran contar con amistades, protección, complicidad. El coronel había hablado de Stonehenge, Avalón, Agarttha... Tonterías. Había que volver a interpretar todo el mensaje.

Naturalmente, pensaba durante el viaje de regreso, no se trata de descubrir el secreto de los templarios, sino de inventarlo.

Belbo parecía molesto con la idea de retomar el documento que le dejara el coronel, y lo encontró hurgando de mala gana en uno de los últimos cajones de su escritorio. Sin embargo, observé, lo había guardado. Juntos volvimos a leer el mensaje de Provins. Después de tantos años.

Empezaba con la frase cifrada según la clave de Tritemio: *Les XXXVI inuisibles separez en six bandes.* Y después:

a la ... Saint Jean
36 p charrete de fein
6 ... entiers avec saiel
p ... les blancs mantiax
r ... s ... chevaliers de Pruins pour la ... j. nc
6 foiz 6 en 6 places
chascune foiz 20 a ... 120 a ...
iceste est l'ordonation
al donjon li premiers
it li secunz joste iceus qui ... pans
it al refuge
it a Nostre Dame de l'altre part de l'iau
it a l'ostel des popelicans
it a la pierre
3 foiz 6 avant la feste ... la Grant Pute.

—Treinta y seis años después de la carreta de heno, la noche de San Juan del año 1344, seis mensajes sellados para los caballeros de los blancos mantos, caballeros relapsos de Provins, para la venganza. Seis veces seis en seis lugares, cada vez veinte años por un total de ciento veinte años, éste es el Plan. Los primeros al castillo, después de nuevo donde los que han comido el pan, de nuevo al refugio, de nuevo a Nuestra Señora al otro lado del río, de nuevo a la casa de los popelicans, y de nuevo a la piedra. Fíjese, en 1344 el mensaje dice que los primeros tienen que ir al Castillo. Y de hecho los caballeros se instalarán en Tomar en 1357. Ahora debemos preguntarnos adónde tienen que ir los del segundo grupo. Adelante: imagine que son templarios en fuga, ¿dónde establecerían el segundo grupo?

—Bueno... Suponiendo que sea verdad que los de la carreta hayan huido a Escocia... Sin embargo, ¿por qué en Escocia hubiesen tenido que comer el pan?

Las cadenas asociativas ya no tenían misterios para mí. Bastaba partir de un punto cualquiera. Escocia, Highlands, ritos druídicos, noche de San Juan, solsticio de verano, fuegos de San Juan, rama de oro... Teníamos una pista, por frágil que fuera. Había leído algo sobre esos fuegos en la *Rama Dorada* de Frazer.

Telefoneé a Lia.

—¿Te molestaría cogerme *La Rama Dorada* de Frazer y ver qué dice de los fuegos de San Juan?

Para esas cosas Lia era un lince. Encontró en seguida el capítulo.

—¿Qué quieres saber? Es un rito antiquísimo, practicado en casi todos los países de Europa. Se celebra en el momento en que el sol está en la parte más alta de su recorrido, a San Juan lo añadieron para cristianizar la historia...

—¿Comen pan en Escocia?

—Déjame mirar... Me parece que no... Ah, sí, el pan no lo comen en San Juan, sino la noche del uno de mayo, la noche de los fuegos de Beltane, una fiesta de origen druídico, sobre todo en las Highlands escocesas...

—¡Ya lo tenemos! ¿Por qué comen pan?

—Amasan una torta de harina y avena y la tuestan en las brasas... Después viene un rito que recuerda los antiguos sacrificios humanos... Son unas tortas que se llaman *bannock*...

—¿Cómo? Deletréamelo.

Me lo deletreó, se lo agradecí, le dije que era mi Beatriz, mi Hada Madrina y otras cosas cariñosas. Traté de recordar mi tesis. El núcleo secreto, según la leyenda, se refugia en Escocia, en la corte del rey Robert the Bruce, y los templarios ayudan al rey a ganar la batalla de Bannock Burn. Como recompensa, el rey les constituye como nueva orden de los Caballeros de San Andrés de Escocia.

Extraje de un anaquel un gran diccionario de inglés y busqué: *Bannok* en inglés medieval (*bannuc* en antiguo sajón, *bannach* en gaélico) es una especie de torta pequeña, hecha a la plancha o a la parrilla, de cebada, avena u otro cereal. *Burn* significa torrente. Sólo había que traducir como habrían traducido los templarios franceses al escribir desde Escocia a sus compatriotas de Provins, y daba algo así como el torrente de la torta, de la hogaza o del pan. El que ha comido el pan es el que ha triunfado en el torrente del pan, de manera que es el grupo escocés, que para esa época quizá ya se había extendido por todas las islas británicas. Lógico: de Portugal a Inglaterra, el camino más corto, vamos, ni hablar de viaje del Polo hasta Palestina.

68

> Que tus vestiduras sean cándidas... Si es de noche, enciende muchas lámparas, hasta que todo resplandezca... Ahora empieza a combinar algunas letras, o muchas, desplázalas y combínalas hasta que tu corazón esté caliente. Concéntrate en el movimiento de las letras y en lo que puedes producir al mezclarlas. Y cuando adviertas que tu corazón está caliente, cuando veas que mediante la combinación de las letras captas cosas que no habrías podido conocer por ti solo o con ayuda de la tradición, cuando estés preparado para recibir el influjo de la potencia divina que penetra en ti, entonces aplica toda la profundidad de tu pensamiento a imaginar en tu corazón el Nombre y Sus ángeles superiores, como si fueran seres humanos que estuviesen a tu lado.
>
> (Abulafia, *Hayyĕ ha-'Olam ha-Ba*)

—Es coherente —dijo Belbo—. ¿En ese caso, cuál sería el Refugio?

—Los seis grupos se instalan en seis lugares, pero sólo uno de éstos recibe el nombre de Refugio. Es extraño. Eso significa que en los otros sitios, como Portugal o Inglaterra, los templarios pueden vivir sin que les molesten, aunque tenga que ser con otro nombre, mientras que en éste se esconden. Yo diría que el Refugio es el sitio en el que se refugiaron los templarios de París después de abandonar el Temple. Y como también me parece económico que el trayecto vaya de Inglaterra a Francia, ¿por qué no pensar que los templarios construyeron un refugio en el mismo París, en un lugar secreto y protegido? Eran buenos políticos y suponían que en doscientos años las cosas habrían cambiado, con lo que podrían volver a actuar a la luz del sol, o casi.

—Bien por París. ¿Y qué hacemos con el cuarto sitio?

—El coronel pensaba en Chartres, pero, si hemos decidido que el tercer lugar era París, el cuarto ya no puede haber sido Chartres, porque está claro que el plan debe afectar a todos los centros de Europa. Además, hemos abandonado la pista mística para seguir una pista política. El movimiento parece corresponder a una sinusoide, de modo que ahora deberíamos subir hasta el norte de Alemania. Pues bien, al otro lado del río o del agua, es decir al otro lado del Rin, o sea en Alemania, hay una ciudad, no una iglesia, de Nuestra Señora. Cerca de Danzig había una ciudad de la Virgen: Marienburg.

—¿Y por qué la cita sería en Marienburg?

—¡Porque era la capital de los caballeros teutónicos! Las relaciones entre los templarios y los teutónicos no están envenenadas como sus relaciones con los hospitalarios, que esperan como buitres la supresión del Temple para apoderarse de sus bienes. Los teutónicos fueron creados en Palestina por los emperadores alemanes para desvirtuar a los templarios, pero pronto tuvieron que marcharse al norte, para detener la invasión de los bárbaros prusianos. Y lo hicieron tan bien que al cabo de dos siglos se habían convertido en un Estado que abarcaba todos los territorios bálticos. Se mueven entre Polonia, Lituania y Livonia. Fundan Koenigsberg, son derrotados una sola vez, por Alexander Nevski, en Estonia, y, en la época de la detención de los templarios en París, establecen la capital de su reino en Marienburg. Si existía un plan de la caballería espiritual para la conquista del mundo, los templarios y los teutónicos tenían que haberse repartido las zonas de influencia.

—¿Quiere que le diga algo? —dijo Belbo—. Estoy de acuerdo. Ahora vayamos al quinto grupo. ¿Dónde están esos popelicans?

—No lo sé —dije.

—Me defrauda, Casaubon. Quizá tengamos que preguntarle a Abulafia.

—Nada de eso —respondí picado—. Abulafia debe sugerirnos conexiones inéditas. Pero los popelicans son un dato, no una conexión, y de los datos se encarga Sam Spade. Déme unos días de tiempo.

—Le doy dos semanas —dijo Belbo—. Si dentro de dos semanas no me entrega a los popelicans, tendrá que entregarme una botella de Ballantine's 12 Years Old.

Demasiado para mi bolsillo. Al cabo de una semana entregué los popelicans a mis voraces compañeros.

—Todo está claro. Síganme, porque debemos remontarnos al siglo IV, en territorio bizantino, cuando en la zona mediterránea ya se han difundido varios movimientos de inspiración maniquea. Empecemos por los arcónticos, fundados en Armenia por Pedro de Cafarbarucha, y no me negarán que el nombre es impresionante. Son antijudíos, el diablo se identifica con Sabaoth, el dios de los judíos, que vive en el séptimo cielo. Para llegar hasta la Gran Madre de la Luz, que vive en el octavo cielo, hay que rechazar tanto a Sabaoth como al bautismo. ¿Vale?

—Rechacémoslos —dijo Belbo.

—Pero los arcónticos todavía son buenos chicos. En el siglo V aparecen los mesalianos, que por lo demás sobrevivirán en Tracia hasta el siglo XI. Los mesalianos no son dualistas, sino monarquianos. Sin embargo, trafican con las potencias infernales, tanto es así que en algunos textos se les llama borboritas, de *borboros,* fango, debido a las cosas innombrables que hacían.

—¿Qué hacían?

—Lo de siempre. Hombres y mujeres elevaban al cielo, recogida en la palma de la mano, su propia ignominia, es decir el esperma y el menstruo, y después la comían diciendo que era el cuerpo de Cristo. Y, si por casualidad embarazaban a sus mujeres, en el momento justo les metían la mano dentro del vientre, les arrancaban el embrión, lo machacaban luego en un mortero, lo mezclaban con miel y pimienta, y a comer se ha dicho.

—¡Qué asco —dijo Diotallevi—, miel y pimienta!

—Así que esos son los mesalianos, que algunos llaman estratióticos y fibionitas, otros barbelitas, y que se dividen en naasenos y femionitas. Pero según otros padres de la Iglesia los barbelitas eran gnósticos con retraso y, por tanto, dualistas, adoraban a la Gran Madre Barbelo, y sus iniciados llamaban borborianos a los hílicos, es decir a los hijos de la materia, que se distinguían de los psíquicos, que ya eran mejores, y de los pneumáticos, que eran los elegidos, el Rotary Club de toda esta historia. Pero quizá los estratióticos sólo eran los hílicos de los mitraístas.

—¿Todo esto no es un poco confuso? —preguntó Belbo.

—Por fuerza. Toda esta gente no ha dejado documentos. Lo único que sabemos sobre ellos es lo que comentaron sus enemigos. Pero da lo mismo. Sólo los he mencionado para mostrar el barullo que por entonces había en la zona del Oriente Medio. Y para mostrar de dónde surgen los paulicianos. Son los seguidores de un tal Pablo, a quienes se unen unos iconoclastas expulsados de Albania. A partir del siglo VIII, estos paulicianos se desarrollan rápidamente, de secta pasan a ser comunidad, de comunidad a banda, de banda a poder político, y los emperadores de Bizancio empiezan a preocuparse y a mandarles al ejército imperial para que se las vea con ellos. Se difunden hasta las fronteras del mundo árabe, se extienden hacia el Eufrates, invaden el territorio bizantino hasta el Mar Negro. Establecen colonias un poco por todas partes, y todavía les encontramos en el siglo XVII, cuando son convertidos por los jesuitas, pero aún existen algunas comunidades en los Balcanes o al sur de ellos. Ahora bien, ¿en qué creen los paulicianos? En Dios, uno y trino, sólo que el Demiurgo se ha empecinado en crear el mundo, con los resultados que están a la vista. Rechazan el Antiguo Testamento, no aceptan los sacramentos, desprecian la cruz, y no honran a la Virgen, porque Cristo se ha encarnado directamente en el cielo y ha pasado por María como a través de un tubo. Los bogomilos, que en parte se inspirarán en ellos, dirán que a María, Cristo le entró por un oído y le salió por el otro, sin que ella ni siquiera se diese cuenta. Algunos les acusan también de adorar al sol y al diablo, y de mezclar sangre de niños con el pan y el vino eucarísticos.

—Como todos.

—En aquellos tiempos para un hereje debía de ser una tortura ir a misa. Era mejor hacerse musulmán. Pero esa gente era así. Y los menciono porque, cuando los herejes dualistas se difundan por Italia y la Provenza, para decir que son como los paulicianos, les llamarán popelicanos, publicanos, populicanos, los cuales *gallice etiam dicuntur ad aliquis popelicant!*

—Ahí los tenemos.

—En efecto. En el siglo IX, los paulicianos siguen dándoles dolores de cabeza a los emperadores de Bizancio, hasta que el emperador Basilio jura que si logra hacer prisionero a su jefe, Chrysocheir, que había invadido la iglesia de San Juan de Dios en Efeso y había abrevado a sus caballos en las pilas de agua bendita...

—...ese vicio inveterado —dijo Belbo.

—...le planta tres flechas en la cabeza. Lanza contra él al ejército imperial, le capturan, le cortan la cabeza, se la envían al emperador, y éste la coloca sobre una mesa, sobre un trumeau, sobre una columnilla de pórfido y zas zas zas, le planta tres flechas, supongo que una en cada ojo y la tercera en la boca.

—Qué gente tan maja —dijo Diotallevi.

—No lo hacían por maldad —dijo Belbo—. Eran cuestiones de fe. Sustancia de cosas esperadas. Prosiga, Casaubon, que nuestro Diotallevi no comprende las sutilezas teológicas, es un sucio deicida.

—En definitiva: los cruzados se encuentran con los paulicianos. Se los encuentran cerca de Antioquía durante la primera cruzada, donde combaten junto a los árabes, y se los encuentran en el sitio de Constantinopla, donde la comunidad pauliciana de Filipópolis trata de entregar la ciudad al zar búlgaro Joannitsa para hacerles un feo a los franceses, y lo dice Villehardouin. Aquí está la conexión con los templarios, y la solución de nuestro enigma. Según la leyenda, los templarios se habrían inspirado en los cátaros, pero en realidad fueron los templarios quienes inspiraron a los cátaros. Se encontraron con las comunidades paulicianas durante las cruzadas y establecieron misteriosas relaciones con ellas, como ya lo habían hecho con los místicos y herejes musulmanes. Por lo demás, basta con seguir la pista de la Ordonation. Tiene que pasar, necesariamente, por los Balcanes.

—¿Por qué?

—Porque me parece evidente que la sexta cita es en Jerusalén. El mensaje dice que hay que ir a la piedra. ¿Y dónde hay una piedra que hoy veneran los musulmanes y que para verla hay que quitarse los zapatos? Justo en el centro de la Mezquita de Omar, en Jerusalén, donde antaño estaba el templo de los templarios. No sé quiénes tenían que esperar en Jerusalén, quizá un grupo de templarios supervivientes y disfrazados, o unos cabalistas vinculados con los portugueses, pero seguro que para llegar a Jerusalén desde Alemania el camino más lógico es el de los Balcanes, donde esperaba el quinto grupo, el de los paulicianos. Ya ven ustedes como ahora el Plan se vuelve claro y económico.

—Debo decirle que me ha convencido —dijo Belbo—. Pero, ¿en qué sitio de los Balcanes esperaban los popelicans?

—Creo que los sucesores naturales de los paulicianos eran los bogomilas búlgaros, pero los templarios de Provins no podían saber que pocos años después Bulgaria sería invadida por los turcos y permanecería cinco siglos bajo su dominación.

—Por tanto, cabe pensar que el Plan se detiene en el paso de los alemanes a los búlgaros. ¿Cuándo debería de haberse producido el encuentro?

—En 1824 —dijo Diotallevi.

—¿Y por qué?

Diotallevi trazó rápidamente un diagrama.

PORTUGAL	INGLATERRA	FRANCIA	ALEMANIA	BULGARIA	JERUSALEN
1344	1464	1584	1704	1824	1944

—En 1344 los primeros grandes maestres de cada grupo se establecen en los seis lugares prescritos. Durante ciento veinte años se suceden en cada grupo seis grandes maestres y en 1464 el sexto maestre de Tomar se reúne con el sexto maestre del grupo inglés. En 1584 el duodécimo maestre inglés se reúne con el duodécimo maestre francés. La cadena prosigue con el mismo ritmo, y si la cita con los paulicianos fracasa, fracasa en 1824.

—Supongamos que fracasa —dije—. Pero no entiendo por qué unos hombres tan listos no fueron capaces de reconstruir el mensaje final cuando ya tenían en su poder cuatro sextas partes de éste. O por qué, cuando falló la cita con los búlgaros, no se pusieron en contacto con el grupo siguiente.

—Casaubon —dijo Belbo—, ¿realmente cree que los legisladores de Provins eran unos cebollinos? Si querían que la revelación permaneciese oculta durante seiscientos años, debieron de haber tomado sus precauciones. Cada maestre de un grupo sabe dónde encontrar al maestre del grupo siguiente, pero no dónde encontrar a los otros, y ninguno de los otros sabe dónde encontrar a los maestres de los grupos anteriores. Basta con que los alemanes hayan perdido a los búlgaros, para que ya no sepan dónde encontrar a los jerosolimitanos, mientras que los jerosolimitanos no sabrán dónde encontrar a ninguno de los otros. En cuanto a reconstruir un mensaje sobre la base de fragmentos incompletos, depende de cómo se hayan dividido esos fragmentos. No conforme a una secuencia lógica, está claro. Basta con que falte un solo trozo para que el mensaje sea incomprensible, y el que tiene el trozo que falta no sabe qué hacer con él.

—Piensen —dijo Diotallevi— que si el encuentro no se produjo, hoy Europa es el escenario de un ballet secreto, entre grupos que se buscan y no se encuentran, y cada uno de ellos sabe que con una cosa de nada podría convertirse en el amo del mundo. ¿Cómo se llama ese embalsamador de que nos habló, Casaubon? Quizá la conjura exista realmente, y la historia no sea más que el resultado de esa batalla para reconstruir un mensaje perdido. Nosotros no los vemos, y ellos, invisibles, se mueven a nuestro alrededor.

A Belbo y a mí se nos ocurrió simultáneamente la misma idea, y empezamos a hablar al mismo tiempo. Pero no se necesitaba mucho para dar con la conexión adecuada. Para algo nos servía habernos enterado de que al menos dos expresiones del mensaje de Provins, la referencia a los treinta y seis invisibles divididos en grupos de seis, y el plazo de ciento veinte años, también aparecían en el debate sobre los rosacruces.

—Al fin y al cabo eran alemanes —dije—. Leeré los manifiestos rosacrucianos.

—Pero usted ha dicho que eran falsos —dijo Belbo.

—¿Y qué? También nosotros estamos produciendo una falsificación.

—Es cierto —dijo—. Lo estaba olvidando.

69

> Elles deviennent le Diable: débiles, timorées, vaillantes à des heures exceptionnelles, sanglantes sans cesse, lacrymantes, caressantes, avec des bras qui ignorent les lois... Fi! Fi! Elles ne valent rien, elles sont faites d'un côté, d'un os courbe, d'une dissimulation rentrée... Elles baisent le serpent...
> (Jules Bois, *Le satanisme et la magie,* Paris, Chailley, 1895, p. 12)

Lo estaba olvidando, ahora lo sé. Sin duda, a ese período pertenece este *file,* breve y atónito.

---

filename: Ennoia

Llegaste a casa, sin avisar. Traías un poco de aquella hierba. Yo no quería, porque no permito que ninguna sustancia vegetal interfiera en el funcionamiento de mi cerebro (mentira, fumo tabaco y bebo destilados de cereales). De todas formas, las pocas veces que a comienzos de los sesenta alguien me obligó a participar en la ronda del joint, con aquella papelina pegajosa impregnada de saliva, y la última calada con el alfiler, me dieron ataques de risa.

Pero ayer me lo ofreciste tú, y pensé que quizá era tu manera de ofrecerte, y fumé con fe. Bailamos apretados, como hace muchos años que no se hace, y —qué vergüenza— mientras sonaba la Cuarta de Mahler. Tenía la sensación de que entre mis brazos estaba germinando una criatura antigua, de rostro dulce y arrugado, como de cabra vieja, una serpiente que brotaba de mis entrañas, y te adoraba como a una tía antiquísima y universal. Quizá seguía moviéndome apretado a tu cuerpo, pero también tenía la impresión de que estabas echando a volar, y te transformabas en oro, abrías puertas cerradas, movías los objetos por los aires. Estaba penetrando en tu oscuro vientre, Megale Apophasis. Prisionera de los ángeles.

¿No te buscaba quizá a ti? Quizá estoy aquí sólo para esperarte. ¿Te he perdido cada vez porque no te he reconocido? ¿Te he perdido cada vez porque te he reconocido y no me he atrevido? ¿Te he perdido cada vez porque al reconocerte sabía que debía perderte?

¿Pero adónde te marchaste anoche? Me he despertado esta mañana y me dolía la cabeza.

Sin embargo, recordamos bien las veladas alusiones a un período de 120 años que el hermano A..., sucesor de D y último de la segunda línea sucesoria, contemporáneo de muchos de nosotros, nos dirigió a los de la tercera línea sucesoria... (*Fama Fraternitatis,* en *Allgemeine und general Reformation,* Cassel, Wessel, 1614)

Me precipité a leer por entero los dos manifiestos de los rosacruces, la *Fama* y la *Confessio.* También eché una ojeada a las *Bodas Químicas de Christian Rosencreutz* de Johann Valentin Andreae, porque Andreae era el presunto autor de los manifiestos.

Los dos manifiestos habían aparecido en Alemania entre 1614 y 1615. Treinta años después del encuentro, de 1584, entre franceses e ingleses, pero casi un siglo antes de que los franceses se reunieran con los alemanes.

Leí los manifiestos con la intención de no creer en lo que decían, sino de leer entre líneas, como si dijesen otra cosa. Sabía que para lograr que dijeran otra cosa tenía que saltarme trozos y asignar más importancia a unas proposiciones que a otras. Era precisamente lo que los diabólicos y sus maestros nos estaban enseñando. Cuando se transita por el tiempo sutil de la revelación, no hay que seguir las puntillosas y obtusas cadenas de la lógica y su monótona secuencialidad. Por otra parte, tomados al pie de la letra, los manifiestos eran un cúmulo de absurdos, enigmas, contradicciones.

Por tanto, no podían decir lo que aparentemente decían, y por tanto no eran ni una incitación a llevar a cabo una profunda reforma espiritual, ni la historia del pobre Christian Rosencreutz. Eran un mensaje cifrado que debía leerse superponiéndole una planilla, y una planilla deja ver unas partes y oculta otras. Como el mensaje cifrado de Provins, donde sólo contaban las iniciales. Yo no tenía esa planilla, pero bastaba con suponerla, y para suponerla era necesario leer con desconfianza.

¿Qué duda cabía de que los manifiestos hablaban del Plan de Provins? En la tumba de C. R. (¡alegoría de la Grange-aux-Dîmes, la noche del 23 de junio de 1344!) se había puesto a buen recaudo un tesoro, para que lo descubriese la posteridad, un tesoro «oculto... durante ciento veinte años.» Que ese tesoro no fuese de tipo pecuniario, también quedaba claro. No sólo se polemizaba con la ingenua avidez de los alquimistas, sino que incluso se decía abiertamente que lo prometido era un gran cambio histórico. Y por si alguien no hubiese comprendido, el siguiente manifiesto repetía que no se debía hacer oídos sordos a un ofrecimiento que se refería a los *miranda sextae aetatis* (¡las maravillas de la sexta y última cita!) y reiteraba:

«Si sólo pluguiera a Dios acercar hasta nosotros la luz de su sexto *Candelabrum*... si se pudiera leer todo en un solo libro y al leerlo se comprendiese y recordase lo que ha sido... Qué agradable sería poder transformar mediante el canto (¡del mensaje leído de viva voz!) las rocas (*¡lapis exillis!*) en perlas y en piedras preciosas...» Y también se hablaba de unos arcanos secretos, y de un gobierno que debía instaurarse en Europa, y de una «gran obra» que debía llevarse a cabo...

Se decía que C. R. había ido a España (¿o a Portugal?) y había mostrado a los sabios del país «dónde recoger los *indicia* veraces de los siglos venideros», pero en vano. ¿Por qué en vano? ¿Por qué un grupo templario alemán, a comienzos del siglo XVII, publicaba un secreto tan guardado, como si fuese necesario abandonar la clandestinidad para romper algún bloqueo en el proceso de transmisión?

Era indudable que los manifiestos trataban de reconstruir las etapas del Plan, tal como las sintetizara Diotallevi. El primer hermano a cuya muerte se hacía alusión, o al hecho de que hubiese llegado al «límite», era el hermano I. O., que moría en Inglaterra. Por tanto, alguien había llegado triunfalmente a la primera cita. Y se mencionaba una segunda y una tercera línea sucesoria. Y hasta allí todo habría debido suceder sin sobresaltos: la segunda línea, la inglesa, encuentra a la tercera línea, la francesa, en 1584, y una gente que escribe a comienzos del siglo XVII sólo puede referirse a lo que ha sucedido con los tres primeros grupos. En las *Bodas Químicas,* escritas por Andreae durante su juventud, y por tanto antes de los manifiestos (aunque aparezcan en 1616), se mencionaban tres templos majestuosos, los tres sitios que ya deberían ser conocidos.

Sin embargo, me daba cuenta de que los dos manifiestos se expresaban, sí, en los mismos términos, pero como si se hubiera verificado algo inquietante.

Por ejemplo, ¿a qué tanta insistencia en el hecho de que había llegado el momento, a pesar de que el enemigo hubiese recurrido a toda suerte de artimañas para evitar que se diera la ocasión? ¿Qué ocasión? Se decía que la meta final de C. R. era Jerusalén, pero que no había podido llegar. ¿Por qué? Se elogiaba a los árabes porque intercambiaban mensajes, mientras que en Alemania los sabios eran incapaces de ayudarse entre sí. Y se hacía referencia a «un grupo más grande que quiere quedarse con todo el pastel». Aquí no sólo se hablaba de alguien que estaba tratando de alterar el Plan para obtener un beneficio individual, sino incluso de una alteración efectiva.

La *Fama* decía que al principio alguien había inventado una escritura mágica (pues claro, el mensaje de Provins), pero que el reloj de Dios marca todos los minutos, «mientras que el nuestro ni siquiera logra tocar las horas». ¿Quién había dejado de oír los toques del reloj divino, quién no había sabido llegar a determinado sitio en el momento justo? Se aludía a un grupo originario de hermanos que hubiesen podido revelar una filosofía secreta, pero que, sin embargo, habían decidido desparramarse por el mundo.

Los manifiestos delataban un malestar, una inseguridad, una desorientación. Los hermanos de las primeras líneas sucesorias se habían preocupado por designar en cada caso «un sucesor digno», pero «habían decidido mantener en secreto... el lugar de su sepultura y aún hoy ignoramos dónde están sepultados».

¿A qué se estaba aludiendo? ¿Qué era lo que se ignoraba? ¿De qué «sepulcro» se desconocía la dirección? Era evidente que los manifiestos se habían escrito porque se había perdido algún dato, y eran un llamamiento para que quien pudiera poseerlo se diese a conocer.

El final de la *Fama* no dejaba la menor duda: «Rogamos nuevamente a todos los sabios de Europa... que examinen con espíritu benévolo nuestro ofrecimiento... que nos comuniquen sus reflexiones... Porque aunque hasta ahora no hayamos revelado nuestros nombres... todo aquel que nos envíe su nombre podrá conversar con nosotros de viva voz, o —si hubiese algún impedimento— por escrito.»

Exactamente lo mismo que se proponía hacer el coronel al publicar su historia. Obligar a alguien a romper el silencio.

Se había producido un salto, una pausa, un paréntesis, un hiato. En el sepulcro de C. R. no estaba escrito solamente *post 120 annos patebo*, para recordar el ritmo de las citas, sino también *Nequaquam vacuum*. No «el vacío no existe», sino «no debería existir el vacío». ¡Pero en cambio se había creado un vacío que había que colmar!

Pero una vez más me preguntaba: ¿por qué todo eso se decía en Alemania, donde en todo caso la cuarta línea debía limitarse a esperar con santa paciencia a que llegase su turno? ¡Los alemanes no podían quejarse, en 1614, por una cita frustrada en Marienburg, porque la cita de Marienburg estaba prevista para 1704!

Sólo cabía una conclusión: ¡los alemanes se quejaban de que no se hubiera producido el encuentro anterior!

¡Esa era la clave! ¡Los alemanes de la cuarta línea se quejaban de que los ingleses de la segunda línea no se hubieran encontrado con los franceses de la tercera línea! Estaba clarísimo. En el texto se podían descubrir alegorías de una transparencia casi pueril: se abre el sepulcro de C. R. y se encuentran las firmas de los hermanos del primer y del segundo círculo, ¡pero no del tercero! Allí están los portugueses y los ingleses, pero ¿dónde están los franceses?

En suma, los dos manifiestos rosacruces se referían, sabiendo leerlos, al hecho de que los ingleses no habían podido encontrar a los franceses. Y según lo que habíamos descubierto, los ingleses eran los únicos que sabían dónde tenían que encontrarse con los franceses, y los franceses los únicos que sabían dónde tenían que encontrarse con los alemanes. Pero aunque en 1704 los franceses lograran dar con los alemanes, se habrían presentado sin dos tercios de lo que debían entregarles.

Los rosacruces abandonan la clandestinidad, jugándoselo todo, porque no hay otra manera de salvar el Plan.

71

Ni siquiera sabemos con certeza si los Hermanos de la segunda línea poseyeron el mismo saber que la primera, ni si pudieron acceder al conocimiento de todos los secretos.
(*Fama Fraternitatis*, en *Allgemeine und general Reformation*, Cassel, Wessel, 1614)

Se lo comuniqué perentoriamente a Belbo y a Diotallevi: convinieron en que el sentido secreto de los manifiestos era clarísimo, incluso para un ocultista.

—Ahora se entiende —dijo Diotallevi—. Nos habíamos empecinado en que el Plan se había interrumpido en el paso de los alemanes a los paulicianos, pero en realidad se detuvo en 1584, en el paso de Inglaterra a Francia.

—¿Y por qué? —preguntó Belbo—. ¿Tenemos una buena razón para explicar que en 1584 los ingleses no logran concretar la reunión con los franceses? Los ingleses sabían dónde estaba el Refuge, vamos, eran los únicos que lo sabían.

Quería descubrir la verdad. Puso en marcha a Abulafia. Para probar, pidió una conexión entre sólo dos datos. El output fue:

Minnie es la novia del Ratón Mickey
Treinta días tiene noviembre, con abril, junio y septiembre

—¿Cómo hay que interpretarlo? —preguntó—. Minnie tiene una cita con el Ratón Mickey, pero por error la ha fijado para el treinta y uno de septiembre, y el Ratón Mickey...

—¡Que nadie se mueva! —dije—. ¡Minnie sólo habría podido cometer un error fijando la cita para el 5 de octubre de 1582!

—¿Y por qué?

—¡La reforma gregoriana del calendario! Nada más lógico. En 1582 entra en vigor la reforma gregoriana que corrige el calendario juliano, y para restablecer el equilibrio se eliminan diez días del mes de octubre: ¡del 5 al 14!

—Pero la cita en Francia es en 1584, la noche de San Juan, el 23 de junio —dijo Belbo.

—Efectivamente. Pero si mal no recuerdo, la reforma no entró inmediatamente en vigor en todas partes. —Consulté el Calendario Perpetuo que teníamos en la estantería—. Aquí está: la reforma se promulgó en 1582, y se abolieron diez días, del 5 al 14 de octubre, pero esto sólo vale para el papa. Francia adopta la reforma en 1583, y elimina los diez días, del 10 al 19 de diciembre. En Alemania se produce un cisma y las regiones católicas adoptan la reforma en 1584, al igual que en Bohemia, pero en las regiones protestantes la reforma se adopta en 1775, ya ven, casi doscientos años más tarde, para no hablar de Bulgaria, éste es un dato que conviene retener, que sólo la adopta en 1917. Veamos ahora Inglaterra... ¡Pasa a la reforma gregoriana en 1752! Natural, por odio a los papistas los anglicanos también resisten dos siglos. Y ahora se entiende lo que sucedió. Francia elimina diez días a finales de 1583, y para junio de 1584 todo el mundo se ha acostumbrado. Pero cuando en Francia es el 23 de junio de 1584, en Inglaterra aún es el 13 de junio, y a quién se le ocurriría pensar que un buen inglés, aunque fuese templario, y sobre todo en aquella época en que la información todavía circulaba lentamente, ha considerado este asunto. Siguen conduciendo por la izquierda e ignoran el sistema métrico decimal aún hoy... De manera que los ingleses se presentan en el Refuge su 23 de junio, que para los franceses ya es el 3 de julio. Piensen ustedes que la reunión no debía celebrarse a bombo y platillo, sino que era un encuentro furtivo en la esquina justa y a la hora justa. Los franceses acuden al sitio el 23 de junio, esperan un día, dos, tres, siete, y después se marchan pensando que ha sucedido algo. A lo mejor renuncian desesperados, justo la vigilia del 3 de julio. Los ingleses llegan al día siguiente y no encuentran a nadie. Quizá también ellos esperan ocho días, y no aparece nadie. Así fue como los dos grandes maestres no llegaron a encontrarse.

—Sublime —dijo Belbo—. Eso fue lo que sucedió. Pero, ¿por qué actúan los rosacruces alemanes y no los ingleses?

Pedí otro día de tiempo, hurgué en mi fichero y regresé a la oficina deslumbrante de orgullo. Tenía una pista, aparentemente mínima, pero así trabaja Sam Spade, nada es insignificante para su mirada rapaz. Hacia 1584, John Dee, mago y cabalista, astrólogo de la reina de Inglaterra, ¡recibe el encargo de estudiar la reforma del calendario juliano!

—Los ingleses se reunieron con los portugueses en 1464. A partir de esa fecha parece desatarse un fervor cabalístico en las islas británicas. Se estudia el mensaje recibido, a la espera del siguiente encuentro. John Dee es el impulsor de ese renacimiento mágico y hermético. Reúne una biblioteca personal de cuatro mil volúmenes, que parece organizada por los templarios de Provins. Su *Monas Ierogliphica* da la impresión de estar inspirada directamente en la *Tabula smaragdina,* la biblia de los alquimistas. ¿Y a qué se dedica John Dee a partir de 1584? ¡A leer la *Steganographia* de Tritemio! Y la lee en el manuscrito, porque la primera versión impresa no aparecerá hasta comienzos del siglo XVII. Gran Maestre del grupo inglés que ha sufrido el revés del encuentro fracasado, Dee quiere descubrir qué ha sucedido, cuál ha sido el error. Y como también es un buen astrónomo, se da una palmada en la frente y dice qué imbécil he sido. Y se pone a estudiar la reforma gregoriana, sacándole una subvención a Isabel, a fin de ver cómo se puede reparar el error. Pero se da cuenta de que es demasiado tarde. No sabe con quién contactar en Francia, pero en cambio tiene contactos con la zona centroeuropea. La Praga de Rodolfo II es un verdadero laboratorio alquímico, y de hecho es allí donde acude Dee en esos años, y se encuentra con Khunrath, el autor de aquel *Amphitheatrum sapientiae aeternae* cuyas láminas alegóricas inspirarán tanto a Andreae como a los manifiestos rosacrucianos. ¿Qué relaciones establece Dee? Lo ignoro. Carcomido por el remordimiento de haber cometido un error irreparable, muere en 1608. No teman. Porque en Londres actúa otro personaje al que la gente considera un rosacruz y que de los rosacruces hablará en su *Nueva Atlántida.* Me refiero a Francis Bacon.

—¿Es verdad que Bacon habla de ellos? —preguntó Belbo.

—No exactamente, pero un tal John Heydon reescribe la *Nueva Atlántida* con el título de *The Holy Land,* y allí introduce a los rosacruces. Para nosotros es igual. Bacon no los menciona abiertamente para no traicionar el secreto, pero es como si los mencionase.

—Y al que no lo crea, mal rayo le parta.

—Eso mismo. Y es precisamente por inspiración de Bacon que se intenta estrechar aún más los lazos entre el ambiente inglés y el alemán. En 1613 tiene lugar la boda entre Isabel, hija de Jaime I, que ahora ocupa el trono de Inglaterra, y Federico V, elector palatino del Rin. Después de la muerte de Rodolfo II, Praga ha dejado de ser un sitio idóneo y Heidelberg recoge la antorcha. La boda entre ambos príncipes es un despliegue de alegorías templarias. En el curso de las ceremonias londinenses, la dirección escénica corre a cargo del propio Bacon, y se representa una alegoría de la caballería mística en la que unos caballeros aparecen en la cima de una colina. Es evidente que, muerto Dee, Bacon es el gran maestre del grupo templario inglés...

—...Y puesto que también está claro que es el autor de los dramas de Shakespeare, tendríamos que releer todo Shakespeare, que desde luego no hablaba de otra cosa que del Plan —dijo Belbo—. Noche de San Juan, sueño de una noche de mediados de verano.

—El 23 de junio cae al principio del verano.

—Licencia poética. Me pregunto cómo es posible que nadie haya reparado jamás en estos síntomas, estas evidencias. Todo me parece de una claridad casi insoportable.

—Hemos sido desviados por el pensamiento racionalista —dijo Diotallevi—. Siempre lo he dicho.

—Deja que prosiga Casaubon, me parece que ha hecho un trabajo excelente.

—No queda mucho que decir. Después de los festejos londinenses empiezan las ceremonias en Heidelberg, donde Salomon de Caus había construido para el elector esos jardines colgantes cuya pálida evocación, como recordarán, tuvimos ocasión de visitar aquella noche en el Piamonte. Y durante esos festejos aparece un carro alegórico en que el esposo está representado por Jasón y en el que hay una imagen de su nave, con los dos mástiles adornados por los símbolos del Toisón de Oro y de la Jarretera, espero que aún recuerden que el Toisón de Oro y la Jarretera también aparecen en las columnas de Tomar... Todo coincide. Al cabo de un año aparecen los manifiestos rosacrucianos, la señal que los templarios ingleses, valiéndose de la ayuda de algunos amigos alemanes, lanzan por toda Europa para reconstruir los hilos del Plan interrumpido.

—Pero, ¿adónde quieren llegar?

Nos inuisibles pretendus sont (à ce que l'on dit) au nombre de 36, separez en six bandes.
(*Effroyables pactions faictes entre le diable & les pretendus Inuisibles,* Paris, 1623, p. 6)

—Quizá tratan de llevar a cabo una doble operación: por una parte lanzar una señal a los franceses y por la otra restablecer los contactos entre el grupo alemán, probablemente fragmentado por la reforma luterana. Pero es precisamente en Alemania donde se produce el mayor enredo. Entre la aparición de los manifiestos y el año 1621 aproximadamente, los autores de los manifiestos reciben demasiadas respuestas...

Cité algunos de los innumerables libelos que habían aparecido en relación con ese tema, aquellos con los que me divirtiera aquella noche en Salvador con Amparo.

—Probablemente, entre todos éstos hay alguno que sabe algo, pero se confunde entre la plétora de exaltados, de entusiastas que toman los manifiestos al pie de la letra, o de provocadores que tratan de impedir la operación, de embrollones... Los ingleses intentan intervenir en el debate, moderarlo, no es casual que Robert Fludd, otro templario inglés, escriba en un solo año tres libros para proponer la interpretación correcta de los manifiestos... Pero la reacción ya se ha vuelto incontrolable, ha empezado la guerra de los treinta años, el elector palatino ha sido derrotado por los españoles, el Palatinado y Heidelberg son tierras de saqueo, Bohemia está en llamas... Los ingleses deciden replegarse hacia Francia y probar allí. Por eso en 1623 los rosacruces exhiben sus carteles en París, donde hacen a los franceses más o menos los mismos ofrecimientos que habían hecho a los alemanes. ¿Y qué leemos en uno de los libelos escritos contra los rosacruces en París, por alguien que desconfiaba de ellos, o que quería sembrar confusión? Que eran adoradores del diablo, claro, pero, como ni siquiera la calumnia permite borrar la verdad, también se da a entender que se reunían en el barrio de Marais.

—¿Y qué?

—Pero, ¿no conocen París? Marais es el barrio del Temple y, miren ustedes por dónde, ¡el barrio del gueto! Además, esos libelos afirman que los rosacruces están en contacto con una secta de cabalistas ibéricos, los alumbrados. Quizá los panfletos contra los rosacruces aparentan atacar a los treinta y seis invisibles, cuando en realidad lo que pretenden es facilitar su identificación... Gabriel Naudé, bibliotecario de Richelieu, escribe unas *Instructions à la France sur la vérité de l'histoire des Frères de la Rose-Croix.* ¿Qué instrucciones? ¿Es un portavoz de los templarios del tercer grupo, o un aventurero que se cuela en un juego que no es el suyo? Por una parte, da la impresión de que también él quiere presentar a los rosacruces como unos diabolistas de pacotilla, pero también lanza insinuaciones, dice que aún existen tres colegios rosacrucianos, y sería correcto, porque después del tercer grupo aún quedan otros tres. Da indicaciones casi fabulosas (uno estaría en las islas flotantes de la India), pero sugiere que otro tiene su sede en los subterráneos de París.

—¿A usted le parece que todo esto explica la guerra de los treinta años? —preguntó Belbo.

—Desde luego que sí —dije—. Richelieu tiene acceso a informaciones reservadas que le proporciona Naudé, quiere meter mano en esta historia, pero se equivoca por completo, interviene militarmente y contribuye a aumentar la confusión. Sin embargo, quiero mencionar otros dos hechos. En 1619 se reúne el capítulo de los Caballeros de Cristo en Tomar, después de cuarenta y seis años de silencio. Se había reunido en 1573, pocos años antes de 1584, probablemente para preparar el viaje a París junto con los ingleses, y después del asunto de los manifiestos rosacrucianos vuelve a reunirse para decidir qué conducta debe seguirse, asociarse a la operación de los ingleses o intentar otros caminos.

—Naturalmente —dijo Belbo—, porque a esas alturas ya están perdidos en un laberinto, unos van por un lado, otros por otro, alguno hace circular rumores y luego no sabe si las respuestas que oye proceden de otro o son el eco de su propia voz... Todos avanzan a tientas. ¿Y qué harán entretanto los paulicianos y los jerosolimitanos?

—¿Quién puede saberlo? —respondió Diotallevi—. Pero creo que hay que tomar en cuenta que en esa época se difunde la Cábala luriana y se empieza a hablar de la Rotura de los Recipientes... En esa época también cobra fuerza la idea de la Torah como mensaje incompleto. Hay un escrito judío polaco que dice: si se hubiera producido otro acontecimiento distinto habrían nacido otras combinaciones de letras. Sin embargo, que quede claro, a los cabalistas no les agrada que los alemanes hayan querido anticiparse al momento. La secuencia justa y el orden de la Torah es algo oculto, y sólo lo conoce el Santo, alabado sea. Pero no me hagan decir locuras. Si incluso la santa Cábala queda implicada en el Plan...

—Si el Plan existe, debe implicarlo todo. O es global o no explica nada —dijo Belbo—. Pero Casaubon había mencionado un segundo indicio.

—Sí. Mejor dicho, una serie de indicios. Incluso antes de que fracasara el encuentro de 1584, John Dee había empezado a ocuparse de estudios cartográficos y a promover expediciones navales. ¿Y en compañía de quién? De Pedro Núñez, cosmógrafo real de Portugal... Dee influye en las rutas de descubrimiento del paso por el noroeste, hacia el Catay, invierte dinero en la expedición de un tal Frobisher, que sube hasta el Polo y regresa con un esquimal al que todos toman por un mongol, aguijonea a Francis Drake a realizar su viaje alrededor del mundo, quiere que se navegue hacia el este porque el este es el principio de todo conocimiento oculto, y en la partida de no recuerdo ya qué expedición invoca a los ángeles.

—¿Y eso qué significaría?

—Me parece que Dee no se interesaba realmente por el descubrimiento de esas tierras, sino por su representación cartográfica, y por eso había trabajado en contacto con Mercator y Ortelius, grandes cartógrafos. Es como si los fragmentos de mensaje que tenía en su poder le hubieran sugerido que la reconstrucción final conduciría al descubrimiento de un mapa, y tratase de descubrirlo por su cuenta. Lo que es más, aún diría más, como el señor Garamond. ¿Cómo es posible que a un sabio como él se le hubiese escapado realmente la discrepancia entre los dos calendarios? ¿No lo habrá hecho a propósito? Da la impresión de que Dee quiere reconstruir el mensaje por sí solo, adelantándose a los otros grupos. Sospecho que de él procede la idea de que el mensaje puede reconstruirse por medios mágicos o científicos, sin esperar a que se cumpla el Plan. Síndrome de impaciencia. Está naciendo el burgués conquistador, se deteriora el concepto de solidaridad en que se basaba la caballería espiritual. Si eso pensaba Dee, de Bacon no hablemos. A partir de entonces los ingleses tratan de descubrir el secreto valiéndose de todos los secretos de la nueva ciencia.

—¿Y los alemanes?

—A los alemanes será mejor dejarles en la vía de la tradición. Así al menos podremos explicar dos siglos de historia de la filosofía, empirismo anglosajón contra idealismo romántico...

—Poco a poco estamos reconstruyendo la historia del mundo —dijo Diotallevi—. Estamos rescribiendo el Libro. Me gusta, me gusta.

73

Otro caso curioso de criptografía fue presentado al público en 1917 por uno de los mejores historiógrafos de Bacon, el doctor Alfred Von Weber Ebenhoff, de Viena. Basándose en los diferentes sistemas ya aplicados a las obras de Shakespeare, Von Weber empezó a analizar las obras de Cervantes... En el curso de sus investigaciones descubrió una prueba material desconcertante: la primera traducción inglesa de *Don Quijote,* hecha por Shelton, presenta correcciones a mano del propio Bacon. Llegó a la conclusión de que esa versión inglesa sería el original de la novela, y de que Cervantes habría publicado una traducción al español.
(J. Duchaussoy, *Bacon, Shakespeare ou Saint-Germain?,* Paris, La Colombe, 1962, p. 122)

El hecho de que en los días que siguieron Belbo se dedicase a devorar obras históricas sobre la época de los rosacruces no me sorprendió. Sin embargo, cuando nos comunicó sus conclusiones, sólo nos transmitió la escueta trama de sus fantasías, aportándonos sugerencias muy valiosas. Ahora sé que en Abulafia estaba escribiendo una historia mucho más compleja, donde el frenético juego de las citas se mezclaba con sus mitos personales. Al confrontarse con la posibilidad de combinar fragmentos de una historia ajena, sentía renacer en su interior el impulso de escribir, en forma narrativa, su propia historia. A nosotros nunca nos lo confió. Y aún no sé si estaba explorando, con bastante valor, sus posibilidades de articular una ficción, o se estaba internando, como un diabólico cualquiera, en la Gran Historia que estaba trastornando.

---

filename: El extraño gabinete del doctor Dee

Durante mucho tiempo olvido que soy Talbot. Al menos desde que decidí hacerme llamar Kelley. En el fondo sólo había falsificado unos documentos, como todo el mundo. Los hombres de la reina son despiadados. Para cubrir mis pobres orejas amputadas me veo obligado a llevar esta papalina negra, y todos han empezado a decir que soy un mago. Sea. El doctor Dee prospera a costa de esta fama.

He ido a verle a Mortlake, y estaba examinando un mapa. No ha sido muy preciso, el diabólico viejo. Siniestros resplandores en sus ojos astutos, la huesuda mano acariciaba la perilla caprina.

«Es un manuscrito de Roger Bacon» me dijo, «me lo ha prestado el emperador Rodolfo II. ¿Conoce Praga? Le aconsejo que la visite. Podría encontrar algo capaz de cambiar su vida. Tabula locorum rerum et thesaurorum absconditorum Menabani...»

Con el rabillo del ojo llegué a ver algo de la transcripción que el doctor estaba tratando de hacer de un alfabeto secreto. Pero escondió en seguida el manuscrito bajo una pila de otros folios amarillentos. Vivir en una época, y en un ambiente, en los que todo folio, aun el que acaba de salir del papelista, está amarillento.

Había mostrado al doctor Dee algunos de mis textos, sobre todo mis poesías sobre la Dark Lady. Luminosísima imagen de mi infancia, oscura al haber sido reabsorbida por la sombra del tiempo, y negada a mi posesión. Y un bosquejo trágico, la historia de Jim el del Cáñamo, que regresa a Inglaterra siguiendo a sir Walter Raleigh y descubre que su hermano incestuoso ha matado al padre. Beleño.

«Usted tiene talento, Kelley» me había dicho Dee. «Y necesita dinero. Hay un joven, hijo natural de alguien que usted ni siquiera se atrevería a imaginar, a quien deseo ver cubierto de fama y honores. Carece de ingenio, de modo que usted será su alma secreta. Escriba, y viva a la sombra de la gloria de él, sólo usted y yo sabremos que es suya, Kelley.»

Y así es como llevo años destilando las obras que, para la reina y para toda Inglaterra, pasan bajo el nombre de este joven pálido. If I have seen further it is by standing on ye sholders of a Dwarf. Tenía treinta años, y no permitiré que nadie diga que ésa es la edad más bella de la vida.

«William» le he dicho, «déjate crecer el cabello, que te cubra las orejas, te favorece.» Tenía un plan (¿suplantarle?).

¿Se puede vivir odiando al Agitalanza que en realidad se es? That sweet thief which sourly robs from me. «Calma Kelley» me dice Dee, «crecer en las sombras es el privilegio de quien se dispone a conquistar el mundo. Keepe a Lowe Profyle. William será una de nuestras fachadas.» Y me puso al corriente —oh, sólo en parte— de la Conjura Cósmica. ¡El secreto de los templarios! «¿La recompensa?» pregunté. «Ye Globe.»

Mucho tiempo he estado acostándome temprano, pero una vez, a medianoche, hurgué en el escriño secreto de Dee, descubrí unas fórmulas, quise evocar a los ángeles como hacía él en las noches de luna llena. Dee me encontró tendido boca arriba, en el centro del círculo del Macrocosmos, como aniquilado por un fustazo. En la frente, el Pentáculo de Salomón. Ahora debo calarme aún más la papalina sobre los ojos.

«Todavía no sabes cómo se hace» dijo Dee. «Andate con cuidado, o te haré arrancar también la nariz. I will show you Fear in a Handful of Dust...»

Alzó la huesuda mano y pronunció la palabra terrible: ¡Garamond! Sentí una llamarada que me consumía por dentro. Huí (en medio de la noche).

Fue necesario que transcurriese un año para que Dee me perdonara y me dedicase su Cuarto Libro de los Misterios, «post reconciliationem kellianam».

A un lugar de Inglaterra de cuyo nombre no quiero acordarme (Mortlake, para mayor precisión) me había llamado Dee. Estábamos William, Spenser, un joven aristocrático de mirada huidiza, Francis Bacon y yo. He had a delicate, lively, hazel Eie. Doctor Dee told me it was like the Eie of a Viper. Dee nos puso al corriente de una parte de la Conjura Cósmica. Se trataba de encontrarse en París con el ala franca de los templarios, y una vez reunidos juntar dos partes de un mapa. Irían Dee y Spenser, acompañados por Pedro Núñez. A Bacon y a mí nos entregó unos documentos, bajo juramento de que sólo los abriríamos en caso de que no regresaran.

Regresaron, vituperándose sin cesar, unos a otros. «No es posible» decía Dee, «el Plan es matemático, tiene la perfección astral de mi Monas Ierogliphica. Teníamos que encontrarles, era la noche de San Juan.»

Detesto que no se me considere. Dije:

«¿La noche de San Juan para nosotros o para ellos?»

Dee se dio una palmada en la frente, y vomitó terribles blasfemias.

«Oh» dijo. «From what power hast thou this powerful might?» El pálido William se apuntaba la frase, el deleznable plagiario. Dee consultaba febrilmente lunarios y efemérides. «Por la Sangre de Dios, por el Nombre de Dios. ¿Cómo he podido ser tan necio?» Insultaba a Núñez y a Spenser: «¿O sea que tengo que pensar yo en todo? Cosmógrafo de mis pecados», le aulló lívido a Núñez. Y luego «Amanasiel Zorobabel» gritó. Como golpeado por un invisible ariete en el estómago, Núñez palideció, dio unos pasos hacia atrás y se vino a tierra. «Imbécil», dijo Dee.

Spenser estaba pálido. Dijo con dificultad: «Se puede arrojar un anzuelo. Estoy terminando un poema, es una alegoría sobre la reina de las hadas, donde he estado a punto de introducir a un caballero de la Cruz Roja... Dejadme que escriba. Los verdaderos templarios se reconocerán, sabrán que sabemos y se pondrán en contacto con nosotros...»

«Te conozco» dijo Dee. «De aquí a que acabes de escribirlo y a que la gente repare en tu poema pasará un lustro, si no más.

Sin embargo, creo que la idea del anzuelo no es estúpida.»

«¿Por qué no se comunica con ellos por medio de sus ángeles, doctor?» le pregunté.

«Imbécil» volvió a decir, esa vez a mí. «¿No has leído a Tritemio? Los ángeles del destinatario intervienen para poner en claro un mensaje, si éste lo recibe. Mis ángeles no son correos a caballo. Los franceses están perdidos. Pero tengo un plan. Sé cómo encontrar a alguien de la línea alemana. Hay que ir a Praga.»

Oímos un ruido, una pesada cortina de damasco se estaba levantando, divisamos una mano diáfana, después apareció Ella, la Virgen Altiva. «Majestad» dijimos, al tiempo que nos arrodillábamos. «Dee» dijo Ella, «lo sé todo. No creáis que mis antepasados han salvado a los caballeros para después otorgarles el dominio del mundo. Exijo, entended, exijo, que al final el secreto sea privativo de la Corona.»

«Majestad, quiero el secreto, a cualquier precio, y lo quiero para la Corona. Quiero encontrar a sus otros poseedores, si ése es el camino más corto, pero, una vez que neciamente me hayan confiado lo que saben, no me será difícil eliminarles, o con el puñal o con el agua tofana.»

En el rostro de la Reina Virgen se dibujó una sonrisa atroz. «Así está bien» dijo, «mi buen Dee... No quiero mucho, sólo el Poder Total. A vos, si tenéis éxito, os otorgaré la Jarretera. A ti, William» y miraba con lúbrica ternura al pequeño parásito, «otra jarretera, y otro vellocino de oro. Sígueme.»

Susurré al oído de William: «Perforce I am thine, and that is in me...»

William me gratificó con una mirada de untuoso agradecimiento y siguió a la reina, desapareciendo detrás de la cortina. Je tiens la reine!

....

Fui con Dee a la Ciudad de Oro. Recorríamos pasajes estrechos y malolientes no lejos del cementerio judío, y Dee me decía que tuviera cuidado. «Si la noticia de que ha fracasado la cita se ha difundido» decía, «los otros grupos ya se estarán moviendo por su cuenta. Tengo miedo de los judíos, aquí en Praga los jerosolimitanos tienen demasiados agentes...»

Era de noche. La nieve refulgía azulada. En la oscura entrada del barrio judío se acurrucaban los tenderetes del mercadillo navideño, y en el centro, cubierto con un paño rojo, el obsceno escenario de un teatro de títeres iluminado por humeantes antorchas. Pero inmediatamente después se pasaba por debajo de un arco de piedra tallada y, cerca de una fuente de bronce, de cuya verja colgaban largos carámbanos, se abría el atrio de otro pasaje. En viejas puertas áureas cabezas de león daban dentelladas a anillos de bronce. Un leve temblor recorría aquellos muros, inexplicables ruidos surgían como estertores de los bajos tejados, y se infiltraban por los canalones. Las casas traicionaban vidas fantasmagoriales, ocultas señoras de la vida... Un viejo usurero, envuelto en un tabardo raído, casi nos rozó al pasar y me pareció que murmuraba: «Cuidaos de Athanasius Pernath...» Dee murmuró: «Le temo a un Athanasius muy distinto...» Y de pronto desembocamos en el callejón de los Fabricantes de Oro...

Allí, y las orejas que no tengo ya se estremecen al recordarlo bajo la ajada papalina, de repente, en la oscuridad de un nuevo imprevisto pasaje, surgió ante nosotros un gigante, una horrible criatura gris de expresión mortecina, el cuerpo encubertado por una pátina broncínea, apoyado en un nudoso bastón de madera blanca tallada en espiral. Un intenso olor a sándalo emanaba de aquella aparición. Me invadió una sensación de horror mortal, coagulado por arte de magia, todo, en aquel ser que tenía delante. Y sin embargo no podía apartar la mirada del diáfano globo nebuloso que envolvía sus hombros, y a duras penas lograba contemplar el rostro rapaz de ibis egipcio, y detrás de él una pluralidad de rostros, pesadillas de mi imaginación y de mi memoria. La silueta del fantasma, recortada en la oscuridad del pasaje, se dilataba y se contraía, como si una lenta respiración mineral invadiese toda la figura... Y —horror— en lugar de pies, hincándose, vi sobre la nieve unos informes muñones, cuya carne, gris y exangüe, se había enrollado como en tumefacciones concéntricas.

Oh, la voracidad de mis recuerdos...

«¡El Golem!» exclamó Dee. Después elevó los brazos al cielo, y su negro tabardo, al caer con sus anchas mangas hasta el pavimento, formó una especie de cingulum, un cordón umbilical entre la posición aérea de las manos y la superficie, o las profundidades, de la tierra. «¡Jezebel, Malkhut, Smoke Gets in Your Eyes!» dijo. Y de repente el Golem se disolvió como un castillo de arena golpeado por una racha de viento, casi nos cegaron las partículas de su cuerpo de arcilla que se fragmentaban como átomos en el aire, y al final quedó a nuestros pies un montoncito de cenizas calcinadas. Dee se inclinó, hurgó en aquel polvo con sus huesudos dedos y extrajo un pergamino enrollado que ocultó entre sus ropas.

Fue entonces cuando surgió de las sombras un viejo rabino, cuyo grasiento gorro se parecía a mi papalina. «El doctor

Dee, supongo» dijo. «Here Comes Everybody» respondió Dee humilde. «Qué gusto, veros, Rabbi Allevi...» Y éste: «¿No habéis visto por casualidad a un ser rondando por aquí?»

«¿Un ser?» dijo Dee fingiendo asombro. «¿De qué aspecto?»

«¡Al diablo!, Dee» dijo Rabbi Allevi, «era mi Golem.»

«Vuestro Golem. No tengo ni idea.»

«Tened cuidado, doctor Dee» dijo lívido Rabbi Allevi. «Estáis jugando a un juego más grande que vos.»

«No sé de qué me estáis hablando, Rabbi Allevi» dijo Dee. «Hemos venido para fabricarle unas onzas de oro a vuestro emperador. No somos nigromantes de pacotilla.»

«Al menos devolvedme el pergamino» imploró Rabbi Allevi.

«¿Qué pergamino?» preguntó Dee con diabólica ingenuidad.

«Maldito seáis, doctor Dee» dijo el rabino. «Y en verdad os digo que no veréis la aurora del nuevo siglo.» Y se alejó en la noche, murmurando oscuras consonantes sin la menor sombra de vocal. ¡Oh, Idioma Diabólico y Sagrado!

Dee se había apoyado contra el húmedo muro del pasaje, el rostro terroso, los cabellos erizados, como los de la serpiente. «Conozco a Rabbi Allevi» dijo. «Moriré el cinco de agosto de 1608, calendario gregoriano. Por tanto, Kelley, ayudadme a realizar mi proyecto. Seréis vos quien deberá concluirlo. Gilding pale streams with heavenly alchymy, no lo olvidéis.» No lo olvidaría, y William conmigo, y en contra de mí.

No dijo más. La niebla pálida que se frota la espalda contra los cristales, el humo amarillo que se frota la espalda contra los cristales, lamía con su lengua las esquinas de la noche. Ahora estábamos en otro pasaje, blancuzcos vapores emanaban de las rejas situadas a ras del suelo, por las que se divisaban cuchitriles de paredes torcidas, escandidas por una gradación de brumosos grises... Mientras bajaba a tientas una escalera (los peldaños extrañamente ortogonales), entreví la figura de un viejo de raída levita y alto sombrero de copa. También Dee lo vio: «¡Caligari!» exclamó. «También él está aquí, en casa de Madame Sosostris, ¡The Famous Clairvoyante! Debemos darnos prisa.»

Apretamos el paso y llegamos a la puerta de una casucha, en un callejón vagamente iluminado, siniestramente semítico.

Llamamos y la puerta se abrió como por arte de magia. Entramos en un amplio salón adornado con candelabros de siete brazos, tetragramas en relieve, estrellas de David dispuestas como rayos. Viejos violines, del color de la veladura de los cuadros antiguos, se amontonaban a la entrada sobre una larga mesa de anamórfica irregularidad. Un gran cocodrilo colgaba embalsamado de la alta bóveda de la gruta, oscilaba levemente con la brisa nocturna, en la débil claridad de una sola antorcha, o de muchas o de ninguna. Al fondo, delante de una especie de tienda o baldaquín, a cuyo reparo se erguía un tabernáculo, orando de rodillas, susurrando con blasfema tenacidad los setenta y dos Nombres de Dios, había un Anciano. Supe, por súbita fulguración del Nous, que era Heinrich Khunrath.

«Al sólido, Dee» dijo éste, volviéndose e interrumpiendo la plegaria. «¿Qué deseáis?» Parecía un armadillo embalsamado, una iguana sin edad.

«Khunrath, el tercer encuentro no se ha producido.»

Khunrath estalló en una terrible imprecación: «¡Lapis Exillis! ¿Y ahora qué?»

«Khunrath» dijo Dee, «vos podríais arrojar un anzuelo y ponerme en contacto con la línea templaria alemana.»

«Veamos» dijo Khunrath. «Podría pedírselo a Maier, que está en contacto con mucha gente de la corte. Pero antes vos tendréis que comunicarme el secreto de la Leche Virginal, del Horno Secretísimo de los Filósofos.»

Dee sonrió ¡oh, la divina sonrisa de ese Sofo! Se recogió como para rezar y susurró en voz baja: «Cuando quieras transmutar y reducir a agua o a Leche Virginal el Mercurio sublimado, colócalo sobre la plancha entre los montoncitos y el cáliz con la Cosa cuidadosamente pulverizada, no lo cubras y cuida de que el aire caliente incida en la materia desnuda, adminístrale el fuego de tres carbones, y mantenlo encendido durante ocho días solares, después retíralo y machácalo bien sobre el mármol hasta que se vuelva impalpable. Una vez hecho eso, pon la materia en un alambique de vidrio y hazla destilar a Balneum Mariae, sobre un caldero de agua, situado de manera que no se acerque al agua menos de dos dedos, quedando suspendido en el aire, y al mismo tiempo enciende fuego debajo del baño. Entonces, y sólo entonces, aunque la materia de la plata no toque el agua, al estar en ese vientre cálido y húmedo, se transmutará en agua.»

«Maestro» dijo Khunrath cayendo de rodillas y besando la huesuda y diáfana mano del doctor Dee. «Maestro, así lo haré. Y tú tendrás lo que deseas. Recuerda estas palabras, la Rosa y la Cruz. Oirás hablar de ellas.»

Dee hizo una verónica con su manto y sólo emergían los ojos chispeantes y malignos. «Vamos, Kelley» dijo. «Este hombre ya es nuestro. Y tú, Khunrath, mantén al Golem lejos de nosotros hasta que regresemos a Londres. Y después que toda Praga sea una sola hoguera.»

Hizo ademán de alejarse. Khunrath se arrastró hasta él y le cogió por el orillo de la capa: «Quizá un día vaya a verte un hombre. Querrá escribir sobre ti. Recíbelo como a un amigo.»

«Dame el Poder» dijo Dee, con una expresión indescriptible pintada en su huesudo rostro, «y su fortuna estará asegurada.»

Salimos. Sobre el Atlántico un frente de baja presión avanzaba hacia el este yendo al encuentro de un anticiclón situado sobre Rusia.

«Vamos a Moscú» le dije.

«No» respondió, «regresemos a Londres.»

«A Moscú, a Moscú» susurraba demente. Bien sabías, Kelley, que nunca irías. Te esperaba la Torre.

....

Regresamos a Londres. El doctor Dee dijo: «Ellos están tratando de llegar a la Solución antes que nosotros. Kelley, escribirás para William algo... diabólicamente insinuante sobre ellos.»

Vientre del demonio, lo hice, y luego William estropeó el texto trasladándolo todo de Praga a Venecia. Dee se puso hecho una fiera. Pero el pálido, viscoso William, se sentía protegido por su real concubina. Mas no le bastaba. Mientras yo, poco a poco, le iba dando sus mejores sonetos, me preguntaba con todo descaro sobre Ella, sobre Ti, my Dark Lady. Qué horror oír tu nombre en sus labios de rufián (ignoraba que, espíritu condenado de doblez e impostura, la estaba buscando para Bacon). «Basta» le dije. «Estoy harto de construir tu gloria en la sombra. Escribe tú tus propias obras.»

«No puedo» me respondió, la mirada de quien acaba de ver a un Lémur. «El no me lo permite.»

«¿Quién? ¿Dee?»

«No, el Verulamio. ¿No te has dado cuenta de que ahora es él el que lleva la batuta? Me está obligando a escribir las obras que después se jactará de haber creado. Has entendido, Kelley, yo soy el verdadero Bacon, y la posteridad no lo sabrá. ¡Oh, parásito! ¡Cómo odio a ese infame!»

«Bacon es un miserable, pero no carece de talento. ¿Por qué no escribe él mismo?»

Ignoraba que no tenía tiempo. Sólo lo comprendimos cuando años después Alemania fue invadida por la locura Rosa-Cruz. Entonces, atando cabos sueltos, palabras que había ido soltando de mala gana, me di cuenta de que el autor de los manifiestos de los rosacruces era él. ¡El escribía con el falso nombre de Johann Valentin Andreae!

En aquel momento todavía no había comprendido para

quién escribía Andreae, pero ahora, desde la oscuridad de esta celda en que me consumo, más lúcido que don Isidro Parodi, ahora sé. Me lo ha dicho Soapes, mi compañero de prisión, un ex templario portugués: Andreae escribía una novela de caballerías para un español que entretanto yacía en otra cárcel. No sé por qué, pero el proyecto beneficiaba al infame Bacon, que habría querido pasar a la historia como el secreto autor de las aventuras del caballero de La Mancha, y que a Andreae le pedía que redactase en secreto la obra de la que luego él se fingiría el verdadero autor oculto, para poder gozar en la sombra (pero, ¿por qué? ¿por qué?) el triunfo de otro.

Pero estoy divagando, ahora que hace frío en este calabozo, y me duele el pulgar. Estoy escribiendo, en la débil claridad de un candil agonizante, las últimas obras que circularán con el nombre de William.

....

El doctor Dee ha muerto susurrando Luz, más Luz, y pidiendo un palillo. Después dijo: Qualis Artifex Pereo! Le hizo matar Bacon. Desde hacía años, antes de que la reina desapareciera, inconexa de mente y de corazón, el Verulamio la había seducido de alguna manera. Ya sus facciones estaban alteradas y estaba reducida a un esqueleto. Su alimento se limitaba a un panecillo blanco y una sopa de achicoria. Siempre llevaba una espada en el flanco y en los momentos de furor la clavaba con violencia en las cortinas y damascos que cubrían las paredes de su retiro. (¿Y si detrás hubiese habido alguien escuchando? ¿O un topo, un topo? Buena idea, viejo Kelley, tengo que apuntarla.) Con la vieja reducida a ese estado, a Bacon no le resultó difícil hacerle creer que era William, su bastardo, se arrodilló ante ella, que ya estaba ciega, cubierto con una piel de carnero. ¡El Vellocino de Oro! Dijeron que quería apoderarse del trono, pero yo sabía que quería algo muy distinto, hacerse con el control del Plan. Fue entonces cuando se convirtió en vizconde de San Albano. Y cuando se sintió fuerte, eliminó a Dee.

....

La reina ha muerto, viva el rey... Yo me había convertido en un testigo molesto. Me tendió una celada, una noche en que finalmente la Dark Lady habría podido ser mía, y bailaba abrazada a mí, perdida, perdida bajo el poder de unas hierbas capaces de provocar visiones, ella, la Sophia eterna, con su rugoso rostro de cabra vieja... Irrumpió con un grupo de soldados, ordenó que me vendaran los ojos con un pañuelo, comprendí en seguida: ¡el vitriolo! Y cómo reía Ella, cómo reías tú, Pin Ball Lady - oh maiden virtue rudely strumpeted, oh gilded honor shamefully misplac'd! - mientras te tocaba con sus rapaces manos, y tú le llamabas Simone, y le besabas la siniestra cicatriz...

A la Torre, a la Torre, reía el Verulamio. Y desde entonces yazgo aquí, con esta larva humana que dice llamarse Soapes, y los carceleros sólo me conocen como Jim el del Cáñamo. He estudiado a fondo, con ardiente celo, filosofía, jurisprudencia y medicina, y desgraciadamente también teología. Y aquí estoy, pobre loco, sin saber más que antes.

....

Desde una tronera he asistido a las bodas reales, con los caballeros de la roja cruz caracoleando al sonido de las trompetas. Yo hubiese tenido que estar allí para tocar la trompeta, Cecilia lo sabía, y una vez más me habían arrebatado el premio, la meta. Tocaba William. Yo escribía en la sombra, para él.

«Te diré cómo vengarte» me susurró Soapes, y ese día se mostró como quien realmente era, un abate bonapartista, enterrado desde hacía siglos en aquel calabozo.

«¿Lograrás salir?» le pregunté.

«If...» empezó a responder. Pero luego calló. Golpeando con la cuchara en la pared, en un misterioso alfabeto que me confesó haber recibido del Tritemio, empezó a transmitir mensajes a uno de la celda de al lado. El conde de Monsalvat.

....

Han pasado muchos años. Soapes nunca dejó de golpear en la pared. Ahora sé para quién y con qué fines. Se llama Noffo Dei. Dei (¿por qué misteriosa cábala Dei y Dee suenan tan parecidos?, ¿Quién denunció a los templarios?), instruido por Soapes, ha denunciado a Bacon. No sé qué habrá dicho, pero hace unos días que el Verulamio está preso. Acusado de sodomía porque, según dicen (y tiemblo ante la idea de que sea verdad), tú, la Dark Lady, la Virgen Negra de los druidas y de los templarios, no eras, no eres más que el eterno andrógino, salido de las sabias manos ¿de quién? ¿De quién? Ahora, ahora lo sé, de tu amante, ¡el conde de Saint-Germain! Pero, ¿quién es Saint-Germain sino el propio Bacon (cuántas cosas sabe Soapes, ese oscuro templario de muchas vidas...)?

....

El Verulamio ha salido de la cárcel, por arte de magia ha vuelto a ganarse el favor del monarca. Ahora, me dice William, pasa las noches junto al Támesis, en el Pilad's Pub, jugando con esa extraña máquina que le inventara uno de Nola a quien luego hizo quemar horriblemente en Roma, después de haberle atraído a Londres para sustraerle su secreto, una máquina astral, devoradora de esferas alucinadas que, por infinitos universos y mundos, entre rutilantes luces angélicas, golpeando obscenamente, como bestia triunfante, con el pubis contra la caja, para simular las vicisitudes de los cuerpos celestes en las moradas de los Decanos y comprender los recónditos secretos de su magna instauración, y el propio secreto de la Nueva Atlántida, él ha llamado Gottlieb's, parodiando el idioma sagrado de los Manifiestos atribuidos a Andreae... ¡Ah! me exclamo (s'écria-t-il), ahora lúcidamente consciente, pero demasiado tarde y en vano, mientras el corazón me late visiblemente bajo los encajes del corsé: por eso me ha arrebatado la trompeta, amuleto, talismán, vínculo cósmico para dar órdenes a los demonios. ¿Qué estará tramando en su Casa de Salomón? Es tarde, me repito, ahora ya le han dado demasiado poder.

....

Dicen que Bacon ha muerto. Soapes me asegura que no es verdad. Nadie ha visto su cadáver. Vive con un nombre falso en la corte del landgrave de Hesse, ahora iniciado en los supremos secretos y, por tanto, inmortal, dispuesto a seguir librando su tenebrosa batalla por el triunfo del Plan, en su nombre y bajo su control.

Después de esa muerte presunta, ha venido a verme William, con su sonrisa hipócrita, que la reja no lograba disimular. Me ha preguntado por qué en el soneto 111 le escribí sobre un cierto Tintor, me ha citado el verso: To What It Works in, Like the Dyer's Hand...

«Jamás he escrito esas palabras» le he dicho. Y era cierto... Está claro, las introdujo Bacon, antes de desaparecer, para lanzar una misteriosa señal a quienes luego tendrán que recibir a Saint-Germain en las distintas cortes, como experto en tinturas... Creo que en el futuro intentará hacerse pasar por el verdadero autor de las obras de William. ¡Cómo se vuelve claro todo al contemplarlo desde la oscuridad de un calabozo!

....

Where Art Thou, Muse, That Thou Forget'st So Long? Me

siento cansado, enfermo. William espera que le proporcione nuevos materiales para sus grotescas clowneries en el Globe.

Soapes está escribiendo. Miro por encima de sus hombros. Está escribiendo un mensaje incomprensible: Rivverrun, past Eve and Adam's... Esconde la hoja, me mira, me ve más pálido que un Espectro, lee la Muerte en mis ojos. Me susurra: «Descansa. No temas. Yo escribiré por ti.»

Y eso es lo que está haciendo, máscara de una máscara. Yo me extingo lentamente, y él me arrebata incluso la última luz, la de la oscuridad.

74

Aunque la voluntad sea buena, tanto su espíritu como sus profecías parecen ser evidentes ilusiones del demonio... Pueden llegar a engañar a muchas personas curiosas y a causar gran daño y escándalo a la iglesia de Dios Nuestro Señor.
(Opinión sobre Guillaume Postel enviada a Ignacio de Loyola por los padres jesuitas Salmerón, Lhoost y Ugoletto, 10 de mayo de 1545)

Belbo nos comunicó con desapego lo que se le había ocurrido, sin leernos lo que había escrito y eliminando las referencias personales. Nos dio a entender incluso que Abulafia le había sugerido las relaciones. Que Bacon fuese el autor de los manifiestos rosacruces ya lo había visto escrito en alguna parte. Pero un detalle me llamó la atención: que Bacon fuera vizconde de San Albano.

Algo me daba vueltas en la cabeza, algo que tenía que ver con mi vieja tesis. Pasé una noche hurgando entre mis fichas.

—Señores —dije a la mañana siguiente con cierta solemnidad a mis cómplices—, no podemos inventar conexiones. Ya existen. Cuando San Bernardo lanza la idea de un concilio para legitimar a los templarios, entre los encargados de organizarlo se encuentra el prior de San Albano, que por lo demás lleva el nombre del primer mártir inglés, evangelizador de las islas británicas, nacido precisamente en Verulam, que fue feudo de Bacon. San Albano, celta e indudablemente druida, e iniciado al igual que San Bernardo.

—Es poco —dijo Belbo.

—Esperen. Ese prior de San Albano es abad de Saint-Martin-des-Champs, ¡la abadía donde se instalará el Conservatoire des Arts et Métiers!

Belbo reaccionó:

—¡Señor!

—Y eso no es todo —añadí—, el Conservatoire fue pensado como un homenaje a Bacon. El 25 de brumario del año III, la Convención autoriza a su Comité d'Instruction Publique a hacer imprimir la opera omnia de Bacon. Y el 18 de vendimiario de ese año, la misma Convención vota una ley para hacer construir una casa de las artes y los oficios que debía reproducir la idea de la Casa de Salomón que menciona Bacon en la *Nueva Atlántida,* como el sitio en que habrían de recogerse todas las invenciones técnicas de la humanidad.

—¿Y qué? —preguntó Diotallevi.

—Es que en el Conservatoire está el Péndulo —dijo Belbo.

Y por la reacción de Diotallevi comprendí que Belbo lo había puesto al corriente de sus reflexiones sobre el péndulo de Foucault.

—Vayamos por partes —dije—. El péndulo se inventó y se instaló en el siglo pasado. De momento dejémoslo de lado.

—¿Dejarlo de lado? —dijo Belbo—. Pero ¿nunca ha echado una ojeada a la Mónada Jeroglífica de John Dee, el talismán que debiera concentrar todo el saber del universo? ¿No parece un péndulo?

—Vale —dije—, admitamos que se puede establecer una relación entre esos dos hechos. Pero, ¿cómo se pasa de San Albano al péndulo?

Lo supe al cabo de unos días.

—De manera que el prior de San Albano es abad de Saint-Martin-des-Champs que, por tanto, se convierte en un centro filotemplario. Bacon, a través de su feudo, establece un contacto iniciático con los druidas secuaces de San Albano. Ahora escuchen esto: mientras Bacon inicia su carrera en Inglaterra, en Francia concluye la suya Guillaume Postel.

(Percibí una imperceptible crispación en el rostro de Belbo, recordé el diálogo en la exposición de Riccardo, Postel le recordaba a quien le había arrebatado idealmente a Lorenza. Pero fue sólo un instante.)

—Postel estudia hebreo, trata de probar que ésa es la matriz común de todos los idiomas, traduce el *Zohar* y el *Bahir,* tiene contactos con los cabalistas, lanza un proyecto de paz universal similar al de los grupos rosacrucianos alemanes, trata de convencer al rey de Francia para que se alíe con el sultán, visita Grecia, Siria, Asia Menor, estudia árabe, en una palabra, reproduce el itinerario de Christian Rosencreutz. Y tampoco es casual que firme algunos de sus escritos con el nombre de Rosispergius, el que esparce el rocío. Y Gassendi, en su *Examen Philosophiae Fluddanae,* dice que Rosencreutz no viene de *rosa* sino de *ros,* rocío. En uno de sus manuscritos, menciona un secreto que hay que custodiar hasta que llegue el momento oportuno, y dice: «Para no arrojar perlas a los puercos.» ¿Y saben dónde aparece esa cita evangélica? En el frontispicio de las *Bodas Químicas.* El padre Marin Mersenne, al denunciar al rosacruciano Fludd, dice que es de la misma calaña que ese *atheus magnus* de Postel. Por otra parte, parece que Dee y Postel se encontraron en 1550, y quizá aún no sabían, porque sólo lo sabrían treinta años más tarde, que eran los dos grandes maestres que según el Plan debían encontrarse en 1584. Pues bien, Postel afirma que, escuchen, escuchen, como descendiente directo del hijo mayor de Noé, y puesto que Noé es el fundador de la estirpe céltica y, por ende, de la civilización de los druidas, el rey de Francia es el único pretendiente legítimo al título de Rey del Mundo. Pues sí, el Rey del Mundo de Agarttha, sólo que lo dice tres siglos antes. Dejemos de lado el hecho de que se enamora de un vejestorio, Joanna, y la toma por la Sophia divina, al hombre debía de faltarle algún tornillo. No olvidemos que tenía enemigos poderosos, le trataron de perro, de monstruo execrable, de cloaca de todas las herejías, de poseído por una legión de demonios. Sin embargo, y a pesar del escándalo de Joanna, la Inquisición no le considera hereje, sino *amens,* digamos un poco chalado. Es decir, que no se atreven a destruir al hombre, porque saben que es el portavoz de un grupo bastante poderoso. Y ha de saber, Diotallevi, que Postel también viaja a Oriente y es contemporáneo de Isaac Luria; pueden extraer las conclusiones que deseen. Pues bien, en 1564 (el año en que Dee escribe la *Monas Ierogliphica*) Postel se retracta de sus herejías, y adivinen dónde se retira. ¡Al monasterio de Saint-Martin-des-Champs! ¿Y qué espera? Evidentemente, espera 1584.

—Evidentemente —confirmó Diotallevi.

—No sé si nos damos cuenta —proseguí—. Postel es gran maestre del grupo francés y espera el contacto con el grupo inglés. Pero muere en 1581, tres años antes del encuentro. Conclusiones: primero, el accidente de 1584 se produce porque en el momento justo falta una mente aguda como la de Postel, que habría sido capaz de comprender lo que estaba sucediendo por la confusión de los calendarios; segundo, Saint-Martin era un sitio donde los templarios estaban como en su casa desde siempre, y en donde se fortifica el hombre encargado de establecer el tercer contacto. ¡Saint-Martin-des-Champs era el Refuge!

—Todo encaja como en un mosaico.

—Ahora escuchen. En la época de la reunión fracasada, Bacon sólo tiene veinte años. Pero en 1621 se convierte en el vizconde de San Albano. ¿Qué encuentra en las posesiones heredadas? Misterio. El hecho es que precisamente ese año alguien le acusa de corrupción y le hace encerrar por un tiempo en la cárcel. Bacon había encontrado algo que daba miedo. ¿A quién? Es sin duda entonces cuando Bacon se da cuenta de que Saint-Martin es un sitio que hay que tener controlado, y concibe la idea de realizar allí su Casa de Salomón, el laboratorio donde, por medios experimentales, pueda llegar a descubrir el secreto.

—Pero —preguntó Diotallevi— ¿qué nexo podemos encontrar entre los herederos de Bacon y los grupos revolucionarios de finales del siglo XVIII?

—¿No podría ser la masonería? —dijo Belbo.

—Estupenda idea. En el fondo ya nos la sugirió Agliè aquella noche en el castillo.

—Habría que reconstruir los acontecimientos. ¿Qué sucedió exactamente en esos círculos?

Del sueño eterno... sólo se salvarían, pues, aquellos que ya en vida hubieran sabido orientar la conciencia hacia el mundo superior. Los Iniciados, los Adeptos, están en el límite de esa vía. Cuando han alcanzado el recuerdo, la anámnesis, según las expresiones de Plutarco, se vuelven libres, avanzan sin trabas, celebran coronados los «misterios» y ven cómo en la Tierra la muchedumbre de los que no están iniciados y no son «puros» se aplastan y se empujan en el fango y en las tinieblas.
(Julius Evola, *La tradizione ermetica,* Roma, Edizioni Mediterranee, 1971, p. 111)

Con imprudente osadía me ofrecí para llevar a cabo una investigación rápida y precisa. Me encontré inmerso en un pantano de libros que abarcaban estudios históricos y cotilleos herméticos, donde no era fácil distinguir entre los datos fiables y las fantasías. Trabajé como un autómata durante una semana y al final me decidí a presentar una lista casi incomprensible de sectas, logias, conventículos. No sin que durante su confección dejara de sentir algún estremecimiento, al toparme con nombres conocidos que no esperaba encontrar en esa compañía, y coincidencias cronológicas que me pareció interesante registrar. Mostré el documento a mis dos cómplices.

1645 Londres: Ashmole funda el Invisible College, de inspiración rosacruciana.
1662 Del Invisible College nace la Royal Society, y de la Royal Society, como todos saben, la Masonería.
1666 París: Académie des Sciences.
1707 Nace Claude-Louis de Saint-Germain, si de verdad nace.
1717 Creación de una Gran Logia Londinense.
1721 Anderson redacta las constituciones de la masonería inglesa. Después de haber sido iniciado en Londres, Pedro el Grande funda una logia en Rusia.
1730 De paso por Londres, es iniciado Montesquieu.
1737 Ramsay sostiene que la masonería deriva de los templarios. Origen del Rito Escocés, a partir de ahora en conflicto con la Gran Logia Londinense.
1738 Es iniciado Federico, el entonces príncipe heredero de Prusia. Será el protector de los enciclopedistas.
1740 En estos años nacen en Francia varias logias: los Ecossais Fidèles de Tolosa, el Souverain Conseil Sublime, la Mère Loge Ecossaise

du Grand Globe Français, el Collège des Sublimes Princes du Royal Secret de Burdeos, la Cour des Souverains Commandeurs du Temple de Carcasona, los Philadelphes de Narbona, el Chapitre des Rose-Croix de Montpellier, los Sublimes Elus de la Vérité...

1743 Primera aparición en público de Saint-Germain. En Lyon nace el grado de Caballero Kadosch, que debe vengar a los templarios.

1753 Willermoz funda la logia de la Parfaite Amitié.

1754 Martines de Pasqually funda el Templo de los Elus Cohen (o quizá lo hace en 1760).

1756 El barón von Hund funda la Estricta Observancia Templaria. Hay quien afirma que está inspirada por Federico II de Prusia. Allí se habla por primera vez de los Superiores Desconocidos. Alguien insinúa que los Superiores Desconocidos son Federico y Voltaire.

1758 Llega a París Saint-Germain, y ofrece sus servicios al rey como químico experto en tinturas. Frecuenta a la Pompadour.

1759 Supuesta formación de un Conseil des Empereurs d'Orient et d'Occident, que tres años después redactaría las Constitutions et règlement de Bordeaux, de donde surgiría el Rito Escocés Antiguo y Aceptado (que sin embargo sólo aparece oficialmente en 1801). Típica del rito escocés será la multiplicación de los altos grados hasta treinta y tres.

1760 Saint-Germain lleva a cabo una ambigua misión diplomática en Holanda. Debe huir, es detenido en Londres y luego puesto en libertad. Dom Pernety funda los Iluminados de Aviñón. Martines de Pasqually funda los Chevaliers Maçons Elus de l'Univers.

1762 Saint-Germain en Rusia.

1763 Casanova se encuentra con Saint-Germain en Bélgica: allí éste se hace llamar Surmont, y transforma una moneda en oro.
Willermoz funda el Souverain Chapitre des Chevaliers de l'Aigle Noire Rose-Croix.

1768 Willermoz ingresa en los Elus Cohen de Pasqually. Se imprime en Jerusalén, apócrifo, *Les plus secrets mystères des hauts grades de la maçonnerie devoilée, ou le vrai Rose-Croix*: en él se dice que la sede de la logia de los rosacruces se encuentra en la cima de la montaña de Heredon, a sesenta millas de Edimburgo. Pasqually se encuentra con Louis Claude de Saint Martin, el futuro Philosophe Inconnu. Dom Pernety se convierte en bibliotecario del rey de Prusia.

1771 El duque de Chartres, el futuro Philippe Egalité, se convierte en gran maestre del Grand Orient, más tarde Grand Orient de France, y trata de unificar todas las logias. Resistencia de las logias de rito escocés.

1772 Pasqually parte hacia Santo Domingo, y Willermoz y Saint Martin fundan un Tribunal Souverain que luego se convertirá en la Grande Loge Ecossaise.

1774 Saint Martin se retira para convertirse en el Philosophe Inconnu y un delegado de la Estricta Observancia Templaria va a tratar con Willermoz. Así nace un Directorio Escocés de la Provincia de Auvernia. Del Directorio de Auvernia surgirá el Rito Escocés Rectificado.

1776 Saint-Germain, con el falso nombre de conde Welldone, presenta proyectos químicos a Federico II.
Nace la Société des Philathètes con el propósito de reunir a todos los hermetistas.
Logia de las Neuf Soeurs: a ella se adhieren Guillotin y Cabanis, Voltaire y Franklin. Weishaupt funda los Iluminados de Baviera. Según algunos, es iniciado por un mercader danés, Kölmer, que regresa de Egipto: ése sería el misterioso Altotas, maestro de Cagliostro.

1778 Saint-Germain se encuentra en Berlín con Dom Pernety. Willermoz funda la Ordre des Chavaliers Bienfaisants de la Cité Sainte. La Estricta Observancia Templaria llega a un acuerdo con el Gran Oriente para que sea aceptado el Rito Escocés Rectificado.

1782 Gran reunión de todas las logias iniciáticas en Wilhelmsbad.

1783 El marqués Thomé funda el Rito de Swedenborg.

1784 Saint-Germain moriría mientras, estando al servicio del landgrave de Hesse, se encarga de la instalación de una fábrica de tinturas.

1785 Cagliostro funda el Rito de Menfis, que se convertirá en el Rito Antiguo y Primitivo de Menfis-Misraim, y que aumentará el número de altos grados hasta noventa.
Estalla, manejado por Cagliostro, el escándalo del collar de la reina. Dumas lo describe como una conjura masónica para desacreditar a la monarquía.
Se suprime la orden de los Iluminados de Baviera, porque se le atribuyen intenciones revolucionarias.

1786 Mirabeau es iniciado por los Iluminados de Baviera en Berlín. Aparece en Londres un manifiesto rosacruciano atribuido a Cagliostro. Mirabeau escribe una carta a Cagliostro y a Lavater.

1787 Hay aproximadamente setecientas logias en Francia. Se publica el *Nachtrag* de Weishaupt, que describe la estructura de una organización secreta en la que cada miembro sólo puede conocer a su inmediato superior.

1789 Comienza la Revolución Francesa. Crisis de las logias en Francia.

1794 El ocho de vendimiario, el diputado Grégoire presenta a la Convención el proyecto de un Conservatorio de las Artes y los Oficios. Será instalado en Saint-Martin-des-Champs en 1799, por el Consejo de los Quinientos.
El duque de Brunswick invita a las logias a disolverse porque una venenosa secta subversiva se ha infiltrado en ellas.

1798 Detención de Cagliostro en Roma.

1801 En Charleston se anuncia la fundación oficial de un Rito Escocés Antiguo y Aceptado, con 33 grados.

1824 Documento de la corte de Viena al gobierno francés: se denuncian asociaciones secretas como los Absolutos, los Independientes, la Alta Venta Carbonaria.

1835 El cabalista Oettinger dice que se ha encontrado con Saint-Germain en París.

1846 El escritor vienés Franz Graffer publica el relato de un encuentro entre su hermano y Saint-Germain en una fecha entre 1788 y 1790; Saint-Germain recibe al visitante mientras hojea un libro de Paracelso.

1865 Fundación de la Societas Rosicruciana en Anglia (según otras fuentes, en 1860 o en 1867). A ella se adhiere Bulwer-Lytton, autor de la novela rosacruciana *Zanoni.*

1868 Bakunin funda la Alianza Socialdemocrática, inspirada, según algunos, en los Iluminados de Baviera.

1875 Helena Petrovna Blavatsky funda la Sociedad Teosófica. Se publica *Isis Desvelada.* El barón Spedalieri se proclama miembro de la Gran Loggia dei Fratelli Solitari della Montagna, Fratello Illuminato dell'Antico e Restaurato Ordine dei Manichei y Alto Illuminato dei Martinisti.

1877 Madame Blavatsky habla del papel teosófico de Saint-Germain. Entre sus encarnaciones figuran Roger y Francis Bacon, Rosencreutz, Proclo, San Albano.

El Gran Oriente de Francia suprime la invocación al Gran Arquitecto del Universo y proclama la libertad de conciencia absoluta. Rompe relaciones con la Gran Logia Inglesa, y se vuelve totalmente laico y radical.

1879 Fundación de la Societas Rosicruciana en los Estados Unidos.

1880 Se inician las actividades de Saint-Yves d'Alveidre. Leopold Engler reorganiza a los Iluminados de Baviera.

1884 León XIII en la encíclica *Humanum Genus* condena a la masonería. Los católicos se marchan de ella, y los racionalistas se adhieren en masa.

1888 Stanislas de Guaita funda la Ordre Kabbalistique de la Rose-Croix. Fundación en Inglaterra de la Hermetic Order of the Golden Dawn. Once grados, del neófito al Ipsissimus. Su imperator es McGregor Mathers. Su hermana se casa con Bergson.

1890 Joséphin Péladan abandona a Guaita y funda la Rose-Croix Catholique du Temple et du Graal, proclamándose Sar Merodak. El conflicto entre los rosacrucianos de Guaita y los de Péladan se llamará la guerra de las dos rosas.

1891 Papus publica el *Traité Méthodique de Sciences Occultes.*

1898 Aleister Crowley es iniciado en la Golden Dawn. Fundará luego la orden de Thelema, por su cuenta.

1907 Del Golden Dawn nace la Stella Matutina, a la que se adhiere Yeats.

1909 En América, Spencer Lewis «despierta» a la Anticus Mysticus Ordo Rosae Crucis y en 1916 realiza con éxito en un hotel la transformación de un trozo de zinc en oro.
Max Heidel funda la Rosicrucian Fellowship. En fechas inciertas le siguen el Lectorium Rosicrucianum, Les Frères Aînés de la Rose-Croix, la Fraternitas Hermetica, el Templum Rosae-Crucis.

1912 Annie Besant, discípula de la Blavatsky, funda en Londres la orden del Temple de la Rosa-Cruz.

1918 Nace en Alemania la Sociedad Thule.

1936 Nace en Francia el Grand Prieuré des Gaules. En los «Cahiers de la fraternité polaire», Enrico Contardi-Rhodio habla de una visita que le ha hecho el conde de Saint-Germain.

—¿Qué significa todo esto? —preguntó Diotallevi.

—No me lo pregunten a mí. ¿Querían datos? Pues aquí los tienen. Es todo lo que sé.

—Habrá que consultar a Agliè. Apuesto a que ni siquiera él conoce todas estas organizaciones.

—¡Qué dices! Si es su pasión. Pero podemos ponerle a prueba. Añadamos una secta que no exista, fundada hace poco tiempo.

Recordé le extraña pregunta de De Angelis, sobre el Tres. Dije:

—El Tres.

—¿Qué es? —preguntó Belbo.

—Si hay un acróstico tiene que existir un texto subyacente —dijo Diotallevi—, si no, mis rabinos no habrían podido practicar el Notariqon. Veamos... Templi Resurgentes Equites Synarchici. ¿Les sirve?

El nombre nos gustó, lo añadimos a la lista.

—Con tal cantidad de conventículos, no era moco de pavo inventarse uno nuevo —decía Diotallevi, víctima de un ataque de vanidad.

Si se tratase de definir con una palabra el rasgo dominante de la masonería francesa del siglo XVIII, sólo una serviría: dilettantismo.
(René Le Forestier, *La Franc-Maçonnerie Templière et Occultiste,* Paris, Aubier, 1970, 2)

Esa tarde invitamos a Agliè a visitar el Pílades. Aunque los nuevos parroquianos hubiesen regresado a la chaqueta y la corbata, la presencia de nuestro invitado, con su traje azul y su camisa inmaculada, el alfiler de oro en la corbata, no dejó de causar sensación. Por suerte a las seis de la tarde el Pílades estaba bastante despoblado.

Agliè desconcertó a Pílades pidiéndole un coñac de marca. Había, claro, pero ocupaba, intacto, un sitial, detrás de la barra de zinc, quizás desde hacía años.

Agliè hablaba observando el licor a contraluz, luego lo calentaba entre las manos, exhibiendo unos gemelos de oro de estilo vagamente egipcio.

Le mostramos la lista, diciéndole que la habíamos compilado sobre la base de los textos de los diabólicos.

—Es verdad que los templarios estaban vinculados con las antiguas logias de maestros albañiles formadas durante la construcción del Templo de Salomón. También es cierto que desde entonces sus miembros invocaban el sacrificio del arquitecto del Templo, Hiram, víctima de un misterioso asesinato, y hacían votos de venganza. Después de la persecución, muchos caballeros del Temple se integraron, seguramente, en esas fraternidades de artesanos, fusionando el mito de la venganza de Hiram con el de la venganza de Jacques de Molay. En el siglo XVIII, existían en Londres logias de albañiles propiamente dichas, las llamadas logias operativas, pero poco a poco algunos caballeros aburridos, aunque muy respetables, atraídos por sus ritos tradicionales, empezaron a desvivirse por incorporarse a ellas. Así fue como la masonería operativa, historia de albañiles reales, se transformó en masonería especulativa, historia de albañiles simbólicos. En esa atmósfera, un tal Desaguliers, divulgador de Newton, influye en un pastor protestante, Anderson, que redacta las constituciones de una logia de Hermanos Albañiles, de inspiración deísta, y empieza a decir que las confraternidades masónicas son corporaciones con cuatro mil años de antigüedad, cuyos orígenes se remontan a los fundadores del Templo de Salomón. De ahí la mascarada masónica, el mandil, la escuadra, el martillo. Pero quizá por eso mismo la masonería se pone de moda, atrae a los nobles, por los árboles genealógicos que deja entrever, pero gusta aún más a los burgueses, que, no sólo pueden tratarse de igual a igual con los nobles, sino que incluso adquieren el derecho a llevar espadín. Miseria del mundo moderno que está naciendo, los nobles necesitan un ambiente donde entrar en contacto con los nuevos productores de capital, éstos, claro, buscan una legitimación.

—Pero parece que los templarios salgan a relucir más tarde.

—El primero que establece una relación directa con los templarios es Ramsay, de quien, sin embargo, preferiría no hablar. Yo sospecho que estaba inspirado por los jesuitas. De su prédica nace el ala escocesa de la masonería.

—¿En qué sentido escocesa?

—El rito escocés es un invento francoalemán. La masonería londinense había instituido los tres grados de aprendiz, compañero y maestro. La masonería escocesa multiplica los grados, porque multiplicar los grados significa multiplicar los niveles de iniciación y de secreto... A los franceses, que son fatuos por naturaleza, aquello les enloquece...

—Pero, ¿de qué secreto se trata?

—De ninguno, por supuesto. Si hubiese existido un secreto, mejor dicho, si ellos lo hubiesen poseído, su complejidad habría justificado la complejidad de los grados de iniciación. En cambio, Ramsay multiplica los grados para que crean que tiene un secreto. Ya imaginarán ustedes la trepidación de aquellos simples comerciantes que finalmente podían convertirse en príncipes de la venganza...

Agliè fue pródigo en toda clase de cotilleos masónicos. Y, según su costumbre, mientras hablaba iba pasando poco a poco al recuerdo en primera persona.

—En aquella época, en Francia se escribían *couplets* sobre la nueva moda de los frimaçons, las logias proliferaban y por ellas circulaban monseñores, frailes, marqueses y tenderos, y los miembros de la casa real se convertían en grandes maestres. En la Estricta Observancia Templaria, de ese indeseable de von Hund, ingresaban Goethe, Lessing, Mozart, Voltaire, surgían logias de militares, en los regimientos se confabulaba para vengar a Hiram y se discutía sobre la revolución inminente. Para los demás, la masonería era una *société de plaisir,* un club, un símbolo de status. Allí había de todo, Cagliostro, Mesmer, Casanova, el barón d'Holbach, d'Alembert... Enciclopedistas y alquimistas, libertinos y hermetistas. Resulta evidente al estallar la revolución, cuando los miembros de una misma logia se encuentran divididos, y parece que la gran fraternidad entra en una crisis definitiva...

—¿No había una oposición entre el Gran Oriente y la Logia Escocesa?

—Sólo de palabra. Le pondré un ejemplo: a la logia de las Neuf Soeurs había ingresado Franklin, al que naturalmente le interesaba que se transformara en una asociación laica; lo único que quería era que apoyase su revolución americana... Pero, al mismo tiempo, uno de los grandes maestros era el conde de Milly, que buscaba el elixir de la juventud. Y, como era un imbécil, mientras hacía sus experimentos se envenenó y murió. Por otra parte, piense en el caso de Cagliostro: se inventaba ritos egipcios, pero también estaba implicado en el asunto del collar de la reina, escándalo orquestado por los nuevos grupos dirigentes para desacreditar al ancien régime. También Cagliostro andaba metido en eso. ¿Entienden? Traten de imaginar con qué clase de gente había que convivir...

—Debe de haber sido duro —dijo Belbo comprensivo.

—Pero, ¿quiénes son —pregunté— esos barones von Hund que buscan a los Superiores Desconocidos...?

—Alrededor de la farsa burguesa habían surgido grupos con intenciones muy distintas, que a veces, para atraer adeptos, se identificaban con las logias masónicas, pero que perseguían unos fines más iniciáticos. Es entonces cuando surge el debate sobre los Superiores Desconocidos. Pero lamentablemente von Hund no era una persona seria. Al principio les hace creer a los adeptos que los Superiores Desconocidos son los Stuart. Después determina que el objetivo de la orden es rescatar los bienes que pertenecieron a los templarios, y saca fondos de todas partes. Como no le bastan, cae en manos de un tal Starck, que decía conocer el secreto de la fabricación del oro porque se lo habían confiado los verdaderos Superiores Desconocidos, que estaban en San Petersburgo. Alrededor de von Hund y de Starck se precipitan teósofos, alquimistas de medio pelo, rosacrucianos de último momento, y juntos eligen gran maestre a un caballero integérrimo, el duque de Brunswick. Este se da cuenta inmediatamente de que está muy mal acompañado. Uno de los miembros de la Observancia, el landgrave de Hesse, llama a su corte al conde de Saint-Germain, porque está convencido de que ese caballero es capaz de fabricarle oro, paciencia, en aquellas épocas había que plegarse a los caprichos de los poderosos. Pero es que, encima, se cree San Pedro. Se lo aseguro, en cierta ocasión, Lavater, que era huésped del landgrave, tuvo que ponerse firme con la duquesa de Devonshire, que se creía María Magdalena.

—Pero, y estos Willermoz, estos Martines de Pasqually, que fundan una secta tras otra...

—Pasqually era un aventurero. Realizaba operaciones teúrgicas, en una cámara secreta donde los espíritus angélicos se le aparecían en forma de estelas luminosas y caracteres jeroglíficos. Willermoz lo había tomado en serio, porque era un entusiasta, honesto pero ingenuo. Estaba fascinado por la alquimia, pensaba en una Gran Obra a la que los elegidos hubieran debido consagrarse, para descubrir el punto de aleación de los seis metales nobles estudiando las medidas contenidas en las seis letras del primer nombre de Dios, que Salomón había comunicado a sus elegidos.

—¿Y entonces?

—Willermoz funda muchas obediencias e ingresa en muchas logias al mismo tiempo, como era costumbre en la época, siempre en busca de una revelación definitiva, temiendo que la revelación se produjese siempre en otra parte, como en verdad sucedió, e incluso puede que ésa fuese la única verdad... Por ello se adhirió a los Elus Cohen de Pasqually. Pero, en 1772, Pasqually desaparece, parte hacia Santo Domingo, deja todo empantanado. ¿Por qué se eclipsa? Sospecho que porque había entrado en posesión de algún secreto y no quería compartirlo. De todas formas, que descanse en paz, desaparece en ese continente, oscuro como se lo había merecido...

—¿Y Willermoz?

—En aquellos años todos estaban afectados por la muerte de Swedenborg, un hombre que habría podido enseñar muchas cosas al Occidente enfermo, si el Occidente le hubiese prestado oídos, pero ya el siglo corría hacia la locura revolucionaria para satisfacer las ambiciones del Tercer Estado... Ahora bien, es entonces cuando Willermoz oye hablar de la Estricta Observancia Templaria de von Hund y queda fascinado. Le habían dicho que un templario que se declara, quiero decir, que funda una asociación pública, no es un templario, pero el siglo XVIII era una época de gran credulidad. Willermoz trata de establecer varias alianzas con von Hund, como consta en esta lista; hasta que von Hund es desenmascarado, digamos que se descubre que era uno de esos personajes que desaparecen llevándose la caja, y el duque de Brunswick lo separa de la organización.

Dio otra ojeada a la lista:

—¡Ah, sí! Me olvidaba de Weishaupt. Los Iluminados de Baviera, con un nombre como ése en seguida atraen a muchos espíritus generosos. Pero el tal Weishaupt era un anarquista, hoy le llamaríamos comunista, y si supiesen ustedes los disparates que se decían en ese ambiente, golpes de Estado, derrocamiento de soberanos, baños de sangre... Y les diré que he admirado mucho a Weishaupt, no por sus ideas, sino por su clarísima concepción del funcionamiento de una sociedad secreta. Pero se pueden tener espléndidas ideas organizativas y unos objetivos bastante confusos. En suma, el duque de Brunswick tiene que administrar la confusión que ha dejado von Hund y descubre que a esas alturas en el universo masónico alemán se enfrentan al menos tres almas: la tendencia sapiencial y ocultista, incluidos algunos rosacruces, la tendencia racionalista y la tendencia anárquico revolucionaria de los Iluminados de Baviera. Entonces propone a las varias órdenes y ritos que se reúnan en Wilhelmsbad para celebrar un «convento», como lo llamaban entonces, una especie de estados generales. Debían responder a las siguientes preguntas: ¿La orden deriva realmente de una sociedad antigua? ¿De cuál? ¿Existen realmente unos Superiores Desconocidos, guardianes de la tradición antigua? ¿Quiénes son? ¿Cuáles son los verdaderos objetivos de la orden? ¿Se propone lograr la restauración de la orden de los templarios? Y cosas por el estilo, incluido el problema del papel que debían desempeñar las ciencias ocultas entre las actividades de la orden. Willermoz se adhiere con entusiasmo, al fin encontraría respuestas a las preguntas que, honestamente, se había formulado durante toda la vida... Y aquí surge el caso de de Maistre.

—¿Qué de Maistre? —pregunté—. ¿Joseph o Xavier?
—Joseph.
—¿El reaccionario?
—Si lo fue, no lo fue bastante. Era un hombre extraño. Fíjense que este defensor de la iglesia católica, y en momentos en que los pontífices empezaban a emitir bulas contra la masonería, ingresa en una logia, donde toma el nombre de Josephus a Floribus. Más aún, se acerca a la masonería cuando, en 1773, un breve pontificio condena a los jesuitas. Naturalmente, de Maistre se acerca a las logias de tipo escocés, porque, claro, no es un ilustrado burgués sino un iluminado.

Bebía con parsimonia su coñac, extraía de una cigarrera de metal casi blanco unos puritos de forma extraña («me los confecciona mi tabaquero de Londres», dijo, «al igual que los cigarros que vieron en mi casa, sírvanse, son excelentes...»), hablaba con la mirada perdida en los recuerdos.
—De Maistre... Un hombre de trato exquisito, oírle hablar era un placer espiritual. Y había adquirido mucha autoridad en los círculos de iniciados. Sin embargo, en Wilhelmsbad defrauda las expectativas de todos. Envía una carta al duque en la que niega rotundamente la filiación templaria, la existencia de los Superiores Desconocidos y la utilidad de las ciencias esotéricas. Lo hace por fidelidad a la iglesia católica, pero se vale de argumentos propios de un enciclopedista burgués. Cuando el duque leyó la carta en un cenáculo de íntimos, nadie podía darle crédito. Ahora de Maistre afirmaba que el objetivo de la orden sólo consistía en la reconstitución espiritual, y que la ceremonia y los ritos tradicionales sólo servían para mantener despierto el espíritu místico. Alababa todos los nuevos símbolos masónicos, pero decía que cuantas más cosas representa una imagen más cerca está de no representar nada. Lo cual, perdonen ustedes, va en contra de toda la tradición hermética, porque el símbolo es más pleno, revelador y poderoso cuanto más ambiguo y fugaz resulta, si no ¿dónde queda el espíritu de Hermes, el dios de los mil rostros? Y sobre los templarios, de Maistre se limitaba a decir que la orden del Temple había sido creada por la avaricia y que la avaricia la había destruido. Ahí quedaba todo. El de Saboya no podía olvidar que la orden había sido destruida con el consentimiento papal. Jamás hay que confiar en los legitimistas católicos, por ardiente que sea su vocación hermética. También la respuesta sobre los Superiores Desconocidos era ridícula: no existen, y prueba de ello era que no les conocemos. Se le objetó que, desde luego, no les conocemos, porque, si no, no serían desconocidos. ¿Les parece una manera de razonar, la suya? Es extraño que un creyente de su temple fuese tan impermeable al sentido del misterio. Y después de decir eso, de Maistre hacía un llamamiento final, volvamos al Evangelio y abandonemos las locuras de Menfis. Se limitaba a plantear una vez más la línea milenaria de la iglesia. Ya ven ustedes en qué clima se desarrolló la reunión de Wilhelmsbad. Con la

deserción de una autoridad como de Maistre, Willermoz quedó en minoría, y todo lo que pudo lograrse fue una solución de compromiso. Se mantuvo el rito templario, hubo que diferir el tema de los orígenes, en suma, un fracaso. Fue entonces cuando el escocesismo perdió su ocasión: si las cosas hubiesen sido distintas, quizá también el siglo siguiente habría resultado muy distinto.

—¿Y después? —pregunté—. ¿La cosa ya no pudo remendarse?

—¿Qué cree usted que podía remendarse, para usar sus palabras? Tres años después, un predicador evangélico que se había unido a los Iluminados de Baviera, un tal Lanze, muere fulminado en un bosque. En sus ropas se encuentran instrucciones de la orden, interviene el gobierno bávaro, se descubre que Weishaupt está confabulando contra el gobierno, y al año siguiente se suprime la orden. No es todo, se publican unos escritos de Weishaupt, con los supuestos proyectos de los iluminados, que desacreditan durante un siglo al neotemplarismo francés y alemán... Quisiera señalar que probablemente los iluminados de Weishaupt estaban de parte de la masonería jacobina y se habían infiltrado en la rama neotemplaria para destruirla. No por casualidad esa gentuza atrajo a un Mirabeau, el tribuno de la revolución. ¿Quieren que les diga algo?

—Adelante.

—A los hombres que, como yo, queremos volver a atar los hilos de una tradición perdida, un acontecimiento como el de Wilhelmsbad nos deja desconcertados. Alguien había intuido, y calló; alguien sabía y mintió. Y después ya fue demasiado tarde, primero el torbellino revolucionario, después el pandemónium del ocultismo decimonónico... Miren la lista, una verbena de mala fe y credulidad, de zancadillas, excomuniones recíprocas, secretos que están en boca de todos. El teatro del ocultismo.

—¿Está diciendo que los ocultistas no son gente de fiar? —preguntó Belbo.

—Hay que saber distinguir entre ocultismo y esoterismo. El esoterismo es la búsqueda de un saber que sólo se transmite por símbolos, unos símbolos que están sellados para los profanos. El ocultismo, en cambio, que se difunde en el siglo XIX, es la punta del iceberg, lo poco que aflora del secreto esotérico. Los templarios eran iniciados, y prueba de ello es el hecho de que cuando les someten a tortura prefieren morir con tal de salvar su secreto. La fuerza con que lo ocultaron nos asegura que eran iniciados, y hace que añoremos lo que deben de haber sabido. El ocultista es exhibicionista. Como decía Péladan, un secreto iniciático revelado no sirve para nada. Lamentablemente, Péladan no era un iniciado, sino un ocultista. El siglo XIX es el siglo de la delación. Todos se afanan por divulgar los secretos de la magia, de la teúrgia, de la Cábala, del tarot. Y es probable que estén convencidos de su verdad.

Agliè siguió recorriendo nuestra lista, con algún gesto de conmiseración.

—Helena Petrovna. Una buena mujer, en el fondo, pero no dijo nada que ya no estuviese escrito en todas las paredes... De Guaita, un bibliómano drogado. Papus: ése sí que era bueno. —De repente se detuvo—: Tres... ¿De dónde ha salido ese dato? ¿De qué original?

Muy bien, pensé, se ha dado cuenta de la interpolación. No le respondimos nada preciso:

—Sabe usted, la lista se compiló sobre la base de distintos textos, y la mayoría ya se ha devuelto, eran cosas bastante malas. ¿Recuerda de dónde procede este Tres, Belbo?

—No creo. ¿Y tú, Diotallevi?

—Ya han pasado muchos días... ¿Por qué? ¿Es importante?

—No es nada —nos aseguró Agliè—. Era porque nunca había oído hablar de él. ¿Realmente no recuerdan quién lo mencionaba?

Lo lamentábamos mucho, no recordábamos.

Agliè extrajo su reloj del chaleco.

—Dios mío, tenía otra cita. Perdonen, debo marcharme.

Nos dejó, y nosotros nos quedamos conversando.

—Ahora todo está claro. Los ingleses lanzan la propuesta masónica para coaligar a todos los iniciados de Europa en torno al proyecto baconiano.

—Pero el proyecto sólo resulta a medias: la idea de los baconianos es tan fascinante que produce unos resultados contrarios a sus expectativas. La llamada rama escocesa piensa que el nuevo conventículo es una manera de reconstruir la sucesión, y se pone en contacto con los templarios alemanes.

—Para Agliè todo esto es incomprensible. Lógico. Sólo nosotros podemos decir ahora qué es lo que sucedió, qué queremos que haya sucedido. En aquel momento los distintos grupos nacionales se pelean entre sí, y yo no excluiría que ese Martines de Pasqually haya sido un agente del grupo de Tomar. Los ingleses reniegan de los escoceses, que por lo demás son franceses, los franceses están divididos en dos grupos, el anglófilo y el germanófilo. La masonería es la fachada, el pretexto gracias al cual todos estos agentes de grupos distintos, sabe Dios qué habrá sido de los paulicianos y los jerosolimitanos, se encuentran y se enfrentan, tratando de arrancarse unos a otros algún fragmento de secreto.

—La masonería es como el Rick's Café Americain de Casablanca —dijo Belbo—. Esto refuta la opinión general. La masonería no es una sociedad secreta.

—Qué va, si sólo es un puerto franco, como Macao. Una fachada. El secreto estaba en otra parte.

—Pobres masones.

—El progreso se cobra sus víctimas. Sin embargo, reconozcan que estamos redescubriendo una racionalidad inmanente a la historia.

—La racionalidad de la historia es el resultado de una correcta reescritura de la Torah —dijo Diotallevi—. Y eso es lo que estamos haciendo, bendito sea por siempre el nombre del Altísimo.

—De acuerdo —dijo Belbo—. Ahora los baconianos controlan Saint-Martin-des-Champs, el ala neotemplaria francoalemana se está disgregando en una infinidad de sectas... Pero aún no hemos decidido de qué secreto se trata.

—Aquí les quiero ver —dijo Diotallevi.

—¿Les? En esto estamos embarcados los tres, y si no encontramos una salida honorable vamos a quedar fatal.

—¿Ante quién?

—Pues ante la historia, ante el tribunal de la Verdad.

—¿Quid est veritas? —preguntó Belbo.

—Nosotros —dije.

77

> Los Filósofos llaman Expulsadiablos a esta hierba. Está probado que sólo esta semilla expulsa a los diablos y a sus alucinaciones... Se le administró a una jovencita que durante la noche era atormentada por un diablo, y esa hierba lo hizo huir.
> (Johannes de Rupescissa, *Trattato sulla Quintessenza,* II)

En los días que siguieron me olvidé del Plan. El embarazo de Lia estaba llegando a término y apenas podía estaba a su lado. Lia me tranquilizaba diciendo que aún no había llegado el momento. Estaba haciendo el curso de parto sin dolor y yo trataba de seguir sus ejercicios. Lia había rechazado la ayuda de la ciencia para conocer de antemano el sexo de la criatura. Quería que fuese una sorpresa. Acepté su capricho. Le tocaba el vientre, no me preguntaba qué saldría de allí, habíamos decidido llamarlo la Cosa. Yo sólo preguntaba cómo podría participar en el parto.

—La Cosa también es mía —decía—. No quiero ser como los padres de las películas, que se pasean por el corredor encendiendo un pitillo tras otro.

—Pim, no podrás hacer demasiado. A partir de cierto momento, seré yo quien lo haga. Además, no fumas. ¿No se te ocurrirá coger el vicio para festejar la ocasión?

—¿Y entonces qué hago?

—Participas antes y después. Después, si es varón, le educarás, formarás su personalidad, le crearás un buen edipo como es debido, te someterás sonriendo al parricidio ritual cuando llegue el momento, y sin protestar, y un día le mostrarás tu miserable oficina, las fichas, las galeradas de la maravillosa historia de los metales y le dirás hijo mío algún día todo esto será tuyo.

—¿Y si es niña?

—Le dirás hija mía algún día todo esto será del inútil de tu marido.

—¿Y antes?

—Durante las contracciones, entre una y otra pasa cierto tiempo, y hay que contar, porque a medida que se abrevia el intervalo se acerca el momento. Contaremos juntos y tú me marcarás el ritmo, como los remeros en las galeras. Será como si también tú hicieses salir la Cosa de su cuevecita. Pobrecito, pobrecita... Oye, ahora está tan bien en la oscuridad, chupa humores como una sanguijuela, todo gratis, y después, ¡paf!, saltará a la luz del sol, parpadeará y dirá ¿dónde diablos he caído?

—Pobrecito, pobrecita. Y eso que aún no habrá conocido al señor Garamond. Ven, probemos a contar.

Contábamos en la oscuridad, cogidos de la mano. Mi imaginación volaba. La Cosa era una cosa real que al nacer daría sentido a todos los delirios de los diabólicos. Pobres diabólicos, se pasaban las noches representando unas bodas químicas y preguntándose si realmente producirían oro de dieciocho quilates y si la piedra filosofal era el lapis exillis, un miserable Grial de loza. Y mi Grial estaba allí, en la barriga de Lia.

—Sí —decía ella pasándose la mano por su recipiente panzudo y tenso—, aquí es donde se macera tu buena materia prima. ¿Qué pensaba que sucedía en el recipiente esa gente que viste en el castillo?

—Oh. Que allí borboteaba la melancolía, la tierra sulfurosa, el plomo negro, el aceite de Saturno, una Estigia de molificaciones, asaciones, humaciones, licuefacciones, amasamientos, impregnaciones, sumersiones, tierra fétida, sepulcro hediondo...

—¿Pero qué eran, impotentes? ¿No sabían que en el recipiente madura nuestra Cosa, una cosa toda blanca linda y rosa?

—Claro que lo sabían, pero para ellos hasta tu barriguita es una metáfora, llena de secretos...

—No hay secretos, Pim. Sabemos bien cómo se forma la Cosa, sus nerviecitos, sus musculitos, sus ojitos, sus bracitos, sus pancreacitos...

—Santo Dios. ¿Cuántos bazos? ¿Quién es, Rosemary's Baby?

—Es una manera de decir. Pero tenemos que estar preparados para aceptarla aunque tenga dos cabezas.

—¿Cómo no? Le enseñaría a tocar duetos con trompeta y clarinete... No, porque entonces tendría que tener cuatro manos y ya sería demasiado, aunque piensa lo que podría dar como solista de piano, el concierto para la mano izquierda se le quedaría pequeño. Brr... Pero bueno, hasta mis diabólicos saben que ese día en la clínica también se producirá la obra en blanco, nacerá el Rebis, el andrógino...

—Claro, sólo nos faltaba eso. Más bien, le llamaremos Giulio, o Giulia, como mi abuelo, ¿qué te parece?

—No me disgusta, suena bien.

Habría bastado con que me detuviese allí. Con que escribiese un libro blanco, un grimoire bueno, para todos los adeptos de Isis Desvelada, donde explicara que no debían seguir buscando el secretum secretorum, que la lectura de la vida no ocultaba ningún sentido escondido, y que todo estaba allí, en las barrigas de todas las Lias del mundo, en las habitaciones de las clínicas, en los jergones, en las orillas pedregosas de los ríos, y que las piedras que salen del exilio y el Santo Grial no son más que unos monitos que gritan mientras les cuelga el cordón umbilical y el doctor les da unas palmadas en el culo. Y que, para la Cosa, los Superiores Desconocidos éramos Lia y yo, y que además nos reconocería en seguida, sin tener que preguntárselo a ese zascandil de de Maistre.

Pero no, nosotros, los muy sardónicos, queríamos jugar al escondite con los diabólicos mostrándoles que, si debía existir una conjura cósmica, nosotros sabíamos inventar una que más cósmica imposible.

Te lo tienes merecido, pensaba la otra noche, ahora estás aquí esperando a ver qué sucederá debajo del péndulo de Foucault.

Yo diría que este monstruoso híbrido no procede de un útero materno, sino con toda seguridad de un Efialtes, de un Incubo, o de algún otro demonio horrible, como si hubiese sido concebido a partir de un hongo pútrido y venenoso, hijo de Faunos y de Ninfas, más parecido a un demonio que a un hombre.

(Athanasius Kircher, *Mundus Subterraneus*, Amsterdam, Jansson, 1665, II, pp. 279-280)

Aquel día quise quedarme en casa, presentía algo, pero Lia me dijo que no me comportase como un príncipe consorte y que fuese a trabajar.

—Hay tiempo, Pim, todavía no nace. También yo tengo que salir. Puedes marcharte.

Estaba llegando a la puerta de mi despacho, cuando se abrió la del señor Salon. Apareció el viejo, con su mandil amarillo. No pude dejar de saludarle, y me invitó a pasar. Nunca había visto su laboratorio, así que entré.

Si detrás de aquella puerta había existido un apartamento, era evidente que Salon había hecho demoler los tabiques, porque lo que vi era un antro de dimensiones vastas e imprecisas. Por alguna ignota razón arquitectónica, aquel ala del edificio tenía techo abuhardillado y la luz penetraba por unas vidrieras oblicuas. No sé si los cristales estaban sucios o eran esmerilados, o si Salon les había puesto un filtro para protegerse del sol, o si era por la acumulación de objetos que proclamaban por todas partes el miedo a los espacios vacíos, pero en el antro se expandía una luz crepuscular, a la que también contribuía la presencia de unas estanterías de farmacia antigua que lo dividían y en las que se abrían arcos que marcaban hiatos, pasadizos, perspectivas. La tonalidad dominante era el pardo, pardos eran los objetos, los estantes, las mesas, la vaga mezcla de la luz del sol con el incierto resplandor que viejas lámparas derramaban sobre algunas zonas del local. En un primer momento, creí que había entrado en el taller de un luthier, del que el artesano hubiese desaparecido en la época de Stradivarius y donde el polvo hubiera ido acumulándose sobre los cebrados vientres de las tiorbas.

Después, a medida que los ojos se fueron habituando, comprendí que estaba, como cabía esperar, en un zoológico petrificado. Allá al fondo un osito de ojos brillantes y vítreos trepaba por una rama artificial, a mi lado descansaba un mochuelo, hierático y atónito, en la mesa que tenía delante había una comadreja, o una garduña o un turón, no sé bien. En el centro de la mesa, un animal prehistórico que al principio no reconocí, como un felino observado con rayos equis.

Podía ser un puma, un gato cerval, un perro de grandes dimensiones, veía su esqueleto cubierto en parte por un relleno de estopa y sostenido por un armazón de hierro.

—Es el alano de una señora rica y sentimental —dijo Salon, en sus labios una sonrisa burlona—, que quiere recordarlo como en los tiempos en que hacían vida conyugal. ¿Ve? Se desuella al animal, se unta la piel por dentro con jabón de arsénico, después se hacen macerar los huesos, se los blanquea... Mire qué buena colección de columnas vertebrales y cajas torácicas tengo en aquella estantería. ¿Bonito osario, verdad? Después se unen los huesos con alambre y, una vez reconstruido el esqueleto, se introduce un relleno, yo suelo hacerlo con paja, pero también puede ser de cartón piedra o de escayola. Por último se monta la piel. Reparo los daños de la muerte y de la corrupción. Mire este búho, ¿no parece que estuviera vivo?

A partir de entonces, todo búho vivo me habría parecido muerto, entregado por Salon a aquella esclerótica eternidad. Observé el rostro de aquel embalsamador de faraones bestiales, sus cejas pobladas, sus mejillas grises, y traté de descubrir si era un ser vivo o una obra maestra de su propio arte.

Para mirarle mejor, di un paso hacia atrás y sentí que algo me rozaba la nuca. Me volví con un estremecimiento y vi que había puesto en movimiento un péndulo.

Un gran pájaro descuartizado oscilaba siguiendo el movimiento de la lanza que lo traspasaba. Le entraba por la cabeza, y por el pecho abierto se veía que penetraba allí donde antes estuvieran el corazón y el buche, y allí formaba un lazo para luego dividirse como un tridente invertido. Una parte más gruesa le traspasaba el sitio donde habían estado las vísceras y apuntaba hacia el suelo como una espada, mientras que los otros dos floretes penetraban por las patas y asomaban simétricamente por las garras. El pájaro oscilaba levemente y las tres puntas indicaban en el suelo la huella que habrían dejado si hubiesen llegado a rozarlo.

—Es un bello ejemplar de águila real —dijo Salon—. Pero todavía tengo que trabajar en él unos días. Precisamente, estaba escogiendo los ojos. —Me mostró una caja llena de córneas y pupilas de vidrio, como si el verdugo de Santa Lucía hubiera recogido los trofeos de su carrera—. No siempre es tan fácil como con los insectos, con los que basta la caja y un alfiler. A los invertebrados, por ejemplo, hay que tratarlos con formalina.

Aquello olía a depósito de cadáveres.

—Debe de ser un trabajo apasionante —dije.

Entretanto pensaba en la cosa viva que palpitaba en el vientre de Lia. Me asaltó un pensamiento gélido: si la Cosa muriese, dije para mis adentros, quiero enterrarla yo mismo, que alimente a todos los gusanos del subsuelo y enriquezca la tierra. Sólo así sentiré que aún está viva...

Volví a la realidad porque Salon estaba hablando y trayendo una extraña criatura de uno de sus estantes. Tendría unos treinta centímetros de largo y se veía que era un dragón, un reptil de grandes alas negras y membranosas, con una cresta de gallo y las abiertas fauces erizadas de minúsculos dientes de tiburón.

—¿Bonito, verdad? Es una composición mía. He utilizado una salamandra, un murciélago, las escamas de una serpiente... Un dragón del subsuelo. Me he inspirado en esta obra... —Me mostró, en otra mesa, un grueso volumen en folio, encuadernado en pergamino antiguo, con cintas de cuero—. Me ha costado un ojo de la cara, no soy un bibliófilo pero quería tener esto. Es el *Mundus Subterraneus* de Athanasius Kircher, primera edición, 1665. Aquí está el dragón. Igualito, ¿verdad? Vive en las grietas de los volcanes, decía ese buen jesuita que lo sabía todo, lo conocido, lo desconocido y lo inexistente...

—Usted siempre piensa en los subterráneos —dije, recordando nuestra conversación en Munich y las frases que había oído a través de la oreja de Dionisio.

Abrió el volumen por otra página: en ella se veía una imagen del globo terráqueo que parecía un órgano anatómico hinchado y negro, atravesado por una telaraña de venas fosforescentes, onduladas y flameantes.

—Si Kircher tenía razón, hay más senderos en el corazón de la Tierra que en su superficie. Todo lo que sucede en la naturaleza se debe al calor que humea allá abajo...

Yo pensaba en la obra en negro, en el vientre de Lia, en la Cosa que trataba de irrumpir al exterior desde su tierno volcán.

— ...y todo lo que sucede en el mundo de los hombres también se trama allá abajo.

—¿Lo dice el padre Kircher?

—No, él se ocupa de la naturaleza, solamente... Aunque es curioso que la segunda parte de este libro trate de la alquimia y los alquimistas y que precisamente aquí, mire, en este pasaje, aparezca un ataque contra los rosacruces. ¿Por qué ataca a los rosacruces en un libro sobre el mundo subterráneo? Se las sabía todas, nuestro jesuita, sabía que los últimos templarios se habían refugiado en el reino subterráneo de Agarttha...

—Y al parecer siguen allí —aventuré.

—Siguen allí —dijo Salon—. No en Agarttha, en otras galerías subterráneas. Quizá aquí, debajo de este edificio. Ahora también Milán tiene metro. ¿Quién decidió que se construyera? ¿Quién dirigió las excavaciones?

—Supongo que unos ingenieros especializados.

—Claro, cúbrase los ojos. Y entretanto en su editorial publican libros de Dios sabe qué autores. ¿Cuántos judíos hay entre sus autores?

—No pedimos certificados de pureza de sangre a los autores —respondí secamente.

—¿No pensará que soy un antisemita? Algunos de mis mejores amigos son judíos. Pienso en cierto tipo de judíos...

—¿Cuáles?

—Yo me entiendo...

79

Abrió su cofrecillo. En un desorden indescriptible había allí cuellos de camisa, elásticos, utensilios de cocina, insignias de diversas escuelas técnicas, incluso el monograma de la emperatriz Alexandra Feodorovna y la cruz de la Legión de Honor. Sobre todos esos objetos su alucinación le hacía ver el sello del Anticristo, en la forma de un triángulo o de dos triángulos cruzados.

(Alexandre Chayla, «Serge A. Nilus et les Protocoles», *La Tribune Juive*, 14 de mayo de 1921, p. 3)

—Mire usted —añadió—, yo nací en Moscú. Fue precisamente en Rusia, durante mi juventud, donde se publicaron unos documentos secretos judíos en los que se decía sin vuelta de hoja que para someter a los gobiernos era necesario trabajar en los subterráneos. Escuche esto. —Cogió un cuadernito donde había copiado a mano unas citas—: «En esa época todas las ciudades tendrán trenes subterráneos y pasajes subterráneos: desde allí haremos saltar por los aires todas las ciudades del mundo.» ¡Protocolos de los Sabios de Sión, documento número nueve!

Se me ocurrió que la colección de vértebras, la caja llena de ojos, las pieles que extendía sobre los armazones, procedían de un campo de exterminio. Pero no, sólo era un viejo nostálgico, esos eran sus recuerdos pasados del antisemitismo ruso.

—Si no me equivoco, existiría un conventículo de judíos, de ciertos judíos, que traman algo. Pero, ¿por qué en los subterráneos?

—¡Me parece evidente! El que trama, si trama, lo hace por debajo, no a la luz del sol. Eso se sabe desde el principio de los tiempos. El dominio del mundo significa el dominio de lo que hay debajo. De las corrientes subterráneas.

Me acordé de una pregunta que hiciera Agliè en su estudio, y de las druidas del Piamonte, que evocaban las corrientes telúricas.

—¿Por qué los celtas excavaban santuarios en el corazón de la Tierra, cuyas galerías comunicaban con un pozo sagrado? —seguía Salon—. El pozo, como se sabe, estaba conectado con capas radioactivas. ¿Cómo está construida Glanstonbury? ¿Y no se trata quizá de la isla de Avalón, de donde procede el mito del Grial? ¿Acaso no fue un judío quien inventó el Grial?

Otra vez el Grial, Santo Dios. Pero, qué Grial, hay un solo Grial, mi Cosa, en contacto con las capas radioactivas del útero de Lia, y quizá ahora está navegando gozosamente hacia la boca del pozo, quizá se dispone a salir, mientras yo estoy aquí, entre estos búhos embalsamados, cien muertos y uno que trata de parecer vivo.

—Todas las catedrales se construyeron en los sitios donde los celtas tenían sus menhires. ¿Por qué erigían esas piedras, con lo difícil que era?

—¿Y por qué los egipcios se tomaron el trabajo de erigir las pirámides?

—Justamente. Eran antenas, termómetros, sondas, agujas como las de los médicos chinos, clavadas donde el cuerpo reacciona en los puntos nodales. En el centro de la Tierra hay un núcleo de fusión, algo similar al sol, mejor dicho un verdadero sol, alrededor del cual gira algo, algo que describe distintas trayectorias. Orbitas de corrientes telúricas. Los celtas sabían dónde estaban, y cómo dominarlas. ¿Y Dante? ¿Y Dante? ¿Qué pretende contarnos con su historia del descenso a las profundidades? ¿Entiende, estimado amigo?

No me gustaba ser su estimado amigo, pero seguí escuchándole. Giulio Giulia, mi Rebis hincado como Lucifer en el centro del vientre de Lia; pero él, ella, la Cosa se daría la vuelta, se proyectaría hacia lo alto, de alguna manera saldría de allí. La Cosa está hecha para salir de las vísceras, para desvelarse en su secreto diáfano, no para entrar con la cabeza gacha, en busca de un secreto viscoso.

Salon seguía, perdido ya en un monólogo que parecía estar repitiendo de memoria:

—¿Sabe qué son los leys ingleses? Sobrevuele Inglaterra, y verá que todos los lugares sagrados están unidos por líneas rectas, una red de líneas que se cruzan por todo el territorio, y que aún son visibles porque se utilizaron para el trazado de carreteras en tiempos más recientes...

—Si había unos lugares sagrados, debían de estar unidos por caminos, y esos caminos se habrán trazado del modo más recto posible...

—¿Le parece? ¿Y por qué las migraciones de las aves siguen estas líneas? ¿Por qué indican rutas recorridas por platillos voladores? Es un secreto que se extravió con la invasión romana, pero aún queda gente que lo conoce...

—Los judíos —sugerí.

—También ellos excavan. El primer principio alquímico es VITRIOL: Visita Interiora Terrae, Rectificando Invenies Occultum Lapidem.

Lapis exillis. Mi Piedra, que lentamente estaba saliendo del exilio, del dulce despreocupado hipnótico exilio en el recipiente capaz de Lia, sin buscar otras profundidades, mi bonita y blanca Piedra que quiere la superficie... Tenía ganas de regresar corriendo a casa, esperar con Lia la aparición de la Cosa, hora tras hora, el triunfo de la superficie reconquistada. El antro de Salon olía a subterráneos, los subterráneos son el origen del que hay que alejarse, no la meta a la que hay que tender. Y sin embargo seguía escuchándole, y mi cabeza bullía de nuevas y astutas ideas para el Plan. Mientras esperaba a la única Verdad de este mundo sublunar, me estaba amargando para concebir nuevas mentiras. Ciego como los animales del subsuelo.

Volví a la realidad. Tenía que salir del túnel.

—Debo marcharme —dije—. Quizá podría indicarme algún libro sobre estos temas.

—Bah. Todo lo que se ha escrito sobre esto es falso, falso como el alma de Judas. Lo que sé lo he aprendido de mi padre...

—¿Era geólogo?

—Oh, no —dijo riendo Salon—, no, en absoluto. Mi padre, no hay por qué avergonzarse, porque ya es historia antigua, trabajaba en la Okrana. Estaba directamente a las órdenes del jefe, el legendario Rakovski.

Okrana, Okrana, una especie de KGB, ¿no era la policía secreta zarista? ¿Y Rakovski quién era? ¿Quién tenía un nombre parecido? Santo Dios, el misterioso visitante del coronel, el conde Rakosky... No, no podía ser, me estaba dejando atrapar por las coincidencias. Yo no embalsamaba animales muertos, yo engendraba animales vivos.

> Cuando en la materia de la gran obra aparece la *blancura,* la vida ha vencido a la muerte, su Rey ha resucitado, la tierra y el agua se han transformado en aire, es el régimen de la Luna, su hijo ha nacido... Entonces la materia ha adquirido tal grado de fijación que el fuego ya no sabría destruirla... Cuando el Artista ve la *blancura* perfecta, dicen los Filósofos que hay que hacer trizas los libros, porque ya no sirven para nada. (Dom J. Pernety, *Dictionnaire mytho-hermétique,* Paris, Bauche, 1758, «Blancheur»)

Farfullé una excusa, a toda prisa. Creo que dije «mi chica tiene que parir mañana». Salon me felicitó, con cara de no haber entendido quién era el padre. Me fui corriendo a casa, para respirar aire puro.

Lia no estaba. En la mesa de la cocina había una nota: «Amor mío, he roto aguas. No te he encontrado en la oficina. Me voy a la clínica en taxi. Ven pronto, me siento sola.»

Me invadió el pánico, debía estar allí contando con Lia, yo debía estar en la oficina, hubiese debido ser localizable. Era culpa mía, la Cosa nacería muerta, Lia moriría con ella, Salon las embalsamaría a ambas.

Entré en la clínica como si padeciese de laberintitis, pregunté donde no había que preguntar, me equivoqué dos veces de servicio. A todos les decía que no podía ser que no supiesen dónde estaba dando a luz Lia, y todos me decían que me calmase porque allí todas estaban dando a luz.

Por último, no sé cómo, aparecí en una habitación. Lia estaba pálida, pero la suya era una palidez nacarada, y sonreía. Alguien le había recogido el flequillo, encerrándolo en una cofia blanca. Por primera vez podía ver la frente de Lia en todo su esplendor. A su lado había una Cosa.

—Es Giulio —dijo.

Mi Rebis. También yo lo había hecho, y no con fragmentos de cuerpos muertos, ni con jabón de arsénico. Estaba enterito, tenía todos los dedos donde debían estar.

Quise verlo todo.

—¡Ay qué pililá tan linda, mira qué huevecillos más grandes!

Después cubrí de besos la frente de Lia:

—Lo has hecho tú, querida, lo importante es el recipiente.

—Claro que lo he hecho yo, memo. He contado sola.

—Tú para mí cuentas mucho —dije.

81

El pueblo subterráneo ha alcanzado el saber supremo... Si nuestra insensata humanidad iniciase una guerra contra ellos, serían capaces de hacer saltar por los aires la superficie del planeta.

(Ferdinand Ossendowski, *Beasts, Men and Gods,* 1924, V)

Permanecí junto a Lia incluso cuando salió de la clínica, porque apenas llegamos a casa, y cuando se disponía a cambiarle los pañales al pequeño, se echó a llorar y dijo que aquello era demasiado para ella. Después alguien nos explicó que era normal. Tras la euforia del parto, la mujer se siente impotente ante la inmensidad de la tarea que le espera. Durante esos días en que ganduleaba por la casa sintiéndome inútil, y en todo caso incapaz de amamantar, pasé largas horas leyendo todo lo que había podido encontrar sobre las corrientes telúricas.

Cuando regresé, lo comenté con Agliè. Hizo un gesto de profundo aburrimiento:

—Son pobres metáforas para referirse al secreto de la serpiente Kundalini. También la geomancia china buscaba en la Tierra las huellas del dragón, pero la serpiente telúrica significaba sólo la serpiente iniciática. La diosa descansa en forma de serpiente enrollada y duerme su eterno letargo. Kundalini palpita suavemente, palpita y emite un siseo ligerísimo, y vincula los cuerpos pesados con los cuerpos sutiles. Como un torbellino, o un remolino en el agua, como la mitad de la sílaba OM.

—Pero, ¿a qué secreto alude la serpiente?

—Alude a las corrientes telúricas. A las verdaderas.

—¿Y qué son las verdaderas corrientes telúricas?

—Una gran metáfora cosmológica, que alude a la serpiente.

Al diablo con Agliè, pensé. Yo sé mucho más.

Leí mis notas a Belbo y a Diotallevi, y ya no dudamos. Al fin podíamos dotar a los templarios de un secreto decoroso. Era la solución más económica, más elegante, y todas las piezas de nuestro rompecabezas milenario encajaban.

Pues bien, los celtas conocían la existencia de las corrientes telúricas, lo habían revelado los atlántidas, cuando los supervivientes del continente sumergido emigraron en parte a Egipto y en parte a Bretaña.

Los atlántidas, a su vez, lo habían aprendido todo de estos antepasados nuestros que desde Avalón, a través del continente Mu, habían llegado hasta el desierto central de Australia, en la época en que todos los continentes formaban un solo núcleo transitable, la maravillosa Pangea. Bastaría con saber leer aún (como lo saben los aborígenes, que no quieren hablar) el misterioso alfabeto grabado en la gran peña de Ayers Rock, para obtener la Explicación. Ayers Rock está situado en las antípodas de la gran montaña (desconocida) que es el Polo, el verdadero Polo, el iniciático, no ese otro al que llega cualquier explorador burgués. Como de costumbre, y como resulta evidente para quien no esté obcecado por el falso saber de la ciencia occidental, el Polo que se ve es el que no existe, y el que existe es el que nadie es capaz de ver, salvo algún adepto, cuyos labios están sellados.

Los celtas, sin embargo, creían que bastaba con descubrir el plano global de las corrientes. Por eso erigían megalitos: los menhires eran dispositivos radiestésicos, que funcionaban como clavijeros, como tomas de electricidad hincadas en los puntos donde las corrientes se ramificaban en diversas direcciones. Los leys marcaban el recorrido de una corriente ya detectada. Los dólmenes eran cámaras de condensación de la energía, donde los druidas, valiéndose de artificios geománticos, trataban de extrapolar el trazado total. Los crómlech y Stonehenge eran observatorios micro-macrocósmicos desde donde se afanaban por descubrir, a partir del orden de las constelaciones, el orden de las corrientes, porque, como dice la Tabula Smaragdina, lo que está arriba es isomorfo de lo que está abajo.

Pero el problema no era ése, o al menos no era sólo ése. Lo había comprendido la otra ala de la emigración de los atlántidas. Los conocimientos ocultos de los egipcios se habían transmitido de Hermes Trismegisto a Moisés, quien había tenido el cuidado de no comunicarlos a sus pordioseros con el buche todavía lleno de maná; a ellos les había entregado los diez mandamientos, que eso sí podían entenderlo. La verdad, que es aristocrática, Moisés la cifró en el Pentateuco. Los cabalistas lo habían comprendido.

—Y pensar —dije— que ya todo estaba escrito como en un libro abierto en las medidas del Templo de Salomón, y los que custodiaban el secreto eran los rosacruces, que constituían la Gran Fraternidad Blanca, o sea los esenios, que como se sabe transmitieron sus secretos a Jesús, y por eso Jesús es crucificado, desenlace éste que en otro caso resultaría incomprensible...

—Así es, la pasión de Cristo es una alegoría, un anuncio del proceso a los templarios.

—Claro. Y José de Arimatea lleva, o vuelve a llevar, el secreto de Jesús al país de los celtas. Pero es evidente que el secreto aún no está completo, los druidas cristianos sólo conocen un fragmento, y ése es el significado esotérico del Grial: hay algo, pero no sabemos en qué consiste. Qué podía ser aquello, qué decía el Templo verdaderamente, lo sospecha sólo un grupo de rabinos que se quedaron en Palestina. Ellos se lo confían a las sectas iniciáticas musulmanas, a los sufíes, a los ismailíes, a los motocallemin. Y de éstos lo aprenden los templarios.

—Al fin aparecen los templarios. Ya me estaba preocupando.

Ibamos dando retoques al Plan, que como blanda arcilla obedecía a nuestra voluntad fabuladora. Los templarios habían descubierto el secreto durante las noches de insomnio, abrazados a sus compañeros de silla, en el desierto donde soplaba inexorable el simún. Un secreto que habían arrancado trozo a trozo a los que conocían la capacidad de concentración cósmica de la Piedra Negra de La Meca, herencia de los magos babilonios; porque a esas alturas estaba claro que la Torre de Babel no había sido más que un intento, ay, prematuro y justamente fracasado por la soberbia de sus diseñadores, de construir el menhir más potente de todos, sólo que los arquitectos babilonios habían hecho mal los cálculos porque, como había demostrado el padre Kircher, si la torre hubiese llegado a su culmen, su enorme peso habría desviado en noventa o más grados el eje terrestre y nuestro pobre globo habría exhibido, en lugar de una corona itifálica apuntando erecta hacia lo alto, un apéndice estéril, una méntula floja, una cola simiesca que colgaría penduleante, una Šĕkinah perdida en los vertiginosos abismos de un Malkut antártico, fláccido jeroglífico para pingüinos.

—Pero, en resumidas cuentas, ¿qué secreto descubren los templarios?

—Calma, falta poco. Se necesitaron siete días para crear el mundo. Intentémoslo.

La Tierra es un cuerpo magnético: de hecho, como han descubierto algunos científicos, es un inmenso magneto, como afirmó Paracelso hace unos trescientos años.
(H. P. Blavatsky, *Isis Unveiled,* New York, Bouton, 1877, I, p. XXIII)

Lo intentamos, y lo logramos. La Tierra es un gran magneto y la fuerza y las direcciones de sus corrientes dependen también de la influencia de las esferas celestes, de los ciclos estacionales, de la precesión de los equinoccios, de los ciclos cósmicos. Por eso el sistema de las corrientes es cambiante. Pero tienen que moverse como el cabello que, a pesar de crecer en toda la superficie del cráneo, parece originarse en espiral desde un punto situado en la nuca, allí donde es más rebelde al peine. Si se detectase ese punto, si se instalara allí la estación más potente, se podrían dominar, dirigir, controlar todos los flujos telúricos del planeta. Los templarios habían comprendido que el secreto no consistía sólo en disponer del mapa global, sino también en conocer el punto crítico, el Omphalos, el Umbilicus Telluris, el Centro del Mundo, el Origen del Poder.

Todo el fabular alquímico, el descenso ctónico de la obra en negro, la descarga eléctrica de la obra en blanco, sólo eran símbolos, transparentes para los iniciados, de esa auscultación centenaria cuyo resultado final habría tenido que ser la obra en rojo, el conocimiento total, el dominio fulgurante del sistema planetario de las corrientes. El secreto, el verdadero secreto alquímico y templario, consistía en detectar el Manantial de ese ritmo interno, dulce, tremendo y regular como la palpitación de la serpiente Kundalini, aún desconocido en muchos aspectos, pero sin duda preciso como un reloj, de la única, verdadera Piedra que jamás haya caído exiliada del cielo, la Gran Madre Tierra.

Por lo demás, eso era lo que quería averiguar Felipe el Hermoso. De ahí la maliciosa insistencia de los inquisidores en el misterioso beso *in posteriori parte spine dorsi.* Querían el secreto de Kundalini. Nada de sodomía.

—Todo perfecto —decía Diotallevi—. Pero, una vez que sabes cómo dirigir las corrientes telúricas, ¿qué hacemos? ¿Rosquillas?

—Vamos —decía yo—. ¿No se dan cuenta del alcance del descubrimiento? En el Ombligo Telúrico se enchufa el clavijero más potente... Quien controla esa estación puede prever las lluvias y las sequías, desatar huracanes, maremotos, terremotos, partir continentes, hundir islas (desde luego, la Atlántida desapareció como consecuencia de un experimento temerario), hacer brotar bosques y montañas... ¿Se dan cuenta? Al lado de esto, la bomba atómica es una minucia, que además hace daño también al que la arroja. Desde tu torre de mando telefoneas, qué sé yo, al presidente de los Estados Unidos y le dices: De aquí a mañana quiero un fantastillón de dólares, o la independencia de Latinoamérica, o Hawai, o la destrucción de tu arsenal nuclear, si no, la falla de California se abrirá definitivamente y Las Vegas se convertirá en un garito flotante...

—Pero Las Vegas está en Nevada...

—¿Y qué importa? Si controlas las corrientes telúricas, también puedes separar Nevada, y Colorado. Después telefoneas al Soviet Supremo y les dices: Amigos míos, de aquí al lunes quiero que me entreguéis todo el caviar del Volga, y Siberia, para convertirla en un almacén de congelados, si no, os devoro los Urales, os vacío el Mar Caspio, os dejo a la deriva Lituania y Estonia y después las hundo en la Fosa de las Filipinas.

—Es verdad —decía Diotallevi—. Un poder inmenso. Reescribir la Tierra como la Torah. Poner el Japón en el Golfo de Panamá.

—Pánico en Wall Street.

—Ríanse del escudo espacial. Ríanse de la transmutación de los metales en oro. Sólo tienes que dirigir bien la descarga, estimular las vísceras de la Tierra, y en diez segundos haces lo que ella tardaría miles de millones de años en hacer, y toda la cuenca del Ruhr se convierte en un yacimiento de diamantes. Eliphas Levi decía que el conocimiento de las mareas fluídicas y de las corrientes universales representa el secreto de la omnipotencia humana.

—Así debe ser —decía Belbo—. Es como transformar toda la Tierra en un acumulador de orgones. Obvio, Reich era un templario.

—Todos lo eran, salvo nosotros. Menos mal que nos hemos dado cuenta. Ahora podemos adelantárnosles.

Y de hecho, ¿qué había detenido a los templarios una vez que se adueñaron del secreto? Tenían que explotarlo. Pero una cosa es saber y otra saber hacer. Entretanto, instruidos por el diabólico San Bernardo, los templarios remplazaron los menhires, pobres clavijeros célticos, por catedrales góticas, mucho más sensibles y potentes, con sus criptas subterráneas habitadas por vírgenes negras, en contacto directo con las capas radioactivas, y así cubrieron Europa de una red de estaciones receptoras-transmisoras que se comunicaban entre sí datos sobre la potencia y la dirección de los fluidos, los humores y las tensiones de las corrientes.

—Estoy convencido de que detectaron las minas de plata del Nuevo Mundo, provocaron erupciones y, después, controlando la Corriente del Golfo, hicieron fluir el mineral hacia las costas portuguesas. Tomar era el centro de distribución, la Forêt d'Orient era el almacén principal. Ese es el origen de su riqueza. Pero eran migajas. Se dieron cuenta de que, para explotar plenamente su secreto, debían contar con una tecnología que tardaría al menos seiscientos años en desarrollarse.

Así pues, los templarios habían organizado el Plan para que sólo sus sucesores, en el momento en que estuviesen en condiciones de utilizar correctamente sus conocimientos, descubrieran el sitio donde estaba el Umbilicus Telluris. ¿Pero cómo habían distribuido los fragmentos de la revelación entre los treinta y seis que estaban repartidos por el mundo? ¿Eran otras tantas partes de un mismo mensaje? ¿Pero era necesario un mensaje tan complejo para decir que el Umbilicus estaba, por ejemplo, en Baden Baden, en Albacete o en Chattanooga?

¿Un mapa? Pero, en un mapa, el Umbilicus estaría marcado con un punto. Y quien tuviese el fragmento marcado ya lo sabría todo sin necesidad de buscar los otros fragmentos. No, la cosa tenía que ser más compleja. Nos devanamos los sesos durante unos días, hasta que Belbo decidió recurrir a Abulafia. La respuesta fue:

Guillaume Postel muere en 1581.
Bacon es vizconde de San Albano.
En el Conservatoire está el Péndulo de Foucault.

Había llegado el momento de asignarle una función al Péndulo.

Al cabo de unos días, estuve en condiciones de proponer una solución bastante elegante. Un diabólico nos había presentado un texto sobre el secreto hermético de las catedrales. Según nuestro autor, un día los constructores de Chartres habían colgado una plomada de una clave de bóveda y de ese modo habían podido deducir fácilmente la rotación de la Tierra.

—Esto explicaba también el proceso contra Galileo —observó Diotallevi—, porque la Iglesia se había olido que era un templario.

—No —respondió Belbo—, los cardenales que condenaron a Galileo eran templarios infiltrados en Roma, que se apresuraron a sellar los labios del maldito toscano, ese templario traidor que por pura vanidad estaba a punto de soltarlo todo, cuatrocientos años antes de la fecha prevista por el Plan.

De todas formas, este descubrimiento explicaba la razón por la que aquellos maestros albañiles habían trazado un laberinto debajo del Péndulo, imagen estilizada del sistema de las corrientes subterráneas. Buscamos una imagen del laberinto de Chartres: un reloj solar, una rosa de los vientos, un sistema venoso, una huella babosa de los aletargados movimientos de la Serpiente. Un mapa total de las corrientes.

—De acuerdo, supongamos que los templarios hayan utilizado el Péndulo para indicar la posición del Umbilicus. En lugar del laberinto, que sólo es un esquema abstracto, se extiende en el suelo un mapamundi y se decide, por ejemplo, que el punto marcado por el pico del Péndulo en determinada hora es aquel donde está situado el Umbilicus. Pero, ¿en el suelo de dónde?

—El lugar está fuera de discusión. Sólo puede ser Saint-Martin-des-Champs, el Refuge.

—Sí —sutilizaba Belbo—: Supongamos que a medianoche el Péndulo oscila con respecto a un eje situado, por ejemplo, digo uno cualquiera, entre Copenhague y Ciudad del Cabo. ¿Dónde está el Umbilicus? ¿En Dinamarca o en Sudáfrica?

—Observación pertinente —dije—. Pero nuestro diabólico también cuenta que en Chartres hay una fisura en una vidriera del coro y que, a determinada hora del día, un rayo de sol penetra por la fisura e ilumina siempre el mismo punto, siempre la misma piedra del pavimento. No recuerdo cuál es su conclusión, pero sin duda se trata de un gran secreto. Pues bien, éste es el mecanismo. En el coro de Saint-Martin, hay una ventana que presenta una grieta en un punto donde dos vidrios de colores, o esmerilados, están unidos mediante varillas de plomo. Esa grieta fue practicada con toda precisión, y probablemente desde hace seiscientos años hay alguien que se ocupa de mantenerla abierta. Cuando sale el sol en determinado día del año...

—...que sólo puede ser el alba del 24 de junio, día de San Juan, fiesta del solsticio de verano...

—...eso mismo, ese día, a esa hora, el primer rayo de sol que penetra por la ventana ilumina el Péndulo, ¡y allí donde se encuentra el Péndulo cuando es iluminado por el rayo de sol, allí, en ese punto preciso del mapa, está situado el Umbilicus!

—Perfecto —dijo Belbo—. Pero, ¿y si está nublado?

—Hay que esperar al año siguiente.

—Perdonen —dijo Belbo—. El último encuentro es en Jerusalén. ¿El Péndulo no debería estar colgado de lo alto de la cúpula de la Mezquita de Omar?

—No —lo convencí—, en ciertos puntos del globo el Péndulo completa su ciclo en treinta y seis horas, en el Polo Norte tardaría veinticuatro horas, en el ecuador el plano de oscilación sería invariable. O sea que el lugar es importante. Si los templarios hicieron su descubrimiento en Saint-Martin, su cálculo sólo vale para París, porque en Palestina el Péndulo trazaría una curva distinta.

—¿Y quién nos dice que hicieron su descubrimiento en Saint-Martin?

—El hecho de que hayan elegido Saint-Martin como refugio, que desde el prior de San Albano, hasta Postel, hasta la Convención, lo hayan mantenido bajo su control, que, después de los primeros experimentos de Foucault, hayan hecho instalar el Péndulo allí. Sobran indicios.

—Pero la última reunión es en Jerusalén.

—¿Y qué? En Jerusalén se reconstruye el mensaje, y no es cosa de un momento. Después hay un año de preparación, y, el 23 de junio del año siguiente, los seis grupos se reúnen en París para averiguar finalmente dónde está el Umbilicus, y después lanzarse a la conquista del mundo.

—Sin embargo —insistió Belbo—, hay otra cosa que no acaba de convencerme. Cada uno de los treinta y seis sabía que la revelación final tendría que ver con el Umbilicus. El Péndulo ya se utilizaba en las catedrales, de modo que no era ningún secreto. ¿Qué impedía que Bacon o Postel o Foucault mismo; porque sin duda, si montó el tinglado del Péndulo, era porque también él formaba parte del corrillo, qué diablos impedía, digo, que cualquiera de ellos cogiera un mapa mundi y lo pusiera en el suelo y lo orientase según los puntos cardinales? Vamos descaminados.

—No, vamos por el buen camino —dije—. El mensaje dice algo que nadie podía saber: ¡dice qué mapa hay que utilizar!

83

Un mapa no es el territorio.
(Alfred Korzybski, *Science and sanity*, 1933, 4.ª ed., The International Non-Aristotelian Library, 1958, II, 4, p. 58)

—Supongo que recordarán cuál era la situación de la cartografía en la época de los templarios —decía yo—. En aquel siglo circulan mapas árabes, que entre otras cosas sitúan Africa arriba y Europa debajo, mapas de navegantes, que al fin y al cabo son bastante precisos, y mapas de trescientos o cuatrocientos años de antigüedad, que aún se consideraban correctos en las escuelas. Adviertan que para revelar la posición del Umbilicus no es necesario tener un mapa preciso, en el sentido moderno de la palabra. Basta con un mapa que tenga la siguiente característica: una vez orientado, ha de mostrar la posición del Umbilicus en el punto en que el Péndulo se ilumina al alba del 24 de junio. Ahora presten atención: supongamos, como mera hipótesis, que el Umbilicus esté en Jerusalén. En nuestros mapas modernos, Jerusalén aparece en determinada posición, que incluso hoy depende del tipo de proyección. Ahora bien, los templarios disponían de un mapa quién sabe con qué trazado. Pero, ¿qué les importaba? No es el Péndulo el que depende del mapa, sino el mapa el que depende del Péndulo. ¿Me siguen? Podía ser el mapa más delirante del mundo, con tal de que, una vez situado debajo del Péndulo, el fatídico rayo de sol del alba del 24 de junio determinase el punto en que allí, en ese mapa, y no en otros, figurase Jerusalén.

—Pero eso no resuelve nuestro problema —dijo Diotallevi.

—Claro que no, como tampoco se lo resolvía a los treinta y seis invisibles. Porque, si no se sabe cuál es el mapa, no se puede hacer nada. Imaginemos que se trata de un mapa orientado como mandan los cánones con el este hacia el ábside y el oeste hacia la nave, conforme a la orientación normal de las iglesias. Ahora hagamos una hipótesis cualquiera, por ejemplo: que en aquel amanecer fatídico el Péndulo deba situarse en una zona vagamente oriental, casi en el límite del cuadrante sudeste. Si se tratase de un reloj, diríamos que el Péndulo estaría marcando las cinco y veinticinco. ¿Vale? Ahora miren qué pasa.

Fui a buscar una historia de la cartografía.

—Aquí está. Número uno: un mapa del siglo XII. Repite la estructura de los mapas en forma de T, arriba está Asia y el Paraíso Terrenal, a la izquierda Europa, a la derecha Africa, y más allá de Africa también aparecen las Antípodas. Número dos, un mapa inspirado en el *Somnium Scipionis* de Macrobio, pero que sobrevive en varias versiones hasta el siglo XVI. Africa está un poco estrecha, pero bueno. Ahora presten atención, si orientamos los dos mapas de la misma manera, descubrimos que en el

RIPHEI MONTES
EVRO
FRIGIDA
AETIOPIA. PERVSTA.
MARE RVBEVM
ALVEVS OCEANI
PERVS T A
TEMPERATA ANTIPODVM.
NOBIS INCOGNITA.
FRIGI DA

primero las cinco y veinticinco corresponden a Arabia, y en el segundo a Nueva Zelanda, ya que en este punto están las Antípodas. Aunque lo sepamos todo sobre el Péndulo, si no sabemos qué mapa hay que utilizar estaremos perdidos. El mensaje contenía instrucciones, pura cifra todas, sobre lo que había que hacer para encontrar el mapa en cuestión, un mapa que quizá haya sido trazado ex profeso. El mensaje decía dónde había que buscar este mapa, en qué manuscrito, en qué biblioteca, en qué abadía o castillo. Y puede que Dee o Bacon o cualquier otro hayan reconstruido el mensaje, ¿por qué no? El mensaje decía que el mapa estaba en determinado sitio, pero entretanto, con todo lo que había sucedido en Europa, quizá la abadía se había quemado, o el mapa había sido robado, y ocultado Dios sabe dónde. Tal vez hay alguien que tiene el mapa, pero no sabe para qué sirve, o sabe que sirve para algo, pero ignora de qué se trata, y recorre el mundo buscando a alguien que quiera comprarlo. Piensen un poco, toda una serie de anuncios, de pistas falsas, de mensajes que hablaban de otra cosa pero que se interpretaban como si hablasen del mapa, y de mensajes que hablan del mapa pero se interpretan como si se refiriesen, no sé, a la fabricación del oro. Y también es probable que algunos estén tratando de reconstruir directamente el mapa sobre la base de conjeturas.

—¿Qué tipo de conjeturas?

—Por ejemplo, correspondencias entre el microcosmos y el macrocosmos. Aquí tienen otro mapa. ¿Saben de dónde procede? Figura en el segundo tratado de la *Utriusque Cosmi Historia* de Robert Fludd. Fludd es el agente de los rosacruces en Londres, no lo olvidemos. Ahora bien, ¿qué hace nuestro Roberto de Fluctibus, como le gustaba que le llamaran? Ya no presenta un mapa, sino una extraña proyección del globo desde el punto de vista del Polo, del Polo místico, claro, es decir, desde el punto de vista de un Péndulo ideal suspendido de una clave de bóveda ideal. ¡Este es un mapa concebido para ser situado debajo de un Péndulo! Son pruebas tan patentes, cuesta creer que nadie haya reparado en ellas hasta ahora...

—Lo que pasa es que los diabólicos son lentos, lentos —decía Belbo.

—Lo que pasa es que nosotros somos los únicos herederos dignos de los templarios. Pero, déjenme proseguir: han reconocido el esquema, es una rótula móvil, como las que usaba Tritemio en sus mensajes cifrados. Esto no es un mapa. Es un proyecto de máquina para ensayar variaciones, para producir mapas de cualquier tipo, ¡hasta dar con el mapa justo! Y Fludd lo dice en la leyenda: éste es el esquema de un *instrumentum,* que aún hay que perfeccionar.

—¿Pero Fludd no era ese que se negaba a reconocer la rotación de la Tierra? ¿Cómo podía pensar en el Péndulo?

—Todos estos eran iniciados. Un iniciado niega lo que sabe, niega que lo sabe, miente para ocultar el secreto.

—Esto explicaría —decía Belbo— por qué ya Dee se interesaba tanto en la labor de esos cartógrafos reales. No para conocer la «verdadera» forma del mundo, sino para reconstruir, buscando entre todos los mapas equivocados, el único que le interesaba, o sea, el único exacto.

—No está mal, no está mal —decía Diotallevi—. Encontrar la verdad reconstruyendo exactamente un texto mendaz.

84

La principal actividad de esta asamblea, y la más provechosa, debe ser —en mi opinión— la de ocuparse de la historia natural, tratando de realizar el proyecto del Verulamio.
(Christian Huygens, Carta a Colbert, *Oeuvres Complètes*, La Haye, 1888-1950, VI, pp. 95-96)

Las vicisitudes de los seis grupos no se habían limitado a la búsqueda del mapa. Era probable que en las dos primeras partes del mensaje, las que estaban en poder de los portugueses y los ingleses, los templarios hubiesen aludido a un péndulo, pero en aquel entonces las ideas sobre los péndulos aún eran bastante oscuras. Una cosa es hacer bailar una plomada y otra construir un mecanismo de precisión capaz de ser iluminado por el sol en el segundo justo. Por eso los templarios habían calculado seis siglos. El ala baconiana empieza a trabajar en esta dirección, y trata de llevar de su parte a todos los iniciados, con quienes intenta contactar desesperadamente.

Coincidencia significativa: el hombre de los rosacruces, Salomon de Caus, escribe para Richelieu un tratado sobre los relojes solares. Después, a partir de Galileo, se desencadena la investigación sobre los péndulos. Como pretexto se aduce su utilidad para determinar las longitudes, pero, cuando en 1681 Huygens descubre que un péndulo que en París es preciso atrasa en Cayena, en seguida se da cuenta de que eso se explica por la variación de la fuerza centrífuga determinada por la rotación de la Tierra. ¿Y cuando publica su *Horologium,* donde desarrolla las intuiciones galileanas sobre el péndulo, quién le llama a París? Colbert, ¡el mismo que llama a Salomon de Caus para que se encargue del subsuelo de París! Cuando, en 1661, la Accademia del Cimento anticipa las conclusiones de Foucault, Leopoldo de Toscana consigue disolverla en cinco años e inmediatamente recibe de Roma, velada retribución, el capelo cardenalicio.

Pero eso no era todo. La caza del péndulo prosigue en los siglos XVIII y XIX. En 1742 (¡un año antes de la primera aparición documentada del conde de Saint-Germain!), un tal De Mairan presenta una memoria sobre los péndulos a la Académie Royale des Sciences; en 1756 (¡cuando en Alemania nace la Estricta Observacia Templaria!) un tal Bouguer escribe «sur la direction qu'affectent tous les fils à plomb».

Encontraba títulos fantasmagóricos, como este de Jean Baptiste Biot, de 1821: *Recueil d'observations géodesiques, astronomiques et physiques, exécutées par ordre du Bureau des Longitudes de France, en Espagne, en France, en Angleterre et en Ecosse, pour déterminer la variation de la pésanteur et des degrès terrestres sur le prolongement du meridien de Paris.* ¡En Francia, España, Inglaterra y Escocia! ¡Y en relación con el meridiano de Saint-

Martin! ¿Y Sir Edward Sabine, que en 1823 publica *An Account of Experiments to Determine the Figure of the Earth by Means of the Pendulum Vibrating Seconds in Different Latitudes?* ¿Y ese misterioso Graf Feodor Petrovich Litke, que en 1836 publica los resultados de sus investigaciones sobre el comportamiento del péndulo durante una navegación alrededor del mundo? Y por encargo de la Academia Imperial de Ciencias de San Petersburgo. ¿Por qué también los rusos?

¿Y si entretanto un grupo, sin duda de la línea baconiana, hubiese decidido investigar el secreto de las corrientes sin mapa ni péndulo, sino volviendo a interrogar, desde el principio, la respiración de la Serpiente? He aquí que se nos volvían a presentar, como anillo al dedo, las intuiciones de Salon: aproximadamente hacia la época de Foucault es cuando el mundo industrial, criatura del ala baconiana, empieza a cavar redes ferroviarias en el subsuelo de las metrópolis europeas.

—Es cierto —decía Belbo—. El siglo XIX está obsesionado por los subterráneos: Jean Valjean, Fantomas y Javert, Rocambole, todo un vaivén entre conductos y alcantarillas. Dios mío. Ahora que lo pienso, toda la obra de Verne es una revelación iniciática de los misterios del subsuelo. ¡Viaje al centro de la Tierra, veinte mil leguas de viaje submarino, las cavernas de la Isla Misteriosa, el inmenso reino subterráneo de las Indias Negras! Tenemos que reconstruir el plano de sus viajes extraordinarios, estoy seguro de que descubriremos un esquema de las volutas de la Serpiente, un mapa de los leys en cada continente. Verne explora por arriba y por abajo la red de las corrientes telúricas.

Colaboraba yo:

—¿Cómo se llama el protagonista de las Indias Negras? John Garral, casi un anagrama de Graal, o sea del Grial.

—No seamos rebuscados, seamos más realistas. Verne lanza señales mucho más explícitas. Robur le Conquérant, R. C., Rosa-Cruz. Robur leído al revés es Rubor, el rojo de la rosa.

85

> Phileas Fogg. Un nombre que es una verdadera cifra: EAS, en griego, significa globalidad (por tanto equivale a pan, y a polí), de modo que PHILEAS es lo mismo que Poliphile. En cuanto a FOGG, significa «NIEBLA» en inglés... Sin duda, Verne pertenecía a la Sociedad «Le Brouillard». Tuvo incluso la cortesía de aclararnos los vínculos entre ésta y la Rosa-Cruz, porque, al fin y al cabo, ¿qué es este noble viajero llamado Phileas Fogg sino un Rosa-Cruz?... Y además, ¿no pertenece acaso al Reform-Club, cuyas iniciales R. C. designan a la Rosa-Cruz reformadora? Sin contar que este Reform-Club tiene su sede en Pall-Mall, otra evocación más del Sueño de Poliphile.
>
> (Michel Lamy, *Jules Verne, initié et initiateur,* París, Payot, 1984, pp. 237-238)

La reconstrucción nos llevó días y días, interrumpíamos nuestro trabajo para confiarnos la última conexión, leíamos todo lo que caía en nuestras manos, enciclopedias, periódicos, tebeos, catálogos de editoriales, los leíamos transversalmente, en busca de posibles cortocircuitos, nos deteníamos a hurgar en todos los puestos de libros viejos, olisqueábamos en los kioscos, robábamos a mansalva en los originales de nuestros diabólicos, nos precipitábamos eufóricos en el despacho para arrojar sobre el escritorio nuestro último hallazgo. Cuando vuelvo la vista a aquellas semanas todo me parece fulminante, frenético, como en una película de Larry Semon, a saltos y carreras, con puertas que se abren y se cierran a velocidad supersónica, pasteles de nata que vuelan, fugas por escaleras, hacia adelante y hacia atrás, choques de viejos automóviles, derrumbamientos de estanterías en ultramarinos entre ráfagas de latas, botellas, quesos blandos, salpicaduras de sifón, explosiones de sacos de harina. Y, en cambio, si pienso en los intersticios, en los ratos perdidos (el resto de la vida que transcurría a nuestro alrededor), puedo releerlo todo como una historia en cámara lenta, el Plan formándose a paso de gimnasia rítmica, como la lenta rotación del discóbolo, las cautas oscilaciones del lanzador de peso, los tiempos largos del golf, las esperas insensatas del béisbol. De todas formas, e independientemente del ritmo, la suerte nos recompensaba, porque cuando se buscan conexiones se acaba encontrándolas por todas partes y entre cualquier cosa, el mundo estalla en una red, un torbellino de parentescos en el que todo remite a todo, y todo explica todo...

A Lia no le decía nada, para no incordiarla, pero estaba incluso descuidando a Giulio. Despertaba a mitad de la noche y caía en la cuenta de que Renatus Cartesio daba R. C., y que había puesto demasiado empeño en buscar y negar el encuentro con los rosacruces. ¿Por qué tanta obsesión por el método? El método servía para buscar la solución del misterio que tenía fascinados a todos los iniciados de Europa... ¿Y quién había celebrado la magia del gótico? René de Chateaubriand. ¿Y quién había escrito, en tiempos de Bacon, *Steps to the Temple*? Richard Crashaw. ¿Y Ranieri de' Calzabigi, René Char, Ramón y Cajal, Raymond Chandler? ¿Y Rick de Casablanca?

Esta ciencia, que no se ha perdido, al menos en su parte material, fue enseñada a los constructores religiosos por los monjes de Cîteaux... En el siglo pasado, se les conocía como Compagnons du Tour de France. Y a ellos recurrió Eiffel para construir su torre...

(L. Charpentier, *Les mystères de la cathédrale de Chartres,* Paris, Laffont, 1966, pp. 55-56)

Ahora teníamos a toda la modernidad recorrida por laboriosos topos que perforaban el subsuelo espiando el planeta por debajo. Pero debía de haber algo más, otra empresa iniciada por los baconianos, y cuyos resultados, cuyas etapas estaban a la vista de todos, y nadie se había percatado... Porque al perforar el suelo se exploraban las capas profundas, pero los celtas y los templarios no se habían limitado a perforar pozos, habían instalado sus clavijeros, que se erguían contra el cielo, para comunicarse entre megalito y megalito, y captar las influencias de las estrellas...

La idea se le presentó a Belbo durante una noche de insomnio. Se había asomado a la ventana y había visto a lo lejos, sobre los techos de Milán, las luces de la torre metálica de la RAI, la gran antena de la ciudad. Una moderada y prudente torre de Babel. Y entonces comprendió.

—La Tour Eiffel —nos dijo a la mañana siguiente—. ¿Cómo puede ser que no hayamos pensado en ella? El megalito de metal, el menhir de los últimos celtas, la aguja hueca más alta que todas las agujas góticas. Pero, ¿acaso París necesitaba este monumento inútil? Es la sonda celeste, la antena que recoge datos de todos los clavijeros herméticos clavados en la costra del globo, de las estatuas de la Isla de Pascua, de Machu Picchu, de la Libertad de Bedloe's Island, ya soñada por Lafayette, del obelisco de Luxor, de la torre más alta de Tomar, del Coloso de Rodas, que sigue transmitiendo desde las profundidades del puerto donde ya nadie es capaz de encontrarlo, de los templos de la jungla brahmánica, de las torrecillas de la Gran Muralla, de la cima de Ayers Rock, de las agujas de Estrasburgo, con las que se extasiaba el iniciado Goethe, de los rostros de Mount Rushmore, cuántas cosas había comprendido el iniciado Hitchkock, de la antena del Empire State, ya me dirán ustedes a qué imperio se refiere esta creación de iniciados americanos, si no es al imperio de Rodolfo de Praga. La Tour capta datos del subsuelo y los confronta con los que recibe del espacio. ¿Y quién nos ofrece la primera tremenda imagen cinematográfica de la Tour? René Clair en *Paris qui dort.* René Clair, R. C.

Había que volver a leer toda la historia de la ciencia: hasta la carrera espacial resultaba comprensible, con esos satélites desquiciados que no paran de fotografiar la costra del globo para detectar tensiones invisibles, flujos submarinos, corrientes de aire cálido. Y para hablar entre sí, hablar con la Tour, hablar con Stonehenge...

87

Es una coincidencia notable que la edición en folio en 1623, atribuida a Shakespeare, contenga exactamente *treinta y seis* obras.

(W. F. C. Wigston, *Francis Bacon versus Phantom Captain Shakespeare: The Rosicrucian Mask,* London, Kegan Paul, 1891, p. 353)

Cuando nos comunicábamos unos a otros los frutos de nuestra fantasía, teníamos la impresión, razonable, de que nos estábamos basando en asociaciones injustificadas, en extraordinarios cortocircuitos, de los que nos habríamos avergonzado, por habérnoslos creído, si alguien nos los hubiera criticado. Es que nos tranquilizaba el concierto, tácito, como ordena la etiqueta de la ironía, de que estábamos parodiando la lógica de los demás. Sin embargo, en las largas pausas en que cada uno se dedicaba a acumular pruebas para las reuniones colectivas, y con la tranquila conciencia de estar acumulando elementos para una parodia de mosaico, nuestro cerebro se iba habituando a relacionar, relacionar, relacionar cualquier cosa con cualquier otra, y para hacerlo automáticamente era necesario adquirir el hábito. Creo que, a ciertas alturas, ya no hay diferencia entre acostumbrarse a fingir que se cree y acostumbrarse a creer.

Es lo que pasa con los espías: se infiltran en los servicios secretos del enemigo, se acostumbran a pensar como él; si sobreviven es porque lo logran, y es lógico que al cabo de un tiempo se pasen al otro campo, que se ha convertido en el suyo. Como esas personas que viven solas con un perro, le hablan todo el día, al principio se esfuerzan por entender su lógica, después quieren que él entienda la suya, primero les parece tímido, después celoso, después irritable, al final se pasan todo el tiempo haciéndole rabiar y montándole escenas de celos, cuando están seguras de que se ha vuelto como ellas, son ellas las que se han vuelto como él, y, cuando están orgullosas de haberlo humanizado, en realidad son ellas las que se han caninizado.

Quizá por el contacto cotidiano con Lia, y con el niño, yo era, de los tres, el menos afectado por el juego. Estaba convencido de que era yo quien lo dirigía, como si aún estuviese tocando el agogõ durante la ceremonia: estás del lado de quien provoca las emociones, no del lado de quien las padece. Entonces no sabía de Diotallevi, ahora sé, Diotallevi estaba acostumbrando a su cuerpo a pensar en diabólico. Belbo, por su parte, se estaba identificando incluso en el plano de la conciencia. Yo me acostumbraba, Diotallevi se corrompía, Belbo se convertía. Pero los tres estábamos perdiendo lentamente esa lucidez intelectual que nos permite distinguir siempre entre lo similar y lo idéntico, entre la metáfora y la cosa, esa facilidad misteriosa y fulgurante y bellísima que siempre nos permite decir, por ejemplo, que fulano es un animal sin pensar en absoluto que le ha crecido pelo por todo el cuerpo y que le ha salido una cola, mientras que el enfermo piensa «es un animal» y en seguida se imagina que el individuo en cuestión ladra, gruñe, repta o vuela.

En el caso de Diotallevi, habríamos podido percibir lo que estaba sucediéndole, si nuestra excitación no hubiese sido tan grande. Creo que todo empezó a finales del verano. Había regresado más flaco, pero no era la delgadez ágil del que acaba de pasar unas semanas caminando por la montaña. Su delicada tez de albino presentaba ahora matices amarillentos. Si lo notamos, lo atribuimos a la posibilidad de que se hubiera pasado las vacaciones metido entre sus rollos rabínicos. Pero, en realidad, teníamos la mente en otra parte.

De hecho, en los días que siguieron estuvimos en condiciones de organizar poco a poco incluso las alas ajenas a la rama baconiana.

Por ejemplo, según la masonología corriente, los Iluminados de Baviera, que perseguían la destrucción de las naciones y la desestabilización del Estado, no sólo serían los inspiradores del anarquismo de Bakunin, sino incluso del propio marxismo. Pueril. Los iluminados eran provocadores que los baconianos habían infiltrado entre los teutónicos, pero Marx y Engels pensaban en algo muy distinto cuando encabezaron el Manifiesto de 1848 con la elocuente frase «un fantasma recorre Europa». ¿Por qué utilizaron una metáfora tan gótica? El Manifiesto Comunista aludía sarcásticamente a la fantasmal cacería del Plan que agitaba la historia del continente desde hacía varios siglos. Y proponía una alternativa tanto con respecto a los baconianos como a los neotemplarios. Marx era judío, tal vez inicialmente había sido el portavoz de los rabinos de Gerona, o de Safed, y trataba de involucrar en la búsqueda a todo el pueblo de Dios. Después la iniciativa se le pasa de rosca, identifica la Šĕkinah, el pueblo exiliado del Reino, con el proletariado, traiciona las expectativas de sus inspiradores, invierte la tendencia del mesianismo judaico. Templarios del mundo uníos. El mapa para los obreros. ¡Magnífico! ¿Qué mejor justificación histórica del comunismo?

—Sí —decía Belbo—, pero también los baconianos tienen sus accidentes de ruta, ¿no les parece? Algunos de ellos se escapan por la tangente, abrazan un sueño cientificista que les conduce a un callejón sin salida. Me refiero al final de la dinastía, a los Einstein, a los Fermi, quienes, al buscar el secreto en las profundidades del microcosmos, se equivocan de descubrimiento. En lugar de la energía telúrica, limpia, natural, sapiencial, descubren la energía atómica, tecnológica, sucia, contaminada...

—Espacio-tiempo, el error de Occidente —decía Diotallevi.

—Es la pérdida del centro. La vacuna y la penicilina como caricaturas del elixir de la juventud —terciaba yo.

—Igual que ese otro templario, Freud —decía Belbo—, que, en lugar de excavar en los laberintos del subsuelo físico, hurga en los del subsuelo psíquico, como si sobre éste ya no lo hubiesen dicho todo, y mejor, los alquimistas.

—Pero eres tú —insinuaba Diotallevi— el que quiere publicar los libros del doctor Wagner. Para mí el psicoanálisis es cosa de neuróticos.

—Sí, y el pene no es más que un símbolo fálico —concluía yo—. Vamos, señores, no nos alejemos de la cuestión. No hay tiempo que perder. Todavía no sabemos dónde situar a los paulicianos y a los jerosolimitanos.

Pero, antes de que pudiéramos responder a esa nueva pregunta, nos topamos con otro grupo que no formaba parte de los treinta y seis invisibles, pero que se había introducido en el juego en una etapa bastante inicial, y había en parte trastornado los proyectos actuando como elemento de confusión. Los jesuitas.

88

> El Barón von Hund, el Caballero Ramsay... y muchos otros que fundaron los grados en estos ritos, trabajaron siguiendo instrucciones del general de los jesuitas... El Templarismo es Jesuitismo.
>
> (Carta a Mme. Blavatsky de Charles Sotheran, 32∴A y P. R. 94 ∴ Memphis, K.R. ✠, K. Kadosh, M.M. 104, Eng. etc., Iniciado de la Fraternidad Inglesa de los Rosa-Cruces y otras sociedades secretas, 11.1.1877; en *Isis Unveiled,* 1877, II, p. 390)

Los habíamos encontrado demasiadas veces, desde la época de los primeros manifiestos rosacruces. Ya en 1620 se publica en Alemania una *Rosa Jesuitica,* donde se recuerda que el simbolismo de la rosa es católico y mariano, antes que rosacruciano, y se insinúa que las dos órdenes están asociadas, y que los rosacruces sólo son una de las versiones de la mística jesuítica para uso de las poblaciones de la Alemania reformada.

Recordaba las palabras de Salon sobre el rencor con que el padre Kircher había atacado a los rosacruces, y precisamente en una obra en la que hablaba de las profundidades del globo terráqueo.

—El padre Kircher —decía yo— es un personaje clave en esta historia. ¿Por qué ese hombre, que tantas veces dio pruebas de tener un buen sentido de la observación y un gusto por la experimentación, acabó ocultando esas buenas ideas bajo millares de páginas rebosantes de hipótesis inverosímiles? Se carteaba con los mejores científicos ingleses. Además, en cada uno de sus libros retoma los temas típicos de los rosacruces, aparentemente para refutarlos, pero en realidad los hace suyos, nos da su versión desde el punto de vista de la Contrarreforma. En la primera edición de la *Fama,* ese señor Haselmayer, que los jesuitas condenan a galeras debido a sus ideas reformadoras, insiste en que los buenos y auténticos jesuitas son ellos, los rosacruces. Bien, Kircher escribe sus más de treinta libros para sugerir que los buenos y auténticos rosacruces son ellos, los jesuitas. Los jesuitas están tratando de apoderarse del Plan. Los péndulos se los quiere estudiar él, el padre Kircher, y lo hace, aunque a su manera, inventando el reloj planetario para conocer la hora exacta en todas las sedes de la Compañía desparramadas por el mundo.

—Pero, ¿cómo se las arreglaron los jesuitas para conocer la existencia del Plan, cuando los templarios se habían dejado matar con tal de no revelar el secreto? —preguntó Diotallevi.

No valía responder que los jesuitas siempre saben más que el diablo. Queríamos una explicación más atractiva.

No tardamos mucho en descubrirla. Guillaume Postel, otra vez. Hojeando la historia de los jesuitas de Crétineau-Joly (lo que nos reímos de este nombre tan poco feliz), descubrimos que en 1544 Postel, arrebatado de furor místico, consumido por su sed de regeneración espiritual, había ido a Roma para unirse a San Ignacio de Loyola. Ignacio le había acogido con entusiasmo, pero Postel no había podido renunciar a sus ideas fijas, a sus cabalismos, a su ecumenismo, y por esas cosas los jesuitas no pasaban, y menos aún por la más fija de todas sus ideas, sobre la que Postel no estaba dispuesto a transigir, la idea de que el rey de Francia tenía que ser Rey del Mundo. Ignacio sería santo, pero era español.

De modo que, en determinado momento, se había producido la ruptura, Postel había abandonado a los jesuitas; o los jesuitas lo pusieron a la puerta de la calle. Pero si Postel había sido jesuita, aunque fuera por un período breve, debía de haberle confesado su misión a San Ignacio, a quien había jurado obediencia *perinde ac cadaver.* Querido Ignacio, debía de haberle dicho, has de saber que al recibirme también recibes el secreto del Plan templario cuya representación en Francia inmerecidamente me ha sido confiada, y en particular has de saber que todos estamos esperando que se produzca la tercera reunión secular, prevista para 1584, y mucho mejor será esperarla *ad majorem Dei gloriam.*

De manera que, a través de Postel, y por un momento de debilidad de éste, los jesuitas se enteran de la existencia del secreto de los templarios. Un secreto como éste no puede desaprovecharse. San Ignacio accede a la eterna beatitud, pero sus sucesores vigilan, y no pierden de vista a Postel. Quieren saber con quién se reunirá en 1584. Pero, ay, Postel muere antes, y de nada vale que, como afirmaba una de nuestras fuentes, un jesuita desconocido esté junto a su lecho de muerte. Los jesuitas no logran averiguar quién es su sucesor.

—Perdone usted, Casaubon —dijo Belbo—, hay algo que no va, porque en tal caso los jesuitas no han podido enterarse de que la reunión de 1584 ha fracasado.

—Sin embargo, tampoco hay que olvidar —observó Diotallevi— que, según me dicen los gentiles, esos jesuitas eran hombres tenaces y no se dejaban embaucar fácilmente.

—Bueno, si se trata de eso —dijo Belbo—, un jesuita es capaz de zamparse un par de templarios a la hora del almuerzo, y otros dos a la hora de la cena. También a ellos les disolvieron, y más de una vez, y lo intentaron los gobiernos de toda Europa, y nada, aún siguen existiendo.

Había que ponerse en el lugar de un jesuita. ¿Qué hace un jesuita, si Postel se le escapa de las manos? A mí se me había ocurrido algo en seguida, pero era una idea tan diabólica que, pensaba, ni siquiera nuestros diabólicos hubiesen podido digerirla: ¡los rosacruces eran una invención de los jesuitas!

—Al morir Postel —proponía—, los jesuitas, con su astucia característica, previeron matemáticamente la confusión de los calendarios y decidieron tomar la iniciativa. Entonces montan la mistificación rosacruciana, calculando con exactitud lo que sucederá. Entre los muchos exaltados que tragan el anzuelo, no falta algún miembro de los grupos auténticos que, cogido por sorpresa, se delata. Ya pueden imaginarse ustedes la furia de Bacon: Fludd, imbécil. ¿No podías estarte callado? Pero vizconde, My Lord, esos parecían de los nuestros... Cretino, ¿no te había enseñado a desconfiar de los papistas? ¡A ti, tenían que haberte quemado, y no a ese infeliz de Nola!

—Pero entonces —decía Belbo—, ¿por qué, cuando los rosacruces se trasladan a Francia, los jesuitas, o los polemistas católicos que trabajan para ellos, les atacan acusándoles de herejes y endemoniados?

—Supongo que no pretenderá que los jesuitas actúen rectamente, ¿si no, qué clase de jesuitas serían?

Discutimos largamente mi propuesta, y al final decidimos, de común acuerdo, que era mejor la hipótesis inicial: los rosacruces eran el anzuelo que los baconianos y los alemanes habían arrojado para atraer a los franceses. Pero tan pronto como habían aparecido los manifiestos, los jesuitas se habían dado cuenta de todo. E inmediatamente se habían metido en el juego, para confundir las cartas. Sin duda, los jesuitas se habían propuesto impedir la reunión de los grupos inglés y alemán con el grupo francés, y cada golpe, por bajo que fuera, era bueno.

Entretanto seguían registrando datos, acumulando información, que metían... ¿dónde? En Abulafia, sugirió Belbo bromeando. Pero Diotallevi, que mientras tanto había estado documentándose, dijo que no se trataba de una broma. Desde luego, los jesuitas estaban construyendo el inmenso, poderosísimo calculador electrónico, capaz de extraer una conclusión de la centenaria y paciente mescolanza de fragmentos de verdad y mentira que habían estado recopilando.

—Los jesuitas —decía Diotallevi— comprendieron algo que ni los pobres viejos templarios de Provins ni el ala baconiana habían llegado a intuir, es decir, que la reconstrucción del mapa podía lograrse por vía combinatoria, ¡o sea, con procedimientos que anticipaban los de los modernos cerebros electrónicos! Los jesuitas son los primeros que inventan a Abulafia. El padre Kircher se lee todos los tratados sobre el arte combinatoria, de Lulio en adelante. Miren lo que publica en su *Ars Magna Sciendi*...

—Parece un esquema para una labor de ganchillo —decía Belbo.

—No señor, se trata de todas las combinaciones posibles entre n elementos. El cálculo factorial, el del *Séfer Yĕṣirah*. El cálculo de las combinaciones y las permutaciones. ¡La esencia misma de la Tĕmurah!

Tenía razón. Una cosa era concebir el vago proyecto de Fludd, para localizar el mapa partiendo de una proyección polar, y otra muy distinta saber cuántos ensayos eran necesarios, y saber cómo realizarlos todos, para llegar a la solución optima. Sobre todo, una cosa era crear el modelo abstracto de las combinaciones posibles, y otra muy distinta pensar en una

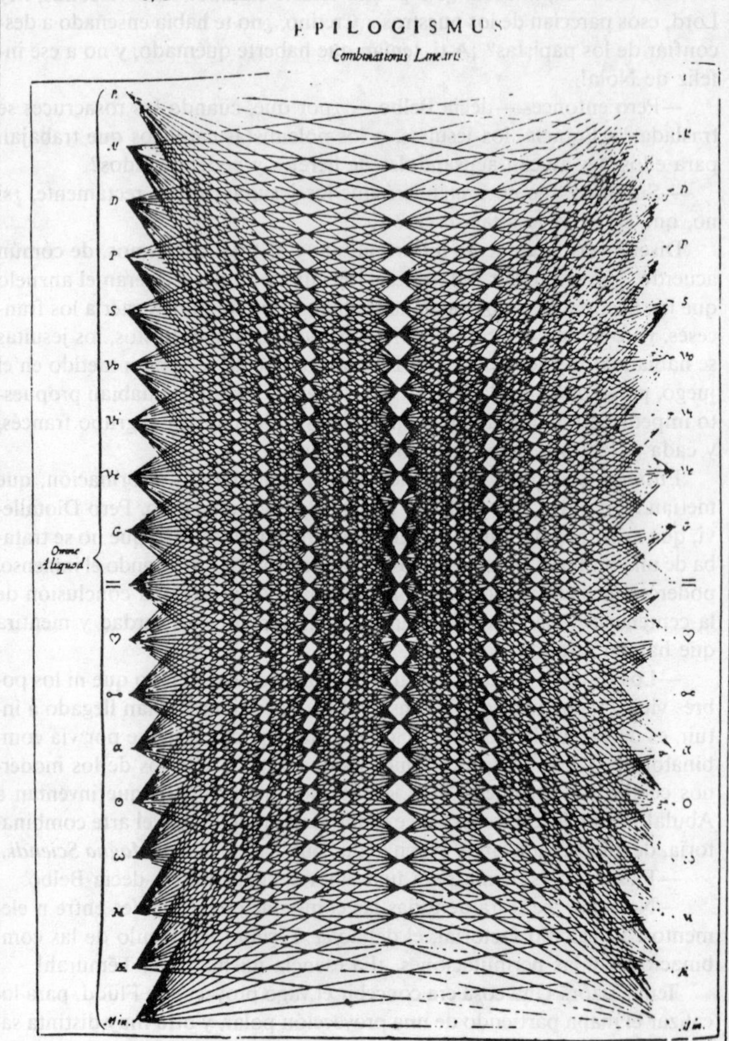
170 ARTIS MAGNÆ SCIENDI,
EPILOGISMUS
Combinationis Linearis
Omne Aliquid

máquina que fuese capaz de ejecutarlas. Y así es como Kircher, y su discípulo Schott, proyectan organillos mecánicos, mecanismos que trabajan con tarjetas perforadas, computers ante literam. Basados en el cálculo binario. Cábala aplicada a la mecánica moderna.

IBM: Iesus Babbage Mundi, Iesum Binarium Magnificamur. AMDG: ¿Ad Maiorem Dei Gloriam? Qué va: ¡Ars Magna, Digitale Gaudium! IHS: ¡Iesus Hardware & Software!

89

> Se formó, en medio de las más densas tinieblas, una sociedad de seres nuevos que se reconocen sin haberse visto antes, se entienden sin haberse expresado, se ayudan sin ser amigos... Esa sociedad toma del régimen jesuita la obediencia ciega, de la francmasonería las pruebas y las ceremonias exteriores, de los templarios, las evocaciones subterráneas y la audacia inaudita. ¿Acaso el Conde de Saint-Germain hizo otra cosa que imitar a Guillaume Postel, que tenía la manía de fingirse más viejo de lo que era?
> (Marquis de Luchet, *Essai sur la secte des illuminés,* Paris, 1789, V y XII)

Los jesuitas habían comprendido que la mejor técnica para desestabilizar al enemigo consiste en crear sectas secretas, esperar que los entusiastas peligrosos se precipiten en ellas, y luego detenerlos a todos. O sea, si temes una conjura, organízala, así todos los que podrían participar en ella se ponen bajo tu control.

Recordé el recelo que expresara Agliè sobre Ramsay, el primero en proponer una relación directa entre la masonería y los templarios, pues había insinuado que Ramsay estaba vinculado con ambientes católicos. En efecto, ya Voltaire le había denunciado como hombre de los jesuitas. Cuando surge la masonería inglesa, los jesuitas responden desde Francia con el neotemplarismo escocés.

Así se entendía por qué en respuesta a esa maquinación, en 1789, un tal marqués de Luchet había escrito, anónimo, un célebre *Essai sur la secte des illuminés,* donde arremetía contra todos los iluminados, ya fuesen de Baviera o de otra parte, anarquistas comecuras o místicos neotemplarios, y no se libraban (¡era increíble, todas las piezas de nuestro rompecabezas iban encajando poco a poco, y perfectamente!) ni los paulicianos, para no mencionar a Postel y a Saint-Germain. Y se quejaba de que esas formas de misticismo templario habían quitado credibilidad a la masonería, que en cambio era una sociedad de personas honestas y excelentes.

Los baconianos habían inventado la masonería como una especie de Rick's Café Americain de Casablanca, pero el neotemplarismo jesuita les arruinaba el invento, y entonces enviaban al sicario Luchet para que eliminase a todos los grupos ajenos al ala baconiana.

Aquí, sin embargo, había que tomar en cuenta otro hecho, que el pobre Agliè no lograba ver claro. ¿Por qué de Maistre, que era hombre de los jesuitas, había ido a Wilhemsbad, y siete años antes de que apareciese el marqués de Luchet, a sembrar cizaña entre los neotemplarios?

—El neotemplarismo funcionaba bien en la primera mitad del siglo

XVIII —decía Belbo—, pero pésimamente a finales del siglo, uno, porque habían tomado el poder los revolucionarios, a quienes Diosa Razón o Ente Supremo, todo hacía al caso con tal de cortarle la cabeza al rey, ahí tienen ustedes a Cagliostro, y dos, porque al otro lado del Rin se habían entrometido los príncipes alemanes, sobre todo Federico de Prusia, cuyos objetivos no tenían demasiado que ver con los de los jesuitas. Cuando el neotemplarismo místico, quienesquiera que hayan sido sus creadores, produce *La Flauta Mágica,* es natural que los hombres de Loyola decidan deshacerse de él. Es como en el mundo de las finanzas: compras una empresa, la revendes, la liquidas, la declaras en quiebra, revalorizas el capital, conforme a los planes generales, y desde luego no te preocupas demasiado por la suerte del portero. O como con un coche de segunda mano: cuando ya no funciona, lo envías al cementerio de coches.

> En el verdadero código masónico no se encontrarán más dioses que el [dios] Manes. Es el [dios] del Masón cabalista, el de los antiguos Rosa-Cruces, es el [dios] del Masón martinista... Por lo demás, todas las infamias atribuidas a los Templarios son exactamente las mismas que se atribuían a los Maniqueos.
> (Abbé Barruel, *Mémoires pour servir à l'histoire du jacobinisme,* Amburgo, 1798, 2, XIII)

Cuando descubrimos al padre Barruel, la estrategia de los jesuitas se nos aclaró. Entre 1797 y 1798, como reacción ante la revolución francesa, Barruel escribe sus *Mémoires pour servir à l'histoire du jacobinisme,* verdadera novela por entregas que, menuda casualidad, se inicia con los templarios. Después de la quema de Molay, éstos se transforman en sociedad secreta para destruir la monarquía y el papado, y crear una república mundial. En el siglo XVIII, se apoderan de la francmasonería, que se convierte en su instrumento. En 1763 crean una academia literaria integrada por Voltaire, Turgot, Condorcet, Diderot y d'Alembert, que se reúne en casa del barón d'Holbach y, conjura tras conjura, en 1776 ve la luz la secta de los jacobinos. Estos, por lo demás, son meros títeres en manos de los verdaderos jefes, los Iluminados de Baviera, regicidas por vocación.

Cementerio de coches, sí, sí. Después de haber dividido en dos a la masonería, con la ayuda de Ramsay, los jesuitas habían vuelto a unificarla, para atacarla de frente.

El libro de Barruel produjo cierto efecto, tanto que en los Archives Nationales franceses se conservaban al menos dos informes policiales sobre las sectas clandestinas solicitados por Napoleón. Estos informes están redactados por un tal Charles de Berkheim, quien, fiel a las prácticas de todos los servicios secretos, cuyas informaciones reservadas proceden siempre de fuentes ya publicadas, no encuentra nada mejor que piratear datos, primero en el libro del marqués de Luchet, y luego en el de Barruel.

Ante esa estremecedora descripción de los iluminados y esa clara denuncia de un directorio formado por Superiores Desconocidos capaces de dominar el mundo, Napoleón no duda: decide unirse a ellos. Hace nombrar a su hermano José gran maestre del Gran Oriente y él mismo, según muchas fuentes, se pone en contacto con la masonería, mientras que según otros se convierte incluso en uno de sus dignatarios de más alto rango. Sin embargo, no está claro a qué rito se habría adherido. Quizá, por prudencia, a todos.

No sabíamos qué sabía Napoleón, pero teníamos presente que había estado un tiempo en Egipto, y Dios sabe con qué sabios había hablado a la sombra de las pirámides (a esas alturas hasta un niño era capaz de darse cuenta de que los famosos cuarenta siglos que le contemplaban eran una clara alusión a la Tradición Hermética).

Pero debía de saber muchas cosas, porque en 1806 había convocado una asamblea de judíos franceses. Las razones oficiales eran triviales: reducir la usura, asegurarse la fidelidad de la minoría israelita, obtener nuevas financiaciones... Pero eso no explica por qué decidió llamar Gran Sanedrín a la asamblea, evocando la idea de un directorio de Superiores, más o menos Desconocidos. En realidad, el astuto corso había localizado a los representantes del ala jerosolimitana, y estaba tratando de reunir a los distintos grupos dispersos.

—Tampoco es casual que en 1808 las tropas del mariscal Ney se instalen en Tomar. ¿Ven la relación?

—Estamos aquí sólo para ver las relaciones.

—Ahora Napoleón, que se dispone a derrotar a Inglaterra, controla casi todos los núcleos europeos y, a través de los judíos franceses, también a los jerosolimitanos. ¿Qué le falta?

—Los paulicianos.

—Exacto. Y aún no hemos decidido donde acabaron. Aunque el propio Napoleón nos lo sugiere, porque va a buscarles donde están, en Rusia.

Bloqueados durante siglos en la zona eslava, era natural que los paulicianos se hubieran reorganizado mimetizándose con los distintos grupos místicos rusos. Uno de los consejeros influyentes de Alejandro I era el príncipe Galitzin, vinculado con algunas sectas de inspiración martinista. ¿Y a quién encontramos en Rusia, unos doce años antes que Napoleón, plenipotenciario de los Saboya, dedicado a establecer vínculos con los cenáculos místicos de San Petersburgo? A de Maistre.

A estas alturas de Maistre ya desconfiaba de toda organización de iluminados, que para él eran lo mismo que los ilustrados, responsables del baño de sangre de la revolución. De hecho, en este período, repitiendo casi literalmente las palabras de Barruel, hablaba de una secta satánica que quería conquistar el mundo, y probablemente pensaba en Napoleón. Por tanto, si nuestro gran reaccionario se proponía seducir a los grupos martinistas era porque se había dado cuenta, con gran lucidez, de que, aunque inspiradas en las mismas fuentes que el neotemplarismo francés y alemán, esas sectas eran la manifestación del único grupo aún no corrompido por el pensamiento occidental: el de los paulicianos.

Sin embargo, todo parecía indicar que el plan de de Maistre había fracasado. En 1816 los jesuitas son expulsados de San Petersburgo y de Maistre regresa a Turín.

—Vale —dijo Diotallevi—, hemos reencontrado a los paulicianos. Ahora podemos dejar de lado a Napoleón, cuyo intento también fracasó, porque, si no, le hubiese bastado chasquear un dedo en Santa Elena para poner de rodillas a sus adversarios. ¿Qué sucede ahora entre toda esa gente? Ya me da vueltas la cabeza.

—La de muchos de ellos rodaba —replicó Belbo.

¡Oh, qué bien habéis desenmascarado a esas sectas infernales que preparan el camino del Anticristo!... Sin embargo, hay una de esas sectas a la que sólo os habéis referido de pasada.
(Carta del capitán Simonini a Barruel, en *La civiltà cattolica,* 21.10.1882)

La jugada de Napoleón con los judíos había provocado un cambio de rumbo por parte de los jesuitas. Las *Mémoires* de Barruel no contenían ninguna referencia a los judíos. Pero, en 1806, Barruel recibe una carta de un tal capitán Simonini, quien le recuerda que incluso Manes y el Viejo de la Montaña eran judíos, que la masonería había sido fundada por los judíos y que los judíos se habían infiltrado en todas las sociedades secretas existentes.

La carta de Simonini se hizo circular hábilmente por París y puso en apuros a Napoleón, que acababa de contactar con el Gran Sanedrín. Sin duda, este contacto también había despertado preocupación entre los paulicianos, porque en aquellos años el Santo Sínodo de la Iglesia Ortodoxa Moscovita declaraba: «Hoy Napoleón se propone reunir a todos los judíos que la ira de Dios dispersó por la faz de la tierra, para que destruyan a la Iglesia de Cristo y para que le proclamen a El como el verdadero Mesías.»

El bueno de Barruel acepta la idea de que el complot no es sólo masónico, sino judeomasónico. Por lo demás, la idea de esa conjura satánica venía bien para atacar a un nuevo enemigo, la Alta Venta Carbonaria, y, por tanto, a los padres anticlericales del Resurgimiento Italiano, de Mazzini a Garibaldi.

—Pero todo esto sucede a principios del siglo XIX —decía Diotallevi—. En cambio, la gran ofensiva antisemita empieza a finales del siglo, cuando se publican *Los Protocolos de los Sabios de Sión.* Los Protocolos se publican en la zona rusa. Por tanto, se trata de una iniciativa pauliciana.

—Lógico —dijo Belbo—. Es evidente que ahora el grupo jerosolimitano se ha dividido en tres ramas. La primera, a través de los cabalistas españoles y provenzales, ha inspirado el ala neotemplaria; la segunda ha sido absorbida por el ala baconiana, y sus miembros se han convertido en hombres de ciencia y banqueros. Contra ellos se dirigen los ataques de los jesuitas. Pero queda una tercera rama, establecida en Rusia. Los judíos rusos son en gran parte pequeños comerciantes y prestamistas, y por tanto son mal vistos por los campesinos pobres; y, en gran parte, como la cultura judía es una cultura del Libro, y todos los judíos saben leer y escribir, muchos de ellos van a engrosar las filas de la intelligentzia liberal y revolucionaria. Los paulicianos son místicos, reaccionarios, están estrechamente vinculados con los señores, y se han infiltrado en la corte. Es evidente, entre ellos y los jerosolimitanos no puede haber entendimiento. Por tanto, les interesa desacreditar a los judíos y, a través de los judíos, como han visto hacer a los jesuitas, logran crearles dificultades a sus enemigos del extranjero, tanto a los neotemplaristas como a los baconianos.

92

> No cabe la menor duda. Con todo el poder y el terror de Satanás, el reino del Rey victorioso de Israel se acerca a nuestro mundo no regenerado; el Rey nacido de la sangre de Sión, el Anticristo, se acerca al trono del poder universal.
> (Serguei Nilus, *Epílogo a los Protocolos*)

La idea era aceptable. Bastaba con ver quién había introducido los Protocolos en Rusia.

Uno de los martinistas más influyentes de finales del siglo, Papus, había fascinado a Nicolás II cuando éste visitara París, más tarde había ido a Moscú, y había llevado consigo a un tal Philippe, o sea, Philippe Nizier Anselme Vachod. Poseído por el diablo a los seis años, curandero a los trece, hipnotizador en Lyon, había seducido tanto a Nicolás II como a la histérica de su mujer. Le habían invitado a la corte, le habían nombrado médico de la academia militar de San Petersburgo, general y consejero de Estado.

Entonces sus adversarios deciden oponerle una figura igualmente carismática y capaz de minar su prestigio. Así es como aparece Nilus.

Nilus era un monje peregrino, que vistiendo hábitos talares peregrinaba (lo dice la palabra misma) por los bosques con su gran barba de profeta, sus dos mujeres, una hijita y una asistente o quizá amante, todas ellas pendientes de sus labios. Mitad guru, de los que luego huyen llevándose la caja, y mitad eremita, de los que proclaman que el fin está próximo. Y, en efecto, su idea fija eran las maquinaciones del Anticristo.

El plan de los patrocinadores de Nilus consistía en hacerle ordenar pope para que luego, casándose (mujer más, mujer menos) con Elena Alexandrovna Ozerova, doncella de honor de la zarina, se convirtiese en el confesor de los soberanos.

—Soy un hombre apacible —decía Belbo—, pero empiezo a sospechar que quizá la matanza de Tsárkoie Tseló haya sido una operación de desratización.

En suma, en determinado momento los partidarios de Philippe habían acusado a Nilus de llevar una vida lasciva, y Dios sabe que no se equivocaban demasiado. Nilus había tenido que marcharse de la corte, pero alguien había acudido en su ayuda y le había entregado el texto de los Protocolos. Puesto que todos confundían a los martinistas (que se inspiraban en Saint Martin) con los martinesistas (seguidores de ese Martines de Pasqually que le inspiraba tan poca confianza a Agliè), y como circulaban rumores de que Pasqually era judío, desacreditando a los judíos se desacreditaba a los martinistas, y desacreditando a los martinistas se eliminaba a Philippe.

De hecho, ya en 1903 había aparecido una primera versión incompleta de los Protocolos, en el *Znamia,* periódico de San Petersburgo, dirigido por el antisemita militante Kruschevan. En 1905, con el visto bueno de la censura gubernativa, esta primera versión se había publicado, completa, en un libro anónimo: *La causa de nuestros males,* editado probablemente por un tal Boutmi, que había participado con Kruschevan en la fundación de la Unión del Pueblo Ruso, conocida más tarde como Centurias Negras, que reclutaba delincuentes comunes para llevar a cabo pogroms y atentados de extrema derecha. Boutmi continuaría publicando, ahora ya con su nombre, otras ediciones de la obra, rebautizada *Los enemigos de la raza humana - Protocolos procedentes de los archivos secretos de la cancillería central de Sión.*

Pero sólo eran libritos baratos. La versión extensa de los Protocolos, la que se traduciría en todo el mundo, se publica en 1905 en la tercera edición del libro de Nilus, *Lo Grande en lo Pequeño: el Anticristo es una posibilidad política inminente,* Tsárkoie Tseló, con el patrocinio de una sección local de la Cruz Roja. El marco era el de una reflexión mística más amplia, y el libro llega a manos del zar. El metropolitano de Moscú prescribe su lectura en todas las iglesias de la ciudad.

—Pero, ¿qué relación existe —pregunté— entre los Protocolos y nuestro Plan? Siempre se habla de esos Protocolos, ¿nos los leemos?

—Nada más fácil —dijo Diotallevi—, siempre hay un editor que vuelve a publicarlos, bueno, antes lo hacían, demostrando indignación, por deber informativo, ahora, poco a poco, han empezado a hacerlo con satisfacción.

—Siempre tan Gentiles.

93

> Sólo conocemos una sociedad que sería capaz de competir con nosotros en estas artes: la de los jesuitas. Pero hemos logrado desacreditar a los jesuitas ante la plebe ignorante, aprovechando que se trata de una sociedad visible, mientras que nosotros nos mantenemos detrás de los bastidores, conservando el secreto.
> (*Protocolos,* V)

Los Protocolos son una serie de veinticuatro declaraciones programáticas atribuidas a los Sabios de Sión. Los designios de esos Sabios nos habían parecido bastante contradictorios, unas veces quieren abolir la libertad de prensa, y otras veces se proponen impulsar el librepensamiento. Critican el liberalismo, pero parecen enunciar el programa que las izquierdas radicales atribuyen a las multinacionales capitalistas, incluida la utilización del deporte y la educación visual para estupidizar al pueblo. Estudian diversas técnicas para hacerse con el poder mundial, alaban la fuerza del oro. Deciden favorecer las revoluciones en todos los países, aprovechando el descontento y confundiendo al pueblo mediante la proclamación de ideas liberales, pero lo que quieren es agudizar las desigualdades. Se proponen instaurar en todas partes regímenes presidenciales controlados por testaferros de los Sabios. Deciden el estallido de guerras, el aumento de la producción de armas y (ya lo había dicho Salon) la construcción de ferrocarriles metropolitanos (¡subterráneos!) para poder minar las grandes ciudades.

Dicen que el fin justifica los medios y se proponen impulsar el antisemitismo, tanto para controlar a los judíos pobres como para ablandar el corazón de los gentiles ante el espectáculo de sus desdichas (caro, decía Diotallevi, pero eficaz). Declaran con candidez «tenemos una ambición ilimitada, una codicia devoradora, un implacable deseo de venganza y un odio profundísimo» (dando pruebas de un exquisito masoquismo, porque reproducen con gusto el cliché del judío malvado que ya circulaba en la prensa antisemita y que adornará la cubierta de todas las ediciones del libro), y deciden abolir el estudio de los clásicos y de la historia antigua.

—Vamos —observaba Belbo—, los Sabios de Sión eran un hatajo de imbéciles.

—Nada de bromas —decía Diotallevi—. Este libro fue tomado muy en serio. Hay algo que me llama la atención. Se presenta como un plan judío con siglos de antigüedad, y todas sus referencias aluden a pequeñas polémicas francesas de finales de siglo. La referencia a la educación visual, que sirve para estupidizar a las masas, aludiría al programa educativo de Léon Bourgeois, que incorpora a nueve masones en su gobierno. En otro pasaje se aconseja apoyar la elección de personas implicadas en el escándalo del canal de Panamá, y tal era el caso de Emile Loubet, presidente de la república en 1899. La referencia al metro corresponde al hecho de que en aquella época los periódicos de derecha protestaban porque en la Compagnie du Métropolitain había muchos accionistas judíos. Todo esto permite suponer que el texto fue compuesto en Francia durante la última década del siglo XIX, en la época del caso Dreyfus, para debilitar al frente liberal.

—A mí no es eso lo que me impresiona —dijo Belbo—, sino el *déjà vu.* Porque, en definitiva, estos Sabios exponen un plan para la conquista del mundo, y yo diría que no es la primera vez que oímos hablar de esto. Eliminen ustedes algunas referencias a hechos y problemas del siglo pasado, reemplacen los subterráneos del metro por los subterráneos de Provins, y cada vez que aparece la palabra judíos sustitúyanla por la palabra templarios, y hagan otro tanto con las expresiones «Sabios de Sión» y «Treinta y seis Invisibles divididos en seis grupos»... Amigos míos, ¡es la Ordonation de Provins!

> Voltaire lui-même est mort jésuite: en avoit-il le moindre soupçon?
>
> (F. N. de Bonneville, *Les Jésuites chassés de la Maçonnerie et leur poignard brisé par les Maçons,* Orient de Londres, 1788, 2, p. 74)

Hacía tiempo que todos los elementos estaban delante de nuestros ojos, pero nunca habíamos comprendido plenamente su significado. Durante seis siglos seis grupos se disputan la realización del Plan de Provins, cada grupo coge el texto ideal de ese Plan y se limita a cambiar el sujeto para atribuirlo a su enemigo.

Cuando los rosacruces aparecen en Francia, los jesuitas presentan el plan invertido: al desacreditar a los rosacruces, desacreditan a los baconianos y a la naciente masonería inglesa.

Cuando los jesuitas inventan el neotemplarismo, el marqués de Luchet atribuye el plan a los neotemplarios. Los jesuitas, que ahora ya se están deshaciendo de los neotemplarios a través de Barruel, copian a Luchet, pero atribuyen el plan a los francmasones en general.

Contraofensiva baconiana. Al examinar cuidadosamente los textos de la polémica liberal y laica, habíamos descubierto que desde Michelet y Quinet hasta Garibaldi y Gioberti, todo el mundo atribuía la Ordonation a los jesuitas (tal vez la idea procedía del templario Pascal y sus amigos). El tema se popularizaba con *El judío errante* de Eugène Sue, con el personaje del malvado monsieur Rodin, quintaesencia de la conjura jesuítica mundial. Pero investigando la obra de Sue habíamos encontrado algo mucho más interesante: un texto que parecía calcado, pero que era anterior en medio siglo, de los Protocolos, palabra por palabra. Se trataba del último capítulo de *Los misterios del Pueblo.* Aquí el diabólico plan jesuita se explicaba hasta el último delictuoso detalle en un documento que el general de la Compañía, el padre Roothaan (personaje histórico), enviaba a monsieur Rodin (ya personaje de *El judío errante*). El documento caía en manos de Rodolphe de Gerolstein (ya héroe de *Los misterios de París*), quien lo revelaba a los demócratas: «Vea usted, estimado Lebrenn, qué bien urdida está esta trama infernal, y qué espantosos sufrimientos, qué horrenda dominación, qué despotismo terrible reserva para Europa y el mundo, si por desgracia lograra consumarse...»

Parecía el prefacio de Nilus a los Protocolos. Sue atribuía a los jesuitas la divisa (que luego aparecería en los Protocolos, atribuida a los judíos) «el fin justifica los medios».

> Nadie nos pedirá que añadamos más pruebas para demostrar que ese grado de Rosa-Cruz fue introducido hábilmente por los jefes secretos de la francmasonería... La identidad de su doctrina, de su odio y de sus prácticas sacrílegas con las de la Cábala, las de los Gnósticos y las de los Maniqueos, nos indica la identidad de los autores, es decir los Judíos Cabalistas.
>
> (Monseñor León Meurin, S. J., *La Franc-Maçonnerie, Synagogue de Satan,* Paris, Retaux, 1893, p. 182)

Cuando se publican *Los misterios del pueblo,* los jesuitas ven que se les atribuye la Ordonation, y se lanzan sobre la única táctica ofensiva que nadie había utilizado hasta entonces, sacan a relucir la carta de Simonini y atribuyen la Ordonation a los judíos.

En 1869 Gougenot de Mousseaux, célebre por haber escrito dos libros sobre la magia en el siglo XIX, publica *Les Juifs, le judaïsme et la judaïsation des peuples chrétiens,* donde se afirma que los judíos usan la Cábala y son adoradores de Satanás, puesto que una secreta filiación vincula directamente a Caín con los gnósticos, los templarios y los masones. De Mousseaux recibe una bendición especial de Pío IX.

Pero el Plan que Sue había novelado lo aprovechan también otros autores, que no son jesuitas. Había una historia muy interesante, casi policíaca, que sucedió muchos años después. En 1921 el *Times,* después de la publicación de los Protocolos, que había tomado muy en serio, había descubierto que un terrateniente ruso monárquico, refugiado en Turquía, había comprado a un ex oficial de la policía secreta rusa, refugiado en Constantinopla, un lote de libros viejos entre los que figuraba uno sin cubierta y en cuyo lomo sólo decía «Joli», con un prefacio fechado en 1864, que parecía ser la fuente literal de los Protocolos. El *Times* había investigado en el British Museum y había descubierto el libro original de Maurice Joly, *Dialogue aux enfers entre Montesquieu et Machiavel,* Bruselas (pero con la indicación Genève 1864). Maurice Joly no tenía nada que ver con Crétineau-Joly, pero convenía registrar la analogía, algún significado encerraría.

El libro de Joly era un panfleto liberal contra Napoleón III, en el que Maquiavelo, que representaba el cinismo del dictador, discutía con Montesquieu. Joly había sido detenido por ese acto subversivo, había estado preso quince meses y en 1878 se había suicidado. El programa de los judíos de los Protocolos estaba tomado literalmente del que Joly atribuía a Maquiavelo (el fin justifica los medios) y a través de él a Napoleón. Sin embargo, el *Times* no se había dado cuenta (a diferencia de nosotros) de que Joly había copiado a mansalva el documento de Sue, publicado al menos siete años antes.

Una escritora antisemita, una apasionada de la teoría del complot y de los Superiores Desconocidos, una tal Nesta Webster, ante este hecho, que reducía los Protocolos a un plagio trivial, nos había sugerido una intuición luminosísima, como sólo el auténtico iniciado, o el cazador de iniciados, es capaz de tenerlas. Joly era un iniciado, conocía el plan de los Superiores Desconocidos y, como odiaba a Napoleón III, se lo había atribuido a él, pero ello no significaba que el plan no existiese independientemente de Napoleón. Como el plan que exponían los Protocolos correspondía exactamente al que suelen urdir los judíos, era evidente que se trataba del plan de los judíos. Lo único que teníamos que hacer era corregir a la señora Webster basándonos en su misma lógica: como el plan se adaptaba perfectamente a lo que hubiesen tenido que pensar los templarios, era el plan de los templarios.

Además nuestra lógica era lógica de los hechos. Nos había encantado la historia del cementerio de Praga. Era la historia de un tal Hermann Goedsche, un pequeño funcionario de los correos prusianos. Goedsche ya había publicado unos documentos falsos para desacreditar al demócrata Waldeck, acusándole de querer asesinar al rey de Prusia. Desenmascarado, se había convertido en el director de *Die Preussische Kreutzzeitung,* órgano de los grandes propietarios conservadores. Más tarde, con el nombre de sir John Readclif, había empezado a publicar novelas sensacionalistas, entre ellas *Biarritz,* de 1868. Allí describía una escena ocultista que tenía lugar en el cementerio de Praga, muy parecida a la reunión de los iluminados que Dumas describiera al comienzo de *Joseph Balsamo,* donde Cagliostro, jefe de los Superiores Desconocidos, entre los que se sienta Swedenborg, urde la conjura del collar de la reina. En el cementerio de Praga se reúnen los representantes de las doce tribus de Israel, que exponen sus planes para la conquista del mundo.

En 1876, un libelo ruso retoma la escena de *Biarritz,* pero como si se tratase de un hecho real. Otro tanto hace, en 1881, *Le Contemporain,* en Francia. Y afirma que la noticia procede de una fuente fidedigna, el diplomático inglés sir John Readcliff. En 1896, un tal Bournand publica un libro, *Les Juifs, nos contemporains,* donde sale la escena del cementerio de Praga, y dice que el discurso subversivo fue pronunciado por el gran rabino John Readclif. Una tradición posterior sostendrá, en cambio, que el verdadero Readclif había sido conducido hasta el cementerio en cuestión por Ferdinand Lasalle, peligroso revolucionario.

Y estos planes son más o menos similares a los que en 1880, o sea unos pocos años antes, se describieron en la *Revue des Etudes Juives* (antisemita), que había publicado dos cartas atribuidas a judíos del siglo XV. Los judíos de Arles piden ayuda a los judíos de Constantinopla porque son perseguidos, y éstos responden: «Amados hermanos en Moisés, si el rey de Francia os obliga a haceros cristianos, hacedlo, porque no podéis hacer otra cosa, pero conservad la ley de Moisés en vuestros corazones. Si os despojan de vuestros bienes, haced que vuestros hijos lleguen a ser comerciantes para que poco a poco les arrebaten los suyos a los cristianos. Si se atenta contra vuestras vidas haced que vuestros hijos lleguen a ser médicos y boticarios, para que puedan quitarles la vida a los cristianos. Si destruyen vuestras sinagogas, haced que vuestros hijos lleguen a ser canónigos y clérigos para que puedan destruir sus iglesias. Si os imponen otras vejaciones, haced que vuestros hijos lleguen a ser abogados y notarios y que se mezclen en los asuntos de todos los estados, para que podáis subyugar a los cristianos, dominar el mundo y vengaros de ellos.»

Se trataba siempre del plan de los jesuitas y, originariamente, la Ordonation templaria. Pocas variantes, permutaciones mínimas: los Protocolos se estaban fabricando por sí solos. Un proyecto abstracto de conjura que migraba de conjura a conjura.

Y cuando nos ingeniamos para descubrir el eslabón que faltaba, el vínculo entre toda esta historia tan bonita y Nilus, nos topamos con Rakovsky, el jefe de la terribe Okrana, la policía secreta del zar.

> Siempre se necesita una tapadera. La ocultación constituye gran parte de nuestra fuerza. Por eso siempre debemos ocultarnos tras el nombre de otra sociedad.
>
> (*Die neuesten Arbeiten des Spartacus und Philo in dem Illuminaten-Orden,* 1794, p. 165)

Precisamente en aquellos días, leyendo unas páginas de nuestros diabólicos, habíamos descubierto que el conde de Saint-Germain, entre sus varios disfraces, había utilizado el de Rackoczi, o al menos así lo había identificado el embajador de Federico II en Dresde. Y el landgrave de Hesse, en cuya corte, aparentemente, había muerto Saint-Germain, había dicho que era de origen transilvano y se llamaba Ragozki. A eso había que añadir que Comenio había dedicado su *Pansofia* (obra sin duda imbuida de rosacrucismo) a un landgrave (cuántos landgraves había en nuestra historia) llamado Ragovsky. Ultimo toque al mosaico, hurgando en el puesto de un librero de la piazza Castello, me había topado con una obra alemana sobre la masonería, anónima, en la que una mano desconocida había escrito en la anteportada una nota según la cual el texto era obra de un tal Karl Aug. Ragotgky. Si considerábamos que el misterioso individuo que quizá había matado al coronel Ardenti se llamaba Rakosky, he aquí que encontrábamos la manera de meter, en el trazado del Plan, a nuestro conde de Saint-Germain.

—¿No le estaremos dando demasiado poder a ese aventurero? —preguntaba preocupado Diotallevi.

—No, no —respondía Belbo—. Es imprescindible. Como la salsa de soja en los platos chinos. Si falta, no es cocina china. Mira a Agliè, que entiende un poco de todo esto: no ha tomado como modelo a Cagliostro o a Willermoz. Saint-Germain es la quintaesencia del Homo Hermeticus.

Pierre Ivanovitch Rakovsky. Jovial, insinuante, felino, inteligente y astuto, falsificador genial. Pequeño funcionario, entra en contacto con grupos revolucionarios, en 1879 es detenido por la policía secreta y acusado de haber dado asilo a amigos terroristas que habían atentado contra el general Drentel. Pasa a trabajar para la policía y se inscribe (mira, mira) en las Centurias Negras. En 1890, descubre en París una organización que fabricaba bombas para atentados en Rusia y logra hacer detener en su país a sesenta y tres terroristas. Diez años más tarde se descubrirá que las bombas habían sido fabricadas por sus hombres.

En 1887, difunde la carta de un tal Ivanov, revolucionario arrepentido, quien asegura que la mayoría de los terroristas son judíos; en 1890, una «confession par un vieillard ancien révolutionnaire», donde se acusa a revolucionarios exiliados en Londres de ser agentes británicos. En 1892, da a conocer un falso texto de Plejanov donde se acusa a la dirección del partido Narodnaia Volia de haber hecho publicar esa confesión.

En 1902, trata de formar una liga antisemita francorrusa. Para ello utiliza una técnica similar a la de los rosacruces. Afirma que esa liga existe, para que luego alguien vaya y la cree. Pero además recurre a otra técnica: mezcla sabiamente la verdad con la falsedad, y la verdad aparentemente le perjudica, razón por la cual nadie duda de la falsedad. Hace circular por París un misterioso llamamiento a los franceses para que apoyen a una Liga Patriótica Rusa con sede en Járkov. En el llamamiento se ataca a sí mismo atribuyéndose la intención de sabotear la liga, y se desea a sí mismo que llegue a cambiar de actitud. Se autoacusa de utilizar a personajes desacreditados como Nilus, lo cual es cierto.

¿Por qué se pueden atribuir los Protocolos a Rakovsky?

El protector de Rakovsky era el ministro Serguei Witte, un progresista que quería transformar Rusia en un país moderno. Por qué un progresista como Witte se servía del reaccionario Rakovsky, lo sabe sólo Dios, pero a esas alturas ya estábamos preparados para todo, nada nos sorprendía. Witte tenía un adversario político, un tal Elie de Cyon, que ya le había atacado públicamente esgrimiendo argumentos polémicos que recuerdan ciertos pasajes de los Protocolos. Pero en los escritos de Cyon no había referencias a los judíos, porque él mismo era de origen judío. En 1897, por orden de Witte, Rakovsky hace registrar la villa de Cyon en Territat, y encuentra un libelo de Cyon basado en el libro de Joly (o en el de Sue), donde se atribuían a Witte las ideas de Maquiavelo-Napoleón III. Con su talento para las falsificaciones, Rakovsky reemplaza a Witte por los judíos y hace circular el texto. El nombre de Cyon parece hecho a propósito para evocar a Sión, lo que permite demostrar que es un exponente judío quien denuncia una conjura judía. Así nacieron los Protocolos. El texto cae también en manos de Iuliana o Justine Glinka, que frecuenta en París el ambiente de Madame Blavatsky, y que en los ratos libres espía y denuncia a los revolucionarios rusos en el exilio. La Glinka es sin duda un agente de los paulicianos, que están vinculados con los terratenientes y por tanto desean convencer al zar de que los programas de Witte corresponden a los de la conjura judía internacional. Glinka envía el documento al general Orgeievski quien, a través del comandante de la guardia imperial, lo hace llegar al zar. Witte se encuentra en apuros.

Así es como Rakovsky, arrastrado por su encono antisemita, contribuye a la desgracia de su protector. Y probablemente también a la propia. De hecho, a partir de entonces perdíamos sus huellas. Tal vez Saint-Germain se había movido hacia nuevos disfraces y nuevas reencarnaciones. Pero nuestra historia había ganado consistencia, racionalidad, claridad, porque estaba corroborada por una serie de hechos reales, tan verdaderos, decía Belbo, como Dios es verdadero.

Todo eso me recordaba las historias de De Angelis sobre la sinarquía. Lo bueno de la historia, de la nuestra, claro, pero quizá también de la Historia, como insinuaba Belbo, con mirada febril, mientras me pasaba sus fichas, era que unos grupos enfrentados a muerte se estaban eliminando entre sí empuñando cada uno armas del otro.

—El primer deber del buen infiltrado —comentaba— consiste en denunciar como infiltrados a aquellos entre quienes acaba de infiltrarse.

Belbo había dicho:

—Recuerdo una historia en ***. Al anochecer siempre encontraba, en la avenida, en un Fiat negro, a un tal Remo, o un nombre por el estilo. Bigotes negros, cabello rizado negro, camisa negra y dientes negros, horriblemente cariados. Y besaba a una muchacha. A mí me daban asco esos dientes negros que besaban aquella cosa bella y rubia, ni siquiera recuerdo su rostro, pero para mí era virgen y prostituta, era el eterno femenino. Y todo mi ser se estremecía. —Instintivamente, había adoptado un tono áulico para manifestar su ironía, consciente de haberse dejado llevar por el abandono inocente de los recuerdos—. Me preguntaba y también había preguntado por ahí, por qué ese Remo, que pertenecía a las Brigadas Negras, podía exhibirse de aquel modo, incluso en períodos en que *** no estaba ocupada por los fascistas. Me habían respondido que se decía que era un infiltrado de los partisanos. Así o asá, el caso es que una noche me lo veo en el mismo Fiat negro, con los mismos dientes negros y besando a la misma muchacha rubia, pero con el pañuelo rojo en el cuello y una camisa caqui. Se había pasado a las Brigadas Garibaldinas. Todos le festejaban y había escogido como nombre de guerra X9, como el personaje de Alex Raymond, del que había leído *El aventurero.* Bravo X9, le decían... Y yo le odiaba más aún, porque poseía a la muchacha con el permiso del pueblo. Pero otros decían que era un infiltrado fascista entre los partisanos, y creo que eran los que deseaban a la chica, pero, bueno, así era, X9 resultaba sospechoso...

—¿Y después?

—Perdone, Casaubon, ¿por qué le interesan tanto mis asuntos?

—Porque usted cuenta, y los cuentos pertenecen a lo imaginario colectivo.

—Good point. Pues bien, cierta mañana X9 estaba pasando por fuera de su sector, quizá tenía una cita con la muchacha en el campo, para ir más allá de aquel miserable petting y demostrarle que su verga no estaba tan cariada como sus dientes, perdonen pero todavía no logro quererle, en fin, que los fascistas le tienden una celada, le conducen a la ciudad y a las cinco de la mañana, al día siguiente, le fusilan.

Pausa. Belbo se había mirado las manos, que mantenía unidas, como en una plegaria. Después las había separado y había dicho:

—Eso probaba que no era un infiltrado.

—¿Significado de la parábola?

—¿Quién le ha dicho que las parábolas deben tener un significado? Aunque pensándolo mejor, quizá quiera decir que muchas veces para probar algo hay que morir.

97

Ego sum qui sum.
(*Exodo,* 3, 14)

Ego sum qui sum. An axiom of hermetic philosophy.
(Mme. Blavatsky, *Isis Unveiled,* p. 1)

—¿Quién eres tú? —preguntaron al mismo tiempo trescientas voces mientras veinte espadas resplandecían en manos de los fantasmas que estaban más cerca.
—Ego sum qui sum —dijo.
(Alexandre Dumas, *Joseph Balsamo,* II)

A la mañana siguiente, volví a ver a Belbo.

—Ayer escribimos una buena página de folletín —dije—. Pero, si queremos hacer un Plan convincente, quizá tendremos que apegarnos más a la realidad.

—¿Qué realidad? —me preguntó—. Quizá sólo el folletín nos dé la verdadera medida de la realidad. Nos han engañado.

—¿Quiénes?

—Nos han hecho creer que por un lado está el gran arte, el que representa personajes típicos en situaciones típicas, y por el otro la novela por entregas, que habla de personajes atípicos en situaciones atípicas. Pensaba que un verdadero dandy nunca haría el amor con Scarlett O'Hara y ni siquiera con Constance Bonacieux o con la Perla de Labuan. Yo jugaba con el folletín, para darme un paseo fuera de la vida. Me tranquilizaba porque me proponía lo inalcanzable. Pero no.

—¿No?

—No. Tenía razón Proust: la vida está mejor representada en la música mala que en una Missa Solemnis. El arte nos engaña y nos tranquiliza, nos hace ver el mundo tal como los artistas quisieran que fuese. El folletín hace como si bromeara, pero luego nos hace ver el mundo tal como es, o al menos tal como será. Las mujeres se parecen más a Milady que a Madame Bovary. Fu Manchú es más real que Pierre Besucov, y la Historia se parece más a la que cuenta Sue que a la proyectada por Hegel. Shakespeare, Melville, Balzac y Dostoievski cultivaron el folletín. Lo que ha sucedido en la realidad es lo que habían contado por adelantado las novelas por entregas.

—Es más fácil imitar al folletín que al arte. Llegar a ser la Gioconda es un buen esfuerzo, convertirse en Milady sigue nuestra tendencia natural hacia la facilidad.

Diotallevi, que hasta entonces había permanecido en silencio, observó:

—Miren el caso de Agliè. Le resulta más fácil imitar a Saint-Germain que a Voltaire.

—Sí —asintió Belbo—. En el fondo, también a las mujeres les resulta más interesante Saint-Germain que Voltaire.

Después encontré este *file*, en el que Belbo resumía nuestras conclusiones en clave novelesca. Digo en clave novelesca porque me doy cuenta de que se divirtió reconstruyendo la historia sin poner, de su cosecha, nada más que unas pocas frases de enlace. No consigo identificar todas las citas, los plagios, los préstamos, pero he logrado reconocer muchos pasajes de este furibundo collage. Una vez más, para escapar a la inquietud de la Historia, Belbo había escrito y revisitado la vida por interpósita escritura.

---

filename: El regreso de Saint-Germain

Ya han transcurrido cinco siglos desde que la mano vengadora del Omnipotente me arrojara desde las profundidades del Asia hasta estas tierras. A mi paso voy sembrando el terror, la desolación, la muerte. Pero, qué diantres, soy el notario del Plan, aunque los otros lo ignoren. He visto cosas mucho peores, y tramar la noche de San Bartolomé me resultó más tedioso que lo que estoy a punto de hacer. Oh ¿por qué mis labios se tuercen en esta sonrisa satánica? Soy el que soy, ah, si el maldito Cagliostro no me hubiese usurpado incluso este último derecho.

Pero se avecina el momento de la victoria. Soapes, cuando yo era Kelley, me lo enseñó todo, en la Torre de Londres. El secreto consiste en transformarse en otro.

Con astutos engaños he hecho encerrar a Giuseppe Balsamo en la fortaleza de San Leo, y me he apoderado de sus secretos. Como Saint-Germain ha desaparecido: ahora todos creen que soy el conde de Cagliostro.

Hace poco que ha sonado la medianoche en todos los relojes de la ciudad. Reina una calma sobrenatural. Este silencio me resulta sospechoso. La noche es espléndida, aunque gélida, desde lo alto la luna derrama su helada claridad sobre las impenetrables callejas del viejo París. Podrían ser las diez de la noche: poco ha que el campanario del convento de los Black Friars ha dado lentamente las ocho. El viento impulsa con metálico, lúgubre chirrido las veletas que jalonan la desolada extensión de los tejados. Una espesa mortaja de nubes cubre el cielo.

¿Volvemos a subir, capitán? No, al contrario, nos hundimos.

Maldición, dentro de poco el *Patna* se irá a pique, salta, Jim el del Cáñamo, salta. ¿Acaso no daría para escapar a esta angustia un diamante grande como una avellana? Orzad la barra, la cangreja, el juanete de proa, ¿y qué más quieres, maldito? ¡Allá abajo sopla el viento!

Mis dientes desgranan horribles chirridos y una palidez mortal enciende verdosas llamaradas en mi rostro de cera.

¿Cómo he llegado hasta aquí, yo, que parezco la imagen misma de la venganza? Los espíritus infernales sonreirán con desdén ante las lágrimas del ser cuya amenazadora voz tantas veces les ha hecho temblar en el fondo de su abismo de fuego.

Vamos, allá brilla una luz.

¿Cuántos peldaños he bajado hasta llegar a este cuchitril? ¿Siete? ¿Treinta y seis? No ha habido piedra que haya rozado, ni paso que haya dado, que no ocultase un jeroglífico. Cuando lo revele, mis fieles conocerán finalmente el Misterio. Después sólo habrá que descifrarlo, y su solución será la Clave, tras la cual se oculta el Mensaje, que al iniciado, y sólo a él, le dirá claramente cuál es la naturaleza del Enigma.

Del enigma al desciframiento la distancia es muy breve, y una vez recorrida surgirá con claridad el hierograma, en el que se purificará la plegaria de la interrogación. Después ya nadie podrá ignorar el Arcano, ese velo o manto o tapiz egipcio que cubre el Pentáculo. Y de allí hacia la luz, hasta revelar el Sentido Oculto del Pentáculo, la Pregunta Cabalística a la que sólo unos pocos responderán, para proclamar con voz atronadora cuál es el Signo Insondable. Has de inclinarte sobre El, y Treinta y Seis Invisibles deberán enunciar la respuesta, la enunciación de la Runa cuyo sentido sólo es accesible a los hijos de Hermes, a quienes será entregado el Sello Sardónico, la Máscara tras la cual se perfilará ese rostro que se han propuesto dejar al descubierto, el Jeroglífico Místico, el Sublime Anagrama...

«¡Sator Arepo!» grito con voz capaz de hacer temblar a los espectros. Y, dejando a un lado la rueda que sostiene con la rápida acción de sus manos asesinas, Sator Arepo aparece, obedeciendo a mi orden. Lo reconozco, ya me sospechaba quién podía ser. Es Luciano, el empaquetador mutilado, al que los Superiores Desconocidos han designado ejecutor de mi infame y sangrienta faena.

«Sator Arepo» pregunto con tono burlón, «¿sabes tú cuál es la respuesta final que se oculta tras el Sublime Anagrama?»

«No, señor conde» responde el incauto, «y espero que vos me la reveléis.»

Una infernal carcajada brota de mis pálidos labios y retumba en las vetustas bóvedas.

«¡Iluso! ¡Sólo el verdadero iniciado sabe que no la sabe!»

«Sí, amo» responde obtuso el empaquetador mutilado, «lo que vos querais. Estoy preparado.»

Estamos en un sórdido cuchitril de Clignancourt. Esta noche debo castigarte a ti, antes que a nadie, a ti que me has iniciado en el noble arte del crimen. A ti, que finges amarme y, peor aún, lo crees, y a los enemigos sin nombre con los que pasarás el próximo fin de semana. Luciano, testigo inoportuno de mis humillaciones, me prestará su brazo —el único— y después morirá.

Un cuchitril con una trampa en el suelo, por la que se accede a una especie de torrentera, de réservoir, de conducto subterráneo, utilizado desde tiempos inmemoriales para almacenar mercancías de contrabando, y que invaden inquietantes humedades, porque limita con las galerías de las alcantarillas de París, laberinto del crimen, cuyas viejas paredes rezuman miasmas indescriptibles, de modo que basta con practicar, ayudado por Luciano, fidelísimo en el mal, un agujero en la pared para que el agua entre a borbotones, inunde el sótano, derrumbe los muros ya inseguros, y conecte la torrentera con el resto de las alcantarillas, donde flotan costras putrescentes, la superficie negruzca que se divisa por la abertura de la trampa es ahora antesala de la perdición nocturna: a lo lejos, a lo lejos, el Sena, y luego el mar...

De la trampa cuelga una escala de cuerda, amarrada al borde superior, y en ella, casi tocando la superficie del agua, se instala Luciano, con un cuchillo: una mano se aferra al primer peldaño, la otra agarra el puñal, la tercera espera a que aparezca la víctima para atraparla. «Ahora aguarda, en silencio» le digo, «ya verás.»

Te he convencido de que eliminemos a todos los hombres de la cicatriz. Ven conmigo, sé mía para siempre, eliminemos esas presencias inoportunas, bien sé que no les amas, me lo has dicho, quedaremos tú y yo, y las corrientes subterráneas.

Acabas de entrar, altiva como una vestal, encogida y encorvada como una arpía, oh visión infernal que despiertas mis centenarios ímpetus y enciendes en mi pecho la llama del deseo, oh espléndida mulata, instrumento de mi perdición. Mis manos como garras rasgan la camisa de fina batista que adorna mi pecho, y con las uñas lo cubro de sangrientos surcos, mientras un ardor atroz consume mis labios fríos como las manos de la serpiente. Un sordo rugido brota de las cavernas más negras de mi alma y desborda la cerca de mis ferinos dientes —yo, centauro vomitado por el Tártaro— y el silencio es tal que casi no se oye ni el vuelo de una salamandra, porque mi alarido contengo y a ti me acerco con una sonrisa atroz.

«Querida mía, mi Sophia» te digo con esa gracia felina con que sólo el jefe secreto de la Okrana es capaz de hablar. «Ven, te estaba esperando, ocúltate conmigo en las tinieblas, y espera.» Sí, ríe, arpía encorvada, viscosa, saborea de antemano alguna herencia o botín, un manuscrito de los Protocolos para vendérselo al zar... ¡Qué bien sabes ocultar tras ese rostro angelical tu naturaleza demoníaca, pudorosamente enfundada en tus andróginos blue jeans, mientras la T-shirt casi transparente consigue sin embargo ocultar el infame lirio que estampara sobre tus blancas carnes el verdugo de Lille!

Ya está aquí el primer insipiente que ha caído en mi celada. Apenas distingo sus facciones, bajo el herreruelo que lo cubre, pero me muestra el signo de los templarios de Provins. Es Soapes, el sicario del grupo de Tomar. «Conde» me dice, «ha llegado el momento. Durante demasiados años hemos errado por el mundo. Vos tenéis el último fragmento del mensaje, yo, el que apareció al comienzo del Gran Juego. Pero ésta es otra historia. Reunamos nuestras fuerzas, y que los otros...»

Completo su frase: «Y que los otros se vayan al infierno. Hermano, ve al centro de la habitación. Allí hay un cofre, y en el cofre está lo que buscas desde hace siglos. No tengas miedo de la oscuridad, no nos amenaza, nos protege.»

El insipiente da unos pasos, avanza casi a tientas. El ruido sordo de un cuerpo al caer. Ha caído por la trampa, a ras del agua Luciano le agarra y descarga su puñal, un fulmíneo tajo en el cuello y el borboteo de la sangre se confunde con el fermentar de los pútridos humores ctónicos.

Llaman a la puerta. «¿Eres tú, Disraeli?»

«Sí» responde el desconocido, al que mis lectores ya habrán reconocido como el gran maestre del grupo inglés, que ha conquistado los fastos del poder, pero aún no se da por satisfecho. El habla: «My Lord, it is useless to deny, because it is impossible to conceal, that a great part of Europe is covered with a network of these secret societies, just as the superficies of the earth is now being covered with railroads...»

«Eso ya lo dijiste en la Cámara de los Comunes el 14 de julio de 1856, no se me escapa nada. Vayamos al grano.»

El judío baconiano maldice entre dientes, y prosigue: «Son

demasiados. Ahora los treinta y seis invisibles son trescientos sesenta. Multiplica por dos, setecientos veinte. Réstale los ciento veinte años al cabo de los cuales se abren las puertas, y tendrás seiscientos, como la carga de la Brigada Ligera.»

Qué hombre, la ciencia secreta de los números no tiene secretos para él. «¿Y entonces?»

«Nosotros tenemos el oro; tú, el mapa. Unámonos y seremos invencibles.»

Con ademán hierático le señalo el cofre fantasmagórico que él, cegado por la avidez, cree divisar entre las sombras. Avanza, cae.

Oigo el siniestro resplandor del puñal de Luciano, a pesar de las tinieblas consigo ver el estertor que brilla en la muda pupila del inglés. Se ha hecho justicia.

Espero al tercero, al hombre de los rosacruces franceses, Montfaucon de Villars; dispuesto a traicionar los secretos de su secta, ya estoy informado.

«Soy el conde de Gabalis» se presenta, el muy fatuo y mentiroso.

No necesito susurrar muchas palabras para encaminarle hacia su destino. Cae, y Luciano, sediento de sangre, hace su faena. Tú sonríes conmigo en las tinieblas, me dices que eres mía, y tuyo será mi secreto. Engáñate, engáñate, siniestra caricatura de la Šĕkinah. Sí, soy tu Simone, espera, aún te falta conocer lo mejor. Y cuando lo sepas habrás dejado de saberlo.

¿Qué más cabe añadir? Uno a uno van entrando los demás. El padre Bresciani me había dicho que en representación de los iluminados alemanes vendría Babette de Interlaken, biznieta de Weishaupt, la gran virgen del comunismo helvético, criada entre orgías, atracos y homicidios, experta en arrebatar secretos impenetrables, en abrir mensajes sin violar sus sellos, en administrar venenos obedeciendo a los dictados de la secta.

Pues bien, la joven agatodemonio del delito llega envuelta en un abrigo de piel de oso blanco, los largos cabellos rubios escapan del insolente colback, su mirada es altiva, su expresión sarcástica. Y, con el señuelo habitual, la envío a la perdición.

Ah, ironía del lenguaje —ese don que nos ha dado la naturaleza para silenciar los secretos de nuestra alma. La Iluminada ha caído en la trampa de la Oscuridad. La oigo vomitar horribles blasfemias, mientras el cuchillo de Luciano hurga tres veces en su impenitente corazón. Déjà vu, déjà vu...

Ahora le toca a Nilus, quien llegó a pensar que se había apoderado tanto de la zarina como del mapa. Monje sucio y lujurioso, ¿querías el Anticristo? Pues aquí lo tienes, pero no lo ves. Y ciego, entre místicas lisonjas, lo encamino hacia el infame escotillón que ha de tragarle. Luciano le parte el pecho con una herida en forma de cruz, y él se hunde en el sueño eterno.

Debo superar la desconfianza ancestral del último, el Sabio de Sión, que se hace pasar por Ahasverus, el Judío Errante, inmortal como yo. Desconfía, mientras me dirige una sonrisa untuosa y muestra una barba aún empapada de la sangre de las tiernas criaturas cristianas que suele sacrificar en el cementerio de Praga. Sabe que soy Rakovsky, de modo que debo ser más astuto que él. Le doy a entender que el cofre no sólo contiene el mapa, sino también unos diamantes en bruto, que aún hay que tallar. Conozco la fascinación que los diamantes en bruto ejercen sobre esa estirpe deicida. Se encamina hacia su destino impulsado por la avidez y es a su Dios, cruel y vengador, a quien maldice mientras muere, traspasado como Hiram, y no le resulta fácil ni siquiera maldecirle, porque su Dios no tiene un nombre pronunciable.

Iluso de mí, que creía haber concluido la Gran Obra.

Como empujada por un torbellino, vuelve a abrirse la puerta del cuchitril y aparece una figura de rostro lívido, con las manos devotamente recogidas sobre el pecho, la mirada huidiza, incapaz de ocultar su identidad porque viste las negras vestiduras de su negra Compañía. ¡Un hijo de Loyola!

«¡Crétineau!» grito, me he dejado engañar.

El levanta la mano en un hipócrita ademán de bendición. «No soy el que soy» me dice con una sonrisa desprovista de todo rasgo de humanidad.

Es cierto, siempre han usado esa técnica: unas veces se niegan a sí mismos su propia existencia, y otras proclaman el poder de su orden para intimidar al pusilánime.

«Siempre somos distintos de lo que vosotros creéis, hijos de Belial (dice ahora ese seductor de soberanos). Pero tú, oh Saint-Germain...»

«¿Cómo sabes quién soy yo en realidad?» pregunto turbado.

Me dirige una sonrisa amenazadora: «Me has conocido en otras épocas, cuando intentaste apartarme de la cabecera de Postel, cuando, haciéndome llamar Abad de Herblay, te acompañé a despedirte de una de tus encarnaciones en el corazón de la Bastilla (¡oh, siento aún en el rostro la máscara de hierro que la Compañía, con ayuda de Colbert, me había impuesto como castigo!), me conociste cuando espiaba tus conciliábulos con d'Holbach y Condorcet...»

«¡Rodin!» exclamo como alcanzado por un rayo.

«Sí, Rodin, ¡el general secreto de los jesuitas! Rodin, a quien no engañarás haciéndole caer en la trampa como has hecho con los otros incautos. Has de saber, oh Saint-Germain, que no existe delito, artificio nefasto, engaño criminal, que nosotros no hayamos inventado antes que vosotros, ¡para mayor gloria de ese Dios nuestro que justifica los medios! Cuántas cabezas coronadas no habremos hecho caer en la noche sin mañana, en trampas mucho más sutiles, para obtener el dominio del mundo. ¿Y ahora quieres impedir que, a un paso ya de la meta, nuestras rapaces manos se apoderen del secreto que desde hace cinco siglos impulsa la historia del mundo?»

Mientras esto dice, Rodin va adquiriendo un aspecto terrorífico. Todos los instintos de ambición sanguinaria, sacrílega, execrable, que se habían manifestado en los papas del Renacimiento, asoman ahora en la frente de este hijo de Ignacio. Sí: una insaciable sed de dominio agita su impura sangre, un sudor ardiente lo inunda, una especie de vapor nauseabundo se difunde a su alrededor.

¿Cómo destruir a este último enemigo? De pronto sobreviene la intuición imprevista, como sólo puede alimentar una mente para la que, desde hace siglos, el alma humana ha dejado de tener secretos inviolables.

«Mírame» digo, «también yo soy un Tigre.»

De un solo golpe te empujo hasta el centro de la habitación y te arranco la T-shirt, desgarro el cinturón de la ceñida coraza que oculta los encantos de tu vientre ambarino. Y ahora tú, a la pálida luz de la luna que penetra por la puerta entornada, te yergues más bella que la serpiente que sedujo a Adán, altiva y lasciva, virgen y prostituta, vestida sólo con tu carnal poder, porque la mujer desnuda es la mujer armada.

El egipcio klaft desciende por tu abundante cabellera, azul de tan negra, mientras tus senos palpitan bajo la ligera muselina. Alrededor de la pequeña frente curvada y obstinada se enrosca el dorado uraeus de esmeraldinos ojos, que por encima de tu cabeza esgrime su triple lengua de rubí. Oh, tu negra túnica de gasa con reflejos plateados, ceñida por una faja recamada con funestos iris y perlas también negras. ¡Tu combado pubis afeitado sin piedad para que en ti tus amantes abracen la desnudez de una estatua! ¡La punta de tus pezones que ya ha rozado el suave pincel de tu esclava de Malabar, mojado en el mismo carmín que ensangrienta tus labios, incitantes como una herida!

Rodin ya jadea. Las largas abstinencias, la vida inmolada a un sueño de poder, no han hecho más que prepararle mejor para este deseo incontenible. Ante esta reina bella e impúdica, con ojos negros como los del demonio, con hombros torneados, cabellos fragantes, piel blanca, tersa, Rodin es invadido por la esperanza de ignoradas caricias, de placeres inefables, y su carne tiembla como la del dios silvestre que contempla a la ninfa desnuda reflejada en las aguas en que Narciso ha hallado su cruel destino. Adivino a contraluz su rictus compulsivo, está como petrificado por la Medusa, esculpido en el deseo de una virilidad reprimida y ya declinante, llamaradas obsesivas de lascivia envuelven sus carnes, y es como un arco tendido hacia la meta, tendido hasta que cede y se quiebra.

De repente cae al suelo, se arrastra ante esa aparición, su mano es una garra tendida que suplica un sorbo de elixir.

«Oh» exclama en un estertor. «Qué bella eres. Cómo brillan tus dientecitos de lobezna cuando entreabres esos labios rojos, carnosos... Tus grandes ojos de esmeralda que tan pronto se iluminan como se apagan. Oh demonio de voluptuosidad.»

Y motivo no le falta, al miserable, mientras mueves tus caderas enfundadas en la tela azulina y echas el pubis hacia adelante para acabar de enloquecer al flipper.

«Oh, visión» exclama Rodin, «sé mía. Sólo un instante, un instante de placer que colme una vida sacrificada a una divinidad celosa, una chispa de lujuria que compense las eternas llamas a las que tu visión me empuja y precipita. Te lo ruego, roza mi rostro con tus labios, tú Antinea, tú María Magdalena, tú a quien he deseado en el rostro de las santas pasmadas por el éxtasis, a quien he codiciado en mis hipócritas adoraciones de rostros virginales, oh, Señora, bella como el sol, blanca como la luna, sí, sí, reniego de Dios, y de los Santos y del propio Pontífice romano, aún diría más, reniego de Loyola, y del criminal juramento que me liga a la Compañía, te suplico un solo beso, que acabe con mi vida.»

Ha dado otro paso, arrastrándose sobre las tumefactas rodillas, con la sotana recogida sobre la cintura y la mano aún más tendida hacia esa felicidad inalcanzable. De repente ha caído de espaldas, sus ojos parecen querer salírsele de las órbitas. Atroces convulsiones imprimen a sus rasgos descargas inhumanas, como las que la pila de Volta produce en el semblante dormido de los cadáveres. Una espuma azulina enrojece sus labios, de los que brota una voz sibilante y ahogada, como la de un hidrófobo, porque, como bien dice Charcot, cuando esta terrible enfermedad llamada satiriasis, castigo de la lujuria, llega a su fase paroxística, sus síntomas, sus estigmas, coinciden con los de la locura canina.

Es el fin. Rodin lanza una carcajada demencial. Después se desploma exánime, imagen viva de la rigidez cadavérica.

En un solo instante se ha vuelto loco y ha muerto condenado.

Me he limitado a empujar el cuerpo hacia la trampa, con cuidado, para no ensuciar el charol de mis borceguíes con la pringosa sotana de mi último enemigo.

Ya no se necesita el puñal homicida de Luciano, pero el sicario ya no puede controlar sus gestos, presa de una feroz compulsión repetitiva, ríe al tiempo que apuñala un cadáver privado ya de vida.

Ahora voy contigo hasta el borde de la trampa, te acaricio el cuello y la nuca, mientras tú te inclinas para gozar del espectáculo, te digo: «¿Estás contenta de tu Rocambole, amor mío inaccesible?»

Y mientras asientes colmada de lascivia y con una mueca burlona entreabres los labios dejando caer unas gotas de saliva que van a perderse en el vacío, mis dedos empiezan a apretarte imperceptiblemente, qué haces, amor mío, nada, Sophia, te mato, ahora soy Giuseppe Balsamo y ya no te necesito.

La querida de los Arcontes expira, cae al agua, con una cuchillada Luciano ratifica el veredicto de mi despiadada mano y entonces le digo: «Ahora puedes subir, fiel servidor, ángel maligno», y, mientras sube y me da la espalda, le clavo entre los omóplatos un fino estilete de hoja triangular, que casi no deja cicatriz. Se precipita, cierro la trampa, ya está, me marcho de aquel cuchitril, mientras ocho cuerpos navegan hacia el Châtelet, atravesando conductos que sólo yo conozco.

Regreso a mi pisito del Faubourg Saint-Honoré, me miro en el espejo. Muy bien, digo para mis adentros, soy el Rey del Mundo. Desde mi aguja hueca domino el universo. En ciertos momentos mi poder llega a marearme. Soy un maestro de energía. Estoy ebrio de autoridad.

Pero, ay, la vida no tardará en descargar su venganza. Meses después, en la cripta más profunda del castillo de Tomar, ya en poder del secreto de las corrientes subterráneas y amo de los seis lugares sagrados otrora dominados por los Treinta y Seis Invisibles, último de los últimos templarios y Superior Desconocido de todos los Superiores Desconocidos, me dispongo a desposar a Cecilia, la andrógina de los ojos de hielo, de la que ya nada me separa. La he reencontrado al cabo de muchos siglos, después de que me la arrebatara el hombre del saxofón. Ahora camina haciendo equilibrios por el borde del respaldo del banco, azul y rubia, y aún ignoro lo que oculta el vaporoso tul que la engalana...

La capilla está excavada en la roca, sobre el altar hay una inquietante pintura que representa los suplicios de los condenados en las vísceras del infierno. Algunos monjes encapuchados me rodean como un halo tenebroso, pero yo no siento turbación, sólo fascinación por la fantasía ibérica...

De pronto, ¡horror!, el cuadro se levanta y al otro lado aparece, obra de un Arcimboldo de las cavernas, otra capilla, en todo similar a ésta, y allí, ante otro altar, está arrodillada Cecilia, y junto a ella —un sudor helado moja mi frente, se me erizan los cabellos—, ¿a quién veo, que ostenta burlón su cicatriz? ¡Al Otro, al verdadero Giuseppe Balsamo, que alguien ha liberado de su calabozo en San Leo!

¿Y yo? Es entonces cuando el más viejo de los monjes se quita la capucha y reconozco la horrible sonrisa de Luciano que, Dios sabe cómo, se ha salvado de mi estilete, de las alcantarillas, del sangriento lodo que, ya cadáver, debía de haberle arrastrado hasta el silencioso fondo de los océanos... y se ha pasado al bando de mis enemigos movido por justa sed de venganza.

Los monjes se quitan las túnicas y aparecen encubertados en unas armaduras hasta entonces invisibles, en sus níveos mantos una cruz incandescente. ¡Son los templarios de Provins!

Me cogen, me obligan a volver la cabeza, a mis espaldas ha aparecido un verdugo con dos ayudantes deformes, me colocan en una especie de garrote y una marca de fuego me encomienda eternamente al carcelero, la infame sonrisa del Bafomet queda impresa para siempre en mi hombro, ahora comprendo, para que pueda reemplazar a Balsamo en San Leo, o sea para volver a ocupar el puesto que me estaba asignado desde el principio de los tiempos.

Pero me reconocerán, digo para mis adentros, y como ahora todos creen que soy él, y que él es el condenado, no faltará quien venga en mi ayuda —al menos mis cómplices—, no es posible reemplazar a un prisionero sin que nadie lo advierta, ya no estamos en la época de la Máscara de Hierro... ¡Iluso! De pronto comprendo, mientras el verdugo inclina mi cabeza sobre una palangana de cobre de la que brotan vapores verdosos... ¡El vitriolo!

Me ponen una venda en los ojos y me bajan la cabeza hasta tocar el líquido voraz, un dolor insoportable, punzante, la piel de mis mejillas, de la nariz, de la boca, de la barbilla, se arrebata, se arruga, se descama; un solo segundo, pero, cuando levantan mi cabeza tirándome del cabello, mi rostro ya es irreconocible, una tabes, una viruela, una nada indescriptible, un himno a la repugnancia, regresaré al calabozo como regresan muchos fugitivos que han tenido el valor de desfigurarse para que no puedan prenderles.

Ah, grito derrotado y, según el narrador, una palabra brota de mis corruptos labios, un suspiro, un grito de esperanza: ¡Redención!

Pero, ¿redención de qué, viejo Rocambole? ¡Sabías muy bien que no debías tratar de ser un protagonista! Has sido castigado, y con tus mismas artes. Has humillado a los escribas de la ilusión, y ahora —ya lo ves— escribes, con la coartada de la máquina. Te engañas creyendo que eres un espectador, porque te lees en la pantalla como si las palabras fuesen de otro, pero has caído en la trampa, y ahora tratas de dejar huellas en la arena. Te has atrevido a cambiar el texto de la novela del mundo, y ahora la novela del mundo te atrapa en sus tramas, te amarra a su intriga, que tú no has decidido.

Más te hubiese valido quedarte en tus islas, Jim el del Cáñamo, y que ella hubiese pensado que habías muerto.

El partido nacionalsocialista no toleraba las sociedades secretas porque él mismo era una sociedad secreta, con su gran maestre, su gnosis racista, sus ritos y sus iniciaciones.
(René Alleau, *Les sources occultes du nazisme,* Paris, Grasset, 1969, p. 214)

Creo que fue en este período cuando Agliè escapó a nuestro control. Esa fue la expresión que usó Belbo afectando excesivo desinterés. Una vez más, la atribuí a sus celos. Obsesionado silenciosamente por el poder de Agliè sobre Lorenza, ironizaba explícitamente sobre la influencia que el personaje estaba ejerciendo sobre el señor Garamond.

Quizá también nosotros éramos un poco responsables. Agliè había empezado a seducir a Garamond casi un año antes, desde los días de la fiesta alquímica en el Piamonte. Garamond le había abierto el fichero de los AAF para que localizase nuevas víctimas dispuestas a engrosar el catálogo de Isis Desvelada, no tomaba decisión alguna sin antes consultarle, le pasaba claramente un cheque cada mes. Gudrun, que periódicamente hacía incursiones explorativas al final del corredor, más allá de la puerta vidriera por la que se entraba en el mullido reino de Manuzio, nos decía de vez en cuando con inquietud que Agliè prácticamente se había instalado en el despacho de la señora Grazia, le dictaba cartas, introducía nuevos visitantes en el despacho de Garamond, en resumidas cuentas, y aquí el hastío arrebataba a Gudrun aún más vocales, se comportaba como si fuese el amo. Realmente, hubiésemos podido preguntarnos por qué pasaba tantas horas revisando la lista de direcciones de Manuzio. Había tenido tiempo suficiente para seleccionar a los AAF que podían ser instigados a presentarse como autores noveles de Isis Desvelada. Sin embargo, seguía escribiendo, contactando, citando. Pero en el fondo nosotros estábamos alentando su autonomía.

Esa situación no disgustaba a Belbo. Más Agliè en via Marchese Gualdi significaba menos Agliè en via Sincero Renato y, por tanto, menos posibilidades de que ciertas irrupciones repentinas de Lorenza Pellegrini (apariciones con las que Belbo, cada vez más patéticamente, se iluminaba, sin que intentara ya ocultar su excitación) se viesen perturbadas por la imprevista visita de «Simone».

No me disgustaba a mí. Isis Desvelada me interesaba cada vez menos, crecía mi fervor por la historia de la magia. Pensaba que ya había aprendido de los diabólicos todo lo que podían enseñarme, y dejaba que Agliè se encargase de los contactos (y los contratos) con los nuevos autores.

No le disgustaba a Diotallevi. Es decir, su interés por el mundo declinaba. Ahora que pienso en todo aquello, seguía adelgazando de modo alarmante, algunas veces lo sorprendía en su despacho, inclinado sobre un original, la mirada perdida en el vacío, la estilográfica a punto de caérsele de la mano. No estaba dormido, estaba extenuado.

Pero había otro motivo por el que aceptábamos el progresivo abandono de Agliè, que se limitaba a devolvernos los originales que había descartado y desaparecer en el corredor. En realidad, no queríamos que escuchase nuestras conversaciones. Si nos hubiesen preguntado por qué, habríamos respondido que por vergüenza, o por delicadeza, puesto que estábamos parodiando unas metafísicas en las que él de alguna manera creía. Pero en realidad lo hacíamos por desconfianza, poco a poco nos iba invadiendo esa reserva típica de quien se sabe poseedor de un secreto, e insensiblemente estábamos empujando a Agliè hacia la plebe de los profanos, nosotros, que paulatinamente, y sonriendo cada vez menos, llegábamos a conocer lo que habíamos inventado. Además, como dijo Diotallevi en un momento de buen humor, ahora que teníamos un Saint-Germain verdadero ya no sabíamos qué hacer con uno supuesto.

Agliè no parecía agraviado por nuestra reticencia. Nos saludaba con toda gentileza y se eclipsaba. Una gentileza que ya rozaba la arrogancia.

Un lunes por la mañana llegué tarde a la oficina, y Belbo, impaciente, me invitó a pasar a su despacho; también llamó a Diotallevi.

—Hay grandes novedades —había dicho.

Iba a empezar a hablar cuando llegó Lorenza. Belbo estaba dividido entre la alegría de aquella visita y la impaciencia por comunicarnos sus descubrimientos. Inmediatamente después oímos que llamaban a la puerta y se asomó Agliè:

—No quiero molestar. Por favor, quédense sentados. No me atrevería nunca a perturbar un cónclave tan importante. Sólo quiero decirle a nuestra querida Lorenza que estoy allí, en las oficinas del señor Garamond. Quizá pueda atreverme a invitarla a tomar un jerez, a la hora del aperitivo, en mi despacho.

En su despacho. Aquella vez Belbo perdió la calma. Tal como él podía perderla. Esperó a que saliese Agliè y luego murmuró:

—Ma gavte la nata.

Lorenza, que aún estaba haciendo gestos cómplices de alegría, preguntó qué significaba esa expresión.

—Es dialecto turinés. Significa quítate el tapón o, si prefieres, tenga usted la bondad de quitarse el tapón. Ante una persona arrogante y engreída se piensa que está hinchada por su propia presunción e igualmente se supone que esa inmoderada autoestima mantiene en vida el cuerpo dilatado únicamente porque un tapón, metido en el esfínter, impide que toda esa aerostática dignidad se disipe, habida cuenta de lo cual, al invitar al sujeto a que se quite ese corcho, se le condena a ejecutar su propio e irreversible desinflarse, que suele ir acompañado de un silbido muy agudo y a resultas del cual la envoltura del sujeto queda reducida a poca cosa, imagen descarnada y fantasma exangüe de la originaria majestad.

—No pensaba que pudieras ser tan vulgar.

—Pues ya lo sabes.

Lorenza se marchó, fingiendo enfado. Yo sabía que a Belbo aquello le dolía mucho más: la rabia verdadera lo habría tranquilizado, pero un malhumor teatral le hacía pensar que también eran ficticias en Lorenza las manifestaciones de pasión, siempre. Y creo que por eso dijo en seguida, con determinación:

—Sigamos adelante.

Y quería decir, prosigamos con el Plan, trabajemos en serio.

—No tengo ganas —había dicho Diotallevi—. No me siento bien. Me duele aquí —y se tocaba el estómago—, creo que tengo gastritis.

—Vamos —le había respondido Belbo—, si no la tengo yo... ¿Y qué te ha provocado la gastritis? ¿El agua mineral?

—Quizá —había sonreído Diotallevi, tenso—. Anoche me excedí. Estoy acostumbrado a beber Perrier, y pedí Vichy.

—Pues ten cuidado, esos excesos podrían matarte. Pero, vayamos a lo nuestro, porque hace dos días que me muero de ganas de contar esto. Al fin he descubierto por qué los treinta y seis invisibles llevan siglos sin saber qué forma tiene el mapa. John Dee estaba equivocado, hay que rehacer la geografía. Vivimos dentro de una tierra hueca, envueltos por la superficie terrestre. Y Hitler lo había comprendido.

99

> El nazismo fue el momento en que el espíritu de magia se apoderó de las palancas del progreso material. Lenin decía que el comunismo es el socialismo más la electricidad. En cierto sentido, el hitlerismo era el guenonismo más las divisiones blindadas.
>
> (Pauwels y Bergier, *Le matin des magiciens,* Paris, Gallimard, 1960, 2, VII)

Belbo había logrado meter incluso a Hitler en el plan.

—Todo escrito, pruebas al canto. Está constatado que los fundadores del nazismo estaban vinculados con el neotemplarismo teutónico.

—Como el sol que nos alumbra.

—No estoy inventando, Casaubon, ¡por una vez no estoy inventando!

—Tranquilo, ¿cuándo hemos inventado? Siempre hemos partido de hechos objetivos, o en todo caso de datos de dominio público.

—También ahora. En 1912, nace una Germanenorden que propugna una ariosofía, o sea una filosofía de la superioridad aria. En 1918, un tal barón von Sebottendorff funda una secta derivada de esa orden, la Thule Gesellschaft, una sociedad secreta, enésima variante de la Estricta Observancia Templaria, pero con fuertes componentes racistas, pangermanistas, neoarios. En 1933, este von Sebottendorff dirá que él ha sembrado lo que luego Hitler cultivará. Por lo demás, en la Thule Gesellschaft es donde aparece la cruz gamada. ¿Y quién se adhiere en seguida a la Thulé? ¡Rudolf Hess, el ángel malo de Hitler! ¡Y después Rosenberg! ¡Y el propio Hitler! Además, como sabrán por los periódicos, aún hoy, en su cárcel de Spandau, Hess sigue ocupándose de ciencias esotéricas. En 1924, von Sebottendorff escribe un libelo sobre la alquimia, y afirma que los primeros experimentos de fisión atómica demuestran la verdad de la Gran Obra. ¡Y escribe una novela sobre los rosacruces! Además dirigirá una revista de astrología, el *Astrologische Rundschau,* y Trevor-Roper ha escrito que los jerarcas nazis, empezando por Hitler, no daban un paso sin antes hacerse un horóscopo. Parece que en 1943 se consultó a un grupo de videntes para averiguar dónde estaba preso Mussolini. En suma, todo el grupo dirigente nazi está vinculado con el neoocultismo teutónico.

Belbo parecía haber olvidado el incidente con Lorenza, y yo, por mi parte, le secundaba dándole al acelerador de su reconstrucción:

—En el fondo, también podemos enfocar desde esta perspectiva la fascinación que Hitler ejercía sobre las masas. Físicamente era un renacuajo, tenía una voz chillona, ¿cómo lograba enloquecer a la gente? Debe de haber poseído facultades de médium. Es probable que algún druida de su tierra le hubiera enseñado a ponerse en contacto con las corrientes subterráneas. También él era un clavijero, un menhir biológico. Transmitía la energía de las corrientes a sus fieles reunidos en el estadio de Nuremberg. Durante cierto tiempo debe de haber funcionado, después se le gastaron las pilas.

100

A todo el mundo: declaro que la tierra es hueca y habitable por dentro, que contiene cierto número de esferas sólidas, concéntricas, es decir situadas unas dentro de las otras, y que está abierta en los polos, en una extensión de doce o dieciséis grados.

(J. Cleves Symmes, capitán de infantería, 10 de abril de 1818; citado en Sprague de Camp y Ley, *Lands Beyond,* New York, Rinehart, 1952, X)

—Le felicito, Casaubon, en su inocencia acaba de tener una intuición exacta. La verdadera, la única obsesión de Hitler eran las corrientes subterráneas. Hitler abrazaba la teoría de la oquedad de la Tierra, la *Hohlweltlehre.*

—Muchachos, yo me marcho, tengo gastritis —decía Diotallevi.

—Espera, espera, que ahora viene lo mejor. La Tierra es hueca: nosotros no vivimos fuera, en la costra externa, convexa, sino dentro, en la superficie interna, cóncava. Lo que creemos que es el cielo, sólo es una masa de gas con zonas de luz brillante, es el gas que llena el interior del globo. Hay que revisar todas las medidas astronómicas. El cielo no es infinito, sino circunscrito. El Sol, suponiendo que exista, no es más grande de lo que parece. Es una pajita de treinta centímetros de diámetro situada en el centro de la Tierra. Ya lo sospechaban los griegos.

—Esta te la has inventado tú —dijo con tono fatigado Diotallevi.

—¡Esta no me la he invantado yo! Es una idea que ya a principios del siglo pasado expuso en América un tal Symmes. A finales del siglo, la retoma otro americano, un tal Teed, que se basa en experimentos alquímicos y en la lectura de Isaías. Después de la primera guerra mundial, un alemán perfecciona la teoría, cómo se llama, vaya, es el que funda el movimiento de la Hohlweltlehre que, como dice la palabra, es la teoría de la Tierra hueca. Pues bien, Hitler y los suyos consideran que la teoría de la Tierra hueca corresponde exactamente a sus principios, y hay quien dice incluso que si yerran algunos blancos las V1 es precisamente porque calculan las trayectorias partiendo de la hipótesis de que la superficie es cóncava y no convexa. A esas alturas, Hitler está convencido de que el Rey del Mundo es él y de que el estado mayor nazi son los Superiores Desconocidos. ¿Y dónde vive el Rey del Mundo? En el interior, debajo, no afuera. Basándose en esta hipótesis, Hitler decide invertir totalmente el orden de las investigaciones, la concepción del mapa final, la interpretación del Péndulo. Hay que volver a reunir los seis grupos y rehacer los cálculos desde el principio. Piensen ustedes en la lógica de la conquista hitleriana... Primera reivindicación, Danzig, para apoderarse de los territorios tradicionales del grupo teutónico. Después conquista París, controla el Péndulo y la Tour Eiffel, contacta con los grupos sinárquicos y los instala en el gobierno de Vichy. Más tarde se asegura la neutralidad, y de hecho la complicidad, del grupo portugués. Cuarto objetivo, claro está, Inglaterra, pero sabemos que no es tan fácil. Entretanto, con las campañas de Africa trata de llegar a Palestina, pero tampoco lo logra. Entonces trata de dominar los territorios paulicianos, invade los Balcanes y Rusia. Cuando piensa que tiene en su poder cuatro de las seis partes del Plan, envía a Hess en misión secreta a Inglaterra para proponer una alianza. Puesto que los baconianos no tragan el anzuelo, intuye que la parte más importante del secreto sólo puede estar en poder de los enemigos de siempre: los judíos. Y no es necesario buscarles en Jerusalén, donde sólo han quedado unos pocos. El fragmento de mensaje del grupo jerosolimitano no está en Palestina, sino en poder de algún grupo de la diáspora. Eso explica el Holocausto.

—¿En qué sentido?

—Piensen un poco. Supongan que quieren cometer un genocidio...

—Por favor —dijo Diotallevi—, ya estás exagerando, me duele el estómago, me marcho.

—Espera, hombre, bien que te divertías cuando los templarios destripaban sarracenos, porque había pasado mucho tiempo, y ahora tienes escrúpulos de pequeño intelectual. Estamos tratando de rehacer la Historia, no debemos retroceder ante nada.

Le dejamos proseguir, subyugados por su energía.

—Lo que llama la atención en el genocidio de los judíos es la duración del procedimiento, primero se les encierra en los campos de concentración a pasar hambre, después se les desnuda, después las duchas, y la meticulosa conservación de las montañas de cadáveres, de las ropas, el censo de los bienes personales... Si sólo se trataba de matar, el procedimiento no parece racional. Pero sí lo es en el caso de que se tratara de buscar, de buscar un mensaje que uno de esos seis millones de seres humanos, el representante jerosolimitano de los Treinta y Seis Invisibles conservaba en los pliegues de la ropa, en la boca, tatuado en la piel... ¡Sólo el Plan explica la inexplicable burocracia del genocidio! Hitler busca en los judíos la sugerencia, la idea que le permita determinar, gracias al Péndulo, el punto exacto en que, bajo la bóveda cóncava formada por la Tierra hueca, se cruzan las corrientes subterráneas, que, observen ahora la perfección de la teoría, se identifican con las corrientes celestes, de modo que esta teoría de la Tierra hueca viene a materializar, por decirlo así, la milenaria intuición hermética: ¡lo que está abajo es igual a lo que está arriba! El Polo Místico coincide con el Centro de la Tierra, el designio secreto de los astros no es más que el diseño secreto de los subterráneos de Agarttha, ya no hay diferencia entre el cielo y el infierno, y el Grial, el *lapis exillis,* es el *lapis ex coelis* en el sentido de que es la Piedra Filosofal que nace como envoltura, término, límite, útero ctónico de los cielos. Y cuando logre descubrir ese punto en el centro hueco de la Tierra que es el centro exacto del cielo, Hitler se convertirá en el amo del mundo, del que es rey por derecho de raza. Por eso, hasta el final, ya encerrado en el abismo de su bunker, sigue convencido de que aún puede llegar a determinar ese Polo Místico.

—Basta —dijo Diotallevi—. Ahora me siento realmente mal. Me duele.

—Se siente mal en serio. No se trata de una polémica ideológica— dije.

Belbo pareció entender sólo entonces. Se levantó solícito y fue a sostener a su amigo que se había apoyado en la mesa y parecía a punto de desmayarse.

—Perdona, hombre, me he dejado llevar por el tema. ¿Verdad que no te sientes mal porque haya dicho todo eso? Hace veinte años que bromeamos juntos, ¿no? Pero tú estás mal en serio, quizá realmente tengas gastritis. Tómate un antiácido que se te pasa. Y te pones una bolsa de agua caliente. Ven, te llevaré a tu casa, pero después será mejor que llames a un médico, siempre conviene controlar.

Diotallevi dijo que podía irse solo a casa en un taxi, que aún no estaba moribundo. Sólo tenía que acostarse. Llamaría en seguida a un médico, prometido. Y su malestar no se debía a la impresión que le produjeron las historias de Belbo, es que no se sentía bien desde la noche anterior. Belbo pareció aliviado, y le acompañó hasta el taxi.

Regresó preocupado:

—Ahora que lo pienso, hace unas semanas que este muchacho tiene mala cara. Está ojeroso... Hay que ver, yo debería de haber muerto de cirrosis hace ya diez años y aquí estoy, mientras que él, que vive como un asceta, tiene gastritis, o quizá algo peor, me temo que sea una úlcera. Al diablo con el Plan. Estamos llevando una vida de locos.

—Apuesto a que con un antiácido se le pasará —dije.

—Yo también. Pero, si se pone una bolsa de agua caliente, mejor. Esperemos que sea juicioso.

101

Qui operatur in Cabala... si errabit in opere aut non purificatus accesserit, deuorabitur ab Azazale.
(Pico della Mirandola, *Conclusiones Magicae*)

La crisis de Diotallevi se había producido a finales de noviembre. Le esperábamos en la oficina al día siguiente, pero había telefoneado para avisar que le internaban. El médico había dicho que los síntomas no eran inquietantes, pero que era mejor hacerse unos análisis.

Belbo y yo tendíamos a asociar su enfermedad con el Plan, que quizá habíamos llevado demasiado lejos. A medias palabras nos decíamos que era impensable pero nos sentíamos culpables. Era la segunda vez que me sentía cómplice de Belbo: una vez habíamos callado juntos (a De Angelis), esta vez, juntos, habíamos hablado demasiado. Era irracional que nos sintiésemos culpables, estábamos convencidos de ello, pero no podíamos evitar el malestar. Así fue como estuvimos más de un mes sin hablar del Plan.

Al cabo de dos semanas, Diotallevi reapareció y, con tono desenfadado, nos dijo que había hablado con Garamond para pedir una excedencia por enfermedad. Le habían indicado un tratamiento, sobre el que no dijo demasiado, que le obligaba a ir a la clínica cada dos o tres días, y que le debilitaría un poco. No sé cuánto más podía debilitarse a esas alturas: tenía el rostro del mismo color que el cabello.

—Y a ver si os olvidáis de esas historias —dijo—, ya veis que son malas para la salud. Es la venganza de los rosacruces.

—No te preocupes —le dijo Belbo sonriendo—, a los rosacruces les damos una buena patada en el culo y te dejan en paz. Con un solo gesto.

Y chasqueó los dedos.

El tratamiento duró hasta comienzos del nuevo año. Yo estaba sumergido en la historia de la magia, la verdadera, la seria, pensaba, no la nuestra. Garamond aparecía por nuestros despachos al menos una vez al día para preguntar cómo seguía Diotallevi.

—Y por favor, señores, avísenme de cualquier exigencia, quiero decir de cualquier problema que surja, de cualquier circunstancia en la que yo, la empresa, podamos hacer algo por nuestro noble amigo. Para mí es como un hijo, aún diría más, como un hermano. De todas formas, gracias a Dios, estamos en un país civilizado y, dígase lo que se diga, disfrutamos de una excelente seguridad social.

Agliè había estado muy amable, había preguntado el nombre de la clínica y había telefoneado al director, que era un gran amigo suyo (y además, había dicho, era hermano de un AAF con quien la editorial tenía relaciones muy cordiales). Diotallevi recibiría una atención especial.

Lorenza estaba conmovida. Venía casi cada día a Garamond, para saber cómo seguía el enfermo. Esta asiduidad hubiera debido alegrar a Belbo, sin embargo, le había dado la ocasión de formular un diagnóstico sombrío. Aún tan presente, Lorenza seguía siendo inalcanzable porque no venía por él.

Poco antes de Navidades, había oído por casualidad un fragmento de conversación. Lorenza le decía: «Créeme, una nieve magnífica, y tienen unos cuartitos divinos. Tú puedes hacer esquí de fondo. ¿De acuerdo?» Me había hecho la idea de que pasarían el fin de año juntos. Pero después de Reyes, Lorenza apareció en el corredor y Belbo le dijo: «Feliz año», al tiempo que evitaba su abrazo.

Desde allí pasamos a una comarca llamada Milestre... en la que se dice que solía habitar uno que llaman el Viejo de la Montaña... Y sobre unos montes muy altos había hecho construir, alrededor de un valle, una muralla de enorme espesor y altura, de XXX millas de longitud, y había dos puertas por las que se podía entrar, que estaban ocultas y excavadas en la montaña.
(Odorico da Pordenone, *De rebus incognitis,* Impressus Esauri, 1513, cap. 21, p. 15)

Cierto día, a finales de enero, al pasar por via Marchese Gualdi, donde había dejado el coche, vi a Salon que salía de Manuzio.

—He subido a conversar con el amigo Agliè... —me dijo.

¿Amigo? Por lo que recordaba de la fiesta en el Piamonte, Agliè no le estimaba demasiado. ¿Era Salon quien estaba fisgoneando en Manuzio, o Agliè quien le estaba utilizando a fin de conseguir sabe Dios qué contacto?

No me dio tiempo para pensar en ello porque propuso que tomáramos un aperitivo, y acabamos en el Pílades. Nunca le había visto por allí, pero saludó al viejo Pílades como si se conociesen desde hacía mucho tiempo. Nos sentamos, me preguntó cómo iba mi historia de la magia. También estaba enterado de eso. Le provoqué con lo de la Tierra hueca y lo de ese von Sebottendorff que mencionara Belbo.

Se echó a reír.

—¡Desde luego por su editorial pasan muchos locos! De esa historia sobre la oquedad de la Tierra no sé nada. En cuanto a von Sebottendorff, pues, era un tipo extraño... Estuvo a punto de meter en la cabeza de Himmler y compañía unas ideas suicidas para el pueblo alemán.

—¿Qué ideas?

—Fantasías orientales. Ese hombre desconfiaba de los judíos, pero adoraba a los árabes y a los turcos. ¿Sabía usted que en el escritorio de Himmler, además de *Mein Kampf,* siempre estaba el Corán? En su juventud, Sebottendorff había quedado deslumbrado con no sé qué secta iniciática turca, y había empezado a estudiar la gnosis islámica. Decía «Führer», cuando en realidad pensaba en el Viejo de la Montaña. Y, cuando juntos fundaron las SS, pensaban en una organización similar a la de los Asesinos... ¿Nunca se ha preguntado por qué Alemania y Turquía fueron aliados en la primera guerra mundial?

—Pero, ¿cómo sabe esas cosas?

—Ya le he dicho, creo, que mi pobre padre trabajaba para la Okrana rusa. Pues bien, recuerdo que por entonces la policía zarista estaba preocupada por los Asesinos, creo que la primera intuición fue de Rakovsky...

Pero después abandonaron la pista, porque si se trataba de los Asesinos ya no podía tratarse de los judíos, y el peligro eran ellos. Como siempre. Los judíos han regresado a Palestina y han obligado a los otros a salir de las cavernas. Pero hablamos de una historia muy confusa, mejor dejarlo.

Parecía arrepentido de haber hablado demasiado, y se apresuró a despedirse. Pero sucedió algo más. Después de todo lo que ha ocurrido desde entonces, estoy convencido de no haber soñado, pero aquel día pensé que había sido víctima de una alucinación, porque, mientras seguía con la mirada a Salon, que salía del bar, me pareció ver que se encontraba, en un rincón, con un individuo de rostro oriental.

De todas maneras, Salon había dicho lo suficiente como para volver a disparar mi imaginación. El Viejo de la Montaña y los Asesinos no eran desconocidos para mí: les había mencionado en la tesis, a los templarios también se les había acusado de contubernio con ellos. ¿Cómo era posible que los hubiésemos olvidado?

Así fue como volví a hacer trabajar la mente, y sobre todo las yemas de los dedos, revisando viejas fichas, hasta que tuve una idea tan luminosa que no pude contenerme.

Una mañana aterricé en el despacho de Belbo:

—Está todo mal. Todo mal.

—Calma, Casaubon, ¿qué es lo que está mal? Oh, Dios mío, el Plan. —Tuvo un momento de vacilación—. ¿Sabe que hay malas noticias de Diotallevi? El no dice nada; he telefoneado a la clínica, pero no han querido decirme nada concreto porque no soy de la familia. Si no tiene parientes, ¿quién se ocupa entonces de él? Esa reticencia no me ha gustado nada. Dicen que es algo benigno, sólo que el tratamiento no ha sido suficiente y será mejor internarle por un mes y someterle quizá a una pequeña intervención quirúrgica... En fin, que se andan con rodeos, y a mí esto me huele cada vez peor.

No supe qué decirle, me puse a hojear lo primero que encontré para olvidar mi entrada triunfal. Pero fue Belbo quien no resistió. Era como un jugador al que de repente le hubiesen mostrado una baraja.

—Qué diablos —dijo—. La vida continúa, desgraciadamente. Cuénteme.

—Se han equivocado en todo. Nos hemos equivocado en todo, o casi. Mire usted: Hitler hace lo que sabemos con los judíos, pero sale con las manos vacías. Durante siglos los ocultistas de medio mundo se dedican a aprender hebreo, cabalizan en todas direcciones, y lo más que consiguen es hacer el horóscopo. ¿Por qué?

—Bueno... Porque el fragmento de los jerosolimitanos sigue oculto en alguna parte. Además, que sepamos, tampoco ha aparecido el de los paulicianos...

—Esa es una respuesta de Agliè, no nuestra. Tengo algo mejor. Los judíos no pintan nada en esta historia.

—¿Cómo?

—Los judíos no tienen nada que ver con el Plan. Es imposible. Tratemos de imaginar la situación de los templarios, primero en Jerusalén y luego en las capitanías de Europa. Los caballeros franceses se encuentran con los alemanes, con los portugueses, con los españoles, con los italianos, con los ingleses, y todos tienen contactos con la zona bizantina, y sobre todo se enfrentan con el adversario, el turco. Un adversario con el que, según vimos, además de combatir traban relaciones. Estas eran las fuerzas en pugna, y las relaciones eran caballerescas, entre pares de igual rango. ¿Qué eran en aquella época los judíos en Palestina? Una minoría religiosa y racial tolerada y respetada por los árabes, que los trataban con benévola indulgencia, pero muy maltratada por los cristianos, porque no olvidemos que en el curso de las distintas cruzadas, de paso, saqueaban los guetos y a matar se ha dicho. ¿Y nosotros pensamos que los templarios, con los humos que se daban, iban a intercambiar informaciones místicas con los judíos? Nunca jamás. Y en las capitanías de Europa los judíos eran usureros, gente mal vista, a la que había que recurrir pero sin darle confianza. Nosotros estamos hablando de una relación entre caballeros, estamos elaborando el plan de una caballería espiritual, ¿cómo hemos podido suponer que los templarios de Provins pudieran incorporar en sus proyectos a unos ciudadanos de segunda categoría? Nunca jamás.

—Pero todos los magos renacentistas que se ponen a estudiar la Cábala...

—Era de rigor. Se aproxima el tercer encuentro, reina la impaciencia, se buscan atajos, el hebreo es visto como un idioma sagrado y misterioso, los cabalistas han estado trabajando por su lado, y con otros fines, y los treinta y seis repartidos por el mundo se empeñan en creer que un idioma incomprensible es capaz de ocultar Dios sabe qué secretos. Será Pico della Mirandola quien diga que *nulla nomina, ut significativa et in quantum nomina sunt, in magico opere virtutem habere non possunt, nisi sint Hebraica.* Pues bien, Pico della Mirandola era un cretino.

—Y usted que lo diga.

—Además era italiano y como tal estaba excluido del Plan. ¿Qué podía saber al respecto? Peor para los Agrippa, los Reuchlin y el resto de la caterva que sigue esa pista falsa. Esto que estoy reconstruyendo es la historia de una pista falsa, ¿verdad? Nos hemos dejado influir por Diotallevi, que cabalizaba. Y, como Diotallevi cabalizaba, metimos a los judíos en el Plan. Pero si Diotallevi se hubiese interesado por la cultura china, ¿habríamos metido a los chinos en el Plan?

—Quizá sí.

—O quizá no. Pero tampoco hay por qué desgarrarse las vestiduras, todos nos han inducido a error. Todos se han equivocado, desde Postel en adelante, con toda probabilidad. Doscientos años después de Provins, se convencieron de que el sexto grupo era el jerosolimitano. Pero no era verdad.

—Perdone, Casaubon, fuimos nosotros quienes corregimos la interpretación de Ardenti y dijimos que la cita encima de la piedra no era en Stonehenge, sino encima de la piedra de la Mezquita de Omar.

—Y nos equivocamos. Esas no son las únicas piedras que hay en el mundo. Hubiésemos tenido que pensar en un sitio fundado sobre la piedra, sobre la montaña, sobre las rocas, sobre las peñas, sobre los precipicios... Los del sexto grupo esperan en la fortaleza de Alamut.

103

> Y apareció Kairos, que llevaba un cetro, símbolo de realeza, y lo entregó al primer dios creado, y éste lo cogió y dijo: «Tu nombre secreto tendrá treinta y seis letras.»
> (Hasan-i Sabbāh, *Sagozašt-i Sayyida-nā)*

Había ejecutado mi obra de virtuosismo, ahora debía una explicación. Fue lo que hice, larga, minuciosa, documentadamente, en los días que siguieron, aportando pruebas y más pruebas en las mesas del Pílades ante un Belbo que las examinaba con la mirada cada vez más turbia, encendiendo un pitillo con la colilla del otro, extendiendo, cada cinco minutos, el brazo, el vaso vacío con una reliquia de hielo en el fondo, para que Pílades se precipitara a llenarlo, sin más órdenes.

Las primeras fuentes eran precisamente aquellas en donde aparecían los primeros relatos sobre los templarios, desde Gérard de Strasbourg hasta Joinville. Los templarios habían entrado en contacto, a veces en conflicto, más a menudo en misteriosa alianza, con los Asesinos dirigidos por el Viejo de la Montaña.

La historia desde luego era mucho más compleja. Empezaba tras la muerte de Mahoma, con la escisión entre los seguidores de la ley ordinaria, los sunníes, y los partidarios de Alí, el yerno del Profeta, esposo de Fátima, a quien le habían arrebatado la sucesión. Eran los entusiastas de Alí, que se reconocían en la *shi'a,* el grupo de los adeptos, que habían dado origen al ala herética del Islam, los chiítas. Una doctrina iniciática según la cual la continuidad de la revelación no se basaba en la meditación tradicional sobre las palabras del Profeta, sino en la persona misma del Imām, señor, jefe, epifanía de lo divino, realidad teofánica, Rey del Mundo.

Ahora bien, ¿qué ocurría con esa ala herética del islamismo, que poco a poco iba siendo infiltrada por todas las doctrinas esotéricas de la cuenca mediterránea, desde los maniqueos hasta los gnósticos, desde los neoplatónicos hasta la mística iraní, todas esas influencias cuyas derivaciones occidentales llevábamos años estudiando? Era una larga historia, que no lográbamos desenredar, entre otras cosas porque los distintos autores y protagonistas árabes tenían nombres larguísimos, los textos más serios los transcribían con signos diacríticos, pero al final del día ya no podíamos distinguir entre Abū'Abdi'l-lā Muhammad b. 'Alī ibn Razzām at-Tā 'ī al-Kūfī, Abū Muhammad 'Ubaydu'l-lāh, Abū Mu'ini'd-Dīn Nāssir ibn Hosrow Marwāzī Qobādyānī (creo que un árabe habría tenido la misma dificultad para distinguir entre Aristóteles, Aristoxeno, Aristarco, Arístides, Anaximandro. Anaxímenes, Anaxágoras, Anacreonte y Anacarsis).

Lo cierto era que el chiismo se dividía en dos ramas, una llamada duodecimana, que aguarda el regreso de un Imām desaparecido, y otra que es la de los ismailíes y nace en el reino de los Fatimidas de El Cairo y luego, a través de una serie de vicisitudes, se consolida como ismailismo reformado en Persia, por obra de un personaje fascinante, místico y feroz, llamado Hasan Sabbāh. Allí Sabbāh establece su centro, su sede inexpugnable, al sudoeste del Mar Caspio, en la fortaleza de Alamut, el Nido del Ave Rápaz.

Allí vivía Sabbāh rodeado de sus acólitos, los *fidā'iyyūn* o *fedain*, fieles hasta la muerte, de quienes se servía para ejecutar sus asesinatos políticos, dentro del marco de la *gihād hafī,* la guerra santa secreta. Los *fedain*, o comoquiera que él les llamase, se harían tristemente famosos con el nombre de Asesinos, que no es un buen nombre, ahora, pero en aquel entonces, para ellos, era espléndido, emblema de una estirpe de monjes guerreros que se parecían mucho a los templarios, dispuestos a dar su vida por la fe. Caballería espiritual.

La fortaleza o el castillo de Alamut: la Piedra. Construida sobre el filo de la montaña, con cuatrocientos metros de largo y en algunos sitios sólo unos pasos de ancho, treinta como máximo, vista de lejos, desde el camino hacia Azerbaiján, parecía una muralla natural, blanca al resplandor del sol, azul en el ocaso purpúreo, pálida al alba, sangrienta a la aurora, algunos días confundida entre las nubes o centelleante entre los relámpagos. Sobre sus bordes superiores se divisaba con dificultad un remate impreciso y artificial de torres tetragonales, desde abajo parecía un conjunto de espadas de piedra que se precipitaban a lo alto, centenares de metros que se cernían sobre el espectador, la ladera más accesible era un resbaladizo pedregal, que aún hoy los arqueólogos no logran escalar, en aquella época se llegaba a través de alguna escalera secreta desgarrada tortuosamente en la roca, como si alguien hubiera pelado una manzana fósil, un solo arquero era capaz de defenderla. Inexpugnable, vertiginosa en su Distancia. Alamut, la fortaleza de los Asesinos. Se alcanzaba sólo cabalgando águilas.

Allí reinaba Sabbāh, y después de él aquellos a quienes se conocería como el Viejo de la Montaña, ante todo su sulfúreo sucesor, Sinān.

Sabbāh había inventado una técnica de dominio, sobre sus hombres y sobre sus enemigos. A los enemigos les anunciaba que, si no se plegaban a su voluntad, les haría matar. Y de los Asesinos era imposible huir. Nizāmu'l-Mulk, primer ministro del sultán en la época en que los cruzados trataban de conquistar Jerusalén, fue apuñalado por un sicario disfrazado de derviche, mientras le conducían en litera a la residencia de sus esposas. Al atabeg de Hims, mientras bajaba de su castillo para acudir a las oraciones del viernes, rodeado de un grupo de soldados armados hasta los dientes, le apuñalaron los sicarios del Viejo.

Sinān decide asesinar al marqués cristiano Corrado di Montefeltro, y adiestra a dos de sus hombres, que se infiltran entre los infieles e imitan sus costumbres y su idioma, con arduo esfuerzo. Se disfrazan de monjes y, mientras el obispo de Tiro ofrece un banquete al ignaro marqués, se le echan encima y lo hieren. Un Asesino muere a manos de la guardia, el otro se oculta en una iglesia, espera que traigan al herido, le ataca, lo mata, sucumbe beatífico.

Porque, decían los historiadores árabes de la línea sunní, y luego los cronistas cristianos, desde Odorico da Pordenone hasta Marco Polo, el Viejo había descubierto un método atroz para asegurarse la fidelidad de sus caballeros hasta el extremo sacrificio, máquinas de guerra invencibles. En edad temprana los arrastraba mientras dormían hasta su fortaleza en las alturas, los corrompía con toda suerte de delicias, vino, mujeres, flores, embriagadores banquetes, los ofuscaba con hachís; de ahí el nombre de la secta. Y, cuando ya habrían sido incapaces de renunciar a las perversas bienaventuranzas de aquel Paraíso artificial, se los sacaba de allí en el sueño y se les planteaba el dilema: ve y mata, si tienes éxito este Paraíso que dejas será tuyo para siempre, si fracasas te quedarás en tu gehena cotidiano. Y ellos, ofuscados por la droga, dóciles a sus deseos, se sacrificaban para sacrificar, verdugos ajusticiados, víctimas condenadas a cobrarse víctimas.

¡Cómo les temían, cómo encendían la imaginación de los cruzados en las noches de luna nueva mientras el simún silbaba en el desierto! Cómo les admiraban los templarios, brutos subyugados por tan diáfana voluntad de martirio, que aceptaban pagarles peaje a cambio de unos tributos simbólicos, en un juego de mutuas concesiones, complicidades, hermandad de armas, destripándose en campo abierto, lisonjeándose en secreto, susurrándose unos a otros visiones místicas, fórmulas mágicas, exquisiteces alquímicas...

De los Asesinos los templarios aprenden sus ritos ocultos. Sólo la descarada ignorancia de los bailes e inquisidores del rey Felipe les impidió ver que lo de escupir la cruz, besar el ano, adorar el gato negro y el Bafomet no eran más que una repetición de otros ritos, que los templarios ejecutaban bajo el efecto del primero de los secretos que aprendieran en Oriente, el uso del hachís.

Entonces era obvio que el Plan había nacido, sólo podía haber nacido, allí: gracias a los hombres de Alamut los templarios se instruyeron acerca de las corrientes subterráneas, con los hombres de Alamut los templarios se habían reunido en Provins para constituir la trama clandestina de los treinta y seis invisibles, y por eso Christian Rosencreutz habría viajado a Fez y a otros sitios de Oriente, por eso Postel se habría dirigido al Oriente, y de Oriente y de Egipto, sede de los ismailíes fatimidas, los magos del Renacimiento habrían importado la divinidad epónima del Plan, Hermes, Hermes-Teuth o Toth, y a figuras egipcias habría recurrido el intrigante Cagliostro para inventar sus ritos. Y los jesuitas, los jesuitas, menos necios de lo que habíamos supuesto, con el buen Kircher se habían abalanzado sobre los jeroglíficos, y sobre el copto, y sobre los otros idiomas orientales, utilizando el hebreo como una mera fachada, una concesión a la moda de la época.

Esos textos no se dirigen a los comunes mortales... La apercepción gnóstica es una vía reservada a una élite... Porque, como dice la Biblia: no arrojéis vuestras perlas a los cerdos. (Kamal Jumblatt, Entrevista concedida a *Le Jour,* 31.3.1967)

Arcana publicata vilescunt: et gratiam prophanata amittunt. Ergo: ne margaritas obijce porcis, seu asinus substerne rosas. (Johann Valentin Andreae, *Die Chymische Hochzeit des Christian Rosencreutz,* Strassburg, Zetzner, 1616, frontispicio)

Por lo demás, ¿qué otros estaban dispuestos a esperar encima de la piedra durante seis siglos y encima de la piedra habían esperado? Bien es verdad que, al final, Alamut había caído ante la presión de los mongoles, pero la secta de los ismailíes había sobrevivido en todo el Oriente, una parte se había mezclado con el sufismo no chiíta, otra había dado origen a la terrible secta de los drusos, y otra había sobrevivido entre los khojas indios, los seguidores del Aga Khan, cuyo territorio está situado muy cerca del emplazamiento de Agarttha.

Pero también había descubierto otra cosa. Durante la dinastía de los Fatimidas, se habían vuelto a descubrir las nociones herméticas de los antiguos egipcios, a través de la academia de Heliópolis, en el Cairo, donde se había fundado una Casa de las Ciencias. ¡La Casa de las Ciencias! ¿Dónde se había inspirado Bacon para su Casa de Salomón? ¿Cuál había sido el modelo del Conservatoire?

—Es así, es así, no cabe la menor duda —decía Belbo entusiasmado. Pero luego añadía—: ¿Y los cabalistas qué?

—Se trata de una historia paralela. Los rabinos de Jerusalén se huelen que algo ha sucedido entre los templarios y los Asesinos, y los rabinos de España, so pretexto de usura, al visitar las capitanías europeas, intuyen algo. Al verse excluidos del secreto, en un acto de orgullo nacional deciden investigar por su cuenta. ¿Cómo es posible que a nosotros, al pueblo elegido, nos tengan a oscuras del secreto de los secretos? Zas, van e inician la tradición cabalista, el intento desesperado de los diasporados, de los marginales, para hacerles tururú a los señores, a los dominadores que pretenden saberlo todo.

—Pero con eso logran que los cristianos piensen que son ellos quienes realmente lo saben todo.

—Y alguien comete un error garrafal. Confunde Ismael con Israel.

—De modo que Barruel, los Protocolos y el holocausto sólo se deben a una confusión de consonantes.

—Seis millones de judíos asesinados por un error de Pico della Mirandola.

—O quizá haya sido por otra causa. El pueblo elegido había asumido la tarea de interpretar el Libro. Difundió esa obsesión. Y como los otros no encontraron nada en el Libro, decidieron vengarse. La gente teme a quien les pone ante la Ley. ¿Pero los Asesinos? ¿Por qué no aparecen antes?

—¡Pero Belbo! Piense cómo queda aquella zona después de la batalla de Lepanto. Sin embargo, su von Sebottendorff se da cuenta de que hay que buscar algo entre los derviches turcos, pero Alamut ya no existe y Dios sabe dónde ha ido a ocultarse su gente. Esperan. Y ahora ha llegado el momento esperado, amparados en el irredentismo islámico salen a la luz del sol. Cuando introdujimos a Hitler en el Plan encontramos una buena razón para la segunda guerra mundial. Al introducir ahora a los Asesinos de Alamut estamos explicando todo cuanto sucede desde hace muchos años entre el Mediterráneo y el golfo Pérsico. Y aquí es donde podemos situar al Tres, Templi Resurgentes Equites Synarchici. Es una sociedad que se propone restablecer finalmente los contactos con las caballerías espirituales de una y otra fe.

—O que agudiza los conflictos para paralizarlo todo y pescar en río revuelto. Está claro. Nuestra labor de zurcido de la historia ha concluido. ¿Y si en el momento supremo el Péndulo revelara que el Umbilicus Mundi está en Alamut?

—Tampoco hay que exagerar. Yo dejaría este último punto en suspenso.

—Como el Péndulo.

—Si le parece. No podemos poner todo lo que se nos ocurre.

—Claro, claro. El rigor ante todo.

Aquella noche sólo me sentía orgulloso por haber construido una bella historia. Era un esteta, que usa la carne y la sangre del mundo para producir belleza. Belbo ya se había convertido en un adepto. Como todos, no por iluminación, sino *faute de mieux.*

105

Claudicat ingenium, delirat lingua, labat mens.
(Lucrecio, *De rerum natura,* III, 453)

Debe de haber sido en esos días cuando Belbo intentó comprender lo que le estaba sucediendo. Pero sin que la severidad con que supo analizarse fuera suficiente para apartarle del morbo al que se estaba acostumbrando.

---

filename: ¿Y si así fuera?

Inventar un Plan: el Plan te justifica tanto que ni siquiera eres responsable de él. Basta con arrojar la piedra y esconder la mano. No podría haber fracaso si existiese realmente un Plan.

Nunca tuviste a Cecilia, porque los arcontes hicieron que Annibale Cantalamessa y Pio Bo fueran totalmente ineptos para el más amable de los metales. Huiste frente a los de la Acequia, porque los decanos te reservaban para otro holocausto. Y el hombre de la cicatriz tiene un talismán más potente que el tuyo.

Un Plan, un culpable. El sueño de la especie. An Deus sit. Si existe, la culpa es suya.

La cosa cuyas señas he perdido no es el Fin, sino el Principio. No el objeto que quiero poseer, sino el sujeto que me posee. Quien no se consuela es porque no quiere, y mal de muchos, consuelo de tontos. Endecasílabos.

¿Quién ha escrito ese pensamiento, el más tranquilizador que jamás se haya pensado? Nada podrá quitarme de la cabeza que este mundo es obra de un dios tenebroso de cuya sombra soy prolongación. La fe conduce al Optimismo Absoluto.

Es verdad, he fornicado (o no he fornicado): pero es Dios quien no ha sabido resolver el problema del mal. Adelante, machaquemos el feto en el mortero, con miel y pimienta. Es la voluntad de Dios.

Si realmente hay que creer, que sea una religión que no nos haga sentir culpables. Una religión incoherente, brumosa, subterránea, que no acabe nunca. Como una novela, no como una teología.

Cinco vías para una sola meta. Qué despilfarro. Un laberinto, en cambio, que conduzca a todas partes y a ninguna. Para morir con clase, vivir en barroco.

Sólo un demiurgo maligno nos hace sentir buenos.

¿Y si no existiese el Plan cósmico?

Qué burla, vivir en el exilio que nadie te ha impuesto. Y exiliado de un sitio que no existe.

¿Y si el Plan existiese pero se te escabullera eternamente?

Cuando falla la religión, queda el arte. Inventas el Plan, metáfora de lo incognoscible. Una conjura humana también puede colmar el vacío. No me han publicado *Eroes y Jigantes* porque no estoy metido en la mafia templaria.

Vivir como si un Plan existiese: la piedra de los filósofos.

If you cannot beat them, join them. Si el Plan existe, sólo hay que adaptarse...

Lorenza me pone a prueba. Humildad. Si tuviese la humildad de invocar a los ángeles, incluso sin creer en ellos, y de trazar el círculo justo, alcanzaría la paz. Puede ser.

Cree que existe un secreto, y te sentirás un iniciado. No cuesta nada.

Crear una inmensa esperanza que nunca pueda ser desarraigada, porque no hay raíz. Unos antepasados inexistentes nunca podrán acusarte de traición. Una religión que pueda practicarse traicionándola eternamente.

Como Andreae: crear en broma la mayor revelación de la historia y, mientras los otros se pierden en sus vericuetos, jurar por el resto de tu vida que tú no has sido.

Crear una verdad de contornos imprecisos: tan pronto como alguien trate de definirla, le excomulgas. Justificar sólo a quien sea más impreciso que tú. Jamais d'ennemis à droite.

¿Por qué escribir novelas? Reescribir la Historia. La Historia en la que luego te conviertes.

¿Por qué no lo ambienta en Dinamarca, señor William S.? Jim el del Cáñamo Johann Valentin Andreae Lucasmateo vaga por el archipiélago de la Sonda entre Patmos y Avalón, de la Montaña Blanca a Mindanao, de la Atlántida a Tesalónica... En el concilio de Nicea, Orígenes se corta los testículos y los muestra sangrantes a los padres de la Ciudad del Sol, a Hiram que rechina filioque filioque, mientras Constantino clava sus uñas rapaces en las órbitas vacías de Robert Fludd, muerte muerte a los judíos del gueto de Antioquía, Dieu et mon droit, Beauceant al viento, a por los ofitas y los borboritas que borboriman venenosamente. Suenan trompetas y llegan los Chevaliers Bienfaisants de la Cité Sainte con la cabeza del Moro clavada en una pica, ¡el Rebis, el Rebis! Huracán magnético, se derrumba la Tour. Rakovsky sonríe burlón sobre el cadáver chamuscado de Jacques de Molav

No has sido mía, pero todavía puedo hacer estallar la historia.

Si el problema consiste en esta ausencia de ser, y el ser es lo que se dice de muchas maneras, cuanto más hablamos más ser hay.

El sueño de la ciencia consiste en que haya poco ser, concentrado y decible, $E = mc^2$. Error. Para salvarse desde el principio de la eternidad, es necesario querer que exista un ser sin ton ni son. Como una serpiente anudada por un marinero borracho. Inextricable.

Inventar, inventar con frenesí, sin fijarse en los nexos, hasta que sea imposible resumir. Una simple carrera de relevos entre emblemas, que uno exprese al otro, ininterrumpidamente. Descomponer el mundo en una zarabanda de anagramas en cadena. Y después creer en lo Inexpresable. ¿No es ésta la verdadera lectura de la Torah? La verdad es el anagrama de un anagrama. Anagrams = ars magna.

Esto es lo que debe de haberle sucedido en aquellos días. Belbo había decidido tomarse en serio el universo de los diabólicos, no por exceso sino por defecto de fe.

Humillado en su incapacidad de crear (y se había pasado la vida utilizando los deseos frustrados y las páginas nunca escritas, unos como metáforas de las otras, y viceversa, todo ello dominado por su supuesta, intangible cobardía), ahora se estaba dando cuenta de que al construir el Plan realmente había creado. Se estaba enamorando de su Golem y aquello le servía de consuelo. La vida, la suya y la de la humanidad, como arte, y, a falta de arte, el arte como mentira. *Le monde est fait pour aboutir à un livre (faux).* Pero ahora trataba de creer en ese libro falso, porque, como había escrito, si existía la conjura, él dejaba de ser un cobarde, derrotado e indolente.

Eso explica lo que sucedió después, el hecho de que utilizase el Plan, cuya irrealidad le constaba, para luchar contra un rival, cuya realidad le parecía innegable. Y luego, cuando comprendió que el Plan lo estaba envolviendo como si existiese, o como si él, Belbo, estuviera hecho de la misma pasta con que estaba hecho su Plan, fue a París como quien va al encuentro de una revelación, de una redención.

Atrapado en su remordimiento cotidiano, durante años y años, por vivir sólo entre sus propios fantasmas, empezaba a sentirse aliviado al observar unos fantasmas que se estaban volviendo objetivos, y que también otro conocía, aunque ese otro fuese el enemigo. ¿Fue a meterse en la boca del lobo? Sí, porque ese lobo cobraba forma, era más verdadero que Jim el del Cáñamo, más verdadero quizá que Cecilia, que la propia Lorenza Pellegrini.

Belbo, enfermo de tantas citas fallidas, se sentía ahora ante una cita real. Y de una manera que ni siquiera podía eludir por cobardía, porque le habían puesto entre la espada y la pared. El miedo le obligaba a ser valiente. Inventando había creado el principio de realidad.

La lista n.º 5, seis camisetas, seis calzoncillos y seis pañuelos, siempre ha intrigado a los estudiosos, sobre todo por la total ausencia de calcetines.
(Woody Allen, *Getting even,* New York, Random House, 1966, «The Metterling List», p. 8)

Fue en aquellos días, hace apenas un mes, cuando Lia decidió que me convenía tomar un mes de vacaciones. Se te ve cansado, me decía. Quizá el Plan me había agotado. Por otra parte, el niño, decían los abuelos, necesitaba respirar un poco de aire limpio. Unos amigos nos prestaron una casita en la sierra.

No nos fuimos en seguida. Teníamos que hacer algunas cosas en Milán, y además Lia dijo que no hay nada más descansado que unas vacaciones en la ciudad, cuando uno sabe que después se marchará.

En esos días le hablé por primera vez del Plan. Antes estaba demasiado ocupada con el niño: sabía vagamente que, junto con Belbo y Diotallevi, yo estaba tratando de resolver una especie de rompecabezas que nos robaba días y noches enteras, pero no había vuelto a decirle nada desde que me soltara su sermón sobre la psicosis de la semejanza. Quizá me sentía avergonzado.

En aquellos días le conté todo el Plan, que habíamos completado hasta el menor detalle. Lia sabía que Diotallevi estaba enfermo; yo tenía la conciencia sucia, como si hubiese hecho algo incorrecto, y trataba de presentarle el Plan como lo que en realidad era, un mero juego de ingenio.

Y Lia me dijo:

—Pim, tu historia no me gusta.

—¿No te parece bonita?

—También las sirenas eran bonitas. Dime: ¿qué sabes de tu inconsciente?

—Nada, ni siquiera sé si existe.

—Pues de eso se trata. Supón que, para divertir a sus amigos, un vienés bromista se inventa toda la historia del Ello, y del edipo, e imagina sueños que jamás ha tenido, y pequeños Hans que nunca ha visto... ¿Y qué sucede después? Pues que aparecen millones de personas dispuestas a convertirse realmente en seres neuróticos. Y otras miles dispuestas a explotarlas.

—Lia, te estás volviendo paranoica.

—¿Yo? ¡Tú!

—Seremos paranoicos, pero al menos reconocerás una cosa: que hemos partido del texto de Ingolf. Perdóname, te presentan un mensaje de los templarios, te entran ganas de descifrarlo totalmente. Quizá exageras, para burlarte de los descifradores de mensajes, pero el mensaje existe.

—A todo esto tú sólo sabes lo que te ha dicho ese Ardenti, que según cuentas era un chorizo. Además, ese mensaje, ya me gustaría a mí verlo.

Nada más fácil, estaba en mis carpetas.

Lia cogió la hoja, la miró por delante y por detrás, frunció la nariz, se levantó el flequillo para ver mejor la primera parte, la que estaba cifrada. Y luego dijo:

—¿Esto es todo?

—¿No te basta?

—Basta y sobra. Déjame reflexionar un par de días.

Cuando Lia me pide dos días de reflexión es para demostrarme que soy un estúpido. Siempre se lo echo en cara, y siempre me responde:

—Si compruebo que eres estúpido, puedo estar segura de que realmente te quiero. Te quiero aunque seas estúpido. ¿No te tranquiliza?

Durante dos días no hablamos del asunto. Por lo demás, Lia pasaba casi todo el tiempo fuera de casa. Por la noche la veía acurrucada en un rincón, tomando notas, rompiendo hojas y hojas.

Cuando llegamos a la sierra, el niño se dedicó todo el día a explorar el prado, Lia preparó la cena y me dijo que comiese porque estaba más flaco que un palillo. Después de cenar me pidió que le preparase un whisky doble con mucho hielo y poca soda, encendió un pitillo como sólo hace en las grandes ocasiones, me dijo que me sentara y empezó a explicarme.

—Presta mucha atención, Pim, porque te demostraré que las explicaciones más simples siempre son las más correctas. Vuestro coronel os dijo que Ingolf había encontrado un mensaje en Provins y no lo pondré en duda. Bajaría a su subterráneo y encontraría un estuche que contenía este texto —y golpeaba con el dedo los versículos en francés—. Nada nos indica que se tratara de un estuche cuajado de diamantes. Lo único que os dijo Ardenti fue que, según las notas de Ingolf, se había producido la venta de un estuche: ¿y por qué no? Era un objeto antiguo, le habrá reportado incluso algún dinerillo, pero nada nos indica que esa operación le haya permitido pasar a vivir de renta. Es probable que algo heredara de su padre.

—¿Y por qué tendría que ser un estuche barato?

—Porque este mensaje es una lista de la lavandería. Mira, ahora volveremos a leerlo.

a la ...Saint Jean
36 p charrete de fein
6 ... entiers avec saiel
p ... les blancs mantiax
r ... s ... chevaliers de Pruins pour la ... j. nc
6 foiz 6 en 6 places
chascune foiz 20 a ... 120 a ...
iceste est l'ordonation
al donjon li premiers

it li secunz joste iceus qui ... pans
it al refuge
it a Nostre Dame de l'altre part de l'iau
it a l'ostel des popelicans
it a la pierre
3 foiz 6 avant la feste... la Grant Pute.

—¿Y entonces?

—Cuánta paciencia hay que tener, ¿nunca se os ocurrió echar un vistazo a una guía turística o a una síntesis histórica sobre Provins? Pues basta con hacerlo para descubrir que la Grange-aux-Dîmes, donde fue hallado el mensaje, era un sitio donde se reunían los mercaderes, porque Provins era el centro de las ferias de la región de Champagne. También se descubre que la Grange está en la rue St. Jean. En Provins se comerciaba con todo, pero sobre todo se vendían piezas de tela, los *draps* o *dras,* como se escribía entonces, y cada pieza estaba marcada con una especie de sello de garantía. El segundo producto de Provins eran las rosas, las rosas rojas que los cruzados habían traído de Siria. Eran tan famosas que cuando Edmund de Lancaster se casa con Blanche d'Artois y adquiere el título de conde de Champagne, pone la rosa roja de Provins en su escudo de ramas y éste es el porqué de la guerra de las dos rosas, ya que los York tenían una rosa blanca en su blasón.

—¿Y cómo sabes todo eso?

—Por un librito de doscientas páginas publicado por la Oficina de Turismo de Provins, que he encontrado en el Centro Cultural Francés. Pero esto no es todo. En Provins hay una fortaleza que se llama el Donjon, como el propio nombre indica, hay una Porte-aux-Pains, había una Eglise du Refuge, y desde luego había varias iglesias dedicadas a Nuestra Señora de esto o de aquello, había o todavía hay una rue de la Pierre Ronde, donde había una *pierre de cens,* en la que los súbditos del conde tenían que depositar las monedas de los diezmos. Además hay una rue de Blancs Manteaux y una calle que llamaban de la Grande Putte Muce, por razones que puedes adivinar tú solito, o sea porque era una calle de burdeles.

—¿Y los popelicans?

—En Provins había habido cátaros, y los habían quemado como Dios manda; el gran inquisidor era un cátaro arrepentido a quien llamaban Robert le Bougre. O sea que no es extraño que existiese una calle o una zona conocida como el sitio de los cátaros, aunque éstos ya hubiesen dejado de existir.

—Incluso en 1344...

—¿Y quién te ha dicho que este documento es de 1344? Tu coronel leyó *36 años post la carreta de heno,* pero atención, porque en aquella época una *p* trazada de cierta manera, con una especie de apóstrofe, significaba *post,* pero una *p* sin apóstrofe significaba *pro.* El autor de este texto es un pacífico mercader que ha tomado unas notas sobre algunos negocios hechos en la Grange, es decir en la rue St. Jean, no en la noche de San Juan, y ha registrado un precio de treinta y seis sueldos o denarios o cualquier otra moneda, por una o por cada carreta de heno.

—¿Y los ciento veinte años?

—¿Quién habla de años? Ingolf encontró algo que transcribió como *120 a* ... ¿Quién ha dicho que era una *a*? He mirado una lista de abreviaturas usadas en aquella época y he descubierto que para abreviar *denier* o *dinarium* utilizaban signos extraños: uno que parece una delta, otro una theta, una especie de círculo con un corte a la izquierda. Escríbelo mal y deprisa, cual un pobre mercader, y parecerá ideal para que un exaltado como el coronel lo confunda con una *a,* porque ya había leído en alguna parte la historia de los ciento veinte años, bien sabes tú que podía haberla leído en cualquier libro sobre los rosacruces, ¡y lo que él quería era encontrar algo que se pareciese a *post 120 annos patebo*! ¿Y con qué te salta? Encuentra *it* y lee *iterum.* Pero *iterum* se abreviaba *itm; it* quiere decir *item,* igualmente, se usa en las listas donde hay repeticiones. Nuestro mercader está calculando las ganancias que le proporcionarán unos pedidos que le han hecho, y hace la lista de las entregas. Debe entregar ramos de rosas de Provins: eso es lo que significa *r ... s ... chevaliers de Pruins.* Y donde el coronel leía *vainjance* (porque pensaba en los caballeros Kadosch) hay que leer *jonchée.* Las rosas se usaban para hacer sombreros de flores o alfombras de flores, en las distintas festividades. Por tanto, tu mensaje de Provins debe leerse de esta manera:

En la calle Saint Jean.
36 sueldos por carreta de heno.
Seis piezas de tela nuevas con sello
en la calle de los Blanc Manteaux.
Rosas de los cruzados para hacer una jonchée:
seis ramos de seis en los seis sitios siguientes,
cada uno 20 denarios, lo que en total suma 120 denarios.
Este es el orden:
los primeros en la Fortaleza
item los segundos a los de la Porte-aux-Pains
item en la Iglesia del Refugio
item en la Iglesia de Notre Dame, al otro lado del río
item en el viejo edificio de los cátaros
item en la calle de la Pierre Ronde.
Y tres ramos de seis antes de la fiesta, en la calle de las putas,

porque también ellas, pobrecillas, querían tal vez celebrar la fiesta haciéndose su lindo sombrerito de rosas.

—Jesús —dije—. Sospecho que tienes razón.

—Claro que la tengo. Ya te he dicho que es una lista de la lavandería.

—Un momento. Esta será una lista de la lavandería, pero lo primero es un mensaje cifrado que habla de los treinta y seis invisibles.

—Así es. Al texto francés lo liquidé en una hora, pero el otro me tuvo a maltraer durante dos días. Tuve que leerme a Tritemio en la Ambrosiana y en la Trivulziana, y ya sabes cómo son los bibliotecarios, antes de dejarte tocar un libro antiguo te miran como si fueses a comértelo. Pero la cosa es muy sencilla. Ante todo, y esto deberías haberlo descubierto solo, ¿estás seguro de que «les 36 inuisibles separez en six bandes» estaba escrito en el mismo francés que el de nuestro mercader? Y de hecho también vosotros os habíais dado cuenta de que esa expresión figuraba en un libelo del siglo XVII, cuando aparecieron los rosacruces en París. Pero habéis razonado como vuestros diabólicos: si el mensaje está cifrado con el método de Tritemio, es porque Tritemio copió a los templarios, y, como cita una frase que circulaba en el ambiente de los rosacruces, resulta que el plan atribuido a los rosacruces era ya el plan de los templarios. Pero trata de invertir el razonamiento, como haría cualquier persona sensata: puesto que el mensaje está escrito con el método de Tritemio, fue escrito después de Tritemio, y, puesto que cita expresiones que circulaban en el rosacruciano siglo XVII, fue escrito después del siglo XVII. ¿Cuál es entonces la hipótesis más económica? Ingolf encuentra el mensaje de Provins y, puesto que es un fanático de los misterios herméticos, como el coronel, lee treinta y seis y ciento veinte y en seguida piensa en los rosacruces. Y, puesto que también es un fanático de las criptografías, se divierte vertiendo el mensaje de Provins en clave. Primer ejercicio: aplicar un criptosistema de Tritemio para escribir su frasecita rosacruciana.

—La explicación es ingeniosa. Pero vale tanto como la conjetura del coronel.

—De momento sí. Pero supón que haces más de una conjetura, y que todas ellas se apuntalan entre sí. Entonces ya empiezas a estar más seguro de haber descubierto la verdad, ¿no? Yo partí de una sospecha. Las palabras que usa Ingolf no son las que propone Tritemio. Son del mismo estilo asirio babilónico cabalístico, pero no son las mismas. Sin embargo, si Ingolf buscaba palabras que empezaran con las letras que tenía en la cabeza, Tritemio le ofrecía todas las que quisiera. ¿Por qué no eligió ésas?

—¿Por qué?

—Quizá también necesitaba que determinadas letras apareciesen en segunda, tercera y cuarta posición. Quizá nuestro ingenioso Ingolf quería componer un mensaje de cifra múltiple. Quería ser más listo que Tritemio. Tritemio propone cuarenta criptosistemas mayores: en uno sólo valen las iniciales, en otro la primera y la tercera letra, en otro una inicial sí y otra no, y así sucesivamente, o sea que, con un poco de buena voluntad, se pueden inventar otros cien sistemas. En cuanto a los diez criptosistemas menores, el coronel se limitó a la primera rótula, que es la más fácil. Pero

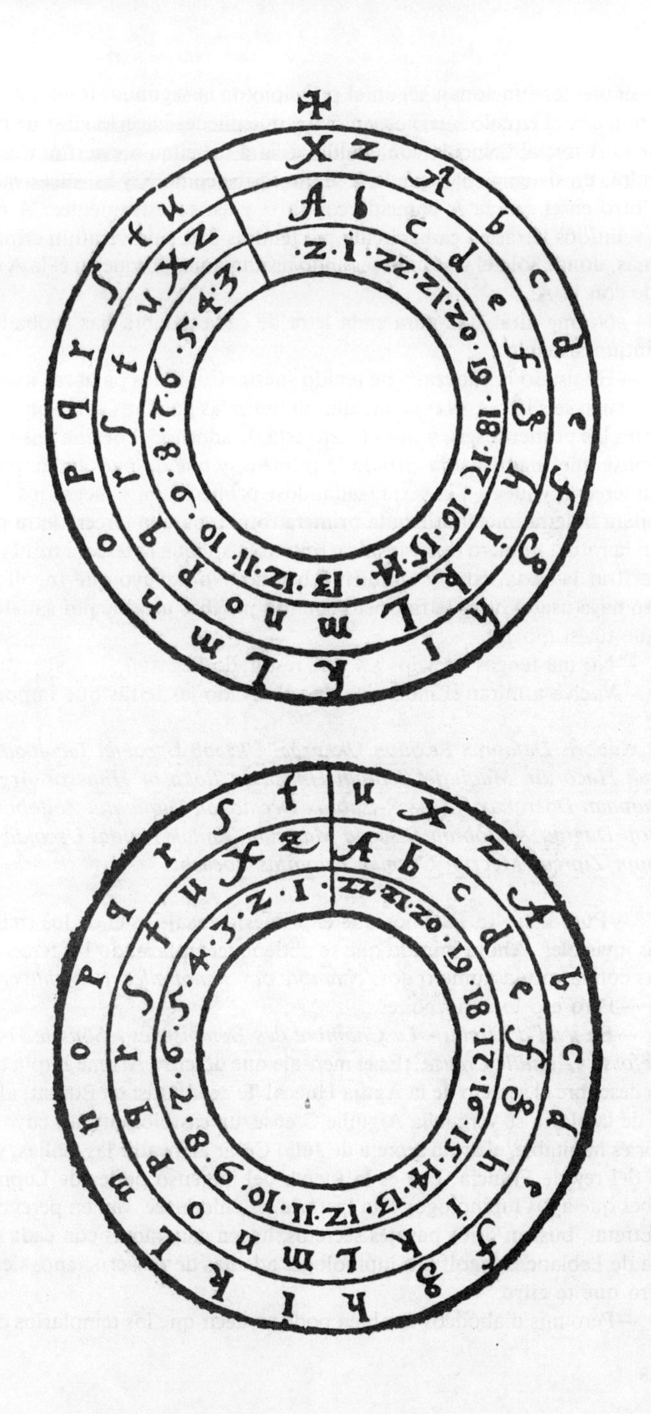

las siguientes funcionan según el principio de la segunda; toma la copia. Supón que el círculo interno es móvil y que puedes hacerlo girar de modo que la A inicial coincida con cualquier letra del círculo externo. Con ello tendrás un sistema en el que la A se transcribe como X y así sucesivamente, otro en el que la A coincide con la U y así sucesivamente... A razón de veintidós letras en cada círculo, no tendrás diez sino veintiún criptosistemas, donde sólo el vigésimo segundo resulta nulo, porque en él la A coincide con la A...

—No me dirás que para cada letra de cada palabra has probado los veintiún sistemas...

—He usado la cabeza, y he tenido suerte. Como las palabras más cortas tienen seis letras, es evidente que en todas las palabras sólo son importantes las primeras seis, y que el resto está de adorno. ¿Por qué seis letras? Supuse que Ingolf había cifrado la primera, y que después había pasado a la tercera, y luego a la sexta, saltándose primero una y luego dos letras. Si para la letra inicial utilizó la primera rótula, para la tercera letra probé con la rótula número dos y resultó. Entonces apliqué la tercera rótula para descifrar la sexta letra, y también funcionó. No excluyo que Ingolf también haya usado otras letras, pero con tres pruebas me doy por satisfecha, sigue tú, si quieres.

—No me tengas en vilo. ¿A qué resultado llegaste?

—Vuelve a mirar el mensaje. He subrayado las letras que importan.

Kuabris Defabrax Rexulon Ukkazaal Ukzaab Urpaefel Taculbain Habrak Hacoruin Maquafel Tebrain Hmcatuin Rokasor Himesor Argaabil Kaquaan Docrabax Reisaz Reisabrax Decaiquan Oiquaquil Zaitabor Qaxaop Dugraq Xaelobran Disaeda Magisuan Raitak Huidal Uscolda Arabaom Zipreus Mecrim Cosmae Duquifas Rocasbis

—Pues bien, ya sabemos que el primer mensaje es el de los treinta y seis invisibles. Ahora mira lo que se obtiene reemplazando las terceras letras con la rótula número dos: *chambre des demoiselles, l'aiguille creuse.*

—Pero eso lo conozco, es...

—En aval d'Etretat - La Chambre des Demoiselles - Sous le Fort du Fréfossé - Aiguille Creuse. ¡Es el mensaje que descifra Arsène Lupin cuando descubre el secreto de la Aguja Hueca! Te acordarás: en Etretat, al borde de la playa, se yergue la Aiguille Creuse, un castillo natural, cuyo interior es habitable, el arma secreta de Julio César al invadir las Galias, y luego del rey de Francia. Esa es la fuente del inmenso poder de Lupin. Ya sabes que a los lupinólogos esta historia les enloquece, van en peregrinaje a Etretat, buscan otros pasajes secretos, hacen anagramas con cada palabra de Leblanc... Ingolf era lupinólogo, además de rosacruciano, siempre cifro que te cifro.

—Pero mis diabólicos también podrían decir que los templarios conocían el secreto de la aguja y que, por tanto, el mensaje fue escrito en Provins en el siglo XIV...

—Ya he pensado en eso. Pero mira el tercer mensaje, el que se obtiene aplicando la rótula número tres a las sextas letras: *merde i'en ai marre de cette steganographie.* Esto es francés moderno, los templarios no hablaban así. Era Ingolf quien hablaba así: después de haberse roto la cabeza para cifrar sus jerigonzas, se dio incluso el gusto de enviar al demonio, siempre en cifra, lo que estaba haciendo. Pero el hombre era ingenioso, fíjate que cada mensaje consta de treinta y seis letras. Pobre Pim, Ingolf estaba jugando como vosotros, y ese imbécil del coronel se lo tomó en serio.

—¿Y entonces por qué desapareció Ingolf?

—¿Y quién te dice que lo asesinaron? Ingolf estaba harto de vivir en Auxerre, donde sólo veía al boticario y a su hija solterona que lloriqueaba todo el día. Quizá va a París, hace un buen negocio revendiendo uno de sus libros antiguos, encuentra una viudita que le da cuartel y rehace su vida. Como el que sale un minuto al estanco y su mujer no lo vuelve a ver.

—¿Y el coronel?

—¿No me has dicho que ni siquiera aquel policía estaba seguro de que le hubiesen asesinado? Hizo alguna de las suyas, sus víctimas le localizaron y tuvo que poner pies en polvorosa. Quizá en este momento le esté vendiendo la Tour Eiffel a un turista americano y se haga llamar Dupont.

No podía ceder en todos los frentes.

—De acuerdo, hemos partido de una lista de la lavandería, pero eso revela nuestra creatividad. Sabíamos que estábamos inventando. Lo nuestro era pura poesía.

—Vuestro plan no tiene nada de poético. Es grotesco. La gente no piensa en volver a quemar Troya porque ha leído a Homero. Gracias a él el incendio de Troya se convirtió en algo que nunca ha sido, ni será jamás, pero que sin embargo existirá eternamente. Tiene tantos sentidos porque todo está claro, límpido. En cambio, tus manifiestos de los rosacruces no eran ni diáfanos ni límpidos, eran meros borborigmos y prometían un secreto. Por eso tantos intentaron convertirlos en realidad, y cada uno ha visto en ellos lo que quería. En Homero no hay ningún secreto. Vuestro plan está lleno de secretos, porque está lleno de contradicciones. Por eso podríais encontrar millares de pusilánimes dispuestos a reconocerse en él. Tiradlo a la basura. Homero no simuló nada. Vosotros habéis simulado. Cuidado con las simulaciones, todo el mundo se las toma en serio. La gente no creyó a Semmelweis cuando trataba de convencer a los médicos de que se lavaran las manos antes de tocar a las parturientas. Decía cosas demasiado simples. La gente cree al que le vende la loción para curar la calvicie. Algo les dice que ese individuo combina verdades que no se pueden combinar, que no razona correctamente ni tiene buena fe. Pero toda la vida han oído decir que Dios es complejo, e insondable, de modo que para ellos la incoherencia es lo que más se parece a la naturaleza divina. Lo inverosímil es lo que más se parece al milagro. Habéis inventado una loción de esas que curan la calvicie. No me gusta, es un juego feo.

No puedo decir que aquello nos estropeara las vacaciones en la sierra. Me di unas buenas caminatas, leí libros serios, nunca había estado tan cerca del niño. Pero entre Lia y yo había quedado algo sin decir. Lia me había puesto entre la espada y la pared, y sentía haberme humillado, pero al mismo tiempo no estaba convencida de haberme convencido.

Y en efecto, yo sentía nostalgia del Plan, no quería tirarlo a la basura, había convivido demasiado tiempo con él.

Hace unos pocos días, me levanté temprano y cogí el único tren para Milán. Milán, donde recibiría la llamada de Belbo desde París, y donde empezaría este episodio que aún no he acabado de vivir.

Lia tenía razón. Hubiésemos tenido que hablar antes. Pero tampoco la hubiese creído. Había vivido la creación del Plan como el momento de Tif'eret, el corazón del cuerpo sefirótico, la armonía de la regla y la libertad. Diotallevi me había dicho que Moisés Cordovero ya nos lo había advertido: «El que por su Torah desprecia al ignorante, es decir a todo el pueblo de Iahveh, hace que Tif'eret desprecie a Malkut.» Pero sólo ahora comprendo en qué consiste Malkut, el reino de esta tierra, en su fulgurante sencillez. A tiempo para comprender, demasiado tarde quizá para sobrevivir a la verdad.

Lia, quizá no vuelva a verte. Si fuese así, la última imagen que tengo de ti es de hace unos días, adormecida bajo las mantas. Te besé y no me decidía a salir.

7

NESAH

107

> ¿No ves ese perro negro que ronda por los sembrados y por el rastrojo?... Es como si tendiera sutiles lazos mágicos alrededor de nuestros pies... El círculo se está cerrando, ya lo tenemos encima.
>
> (*Fausto,* I, Ante la puerta)

Lo que sucedió durante mi ausencia, y sobre todo en los días previos a mi regreso, lo podía deducir sólo a través de los *files* de Belbo. Pero sólo uno de ellos era claro, estructurado con datos ordenados, el último, que probablemente había escrito antes de partir hacia París, para que yo u otro, futura memoria, pudiésemos leerlo. Los otros textos, que sin duda había escrito, como siempre, para sí mismo, no eran fáciles de interpretar. Sólo yo, que ya había penetrado en el universo privado de sus confidencias a Abulafia, podía descifrarlos, o al menos elaborar conjeturas a partir de ellos.

Estábamos a principios de junio. Belbo se sentía intranquilo. Los médicos se habían hecho a la idea de que los únicos parientes de Diotallevi eran él y Gudrun, y al fin habían hablado. A las preguntas de los tipógrafos y de los correctores, ahora Gudrun respondía esbozando una palabra bisílaba con los labios fruncidos, aunque sin emitir sonido alguno. Así es como se nombra la enfermedad tabú.

Gudrun iba a ver a Diotallevi todos los días, y creo que lo molestaba con su brillante mirada de piedad. El sabía, pero se avergonzaba de que los otros lo supiesen. Le costaba hablar. Belbo había escrito: «El rostro es todo pómulos.» Se le estaba cayendo el cabello, pero era por el tratamiento. Belbo había escrito: «Las manos son todo dedos.»

Creo que en una de sus penosas conversaciones, Diotallevi le había anticipado lo que le diría el último día. Belbo empezaba a darse cuenta de que identificarse con el Plan estaba mal, a lo mejor eso era el Mal. Pero, quizá para objetivar el Plan y reconducirlo a su dimensión puramente ficticia, lo había escrito, palabra por palabra, como si fuesen las memorias del coronel. Lo contaba como un iniciado que estuviese comunicando su secreto más profundo. Creo que para él era una cura: devolvía a la literatura, por mala que ésta fuese, lo que vida no era.

Pero el diez de junio debe de haber sucedido algo que lo trastornó muchísimo. Las notas sobre ello son bastante confusas, lo que sigue son sólo conjeturas.

Pues bien, Lorenza le había pedido que la llevara en coche a la Riviera, tenía que pasar por casa de una amiga para retirar algo, un documento, un acta notarial, una tontería que desde luego hubiese podido enviarse por correo. Belbo había aceptado, dichoso ante la idea de pasar un domingo en el mar con ella.

Habían ido a ese sitio, no he logrado descubrir exactamente dónde, quizá estaba cerca de Portofino. La descripción de Belbo recogía humores, no había paisajes, sólo excesos, tensiones, desalientos. Lorenza había hecho su diligencia mientras Belbo esperaba en un bar, después había dicho que podían ir a comer pescado en un sitio que estaba al borde de un acantilado.

A partir de este punto, la historia se fragmentaba: sólo puedo deducirla basándome en trozos de diálogo que Belbo alineaba sin comillas, como si estuviese transcribiéndolo aún caliente para que no se perdieran una serie de epifanías. Habían ido en coche hasta donde se podía, después habían seguido a pie por esos senderos ligures a lo largo de la costa, floridos e impracticables, y habían encontrado el restaurante. Pero, en cuanto se sentaron, descubrieron en la mesa de al lado un cartelito que indicaba que estaba reservada para el doctor Agliè.

Mira qué casualidad, debía de haber dicho Belbo. Una desagradable casualidad, había dicho Lorenza, no quería que Agliè supiese que estaba allí con él. ¿Por qué no quería? ¿Qué tenía de malo? ¿Por qué Agliè tenía derecho a sentirse celoso? Pero, ¿qué derecho? Es una cuestión de buen gusto, me había invitado a salir hoy y le dije que estaba ocupadísima, no querrás que quede como una mentirosa. No quedas como una mentirosa, realmente estabas ocupadísima conmigo, ¿o es algo de lo que hay que avergonzarse? Avergonzarse no, pero me permitirás que tenga mis propias reglas de delicadeza.

Se habían marchado del restaurante y habían empezado a andar por el sendero. Pero de pronto Lorenza se había detenido, había visto que se acercaban unas personas que Belbo no conocía, amigos de Agliè, dijo ella, y no quería que la vieran. Situación humillante, ella, apoyada en el pretil de un puentecillo sobre un barranco lleno de olivos, con la cara sumergida en el periódico, como si se muriese de ganas de saber qué estaba sucediendo en el mundo, él, a diez pasos de distancia, fumando como si pasara por allí por casualidad.

Los comensales de Agliè ya habían pasado, pero si seguían avanzando por el sendero, decía Lorenza, se encontrarían con él, que sin duda estaba por llegar. Belbo decía, al diablo, al diablo, ¿y qué? Y Lorenza le decía que no tenía ni pizca de sensibilidad. Solución, ir hasta el coche evitando el sendero, metiéndose por las torrenteras. Fuga ansiosa, entre bancales bañados por el sol, y a Belbo se le había roto un tacón. Lorenza decía, ves que así es más bonito, claro que si sigues fumando tanto te quedas con la lengua fuera en seguida.

Llegaron al coche y Belbo dijo que lo mejor era regresar a Milán. No, había dicho Lorenza, quizá Agliè está retrasado, nos lo cruzamos en la autopista, él conoce tu coche, mira qué día tan bonito, tomemos por el interior, debe de ser una delicia, vayamos hacia la autopista del Sol y busquemos un sitio para cenar en el Oltrepò pavés.

Pero, por qué en el Oltrepò, pero qué significa por el interior, hay una sola solución, mira el mapa, tenemos que trepar a la montaña a partir de Uscio, atravesar todo el Apenino, detenernos en Bobbio, y desde allí llegar hasta Piacenza, estás loca, peor que Aníbal con los elefantes. No tienes sentido de la aventura, había dicho ella, además piensa en todos los sitios bonitos para comer que podemos encontrar en estas colinas. Antes de llegar a Uscio está Manuelina, que tiene doce estrellas en la guía Michelin, podremos hartarnos de pescado.

Manuelina estaba lleno, había una fila de clientes acechando las mesas donde estaban sirviendo el café. Lorenza dijo, no importa, unos kilómetros más arriba hay cien sitios mejores que éste. Encontraron un restaurante a las dos y media, en una aldea infame que según Belbo ni los mapas militares se atrevían a registrar, y comieron espaguetis recocidos con una salsa hecha con carne de lata. Belbo le preguntaba qué estaba ocultando, no podía ser una casualidad que le hubiera dicho que la llevara a un sitio al que precisamente debía llegar Agliè, quería provocar a alguien, pero no lograba descubrir a cual de los dos, y ella le preguntó si era paranoico.

Después de Uscio, habían empezado a subir a un puerto y, al atravesar un pueblecito que parecía detenido en una tarde de domingo siciliana de la época borbónica, un perrazo negro se había plantado en medio de la calle, como si nunca hubiese visto un coche. Belbo lo había golpeado con el parachoques delantero, parecía un golpe sin importancia, pero cuando bajaron vieron que el pobre animal tenía la panza ensangrentada, con algunas cosas raras de color rosado (¿genitales, vísceras?) que asomaban, y gemía mientras la baba resbalaba de su boca. Habían acudido algunos lugareños, se había formado una especie de asamblea popular. Belbo preguntaba quién era el dueño, pagaría los daños, pero el perro no tenía dueño. Quizá representaba el diez por ciento de la población de aquel sitio dejado de la mano de Dios, pero nadie sabía nada, aunque todos lo conocían de vista. Alguien decía que había que buscar al brigada de los carabineros para que le disparase un tiro, y adiós.

Estaban buscando al brigada cuando apareció una señora que se declaró amante de los animales. Tengo seis gatos, dijo. ¿Y qué?, respondió Belbo, éste es un perro, se está muriendo y yo tengo prisa. Ya sea perro o gato, hay que tener un poco de corazón, dijo la señora. Nada de buscar al brigada, hay que buscar a alguien de la sociedad protectora de animales, o del hospital del pueblo de al lado, quizá el perro aún podía salvarse.

El sol caía sobre Belbo, sobre Lorenza, sobre el coche, sobre el perro y sobre los curiosos, y nunca se ponía, Belbo tenía la impresión de haber salido a la calle en paños menores, pero no lograba despertarse, la señora no aflojaba, el brigada no aparecía por ninguna parte, el perro seguía sangrando y jadeaba mientras emitía lánguidos quejidos. Gañe, dijo Belbo muy académico, y la señora, claro, claro que gañe, el pobrecillo sufre, también usted, ¿no podía haber conducido con más cuidado? Poco a poco la aldea estaba registrando una explosión demográfica, Belbo, Lorenza y el perro se habían convertido en el espectáculo de aquel triste domingo. Una nena con un helado se había acercado a preguntar si eran los de la televisión que estaban organizando el concurso para elegir a Miss Apenino Ligur, Belbo le había dicho que si no se marchaba en seguida la dejaría como al perro, la nena se había echado a llorar. Había llegado el médico municipal y había dicho que era el padre de la niña y que Belbo no sabía quién era él. En un rápido intercambio de excusas y presentaciones, había resultado que el médico era autor de un *Diario de un médico rural,* publicado por el célebre editor Manuzio, de Milán. Belbo había caído en la trampa y había dicho que era un alto cargo de la editorial, y ahora el doctor quería que él y Lorenza se quedasen a cenar, Lorenza estaba histérica y le daba codazos en las costillas, claro, así saldremos en los periódicos, los amantes diabólicos, ¿no podías estarte callado?

El sol seguía dando de lleno mientras el campanario llamaba a completas (estamos en la Ultima Thule, susurró Belbo, son seis meses de sol, de medianoche a medianoche, y me he quedado sin tabaco), el perro se limitaba a sufrir y ya nadie se fijaba en él, Lorenza decía que tenía un ataque de asma, Belbo ya no dudaba de que el cosmos era un error del Demiurgo. Finalmente se le ocurrió que podían ir con el coche a buscar ayuda al puesto más cercano. La señora amante de los animales estuvo de acuerdo, que fuesen y que regresaran lo más pronto posible, un señor que trabajaba en una editorial de poesía era digno de confianza, también a ella le gustaba mucho Geraldy.

Belbo se había marchado, y cínicamente había pasado de largo por el puesto más cercano, Lorenza maldecía a todos los animales con que Dios había ensuciado la tierra desde el primero al quinto día, incluido este último, y Belbo estaba de acuerdo, pero también hacía extensiva la crítica a la obra del sexto día, y quizá también al descanso del séptimo, porque jamás le había tocado un domingo tan nefasto como aquél.

Habían empezado a atravesar el Apenino, pero eso, que en los mapas parecía muy fácil, les había llevado varias horas, no habían entrado en Bobbio, y hacia el anochecer habían llegado a Piacenza. Belbo estaba cansado, al menos quería cenar con Lorenza, y había cogido una habitación doble en el único hotel que no estaba completo, cerca de la estación. Tan pronto como subieron, Lorenza declaró que en un sitio como aquél no dormiría. Belbo dijo que buscaría otra cosa pero que antes le dejara bajar al bar y beberse un Martini. Sólo tenían coñac nacional, regresó al cuarto, y Lorenza no estaba. Fue a preguntar en recepción y le entregaron un mensaje: «Querido, he descubierto un espléndido tren para Milán. Me marcho. Nos vemos uno de estos días.»

Belbo había salido corriendo hacia la estación, pero el andén ya estaba vacío. Como en una película del Oeste.

Se quedó a dormir en Piacenza. Quiso comprar una novela policíaca, pero hasta el kiosco de la estación estaba cerrado. En el hotel sólo encontró una revista del Automóvil Club.

Para su desgracia, había un artículo sobre los puertos del Apenino que acababan de atravesar. En su recuerdo, mustio como si aquello hubiese sucedido muchos años antes, eran tierras áridas, castigadas por el sol, polvorientas, sembradas de detritos minerales. En las lustrosas páginas de la revista, eran parajes idílicos que daban ganas de recorrer incluso a pie, para saborearlos paso a paso. La Samoa de Jim el del Cáñamo.

¿Cómo puede precipitarse un hombre hacia su ruina sólo porque ha atropellado un perro? Sin embargo, eso fue lo que sucedió. Belbo decidió aquella noche en Piacenza que retirándose a vivir de nuevo en el Plan ya no sufriría nuevas derrotas, porque allí era él quien decidía quién, cómo y cuándo.

Y debió de tomar esa noche la determinación de vengarse de Agliè, aunque no tuviese muy claro por qué y para qué. Se le ocurrió introducir a Agliè en el Plan, sin que él lo supiese. Y por otra parte era típico de Belbo buscar revanchas en las que él fuera el único testigo. No por pudor sino por desconfianza en la capacidad testimonial de los demás. Una vez que cayese en el Plan, Agliè quedaría anulado, se convertiría en humo, como el pabilo de una vela. Irreal como los templarios de Provins, los rosacruces, el propio Belbo.

No debe de ser difícil, pensaba Belbo: hemos reducido a nuestra escala a Bacon y a Napoleón, ¿por qué no Agliè? También a él lo pondremos a buscar el Mapa. De Ardenti y de su recuerdo me he liberado colocándole en una ficción mejor que la suya. Se hará lo mismo con Agliè.

Creo que realmente estaba convencido, tanto puede el deseo frustrado. Aquel *file* concluía, no podía ser de otra manera, con la cita obligada de todos los derrotados por la vida: *Bin ich ein Gott?*

¿Cuál es la influencia oculta que actúa en la prensa, y en todos los movimientos subversivos que hay a nuestro alrededor? ¿Se trata de varios Poderes? ¿O hay un Poder, un grupo invisible que dirige a todos los demás: el círculo de los *Verdaderos Iniciados?*

(Nesta Webster, *Secret Societies and Subversive Movements*, London, Boswell, 1924, p. 348)

Quizá se habría olvidado de esta idea. Quizá le habría bastado con escribirla. Quizá habría sido suficiente con que volviera a ver pronto a Lorenza. El deseo habría vuelto a invadirle, le habría obligado a pactar con la vida. Pero justo aquel lunes, por la tarde, Agliè se le había presentado en la oficina, perfumado con colonias exóticas, sonriente, para entregarle unos originales que debían descartarse y que, según dijo, había leído durante un espléndido fin de semana en la Riviera. Aquello había bastado para reavivar el rencor de Belbo, quien decidió burlarse de él, mostrarle el heliotropo.

Procediendo, pues, como el burlador de Boccaccio, le insinuó que hacía más de diez años que se sentía oprimido por un secreto iniciático. Un tal coronel Ardenti, que decía haber descubierto el Plan de los templarios, le había entregado un manuscrito... El coronel había sido secuestrado o asesinado por alguien que se había apoderado de sus papeles, pero, al marcharse de Garamond, Ardenti sólo llevaba consigo un texto cebo, deliberadamente inexacto, fantasioso, incluso pueril, cuyo único objetivo era dar a entender que había descubierto el mensaje de Provins y las notas definitivas de Ingolf, las que sus asesinos aún estaban buscando. Sin embargo, una carpeta bastante delgada, que apenas contenía una decena de páginas, entre las que figuraba el texto verdadero, el que Ardenti encontrara realmente entre los papeles de Ingolf, había quedado en manos de Belbo.

Qué curioso, reaccionó Agliè, cuénteme, cuénteme. Y Belbo le contó. Le contó todo el Plan, tal como lo habíamos concebido, presentándolo como la revelación de aquel remoto manuscrito. Incluso le dijo, adoptando un tono aún más circunspecto y confidencial, que también un policía, un tal De Angelis, había estado a punto de descubrir la verdad, pero él, Belbo, había protegido con una hermética, era el caso de decirlo, barrera de silencio aquel supremo secreto de la humanidad. Un secreto que en definitiva se reducía al secreto del mapa.

Entonces hizo un pausa, muy elocuente como todas las grandes pausas. Su reticencia sobre la verdad final garantizaba la verdad de las premisas. Nada, para quien realmente cree en una tradición secreta (ése era su cálculo), es más fragoroso que el silencio.

—Muy interesante, muy interesante —dijo Agliè con aire de estar pensando en otra cosa, mientras extraía su tabaquera del chaleco—. ¿Y... el mapa?

Belbo pensaba: Viejo voyeur, te estás excitando, te lo tienes merecido, con todos esos aires de Saint-Germain apenas eres un bribón que se gana la vida jugando al monte, y luego vas y le compras el Coliseo al primer bribón más bribón que tú. Ahora te envío a buscar mapas, así desapareces en las entrañas de la tierra, arrastrado por las corrientes telúricas, y te rompes la cabeza contra el polo sur de algún clavijero céltico.

Con aire circunspecto:

—Desde luego, en el manuscrito también figuraba el mapa, es decir su descripción precisa, y la referencia al original. Es sorprendente, no sabe usted qué simple era la solución del problema. El mapa estaba al alcance de todos, millares de personas han pasado todos los días delante de él, desde hace siglos. Por lo demás, el sistema de orientación es tan elemental que basta con memorizar su esquema, y el mapa podría reproducirse acto seguido, en cualquier parte. Tan simple y tan imprevisible... Mire usted, lo digo sólo para que se haga una idea, es como si el mapa estuviese inscrito en la pirámide de Keops, desplegado ante la vista de todos, y durante siglos todos han leído y releído y descifrado la pirámide en busca de otras alusiones, otros cálculos, sin intuir su increíble, espléndida simplicidad. Una obra maestra de inocencia. Y de perfidia. Los templarios de Provins eran unos magos.

—Realmente, ha despertado mi curiosidad. ¿No podría mostrármelo?

—Debo confesarle que lo he destruido todo, las diez páginas y el mapa. Estaba asustado. ¿Me comprende, verdad?

—No me dirá que ha destruido un documento tan importante...

—Lo he destruido, pero ya le he dicho que la revelación era de una simplicidad absoluta. El mapa está aquí —y se tocaba la frente, tenía ganas de echarse a reír, porque pensaba en el chiste del alemán que dice «lo tengo todo aqví, en mi kulo»—. Hace más de diez años que llevo dentro ese secreto, más de diez años que tengo ese mapa aquí —y volvía a tocarse la frente—, como una obsesión, y me aterra pensar en el poder que adquiriría si sólo me decidiese a entrar en posesión de la herencia de los Treinta y Seis Invisibles. ¿Comprende ahora por qué he convencido a Garamond de que publicara Isis Desvelada y la Historia de la Magia? Estoy esperando el contacto justo.

Después, cada vez más compenetrado con el papel que estaba representando, y para acabar de poner a prueba a Agliè, le repitió casi literalmente las encendidas palabras que Arsène Lupin pronuncia ante Beautrelet al final de *L'Aiguille Creuse*: «En ciertos momentos mi poder llega a marearme. Estoy ebrio de fuerza y de autoridad.»

—Pero bueno, amigo Belbo —dijo Agliè—, ¿no estará dando demasiado crédito a las fantasías de un exaltado? ¿Está seguro de que el texto era auténtico? ¿Por qué no se fía de mi experiencia en estos temas? Si supiese cuántas revelaciones de este tipo he visto a lo largo de mi vida, al menos tengo el mérito de haber demostrado su incoherencia. Me bastaría con echar un vistazo al mapa para saber si es auténtico. Puedo jactarme de tener algunos conocimientos, modestos quizá, pero precisos, en materia de cartografía tradicional.

—Doctor Agliè —dijo Belbo—, usted sería el primero en recordarme que un secreto iniciático revelado pierde todo su poder. He callado durante años, de modo que puedo seguir callando.

Y callaba. También Agliè, fuese o no un mentecato, se tomaba en serio su papel. Había pasado largos años deleitándose con secretos impenetrables y creía firmemente, a esas alturas, que los labios de Belbo seguirían sellados para siempre.

En ese momento entró Gudrun y anunció que la cita en Bolonia era para el viernes al mediodía.

—Puede coger el TEE de la mañana —dijo.

—El TEE es un tren delicioso —dijo Agliè—. Pero siempre hay que reservar asiento, sobre todo en esta época del año.

Belbo dijo que incluso a último momento se encontraba sitio, aunque sólo fuese en el coche restaurante, donde servían el desayuno.

—Le deseo éxito —dijo Agliè—. Bella ciudad, Bolonia. Pero tan calurosa en junio...

—Sólo estaré dos o tres horas. Tengo que discutir un texto de epigrafía, tenemos problemas con las reproducciones. —Y de golpe había añadido—: Estas no son mis vacaciones todavía. Me las tomaré hacia el solsticio de verano, quizá me decida a... Me habrá entendido. Confío en su discreción. Le he hablado como a un amigo.

—Sé callar incluso mejor que usted. En todo caso le agradezco la confianza, de veras.

Y se marchó.

A Belbo aquel encuentro le había tranquilizado. Victoria completa de su narratividad astral sobre las miserias y vergüenzas del mundo sublunar.

Al día siguiente le telefoneó Agliè:

—Le ruego que me disculpe, estimado amigo. Me veo ante un pequeño problema. Como usted sabe, practico un modesto comercio de libros antiguos. Esta noche me llegará desde París una docena de volúmenes encuadernados, del siglo XVIII. Son obras de cierto valor que debo entregar absolutamente a mi corresponsal de Florencia mañana. Debería llevarlas personalmente, pero tengo otro compromiso. Se me ha ocurrido una solución. Usted tiene que ir a Bolonia. Yo podría esperarle junto al tren, unos diez minutos antes de la salida, y entregarle un maletín, usted lo pone en la rejilla y lo deja allí cuando se apee en Bolonia, en todo caso podría tomar la precaución de marcharse en último lugar para estar seguro de que nadie lo coja. En Florencia subirá mi corresponsal y lo retirará antes de que el tren vuelva a partir. Sé que para usted será un incordio, pero si puede hacerme este favor le estaré eternamente agradecido.

—Con mucho gusto —respondió Belbo—, pero ¿cómo hará su amigo de Florencia para saber dónde he dejado el maletín?

—Soy más previsor que usted y he reservado un asiento, el 45, coche número 8. Lo he reservado hasta Roma, así no lo ocupará nadie ni en Bolonia ni en Florencia. Ya ve, a cambio de la molestia que le creo, le ofrezco la seguridad de viajar sentado, sin tener que acomodarse en el coche restaurante. No me he atrevido a comprar el billete, no quería que pensase que pretendía saldar mi deuda de gratitud de una forma tan poco delicada.

Es todo un caballero, pensó Belbo. Me enviará una caja de vinos selectos. Para que los beba a su salud. Ayer quería hacerle desaparecer y ahora hasta le estoy haciendo un favor. Paciencia, no puedo negarme.

El miércoles por la mañana, Belbo llegó temprano a la estación, compró el billete para Bolonia y encontró a Agliè junto al coche número 8, con el maletín. Pesaba bastante, pero no era demasiado grande.

Belbo lo colocó encima del asiento 45, y se instaló con su fajo de periódicos. La noticia del día eran los funerales de Berlinguer. Al cabo de un momento, un señor de barba ocupó el asiento de al lado. Belbo tuvo la impresión de haberle visto antes (más tarde pensaría que era uno de los que habían participado en la fiesta del Piamonte, pero tampoco estaba seguro). A la hora de partir, el compartimiento estaba lleno.

Belbo leía su periódico, pero el viajero de la barba trataba de entablar conversación con todos. Había empezado hablando del calor, de la ineficacia del sistema de aire acondicionado, del hecho de que en junio uno nunca sabe si vestirse con ropa de verano o de entretiempo. Había dicho que lo más indicado era un blazer ligero, como el de Belbo, y le había preguntado si era inglés. Belbo respondió que era inglés, de Burberry, y volvió a sumirse en la lectura.

—Son los mejores —dijo el señor—, pero éste es particularmente elegante, porque no tiene esos botones dorados tan llamativos. Permítame que le diga que combina muy bien con la corbata color burdeos.

Belbo agradeció y volvió a desplegar el periódico. El señor siguió hablando con los otros de lo difícil que es combinar las corbatas con las chaquetas. Belbo leía. Lo sé, pensaba, todos me miran como un maleducado, pero subo al tren para no tener relaciones humanas. Ya tengo demasiadas en tierra.

Entonces el señor le dijo:

—¡Cuántos periódicos lee usted! ¡Y de todas las tendencias! Debe de ser juez, o político.

Belbo respondió que no, que trabajaba en una editorial especializada en metafísica árabe. Lo dijo con la esperanza de aterrorizar al adversario.

Y era evidente que el otro se había aterrorizado.

Después llegó el revisor. Preguntó por qué Belbo tenía un billete para Bolonia si la reserva era hasta Roma. Belbo dijo que había cambiado de idea en el último momento.

—Qué bien —observó el señor de barba—. Poder decidir a su aire, sin preocuparse por el bolsillo. Le envidio.

Belbo sonrió, y se volvió hacia el otro lado. Ya está, pensó, ahora todos me miran como si fuese un derrochador, o hubiese asaltado un banco.

Al llegar a Bolonia, Belbo se levantó y se dispuso a salir.

—Se olvida ese maletín —dijo su vecino.

—No, lo que sucede es que tiene que recogerlo un señor en Florencia —respondió Belbo—. ¿Le molestaría echarle un vistazo?

—No se preocupe —dijo el señor de la barba—. Puede confiar en mí.

Belbo regresó a Milán al anochecer, se abrió un par de latas de carne, sacó unas galletas y encendió el televisor. Seguían hablando de Berlinguer, claro. De modo que la noticia pasó casi inadvertida, en el último momento.

A últimas horas de la mañana, en el TEE, en el tramo Bolonia-Florencia, en el coche número 8, un señor de barba había expresado sospechas sobre otro viajero que se había apeado en Bolonia dejando un maletín en la rejilla. Cierto que había dicho que alguien lo recogería en Florencia pero, ¿no es así como actúan los terroristas? Y además, ¿por qué había reservado el asiento hasta Roma si iba a Bolonia?

Una fuerte inquietud se había apoderado de los ocupantes del compartimiento. Hasta que el señor de la barba dijo que no resistía más la tensión. Era mejor equivocarse que morir, y había llamado al revisor. Este había hecho detener el tren y había llamado a la policía ferroviaria. No sé qué sucedió exactamente, el tren detenido en medio de la montaña, los pasajeros pululando, inquietos, por las vías, llegan los artificieros... Los expertos habían abierto el maletín y habían encontrado un dispositivo de relojería calculado para la hora de llegada a Florencia. Contenía suficiente explosivo como para matar a varias decenas de personas.

La policía no había podido encontrar al señor de la barba. Quizá había cambiado de coche y se había apeado en Florencia para no salir en los periódicos. Se hacía un llamamiento para que se presentara a declarar.

Los otros viajeros recordaban con una lucidez excepcional al hombre que había dejado el maletín. Debía de ser un individuo que despertaba sospechas a primera vista. Llevaba chaqueta inglesa azul sin botones dorados, corbata de color burdeos, era un tipo taciturno, daba la impresión de estar haciendo todo lo posible para pasar inadvertido. Pero en determinado momento se le había escapado que trabajaba en un periódico, en una editorial, en algo relacionado con (y aquí las opiniones de los testigos estaban divididas) la física, el metano o la metempsicosis. Pero seguro que tenía que ver con los árabes.

Policía y carabineros en estado de alarma. Los investigadores ya estaban examinando denuncias. Dos ciudadanos libios detenidos en Bolonia. El dibujante de la policía había trazado un retrato robot, que podía verse en la pantalla. El dibujo no se parecía a Belbo, pero Belbo se parecía al dibujo.

Belbo no podía tener duda alguna. El hombre del maletín era él. Pero el maletín contenía los libros de Agliè. Había llamado a Agliè, pero el teléfono no respondía.

Ya era muy tarde, no se atrevió a salir a la calle, tomó un somnífero y se acostó. Por la mañana volvió a llamar a Agliè. Silencio. Bajó a comprar los periódicos. Por suerte la primera página aún estaba dedicada a los funerales, y la noticia sobre el tren, con el retrato robot, estaba en las páginas interiores. Regresó a su casa con el cuello levantado, y sólo después se dio cuenta de que todavía llevaba puesto el blazer. Por suerte no tenía puesta la corbata de color burdeos.

Mientras intentaba reconstruir una vez más los hechos, recibió una llamada. Una voz desconocida, extranjera, con acento vagamente balcánico. Una llamada meliflua, como de alguien que no tuviese nada que ver con la historia y sólo le telefoneara por pura simpatía. Pobre señor Belbo, decía, estaba metido en una historia desagradable. Nunca hay que aceptar paquetes ajenos sin antes examinar el contenido. Sería realmente penoso que alguien avisara a la policía de que el desconocido del asiento número 45 era el señor Belbo.

Claro que quizá no había que llegar a este extremo, si Belbo decidía colaborar. Por ejemplo, si decía dónde estaba el mapa de los templarios. Y puesto que Milán se había convertido en una ciudad caliente, ya que todos sabían que el terrorista del TEE había subido en Milán, era más prudente trasladar todo el asunto a territorio neutral, por ejemplo a París. ¿Por qué no fijaban una cita en la librería Sloane, 3 rue de la Manticore, para dentro de una semana? Aunque quizá para Belbo sería mejor ponerse en marcha ya, antes de que alguien le identificase. Librería Sloane, 3 rue de la Manticore. El miércoles veinte de junio, al mediodía, se encontraría allí con un rostro conocido, el de ese señor de barba con quien conversara tan amablemente en el tren. El le diría dónde debía reunirse con otros amigos, y luego, con toda tranquilidad, en buena compañía, a tiempo para el solsticio de verano, contaría finalmente todo lo que sabía, y de ese modo todo acabaría sin más sobresaltos. Rue de la Manticore, número 3, fácil de recordar.

109

> Saint-Germain... Un hombre muy fino y agudo... Decía que estaba en poder de toda clase de secretos... Utilizaba a menudo, en sus apariciones, ese famoso espejo mágico al que debía parte de su fama... Como evocaba, mediante efectos catóptricos, sombras esperadas, y casi siempre reconocidas, su contacto con el otro mundo era cosa probada...
> (Le Coulteux de Canteleu, *Les sectes et les sociétés secrètes*, Paris, Didier, 1863, pp. 170-171)

Belbo se sintió perdido. Todo estaba claro. Agliè pensaba que su historia era cierta, quería el mapa, le había tendido una trampa, y ahora le tenía en su poder. O Belbo iba a París, a revelar lo que no sabía (pero sólo él sabía que no lo sabía: yo me había marchado sin dejar las señas, Diotallevi se estaba muriendo), o toda la policía de Italia se le echaría encima.

Pero, ¿era posible que Agliè se hubiese prestado a un juego tan sórdido? ¿Qué podía ganar con ello? Tenía que coger por el pescuezo a ese viejo loco, sólo arrastrándole hasta la jefatura de policía podría salir de aquello.

Cogió un taxi y se dirigió a la casa, cerca de piazza Piola. Ventanas cerradas y en la verja un cartel de una inmobiliaria: SE ALQUILA. Era cosa de locos, Agliè vivía allí hasta hacía una semana, él mismo le había telefoneado. Llamó a la puerta de la casa de al lado. ¿Ese señor? Se había mudado justo ayer. No tengo sus nuevas señas, apenas le conocía de vista, era una persona muy reservada, creo que siempre estaba de viaje.

Lo único que podía hacer era preguntar en la agencia. Pero allí no sabían quién era Agliè. La casa había sido alquilada en su día por una empresa francesa. Los pagos llegaban regularmente por vía bancaria. El contrato había sido rescindido veinticuatro horas antes de la mudanza, y habían renunciado al reintegro del depósito de garantía. Todos los contactos habían sido por carta y con un tal señor Ragotgky. Eso era todo lo que sabían.

Parecía imposible. Rakosky o Ragotgky, comoquiera que se llamase, era el misterioso visitante del coronel, buscado por el astuto De Angelis y la Interpol, y resultaba que ahora iba por el mundo alquilando casas. En nuestra historia, el Rakosky de Ardenti era una reencarnación del Rakovsky de la Okrana, y éste una reencarnación del conocido Saint-Germain. ¿Pero qué tenía que ver con Agliè?

Belbo fue a la editorial, subió como un ladrón y se encerró en su despacho. Trató de atar cabos.

Era como para perder la razón, y Belbo estaba seguro de haberla perdido. Y nadie con quien hablar. Y mientras se secaba el sudor, hojeaba casi maquinalmente los originales que había sobre su escritorio, llegados el día anterior, sin saber qué se hacía, y de repente, al pasar una página, había visto escrito el nombre de Agliè.

Miró el título del texto. El opúsculo de un diabólico cualquiera: *La verdad sobre el Conde de Saint-Germain.* Releyó la página. En ella se citaba la biografía que escribiera Chacornac, según la cual Claude-Louis de Saint-Germain se había hecho pasar sucesivamente por Monsieur de Surmont, conde Soltikoff, Mister Welldone, marqués de Belmar, príncipe Rackoczi o Ragozki, y muchos otros, pero sus nombres de familia eran conde de Saint-Martin y marqués de Agliè, por una posesión de sus antepasados en el Piamonte.

Perfecto, ahora Belbo podía estar tranquilo. No sólo le tenían acorralado acusándole de terrorista, no sólo el Plan era verdadero, no sólo Agliè había desaparecido de la noche a la mañana, y no era un mitómano, sino que era el verdadero e inmortal conde de Saint-Germain, y tampoco había hecho nada para ocultarlo. Lo único verdadero, en aquel torbellino de falsedades que estaban ocurriendo, era su nombre. O tal vez no, también su nombre era falso, Agliè no era Agliè, pero no importaba quién fuese realmente, porque de hecho, y durante años, había estado comportándose como el personaje de una historia que sólo más tarde inventaríamos nosotros.

Comoquiera que fuese, a Belbo no le quedaba otra opción. Al desaparecer Agliè, ya no podía indicarle a la policía quién le había entregado el maletín. Y suponiendo que hubiera logrado convencer a la policía, habría salido a relucir que quien le había dado el maletín era un individuo buscado por homicidio, y que desde hacía al menos un par de años Belbo lo tenía como asesor. Bonita coartada.

Pero para poder concebir toda esa historia, que ya de por sí era bastante novelesca, y para inducir a la policía a que se la creyese, era necesario presuponer otra que iba más allá incluso que la misma ficción. A saber, que el Plan inventado por nosotros coincidía punto por punto, incluida la desenfrenada búsqueda final del mapa, con un plan verdadero en el que ya Agliè, Rakosky, Rakovsky, Ragotgky, el señor de la barba, el Tres, y todos, hasta los templarios de Provins, estaban implicados de antemano. Y que el coronel tenía razón. Pero que al mismo tiempo se había equivocado, porque en definitiva nuestro Plan no era igual que el suyo, y, si el suyo era cierto, ya no podía serlo el nuestro, y viceversa, de modo que, si teníamos razón nosotros, ¿por qué diez años antes Rakosky le había robado al coronel un informe falso?

Con sólo leer lo que Belbo le había confiado a Abulafia la otra mañana, tuve ganas de golpearme la cabeza contra la pared. Para convencerme de que la pared, al menos la pared, era real. Me imaginaba cómo debía de haberse sentido él, Belbo, aquel día, y en los días que siguieron. Pero no quedaba ahí la cosa.

En busca de alguien que pudiera escuchar sus preguntas, había telefoneado a Lorenza. No estaba. Algo le dijo que no volvería a verla. De alguna manera, Lorenza era una criatura inventada por Agliè. Agliè era una criatura inventada por Belbo, y Belbo ya no sabía quién le había inventado a él. Volvió a coger el periódico. Lo único cierto era que el hombre del retrato robot era él. Para acabar de convencerle, en ese mismo momento recibió, allí, en la oficina, una nueva llamada. El mismo acento balcánico, las mismas recomendaciones. La cita en París.

—Pero, ¿quiénes son? —gritó Belbo.

—Somos el Tres —respondió la voz—. Y sobre el Tres usted sabe más que nosotros.

Entonces tomó una decisión. Cogió el teléfono y llamó a De Angelis. En la jefatura de policía se habían andado con rodeos, por lo visto el comisario ya no trabajaba allí. Después, ante su insistencia, le habían puesto con un despacho.

—Vaya, vaya, el doctor Belbo —dijo De Angelis en un tono que a Belbo le pareció sarcástico—. Me encuentra por casualidad. Estoy haciendo las maletas.

—¿Las maletas? —Belbo temió que se tratase de una alusión.

—Me han transferido a Cerdeña. Parece que es un trabajo tranquilo.

—Doctor De Angelis, necesito hablarle con urgencia. Es por aquella historia...

—¿Qué historia?

—La historia del coronel. Y también por esa otra... Cierta vez usted le preguntó a Casaubon si había oído hablar del Tres. Pues yo he oído hablar de él. Tengo cosas importantes que decirle.

—No me las diga. Ya no es asunto mío. Además, ¿no le parece que es un poco tarde?

—Sí, reconozco que hace años le oculté algo. Pero ahora quiero hablarle.

—No, doctor Belbo, no me hable. Por lo pronto, sepa que sin duda alguien está escuchando nuestra conversación, y quiero que se sepa que no quiero oír nada ni sé nada. Tengo dos hijos. Pequeños. Y alguien me ha dado a entender que podría sucederles algo. Y, para demostrarme que no bromeaban, ayer por la mañana, mi mujer puso en marcha el coche y el maletero saltó por los aires. Era una carga muy pequeña, poco más grande que un petardo, pero bastante para hacerme comprender que si quieren pueden. He ido a ver al jefe y le he dicho que siempre he cumplido con mi deber, incluso más de lo necesario, pero que no soy ningún héroe. Podría dar incluso mi vida, pero no la de mi mujer y los niños. He pedido que me transfiriesen. Y después he ido a decirles a todos que soy un cobarde, que estoy cagado de miedo. Y ahora se lo digo también a usted y a los que nos están escuchando. He arruinado mi carrera, he perdido el respeto de mí mismo, sin rodeos, me doy cuenta de que soy un hombre sin honor, pero quiero salvar a mi familia. Me han dicho que Cerdeña es muy bonito, ni siquiera tendré que ahorrar para que los niños veraneen en el mar. Adiós.

—Espere, el asunto es grave, estoy en apuros...

—¿Conque en apuros? Realmente, me alegro. Cuando le pedí ayuda, no me la dio. Y tampoco su amigo Casaubon. Pero ahora que está en apuros recurre a mí. También yo estoy en apuros. Ha llegado tarde. La policía está al servicio del ciudadano, como dicen en las películas, ¿no está pensando en ello? Pues bien, diríjase a la policía, o sea a mi sucesor.

Belbo colgó. No faltaba ni un detalle: hasta le habían impedido recurrir al único policía que hubiera podido creerle.

Después pensó que Garamond, con todos sus conocidos, prefectos, jefes de policía, altos funcionarios, podría echarle una mano. Corrió a verle.

Garamond escuchó con gentileza su historia, interrumpiéndole con corteses exclamaciones tales como «no me diga», «las cosas que hay que oír», «pero si parece una novela, aún diría más, algo inventado». Después juntó las manos, miró a Belbo con infinita simpatía, y dijo:

—Hijo mío, y permita que le llame así porque bien podría ser su padre, bueno, su padre quizá no, porque aún soy un hombre joven, aún diría más, juvenil, pero sí un hermano mayor, si usted permite. Le hablaré con el corazón en la mano, hace tantos años que nos conocemos. Tengo la impresión de que usted está sobreexcitado, en el límite de sus fuerzas, con los nervios destrozados, aún diría más, le veo cansado. Y no crea que no valoro su esfuerzo, me consta que se entrega en cuerpo y alma a las tareas de la editorial, y un día habrá que tomarlo en cuenta también en términos, como le diría, materiales, porque, vaya, a nadie le amarga un dulce. Pero, si estuviese en su lugar, me tomaría unas vacaciones. Me dice que se encuentra en una situación incómoda. Francamente, no me lo tomaría tan a la tremenda, aunque permítame decirle que para Garamond sería desagradable que uno de sus empleados, el mejor, se viese envuelto en una historia poco clara. Me ha dicho que alguien quiere que vaya a París. No quiero conocer detalles, simplemente le creo. ¿Qué hacer? Pues vaya, ¿no es mejor aclarar las cosas en seguida? Me ha dicho que se encuentra en términos, cómo diría, conflictivos con un caballero como el doctor Agliè. No quiero saber qué ha sucedido exactamente entre ustedes, y yo que usted no daría demasiada importancia a ese caso de homonimia al que se ha referido. Piense en toda la gente que se llama Germani. Si Agliè le envía, lealmente, un mensaje para decirle que vaya a París, que allí se aclarará todo, pues bien, vaya a París, que tampoco es para tanto. En las relaciones humanas hay que ser claro. Vaya a París y si tiene algo en la boca del estómago no sea reticente. Hay que ir con el corazón en la mano. ¡A qué andarse con tanto secreto! Si no he entendido mal, el doctor Agliè está resentido porque usted no quiere decirle dónde está cierto mapa, plano, mensaje, no sé qué cosa, que usted tiene y con la que no se hace nada, y que quizá al bueno de Agliè le interesa por razones de estudio. ¿Acaso no estamos al servicio de la cultura, o me equivoco? Pues vaya y entréguele ese mapa o atlas o plano topográfico, del que no quiero saber nada. Desde luego, si tanto le interesa a Agliè, por alguna razón será, sin duda respetable, un caballero siempre es un caballero. Vaya a París, un buen apretón de manos y a otra cosa. ¿De acuerdo? Y no se preocupe tanto. Ya sabe que siempre estoy aquí. —Después oprimió una tecla del intercomunicador—: Señora Grazia... Claro, no está, cuando la necesito nunca está. Usted tiene problemas, estimado Belbo, si supiese los que tengo yo. Hasta pronto. Si ve en el pasillo a la señora Grazia, dígale que venga a verme. Y, por favor, descanse.

Belbo salió. La señora Grazia no estaba en la secretaría, vio que se encendía la luz roja de la línea privada de Garamond, que, evidentemente, estaba llamando a alguien. No pudo resistir la tentación (creo que era la primera indiscreción que cometía en su vida). Cogió el auricular y escuchó. Garamond le estaba diciendo a alguien:

—No se preocupe. Creo que le he convencido. Irá a París... Era mi deber. No tiene nada que agradecerme, pertenecemos a la misma caballería espiritual.

O sea que también Garamond estaba en el secreto. ¿En qué secreto? En el que sólo él, Belbo, podía revelar. Un secreto inexistente.

Ya era de noche. Fue al Pílades, cruzó unas pocas palabras con cualquiera, se excedió con el alcohol. A la mañana siguiente fue a ver al único amigo que le quedaba. Diotallevi. Fue a pedirle ayuda a un hombre que se estaba muriendo.

Luego dejaría en Abulafia un relato febril de esta última conversación, una recapitulación en la que me resultaba imposible distinguir entre lo que era de Diotallevi y lo que era de Belbo, porque en ambos casos era como el susurro de quien dice la verdad consciente de que ya ha pasado el momento de juguetear con las ilusiones.

Y así sucedió a Rabí Ismahel ben Eliša con sus discípulos, que estudiaron el libro Yĕṣirah y equivocaron los movimientos y caminaron hacia atrás, y acabaron hundiéndose ellos mismos en la tierra hasta el ombligo, por la fuerza de las letras.
(Pseudo Saadya, *Comentario al Séfer Yĕṣirah*)

Nunca le había visto tan albino, aunque ya casi no tenía pelos, ni cabello, ni cejas, ni párpados. Parecía una bola de billar.

—Perdona —le dijo—, ¿puedo contarte lo que me sucede?

—Adelante. A mí ya no me sucede nada ni por casualidad. He pasado del azar a la necesidad. Con ene mayúscula.

—Me he enterado de que han descubierto una terapia. Estas cosas devoran a los veinteañeros, pero en los de cincuenta van lentamente, y dan tiempo para encontrar una solución.

—Eso será en tu caso. Yo aún no tengo cincuenta años. Mi cuerpo todavía es joven. Tengo el privilegio de morir más aprisa que tú. Ya ves que me cuesta hablar. Cuéntame tu historia, así descanso.

Por obediencia, por respeto, Belbo le contó toda su historia.

Entonces Diotallevi, respirando como respira la Cosa en las películas de ciencia ficción, habló. Y ya tenía esa transparencia de la Cosa, esa falta de límite entre lo exterior y lo interior, entre la piel y la carne, entre el leve vello rubio que aún asomaba por el pijama, abierto sobre el vientre, y la mucilaginosa sucesión de vísceras que sólo los rayos equis, o una enfermedad muy avanzada, logran poner de manifiesto.

—Jacopo, yo estoy aquí, en la cama, y no puedo ver lo que sucede afuera. Por lo que sé, eso que me cuentas sucede sólo dentro de ti o sucede afuera. En uno y otro caso, ya seas tú o el mundo el que se ha vuelto loco, lo mismo da. En ambos casos alguien ha elaborado, mezclado y superpuesto más de lo debido las palabras del Libro.

—¿Qué quieres decir?

—Hemos pecado contra la Palabra, la Palabra que ha creado el mundo y lo mantiene en pie. Ahora estás siendo castigado, como lo estoy siendo yo. No hay diferencia entre tú y yo.

Apareció una enfermera, le dio algo para humedecer los labios, a Belbo le dijo que no había que cansarle, pero Diotallevi se rebeló:

—Déjeme en paz. Debo decirle la Verdad. ¿Usted conoce la Verdad?

—Oh, yo, qué cosas pregunta usted...

—Entonces márchese. Debo decirle algo importante a mi amigo. Escúchame, Jacopo. Así como el cuerpo del hombre tiene miembros, articulaciones y órganos, también la Torah los tiene, ¿vale? Y así como la Torah tiene miembros, articulaciones y órganos, también el cuerpo del hombre los tiene, ¿vale?

—Vale.

—Y rabí Meir, cuando estudiaba con rabí Akiba, mezclaba vitriolo en la tinta, y el maestro no decía nada. Pero cuando rabí Meir le preguntó a rabí Ismahel si obraba bien, éste le dijo: Hijo mío, sé prudente en tu trabajo, porque es un trabajo divino, y sólo con que omitas una letra o escribas una de más, destruirás el mundo entero... Nosotros hemos intentado reescribir la Torah, pero no nos hemos preocupado por una letra más o una letra menos...

—Estábamos bromeando...

—No se bromea con la Torah.

—Pero nosotros estábamos bromeando con la historia, con los escritos de los otros...

—¿Acaso hay algún escrito que funde el mundo y no sea el Libro? Dame un poco de agua, no, con el vaso no, moja ese pañuelo. Gracias. Ahora escucha. Mezclar las letras del Libro significa mezclar el mundo. Es inevitable. Cualquier libro, incluso la cartilla escolar. Esos individuos, como tu doctor Wagner, ¿no dicen que uno que juega con las palabras y hace anagramas y trastorna el léxico tiene cosas feas en el alma y odia al padre?

—No es eso exactamente. Esos son psicoanalistas, dicen eso para ganar dinero, no son tus rabinos.

—Rabinos, todos rabinos. Todos hablan de lo mismo. ¿O crees que los rabinos que hablaban de la Torah estaban hablando de un rollo? Hablaban de nosotros, que tratamos de rehacer nuestro cuerpo a través del lenguaje. Ahora escucha. Para manipular las letras del Libro es necesario tener mucha piedad, y nosotros no la hemos tenido. Todo libro lleva entretejido el nombre de Dios, y nosotros hemos hecho anagramas con todos los libros de la historia, sin rezar. No digas nada, escucha. El que se ocupa de la Torah mantiene el mundo en movimiento, y mantiene en movimiento su cuerpo mientras lee, o reescribe, porque no hay parte del cuerpo que no tenga su equivalente en el mundo... Moja el pañuelo, gracias. Si alteras el Libro, alteras el mundo, si alteras el mundo alteras el cuerpo. Esto no lo hemos entendido. La Torah deja salir una palabra de su escriño, ésta aparece un momento y en seguida se oculta. Y sólo por un momento se revela a su amante. Es como una mujer bellísima que se oculta en un cuartito recóndito de su palacio. Tiene un solo amante, cuya existencia todos ignoran. Y si alguien que no es él quiere violarla, tocarla con sus sucias manos, se rebela. Ella conoce a su amante, abre una rendijita y se asoma un instante. Y en seguida vuelve a ocultarse. La palabra de la Torah sólo se revela a quien la ama. Y nosotros hemos tratado de hablar de libros sin amor y por irrisión...

Belbo volvió a mojarle los labios con el pañuelo.

—¿Y entonces?

—Entonces hemos querido hacer lo que no nos estaba permitido, algo para lo que no estábamos preparados. Manipulando las palabras del Libro hemos querido fabricar el Golem.

—No entiendo...

—Ya no puedes entender. Eres prisionero de tu criatura. Pero tu historia todavía transcurre en el mundo externo. No sé cómo, pero puedes salirte de ella. En mi caso es distinto, yo estoy experimentando en mi cuerpo lo que hemos hecho jugando con el Plan.

—No digas tonterías, lo tuyo es un asunto de células...

—¿Y qué son las células? Durante meses, como rabinos devotos, hemos pronunciado con nuestros labios distintas combinaciones de las letras del Libro. GCC, CGC, GCG, CGG. Nuestras células aprendían lo que decían nuestros labios. ¿Qué han hecho mis células? Han inventado otro Plan, y ahora funcionan por su cuenta. Mis células están inventando una historia que no es como la de todos. Mis células han aprendido que se puede blasfemar haciendo anagramas con el Libro y con todos los libros del mundo. Y esto es lo que han aprendido a hacer con mi cuerpo. Invierten, trasponen, alternan, permutan, crean células nunca vistas, y sin sentido, o con sentidos opuestos al sentido justo. Tiene que haber un sentido justo y otros equivocados, si no, es la muerte. Pero ellas juegan, sin fe, a ciegas. Jacopo, en estos meses, mientras pude leer, leí muchos diccionarios. Estudié historias de palabras para entender lo que estaba sucediendo en mi cuerpo. Es lo que hacemos los rabinos. ¿Has pensado alguna vez que el término retórico metátesis es similar al término oncológico metástasis? ¿Qué es la metátesis? En lugar de «prelado» se dice «perlado». En lugar de «rosa», «raso». Es la Tĕmurah. El diccionario dice que metathesis significa desplazamiento, mutación. Y metástasis significa mutación y desplazamiento. Qué estupidos, los diccionarios. La raíz es la misma, el verbo metatithemi o el verbo methistemi. Pero metatithemi significa pongo en el medio, traslado, transfiero, pongo en lugar de, revoco una ley, cambio el sentido. ¿Y methistemi? Significa lo mismo, traslado, permuto, traspongo, cambio la opinión común, pierdo el juicio. Nosotros, y todo aquel que busque un sentido secreto más allá de la letra, hemos perdido el juicio. Y eso han hecho mis células, obedientes. Por esto me estoy muriendo, Jacopo, y tú lo sabes.

—Ahora dices estas cosas porque estás mal...

—Ahora las digo porque finalmente he comprendido todo lo que sucede en mi cuerpo. Lo he estudiado día tras día, sé lo que le pasa, sólo que no puedo intervenir, las células ya no obedecen. Muero porque he convencido a mis células de que no existe una regla, y de que con un texto se puede hacer lo que se quiera. He dedicado mi vida a convencerme de eso, yo, con mi cerebro. Y mi cerebro debe de haberles transmitido ese mensaje, a ellas. ¿Por qué he de pretender que sean más prudentes que mi cerebro? Muero porque nuestra fantasía ha superado todos los límites.

—Oye, lo que te sucede no tiene nada que ver con nuestro Plan...

—¿No? ¿Y entonces por qué a ti te sucede lo que te está sucediendo? El mundo ha empezado a comportarse como mis células.

Se dejó caer, exhausto. Entró el médico y dijo siseando en voz baja que a un moribundo no podía sometérsele a esas tensiones.

Belbo salió, y fue la última vez que vio a Diotallevi.

De acuerdo, escribía después, a mí me busca la policía por las mismas causas por las que Diotallevi tiene un cáncer. Pobre amigo, él se está muriendo, pero yo, yo que no tengo un cáncer, ¿qué hago? Me voy a París a buscar la regla de la neoplasia.

No se había rendido en seguida. Se había encerrado cuatro días en su casa, había ordenado sus *files,* frase tras frase, en busca de una explicación. Después había escrito su relato, como un testamento, para sí mismo, para Abulafia, para mí o para quienquiera que hubiera podido leerlo. Y por fin, el martes se había ido.

Creo que Belbo fue a París para decirles que no había secretos, que el verdadero secreto consistía en dejar que las células discurriesen según su sabiduría instintiva, que a fuerza de buscar secretos debajo de la superficie se estaba convirtiendo al mundo en un cáncer inmundo. Y que más inmundo y más estúpido que nadie era él, que no sabía nada y se lo había inventado todo, y debía de costarle mucho, pero ya hacía demasiado tiempo que había aceptado la idea de que era un cobarde, y De Angelis le había demostrado que héroes hay muy pocos.

En París debió de haber tenido el primer contacto y se dio cuenta de que Ellos no creían sus palabras. Eran demasiado sencillas. Esperaban una revelación, so pena de muerte. Belbo no tenía ninguna revelación que hacer y, última entre sus cobardías, había tenido miedo de morir. Entonces había tratado de hacer perder su rastro, y me había telefoneado. Pero le habían cogido.

111

> C'est une leçon par la suite. Quand votre ennemi se reproduira, car il n'est pas à son dernier masque, congédiez-le brusquement, et surtour n'allez pas le chercher dans les grottes.
> (Jacques Cazotte, *Le diable amoureux,* 1772, página suprimida en las ediciones siguientes)

¿Y ahora, me preguntaba en el piso de Belbo, acabando de leer sus confesiones, qué debo hacer yo? A Garamond no tiene sentido que recurra, De Angelis se ha marchado, Diotallevi ha dicho todo lo que tenía que decir. Lia está lejos, en un sitio sin teléfono. Son las seis de la mañana del sábado 23 de junio, y si algo tiene que suceder sucederá esta noche, en el Conservatoire.

Debía decidir rápidamente. ¿Por qué, me preguntaba la otra noche en el periscopio, no decidiste hacer como si nada? Tenías ante ti los textos de un loco, que relataba sus coloquios con otros locos, y con un moribundo demasiado excitado, o demasiado deprimido. Ni siquiera estabas seguro de que Belbo te hubiera telefoneado desde París, quizá llamaba desde un lugar situado a pocos kilómetros de Milán, o desde la cabina de la esquina. ¿Por qué tenías que mezclarte en una historia a lo mejor imaginaria, y que no te incumbe?

Pero esto me lo preguntaba en el periscopio, mientras se me iban entumeciendo los pies, y menguaba la luz, y me invadía el miedo sobrenatural y naturalísimo que todo ser humano debe sentir cuando está solo, de noche, en un museo desierto. Aquella mañana, en cambio, no tenía miedo. Sólo curiosidad. Y quizá sentido del deber, o de la amistad.

Y pensé que debía ir a París yo también, no sabía muy bien para qué, pero no podía dejar solo a Belbo. Tal vez él esperaba eso de mí, sólo eso, que penetrara por la noche en la caverna de los thugs y que, cuando Suyodhana fuera a hundirle en el corazón el cuchillo de los sacrificios, yo irrumpiera bajo las bóvedas del templo con mis cipayos armados de fusiles cargados con metralla, y le salvara.

Por suerte llevaba un poco de dinero encima. En París cogí un taxi y me hice conducir a la rue de la Manticore. El taxista estuvo un buen rato protestando, porque no figuraba ni siquiera en los callejeros, esos que llevan ellos, y en efecto era una callejuela tan ancha como el pasillo de un tren, cerca de la vieja Bièvre, detrás de Saint Julien le Pauvre. El taxi ni siquiera podía entrar, y me dejó en la esquina.

Penetré vacilando en aquella calleja a la que no daba ninguna puerta, pero en una parte se ensanchaba un poco y allí estaba la librería. No sé por qué tenía el número 3, porque no había número uno ni dos, ni ningún otro número. Era una tienducha con un solo vano, y la mitad de la puerta hacía las veces de escaparate. A los lados, unas pocas docenas de libros, suficientes para dar una idea de la especialidad. Abajo, una serie de péndulos radiestésicos, paquetes polvorientos de bastoncillos de incienso, pequeños amuletos orientales o sudamericanos. Muchos mazos de cartas de tarot de diversos estilos y presentaciones.

El interior no era más agradable, una aglomeración de libros en las paredes y en el suelo, con una mesita al fondo, y un librero que parecía estar allí sólo para que un novelista pudiera escribir que era más viejo que sus libros. Estaba examinando un gran registro escrito a mano, desinteresándose de los clientes. Por lo demás, en ese momento sólo había un par de visitantes, que levantaban nubes de polvo al extraer de unas estanterías inestables viejos volúmenes, casi todos carentes de cubierta, y que se ponían a leer sin aparente intención de comprarlos.

El único espacio libre de estanterías estaba ocupado por un cartel. Colores chillones, una serie de retratos inscritos en círculos de doble borde, como los carteles del mago Houdini. «Le Petit Cirque de l'Incroyable. Madame Olcott et ses liens avec l'Invisible.» Una cara aceitunada y masculina, dos bandas de cabellos negros que se unían en un rodete en la nuca, un rostro que me pareció conocido. «Les Derviches Hurleurs et leur danse sacrée. Les Freaks Mignons, ou Les Petits-fils de Fortunio Liceti.» Una camarilla de monstruitos patéticamente repugnantes. «Alex et Denys, les Géants d'Avalon. Theo, Leo et Geo Fox, Les Enlumineurs de l'Ectoplasme...»

Realmente, en la librería Sloane se encontraba de todo, desde la cuna hasta la tumba, incluido el sano entretenimiento vespertino, donde llevar a los niños antes de machacarlos en el mortero. Oí sonar un teléfono y vi que el librero apartaba una pila de folios hasta extraer el auricular.

—Oui monsieur —estaba diciendo—, c'est bien ça.

Escuchó en silencio durante unos minutos, primero asintiendo con la cabeza, después adoptando un aire perplejo, pero, me pareció, dedicado a los presentes, como si todos pudieran oír lo que le estaban diciendo y él no quisiese hacerse responsable de ello. Después había adoptado esa actitud de indignación que exhibe el tendero parisino cuando le piden algo que no tiene, o la de los porteros al anunciar que el hotel está completo.

—Ah non, monsieur. Ah, ça... Non, non, monsieur, c'est pas notre boulot. Ici, vous savez, on vend des livres, on peut bien vous conseiller sur des catalogues, mais ça... Il s'agit de problèmes très personnels, et nous... Oh, alors, il-y-a, sais pas, moi, des curés, des... oui, si vous voulez, des exorcistes. D'accord, je le sais, on connaît des confrères qui se prêtent... Mais pas nous. Non, vraiment la description ne me suffit pas, et quand même... Désolé monsieur. Comment? Oui... si vous voulez. C'est un endroit bien connu, mais ne demandez pas mon avis. C'est bien ça, vous savez, dans ces cas, la confiance c'est tout. A votre service, monsieur.

Los otros dos clientes se habían marchado, me sentía incómodo. Al fin me decidí, tosí para atraer la atención del viejo y le dije que buscaba a un conocido, un amigo que solía ir por allí, monsieur Agliè. Me miró como si fuese el hombre que acababa de telefonear. Quizá, añadí, no le conociera con ese nombre, sino con el de Rakosky, o Soltikoff, o... Me seguía mirando, los ojos entrecerrados, inexpresivo, y se limitó a decirme que tenía amigos extraños, con muchos nombres. Entonces dije que no importaba, que se lo había preguntado por mera curiosidad. Espere, me dijo, ahora vendrá mi socio, quizá él conozca a la persona que usted busca. Mejor, siéntese, allá al fondo hay una silla. Haré una llamada para cerciorarme. Cogió el teléfono, marcó un número y se puso a hablar en voz baja.

Casaubon, pensé, eres más estúpido que Belbo. ¿Qué estás esperando? Que Ellos lleguen y digan, qué coincidencia, también ha llegado el amigo de Jacopo Belbo, venga, venga también usted...

Me puse de pie de golpe, saludé y salí. Recorrí en un minuto la rue de la Manticore, vagué por otras callejas, me encontré junto al Sena. Imbécil, pensaba, ¿qué pretendías? Llegar allí, encontrar a Agliè, cogerle por el pescuezo, él se excusa, ha sido una confusión, aquí tiene usted a su amigo, no le hemos tocado ni un cabello. Y ahora saben que también tú estás aquí.

Eran más de las doce del mediodía, por la noche algo sucedería en el Conservatoire. ¿Qué tenía que hacer? Había tomado la rue Saint Jacques, y de vez en cuando me volvía para mirar hacia atrás. En determinado momento me pareció que me seguía un árabe. Pero, ¿por qué pensaba que era un árabe? La característica de los árabes es que no parecen árabes, al menos en París, en Estocolmo ya sería otra cosa.

Pasé por delante de un hotel, entré, pedí una habitación. Mientras subía con la llave por una escalera de madera que daba a un primer piso con barandilla, desde donde se veía la recepción, observé que entraba el supuesto árabe. Después vi en el pasillo otras personas que hubieran podido ser árabes. Lógico, en esa zona sólo había hoteles para árabes. ¿Qué esperaba?

Entré en la habitación. Era decente. Incluso había teléfono, lástima que no supiese a quién llamar.

Y allí me quedé dormido, inquieto, hasta las tres. Después me lavé la cara y me encaminé hacia el Conservatoire. Ya no me quedaba más remedio que entrar en el museo, permanecer allí después de la hora de cierre y esperar a la medianoche.

Eso fue lo que hice. Y pocas horas antes de la medianoche estaba en el periscopio, esperando algo.

Según algunos intérpretes, Neṣaḥ es la sĕfirah de la Resistencia, del Aguante, de la Paciencia Constante. En efecto, nos esperaba una Prueba. Pero según otros intérpretes es la Victoria. ¿La victoria de quién? Quizá en aquella historia de derrotados, de diabólicos burlados por Belbo, de Belbo burlado por los diabólicos, de Diotallevi burlado por sus células, el único victorioso por el momento era yo. Estaba al acecho en el periscopio, yo sabía que los otros vendrían, los otros no sabían que yo estaba allí. La primera parte de mi proyecto se había cumplido conforme a mis planes.

¿Y la segunda? ¿Se ajustaría a mis planes, o al Plan, que ya no me pertenecía?

8

HOD

Para nuestras Ceremonias y Ritos tenemos dos largas y bellas galerías, en el Templo de los Rosa-Cruces. En una de ellas colocamos modelos y muestras de todo tipo de inventos extraordinarios y geniales, en la otra colocamos las Efigies de los principales Inventores.
(John Heydon, *The English Physitians Guide: Or a Holy Guide,* London, Ferris, 1662, The Preface)

Llevaba demasiado tiempo metido en el periscopio. Serían las diez, o las diez y media. Si algo debía suceder, sucedería en la nave, frente al Péndulo. Por tanto, tenía que prepararme para bajar, encontrar un refugio, y un punto de observación. Si llegaba demasiado tarde, cuando ya hubiesen entrado (¿por dónde?), Ellos me descubrirían.

Bajar. Moverme... Llevaba varias horas deseando sólo eso, pero ahora que podía, ahora que era oportuno que lo hiciera, me sentía como paralizado. Tendría que atravesar las salas de noche, usando con moderación la linterna. Poca luz nocturna se filtraba por los ventanales, si me había imaginado un museo espectral a la luz de la luna, me había equivocado. A las vitrinas llegaban reflejos imprecisos de las ventanas. Si no me movía con cautela, podía derribar algo, chocar contra ello con un estruendo de cristales o chatarra. Encendí la linterna. Me sentía como en el Crazy Horse, de vez en cuando una luz repentina me revelaba una desnudez, pero no de carne, sino de tornillos, prensas, pernos.

¿Y si de pronto iluminaba una presencia viva, la figura de alguien, un enviado de los Señores, que estuviese repitiendo especularmente mi recorrido? ¿Quién habría gritado primero? Aguzaba el oído. ¿Para qué? Yo no hacía ruido, me deslizaba. Por lo tanto también él.

Por la tarde había estudiado atentamente el orden de las salas, estaba convencido de que incluso en la oscuridad sabría encontrar la escalinata. En cambio avanzaba casi a tientas, y me había desorientado.

Quizá estaba pasando de nuevo por la misma sala, quizá nunca lograría salir de allí, quizá esto, este dar vueltas sin sentido entre las máquinas, era el rito.

En realidad, no quería bajar, en realidad, quería retrasar la cita.

Había salido del periscopio después de un largo, implacable examen de conciencia, durante muchas horas había revivido nuestro error de los últimos años, y había tratado de desentrañar por qué, sin ninguna razón razonable, yo estaba allí buscando a Belbo, caído en aquel lugar por razones todavía menos razonables. Pero me había bastado con poner un pie fuera para que todo cambiase. Mientras me movía pensaba con la cabeza de otro. Me había convertido en Belbo. Y como Belbo, ahora al final de su largo viaje hacia la iluminación, sabía que todo objeto terrenal, hasta el más miserable, debe leerse como el jeroglífico de algo distinto, de otra cosa, y que ninguna Otra Cosa es tan real como el Plan. Oh, era astuto, me bastaba un destello, una mirada en un rayo de luz para entender. No me dejaba engañar.

...Motor de Froment: una estructura vertical de base romboidal, que encerraba, como un modelo anatómico que exhibiese sus costillas artificiales, una serie de bobinas, no sé, pilas, ruptores, o como diablos los llamen los libros de texto, accionados por una correa de transmisión conectada a un piñón mediante un engranaje... ¿Para qué podía haber servido? Respuesta: para medir las corrientes telúricas, claro está.

Acumuladores. ¿Qué acumulan? Bastaba con imaginarse a los Treinta y Seis Invisibles como otros tantos tenaces secretarios (los guardianes del secreto) que tecleasen por las noches en sus clavicémbalos transmisores para producir un sonido, una chispa, una llamada, pendientes de un diálogo de costa a costa, de abismo a superficie, de Machu Picchu a Avalón, zip zip zip, hola hola hola, Pamersiel Pamersiel, he captado el temblor, la corriente Mu 36, la que los brahmanes adoraban como tenue respiración de Dios, ahora enchufo el clavijero, circuito micro-macrocósmico activado, bajo la costra terrestre tiemblan todas las raíces de mandrágora, escucha el canto de la Simpatía Universal, cambio y corto.

Dios mío, los ejércitos se ensangrentaban en las llanuras de Europa, los papas lanzaban anatemas, los emperadores se reunían, hemofílicos e incestuosos, en el pabellón de caza de los Jardines Palatinos, para proporcionar una tapadera, una fachada suntuosa al trabajo de éstos, que en la Casa de Salomón auscultaban las tenues llamadas del Umbilicus Mundi.

Ellos estaban aquí, accionando estos electrocapiladores pseudotérmicos hexatetragramáticos, así les habría llamado Garamond, ¿no?, y de vez en cuando, no sé, uno habría inventado una vacuna, una bombilla, para justificar la maravillosa aventura de los metales, pero la tarea era muy distinta, ahí estaban, reunidos a medianoche para accionar esta máquina estática de Ducretet, una rueda transparente que parece una bandolera, y detrás dos pequeñas esferas vibrátiles sostenidas por sendas varillas arqueadas, quizá entonces se tocaban, producían chispas, Frankenstein confiaba en que con ello podría infundir vida a su golem, pero no, había que esperar otra señal: conjetura, trabaja, cava cava viejo topo...

... Una máquina de coser (diferente de esas cuya propaganda se hacía con grabados, junto con la píldora para desarrollar los senos, y la gran águila que vuela entre las montañas llevando en sus garras una botella de la bebida regeneradora, Robur Le Conquérant, R-C), que al funcionar hace girar una rueda, y la rueda un anillo, el anillo... ¿qué hace?, ¿qué capta el anillo? El cartelito ponía «las corrientes inducidas por el campo terrestre». Sin ningún pudor, lo pueden leer hasta los niños que visitan el museo por las tardes, total la humanidad estaba convencida de que la meta era otra, se podía hacer de todo, el experimento supremo, con decir que era para desarrollar la mecánica. Los Señores del Mundo nos han engañado durante siglos. Estábamos envueltos, vendados, seducidos por la Conjura, y nos dedicábamos a escribir himnos de alabanza a la locomotora.

Iba y venía. Habría podido imaginarme más pequeño, microscópico, y me habría visto como un viajero asombrado recorriendo las calles de una ciudad mecánica, fortificada con rascacielos metálicos. Cilindros, baterías, botellas de Leyden, unas encima de las otras, pequeño tiovivo de veinte centímetros de altura, tourniquet électrique à attraction et répulsion. Talismán para estimular las corrientes de simpatía. Colonnade étincelante formée de neuf tubes, électro-aimant, una guillotina: en el centro, y parecía un tórculo de imprenta, colgaban unos ganchos sujetos con cadenas de caballeriza. Un tórculo en el que se puede meter una mano, una cabeza que aplastar. Campana de vidrio movida por una bomba neumática de dos cilindros, una especie de alambique y debajo tiene una copa y a la derecha una esfera de cobre. Con esto cocinaba Saint-Germain sus tinturas para el landgrave de Hesse.

Un portapipas con una multitud de pequeñas clepsidras de gollete alargado como una mujer de Modigliani, llenas de una sustancia incierta, ordenadas en dos filas de diez, cada una rematada por una esfera de distinta altura, como pequeños globos a punto de despegar, retenidos por una bola pesada. Aparato para la producción del Rebis, a la vista de todos.

Sección de los cristales. Había retrocedido. Botellitas verdes, un sádico anfitrión estaba ofreciéndome venenos en quintaesencia. Máquinas de hierro para fabricar botellas, se abrían y se cerraban con dos manoplas, ¿y si en lugar de la botella alguien metía la muñeca? Chac, lo mismo sucedería con esas enormes tenazas, esos tijerones, esos bisturíes de pico curvo que podían introducirse en el esfínter, en las orejas, en el útero, para extraer el feto aún fresco y machacarlo con miel y pimienta para saciar la sed de Astarté... La sala que atravesaba ahora tenía grandes vitrinas, divisaba botones para accionar punzones helicoidales que avanzarían inexorablemente hacia el ojo de la víctima, el Pozo y el Péndulo, estábamos al borde de la caricatura, las máquinas inútiles de Goldberg, los tornos de tortura en los que Pata de Palo metía al Ratón Mickey, l'engrenage extérieur à trois pignons, triunfo de la mecánica renacentista, Branca, Ramelli, Zonca, conocía esos engranajes, los había compaginado para la maravillosa aventura de los metales, pero aquí los habían colocado más tarde, en el siglo pasado, estaban preparados para reprimir a los sediciosos después de la conquista del mundo, los templarios habían aprendido de los Asesinos la técnica para hacer callar a Noffo Dei, el día que le capturasen, la esvástica de von Sebottendorff retorcería en el sentido del movimiento del Sol los dolientes miembros de los enemigos de los Señores del Mundo, todo preparado, esperaban una señal, todo estaba ante los ojos de todos, el Plan era público, pero nadie habría podido descubrirlo, fauces chirriantes habrían cantado su himno de conquista, gran orgía de bocas convertidas en puros dientes que se ensamblaban entre sí, en un espasmo de tic-tac, como si todos los dientes cayesen al suelo al mismo tiempo.

Por último había llegado ante el émetteur à étincelles soufflées proyectado para la Tour Eiffel, para la emisión de señales horarias entre Francia, Túnez y Rusia (templarios de Provins, paulicianos y Asesinos de Fez; Fez no está en Túnez y los Asesinos estaban en Persia, y qué, no se puede sutilizar cuando se habitan las espiras del Tiempo Sutil), yo había visto ya esa máquina enorme, más alta que yo, con las paredes perforadas por una serie de escotillas, tomas de aire, ¿quién quería convencerme de que era una radio? Pues claro, la conocía, aquella misma tarde había pasado junto a ella. ¡El Beaubourg!

Delante de nuestras narices. Y, en efecto, ¿para qué serviría ese inmenso cajón plantado en el centro de Lutecia (Lutecia, la escotilla del mar de fango subterráneo), donde antaño estuviera el Vientre de París, con esas trompas prensiles de corrientes aéreas, ese delirio de tuberías, de conductos, esa oreja de Dionisio desplegada hacia el vacío exterior para introducir sonidos, mensajes, señales, hasta el centro del globo, y devolverlos vomitando informaciones desde el infierno? Primero el Conservatoire, como laboratorio, después la Tour, como sonda, por último, el Beaubourg, como máquina receptora transmisora global. ¿O acaso habrían montado aquella enorme ventosa para entretener a cuatro estudiantes melenudos y hediondos que entraban allí para escuchar los últimos discos en un auricular japonés? Delante de nuestras narices. El Beaubourg como puerta de acceso al reino subterráneo de Agarttha, el monumento de los Equites Synarchici Resurgentes. Y los otros, dos, tres, cuatro billones de Otros, lo ignoraban, o se esforzaban por ignorarlo. Estúpidos e hílicos. Pero los Pneumáticos siempre fieles a su meta, durante seis siglos.

De repente encontré la escalinata. Bajé, extremando la cautela. Faltaba poco para la medianoche. Tenía que ocultarme en mi observatorio antes de que llegaran Ellos.

Creo que eran las once, o quizá todavía no. Atravesé la sala de Lavoisier sin encender la linterna, recordando las alucinaciones de la tarde, recorrí la galería de los modelos ferroviarios.

Ya había alguien en la nave. Veía unas luces, débiles y móviles. Oía ruidos de pasos, de objetos desplazados o arrastrados.

Apagué la linterna. ¿Tendría tiempo de alcanzar la garita? Me deslizaba junto a las vitrinas de los trenes, y no tardé en llegar hasta la estatua de Gramme, en el crucero. Erguida sobre su zócalo de madera, cúbico (¡la piedra cúbica de Esod!), parecía estar allí para vigilar la entrada del coro. Recordaba que más o menos mi Estatua de la Libertad estaba inmediatamente detrás de ella.

La cara anterior del zócalo estaba levantada hacia adelante formando una especie de pasarela en la que desembocaba un túnel. Y en efecto, vi salir a un individuo con un farol, quizá de gas, con vidrios de color, que le iluminaba el rostro de llamaradas rojizas. Me aplasté contra un rincón, y no me vio. Se le acercó alguien que venía del coro.

—Vite —dijo—, aprisa, dentro de una hora estarán aquí.

De modo que aquélla era la vanguardia, estaban preparando algo para la ceremonia. Si no eran muchos, aún podría eludirles y alcanzar la Libertad. Antes de que llegasen Ellos, quién sabía desde dónde, y cuántos, por el mismo camino. Permanecí agazapado un buen rato, siguiendo los reflejos de los faroles por la iglesia, la periódica alternancia de las luces, los momentos de mayor y menor intensidad. Calculaba cuánto se alejaban de la Libertad, y cuánto tiempo podía ésta quedar en la sombra. En determinado momento decidí arriesgarme, me deslicé por el lado izquierdo de Gramme, aplastándome con dificultad contra la pared, y contrayendo los músculos abdominales. Por suerte estaba flaco como un palillo. Lia... Me arrojé, deslizándome hacia la garita.

Para ser menos perceptible, me dejé caer al suelo y tuve que acurrucarme en posición casi fetal. Aceleré el castañeteo del corazón, los latidos de los dientes.

Tenía que relajarme. Respiré rítmicamente por la nariz, aumentando poco a poco la intensidad de aspiración. Creo que eso es lo que hacen los torturados para desmayarse y eludir el dolor. De hecho, sentí que lentamente me iba entregando al abrazo del Mundo Subterráneo.

113

> Nuestra causa es un secreto dentro de un secreto, el secreto de algo que permanece velado, un secreto que sólo otro secreto puede explicar, es un secreto sobre un secreto que se satisface con otro secreto.
> (J'far-al Sâdiq, sexto Imām)

Emergí lentamente a la conciencia. Oía unos sonidos, me molestaba una luz que se había vuelto más intensa. Sentía los pies entumecidos. Traté de incorporarme poco a poco, sin hacer ruido, y fue como si pisase una alfombra de erizos de mar. La Sirenita. Hice unos movimientos silenciosos, unas flexiones con las puntas de los pies, y el dolor disminuyó. Sólo entonces asomé con cautela la cabeza, hacia la derecha, hacia la izquierda, comprobé que la garita había quedado en una zona bastante oscura y logré dominar la situación.

Había luz en toda la nave. Eran los faroles, pero ahora había decenas y decenas, los traían los invitados, que estaban apareciendo detrás de mí. Sin duda, emergían del túnel, desfilaban luego por mi izquierda, entraban en el coro e iban a ocupar su sitio en la nave. Dios mío, pensé, la Noche en el Monte Pelado en la versión de Walt Disney.

No alzaban la voz, susurraban, pero todos juntos producían un rumor sordo, sostenido, como el que consiguen los figurantes en las óperas diciendo rabárbaro rabárbaro.

A mi izquierda, los faroles estaban apoyados en el suelo, en semicírculo, completando con una circunferencia aplastada la curva oriental del coro, tocando, en el punto extremo de esa especie de hemiciclo, la estatua de Pascal. En ese sitio había un brasero encendido, al que alguien arrojaba hierbas, esencias. El humo llegaba hasta mi garita, me secaba la garganta y me sumía en un estado de sobreexcitado aturdimiento.

A la oscilante luz de los faroles alcancé a ver algo que se agitaba en el centro del coro, una sombra sutil y movilísima.

¡El Péndulo! El Péndulo ya no oscilaba en su sitio habitual, en medio del crucero. Ahora colgaba, más grande, de la clave de bóveda, en el centro del coro. Más grande la esfera, más grueso el hilo, me pareció que era una soga, o un cable de metal retorcido.

El Péndulo ahora era enorme, como debía de aparecer en el Panthéon. Como la Luna vista con telescopio.

Habían querido restaurarlo tal como debía de haber sido cuando los templarios hicieron el primer experimento, medio milenio antes que Foucault. Para que pudiera oscilar libremente habían eliminado algunos elementos de infraestructura, creando en el anfiteatro del coro aquella rudimentaria antiestrofa simétrica, delimitada por los faroles.

Me pregunté cómo podían mantenerse constantes las oscilaciones del Péndulo, ahora que no podía haber un regulador magnético bajo el pavimento. Después comprendí. En el borde del coro, junto a los motores Diesel, había un individuo que, dispuesto a moverse con agilidad felina para seguir las variaciones del plano de oscilación, imprimía a la esfera, cada vez que ésta caía hacia él, un leve impulso, con un golpe preciso de la mano, con un ligero toque de los dedos.

Vestía frac, como Mandrake. Después, al ver a sus otros compañeros, comprendería que era un prestidigitador, un ilusionista del Petit Cirque de Madame Olcott, un profesional capaz de dosificar la presión de las yemas de los dedos, con pulso seguro, para operar desplazamientos infinitesimales. Quizá podía percibir, a través de la delgada suela de sus zapatos de charol, las vibraciones de las corrientes, y podía mover las manos conforme a la lógica de la esfera, y de la Tierra a la que la esfera respondía.

Sus compañeros. Ahora también les veía a ellos. Se movían entre los automóviles expuestos en la nave, se deslizaban junto a las *draisiennes* y las motocicletas, parecía que rodaban en la oscuridad, unos transportaban un sitial y una mesa cubierta con un paño rojo hacia la girola del fondo, otros instalaban más faroles. Pequeños, nocturnos, bulliciosos, como niños raquíticos, y cuando uno pasó a mi lado alcancé a percibir sus rasgos mongoloides y su cabeza calva. Les Freaks Mignons de Madame Olcott, los monstruitos inmundos que viera en el cartel de la librería Sloane.

Estaba el circo completo, personal, policía y coreógrafos de la ceremonia. Divisé a Alex et Denys, les Géants d'Avalon, enfundados en unas armaduras de cuero tachonado, realmente gigantescos, y de cabellos rubios, apoyados en la gran mole del Obéissant, con los brazos cruzados esperando.

No tuve tiempo para seguir interrogándome. Alguien había entrado con paso solemne y había impuesto silencio extendiendo la mano. Sólo supe que era Bramanti porque llevaba la túnica escarlata, la capa blanca y la mitra que le viera puestas aquella noche en el Piamonte. Bramanti se acercó al brasero, arrojó algo, produjo una llamarada y luego una densa y blanca humareda, cuyo perfume se esparció lentamente por la sala. Como en Río, pensé, como en la fiesta alquímica. Y no tengo el agogõ. Me llevé el pañuelo a la nariz y a la boca, como un filtro. Pero ya estaba viendo dos Bramantis y el Péndulo oscilaba delante de mí en todas direcciones, como un tiovivo. Bramanti empezó a salmodiar:

—¡Alef bet gimel dalet he' waw zain het tet yod kaf lamed mem nun samek ayin pe sade qof reš sin tau!

La multitud orante respondió:

—Parmesiel, Padiel, Camuel, Aseliel, Barmiel, Gediel, Asyriel, Maseriel, Dorchtiel, Usiel, Cabariel, Raysiel, Symiel, Armediel...

Bramanti hizo una señal y alguien emergió de la multitud y fue a hincarse a sus pies. Por un instante pude ver su rostro. Era Riccardo, el hombre de la cicatriz, el pintor.

Bramanti le estaba interrogando y él respondía repitiendo de memoria las fórmulas del rito.

—¿Quién eres?

—Soy un adepto, aún no iniciado en los misterios supremos del Tres. Me he preparado en el silencio, en la meditación analógica del misterio del Bafomet, en la conciencia de que la Gran Obra gira alrededor de los seis sellos intactos, y de que sólo al final conoceremos el secreto del séptimo.

—¿Cómo has sido recibido?

—Pasando por la perpendicular al Péndulo.

—¿Quién te ha recibido?

—Un Emisario Místico.

—¿Podrías reconocerle?

—No, porque llevaba una máscara. Sólo conozco al caballero de grado superior al mío, y éste al naometra de grado superior al suyo, y cada uno sólo conoce a uno solo. Y así lo deseo.

—¿Quid facit Sator Arepo?

—Tenet Opera Rotas.

—¿Quid facit Satan Adama?

—Tabat Amata Natas. Mandabas Data Amata, Nata Sata.

—¿Has traído a la mujer?

—Sí, está aquí. La he entregado a quien me habían ordenado. Está preparada.

—Ahora ve, y espera.

El diálogo se había desarrollado en una especie de francés, por ambas partes. Después Bramanti dijo:

—¡Hermanos, estamos reunidos aquí en nombre de la Orden Unica, de la Orden Desconocida, a la que hasta ayer no sabíais que pertenecíais y a la que pertenecíais desde siempre! Juremos. ¡Anatema contra los profanadores del secreto! ¡Anatema contra los sicofantes de lo Oculto! ¡Anatema contra los que han divulgado los Ritos y los Misterios!

—¡Anatema!

—¡Anatema contra el Invisible Colegio, contra los hijos bastardos de Hiram y de la viuda, contra los maestros operativos y especulativos de la mentira de oriente o de occidente, Antigua, Aceptada o Corregida, contra Misraim y Menfis, contra Filatetes y contra las Nueve Hermanas, contra la Estricta Observancia y contra la Ordo Templi Orientis, contra los Iluminados de Baviera y de Aviñón, contra los Caballeros Kadosch, contra los Elegidos Cohen, contra la Perfecta Amistad, contra los Caballeros del Aguila Negra y de la Ciudad Santa, contra los Rosacrucianos de Anglia, contra los Cabalistas de la Rosa-Cruz de Oro, contra la Golden Dawn, contra la Rosa Cruz Católica del Templo y del Grial, contra la Stella Matutina, contra el Astrum Argentinum y contra Thelema, contra Vril y contra Thule, contra todos los antiguos y místicos usurpadores del nombre de la Gran

Fraternidad Blanca, contra los Vigilantes del Templo, contra todos los Colegios y Prioratos de Sión o de las Galias!

—¡Anatema!

—¡Todo aquel que por ingenuidad, obediencia, proselitismo, cálculo o mala fe haya sido iniciado a una logia o colegio o priorato o capítulo u orden que invoque ilícitamente la obediencia de los Superiores Desconocidos y los Señores del Mundo, ha de abjurar esta noche e implorar su exclusiva readmisión en el espíritu y el cuerpo de la única y verdadera observancia, el Tres, Templi Resurgentes Equites Synarchici, triuna y trinosófica orden mística y archisecreta de los Caballeros Sinárquicos del Renacimiento Templario!

—¡Sub umbra alarum tuarum!

—Que entren ahora los dignatarios de los treinta y seis últimos y secretísimos grados.

Y, mientras Bramanti llamaba uno por uno a los elegidos, éstos entraban vistiendo paramentos litúrgicos, luciendo todos en el pecho la insignia del Toisón de Oro.

—Caballero del Bafomet, Caballero de los Seis Sellos Intactos, Caballero del Séptimo Sello, Caballero del Tetragrammaton, Caballero Justiciero de Florian y Dei, Caballero del Atanor... Venerable Naometra de la Turris Babel, Venerable Naometra de la Gran Pirámide, Venerable Naometra de las Catedrales, Venerable Naometra del Templo de Salomón, Venerable Naometra del Hortus Palatinus, Venerable Naometra del Templo de Heliópolis...

Bramanti nombraba las dignidades, y los convocados entraban en grupos, de modo que yo no lograba determinar a quién correspondía cada título, pero sin duda entre los primeros doce vi a De Gubernatis, al viejo de la librería Sloane, al profesor Camestres y a otros que habían estado presentes aquella noche en el Piamonte. Y, creo que como Caballero del Tetragrammaton, vi al señor Garamond, solemne y hierático, compenetrado en su nuevo papel, y tocando con manos temblorosas el Toisón que llevaba sobre el pecho. Y Bramanti proseguía:

—Emisario Místico de Karnak, Emisario Místico de Baviera, Emisario Místico de los Barbelognósticos, Emisario Místico de Camelot, Emisario Místico de Montsegur, Emisario Místico del Imām Oculto... Supremo Patriarca de Tomar, Supremo Patriarca de Kilwinning, Supremo Patriarca de Saint-Martin-des-Champs, Supremo Patriarca de Marienbad, Supremo Patriarca de la Okrana Invisible, Supremo Patriarca in partibus de la Fortaleza de Alamut...

Y desde luego el patriarca de la Okrana Invisible era Salon, con el mismo rostro gris pero sin guardapolvo, resplandeciente en una túnica amarilla con guarda roja. Detrás venía Pierre, el psicopompo de la Eglise Luciferienne, que en vez del Toisón de Oro llevaba sobre el pecho un puñal con vaina dorada. Y Bramanti proseguía:

—Sublime Hierógamo de las Bodas Químicas, Sublime Psicopompo Rodostaurótico, Sublime Referendario de los Arcanos Arcanísimos, Sublime Esteganógrafo de las Monas Ieroglifica, Sublime Nexo Astral Utriusque Cosmi, Sublime Guardián de la Tumba de Rosencreutz... Imponderable Arconte de las Corrientes, Imponderable Arconte de la Tierra Hueca, Imponderable Arconte del Polo Místico, Imponderable Arconte de los Laberintos, Imponderable Arconte del Péndulo de los Péndulos... —Bramanti hizo una pausa, y tuve la impresión de que pronunció la última fórmula de mala gana—: ¡Y el Imponderable entre los Imponderables Arcontes, el Siervo de los Siervos, Humildísimo Secretario del Edipo Egipcio, Infimo Mensajero de los Señores del Mundo y Portero de Agarttha, Ultimo Turiferario del Péndulo, Claude-Louis, conde Saint-Germain, príncipe Rakoczi, conde de Saint-Martin y marqués de Agliè, señor de Surmont, marqués de Welldone, marqués de Monferrato, de Aymar y Belmar, conde Soltikoff, caballero Schoening, conde de Tzarogy!

Mientras los otros se desplegaban por la girola, mirando hacia el Péndulo y hacia los fieles de la nave, entró Agliè, impecable en su traje cruzado azul marino, pálido y contraído el rostro, trayendo de la mano, como si acompañara a un alma en la senda hacia el Hades, pálida también ella y como entontecida por una droga, vestida sólo con una blanca túnica casi transparente, Lorenza Pellegrini, la cabellera suelta sobre los hombros. La vi de perfil mientras pasaba, pura y lánguida como una adúltera prerrafaelita. Demasiado diáfana como para no estimular una vez más mi deseo.

Agliè condujo a Lorenza junto al brasero, cerca de la estatua de Pascal, acarició su rostro ausente e hizo una seña a los Géants d'Avalon, que se situaron a su lado, sosteniéndola. Después fue a sentarse a la mesa, frente a los fieles, y pude observarle perfectamente mientras extraía su tabaquera del chaleco y la acariciaba en silencio antes de hablar.

—Hermanos, caballeros. Estáis aquí porque en estos días los Emisarios Místicos os han informado, de modo que ya todos sabéis para qué nos hemos reunido. Hubiéramos tenido que reunirnos la noche del veintitrés de junio de 1945, y quizá algunos de vosotros aún no habían nacido, al menos en la forma actual, quiero decir. Estamos aquí porque después de seiscientos años de dolorosísimo errar hemos encontrado a alguien que sabe. El hecho de que sepa, y de que sepa más que nosotros, constituye un misterio inquietante. Pero confío en que esté presente entre nosotros, y no podrías faltar, verdad, amigo mío, puesto que ya en una ocasión diste muestras de excesiva curiosidad, confío, decía, en que esté presente entre nosotros alguien que podría explicárnoslo. ¡Ardenti!

El coronel Ardenti, sin duda era él, corvino como siempre, aunque envejecido, se abrió paso entre los asistentes y se situó frente al que habría de ser su tribunal, mantenido a prudente distancia por el Péndulo, que marcaba una frontera inviolable.

—Cuánto tiempo sin vernos, hermano —sonreía Agliè—. Cuando difundí la noticia sabía que no resistirías. Pues bien. Ya sabes qué ha dicho el prisionero, y él dice que se lo dijiste tú. De modo que sabías y callabas.

—Conde —dijo Ardenti—, el prisionero miente. Me avergüenza decirlo, pero el honor ante todo. La historia que le entregué no es la que me han comunicado los Emisarios Místicos. La interpretación del mensaje, sí, es cierto, había descubierto un mensaje, ya os lo dije hace años en Milán, es diferente... Yo no habría sido capaz de leerlo como lo ha leído el prisionero, por eso en aquella ocasión busqué ayuda. Y debo decir que no encontré apoyo, sino sólo desconfianza, desafíos, amenazas... —Quizá quería añadir algo, pero al fijar la mirada en Agliè fijaba la mirada en el Péndulo, que estaba actuando sobre él como un hechizo. Hipnótico, cayó de rodillas y sólo dijo—: Perdón, porque no sé.

—Estás perdonado, porque sabes que no sabes —dijo Agliè—. Puedes retirarte. Pues bien, hermanos, el prisionero sabe demasiadas cosas que ninguno de nosotros sabía. Sabe incluso quiénes somos, y nosotros lo hemos sabido gracias a él. Hay que darse prisa, falta poco para que amanezca. Mientras vosotros seguís meditando aquí, yo volveré a reunirme con él para arrancarle la verdad.

—¡Ah, non, señor conde! —Pierre, se había adelantado hacia el hemiciclo, con las pupilas dilatadas—. Durante dos días habéis hablado con él, sin avisar a nosotros, y él n'a rien vu, n'a rien dit, n'a rien entendu, como los tre monitos. ¿Qué queréis preguntarle de más, esta noche? ¡Non, ici, ici delante todos!

—Cálmese, estimado Pierre. He hecho conducir hasta aquí, esta noche, a la que considero la más exquisita encarnación de la Sophia, vínculo místico entre el mundo del error y las Ogdoadas Superiores. No me pregunte cómo ni por qué, pero con esta mediadora el hombre hablará. Díselo a estos, ¿quién eres, Sophia?

Lorenza, siempre sonámbula, casi deletreando, con dificultad:

—Yo soy... la prostituta y la santa.

—Esto es bueno —se rió Pierre—. Tenemos aquí a la crème de l'initiation y recurrimos a las putes. ¡Non, queremos ese hombre aquí, y en seguida, delante el Pendulo!

—No sea infantil —dijo Agliè—. Deme una hora. ¿Qué le induce a pensar que aquí, delante del Péndulo, hablaría?

—El irá hablar en el se disolver. ¡Le sacrifice humain! —gritó Pierre dirigiéndose a la nave.

Y la nave, a voz en grito:

—¡Le sacrifice humain!

Se adelantó Salon:

—Conde, infantilismos aparte, creo que tiene razón el hermano. No somos policías...

—No debería decirlo usted —ironizó Agliè.

—No somos policías y no nos parece decente recurrir a los métodos de investigación habituales. Pero tampoco creo que puedan servir los sacrificios a las fuerzas del mundo subterráneo. Si éstas hubiesen querido enviarnos una señal, ya lo habrían hecho hace tiempo. Además del prisionero había otra persona que sabía, sólo que ha desaparecido. Pues bien, esta noche tenemos la posibilidad de confrontar al prisionero con los que sabían y... —sonrió mientras desde la sombra de las cejas sus ojos entrecerrados se clavaban en Agliè— de confrontarlo también con nosotros, o con algunos de nosotros...

—¿Qué está tratando de decir, Salon? —preguntó Agliè con voz evidentemente insegura.

—Si el señor conde lo permite, querría explicarlo yo —dijo Madame Olcott.

Era ella, la reconocía por el cartel. Lívida en su traje verde oliva, su cabello brillante de ungüentos, recogido en la nuca, su voz de hombre ronco. En la librería Sloane me había parecido que conocía aquel rostro, y ahora recordaba: era la druida que había estado a punto de caer sobre nosotros, aquella noche, en el claro.

—Alex, Denys, traed al prisionero.

Había hablado con tono imperioso, el rumor de la nave parecía serle favorable, los dos gigantes habían obedecido, tras dejar a Lorenza en manos de dos Freaks Mignons, Agliè tenía las suyas clavadas en los brazos del sitial, y no se había atrevido a oponerse.

Madame Olcott había hecho una seña a sus monstruitos, y entre la estatua de Pascal y el Obéissant habían colocado tres butaquitas, en las que ahora Madame estaba instalando a tres individuos. Los tres tenían tez oscura, eran bajos, nerviosos, de grandes ojos blancos.

—Estos son los trillizos Fox, usted les conoce bien, conde. Theo, Leo, Geo, sentaos y estad preparados.

En ese momento reaparecieron los gigantes de Avalón; traían, cogido por los brazos, al mismísimo Jacopo Belbo, que apenas les llegaba a los hombros. Mi pobre amigo estaba pálido, con una barba de muchos días, tenía las manos atadas detrás de la espalda y llevaba la camisa abierta en el pecho. Al entrar en aquel circo lleno de humo, parpadeó. No pareció asombrarse por la asamblea de hierofantes que vio ante sí, en aquellos días debía de haberse habituado a esperarse cualquier cosa.

No se esperaba, sin embargo, ver el Péndulo, verlo en ese lugar. Pero los gigantes le arrastraron hasta delante del sitial de Agliè. Del Péndulo ahora sólo percibía el levísimo susurro que producía al rozarle los hombros.

Sólo por un instante se volvió, y vio a Lorenza. Se emocionó, trató de llamarla, de liberarse, pero Lorenza, que le miraba con rostro inexpresivo, no pareció reconocerle.

Sin duda, Belbo se disponía a preguntarle a Agliè qué le habían hecho, pero no tuvo tiempo. Desde el fondo de la nave, cerca de la caja y del puesto de libros, resonó un redoble de tambores y unas notas estridentes de flautas. De pronto se abrieron las portezuelas de cuatro coches y aparecieron cuatro seres que también había visto en el cartel del Petit Cirque.

Sombreros de fieltro sin ala, que tenían algo de fez, amplias capas negras cerradas hasta el cuello, Les Derviches Hurleurs salieron de los coches como resucitados que surgiesen de sus sepulcros, y fueron a acurrucarse al borde del círculo mágico. Al fondo las flautas modulaban ahora una música suave, y ellos con igual suavidad golpeaban el suelo con la mano e inclinaban la cabeza.

De la carlinga del aeroplano de Breguet, como un muecín en el minarete, se asomó el quinto, que empezó a salmodiar en un idioma desconocido, gimiendo, lamentándose, con tonos estridentes, mientras volvían a sonar los tambores, cada vez con más intensidad.

Madame Olcott estaba inclinada detrás de los hermanos Fox y les alentaba en voz baja. Los tres estaban hundidos en los asientos, con las manos aferradas a los brazos de las butacas, y los ojos cerrados, empezaban a transpirar y a tensar todos los músculos del rostro.

Madame Olcott se dirigía a la asamblea de dignatarios.

—Ahora mis buenos hermanitos nos traerán a tres personas que sabían. —Hizo una pausa y luego anunció—: Edward Kelley, Heinrich Khunrath y ... —otra pausa— el conde de Saint-Germain.

Por primera vez vi que Agliè perdía el control. Se levantó del sitial, y fue un error. Después se precipitó hacia la mujer, esquivando casi por casualidad la trayectoria del Péndulo, al tiempo que gritaba:

—¡Víbora, mentirosa, sabes muy bien que es imposible...!—. Y después, dirigiéndose a la nave—: ¡Impostura, impostura! ¡Detenedla!

Pero nadie se movió, de modo que Pierre fue a instalarse en el sitial y dijo:

—Prosigamos, madame.

Agliè se calmó. Recobró su sangre fría y fue a confundirse entre los fieles.

—Adelante —desafió—, veamos qué sucede.

Madame Olcott movió el brazo con el ademán de quien da la señal de partida para una carrera. La música adquirió tonos cada vez más agudos, se desintegró en una cacofonía de disonancias, los tambores redoblaron arrítmicos, los bailarines, que ya habían empezado a mover el busto hacia adelante y hacia atrás, hacia la derecha y hacia la izquierda, se pusieron de pie, se arrancaron las capas y tendieron los brazos, rígidos, como si fueran a alzar el vuelo. Después de un instante de inmovilidad, empezaron a girar sobre sí mismos, apoyados en el pie izquierdo, con el rostro vuelto hacia arriba, concentrados y ausentes, mientras sus casacas plisadas acompañaban las piruetas abriéndose como campanas y parecían flores azotadas por un huracán.

Entretanto, los mediums se habían como encogido, el rostro tenso y desfigurado, como si tratasen infructuosamente de defecar, su respiración sonaba cavernosa. La luz del brasero era más tenue y los acólitos de Madame Olcott habían apagado todos los faroles que había en el suelo. La iglesia sólo estaba iluminada por el halo de los faroles instalados en la nave.

Y poco a poco se realizó el prodigio. De los labios de Theo Fox empezó a brotar una especie de espuma blancuzca, que poco a poco se fue solidificando, y una espuma análoga empezó a brotar, con un poco de retraso, de los labios de sus hermanos.

—Fuerza, hermanitos —susurraba insinuante Madame Olcott—, fuerza, así, así...

Los bailarines cantaban, con tonos entrecortados e histéricos, hacían oscilar la cabeza, luego la bamboleaban, lanzaban gritos, primero convulsivos, después fueron estertores.

Los mediums parecían trasudar una sustancia gaseosa que poco a poco se iba volviendo consistente, como una lava, un albumen que se estiraba lentamente, subía y bajaba, se deslizaba por sus hombros, por el pecho, por las piernas, con sinuosos movimientos de reptil. Yo no lograba entender por dónde les salía, por los poros de la piel, por la boca, por las orejas, por los ojos. La multitud avanzaba, acercándose cada vez más a los mediums, a los bailarines. Mi miedo había desaparecido: seguro de que mi presencia pasaría inadvertida, salí de la garita, exponiéndome aún más a los vapores que se difundían bajo la bóveda.

Alrededor de los mediums aleteaba una fosforescencia de contornos lechosos e imprecisos. La sustancia estaba a punto de separarse de ellos, y adoptaba formas como de ameba. De la masa procedente de uno de los hermanos se había segregado una especie de punta, que se curvaba y volvía a erguirse por encima de su cuerpo, como si fuese un animal dispuesto a dar un picotazo. En el extremo de la punta estaban empezando a formarse dos excrecencias retráctiles, como los cuernos de una babosa...

Los bailarines tenían los ojos cerrados, la boca llena de espuma, sin dejar de girar sobre sí mismos habían empezado, en la medida en que el espacio lo permitía, a moverse en círculo alrededor del Péndulo, evitando por milagro que su movimiento interceptase la trayectoria de la esfera. Giraban cada vez más aprisa, habían arrojado sus gorros y, al ondular las negras y largas cabelleras, las cabezas parecían separarse de los cuerpos. Gritaban como había oído gritar aquella noche en Río, houu houu houuuuu...

Las formas blancas se iban definiendo, una de ellas había adquirido una vaga apariencia humana, otra aún era un falo, una burbuja, un alambique, la tercera estaba adquiriendo claramente el aspecto de un pájaro, de una lechuza con sus grandes gafas y las orejas atentas, el pico curvado de vieja profesora de ciencias naturales.

Madame Olcott estaba interrogando a la primera forma:

—¿Eres tú, Kelley?

Y una voz emergió de la forma. Desde luego, no era Theo Fox quien hablaba, sino una voz lejana, que pronunciaba con dificultad:

—Now... I do reveale, a... a mighty Secret if you marke it well...

—Sí, sí —insistía la Olcott.

Y la voz:

—This very place is call'd by many names... Earth... Earth is the lowest element of All... When thrice yee have turned this Wheele about... thus my greate Secret I have revealed...

Theo Fox hizo un gesto con la mano, como pidiendo clemencia.

—Relájate, pero sólo un poco, no dejes que se marche la cosa... —dijo Madame Olcott. Después se volvió hacia la forma de la lechuza—. Te reconozco Khunrath, ¿qué quieres decirnos?

Dio la impresión de que la lechuza hablaba:

—Hallelu... Iáah... Hallelu... Iáah... Was...

—¿Was?

—Was helfen Fackeln Licht... oder Briln... so die Leut... nicht sehen... wollen...

—Nosotros sí queremos —dijo Madame Olcott—, dinos lo que sabes...

—Symbolon kósmou... tâ ántra... kai tân enkosmiòn... dunámeôn erithento... oi theológoi...

También Leo Fox estaba extenuado, la voz de la lechuza se había vuelto muy débil hacia el final. Leo había ido inclinando la cabeza y apenas lograba sostener a la forma. Madame Olcott, implacable, le incitaba a resistir, mientras se volvía hacia la última forma, que ahora también había adquirido rasgos antropomórficos.

—Saint-Germain, Saint-Germain, ¿eres tú? ¿Qué sabes?

Entonces la forma se había puesto a tararear una melodía. Madame Olcott indicó a los músicos que atenuaran su estruendo, los bailarines dejaron de ulular pero seguían en sus piruetas, cada vez más cansados.

La forma cantaba:

—Gentle love this hour befriends me...

—Eres tú, te reconozco —decía con tono incitante Madame Olcott—. Habla, dinos dónde, qué...

La forma dijo:

—Il était nuit... La tête couverte du voile de lin... j'arrive... je trouve un autel de fer, j'y place le rameau mystérieux... Oh, je crus descendre dans un abîme... des galeries composées de quartiers de pierre noire... mon voyage souterrain...

—¡Falso, falso! —gritaba Agliè—. ¡Hermanos, todos vosotros conocéis ese texto, es la *Très Sainte Trinosophie,* yo mismo la he escrito, cualquiera puede leerla por sesenta francos!

Se había precipitado hacia Geo Fox y le estaba sacudiendo por el brazo.

—¡Detente, impostor —gritó Madame Olcott—, le matarás!

—¡Y qué! —gritó Agliè arrancando al médium de la silla.

Geo Fox trató de sostenerse aferrándose a su propia secreción, pero ésta, arrastrada en la caída, se disolvió babeando sobre el suelo. Geo se dejó caer en el viscoso aguazal que seguía vomitando, y después se quedó rígido, sin vida.

—Detente, loco —gritaba Madame Olcott, mientras sus manos aferraban a Agliè. Luego, volviéndose hacia los otros dos hermanos, añadió—: Resistid, hijos míos, aún tienen que hablar. ¡Khunrath, Khunrath, diles que sois reales!

Para sobrevivir, Leo Fox estaba tratando de reabsorber la lechuza. Madame Olcott se había situado a su espalda y le apretaba las sienes, para que se plegase a su protervia. La lechuza advirtió que iba a desaparecer y se volvió hacia el que la había parido: «Phy, Phy, Diabolo», siseaba, al tiempo que trataba de picarle en los ojos. Leo Fox emitió un borborigmo, como si le hubiese cortado la carótida, y cayó de rodillas. La lechuza desapareció en un cieno asqueroso (phiii, phiii, gritaba), sobre el que cayó para ahogarse, el médium, embadurnado e inmóvil. Furiosa, la Olcott se había vuelto hacia Theo, que estaba resistiendo con valor:

—Habla, Kelley. ¿Me oyes?

Kelley ya no hablaba. Trataba de separarse del médium, que aullaba como si le estuviesen arrancando las vísceras, y dando manotadas en el vacío, trataba de recuperar lo que había producido.

«Kelley, desorejado, basta de trampas», gritaba la Olcott. Pero Kelley, al no lograr separarse del médium, trataba de ahogarle. Se había convertido en una especie de chicle del que el último hermano Fox intentaba en vano liberarse. Después, también Theo cayó de rodillas, tosía, empezaba a confundirse con la cosa parásita que lo devoraba, rodó por el suelo agitándose como si fuese presa de las llamas. Lo que había sido Kelley lo cubrió primero como una mortaja, después murió licuándose y lo dejó vacío sobre el suelo, la mitad de sí mismo, la momia de un niño embalsamado por Salon. En ese preciso momento, los cuatro bailarines se detuvieron al unísono, agitaron los brazos en el aire, durante unos segundos parecieron ahogarse, como si estuviesen zozobrando, después se abandonaron gañendo como cachorros, y cubriéndose la cabeza con las manos.

Entretanto, Agliè había vuelto a situarse en el corredor del fondo y estaba secándose el sudor de la frente con el pañuelito que le adornaba el bolsillo superior. Aspiró dos veces, y se puso una pastilla blanca en la boca. Después impuso silencio.

—Hermanos, caballeros. Habéis visto a qué miserias ha querido someternos esta mujer. Recobremos la calma y volvamos a mi proyecto. Dadme una hora para traeros al prisionero.

Madame Olcott había quedado eliminada, inclinada sobre sus mediums, con un sufrimiento casi humano. Pero Pierre, que había observado los acontecimientos sin abandonar el sitial, retomó el control de la situación.

—Non —dijo—, sólo hay una manera. ¡Le sacrifice humain! ¡A mí, el prisionero!

Magnetizados por su energía, los gigantes de Avalón aferraron a Belbo, que contemplaba atónito la escena, y le empujaron hasta donde estaba Pierre. Este, con la agilidad de un malabarista, se había puesto de pie, había colocado el sitial sobre la mesa y los había empujado hasta el centro del coro, después había cogido el hilo del Péndulo mientras pasaba y había detenido la esfera, retrocediendo por el contragolpe. Fue un instante: como si estuviesen ajustándose a un plan, y quizá durante la confusión se habían puesto de acuerdo, los gigantes habían subido a ese podio, habían colocado a Belbo sobre el sitial y ahora uno le estaba pasando por el cuello, con dos vueltas, el hilo del Péndulo, mientras el otro tenía suspendida la esfera para luego apoyarla en el borde de la mesa.

Bramanti se precipitó hacia la horca, llameando majestuoso en su vestidura escarlata y salmodió:

—¡Exorcizo igitur te per Pentagrammaton, et in nomine Tetragrammaton, per Alfa et Omega qui sunt in spiritu Azoth. Saddai, Adonai, Jotchavah, Eieazereie! Michael, Gabriel, Raphael, Anael. ¡Fluat Udor per spiritum Eloim! ¡Maneat Terra per Adam Iot-Cavah! ¡Per Samael Zebaoth et in nomine Eloim Gibor, veni Adramelech! ¡Vade retro Lilith!

Belbo permaneció erguido sobre el sitial, con la cuerda alrededor del cuello. Ya no era necesario que los gigantes le cogieran. Un movimiento en falso hubiera bastado para hacerle caer de esa posición tan inestable, y el cable le hubiese estrangulado.

—Imbéciles —gritaba Agliè—. ¿Cómo lo situaremos otra vez en su eje? Pensaba en salvar el Péndulo.

—No se preocupe, conde —sonrió Bramanti—. Aquí no estamos mezclando tintes. Esto es el Péndulo tal como fuera concebido por Ellos. El sabrá hacia dónde ir. De todos modos, nada mejor que un sacrificio humano para conseguir que una Fuerza se decida a actuar.

Hasta ese momento Belbo había temblado. Vi que se relajaba, no digo que estuviese sereno, pero contemplaba al público con curiosidad. Creo que en ese instante, ante la discusión entre los dos adversarios, al ver allí delante los cuerpos desarticulados de los mediums, y a su lado los derviches que aún se agitaban gimiendo, los paramentos de los dignatarios en desorden, recobró su qualidad más auténtica, el sentido del ridículo.

En ese momento, estoy seguro, decidió que ya no debía dejarse atemorizar. Quizá su posición elevada le hacía sentirse superior, mientras observaba desde el proscenio aquel atajo de dementes inmersos en una reyerta de Grand Guignol, y en el fondo, casi en el atrio, los monstruitos, que ya habían perdido todo interés por el asunto, no paraban de darse codazos y soltar risitas, como Annibale Cantalamessa y Pio Bo.

Sólo dirigió una mirada de angustia hacia Lorenza, a quien los gigantes habían vuelto a coger por los brazos, agitada por breves estremecimientos. Lorenza había recobrado la conciencia. Lloraba.

No sé si Belbo decidió no ofrecer el espectáculo de su miedo, o si su decisión había sido más bien la única manera de demostrar su desprecio, su superioridad, a aquella gentuza. Pero el hecho es que estaba erguido, con la frente alta, la camisa abierta en el pecho, las manos atadas detrás de la espalda, altivo, como alguien que jamás hubiese conocido el miedo.

Serenado por el aplomo de Belbo, resignado en todo caso a la interrupción de las oscilaciones, siempre ansioso por conocer el secreto, ya a punto de concluir la búsqueda de toda una vida, o de muchas, decidido a recobrar el control de sus seguidores, Agliè había vuelto a dirigirse a Jacopo:

—Vamos, Belbo, decídase. Ya ve que se encuentra en una situación, cuanto menos, incómoda. Acabe ya con su comedia.

Belbo no había respondido. Miraba hacia otro lado, como si por discreción quisiera dejar de oír un diálogo que hubiese captado por casualidad.

Agliè había insistido, con tono conciliador, como si estuviese hablándole a un niño:

—Comprendo su resentimiento y, si me permite, su reserva. Comprendo que le repugne la idea de confiar un secreto tan íntimo, y guardado con tanto celo, a una plebe que acaba de ofrecerle un espectáculo tan poco edificante. Pues bien, podrá confiarme su secreto sólo a mí, al oído. Ahora ordenaré que le bajen de allí, y estoy seguro de que me dirá una palabra, una sola palabra.

Y Belbo:

—¿De veras?

Entonces Agliè cambió de tono. Por primera vez en su vida le veía imperioso, sacerdotal, desmedido. Hablaba como si llevase puesta alguna de las vestiduras egipcias de sus amigos. Su tono me pareció falso, como si estuviese parodiando a aquellos a quienes nunca había escatimado su indulgente compasión. Pero al mismo tiempo se le veía bastante compenetrado con aquel insólito papel. Por algún cálculo, porque no podía tratarse de un impulso, estaba introduciendo a Belbo en una escena de melodrama. Si interpretó un papel, lo hizo bien, porque Belbo no advirtió ninguna trampa, y escuchó a su interlocutor como si sólo eso pudiera esperarse de él.

—Ahora hablarás —dijo Agliè—, hablarás, y no quedarás fuera de este gran juego. Si callas estás perdido. Si hablas participarás en la victoria. Porque en verdad te digo que esta noche tú, yo y todos nosotros estamos en Hod, la sĕfirah del esplendor, de la majestad y de la gloria, Hod, que gobierna la magia ceremonial y ritual, el momento en que se revela la eternidad. Un momento que he soñado durante siglos. Hablarás y te unirás a los únicos que, después de tu revelación, podrán declararse Señores del Mundo. Humíllate, y serás exaltado. ¡Hablarás porque lo ordeno yo, hablarás porque lo digo yo, y mis palabras efficiunt quod figurant!

Entonces Belbo dijo, ya invencible:

—Ma gavte la nata...

Agliè, aunque estaba preparado para una negativa, palideció ante el insulto.

—¿Qué es lo que ha dicho? —preguntó Pierre, histérico.

—No va a hablar —resumió Agliè. Extendió los brazos, en un gesto entre resignado y condescendiente, y dijo a Bramanti—: Es vuestro.

Y Pierre, fuera de sí:

—Assai, assai! Le sacrifice humain, le sacrifice humain!

—¡Sí, que muera, encontraremos igualmente la respuesta! —gritaba Madame Olcott que, también fuera de sí, había vuelto a aparecer y se había precipitado hacia Belbo.

Casi al mismo tiempo se había movido Lorenza. Se había soltado de las manos de los gigantes y estaba frente a Belbo, al pie de la horca, con los brazos extendidos como para detener una invasión, gritando entre lágrimas:

—¿Pero estáis todos locos? ¿Qué vais a hacer?

Agliè, que ya se estaba retirando, vaciló un momento y luego se lanzó hacia ella, para retenerla.

Después todo se desencadenó en un segundo. La Olcott, con el rodete deshecho, livor y llamas, como una medusa, tendía sus garras contra Agliè, le arañaba la cara, y le apartaba con la violencia del impulso acumulado para ese salto, Agliè retrocedía, tropezaba con una pata del brasero, giraba sobre sí mismo como un derviche e iba a dar con la cabeza contra una máquina, desplomándose con el rostro ensangrentado. En el mismo instante, Pierre se arrojaba sobre Lorenza, y mientras se precipitaba hacia ella extraía el puñal que llevaba sobre el pecho. Ahora me daba la espalda, no comprendí en seguida lo que había sucedido, pero vi que Lorenza caía a los pies de Belbo, con el rostro exangüe, y que Pierre levantaba el cuchillo aullando:

—Enfin, le sacrifice humain! —y entonces, dirigiéndose hacia la nave, a voces—: ¡I'a Cthulhu! ¡I'a S'ha-t'n!

Como un solo hombre, la multitud que colmaba la nave se había movido, y algunos caían atropellados, otros estaban a punto de derribar el vehículo de Cugnot. Oí, al menos eso creo, no puedo haberme imaginado un detalle tan grotesco, la voz de Garamond que decía:

—Por favor, señores, un mínimo de educación...

Bramanti, estático, estaba arrodillado ante el cuerpo de Lorenza y declamaba:

—¡Asar, Asar! ¿Quién me coge del cuello? ¿Quién me paraliza? ¿Quién apuñala mi corazón? ¡Soy indigno de trasponer el umbral de la casa de Maat!

Quizá nadie lo deseaba, quizá el sacrificio de Lorenza debía bastar, pero los fieles ya estaban penetrando en el círculo mágico, ahora accesible por la inmovilidad del Péndulo, y alguien, habría jurado que era Ardenti, fue arrojado por los otros contra la mesa, que desapareció literalmente de debajo de los pies de Belbo, salió despedida, mientras, en virtud del mismo golpe, el Péndulo iniciaba una oscilación rápida y violenta, llevándose a su víctima consigo. La cuerda se había tendido por el peso de la esfera, y se había enroscado, ahora ya cerrada como un lazo, alrededor del cuello de mi pobre amigo que, lanzado por el aire, pendiente del hilo del Péndulo, había volado hacia el extremo oriental del coro, y ahora estaba regresando, ya sin vida (espero), hacia mí.

La multitud, pisoteándose, había retrocedido hasta el borde, para dejar sitio al prodigio. El encargado de las oscilaciones, extasiado ante el renacimiento del Péndulo, secundaba su ímpetu actuando directamente sobre el cuerpo del ahorcado. El eje de oscilación trazaba una diagonal entre mis ojos y una de las ventanas, sin duda la que tenía la grieta, por donde dentro de pocas horas penetraría el primer rayo de sol. De modo que no veía oscilar a Jacopo frente a mí, pero creo que eso fue lo que sucedió, creo que ésa era la figura que él trazaba en el espacio...

El cuello de Belbo parecía una segunda esfera insertada en el tramo de hilo que iba desde la base hasta la clave de bóveda, y, mientras la esfera de metal se inclinaba hacia la derecha, la cabeza de Belbo, la otra esfera, diría, se inclinaba hacia la izquierda, y luego al revés. Durante largo rato las dos esferas oscilaron en direcciones opuestas, de modo que lo que hendía el espacio ya no era una línea recta, sino una estructura triangular. Pero, mientras la cabeza de Belbo se plegaba por la tracción del hilo tendido, su cuerpo, al principio quizá debido al último espasmo, luego con la espástica agilidad de una marioneta de madera, trazaba otras trayectorias en el vacío, independiente de la cabeza, del hilo y de la esfera que oscilaba más abajo, los brazos por aquí, las piernas por allá, y tuve la impresión de que alguien había fotografiado la escena con la máquina de Muybridge, fijando en la placa cada momento de una sucesión espacial, registrando los dos puntos extremos en que iba a situarse la cabeza en cada período de la oscilación, los dos puntos en que se detenía la esfera, los puntos en que idealmente se cruzaban los hilos, independientes de ambos, así como los puntos intermedios marcados por los extremos del plano de oscilación del tronco y de las piernas, quiero decir que Belbo, ahorcado con el Péndulo, habría dibujado en el vacío el árbol de las sëfirot, resumiendo en su último momento la historia misma de todos los universos, marcando en su ir y venir las diez etapas de la exhalación agotada y de la deyección de lo divino en el mundo.

Después, mientras el oscilador seguía impulsando aquel fúnebre columpio, en una atroz composición de fuerzas, una migración de energías, el cuerpo de Belbo había quedado inmóvil, y el hilo y la esfera sólo habían seguido oscilando entre su cuerpo y el suelo, porque la parte superior, que iba desde Belbo hasta la bóveda, permanecía vertical. De ese modo Belbo, libre del error del mundo y de sus movimientos, se había convertido él, ahora, en el punto de suspensión, en el Pivote Fijo, en el lugar en que se sujeta la Bóveda del Mundo, y sólo a sus pies oscilaban el hilo y la esfera, de uno a otro polo, sin sosiego, mientras la Tierra huía debajo de ellos, mostrando cada vez un nuevo continente, y la esfera no sabía indicar, nunca lo sabría, dónde estaba el Ombligo del Mundo.

Mientras la jauría de los diabólicos, atónita por un instante al contemplar el prodigio, volvía a vociferar, pensé que realmente la historia había concluido. Si Hod es la sĕfirah de la Gloria, Belbo había alcanzado la gloria. Un solo gesto impávido le había reconciliado con lo Absoluto.

114

El péndulo ideal consiste en un hilo finísimo, incapaz de oponer resistencia a flexión y torsión, de longitud L, al que está asida una masa por su baricentro. Para la esfera el baricentro es el centro, para un cuerpo humano es un punto que depende del 0.65 de su altura, midiendo desde los pies. Si el ahorcado mide 1.70 m. el baricentro está a 1.10 m. de sus pies y la longitud L comprende esta longitud. Es decir, si la cabeza hasta el cuello mide 0.30 m., el baricentro está a 1.70 — 1.10 = 0.60 m. de la cabeza y a 0.60 — 0.30 = 0.30 m. del cuello del ahorcado.
El período de pequeñas oscilaciones del péndulo, determinado por Huygens, resulta de:

$$T \text{ (segundos)} = \frac{2\pi}{\sqrt{g}} \sqrt{L} \qquad (1)$$

donde L son metros, $\pi = 3.1415927...$ y $g = 9.8$ m/sec^2. Por lo que (1) da:

$$T = \frac{2 \cdot 3.1415927}{\sqrt{9,8}} \sqrt{L} = 2.00709 \sqrt{L}$$

es decir, más o menos:

$$T = 2\sqrt{L} \qquad (2)$$

N.B.: T es independiente del peso del ahorcado (igualdad de los hombres ante Dios)...
Un péndulo doble, con dos masas, unido al mismo hilo... Si mueves A, A oscila y al cabo de un rato se detiene y oscila B. Si los Péndulos unidos tienen masas y longitudes diferentes, la energía pasa de uno a otro pero los tiempos de estas oscilaciones de la energía no son iguales... Este vagabundear de la energía se produce también si, en vez de empezar a hacer oscilar A libremente, después de haberle dado impulso, se sigue impulsándolo periódicamente mediante una fuerza. Es decir, si el viento sopla en ráfagas sobre el ahorcado, en anti-sintonía, después de un rato el ahorcado no se mueve y la horca oscila como si tuviera su perno en el ahorcado.
(De una carta privada de Mario Salvadori, Columbia University, 1984)

Ya había visto todo lo que podía ver en aquel sitio. Aproveché la confusión para llegar hasta la estatua de Gramme.

El pedestal aún estaba abierto. Entré, bajé, y al final de la escalerilla desemboqué en un pequeño rellano, iluminado por una bombilla, que daba a una escalera de caracol, de piedra. Cuando la hube recorrido me encontré en un corredor de bóvedas bastante altas, apenas iluminado. En el primer momento no comprendí dónde estaba, ni de dónde procedía el chapoteo que estaba oyendo. Después mis ojos se habituaron: estaba en una alcantarilla, una especie de pretil con barandilla me impediría caer al agua, pero no me impedía percibir un tufo asqueroso, entre químico y orgánico. Al menos algo era cierto en toda nuestra historia: las alcantarillas de París. ¿Las de Colbert, las de Fantomas, las de de Caus?

Seguí el conducto principal, desechando las desviaciones más oscuras, y con la esperanza de que alguna señal me indicase dónde debía detenerse mi recorrido subterráneo. De todas formas, me alejaba del Conservatoire, y, comparadas con aquel reino de la noche, las alcantarillas de París eran el alivio, la libertad, el aire puro, la luz.

Llevaba una imagen grabada en los ojos, el jeroglífico que el cuerpo muerto de Belbo trazaba en el coro. No podía comprender a qué correspondía aquel dibujo. Ahora sé que era una ley física, pero el modo en que he venido a saberlo confiere un valor aún más emblemático al fenómeno. Aquí, en la casa de campo de Jacopo, entre sus muchas notas, he encontrado una carta de alguien que, en respuesta a una pregunta suya, le explicaba cómo funciona un péndulo, y cómo se comportaría si se colgase otro peso de su hilo. De manera que, quizá desde hacía mucho tiempo, cuando Belbo pensaba en el Péndulo, lo imaginaba no sólo como un Sinaí sino también como un Calvario. No había sido víctima de un Plan elaborado en estos últimos años, llevaba muchísimo tiempo elaborando su muerte en la fantasía, sin saber que, pese a creerse negado a la creación, esas cavilaciones estaban proyectando la realidad. O quizá no, quizá había querido morir de ese modo para probarse a sí mismo, y probar a los otros, que incluso cuando falta el genio, la imaginación siempre es creadora.

De alguna manera, al perder había ganado. ¿O lo pierde todo quien escoge esta única manera de vencer? Lo pierde todo quien no comprende que la victoria ha sido otra. Pero el sábado por la noche yo todavía no lo había descubierto.

Iba por el túnel, *amens* como Postel, quizá perdido en las mismas tinieblas, y de pronto percibí una señal. Una bombilla más potente, fijada a la pared, me mostraba otra escalera, provisional, que subía hasta una trampa de madera. Intenté la escalada, y aparecí en un sótano lleno de botellas vacías, por el que se llegaba a un pasillo al que daban dos lavabos, con el hombrecito y la mujercita en cada puerta. Estaba en el mundo de los vivos.

Me detuve jadeante. Sólo entonces pensé en Lorenza. Ahora era yo quien lloraba. Pero Lorenza ya estaba desapareciendo de mi sangre, como si nunca hubiese existido. Ni siquiera lograba recordar su rostro. En ese mundo de muertos, ella era la que estaba más muerta.

Al final del pasillo encontré otra escalera, una puerta. Entré en un salón lleno de humo y mal olor, una taberna, un bistrot, un bar oriental, camareros de color, clientes sudorosos, pinchos grasientos y jarras de cerveza. Salía por aquella puerta como alguien que ya estuviese allí, y regresara de orinar. Nadie advirtió mi presencia, salvo, quizá, el hombre de la caja que, al verme aparecer, me hizo un gesto imperceptible con los ojos entrecerrados, un está bien, como diciéndome he entendido, pasa, yo no he visto nada.

115

Si el ojo pudiera ver a los demonios que pueblan el universo,
la existencia sería imposible.
(*Talmud, Berakhoth,* 6)

Salí del bar y me encontré entre las luces de la Porte St-Martin. La taberna de la que acababa de salir era oriental, orientales eran las tiendas que había por allí, todavía iluminadas. Olor a cuscús y a falafel, a muchedumbre. Montones de jóvenes, con cara de hambre, muchos con saco de dormir, grupos. No pude entrar en ningún bar para beber algo. Le pregunté a un chaval qué sucedía. La manifestación, al día siguiente era la gran manifestación contra la ley Savary. Llegaban en autocares.

Un turco, un druso, un ismailí disfrazado, me invitaba en mal francés a entrar en un sitio. Nunca más, fuga de Alamut. No sé quién trabaja para quién. Desconfiar.

Atravieso la calle. Ahora sólo oigo el ruido de mis pasos. La ventaja de las grandes ciudades es que basta con alejarse unos metros para volver a estar solo.

Pero de repente, después de unas pocas manzanas, a mi izquierda, el Conservatoire, pálido en medio de la noche. Por fuera, perfecto. Un monumento que duerme el sueño de los justos. Prosigo hacia el sur, en dirección al Sena. Tenía alguna meta, pero no la tenía clara. Quería preguntarle a alguien qué había sucedido.

¿Belbo muerto? El cielo está despejado. Me cruzo con un grupo de estudiantes. En silencio, invadidos por el genius loci. A la izquierda, la silueta de Saint-Nicolas-des-Champs.

Prosigo por la rue St-Martin, atravieso la rue aux Ours, ancha, parece un boulevard, tengo miedo de perder la dirección, que por lo demás ignoro. Miro a mi alrededor y a la derecha, en la esquina, veo los dos escaparates de las Editions Rosicruciennes. Están apagados, pero entre la luz de las farolas y la de mi linterna logro descifrar su contenido. Libros y objetos. Histoire des Juifs, comte de St-Germain, alchimie, monde caché, les maisons secrètes de la Rose-Croix, el mensaje de los constructores de las catedrales, cátaros, Nueva Atlántida, medicina egipcia, el templo de Karnak, Bagavad Gita, reencarnación, cruces y candelabros rosacrucianos, bustos de Isis y Osiris, incienso en cajas y en tabletas, tarot. Un puñal, un cortapapeles de estaño, con el sello de los rosacruces en la redonda empuñadura. ¿Qué están haciendo? ¿Se están mofando de mí?

Ahora paso frente a la fachada del Beaubourg. De día es una verbena, pero ahora la plaza está casi desierta, sólo algún grupo silencioso y dormido, pocas luces que llegan desde las braseries lindantes. Es verdad. Grandes ventosas que absorben energía de la tierra. Quizá las multitudes que lo colman de día sirvan para aportar vibraciones, la máquina hermética se alimenta de carne fresca.

Iglesia de Saint-Merri. Enfrente, una Librairie la Vouivre, tres cuartas partes dedicadas al ocultismo. No debo dejar que me invada la histeria. Doblo por la rue des Lombards, quizá para evitar una tropa de chicas escandinavas que salen riendo de una taberna aún abierta. Callad, ¿acaso no sabéis que Lorenza ha muerto?

Pero, ¿ha muerto? ¿Y si el muerto fuese yo? Rue des Lombards: en ella desemboca perpendicular la rue Flamel, y al fondo de la rue Flamel se divisa, blanca, la Tour Saint-Jacques. En la esquina, la librería Arcane 22, tarot y péndulos. Nicolas Flamel, el alquimista, una librería alquímica, y la Tour Saint-Jacques: con esos grandes leones blancos en el zócalo, esa inútil torre de estilo gótico tardío erigida junto al Sena, a la que también estaba dedicada una revista esotérica, la torre donde Pascal había realizado experimentos sobre el peso del aire, y parece que incluso hoy, a cincuenta y dos metros de altura, alberga una estación de investigaciones climatológicas. Quizá habían empezado allí, antes de erigir la Tour Eiffel. Hay zonas privilegiadas. Y nadie se da cuenta.

Regreso hacia Saint-Merri. Otras risas de muchachas. No quiero ver gente, rodeo la iglesia, por la rue du Cloître Saint-Merri, una de sus puertas del crucero, vieja, de madera basta. A la izquierda se abre una plaza, última frontera del Beaubourg, totalmente iluminada. En la explanada, las máquinas de Tinguely y otros artefactos multicolores que flotan en el agua de una piscina o estanque, en una burlona dislocación de ruedas dentadas, y al fondo vuelvo a ver el andamiaje y las enormes bocas extasiadas del Beaubourg, como un Titanic arrumbado contra una pared devorada por la hiedra, naufragado en un cráter de la luna. Allí donde las catedrales han fracasado, susurran las grandes escotillas transoceánicas que están en contacto con las Vírgenes Negras. Las descubre sólo quien sabe circunnavegar Saint-Merri. De modo que hay que seguir, tengo una pista, estoy descubriendo una de las tramas de Ellos, en el centro mismo de la Ville Lumière, la trama de los Oscuros.

Doblo por la rue des Juges Consules, vuelvo a aparecer ante la fachada de Saint-Merri. No sé por qué, pero algo me impulsa a encender la linterna y dirigirla hacia la portada. Gótico flamígero, arcos conopiales.

Y de repente, mientras busco lo que no esperaba encontrar, lo veo en la arquivolta del portal.

Bafomet. Justo donde se unen los semiarcos, uno coronado por una paloma del espíritu santo y una radiante gloria de piedra, y en el otro, asediado por ángeles orantes, él, el Bafomet, con sus alas horribles. En la portada de una iglesia. Sin ningún pudor.

¿Por qué allí? Porque estamos a poca distancia del Temple. ¿Dónde está el Temple, o lo que ha quedado de él? Retrocedo, vuelvo a subir hacia el nordeste, llego a la esquina de la rue de Montmorency. En el número 51 está la casa de Nicolas Flamel. Entre el Bafomet y el Temple. El sagaz espagírico sabía muy bien con quién tenía que vérselas. Poubelles repletas de basura nauseabunda, frente a una casa de época imprecisa, Taverne Nicolas Flamel. La casa es vieja, la han restaurado con fines turísticos, para diabólicos de ínfima categoría. Hílicos. Al lado hay un bar americano con una publicidad de Apple: «secouez vous les puces». Soft-Hermes. Dir Tĕmurah.

Ahora estoy en la rue du Temple, la recorro y llego a la esquina de la rue de Bretagne, donde está el square du Temple, un jardín pálido como un cementerio, la necrópolis de los caballeros sacrificados.

Rue de Bretagne hasta el cruce con la rue Vieille du Temple. En la rue Vieille du Temple, después del cruce con la rue Barbette, hay extrañas tiendas con lámparas eléctricas de formas raras, formas de pato, de hoja de hiedra. Demasiado alarde de modernidad. A mí no me engañan.

Rue des Francs-Bourgeois: estoy en el Marais, lo conozco, dentro de poco aparecerán las viejas carnicerías kosher, ¿qué tienen que ver los judíos con los templarios, ahora que hemos decidido que su papel en el Plan correspondía a los Asesinos de Alamut? ¿Por qué estoy aquí? ¿Busco una respuesta? No, quizá sólo quiera alejarme del Conservatoire. O quizá me esté dirigiendo, sin saberlo, hacia un sitio, sé que no puede estar aquí, pero sólo trato de recordar dónde está, como Belbo, que buscaba en el sueño unas señas que había olvidado.

Me cruzo con un grupo obsceno. Risas falsas. Caminan desplegados, y tengo que bajar de la acera. Por un momento temo que hayan sido enviados por el Viejo de la Montaña, y que me busquen a mí. No es cierto, desaparecen en la noche, pero hablan en un idioma extranjero, sibilante, chiíta, talmúdico, copto como una serpiente del desierto.

Pasan a mi lado figuras andróginas que visten largos guardapolvos. Guardapolvos Rosa-Cruces. Me adelantan, doblan por la rue de Sévigné. Ya es muy tarde. He huido del Conservatoire para reencontrar la ciudad de todos y me doy cuenta de que la ciudad de todos está concebida como una catacumba de recorridos especiales para iniciados.

Un borracho. Quizá finja. Desconfiar, desconfiar siempre. Paso delante de un bar que aún está abierto, los camareros, con los largos mandiles hasta los tobillos, ya están recogiendo las sillas y las mesas. Alcanzo a entrar y pido una cerveza. Me la trago y pido otra. «Parece que tenía sed ¿eh?», dice uno de ellos. Pero sin cordialidad, con desconfianza. Sí, tengo sed, llevo sin beber desde las cinco de la tarde, pero para tener sed no es imprescindible haberse pasado la noche debajo de un péndulo. Imbéciles. Pago y me marcho, antes de que mis rasgos puedan grabárseles en la memoria.

Llego a la esquina de la place des Vosges. Recorro los pórticos. ¿En qué película vieja los solitarios pasos de Mathias, el asesino loco, resonaban de noche en la place des Vosges? Me detengo. ¿Oigo pasos a mis espaldas? Seguro que no, se han detenido también ellos. Bastarían algunas vitrinas para que estos pórticos se convirtiesen en salas del Conservatoire.

Techos bajos del siglo XVI, arcos de medio punto, tiendas de grabados y de antigüedades, muebles. Place des Vosges, tan baja, con sus portales viejos y estriados y desconchados y leprosos, hay gente que no se ha movido de aquí desde hace centenares de años. Hombres de guardapolvos amarillos. Una plaza en la que sólo viven taxidermistas. Sólo salen por la noche. Conocen la losa, la boca de alcantarilla por la que se penetra en el Mundus Subterraneus. Ante los ojos de todos.

Union de Recouvrement des Cotisations de sécurité sociale et d'allocations familiales de la Patellerie número 75, u 1. Puerta nueva, quizá viva gente rica, pero inmediatamente después hay una puerta vieja y desconchada como una casa de via Sincero Renato; después, en el número 3, una puerta restaurada hace poco. Alternancia de Hílicos y de Pneumáticos. Los Señores y sus esclavos. Aquí, donde hay unas tablas clavadas sobre lo que debe de haber sido un arco. Es evidente, aquí había una librería ocultista, que ha desaparecido. Todo un bloque vaciado. Evacuado en una noche. Como Agliè. Ahora saben que hay uno que sabe, y empiezan a pasar a la clandestinidad.

Estoy en la esquina de la rue de Birague. Veo la infinita procesión de pórticos desiertos, preferiría la oscuridad, pero está la luz amarilla de las farolas. Aunque gritase nadie me escucharía. Silenciosos, ocultos detrás de aquellas ventanas cerradas por las que no se filtra ni un hilo de luz, los taxidermistas se reirían malignamente, con sus guardapolvos amarillos.

Sin embargo, no, entre los pórticos y el jardín central hay coches aparcados y pasa alguna rara sombra. Aunque no por eso la situación es menos tensa. Un gran pastor alemán se cruza en mi camino. Un perro negro solo de noche. ¿Dónde está Fausto? ¿Quizá ha enviado al fiel Wagner para que saque a mear al perro?

Wagner. Esa era la idea que me daba vueltas por la cabeza sin aflorar a la conciencia. El doctor Wagner, es a él a quien busco. El podrá decirme si estoy delirando, a qué fantasmas he dado cuerpo. Podrá decirme que nada es verdad, que Belbo está vivo, que el Tres no existe. Qué alivio si estuviese enfermo.

Me marcho de la plaza casi corriendo. Un coche me sigue. No, quizá sólo esté buscando aparcamiento. Tropiezo con sacos de plástico llenos de basura. El coche aparca. No me estaban buscando. Estoy en la rue St-Antoine. Busco un taxi. Como por arte de magia, pasa uno.

Digo:

—Sept, avenue Elisée Reclus.

Je voudrais être la tour, pendre à la Tour Eiffel.
(Blaise Cendrars)

No sabía dónde estaba, pero no me atrevía a preguntárselo al taxista, porque el que coge un taxi a esas horas lo hace para regresar a su casa, si no sólo puede tratarse de un asesino, o de algo peor, y por lo demás aquél refunfuñaba, se quejaba de que el centro aún estaba lleno de esos malditos estudiantes, autocares aparcados por todas partes, un asco, si por él fuera, todos al paredón, y que valía la pena dar un rodeo. Prácticamente dio todo un periplo a París, hasta que al fin me dejó frente al número siete de una calle desierta.

No aparecía ningún doctor Wagner. ¿Sería el diecisiete? ¿O el veintisiete? Probé dos o tres veces, y después volví en mí. Aunque llegara a localizar el portal, ¿acaso pensaba sacar de la cama al doctor Wagner a esas horas para contarle mi historia? Había acabado en aquel sitio por las mismas razones que antes me habían impulsado a vagar desde la Porte St-Martin hasta la place des Vosges. Estaba huyendo. Y ahora había huido del sitio al que había huido cuando huyera del Conservatoire. No necesitaba un psicoanalista, sino una camisa de fuerza. O una cura de sueño. O Lia. Para que me cogiese la cabeza, me la apretase entre el pecho y la axila, y con voz muy suave me dijese que me portara bien.

¿Había buscado al doctor Wagner o la avenue Elisée Reclus? Porque ahora recordaba que este nombre había surgido en el curso de mis lecturas para el Plan, era alguien que en el siglo pasado había escrito no sé qué libro sobre la Tierra, sobre el subsuelo, los volcanes, uno que, con el pretexto de dedicarse a la geografía académica, había estado fisgoneando por el Mundus Subterraneus. Uno de ellos. No hacía más que huir de ellos, pero volvían a mi alrededor. Poco a poco, en el curso de unos siglos, habían ocupado todo París. Y el resto del mundo.

Tenía que regresar al hotel. ¿Encontraría otro taxi? Por lo que había llegado a comprender, debía de estar en el extrarradio. Había echado a andar hacia donde brillaba una luz más clara y difusa, donde se vislumbraba el cielo abierto. ¿El Sena?

Y cuando llegué a la esquina la vi.

A mi izquierda. Hubiera tenido que sospechar que estaba allí, acechando en las cercanías. En aquella ciudad los nombres de las calles escribían un mensaje inequívoco, siempre poniéndote en guardia, peor para mí que no me había dado cuenta.

Estaba allí, la inmunda araña mineral, el símbolo, el instrumento de su poder: hubiera tenido que huir, pero me sentía atraído hacia la tela, y movía la cabeza de abajo arriba, y luego a la inversa, porque ya no podía abarcarla con una sola mirada, estaba prácticamente dentro de ella, sus mil aristas eran otros tantos sables que descargaba sobre mí, me sentía bombardeado por puertas metálicas que se cerraban por todas partes, si se hubiese movido un milímetro habría podido aplastarme con una de sus patas de mecano.

La Tour. Estaba en el único sitio de la ciudad donde no se la ve de lejos, de perfil, asomada pacíficamente sobre el océano de tejados, frívola como en un cuadro de Dufy. Aquí estaba sobre mí, se me echaba encima. Adivinaba su punta, pero me movía alrededor de la base, y luego dentro de ella, encerrado entre sus patas, divisaba sus espolones, su vientre, sus genitales, adivinaba su vertiginoso intestino, unido al esófago, en ese cuello de jirafa politécnica. Perforada por todas partes, era capaz de oscurecer la luz que la rodeaba, y a medida que me iba desplazando me ofrecía, desde distintas perspectivas, distintos arcos cavernosos que encuadraban tomas con zoom de las tinieblas.

Ahora a su derecha, aún cerca del horizonte, hacia el nordeste, había surgido una guadaña de luna. A veces la torre la encuadraba como si se tratase de una ilusión óptica, una fluorescencia de una de sus pantallas retorcidas, pero bastaba con que yo me desplazase, las pantallas cambiaban de forma, la luna desaparecía, había ido a enredarse entre alguna costilla metálica, el animal la había triturado, digerido, despachado a otra dimensión.

Tesseract. Cubo tetradimensional. Ahora veía a través de un arco una luz móvil, incluso dos, rojo y blanco, que relampagueaban, sin duda era un avión en busca de Roissy, o de Orly, no sé. Pero en seguida, me había desplazado yo, o el avión, o la Torre, las luces desaparecían detrás de una nervadura, esperaba que reaparecieran al otro lado del recuadro, y habían dejado de existir. La Tour tenía cien ventanas, todas móviles, y cada una daba a un segmento distinto del espacio/tiempo. Sus costillas no señalaban pliegues euclideos, destrozaban el tejido cósmico, volcaban catástrofes, hojeaban páginas de mundos paralelos.

¿Quién había dicho que esa aguja de Notre Dame de la Brocante servía para «suspendre Paris au plafond de l'univers»? Todo lo contrario, servía para que el universo quedase suspendido de su propia aguja, es lógico, ¿no se trata del Ersatz del Péndulo?

¿Cómo la habían llamado? Supositorio solitario, obelisco hueco, gloria del alambre, apoteosis de la pila, altar aéreo de un culto idolátrico, abeja en el corazón de la rosa de los vientos, triste como una ruina, sucio coloso del color de la noche, grotesco símbolo de poder inútil, prodigio absurdo, pirámide insensata, guitarra, tintero, telescopio, prolija como discurso de ministro, dios antiguo y bestia moderna... Eso y muchas cosas más, y, si yo hubiese tenido el sexto sentido de los Señores del Mundo, ahora que estaba atrapado en el haz de cuerdas vocales cubiertas por una costra de pólipos remachados, habría podido oírle murmurar su ronca trasposición de la música de las esferas, ondas que en aquel momento la Tour estaba succionando del corazón de la tierra hueca, y retransmitía a todos los menhires del mundo. Rizoma de articulaciones bloqueadas, artrosis cervical, prótesis de una prótesis, qué horror, estando donde yo estaba para estrellarme en el fondo del abismo habrían tenido que precipitarme hacia la cumbre. Sin duda, estaba emergiendo de un viaje a través del centro de la tierra, me hallaba en el vértigo antigravitacional de las antípodas.

No habíamos inventado nada, ahora la Torre se me aparecía como la prueba incumbente del Plan, pero pronto se daría cuenta de que yo era el espía, el enemigo, el grano de arena en aquel engranaje del que ella era imagen y motor, dilataría imperceptiblemente uno de los ojetes de su encaje plúmbeo, y me tragaría, yo desaparecería en un pliegue de su nada, trasladado a Otra Parte.

Si permanecía un poco más bajo su taladro, sus grandes garras se cerrarían, se curvarían como colmillos, me engullirían, y luego el animal volvería a adoptar su burlona actitud de sacapuntas criminal y siniestro.

Otro avión: éste no venía de ninguna parte, lo había engendrado ella entre sus vértebras de mastodonte descarnado. La contemplaba, no acababa nunca, como el proyecto que la había engendrado. Si hubiese conseguido permanecer allí sin que me devorara, habría podido percibir sus desplazamientos, sus lentas revoluciones, su descomponerse y recomponerse infinitesimalmente, impulsada por la fría brisa de las corrientes, a lo mejor los Señores del Mundo eran capaces de interpretarla como un trazado geomántico, y en sus imperceptibles metamorfosis habrían leído señales decisivas, mandatos inconfesables. La Torre giraba sobre mi cabeza, era el destornillador del Polo Místico. O no, estaba inmóvil como un pivote magnetizado, y hacía girar la bóveda celeste. El vértigo era el mismo.

Qué bien se defiende la Tour, pensaba yo, desde lejos asoma como una amiga afectuosa, pero, si te acercas, si tratas de penetrar en su misterio, te mata, te hiela los huesos, sólo tiene que exhibir el espanto insensato con que está hecha. Ahora sé que Belbo ha muerto y que el Plan es verdadero, porque la Torre es verdadera. Si no logro huir, huir una vez más, no podré decírselo a nadie. Hay que dar la alarma.

Ruidos. Alto, vuelvo a la realidad. Un taxi que avanza a toda velocidad. De un salto logré evadirme del recinto mágico, hice grandes gestos, por poco me atropella, porque el taxista sólo frenó en el último momento, como si se detuviese de mala gana, durante el trayecto me diría que también a él, cuando pasa de noche entre sus patas, la Torre le da miedo, y acelera.

—¿Por qué? —le pregunté.

—Parce que... parce que ça fait peur, c'est tout.

Poco después estaba en mi hotel. Tuve que tocar el timbre un buen rato para despertar a un portero somnoliento. Me dije: ahora debes dormir. El resto para mañana. Tomé unas píldoras, demasiadas, hubiera podido envenenarme. Después no recuerdo nada más.

117

> Tiene la locura un inmenso pabellón
> donde a gentes de todas partes da pensión,
> sobre todo si tienen oro y poder a discreción.
> (Sebastian Brandt, *Das Narrenschiff*, 46)

Me desperté a las dos de la tarde, atontado y catatónico. Lo recordaba exactamente todo, pero no tenía ninguna garantía de que lo que recordaba fuese cierto. En un primer momento, pensé en correr a comprar los periódicos, pero después se me ocurrió que, aunque una compañía de espahíes hubiera penetrado en el Conservatoire inmediatamente después de los sucesos, tampoco habría habido tiempo para que saliera en los periódicos de la mañana.

Además, aquel día París tenía otras cosas en qué pensar. Me lo dijo en seguida el portero, cuando bajé en busca de un café. La ciudad estaba alborotada, muchas estaciones de metro habían sido cerradas, en algunos sitios la policía cargaba, los estudiantes eran demasiados y estaban pasándose.

En el listín de teléfonos encontré el número del doctor Wagner. Intenté incluso llamarle, pero era evidente que el domingo no estaba en la consulta. De todos modos, debía ir al Conservatoire para verificar los hechos. Recordaba que también abría los domingos por la tarde.

El barrio latino estaba agitado. Pasaban grupos vociferando, con banderas. En la Ile de la Cité había visto una barrera policial. Al fondo se oían disparos. Debía de haber sido así en el sesenta y ocho. A la altura de la Sainte Chapelle había habido jaleo, olía a gases lacrimógenos. Había oído una especie de carga, no sabía si de los estudiantes o de los flics, la gente corría a mi alrededor, nos habíamos refugiado en un portal, con un cordón policial delante, mientras que en la calle había follón. Qué vergüenza, yo allí, con los burgueses entrados en años, esperando a que amainara la revolución.

Después había podido proseguir, metiéndome por calles secundarias alrededor de las antiguas Halles, y había llegado hasta la rue St-Martin. El Conservatoire estaba abierto, con su patio blanco, la placa en la fachada: «El Conservatoire des arts et métiers, creado por decreto de la convención del 19 de vendimiario del año III... en el antiguo priorato de Saint-Martin-des-Champs, fundado en el siglo XI.» Todo en orden, incluida la pequeña muchedumbre dominical, ajena a la verbena estudiantil.

Entré (gratis, los domingos) y todo estaba como en la tarde anterior antes de las cinco. Los guardias, los visitantes, el Péndulo en el sitio de siempre... Busqué huellas de lo que había sucedido, pero, si había sucedido, alguien debía de haber hecho una limpieza muy cuidadosa. Si había sucedido.

No recuerdo cómo pasé el resto de la tarde. Tampoco recuerdo lo que vi mientras vagaba por las calles, obligado de vez en cuando a elegir otra ruta porque seguía habiendo follón. Telefoneé a Milán, sólo para probar. Supersticiosamente, marqué el número de Belbo. Después, el de Lorenza. Después, el de la Garamond, que no podía estar sino cerrada. Y sin embargo, si esta noche todavía es hoy, todo sucedió ayer. Pero entre antes de ayer y esta noche ha transcurrido una eternidad.

Al anochecer recordé que estaba en ayunas. Quería tranquilidad y lujo. Cerca del Forum des Halles entré en un restaurante que me ofrecía pescado. Incluso demasiado. La mesa justo frente a un acuario. Un universo lo bastante irreal como para volver a sumirme en una atmósfera de sospecha absoluta. Nada es casual. Ese pez parece un hesiquiasta asmático que está perdiendo la fe y acusa a Dios de haber recortado sentido al universo. Sabaoth, Sabaoth, ¿cómo puedes ser tan maligno que me haces creer que no existes? Como una gangrena, la carne se extiende sobre el mundo... Ese otro parece Minnie, agita sus largas pestañas y pone boquita de fresa. Minnie es la novia del Ratón Mickey. Como una ensalada demente y un haddock tierno como carne de bebé. Con miel y pimienta. Los paulicianos están aquí. Aquel planea entre los corales como el aeroplano de Breguet. Lento aletear de lepidóptero, me apuesto cualquier cosa a que ha descubierto su feto de homunculus abandonado en el fondo de un atanor ya agujereado, arrojado a la basura delante de la casa de Flamel. Y después un pez templario, con su negra loriga, busca a Noffo Dei. Roza al hesiquiasta asmático, que navega ensimismado y enfurruñado con lo indecible. Aparto la mirada, al otro lado de la calle descubro el cartel de otro restaurante, CHEZ R... ¿Rosa-Cruz? ¿Reuchlin? ¿Rosispergius? ¿Rakovskyragotzitzarogi? Signaturas, signaturas...

Veamos, la única manera de fastidiar al diablo consiste en hacerle creer que no creemos en su existencia. No hay mucho que razonar sobre la historia de la carrera nocturna por París y la visión de la Torre. Salir del Conservatoire, después de que se ha visto o creído ver lo que se ha visto, y vivir la ciudad como una pesadilla, es normal. Pero, ¿qué es lo que vi en el Conservatoire?

Era absolutamente imprescindible que hablase con el doctor Wagner. No sé por qué se me había metido en la cabeza que ésa era la panacea, pero así era. Terapia de la palabra.

¿Cómo he conseguido hacer llegar la mañana? Tengo la impresión de haber entrado en un cine donde ponían *La dama de Shangai,* de Orson Welles. Cuando llegué a la escena de los espejos, no pude soportar más y salí. Pero quizá no sea cierto, me lo he imaginado.

Esta mañana a las nueve he telefoneado al doctor Wagner, el nombre de Garamond me ha permitido superar la barrera de la secretaria, el doctor parecía acordarse de mí, al ver la urgencia que tenía me ha dicho que fuera en seguida, a las nueve y media, antes de que llegasen sus pacientes. Me ha parecido amable y comprensivo.

Quizá también he soñado la visita al doctor Wagner. La secretaria me ha preguntado los datos generales, ha preparado una ficha, me ha hecho pagar los honorarios. Por suerte ya tenía el billete de vuelta.

Era un estudio más bien pequeño, sin diván. Ventanas al Sena, a la izquierda la sombra de la Tour. El doctor Wagner me ha recibido con afabilidad profesional; al fin y al cabo era justo, había dejado de ser uno de sus editores, era un cliente. Con ademán amplio y sereno me ha invitado a sentarme frente a él, al otro lado del escritorio, como un funcionario de un ministerio.

—Et alors?

Eso ha dicho, impulsando su butaca giratoria hasta darme la espalda. Tenía inclinada la cabeza y me parecía que había unido las manos. Yo no tenía más remedio que hablar.

Y he hablado, como una catarata, se lo he contado todo, desde el principio hasta el final, lo que pensaba hacía dos años, lo que pensaba el año pasado, lo que pensaba que había pensado Belbo, y Diotallevi. Y sobre todo lo que había sucedido la noche de San Juan.

Wagner no me ha interrumpido, no ha dado muestras de asentir, no me ha reprobado. Por lo que a mí respecta, podía estar sumido en el sueño más profundo. Pero eso debe de formar parte de su técnica. Y yo hablaba. Terapia de la palabra.

Después he esperado la palabra, la suya, su palabra salvadora.

Wagner se ha puesto de pie, muy lentamente. Sin volverse hacia mí, ha rodeado el escritorio y ha ido a pararse frente a la ventana. Ahora miraba a través de los cristales, con las manos cruzadas detrás de la espalda, absorto.

En silencio, durante unos diez o quince minutos.

Después, siempre dándome la espalda, con voz neutra, serena, tranquilizadora:

—Monsieur, vous êtes fou.

Se ha quedado inmóvil, yo también. Al cabo de otros cinco minutos, he comprendido que eso era todo. Sesión concluida.

Me he marchado sin saludar. La secretaria me ha dedicado una amplia sonrisa, y me he encontrado en la avenue Elisée Reclus.

Eran las once. He recogido mis cosas en el hotel y me he ido corriendo al aeropuerto, confiando en la suerte. He esperado dos horas, y entretanto he llamado a Milán, a Garamond, cobro revertido, porque me había quedado sin un céntimo. Ha respondido Gudrun, parecía alelada más que de costumbre, he tenido que gritarle tres veces que dijera que sí, oui, yes, que aceptaba la llamada.

Lloraba: Diotallevi murió el sábado a medianoche.

—¡Y ninguno, ninguno de sus amigos en el funeral, esta mañana, qué vergüenza! Ni siquiera el señor Garamond que, según dicen, está de viaje, en el extranjero. Yo, Grazia, Luciano y un señor todo negro, con barba, unas patillas de rizos y un sombrero enorme, que parecía uno de la funeraria. Sabe Dios de dónde venía. Pero, ¿usted dónde estaba, Casaubon? ¿Y Belbo? ¿Qué está sucediendo?

He balbuceado unas explicaciones confusas y he colgado. Me han llamado y he subido al avión.

9

YĔSOD

118

La teoría social de la conspiración... es una consecuencia de la desaparición de Dios como punto de referencia, y de la consiguiente pregunta: «¿Quién lo ha reemplazado?»
(Karl Popper, *Conjectures and refutations,* London, Routledge, 1969, I, 4)

El viaje me ha sentado bien. No sólo he dejado París, sino también el subsuelo, incluso el suelo, la corteza terrestre. Cielo y montañas aún blancas de nieve. La soledad a diez mil metros de altura, y esa embriaguez que siempre produce el vuelo, la presurización, el atravesar una leve turbulencia. Pensaba que sólo allá arriba estaba volviendo a poner los pies sobre la tierra. Y he decidido hacer un resumen de la situación, primero escribiendo una lista en mi libreta de notas y después lo que saliera, con los ojos cerrados.

He decidido apuntar ante todo los datos irrefutables.

Es indudable que Diotallevi ha muerto. Me lo ha dicho Gudrun. Gudrun siempre ha estado al margen de nuestra historia, no la habría comprendido, por tanto es la única que puede decir la verdad. Además, es cierto que Garamond no estaba en Milán. Claro que podría estar en cualquier parte, pero el hecho de que no estuviera en Milán y de que no haya estado allí durante estos últimos días sugiere que estaba en París, donde le vi.

Igualmente, tampoco Belbo está.

Ahora, tratemos de pensar que lo que vi el sábado por la noche en Saint-Martin-des-Champs sucedió realmente. Quizá no como lo vi yo, seducido por la música y el incienso, pero algo sucedió. Es como la historia de Amparo. Al regresar a casa, ya no estaba segura de haber sido poseída por la Pomba Gira, pero sí sabía que había estado en la tenda de umbanda, y que había creído que, o se había comportado como si, la Pomba Gira la hubiese poseído.

Por último, lo que me dijo Lia en la montaña era cierto, su lectura era absolutamente convincente, el mensaje de Provins era una lista de la lavandería. Nunca hubo reuniones de los templarios en la Grange-aux-Dîmes. No había ningún Plan y no había ningún mensaje.

Para nosotros, la lista de la lavandería fue un crucigrama con las casillas aún vacías, pero sin las definiciones. En tal caso, hay que llenar las casillas cuidando de que todo se cruce como corresponde. Pero quizá el ejemplo es vago. En el crucigrama se cruzan palabras, y las palabras deben cruzarse en una letra común a ambas. En nuestro juego no cruzábamos palabras, sino conceptos y hechos, de modo que las reglas eran diferentes, y eran fundamentalmente tres.

Primera regla, los conceptos se vinculan por analogía. No hay reglas para decidir al comienzo si una analogía vale o no vale, porque cualquier cosa guarda alguna similitud con cualquier otra cosa desde algún punto de vista. Ejemplo. Patata se cruza con manzana porque ambas son vegetales y redondas. De manzana se pasa a serpiente, por relación bíblica. De serpiente a rosquilla, por semejanza formal, de rosquilla a salvavidas, y de allí a traje de baño, del baño al water, del water al papel higiénico, de la higiene al alcohol, del alcohol a la droga, de la droga a la jeringa, de la jeringa al pico, del pico al terreno, del terreno a la patata.

Perfecto. La segunda regla dice, en efecto, que, si al final tout se tient, el juego es válido. De patata a patata tout se tient. Por tanto, es correcto.

Tercera regla, las conexiones no deben ser inéditas, en el sentido de que ya deben haber aparecido al menos una vez, y mejor si ya han aparecido muchas veces, en otros textos. Sólo así los cruces parecen verdaderos, porque resultan obvios.

Que por lo demás, era la idea del señor Garamond: los libros de los diabólicos no deben innovar, deben repetir lo ya dicho, ¿dónde va a parar, si no, la fuerza de la tradición?

Eso fue lo que hicimos nosotros. No inventamos nada, salvo la disposición de las piezas. También era lo que había hecho Ardenti, no había inventado nada, sólo había dispuesto las piezas con bastante torpeza y, además, menos culto que nosotros, le faltaban piezas.

Ellos tenían las piezas, pero les faltaba el esquema del crucigrama. Y además nosotros, una vez más, éramos mejores.

Recordaba una frase que me había dicho Lia en la sierra, cuando me reprochó que hubiésemos inventado un juego feo:

—La gente está sedienta de planes, si le ofreces uno se arroja sobre él como una manada de lobos. Tú inventas, y ellos creen. No hay que crear más imaginario del que hay.

En el fondo siempre sucede así. Un joven Eróstrato sufre porque no sabe qué hacer para volverse famoso. Después ve una película en la que un muchacho debilucho dispara contra la estrella de la música country, y crea el acontecimiento del día. Ha encontrado la fórmula, va y dispara contra John Lennon.

Es lo mismo que en el caso de los AAF. ¿Qué puedo hacer para dejar de ser un poeta inédito y figurar en las enciclopedias? Y Garamond le explica: es muy sencillo, pague. El AAF nunca había pensado en eso, pero puesto que existe el plan de Manuzio, va y se asimila a él. Ahora el AAF está convencido de que ha estado esperando a Manuzio desde la infancia, sólo que aún ignoraba su existencia.

Conclusión, nosotros inventamos un Plan inexistente y Ellos, no sólo se lo tomaron en serio, sino que también se convencieron de que hacía mucho tiempo que formaban parte de él, o sea que tomaron los fragmentos de sus proyectos, desordenados y confusos, como momentos de nuestro

Plan, estructurado conforme a una irrefutable lógica de la analogía, de la apariencia, de la sospecha.

Pero si se inventa un plan y los otros lo realizan, es como si el Plan existiese, más aún, ya existe.

A partir de ese momento, enjambres de diabólicos recorrerán el mundo en busca del mapa.

Ofrecimos el mapa a unas personas que estaban empeñadas en superar alguna oscura frustración. ¿Cuál? Me lo había sugerido el último *file* de Belbo: si realmente existiese el Plan, no habría fracaso. Derrota, sí, pero no por culpa nuestra. El que sucumbe ante una conspiración cósmica no tiene por qué avergonzarse. No es un cobarde, es un mártir.

No nos lamentamos de ser mortales, presa de mil microorganismos que no dominamos, no somos responsables de nuestros pies poco prensiles, ni de haber perdido la cola, ni de que no vuelvan a salirnos los dientes ni a crecernos los cabellos, ni de las neuronas que vamos dejando por el camino, ni de las venas que se van endureciendo. Todo culpa de los Angeles Envidiosos.

Y lo mismo vale para la vida de todos los días. Como los desastres bursátiles. Se producen porque cada uno adopta una decisión equivocada, y la suma de todas las decisiones equivocadas crea el pánico. Después el que no tiene nervios de acero se pregunta: ¿Quién ha urdido esta conspiración? ¿A quién beneficia? Y pobre del que no logre descubrir un enemigo que haya conspirado, porque se sentiría culpable. Mejor dicho, como se siente culpable, inventa una conspiración, inventa muchas. Y para desbaratarlas tiene que organizar su conspiración propia.

Cuantas más conspiraciones atribuye a los otros, para justificar su falta de entendimiento, más se enamora de ellas, y las toma como modelo para construir la suya. Por lo demás, eso fue lo que sucedió cuando los jesuitas y los baconianos, los paulicianos y los neotemplarios se dedicaban a enrostrarse el Plan unos a otros. Entonces Diotallevi había observado:

—Sí, atribuyes a los otros lo que estás haciendo tú, y como estás haciendo algo odioso, los otros se vuelven odiosos. Pero, como normalmente los otros querrían hacer la misma cosa odiosa que estás haciendo tú, colaboran contigo dando a entender que sí, que en realidad lo que les atribuyes es lo que ellos siempre han deseado. Dios ciega a quienes quiere perder, sólo es cuestión de ayudarLe.

Una conspiración, para ser tal, debe ser secreta. Debe existir un secreto cuyo conocimiento nos liberaría de todas las frustraciones, ya sea porque ese secreto nos conduciría a la salvación, o porque el hecho de conocerlo representaría la salvación. ¿Existe un secreto tan luminoso?

Claro, con la condición de no conocerlo jamás. Una vez revelado, sólo podría decepcionarnos. ¿No me había hablado Agliè de la tensión hacia el misterio, que agitaba la época de los Antoninos? Sin embargo, acababa de llegar uno que se decía hijo de Dios, el hijo de Dios que se hace carne, y redime los pecados del mundo. ¿Era un misterio de poca monta? Y prometía la salvación a todos, bastaba con amar al prójimo. ¿Era un secreto sin importancia? Su legado era que cualquiera que supiese pronunciar las palabras justas en el momento justo podría transformar un trozo de pan y medio vaso de vino en la carne y la sangre del hijo de Dios, y hacer de ellas su alimento. ¿Era un enigma despreciable? E inducía a los padres de la Iglesia a conjeturar, y luego a declarar, que Dios era Uno y Trino, y que el Espíritu procedía del Padre y del Hijo, pero que el Hijo no procedía del Padre y del Espíritu. ¿Era una fórmula sencilla para uso de los hílicos? Y, sin embargo, esa gente que ya tenía la salvación al alcance de la mano, *do it yourself,* nada, no se inmutaba. ¿Esa es toda la revelación? Qué trivialidad. Y se lanzaron, histéricos, a recorrer con sus veloces proas todo el Mediterráneo en busca de otro saber perdido, un saber del que esos dogmas de treinta denarios sólo fueran el velo aparente, la parábola para los pobres de espíritu, el jeroglífico alusivo, el guiño dirigido a los Pneumáticos. ¿El misterio trinitario? Demasiado fácil, debe de ocultar alguna otra cosa.

Hubo alguien, quizá Rubinstein, que cuando le preguntaron si creía en Dios respondió: «Oh, no, yo creo... en algo mucho más grande...» Pero hubo otro (¿quizá Chesterton?) que dijo: «Desde que los hombres han dejado de creer en Dios, no es que no crean en nada, creen en todo.»

Todo no es un secreto más grande. No hay secretos más grandes, porque tan pronto como se revelan resultan pequeños. Hay un solo secreto vacío. Un secreto escurridizo. El secreto de la planta *orkhis* consiste en que significa y actúa sobre los testículos, pero los testículos significan un signo del zodíaco, éste una jerarquía angélica, ésta una gama musical, la gama una relación entre distintos humores, y así sucesivamente, la iniciación consiste en aprender a no detenerse jamás, se pela el universo como una cebolla, y una cebolla es toda piel, imaginémonos una cebolla infinita cuyo centro esté situado en todas partes y su circunferencia en ninguna, o tenga forma de anillo de Moebius.

El verdadero iniciado es quien sabe que el secreto más poderoso es un secreto sin contenido, porque ningún enemigo logrará hacérselo confesar, ningún fiel logrará sustraérselo.

Ahora me parecía más lógico, más consecuente, el desarrollo del rito nocturno delante del Péndulo. Belbo había dicho que poseía un secreto, y con esto había adquirido poder sobre ellos. Y su impulso, incluso en un hombre tan sagaz como Agliè, que en seguida había batido el tam tam para convocar a todos los demás, fue arrebatárselo. Y cuanto más se negaba Belbo a revelarlo, más convencidos estaban Ellos de la importancia del secreto, y, cuanto más juraba él que no lo poseía, más seguros estaban Ellos de que lo poseía, y de que era un verdadero secreto, porque si hubiera sido falso lo habría revelado.

Durante siglos la búsqueda de ese secreto había sido el cemento que los había mantenido unidos, a pesar de las excomuniones, las luchas internas, los golpes de mano. Ahora estaban a punto de conocerlo. Y dos terrores se apoderaron de Ellos: que fuera un secreto decepcionante, y que, al volverse público, ya no quedara ningún secreto. Eso hubiese significado su fin.

Había sido entonces cuando Agliè había caído en la cuenta de que, si Belbo hablaba, todos sabrían, y él, Agliè, perdería esa vaga aureola que le confería carisma y poder. Si Belbo se lo hubiera confiado a él solo, Agliè hubiera podido seguir siendo Saint Germain, el inmortal, la dilación de su muerte coincidía con la dilación del secreto. Entonces trató de inducir a Belbo a que se lo dijese al oído, y cuando comprendió que no lo haría, le provocó, no sólo previendo su misma claudicación, sino también exhibiendo fatuidad. Oh, lo conocía bien el viejo conde, sabía que en la gente de esas tierras la tozudez y el sentido del ridículo siempre pueden más que el miedo. Le obligó a alzar el tono del desafío, y a decir no de un modo definitivo.

Y los otros, impulsados por el mismo temor, prefirieron matarle. Perdían el mapa, podrían seguir buscándolo durante siglos, pero salvaban la frescura de su baboso y decrépito deseo.

Recordé una historia que me había contado Amparo. Antes de venir a Italia, había estado unos meses en Nueva York y había ido a vivir a un barrio de aquellos donde como mucho ruedan las películas sobre la brigada de homicidios. Regresaba a casa sola, a las dos de la madrugada. Cuando le pregunté si no tenía miedo de los maníacos sexuales, me explicó su método. Tan pronto como el maníaco se le acercaba y se le insinuaba, ella le cogía del brazo y le decía: «Pues vayamos a acostarnos.» El otro huía, desconcertado.

Un maníaco sexual no quiere sexo, el sexo quiere desearlo, a lo sumo robarlo, y si es posible sin que la víctima se entere. Si le ponen frente al sexo y le dicen «Hic Rodon, hic salta», es lógico que huya, si no, qué clase de maníaco sería.

Y nosotros fuimos y excitamos sus deseos, les ofrecimos un secreto que más vacío imposible, porque no sólo ni siquiera nosotros lo conocíamos, sino que, además, sabíamos que era falso.

El avión estaba sobrevolando el Mont Blanc y los viajeros se agolpaban en el mismo lado, para no perderse la revelación de ese obtuso bubón crecido de una distonía de las corrientes subterráneas. Yo pensaba que, si lo que estaba pensando era cierto, las corrientes no existían, como no había existido el mensaje de Provins, pero la historia del desciframiento del Plan, tal como la habíamos reconstruido, no era más que la Historia.

Volvía con la memoria al último *file* de Belbo. Pero entonces, si el ser es tan frágil e insustancial como para sostenerse únicamente por la ilusión de quienes buscan su secreto, entonces, como decía Amparo en la tenda, después de su derrota, entonces realmente no hay redención, somos todos esclavos, y lo único que merecemos es un amo...

No es posible. No es posible, porque Lia me ha enseñado que hay otra posibilidad, y tengo la prueba, se llama Giulio, y en este momento está jugando en un valle, y tira de la cola de una cabra. No es posible, porque Belbo dijo dos veces no.

El primer «no» se lo dijo a Abulafia, y al que tratase de violar su secreto. «¿Tienes la palabra clave?» era la pregunta. Y la respuesta, la clave del saber, era «no». Hay algo cierto, y es el hecho de que no sólo no existe la palabra mágica sino que ni siquiera la sabemos. Pero quien sepa reconocerlo podrá saber algo, al menos lo que he podido saber yo.

El segundo «no» lo dijo el sábado por la noche, al rechazar la salvación que le ofrecían. Hubiera podido inventar un mapa cualquiera, mencionar uno de los que yo le había mostrado, total, con el Péndulo colgado de aquella manera, aquella banda de enajenados nunca llegaría a localizar el Umbilicus Mundi, y, aunque lo lograse, tardarían varios decenios en descubrir que no era ése. Pero no, no quiso someterse, prefirió morir.

No es que no quisiera someterse a la avidez del poder, no quiso someterse al sinsentido. Y eso significa que de alguna manera sabía que, por frágil que sea el ser, por infinita e inútil que sea nuestra interrogación del mundo, hay algo que tiene más sentido que el resto.

¿Qué había intuido Belbo, quizá sólo en aquel momento, que le había impulsado a contradecir su último, desesperado *file,* y a no delegar su destino a quien le garantizase la existencia de un Plan cualquiera? ¿Qué había comprendido, finalmente, que le permitía jugarse la vida, como si desde hacía mucho tiempo hubiera descubierto todo lo que tenía que saber, pero sólo ahora cobrase conciencia de ello, y como si frente a su único, verdadero, absoluto secreto, todo lo que estaba sucediendo en el Conservatoire resultase irremediablemente estúpido, y estúpido resultara a esas alturas empecinarse en seguir viviendo?

Me faltaba algo, un eslabón de la cadena. Tenía la impresión de que ya conocía todas las hazañas de Belbo, desde la vida hasta la muerte, salvo una.

Al llegar, mientras buscaba el pasaporte, he encontrado en el bolsillo la llave de esta casa. La había cogido el jueves pasado junto con la del piso de Belbo. Me he acordado de aquel día en que Belbo nos mostrara el viejo armario donde guardaba, según dijo, su opera omnia, o sea, sus juvenilia. Quizá había escrito algo que no podía encontrarse en Abulafia, y ese algo estaba sepultado aquí, en ***.

No había nada razonable en mi conjetura. Razón de más, he pensado, para darle crédito. A estas alturas.

He ido a buscar el coche y he venido aquí.

Ni siquiera he encontrado a la vieja pariente de los Canepa, la que se encargaba de cuidar la casa, a quien viéramos en aquella ocasión. Tal vez también haya muerto en este tiempo. Aquí no hay nadie. He recorrido las distintas habitaciones, huele a humedad, y he pensado incluso en encender la tumbilla en uno de los dormitorios. Pero no tiene sentido calentar la cama en junio, con abrir las ventanas entra el aire tibio de la noche.

Después de la puesta del sol no había luna. Como el sábado por la noche en París. Tardó mucho en salir, veo lo poco que hay, menos que en París, sólo ahora, y se eleva lentamente sobre las colinas más bajas, en la hondonada que se extiende entre el Bricco y otra protuberancia amarillenta, quizá ya segada.

Creo que he llegado a eso de las seis, todavía había luz. No me he traído nada de comer, después, dando vueltas por la casa, he encontrado un salchichón colgado de una viga de la cocina. Mi cena ha consistido en salchichón y agua fresca, serían las diez. Ahora tengo sed, me he traído aquí, al estudio del tío Carlo, una gran jarra de agua, que apenas me dura diez minutos, después bajo, la lleno, vuelvo a empezar. Ahora deben de ser las tres. Pero he apagado la luz y no veo bien el reloj. Reflexiono, mirando hacia la ventana. Hay como luciérnagas, estrellas fugaces en las laderas de las colinas. Pasan pocos coches, bajan hacia el valle, suben hacia los pueblecitos posados en las cimas. Cuando Belbo era niño, no debía de tener estas visiones. No había coches, no existían esas carreteras, por las noches había toque de queda.

He abierto el armario de los escritos juveniles tan pronto como he llegado. Estantes y estantes llenos de papeles, desde los deberes de la escuela hasta cuadernos y cuadernos de poesía y prosas de adolescencia. En la adolescencia todos escriben poesías, después los verdaderos poetas las destruyen y los malos las publican. Belbo estaba demasiado desengañado para salvarlas, demasiado indefenso para destruirlas. Las enterró en el armario del tío Carlo.

He pasado unas horas leyendo. Y luego muchas otras, hasta este momento, meditando sobre el último texto, que he encontrado cuando ya estaba a punto de rendirme.

No sé cuándo lo escribiría. Són hojas y hojas donde se cruzan distintas caligrafías, mejor dicho la misma en diferentes épocas. Como si lo hubiese escrito de muy joven, a los dieciséis o diecisiete años, y luego lo hubiese dejado de lado, para retomarlo a los veinte, y más tarde a los treinta, y quizá después. Hasta que renunciara a escribir sólo para recomenzar con Abulafia, pero sin atreverse a recuperar estas líneas y someterlas a la humillación electrónica.

Al leerlas da la impresión de asistir a una historia conocida, los acontecimientos en *** entre 1943 y 1945, el tío Carlo, los partisanos, la escuela parroquial, Cecilia, la trompeta. Conozco el prólogo, eran los temas obsesivos del Belbo tierno, borracho, desilusionado y dolido. La literatura de la memoria, también él lo sabía, era el último refugio de los canallas.

Pero yo no soy un crítico literario, una vez más soy Sam Spade, busco la última pista.

Pues acabo de encontrar el Texto Clave. Probablemente, es el último capítulo de la historia de Belbo en ***. Después ya no pudo haber sucedido nada más.

119

> Se incendió la corona de la trompeta, y entonces vi cómo se abría el ojo de la cúpula y un resplandeciente dardo de fuego hendía el tubo de la trompeta y penetraba en los cuerpos sin vida. Después, el ojo volvió a cerrarse y también se alejó la trompeta.
> (Johann Valentin Andreae, *Die Chymische Hochzeit des Christian Rosencreutz*, Strassburg, Zetzner, 1616, 6, pp. 125-126)

El texto tiene blancos, frases superpuestas, interrupciones, bifaturas (se nota que acabo de regresar de París). Más que releerlo, lo revivo.

Debía de ser hacia finales de abril del cuarenta y cinco. Los ejércitos alemanes ya estaban derrotados, los fascistas se estaban dispersando. En todo caso, *** ya estaba, definitivamente, en poder de los partisanos.

Después de la última batalla, la que Jacopo nos había relatado precisamente en esta casa (hace casi dos años), varias brigadas de partisanos habían convergido en *** para luego marchar hacia la ciudad. Esperaban una señal de Radio Londres, se moverían cuando también Milán estuviese preparada para la insurrección.

También habían llegado los de las formaciones garibaldinas, comandados por Ras, un gigante de barba negra, muy popular en el pueblo: llevaban uniformes de fantasía, unos distintos de los otros, salvo los pañuelos y la estrella en el pecho, que eran rojos, y también sus armas eran casuales, unos tenían viejas carabinas, mientras que otros tenían metralletas tomadas al enemigo. Contrastaban con las brigadas de los seguidores de Badoglio, que llevaban el pañuelo azul, uniformes de color caqui como los de los ingleses, y las sten nuevísimas. Los aliados les ayudaban con generosos lanzamientos de paracaídas en la noche, después de las once, hora en que, desde hacía ya dos años, pasaba el misterioso Pippetto, el avión de reconocimiento inglés que, por lo demás, nadie comprendía qué podía reconocer, porque no se veía luz alguna en muchos kilómetros a la redonda.

Había tensiones entre los garibaldinos y los partidarios de Badoglio, se decía que la tarde de la batalla estos últimos se habían lanzado contra el enemigo al grito de «Adelante Saboya», pero algunos de ellos alegaban que era la fuerza de la costumbre (qué quieres que grite en el momento del ataque), eso no significaba que fueran necesariamente monárquicos, también ellos sabían que el rey había hecho cosas muy graves. Los garibaldinos sonreían despectivos, se puede gritar Saboya en una carga con bayoneta en campo abierto, pero no tirándose detrás de una esquina con la sten preparada. Lo que pasaba era que estaban vendidos a los ingleses.

Sin embargo, habían llegado a un modus vivendi, era necesario tener un comando unificado para atacar la ciudad, y la elección había recaído sobre Terzi, que comandaba la brigada mejor pertrechada, era el de más edad, había participado en la gran guerra, era un héroe y gozaba de la confianza del comando aliado.

Pocos días después, creo que antes de que se produjera la sublevación en Milán, habían partido para dar asalto a la ciudad. Llegaban buenas noticias, la operación había sido un éxito, las brigadas estaban regresando victoriosas a ***, pero había habido bajas, corrían rumores de que Ras había caído en combate y Terzi estaba herido.

Una tarde se oyó el ruido de los vehículos, cantos de victoria, la gente se había precipitado hacia la plaza mayor, por la carretera estaban llegando los primeros contingentes, con el puño en alto, banderas, agitando las armas por las ventanillas de los automóviles, o desde el estribo de los camiones. Durante el camino, ya habían recubierto de flores a los partisanos.

De repente alguien había gritado Ras Ras, y allí estaba Ras, encaramado sobre el guardabarros de un Dodge, con la barba desordenada y el abundante y negro vello sudado asomando de la camisa, abierta sobre el pecho, y saludaba riendo a la muchedumbre.

Junto con Ras también se había apeado del Dodge Rampini, un chaval miope que tocaba en la banda, un poco mayor que los otros, que había desaparecido hacía tres meses y se decía que estaba con los partisanos. Y, en efecto, allí estaba, con el pañuelo rojo en el cuello, una casaca de color caqui y unos pantalones azules. Era el uniforme de la banda del padre Tico, con la diferencia de que él ahora lucía un cinturón militar, y una pistola. A través de esas gafas gruesas que tantas bromas le valieran por parte de sus antiguos compañeros de la escuela parroquial, miraba a las chicas que se agolpaban a su alrededor como si fuese Flash Gordon. Jacopo se preguntaba si Cecilia no estaría entre la multitud.

Al cabo de media hora, la plaza se tiñó de partisanos y la gente se puso a reclamar a gritos la presencia de Terzi, querían que pronunciase un discurso.

En un balcón del ayuntamiento había aparecido Terzi, apoyado en su muleta, pálido, y con la mano había tratado de calmar a la multitud. Jacopo esperaba el discurso, porque toda su infancia, como la de todos los chicos de su edad, había estado marcada por grandes e históricos discursos del Duce, cuyos pasajes más significativos debían aprenderse luego de memoria para la escuela, o sea que debían memorizarlos enteros, porque todos los pasajes eran una cita significativa.

Cuando se hizo el silencio, Terzi habló, con una voz ronca, apenas audible. Dijo:

—Ciudadanos, amigos. Después de tantos y tan penosos sacrificios... henos aquí. Gloria a los caídos por la libertad.

Eso fue todo. Se retiró del balcón.

Entretanto, la muchedumbre gritaba, y los partisanos levantaban las metralletas, las sten, las moschetti, las noventa y uno, y disparaban ráfagas de júbilo, mientras los casquillos caían por todas partes y los chavales se metían entre las piernas de los combatientes y de los civiles, porque ya no volverían a hacer una cosecha como aquélla, había peligro de que la guerra acabase ese mismo mes.

Sin embargo, había habido muertos. Por una atroz casualidad, ambos eran de San Davide, una aldea situada más arriba de ***, y las familias querían que se les sepultara en el pequeño cementerio local.

El comando partisano había decidido celebrar unos funerales solemnes, con las compañías formadas, carruajes fúnebres ornados, la banda del ayuntamiento, el canónigo de la catedral. Y la banda de la escuela parroquial.

El padre Tico había accedido inmediatamente. En primer lugar, decía él, porque siempre había tenido sentimientos antifascistas. Y además, según se rumoreaba entre sus músicos, porque desde hacía un año estaba haciéndoles ensayar, para que se ejercitaran, dos marchas fúnebres y tarde o temprano debían ejecutarlas. Por último, según decían las malas lenguas del pueblo, porque quería echar tierra sobre lo de *Giovinezza*.

La historia de *Giovinezza* había sido así.

Unos meses atrás, antes de que llegasen los partisanos, la banda del padre Tico había salido para tocar en no sé qué fiesta, y en el camino les habían detenido las Brigadas Negras.

—Toque *Giovinezza,* reverendo —le había ordenado el capitán, haciendo tamborilear los dedos sobre el cañón de la metralleta.

¿Qué hacer, tal como aprenderíamos a decir después? El padre Tico dijo, muchachos, probemos, el pellejo es el pellejo. Había dado el tiempo con la mano y el inmundo tropel de cacofónicos había atravesado ***, tocando algo que sólo la más delirante esperanza de redención hubiera permitido confundir con *Giovinezza.* Una vergüenza para todos. Por haber cedido, decía luego el padre Tico, pero sobre todo por haber tocado tan mal. Sería cura, sí, y antifascista, pero el arte era el arte.

Jacopo no estaba aquel día. Tenía anginas. Sólo estaban Annibale Cantalamessa y Pio Bo, y su sola presencia debe de haber sido decisiva para la derrota del nazifascismo. Pero para Belbo el problema no era éste, al menos en el momento de describir el episodio. Había perdido otra ocasión para saber si habría sido capaz de decir que no. Quizá por eso moriría colgado del Péndulo.

En fin, los funerales debían celebrarse el domingo por la mañana. En la plaza de la catedral estaban todos. Terzi con sus hombres, el tío Carlo y algunos notables del pueblo con las medallas de la gran guerra, no importaba si habían sido fascistas o no, estaban allí para rendir homenaje a unos héroes. Estaba el clero, la banda del ayuntamiento, vestidos de negro, y los carruajes con los caballos con gualdrapa y arreos de color crema, plata y negro. El automedonte iba ataviado como un mariscal de Napoleón, sombrero de dos puntas, esclavina y gran capa, que hacían juego con los arneses de las cabalgaduras. También estaba la banda de la escuela parroquial, gorra de visera, chaqueta caqui y pantalones azules, reluciente de bronces, negra de maderas y centelleante de platillos y bombos.

Entre *** y San Davide había cinco o seis kilómetros de curvas en subida. Un trayecto que los domingos por la tarde los jubilados solían recorrer jugando a la petanca, una partida, una pausa, unas copas de vino, otra partida y así sucesivamente, hasta el santuario en la cima.

Unos kilómetros cuesta arriba no son nada para quien los recorre jugando a la petanca, y quizá tampoco para quien lo hace en formación, con el arma al hombro, la mirada firme y los pulmones estimulados por el fresco aire de la primavera. Pero hay que tratar de recorrerlos tocando un instrumento, los carrillos hinchados, el sudor chorreando por la cara, el aliento desfalleciente. La banda del ayuntamiento llevaba toda la vida haciéndolo, pero para los chavales de la escuela parroquial había sido una dura prueba. Habían aguantado como héroes, el padre Tico marcaba el compás en el aire, los clarines gañían exhaustos, los saxofones balaban asmáticos, el bombardino y las trompetas chillaban agonizantes, pero lo habían logrado, habían llegado hasta el pueblo, hasta el pie de la cuesta que conducía hasta el cementerio. Hacía mucho que Annibale Cantalamessa y Pio Bo se limitaban a fingir que tocaban, pero Jacopo había sido fiel a su función de perro de pastor, bajo la mirada de bendición del padre Tico. No habían hecho mala figura junto a la banda del ayuntamiento; así lo habían reconocido Terzi y los otros comandantes de las brigadas: muchachos, habéis estado estupendos.

Un comandante que exhibía el pañuelo azul y un arco iris de condecoraciones de las dos guerras mundiales, había dicho:

—Reverendo, será mejor que los chavales descansen un poco en el pueblo, se ve que no pueden más. Que suban después, al final. Luego regresarán en camión a ***.

Se habían precipitado en la fonda, y los de la banda municipal, viejos arneses endurecidos por infinitos funerales, se instalaron en las mesas sin el menor recato y pidieron callos y vino a discreción. Se habrían quedado de juerga hasta la noche. Los chavales del padre Tico, en cambio, se habían agolpado en la barra, donde el tabernero les estaba sirviendo unos granizados de menta verdes como un experimento químico. El hielo, pasando de golpe por la garganta, provocaba un dolor en el centro de la frente, como la sinusitis.

Después habían subido hasta el cementerio, donde esperaba un pequeño camión. Durante el camino no habían parado de gritar y estaban todos apiñados, todos de pie, golpeándose con los instrumentos, cuando el comandante de antes salió del cementerio y dijo:

—Reverendo, para la ceremonia final necesitamos una trompeta, ya sabe usted, para los toques de rigor. Apenas cinco minutos.

—Trompeta —había dicho el padre Tico, profesional.

Y el infeliz titular del privilegio, sudoroso de granizado verde y añorando la comida familiar, campesino palurdo impermeable a la menor emoción estética y a cualquier solidaridad de ideas, había empezado a quejarse, que era tarde, que quería regresar a casa, que se había quedado sin saliva, etcétera, etcétera, para gran molestia del padre Tico, que se avergonzaba ante el militar.

Fue entonces cuando Jacopo, vislumbrando en la gloria del mediodía la dulce imagen de Cecilia, dijo:

—Si me da la trompeta, puedo ir yo.

Destellos de reconocimiento en la mirada del padre Tico, sudoroso alivio del miserable trompetista titular. Intercambio de los instrumentos, como dos centinelas.

Y Jacopo se había internado en el cementerio, guiado por el psicopompo condecorado por la gesta de Addis Abeba. Allí todo era blanco, la tapia calcinada por el sol, las tumbas, las flores de los árboles de la cerca, la sobrepelliz del arcipreste preparado para dar su bendición, salvo el sepia de las fotos en las lápidas. Y la gran mancha de color de los escuadrones que escoltaban las dos fosas.

—Muchacho —había dicho el jefe—, ponte aquí, a mi lado, y cuando dé la voz de orden toca el firmes. Después, siempre que oigas mi orden, el descansen. ¿Verdad que es fácil?

Facilísimo. Sólo que Jacopo nunca había tocado la señal de firmes, ni la de reposo.

Sostenía la trompeta con el brazo derecho plegado, contra las costillas, con la punta un poco hacia abajo, como si fuese una carabina, y se mantuvo a la expectativa, frente alta vientre hacia adentro y pecho hacia afuera.

Terzi estaba pronunciando un discurso sobrio, con frases muy breves. Jacopo pensaba que para tocar la señal tendría que elevar la vista hacia el cielo, y que el sol le deslumbraría. Pero así mueren los trompetistas, y ya que sólo se muere una vez más valía hacerlo bien.

Después el comandante le había susurrado: «Ahora», y había empezado a gritar «¡Fiiir...!» Y Jacopo no sabía cómo se toca el fiiir-mes.

La estructura melódica debía de ser mucho más compleja, pero en aquel momento sólo había sido capaz de tocar do-mi-sol-do, y a esos rudos combatientes pareció bastarles. El do final lo había tocado después de haber tomado aliento, para poder sostenerlo mucho, y darle tiempo, escribía Belbo, para llegar al sol.

Los partisanos estaban firmes, rígidos. Los vivos inmóviles como los muertos.

Los únicos que se movían eran los sepultureros, se oía el ruido de los féretros al descender a las fosas, y el rumor de las cuerdas al rozar contra la madera. Pero era un movimiento débil, como el serpentear de un reflejo sobre una esfera, leve variación de luz que sólo sirve para revelar que en el Ser nada fluye.

Después se había oído el ruido abstracto de un presenten armas. El arcipreste había susurrado las fórmulas de la aspersión, los comandantes se habían acercado a las fosas y habían arrojado un puñado de tierra cada uno. En ese momento, una orden repentina había desencadenado una descarga hacia el cielo, ta-ta-ta, ta-pum, y los pajaritos habían huido alborotando de los árboles en flor. Pero tampoco aquél era movimiento, era como si siempre el mismo instante se presentara desde perspectivas diferentes, y mirar un instante para siempre no significa mirarlo mientras el tiempo pasa.

Por eso Jacopo se había quedado inmóvil, insensible incluso a la caída de los casquillos que rodaban a sus pies, y no había vuelto a colocar la trompeta bajo el brazo, sino que aún la tenía en la boca, con los dedos en las llaves, rígido en el firmes, apuntando el instrumento hacia lo alto. Todavía estaba tocando.

Su larguísima nota final no se había interrumpido en ningún momento: imperceptible para los otros, seguía saliendo por la bocina de la trompeta como un soplo leve, una ráfaga de aire que él seguía introduciendo por la embocadura con la lengua entre los labios apenas abiertos que no ejercían presión alguna sobre la ventosa de bronce. El instrumento se mantenía levantado sin apoyarse en el rostro, por la sola tensión de los codos y de los hombros.

Jacopo seguía emitiendo aquella ilusión de nota porque sentía que en ese momento estaba desenredando un hilo capaz de frenar el movimiento del sol. El astro se había detenido, se había fijado en un mediodía que hubiera podido durar una eternidad. Y todo dependía de Jacopo, bastaba con que interrumpiese aquel contacto, con que soltara el hilo, para que el sol se alejase saltando, como un globo, y con él el día, y el acontecimiento de ese día, aquella acción continua, aquella secuencia sin antes ni después, que se desarrollaba en la inmovilidad sólo porque ese era su poder de querer y hacer.

Si hubiese abandonado para atacar una nueva nota, se habría oído un desgarrón mucho más estrepitoso que las ráfagas que le estaban ensordeciendo, y los relojes habrían vuelto a palpitar con ritmo taquicárdico.

Jacopo deseaba con todo su ser que el hombre que estaba a su lado no diese la orden de reposo; podría negarme, decía para sus adentros, y todo seguiría así para siempre, haz que te dure el aliento todo lo que puedas.

Creo que había entrado en ese estado de aturdimiento y vértigo que invade al buceador cuando trata de no salir a la superficie y quiere prolongar la inercia que lo arrastra hacia el fondo. Hasta el punto de que, al tratar de expresar aquellos sentimientos, las frases del cuaderno que ahora yo estaba leyendo se quebraban asintácticas, mutiladas por puntos suspensivos, roídas por elipsis. Pero era evidente que en ese momento, no, no lo decía, pero estaba claro: en ese momento estaba poseyendo a Cecilia.

Es que en aquel momento Jacopo Belbo no podía comprender, ni comprendía aún mientras escribía sin conciencia de sí mismo, que estaba celebrando de una vez para siempre sus bodas químicas, con Cecilia, con Lorenza, con Sophia, con la Tierra y con el Cielo. Quizá fuera el único de los mortales que, finalmente, estaba concluyendo la Gran Obra.

Nadie le había dicho aún que el Grial es una copa, pero también una lanza, y su trompeta elevada como un cáliz era al mismo tiempo un arma, un instrumento de dulcísimo dominio, que disparaba hacia el cielo y vinculaba la Tierra con el Polo Místico. Con el único Punto Quieto que había existido en el universo: con aquello que, por ese único instante, él estaba haciendo existir con su aliento.

Diotallevi aún no le había explicado que es posible estar en Yĕsod, la sĕfirah del Fundamento, el signo de la alianza del arco superior que se tiende para poder disparar flechas a la medida de Malkut, que es su blanco. Yĕsod es la gota que surge de la flecha para dar origen al árbol y al fruto, es anima mundi porque es el momento en que la fuerza viril, al procrear, consigue unir todos los estados del ser.

Saber hilar este Cingulum Veneris significa reparar el error del Demiurgo.

¿Cómo se puede pasar una vida buscando la Ocasión, sin darse cuenta de que el momento decisivo, que justifica el nacimiento y la muerte, ya ha pasado? No regresa, pero ha sucedido, es irreversiblemente, pleno, deslumbrante, generoso como toda revelación.

Aquel día Jacopo Belbo se había encontrado con la Verdad, y la había mirado a los ojos. La única que le sería concedida, porque la verdad que estaba aprendiendo le revelaba que la verdad es brevísima (el resto, solo es comentario). De ahí su esfuerzo por domar la impaciencia del tiempo.

Desde luego, no lo comprendió en aquel momento. Tampoco cuando trataba de describirlo, ni cuando decidía renunciar a la escritura.

Lo he comprendido yo esta noche: el autor debe morir para que el lector descubra su verdad.

La obsesión del Péndulo, que había acompañado a Jacopo Belbo durante toda su vida de adulto, había sido, como las señas perdidas del sueño, la imagen de aquel otro momento, registrado y luego relegado, en que realmente había tocado la bóveda del mundo. Y aquel momento en que había congelado el espacio y el tiempo al disparar su flecha de Zenón no había sido un signo, un síntoma, una alusión, una figura, una signatura, un enigma: era lo que era, lo que no estaba en lugar de ninguna otra cosa, el momento en el que ya nada remite a nada, las cuentas están saldadas.

Jacopo Belbo no había comprendido que ya había tenido su momento, y que habría debido bastarle para toda la vida. No lo había reconocido, había pasado el resto de su vida buscando otra cosa, hasta condenarse. O quizá lo sospechase, porque, si no, no se explicaba la frecuencia con que evocaba el recuerdo de la trompeta. Pero en su memoria era una trompeta perdida, cuando en realidad la había poseído.

Creo, espero, ruego que en el instante en que moría oscilando con el Péndulo, Jacopo Belbo haya comprendido esto, y haya encontrado la paz.

Después se había oído la orden de descanso. De todas formas habría acabado por ceder, porque le estaba faltando el aliento. Había interrumpido el contacto, y luego había tocado una sola nota, alta y cada vez menos intensa, la había tocado con dulzura, para que el mundo se habituase a la melancolía que estaba a punto de envolverlo.

—Bravo, jovencito —había dicho el comandante—. Ya puedes marcharte. Bonita trompeta.

El arcipreste se había escurrido, los partisanos se habían dirigido hacia la verja posterior, donde les esperaban sus vehículos, los sepultureros se habían marchado después de haber rellenado las fosas. Jacopo había sido el último en salir. No lograba abandonar ese lugar de felicidad.

En la explanada no estaba el camión de la escuela parroquial.

Jacopo se había asombrado, no lograba comprender cómo el padre Tico podía haberle abandonado. Restrospectivamente, lo más probable es que hubiera habido un malentendido y alguien le hubiese dicho al padre Tico que el chaval regresaría con los partisanos. Pero en aquel momento Jacopo había pensado, no sin razón, que entre el firmes y el descansen habían transcurrido demasiados siglos, que los chicos le habían esperado hasta encanecer, hasta morir, y que el polvo de sus huesos se había dispersado hasta formar esa leve neblina que ahora estaba tiñendo de azul el paisaje de colinas que se extendía ante sus ojos.

Jacopo estaba solo. A sus espaldas un cementerio ahora desierto, en sus manos la trompeta, delante las colinas difuminadas en tonos cada vez más turquesa, unas detrás de otras hacia el membrillo del infinito, y, vengativo sobre su cabeza, el sol en libertad.

Había decidido llorar.

Pero de repente había aparecido la carroza fúnebre con su cochero ataviado como un general del emperador, todo color crema, negro y plata, los caballos enjaezados con bárbaras máscaras que sólo dejaban ver los ojos, engualdrapados como féretros, las columnillas salomónicas que sostenían el tímpano asirio-greco-egipcio, todo en blanco y oro. El hombre del sombrero de dos puntas se había detenido un momento delante de aquel trompetista solitario, y Jacopo le había preguntado:

—¿Me lleva a casa?

El hombre era benévolo. Jacopo había subido al pescante y se había sentado a su lado, en el carruaje de los muertos había iniciado el regreso hacia el mundo de los vivos. Aquel Caronte fuera de servicio azuzaba taciturno a sus fúnebres corceles a través de los barrancos, Jacopo erguido y hierático, con la trompeta apretada bajo el brazo, y la visera brillante, compenetrado con aquel nuevo papel, inesperado.

Habían bajado de las colinas, a cada recodo surgían viñas teñidas de cardenillo, todo en medio de una luz cegadora, y al cabo de un tiempo incalculable habían llegado a ***. Habían atravesado la plaza mayor, con sus pórticos, desierta como sólo pueden estarlo las plazas del Monferrato a las dos de la tarde de un domingo. Un compañero de escuela, desde una esquina de la plaza, había visto a Jacopo subido al carruaje, la trompeta debajo del brazo, la mirada clavada en el infinito, y le había hecho un gesto de admiración.

Jacopo había regresado a su casa, no había querido comer, ni contar nada. Se había refugiado en la terraza y se había puesto a tocar la trompeta como si tuviese puesta la sordina, soplando despacio para no perturbar el silencio de la siesta.

Su padre se le había acercado y sin maldad, con la calma de quien conoce las leyes de la vida, le había dicho:

—Dentro de un mes, si no hay novedades, regresaremos a casa. No puedes pensar que en la ciudad podrás seguir tocando la trompeta. El propietario nos echaría de la casa. Así que ya puedes empezar a olvidarla. Si realmente te interesa la música, podrás tomar lecciones de piano. —Y luego, al ver que le brillaban los ojos—: Vamos, tontito. ¿No te das cuenta de que se han acabado los días malos?

Al día siguiente, Jacopo había devuelto la trompeta al padre Tico. Dos semanas más tarde, la familia abandonaba *** para regresar al futuro.

10

MALKUT

Pero lo que me parece deplorable es que veo a unos idólatras tan necios como insensatos que... imitan la excelencia del culto de Egipto; y buscan la divinidad, de la que no tienen conocimiento alguno, en los excrementos de cosas muertas e inanimadas; y con todo eso, no sólo se mofan de aquellos divinos y sensatos cultores, sino también de nosotros... y, peor aún, con ello exultan, al ver que sus absurdos ritos gozan de tan elevada reputación... —No te inquietes por eso, ¡oh, Momo! —dijo Isis—, porque el hado ha establecido que las tinieblas y la luz se alternen. —Pero lo malo —respondió Momo— es que se han convencido de que están en la luz.
(Giordano Bruno, *Spaccio della bestia trionfante,* 3)

Debería estar en paz. He comprendido. ¿Acaso algunos de ellos no decían que la salvación llega cuando se ha alcanzado la plenitud del conocimiento?

He comprendido. Debería estar en paz. ¿Quién decía que la paz brota de la contemplación del orden, del orden comprendido, gozado, realizado por completo, alegría, triunfo, cesación del esfuerzo? Todo es claro, diáfano, y el ojo se posa sobre el todo y las partes, y ve cómo las partes tendían al todo, capta el centro donde fluye la linfa, el aliento, la raíz de los porqués...

Debería estar extenuado de paz. Por la ventana del estudio del tío Carlo contemplo la colina, y ese poco de luna que está apareciendo. La gran giba del Bricco, los dorsos más ondulados de las colinas al fondo, narran la historia de lentas y somnolientas conmociones de la Madre Tierra, que al estirarse y bostezar hacía y deshacía cerúleas llanuras en el siniestro resplandor de cien volcanes. Ninguna dirección profunda de las corrientes subterráneas. La tierra se descamaba en su dormitar y cambiaba una superficie por otra. Donde antes pastaban amonites, diamantes. Donde antes germinaban diamantes, viñas. La lógica de la morrena, del alud, del desprendimiento de rocas. Basta con que un guijarro no encaje bien, por casualidad empieza a moverse, a caer, libera espacio en su descenso, (¡ya, el horror vacui!), otro se le echa encima, y llega el otro. Superficies. Superficies de superficies sobre superficies. La sabiduría de la Tierra. Y de Lia. El abismo es la resaca de una llanura. ¿Por qué adorar una resaca?

Pero, ¿por qué el hecho de haber comprendido no me tranquiliza? ¿Por qué amar al Hado si es tan mortífero como la Providencia o la Conjura de los Arcontes? Quizá aún no lo he comprendido todo, me falta un espacio, un intervalo.

¿Dónde he leído que en el momento final, cuando la vida, superficie sobre superficie, está cubierta por una costra de experiencia, sabemos todo, el secreto, el poder y la gloria, por qué hemos nacido, por qué estamos muriendo, y que todo podría haber sido distinto? Somos sabios. Pero la mayor sabiduría, en ese momento, consiste en saber que lo hemos sabido demasiado tarde. Comprendemos todo cuando ya no hay nada que comprender.

Ahora sé cuál es la Ley del Reino, de la pobre, desesperada, desharrapada Malkut en que ha ido a exiliarse la Sabiduría, buscando a tientas su lucidez perdida. La verdad de Malkut, la única verdad que brilla en la noche de las sĕfirot, consiste en que la Sabiduría descubre su desnudez en Malkut, y descubre que su misterio consiste en no ser, aunque sólo sea por un momento, que es el último. Después vuelven a empezar los Otros.

Y con ellos, los diabólicos, que buscan abismos capaces de esconder el secreto que es su locura.

En las laderas del Bricco se extienden hileras e hileras de vides. Las conozco, recuerdo haber visto otras similares en mi infancia. Ninguna Doctrina de los Números ha podido establecer jamás si van hacia arriba o hacia abajo. En medio de las vides, pero tienes que recorrer descalzo las hileras, con el talón endurecido, desde pequeño, surgen los melocotoneros. Son unos melocotones amarillos, que crecen entre las vides, basta apretarlos con el pulgar para que se abran, y el hueso sale casi solo, limpio como después de un baño químico, salvo algún gusanillo gordo y blanco de pulpa que se queda pegado por un átomo. Y al comerlos casi no se siente el terciopelo de la piel, y uno se estremece desde la lengua hasta la ingle. En una época aquí pastaban dinosaurios. Después otra superficie cubrió la suya. Sin embargo, al igual que Belbo en el momento en que tocaba la trompeta, me bastaba con hincar el diente en los melocotones para comprender el Reino y fundirme con él. El resto, sólo ingenio. Inventa, inventa el Plan, Casaubon. Es lo que han hecho todos, para explicar los dinosaurios y los melocotones.

He comprendido. La certeza de que no había nada que comprender, ésa debía ser mi paz y mi triunfo. Pero estoy aquí, habiéndolo comprendido todo, y Ellos me buscan, convencidos de que puedo revelarles el objeto de su sórdido deseo. No basta con haber comprendido, si los otros se niegan a aceptarlo y siguen interrogando. Me están buscando, deben de haber encontrado mis huellas en París, saben que ahora estoy aquí, aún quieren el Mapa. Y por mucho que les diga que no hay mapas, seguirán queriéndolo. Belbo tenía razón: Jódete, imbécil, ¿qué quieres, matarme? ¿Pero dónde vas? Mátame, pero no te voy a decir que el Mapa no existe, aprende a buscarte la vida.

Me duele pensar que no volveré a ver a Lia y al niño, la Cosa, Giulio, mi Piedra Filosofal. Pero las piedras sobreviven por sí solas. Quizá ahora esté viviendo su Ocasión. Ha encontrado una pelota, una hormiga, una brizna de hierba, y en ellas está contemplando una imagen en abyme del paraíso. También él lo sabrá demasiado tarde. Estará bien que agote así, por sí solo, su jornada.

Mierda. Y sin embargo duele. Paciencia, en cuanto muera lo habré olvidado.

Es muy tarde, he salido de París esta mañana, he dejado demasiadas huellas. Han tenido tiempo de descubrir dónde estoy. Dentro de poco llegarán. Me hubiera gustado escribir todo lo que he pensado desde esta tarde hasta ahora. Pero si Ellos lo leyesen se inventarían otra teoría siniestra, y se pasarían la eternidad tratando de descifrar el mensaje oculto en mi historia. Es imposible, pensarían, que éste sólo esté diciendo que nos estaba tomando el pelo. No, quizá él no lo supiera, el Ser nos estaba enviando un mensaje a través de su olvido.

De todas maneras, lo mismo da que lo haya escrito o no. Siempre buscarían otro sentido, incluso en mi silencio. Son así. Incapaces de ver la revelación. Malḵut es siempre Malḵut, y punto.

Pero no vale la pena decírselo. Hombres de poca fe.

Entonces lo mejor es quedarse aquí y esperar, mirar la colina.

Es tan hermosa.

INDICE

1. KETER

2. HOḴMAH

3. BINAH

4. ḤESED

INDICE DE LAS ILUSTRACIONES

Este libro se terminó de imprimir el 15 de octubre de 1989
en Gráfica Yanina, República Argentina 2686, V. Alsina, Bs. As.